D0725958

DANS LES ANGLES MORTS

Elizabeth Brundage est diplômée de l'université du Hampshire. Elle a étudié le cinéma à l'université de New York et a été membre de l'American Film Institute de Los Angeles. Elle a enseigné dans plusieurs universités, notamment à Skidmore où elle a effectué une résidence d'écrivains. Elle vit près d'Albany, dans le nord de l'État de New York. *Dans les angles morts* est son quatrième roman.

ELIZABETH BRUNDAGE

Dans les angles morts

ROMAN TRADUIT DE L'ANGLAIS (ÉTATS-UNIS) PAR CÉCILE ARNAUD

QUAI VOLTAIRE

Titre original :

ALL THINGS CEASE TO APPEAR
Publié par Alfred A. Knopf, The Knopf Doubleday Group,
Penguin Random House, LLC, 2016.

Pour Joan & Dorothy.

... celle qui brûle de jeunesse et n'a pas de lot sûr est liée
Par les sortilèges de la loi à celui qu'elle exècre[1].

William BLAKE, *Visions des Filles d'Albion.*

Sous ces étoiles, il y a tout un monde de monstres évoluant en silence.

Herman MELVILLE.

---

1. Traduction de Paul Gallimard, *Visions des Filles d'Albion,* dans *Œuvres* de William Blake, III, Aubicr/Flammarion, 1980. *(N.d.T.)*

La ferme des Hale

Voici la ferme des Hale.

Ici, la vieille salle de traite, l'ouverture sombre qui dit *Trouvez-moi*.

Là, la girouette, le tas de bois.

Et voici la maison, bruissant d'histoires.

Il est tôt. Le faucon descend en planant à travers le ciel dégagé. Une mince plume bleue tournoie dans l'air. L'air est froid, lumineux. La maison est silencieuse, la cuisine, le canapé en velours bleu, la petite tasse blanche.

La ferme n'a jamais cessé de chanter pour nous, ses familles perdues, ses soldats, ses épouses. Pendant la guerre, quand ils vinrent avec leurs baïonnettes, forçant la porte, montant l'escalier dans leurs bottes sales. Des patriotes. Des gangsters. Des maris. Des pères. Ils dormirent dans les lits froids. Dérobèrent les conserves de pêches et de betteraves à sucre dans la cave. Ils firent de grands feux dans le champ, dont les flammes tourbillonnaient et crépitaient vers les cieux. Des feux qui riaient. Leurs visages étincelaient et leurs mains étaient au chaud dans leurs poches. Ils firent rôtir du cochon et dévorèrent la viande rose et sucrée, avant de lécher sur leurs doigts la graisse au goût familier, étrange.

Puis il en vint d'autres – ils furent nombreux – qui prirent, arrachèrent et pillèrent. Même les tuyaux de cuivre, les carreaux de faïence bleus. Tout ce qu'ils purent, ils l'emportèrent. Ne laissant que les murs, les sols nus. Le cœur battant dans la cave.

Nous attendons. Nous sommes patients. Nous attendons des nouvelles. Nous attendons qu'on nous raconte. Le vent tente de nous raconter. Les arbres s'agitent. C'est la fin de quelque chose ; nous le sentons. Bientôt, nous saurons.

PREMIÈRE PARTIE

23 février 1979

Il avait recommencé à neiger. Cinq heures trente de l'après-midi. Il faisait presque nuit. Elle venait de disposer leurs assiettes quand les chiens se mirent à aboyer.

Son mari reposa son couteau et sa fourchette, mécontent d'être dérangé pendant son dîner. Qu'est-ce que c'est, encore ?

June Pratt écarta le rideau et vit leur voisin sous la neige, portant l'enfant, pieds nus, dans ses bras. Aucun des deux n'avait de manteau. Apparemment, la fillette était en pyjama. C'est George Clare, dit-elle.

Qu'est-ce qu'il fabrique ?

Je me le demande. Je ne vois pas de voiture. Ils ont dû venir à pied.

Il fait un froid de canard dehors. Tu ferais mieux d'aller voir ce qu'il veut.

Elle les fit entrer avec le froid. Debout devant elle, il lui tendit l'enfant comme une offrande.

C'est ma femme. Elle est...

Maman a bobo, pleurnicha la fillette.

June n'avait pas d'enfants, mais elle avait toujours élevé des chiens, et elle lut dans le regard de la petite

15

la sinistre confirmation de ce que tous les animaux savaient : que le monde était mauvais et inintelligible.

Tu ferais mieux d'appeler la police, dit-elle à son mari. Il est arrivé quelque chose à sa femme.

Joe retira sa serviette et se dirigea vers le téléphone.

Viens, on va te trouver des chaussettes, dit-elle en prenant la gamine des bras de son père. Elle l'emmena dans la chambre et la déposa sur le lit. Plus tôt dans l'après-midi, elle avait mis les chaussettes propres à sécher sur le radiateur. Elle en prit une paire en lainage et l'enfila aux pieds de l'enfant, songeant que si c'était la sienne, elle l'aimerait davantage.

C'étaient les Clare. Ils avaient acheté la ferme des Hale l'été précédent. À présent, c'était l'hiver, et bien qu'il n'y eût que leurs deux maisons sur la route, elle ne les avait pas beaucoup vus. Parfois, elle les apercevait le matin. Quand il filait à l'université au volant de sa petite voiture. Ou quand la femme faisait prendre l'air à la fillette. Certains soirs, lorsque June sortait les chiens et que leur maison était illuminée, elle les voyait à table ; l'enfant était installée entre eux, la femme se levait, se rasseyait puis se relevait.

Le shérif mit plus d'une demi-heure à arriver à cause de la neige. June était vaguement consciente, comme les femmes le sont souvent des hommes qui les désirent, que Travis Lawton, son ancien condisciple de lycée, la trouvait séduisante. C'était sans conséquence désormais, mais on a du mal à oublier les gens avec lesquels on a grandi. Prenant soin

16

d'écouter avec attention ce qu'il disait, elle remarqua sa gentillesse envers George Clare, alors même qu'il n'était pas exclu, du moins pour elle, que son voisin fût responsable du malheur arrivé à sa femme.

George songeait à Emerson, *la terrible aristocratie qui existe dans la Nature.* Parce qu'il y avait des choses en ce monde qu'on ne pouvait pas contrôler. Et parce que même en cet instant il pensait à elle. Même en cet instant où sa femme gisait, morte, là-bas dans la maison.

Il entendait Joe Pratt parler au téléphone.

Assis sur le canapé vert, il attendit en tremblant un peu. La maison des Pratt empestait le chien. On les entendait aboyer dehors dans leurs chenils. Il se demandait comment ils le supportaient. Il contempla les larges lattes du parquet. Des relents de moisi montaient de la cave. Il les sentit au fond de sa gorge et toussa.

Ils arrivent, dit Pratt de la cuisine.

George hocha la tête.

Au bout du couloir, June Pratt parlait à sa fille du ton doux qu'on emploie avec les enfants, et il lui en fut reconnaissant, au point que ses yeux s'humidifièrent un peu. Il savait qu'elle recueillait les chiens errants. Il l'avait déjà vue marcher sur la route, escortée par sa meute hétéroclite, une femme dans la quarantaine, coiffée d'un foulard rouge, les sourcils froncés et la tête baissée.

Au bout d'un moment, il n'aurait pu dire combien de temps, une voiture arriva.

Les voilà, dit Pratt.

Ce fut Travis Lawton qui entra. George, dit-il, mais sans lui serrer la main.

Bonjour, Travis.

Chosen étant une petite ville, ils s'étaient déjà croisés. George savait que Lawton avait étudié au Rensselaer Polytechnic Institute, avant de revenir ici prendre le poste de shérif, et il l'avait toujours trouvé étonnamment superficiel pour un homme ayant fait des études supérieures. Mais il est vrai que George n'était pas très psychologue et, comme ne cessait de le lui rappeler une petite coterie de personnes de sa connaissance, son opinion ne valait pas grand-chose. George et sa femme étaient des nouveaux venus. Les gens du coin mettaient au moins cent ans à accepter que des étrangers s'installent dans une maison ayant appartenu pendant des générations à une même famille, dont l'histoire navrante appartenait désormais à la mythologie locale. S'il ne connaissait pas ces gens, l'inverse était plus vrai encore; pourtant, durant ces quelques minutes, alors qu'il se trouvait dans le salon des Pratt, en pantalon de toile froissé et la cravate de travers, le regard distant et embué qui pouvait facilement passer pour de la folie, tous leurs soupçons devaient se trouver confirmés.

Allons voir sur place, dit Lawton.

Ils laissèrent Franny chez les Pratt et se mirent en route, Lawton, son adjoint Wiley Burke et lui. La nuit était tombée. Ils marchèrent avec une détermination grave, un froid mordant sous les pieds.

La maison attendait, souriante.

Ils la contemplèrent pendant une minute, avant de traverser le porche, encombré de raquettes à neige, de raquettes de tennis et de feuilles mortes. En entrant dans la cuisine, il montra à Lawton le carreau cassé, puis ils montèrent l'escalier avec leurs bottes sales. La porte de leur chambre était close ; il ne se souvenait pas de l'avoir fermée. Il avait pourtant dû le faire.

Je ne peux pas entrer là-dedans, dit-il au shérif.

D'accord. Lawton lui toucha l'épaule d'un geste paternel. Restez là.

Lawton et son collègue poussèrent la porte et entrèrent. Il entendit des sirènes au loin. Leur hurlement strident sapa ses forces.

Il patienta dans le couloir en s'efforçant de ne pas bouger. Puis Lawton ressortit et prit appui contre le montant de la porte. Il regarda George avec circonspection. C'est votre hache ?

George hocha la tête. Celle de l'étable.

Ils retournèrent en ville sur des routes sombres et glissantes, dans la voiture banalisée de Lawton, dont les chaînes crissaient sur la neige. Il était assis avec sa fille derrière la grille de séparation. L'annexe du commissariat se trouvait face à l'ancienne gare, dans un bâtiment qui avait peut-être été une école autrefois. Les murs d'un jaune sale étaient encadrés d'huisseries en acajou, et les vieux radiateurs chuintaient avec la chaleur. Une femme qui travaillait là emmena Franny au distributeur automatique de friandises, lui donna quelques pièces prises dans un sac en plastique et la souleva pour qu'elle puisse les glisser dans la fente. Maintenant, regarde, dit la femme. Elle tira la manette et un paquet de biscuits dégringola. Vas-y, c'est pour toi.

19

Franny quêta du regard l'approbation de George. C'est bon, chérie. Tu peux les prendre.

La femme tint ouverte la trappe en plastique en bas de la machine. Allez, prends, ça mord pas. Franny plongea la main dans l'obscurité de l'appareil pour en sortir les biscuits et sourit, toute fière.

Lawton s'accroupit devant elle. Donne, je vais t'aider, trésor. Il prit le paquet, l'ouvrit et le lui rendit. Tous la regardèrent piocher un biscuit et le manger. Lawton dit : Je parie qu'ils sont bons.

Franny mâcha.

Et je parie que tu as faim.

Elle enfourna un autre biscuit dans sa bouche.

Tu as pris ton petit déjeuner, ce matin ? Moi, j'ai mangé un bol de corn flakes. Et toi ?

Des biscottes.

Ah bon ?

Avec de la confiture.

Et ta maman, qu'est-ce qu'elle a mangé au petit déjeuner, Franny ?

Elle regarda Lawton avec surprise. Ma maman, elle est malade.

Qu'est-ce qu'elle a, ta maman ?

Ma maman est *malade*.

C'est dur, quand ta maman est malade, n'est-ce pas ?

Elle retourna le paquet en cellophane, et une pluie de miettes brunes tomba entre ses doigts.

Est-ce que quelqu'un est venu chez toi aujourd'hui ?

Franny l'ignora et froissa l'emballage, occupée par le bruit qu'il faisait entre ses doigts.

Franny? Le shérif te parle.

Elle leva les yeux vers George.

Cole est venu?

Elle hocha la tête.

Cole Hale? demanda Lawton.

Il fait parfois du baby-sitting pour nous, dit George.

C'était Cole? Tu en es sûre?

La lèvre inférieure de Franny se mit à trembler et des larmes roulèrent sur ses joues.

Elle vient de vous le dire, intervint George. Il prit sa fille dans ses bras, agacé, et la tint serrée contre lui. C'est assez de questions pour le moment, il me semble.

Tu veux réessayer, Franny? La femme brandit le sac de pièces.

Franny cligna des paupières pour chasser ses larmes et se dégagea en gigotant. C'est moi qui fais.

On va très bien s'entendre toutes les deux, reprit la femme. J'ai encore plein de monnaie, dans ce sac. Et nous avons une télé.

Ils le laissèrent téléphoner à ses parents. Il les appela en PCV du téléphone public dans le hall. Sa mère lui fit répéter la nouvelle. Il débita les mots, debout sous les lumières vertes.

Ils vont venir, dit-il à Lawton.

D'accord. On va se mettre là.

Lawton le fit entrer dans une petite pièce pourvue de hautes fenêtres noires; il vit son reflet dans la vitre et remarqua sa posture voûtée, ses vêtements froissés. La pièce sentait la crasse, la cigarette et autre chose, peut-être le malheur.

Asseyez-vous, George, je reviens tout de suite.

Il s'assit devant la table. Une fois la porte fermée, il éprouva la sensation d'être coupé de tout, attendant là avec son propre reflet. Il entendit le train brinquebaler en traversant la ville, lent et bruyant. Il regarda la pendule ; il était sept heures passées.

La porte s'ouvrit, et Lawton entra à reculons, tenant deux tasses de café et un dossier sous le bras. Je me suis dit que vous en auriez peut-être besoin. Il posa le café et laissa tomber quelques morceaux de sucre emballés. Vous prenez du lait ?

George secoua la tête. Comme ça, c'est bien. Merci.

Le shérif s'assit, ouvrit le dossier et but une gorgée de café chaud, tenant délicatement le bord de la tasse entre ses doigts. Il sortit des lunettes à double foyer de la poche de sa chemise, essuya les verres avec une serviette, les leva vers la lumière puis les essuya encore avant de les mettre. Sachez que je suis profondément désolé pour Catherine.

George se contenta de hocher la tête.

Le téléphone sonna. Lawton répondit et prit quelques notes sur son bloc. George s'appliqua à seulement rester assis, les mains posées l'une sur l'autre, sur ses genoux. Dans une sorte de rêverie vague, il songea à Rembrandt. Une fois encore, il regarda son reflet dans la vitre et se dit que, pour quelqu'un dans sa situation, il n'avait pas l'air trop mal en point. Il repoussa les cheveux de son front, s'adossa à sa chaise et fit des yeux le tour de la petite pièce. Les murs étaient gris, couleur porridge. À une époque, il se targuait de posséder un instinct pour les couleurs. Un été, étant étudiant, il avait fait un stage à l'institut Clark avec Walt Jennings, un spécialiste de la couleur. Il avait loué une maison sur la colline et était tombé amoureux d'une fille qui vivait dans la vieille demeure victorienne d'en face, bien qu'ils ne se fussent jamais adressé la parole. Elle avait passé l'été à lire *Ulysse*, et il la revit, sortant sur la terrasse en bikini pour aller s'allonger sur la chaise longue. Elle lisait pendant cinq minutes, puis posait le gros livre sur son ventre et levait le visage vers le soleil.

Lawton raccrocha. On n'a pas beaucoup de cambriolages par ici. En général, seulement des adolescents désœuvrés, en quête d'alcool. Vous avez des ennemis, George?

Pas que je sache.

Et votre femme?

Non. Tout le monde adorait ma femme.

Quelqu'un ne l'aimait pas.

Il pensa à la fille, à ses yeux noirs et tristes. Je ne connais personne qui ferait une chose pareille.

Lawton le regarda mais ne dit rien, et une longue minute passa.

Je vais devoir repartir bientôt. Franny n'a pas dîné.

Ce distributeur est très bien garni.

George prit la tasse en carton et sentit la chaleur dans ses doigts. Le café était amer et encore assez chaud pour lui brûler la langue. Lawton sortit un paquet de Chesterfield. Vous en voulez une?

J'ai arrêté.

Moi aussi. Le shérif alluma une cigarette avec un briquet en cuivre, tira une grande bouffée et souffla la fumée. Vous étiez à votre bureau à l'université?

George hocha la tête.

Vous êtes rentré à quelle heure cet après-midi?

Vers cinq heures, un peu avant.

Lawton prit note. Donc, vous arrivez chez vous, et ensuite quoi?

George expliqua qu'il s'était garé dans le garage et était entré dans la maison. J'ai compris qu'il y avait un problème quand j'ai vu la vitre brisée. Puis je suis monté et je l'ai trouvée. Elle était – il toussa. Couchée là, en chemise de nuit. Avec cette – il s'arrêta. Il ne pouvait pas prononcer le mot.

Lawton lâcha sa cigarette dans sa tasse de café, qu'il jeta dans la poubelle. Revenons en arrière une minute. Retournons dans la cuisine et dans l'escalier – avez-vous remarqué quelque chose? Quoi que ce soit d'inhabituel?

Son sac était plus ou moins renversé, son portefeuille. Je ne sais pas ce qu'il contenait.

Combien d'argent liquide gardait-elle dans son portefeuille?

Difficile à dire. De quoi faire les courses, pas beaucoup plus.

Pas assez, probablement. C'est ce que me dit ma femme. Mais vous savez comment elles sont. Jamais contentes. Il observa George par-dessus ses lunettes.

Comme je viens de vous le dire, il n'y avait sans doute que le minimum.

D'accord. Et ensuite?

Je suis monté. Il faisait froid. Il y avait une fenêtre ouverte.

Vous l'avez fermée?

Quoi?

La fenêtre.

Non. Non, je ne voulais pas…

Toucher à quoi que ce soit ? Le shérif le regarda.

C'est ça, dit George.

Et ensuite ?

Ensuite je l'ai trouvée, et elle…

Un bruit sortit de son ventre, une sorte de hoquet guttural, et les mots jaillirent comme du vomi. Elle avait ce… truc dans la tête… et il y avait… tout ce sang.

Il attrapa la poubelle et fut secoué de haut-le-cœur sous les yeux de Lawton. L'adjoint Burke entra et emporta la poubelle. C'était un de ces modèles en métal gris utilisés dans les écoles.

Ça va, George ?

Ça n'allait pas du tout. Burke revint avec une autre poubelle qu'il posa. Il resta là à le regarder une minute, puis ressortit en fermant la porte.

À quelle heure avez-vous quitté la maison ce matin ?

Il se crut incapable de répondre. Six heures et demie, réussit-il à dire. Il avait un cours à huit heures. Il se rappelait le ciel, les épais nuages. Le trajet jusqu'à l'université. La circulation habituelle. Des gens dans leur voiture, derrière des vitres embuées. Ma femme, ajouta-t-il. Elles dormaient.

Elle se lève à quelle heure en général ?

Je ne sais pas. Vers sept heures, j'imagine.

Votre femme travaille ?

Il secoua la tête. Pas ici. Elle travaillait quand nous vivions à New York.

Dans quoi ?

Elle était peintre – elle faisait des fresques murales, de la restauration.

Lawton nota quelque chose. Qu'est-ce que vous avez fait, tous les trois, hier soir?

Rien, dit-il.

Rien?

Nous avons dîné et sommes allés nous coucher.

Vous avez bu de l'alcool pendant le dîner?

Un peu de vin.

Vous êtes allés vous coucher à quelle heure?

George essaya de réfléchir. Vers onze heures, je crois.

Je voulais vous demander... votre femme – elle a le sommeil lourd?

Non. Pas spécialement.

Et votre fille? Elle dort bien?

George haussa les épaules. Je crois, oui.

Lawton secoua la tête et sourit. On en a bavé avec les nôtres. Pas un qui dormait correctement. Jamais une nuit complète. Et ils se réveillaient à l'aube. Lawton le regarda tranquillement, et une minute entière parut s'écouler avant qu'il ne poursuive. Les jeunes enfants peuvent mettre un mariage à rude épreuve. Je trouve que les gens ne sont pas assez indulgents envers eux-mêmes. Mais j'ai l'impression que c'est plus dur pour les femmes, pas vous?

George le regarda et attendit.

Les femmes ont l'ouïe tellement *fine*, hein? Le moindre gémissement et les voilà *debout*.

Il commençait à avoir mal à la tête. Les lumières au plafond, des tubes fluorescents qui bourdonnaient. Il tenta de soutenir le regard du shérif.

Vous voyez, c'est le truc que je ne pige pas, George. Vous partez bosser, OK? Votre femme dort, votre fille dort. La maison est silencieuse. Et ensuite – c'est bien ce que vous avez dit, non ? –, alors qu'elles dorment encore, l'incident survient. Vous êtes d'accord avec ça ?

Je ne sais pas quoi penser d'autre.

Partons du principe que ça se soit passé après votre départ de la maison, après six heures et demie, et avant que votre femme et votre fille ne se réveillent – disons, entre sept et huit heures. Ce serait correct ? On doit réduire la fourchette.

Très bien.

Donc, disons qu'il est aux alentours de sept heures moins le quart. L'individu est quelque part dehors, peut-être même qu'il vous voit partir en voiture. Il trouve la hache dans votre grange, d'accord ? Il parcourt une trentaine de mètres jusqu'à la maison et force la porte de la cuisine. Nous ne savons pas pourquoi. Peut-être un cambriolage, c'est possible, le mobile nous échappe encore, mais on peut supposer que les choses se sont passées ainsi, je ne me trompe pas ?

George y réfléchit. Il hocha la tête.

Maintenant, il est environ sept heures. Vous êtes toujours dans votre voiture, en route pour l'université. Vous arrivez sur le campus, vous vous garez et montez à votre bureau. Pendant ce temps-là, chez vous, quelqu'un est en train d'assassiner votre femme. Lawton fit une pause. Vous acceptez ce scénario, George ?

Est-ce que j'ai le choix ?

C'est ce que vous avez dit, non ? C'est ça que vous nous avez raconté.

George ne répondit pas.

27

Quelqu'un a brisé cette vitre. Quelqu'un a monté cet escalier. Quelqu'un est entré dans votre chambre. Et votre femme ne s'est pas réveillée?

Et?

Ça ne vous paraît pas bizarre – une jeune maman comme elle?

Elle dormait, dit George. Son mal de tête s'intensifia. Il craignit qu'il ne l'aveugle.

Quelqu'un a pénétré chez vous avec une hache, reprit Lawton en se levant lentement. Cette personne est montée à l'étage. Elle est entrée dans votre chambre. Elle s'est tenue devant le lit et a regardé votre femme en train de rêver. Elle a brandi la hache comme ça – il leva les bras au-dessus de sa tête –, puis l'a abattue et *boum!* Il frappa la main sur la table. Un coup. Ça a suffi.

George se mit à pleurer. Vous ne vous rendez pas compte? J'en suis malade. Vous ne vous rendez pas compte?

Juste au moment où il croyait s'être assuré la sympathie de Lawton, le shérif sortit.

Il comprit qu'il avait besoin d'un avocat.

Ce qui, d'après la promesse du shérif, devait être un bref entretien se prolongea pendant cinq heures. Lawton et Burke lui posèrent les mêmes questions à tour de rôle, encore et encore, espérant que George finirait par craquer et avouer le meurtre de sa femme.

Nous aimerions interroger votre fille, dit Burke.

Nous avons des gens qui savent parler aux enfants dans ce genre de situations, ajouta doucement son collègue.

Et obtenir les réponses qu'ils veulent, songea George. Sûrement pas, dit-il.

Burke parut contrarié. Elle était dans la maison. Elle a peut-être vu quelque chose. J'aurais pensé que vous voudriez savoir.

George n'aimait pas l'expression qu'il lisait sur son visage. Il n'en est pas question, dit-il. Je l'interdis.

Les flics échangèrent un regard. Burke secoua la tête, se leva et sortit. Un instant plus tard, le téléphone sonna.

Allô, allô, dit Lawton d'un ton un peu trop allègre. Il écouta et raccrocha. Vos parents sont là. Il semble que votre fille soit fatiguée. Il considéra George attentivement. Elle veut rentrer chez vous.

Oui, dit George. Moi aussi. Et il le pensait de tout son cœur. Sauf qu'ils n'avaient plus de chez-eux. C'était fini.

Vos parents ont réservé des chambres au Garden Inn.

Il hocha la tête avec soulagement. Il ne pouvait pas imaginer retourner dans cette maison ce soir – ni jamais.

Lawton l'escorta. Dans la salle d'attente, George trouva ses parents, assis sur des chaises en plastique. Au premier coup d'œil, il eut du mal à les reconnaître. Ils paraissaient vieux. Accroupie par terre, Franny jouait avec un tampon en caoutchouc qui inscrivait *Courrier officiel* en travers d'une feuille de papier brouillon.

Elle se met de l'encre partout sur les mains, dit sa mère, mécontente, son accent français plus prononcé que d'habitude. Frances, ne reste pas sur ce sol sale.

Elle prit Franny sur ses genoux. Ce fut seulement à cet instant, avec l'enfant entre eux, qu'elle le regarda en face.

Maman, dit-il, et il se pencha pour l'embrasser. Son visage était frais. Son père se leva, la mine sombre, et lui serra la main. Ils le regardèrent ; ils ne voulaient pas voir.

Papa, s'écria Franny en ouvrant les bras, ses petits doigts tendus, et il se rappela soudain qui il était. Il la souleva dans ses bras, reconnaissant pour son affection, et quand elle s'accrocha à lui, il puisa en elle la force de dire bonsoir à Lawton, de retrouver ses bonnes manières.

Nous souhaiterions vous voir ici demain matin à la première heure, déclara le shérif.

Pour quoi faire ?

Nous devons finir.

Je n'ai pas grand-chose d'autre à ajouter, Travis.

Un détail pourrait vous revenir. Nous vous attendons à huit heures trente. Si vous voulez, j'enverrai une voiture de patrouille vous chercher.

C'est bon. Je serai là.

Ils traversèrent le parking en silence et montèrent dans la Mercedes marron de son père, un vieux modèle qui sentait le cigare. Sa mère avait apporté un sac pour Franny, contenant des clémentines, des biscuits et deux biberons de lait. Catherine lui avait appris à boire à la tasse, mais elle prenait toujours un biberon le soir. En y songeant à présent, il eut les larmes aux yeux. Il ne croyait pas avoir le courage de l'élever seul.

Pendant le trajet jusqu'à l'hôtel, Franny s'endormit. Personne ne parla. Il la cala contre son épaule quand ils entrèrent dans le lobby silencieux et montèrent dans l'ascenseur. Sa mère avait réservé deux chambres. Pourquoi ne nous laisserais-tu pas Franny? demanda-t-elle. Nous serons juste à côté. Je suis sûre que tu as besoin de te reposer.

Non, dit-il. Elle reste avec moi.

Sa voix était froide, il s'en rendait compte, mais il ne pouvait pas faire autrement. Leur visage blême et circonspect. Leur désir de savoir. D'avoir une raison expliquant pourquoi ça arrivait *dans leur famille*. La gêne possible. Ils voulaient les faits. Des détails intimes qui ne regardaient personne. Ils ne pouvaient s'empêcher d'être soupçonneux – il supposait que c'était normal. Peut-être devrait-il même leur pardonner.

Non. Il leur en voulait terriblement à cause de ça.

Soudain, ses parents lui apparurent comme des étrangers, des réfugiés embarqués avec lui jusqu'à la fin qui les attendait tous, quelle qu'elle soit. Ils entrèrent dans leur chambre et refermèrent la porte. À travers le mur, il les entendit converser à voix étouffées, bien qu'il n'eût pas idée de ce qu'ils se disaient. Quand il était petit, sa chambre se trouvait à côté de la leur, et ils parlaient souvent jusque tard dans la nuit. George s'endormait en essayant de déchiffrer leur conversation. Son père s'installait sur le banc au bout du lit pour retirer ses chaussures et ses chaussettes, tandis que sa mère était assise, adossée aux oreillers, en chemise de nuit, la peau luisante de crème antirides, le journal ouvert sur ses genoux. Comme parents, ils avaient été stricts, sévères. Son père, un adepte de la discipline, faisait parfois usage

de sa ceinture. George se rappelait la honte qu'il ressentait.

La chambre était propre, impersonnelle, garnie de
deux grands lits. Il coucha Franny aussi doucement
que possible, mais elle se réveilla, inquiète. Papa?

Je suis là.

Pendant quelques minutes, la chambre l'intrigua,
le couvre-lit à motif cachemire, les rideaux lie-de-vin,
l'épaisse moquette assortie. Elle se leva et se mit à
sauter sur le lit. L'espace d'une seconde, alors qu'elle
était en suspension dans l'air, un sourire éclaira son
visage; puis elle retomba à quatre pattes comme un
chiot et se roula en boule. Viens ici, mon gros morceau de sucre. Il la prit dans ses bras.

Tu pleures, papa?

Il fut incapable de lui répondre. Il versait des
larmes cuisantes, solitaires.

Elle s'écarta de lui, serrant son lapin en peluche, et
frissonna un peu. Elle avait les yeux ouverts, fixés sur
un point de l'autre côté de la chambre, et il songea
qu'elle n'avait pas réclamé Catherine depuis qu'ils
avaient quitté la maison des Pratt, pas une fois. Il
trouvait ça bizarre. Quelque part dans sa petite tête,
elle avait peut-être compris que sa mère ne revien-
drait pas.

Il remonta les couvertures et l'embrassa sur la
joue. Dieu merci, elle s'endormit.

Il s'assit sur l'autre lit et la contempla. Ils étaient
seuls tous les deux désormais. Il tenta de réfléchir.
Les rideaux ondulaient tels des fantômes dans une
brise inexpliquée. C'était le radiateur en dessous,
comprit-il non sans soulagement. Il s'approcha de la

fenêtre, régla la température et regarda la nuit dehors, le parking faiblement éclairé, les lumières de l'autoroute au loin. Ç'avait été un long hiver rigoureux. Il s'était remis à neiger. George ferma les rideaux devant la vitre froide, faisant disparaître le monde extérieur, et alluma la télévision en coupant le son. Une publicité prit fin et le journal du soir commença. Il fut surpris et en même temps non que le meurtre de sa femme soit le sujet principal : des images de la ferme, des granges vides, un plan sinistre du matériel de traite inutilisé, une photo lugubre de la maison provenant du bureau de l'expert, barrée du mot *Saisie* comme un bandeau de police. Puis une photo de sa femme parue dans le journal local, prise à la traditionnelle foire de Chosen où, une fois par an, tout le monde se rassemblait pour manger des saucisses panées et des beignets – un des rares moments de nivellement dans une ville où se côtoyaient l'extrême richesse et l'extrême pauvreté, sans grand-chose au milieu. Catherine, en salopette, une lune et une étoile peintes sur les joues, semblait angélique, presque enfantine. Enfin, une photo de lui – celle de sa carte de l'université, sur laquelle il ressemblait à un détenu. Il comprenait bien la manœuvre ; ce n'était pas difficile.

Il éteignit la télé et alla dans la salle de bains. La lumière était trop vive, le ventilateur vrombissait. Il le coupa et urina dans le noir, puis se lava les mains et la figure. Involontairement, il regarda son nouveau reflet – le blanc de ses yeux, la courbe de ses lèvres, sa silhouette vague – et il lui sembla qu'il commençait à disparaître.

Il retira ses chaussures, s'allongea tout habillé sur le lit et remonta le couvre-lit. Qu'allaient-ils faire maintenant, l'arrêter? Ils voulaient l'interroger de nouveau; que pourrait-il leur dire de plus? Il était rentré chez lui, l'avait trouvée, avait attrapé Franny et était parti en courant. Manifestement, ils espéraient des aveux. Il avait trop souvent vu ça dans des films – en moins de deux on l'enverrait en prison, les fers aux pieds. Ça pouvait tout à fait arriver, comprit-il. Cette possibilité monstrueuse le terrifia. Il ne se pensait pas capable de le supporter.

Le lendemain matin, juste avant six heures, il entendit frapper. Sa mère se tenait dans l'embrasure de la porte, en robe de chambre, les traits tirés, flétrie. Son père voulait lui parler. Il n'avait pas dormi de la nuit et était parvenu à la conclusion qu'ils devaient ignorer la demande du shérif et rentrer immédiatement dans le Connecticut. Puisque George ne savait rien, souligna sa mère, un nouvel entretien au commissariat serait inutile. Une fois à Stonington, ils engageraient un avocat. Il était encore tôt. Ils avaient le temps de passer à la ferme chercher quelques affaires. George prendrait sa voiture, et ils rouleraient en convoi jusque dans le Connecticut. Ils auraient quitté l'État avant même que Lawton n'arrive à son bureau.

Il faisait froid, le ciel était blanc et le paysage privé de couleur. Des conifères, des champs et des granges au loin, des vaches immobiles, un horizon sans soleil. La maison d'Old Farm Road paraissait méfiante, drapée de rubans de police. Un avis était punaisé sur la porte. Écoutez, dit-il à ses parents. Je suis désolé pour tout ça. Vraiment désolé.

Le père de George hocha la tête. Nous comprenons, mon garçon. C'est terrible, ce qui s'est passé. Terrible.

Ils attendirent dans la voiture avec Franny pendant que George entrait par le porche, comme il l'avait fait la veille. Il garda ses gants. Il savait qu'il ne devait toucher à rien. Les surfaces avaient été recouvertes de poudre à empreintes, dont il restait une fine pellicule. C'était devenu une scène de crime, et même les objets les plus ordinaires semblaient de connivence : une poupée en plastique barbouillée d'encre, des bougeoirs décorés de cire, une des ballerines bleues de sa femme sortant de sous le canapé. Autant de choses qu'il vit par flashs en traversant la pièce jusqu'à l'escalier, tentant de ne pas faire de bruit, comme si quelqu'un d'autre était déjà là, comme si c'était lui l'intrus. Il resta immobile une seconde, aux aguets. Il entendit les arbres s'agiter dans le vent, les carillons de Catherine se heurter. Son visage transpirait, sa nuque. Pris d'une nausée soudaine, il se demanda s'il allait être malade.

Une fois encore, il leva les yeux vers l'escalier.

Il devait y aller. Il le devait.

Agrippant la rampe, il monta au premier étage et s'arrêta brièvement dans le couloir. Il faisait froid ; l'air en tremblait presque. La chambre de sa fille était un bastion d'innocence, où les murs roses et les animaux en peluche affichaient leur trahison. Il éprouvait un affreux sentiment d'étrangeté, percevait une malveillance persistante. Il avait terriblement envie de s'en aller. C'était comme si cette maison, cette étrange ferme, ne lui appartenait même pas. Elle appartenait à ces gens, les Hale. Il savait qu'il en irait toujours ainsi.

Dans le placard de Franny, il trouva une petite valise qu'il remplit de ce qu'il put – vêtements, jouets, peluches – et retourna dans le couloir. La porte de leur chambre était entrouverte, une invite à laquelle il ne pensait pas pouvoir répondre. Il se dirigea plutôt vers l'escalier, entendant des voix dehors. Par la fenêtre du palier, il vit qu'ils étaient sortis de la voiture. Sa mère faisait rebondir sa petite-fille d'une hanche à l'autre en chantant une chanson. La tête renversée en arrière, Franny riait. Ça paraissait déplacé, pensa-t-il, agacé. Personne n'avait le droit d'être heureux, pas même sa fille, et il savait que Catherine déplorerait ce genre de comportement *dans un moment pareil.*

Le téléphone sonna, incroyablement sonore. Qui pouvait donc appeler ? Il regarda sa montre : sept heures moins dix. Le téléphone transperça les pièces vides. Il se tut après dix sonneries.

Le silence semblait écouter.

Puis quelque chose remua au bout du couloir. Le vent, la lumière du soleil, un scintillement violent – et il songea follement : *C'est elle.* Oui, *oui*, c'est *elle* ! Debout en chemise de nuit près de la porte de la chambre, sa main délicate posée sur la poignée, la tête entourée d'un halo de lumière. *Viens, je vais te montrer*, entendit-il presque. Elle tendait la main. *Viens.*

En cet instant, le monde devint silencieux. Il regarda de nouveau ses parents et sa fille dehors, résolument vivants, mais il ne les entendait plus et savait qu'ils existaient dans des univers séparés. Il comprit aussi ce que l'on attendait maintenant de lui, ce qu'elle voulait, sa femme défunte, et il tituba jusqu'à la chambre qu'ils avaient partagée. Il mettrait un terme à sa propre vie, se dit-il, si c'était ce qu'elle désirait. Il le méritait. Parce qu'il n'avait pas su la protéger, qu'il avait cru à tort qu'elle serait heureuse ici et qu'il avait tout fait pour s'assurer qu'elle ne le serait jamais. Ce fut alors qu'il sentit quelque chose, comme une main froide sur son menton, l'obligeant à regarder. Le lit était là. On avait retiré les draps ensanglantés, la couverture. Il n'y avait plus que le matelas, la trace de la tache, un cercle irrégulier semblable à un lac sur une carte. Une fois encore il entendit le vent, les branches nues des arbres. Une fois encore, ce brusque éclat de lumière. *Cathy*, murmura-t-il. *C'est toi?*

Les deux voitures roulèrent l'une derrière l'autre. Franny dormait, couchée sur la banquette arrière, respirant fort. Un trajet de quatre heures dans la neige fondue. Il devait se concentrer, fixer son attention. Comment pourrait-il continuer? Tout ce sang. Ses jolis bras pâles, ses poignets délicats.

Ils avaient dîné; elle n'avait rien mangé. Elle s'était montrée froide, distante. Flanquant les assiettes dans l'évier. Les épaules tendues. Je sais qui tu es, George.

Quoi?

Je sais ce que tu as fait.

Fichu, s'était-il dit. Une vie gâchée.

Je ne peux pas rester ici, George. Je ne peux pas rester ici avec toi. Il faut que je m'en aille.

Il avait envie de la frapper, mais à la place il avait dit : Si c'est ce que tu veux.

Tu n'as pas la moindre idée de ce que je veux !

Il s'était lavé et relavé les mains.

Il avait collé l'oreille à la porte et l'avait ouverte en silence. Elle avait levé les yeux, vêtue de sa chemise de nuit blanche, la peau déjà si pâle, et avait posé sa brosse à cheveux.

Le détroit apparut, forme noire s'étirant tout le long de l'horizon. Il n'y avait pas de neige ici, sur le rivage. Il s'arrêta sur une aire de stationnement et dégringola sur le sable qui manqua l'engloutir. Il se releva et courut sur la plage froide comme un homme dans le désert qui vient enfin de trouver de l'eau, vaguement conscient que ses parents l'appelaient. Il avait presque l'impression que c'était la toute fin du monde, et qu'il ne restait plus rien, ni de jour ni de nuit, ni de chaud ni de froid, ni de rire ni de joie. Et qu'il y était à sa place. Dans ce néant.

Il voulait ressentir quelque chose, l'eau dans ses mains, son odeur, celle de la vie, le sel, la lumière froide. Comme de très loin, il sentit l'eau lui monter jusqu'aux genoux, jusqu'aux hanches. Lave-moi, pensa-t-il. Baptise-moi.

Ils durent le persuader de ressortir. Des couvertures, puis une soupe chaude dans un routier après qu'il se fut changé dans les toilettes.

Qu'est-ce qui t'a pris, d'aller dans l'eau comme ça ? demanda sa mère. Elle va avoir besoin de toi, George. Ta propre vie passe en second désormais. *Tu ne comptes plus*, aurait-elle pu dire. *Tu ne le mérites pas.*

Ils attendirent dans la voiture pendant que son père achetait une glace à Franny. Les yeux de sa mère étaient aussi liquides et gris que le détroit. Semblant ratatinée dans son manteau trop grand, elle lui prit la main et il sentit quelque chose se briser en lui.

Ils me croient coupable, dit-il.

Eh bien, ils n'iront pas loin avec ça.

Le vent soufflait fort. Il se demanda à quoi elle pensait. Elle fit soudain face au soleil éclatant et ferma les yeux.

Ils habitaient une vieille villa dans une crique, donnant sur l'eau. Étant jeune, il avait eu plusieurs dériveurs. Lorsqu'ils sortirent de la voiture, il se demanda si son vieux Vagabond était encore rangé dans l'abri, avant de se rappeler à l'ordre : il ne s'agissait pas d'une visite ordinaire.

Ils le laissèrent tranquille. Il monta dans sa chambre d'enfant, se coucha sur son petit lit, et l'après-midi apporta l'obscurité épaisse d'une tempête hivernale. En bas dans la cuisine, la radio répétait son message d'alerte lancinant : nouvelles chutes de neige en prévision, prudence sur les routes, etc. Il entendait le rythme staccato des pas de Franny dans toute la maison. Au moins elle allait bien, songea-t-il. Même s'il était loin de pouvoir deviner ce qu'elle avait vécu ; il doutait de jamais le savoir.

Il s'assoupit un moment et fut réveillé par la sonnerie du téléphone. Il supposa que c'était la mère de Catherine, ou peut-être sa sœur. Plus tard, son père frappa et passa la tête dans l'entrebâillement de la porte, prudemment, comme si George était atteint d'une maladie contagieuse qu'il ne voulait pas attraper.

Ils ont appelé ici, ils te cherchent.

Lawton ?

Son père acquiesça. Ils veulent parler à Franny.

George secoua la tête. Il n'en est pas question.

Très bien. La décision t'appartient.

Son père resta là à le regarder.

Elle n'était pas heureuse, déclara George. Avec moi, je veux dire.

Son père attendit.

Nous avions des problèmes.

Cette information ne changeait rien, et son père passa aussitôt aux aspects pratiques. J'ai contacté l'avocat dont tu m'as parlé. Je l'ai engagé et il s'est déjà mis au travail. Rien de ce que tu as dit hier soir ne peut être utilisé contre toi dans un dossier pénal. En fait, tu n'étais pas tenu de subir un interrogatoire. Évidemment, ils se sont bien gardés de te le dire. Si les policiers veulent encore te poser des questions, ton avocat devra être présent. Ce sera comme ça dorénavant.

J'ignorais que c'était possible, dit George.

Tout est possible avec le bon avocat. Son père lui lança un regard bref, sans appel, avant de refermer la porte.

Les heures passaient lentement. Il était comme un locataire dans leur maison. Il sentait leurs doutes, leur jugement. Il considéra ce moment de flottement comme la matérialisation de sa version personnelle de l'enfer.

Tes beaux-parents sont en route, lui dit sa mère, un avertissement. Ils ont accepté que l'enterrement ait lieu ici.

Elle préparait des pancakes et en avait fait brûler un certain nombre – une vieille habitude. La cuisine avait la même odeur que dans ses souvenirs d'enfance, celle des sempiternels toasts calcinés abandonnés tels des fossiles sur le Formica, preuve de sa bonne volonté maternelle. Elle lui servit une tasse de café.

Quand?

Dans deux heures.

OK, dit-il en buvant son café à petites gorgées, sans y goûter. Il avait dans la bouche un goût de caoutchouc ou d'autre résidu toxique, de peur. Voir les parents de Catherine, être témoin de leur chagrin, serait une épreuve. Soudain nauséeux, il repoussa la tasse et se leva.

Je les ai faits pour toi, dit sa mère, debout, l'assiette de pancakes à la main, le visage pâle, les cheveux aussi raides et cassants que des aiguilles de pin. À presque midi, elle était encore en chemise de nuit, et dans un coin en fouillis du plan de travail, il repéra son verre de gin. Tu ne veux pas savoir où est Franny?

Il l'interrogea du regard.

Ton père l'a emmenée laver la voiture. Tu adorais ça autrefois.

Oui, dit-il – mais c'était faux. Il avait toujours été un peu effrayé par le tunnel en ciment sombre à Liberty Street, le long portique de lavage, les méchants flexibles jaunes des aspirateurs, la peau d'un noir profond des employés.

J'ai besoin de prendre l'air, dit-il.

Bien sûr. Sa mère paraissait ravagée, il n'y avait pas d'autre mot. Va te promener.

Il retrouva une de ses vieilles vestes dans le placard. S'armant contre le froid, il descendit le chemin étroit jusqu'à la plage déserte, désolée. Tous les voisins étaient partis pour l'hiver, et le sable plat s'étirait jusqu'à une eau sombre, presque noire. Marchant le long du rivage, il fourra les mains dans ses poches et découvrit un paquet cabossé de Camel, les cigarettes sans filtre qu'il fumait quand il était à la fac. Il en alluma une, inhala profondément. Le tabac était rance, mais il s'en fichait. Il voulait sentir la brûlure dans sa poitrine ; il aurait fumé un paquet entier s'il avait pu. Il observa une mouette qui volait bas, scrutant l'eau, la plage. Elle prit de la hauteur et disparut dans le ciel blanc.

Une heure plus tard, peut-être deux, il entendit une voiture et la voix aiguë de sa belle-mère : Frances Clare, mon Dieu, regarde comme tu as grandi !

Il fit face au miroir et boutonna son col, puis rentra sa chemise dans son pantalon en essayant de ne pas regarder son visage.

Il descendit. Sa mère avait installé Franny à la table de la cuisine, où elle coloriait. Elle fixait intensément l'enfant, comme si une révélation décisive allait apparaître sur la feuille de papier, alors que Franny n'avait dessiné que des fleurs. Il embrassa sa fille sur le haut du crâne. C'est un joli dessin, Franny.

Je fais des marguerites. Elle appuyait fort, traçant des traits d'herbe épais et cireux.

N'est-ce pas que c'est joli? dit sa mère. Elle leva les yeux vers lui, l'évaluant ou l'admirant, il n'aurait su le dire, mais ça n'avait pas d'importance. Sa mère était de son côté, quoi qu'il arrive. Ils sont dans le salon avec ton père, dit-elle.

Lorsqu'il entra dans la pièce, le silence se fit. Rose et Keith, assis sur le canapé, tournèrent la tête vers lui sans paraître le reconnaître, comme des inconnus attendant un bus. Sans un mot, George se pencha pour embrasser sa belle-mère, puis serra la main de son mari.

Rose se leva pour l'étreindre, tremblant entre ses bras. Que s'est-il passé, George? Qu'est-il arrivé à notre Cathy?

Si seulement je le savais.

Les yeux de Rose se remplirent de larmes. Qui a pu faire une chose pareille?

Évidemment, ils essaient de me coller ça sur le dos, dit George.

Rose cligna des paupières, détourna les yeux. Son corps entier sembla se contracter, et il écarta les mains alors qu'elle se laissait retomber sur le canapé.

Je ne sais pas ce qui s'est passé, reprit-il. Je n'en sais pas plus que vous.

C'est épouvantable, dit-elle à personne en particulier. Tout simplement épouvantable.

Je peux vous apporter quelque chose?

Non, merci. Je veux juste rester assise.

À son grand soulagement, Franny entra en courant dans le salon avec sa feuille. Regarde mon dessin, mamie Rose.

Eh bien, ça alors, tu es une véritable artiste, pas vrai ? Viens sur les genoux de mamie. Elle attira l'enfant dans ses bras. Où est passé mon baiser ? C'est toi qui as pris mon baiser ?

Franny secoua la tête et leva ses paumes ouvertes. Non, je l'ai pas.

Est-ce qu'il est dans ta poche ?

J'ai pas de poches !

Est-ce qu'il est dans ta chaussure ? Je parie qu'il y est.

Franny dégringola par terre, retira une chaussure et la secoua vigoureusement. Il est là, s'écria-t-elle. Il est tombé comme un petit caillou. Elle tendit la main pour le montrer à sa grand-mère.

Oh ! Je le savais.

Tiens, dit Franny.

Pose-le là, lui dit Rose en se penchant en avant.

Franny toucha la joue de sa grand-mère, et Rose la serra fort. Seigneur notre Dieu, c'est le meilleur baiser du monde entier.

La neige se changea en pluie. Ils restèrent assis tous ensemble alors que la lumière froide se déversait par la baie vitrée. Son père regardait un match, du basket universitaire. Par intermittence, des explosions de joie emplissaient la pièce. George but un peu de gin. Juste après la mi-temps, une voiture se gara dans l'allée de gravier.

Voilà Agnes, dit sa belle-mère.

J'y vais. George alla ouvrir, content d'avoir quelque chose à faire, et regarda sa belle-sœur et son mari sortir de leur voiture. Agnes, enceinte depuis peu, avait déjà pris du poids. Paul portait un plat de nourriture enveloppé dans du film plastique et tint le bras de sa femme pendant qu'ils remontaient le sentier.

Agnes, dit George, et il l'embrassa sur la joue.

Elle semblait au bord des larmes. Comment est-ce possible?

Je ne peux pas te répondre.

Il l'étreignit une minute, mollement et sans affection. Elle était plus petite que Catherine, voûtée, robuste. Elle brisa le contact et s'essuya les yeux pendant que son mari entrait dans la maison.

Bonjour, Paul, dit-il, lui serrant la main.

Je te présente mes condoléances.

Tiens, laisse-moi te débarrasser. Entrez.

Ils burent trop tous les sept. Par moments, Rose fondait en larmes. On alla chercher de l'eau et des cachets. Ils tentèrent de donner le change pour Franny, mais leur gaieté feinte la troubla, si bien qu'elle s'agita, pleura et se tortilla dans leurs bras.

C'est l'heure de la sieste, mon chaton. Lorsqu'il la prit dans ses bras, elle gloussa, poussa des cris et battit des pieds.

Non, papa, pas tout de suite.

Il la coucha dans la chambre d'amis, sur l'un des lits jumeaux, et remonta les couvertures sous son menton. Tu as assez chaud?

Elle est où, maman?

La question l'inquiéta, et il essaya de le cacher. Elle est là-haut dans le ciel avec Dieu, chérie. Tu te souviens de ce que maman t'a dit?

Dieu vit dans le ciel.

C'est ça.

Mais je veux maman.

Tu peux lui parler tout bas. Il suffit de chuchoter et elle t'entendra.

Elle leva les yeux vers le plafond. Là-haut?

Oui, tout là-haut. Il l'embrassa sur le front. Elle le regarda et il lui fit un câlin. Elle s'accrocha à lui.

Maman est avec toi, Franny. Elle est avec toi à chaque minute. D'accord?

Franny se détourna et ferma les yeux. Il resta assis à la contempler pendant un moment. Sentant une présence à la porte, il se retourna et croisa le regard de sa mère. Aussitôt, il eut conscience d'être sous surveillance. Elle était sa gardienne, songea-t-il en la rejoignant dans le couloir.

A-t-elle dit quelque chose?

Non.

Elle lui lança un regard perçant. Je ne peux pas m'empêcher de me poser la question. Elle a passé toute la journée dans cette maison.

Je sais.

Insatisfaite, elle secoua la tête. Elle a forcément vu quelque chose.

On ne le saura peut-être jamais.

On ne peut pas se contenter de ça. Et le garçon? Je me demande s'il a quelque chose à y voir.

Ce n'est qu'un gamin, maman.

On ne sait jamais. Les gamins, de nos jours. Le monde a changé.

Il soupira. Que pouvait-il répondre? Je suis désolé, maman, finit-il par dire.

Elle le regarda bizarrement, comme pour tenter de déchiffrer ce qu'il entendait par là. Je sais, mon garçon. Je sais.

Tard dans l'après-midi, Agnes voulut aller marcher. Il prit les cigarettes de sa mère et l'accompagna, tenant un parapluie au-dessus de leurs têtes. Après ses études, elle avait brièvement vécu avec eux, à New York. Il avait appris à la connaître, et s'il avait compris quelque chose la concernant, c'est qu'elle était une adepte du compromis. Elle acceptait facilement les choses telles qu'elles étaient, que ce soit dans son travail ou dans ses relations. Son mari, songea-t-il, était un type sans caractère. George pressentait qu'elle avait admiré Catherine, mais ne le lui avait jamais dit, ce qui n'était peut-être pas si inhabituel. Il en allait peut-être ainsi entre sœurs.

L'hiver, les couleurs dans le détroit se dissolvaient, offrant un paysage sinistre. Ils s'arrêtèrent pour contempler l'eau. Il alluma une cigarette.

Tu peux avoir confiance en moi, dit Agnes, je tiens à ce que tu le saches.

D'accord, répondit-il. C'est bien. J'apprécie.

Pour tout, je précise.

Il hocha la tête.

Je suis certaine que tu n'as rien à voir avec tout ça.

Je ne sais pas quoi dire, Agnes.

Je ne peux même pas imaginer ce que tu dois endurer.

C'est très difficile.

Elle posa la main sur son bras et l'embrassa sur la joue. Il sentit le parfum qu'elle avait mis ce matin-là, du Chanel N° 5, celui-là même que sa femme portait depuis ses premières années de fac, et il se demanda si c'était délibéré. En cet instant, Agnes lui parut une complète étrangère. Il s'avisa qu'il connaissait à peine ces gens. Et eux ne le connaissaient pas du tout, c'était certain. Ils avaient déjà tiré leurs conclusions à propos du meurtre de sa femme. Et, tel un bon gendre, il avait acquiescé, endossant la résignation stoïque de l'accusé.

Le lundi matin, quelques heures avant les obsèques, des policiers vinrent fouiner. Son père les avait repérés en ville, où les étrangers ne passaient pas inaperçus. Deux équipes de tournage étaient garées au bout de leur route, à l'affût d'images de lui. Des journalistes vinrent aussi au cimetière ; George et les autres virent le reportage plus tard ce soir-là aux infos locales, les deux familles devant la tombe. Leurs visages. Déformés par le chagrin.

Le lendemain après-midi, deux sbires de Lawton frappèrent à la porte. George était en haut dans sa chambre, essayant de se reposer. Il entendit sa mère les faire entrer, puis leurs voix qui emplissaient le salon comme s'ils voulaient qu'il perçoive chaque mot.

Il ne sera pas interrogé sans son avocat, les prévint sa mère.

Très bien, dit l'un d'eux. Nous le comprenons. Mais dites à votre fils que nous avons une enquête à mener. Ça nous serait utile de lui parler. Il connaissait sa femme mieux qu'aucun d'entre nous. Son aide ne serait pas de trop.

Sa mère dit quelque chose qu'il ne distingua pas, et ils repartirent. De la fenêtre de sa chambre, George les regarda descendre vers la plage et vit leur blouson se gonfler de vent alors qu'ils se tenaient sur le rivage. L'un d'eux ramassa du sable dans sa main et l'agita comme de la petite monnaie. Son équipier dit quelque chose qui le fit rire, et tous deux levèrent les yeux vers sa fenêtre. Pris sur le vif, George recula, laissant le rideau retomber devant la vitre.

Environ une semaine plus tard, il retourna à Chosen chercher quelques affaires – son livret bancaire, son chéquier, les bijoux de sa femme. Le secret, quand on veut cacher quelque chose, lui avait-elle dit un jour, consiste à le laisser en évidence. Son père lui avait proposé de l'accompagner, mais il avait besoin de faire ça tout seul. Il avait besoin d'être seul dans cette maison, avec elle.

Il passa les trois heures de trajet en silence. Dans l'espace de liberté qu'était sa voiture, il s'autorisa à penser à la fille et à la façon dont elle l'avait regardé la dernière fois.

Enfin, il tourna dans leur chemin, où il craignit d'être l'objet d'une surveillance invisible. Il examina les arbres, les champs tout autour, mais ne vit personne. La maison semblait abandonnée. En descendant de voiture, il se rendit compte qu'il avait peur. Il avait la bouche sèche et mal à la tête. Il avait un passé ici, se remémora-t-il, qui n'avait pas toujours été désagréable.

La police était venue et repartie. La maison donnait l'impression d'avoir été malmenée, piétinée par des inconnus. Leur ancienne chambre semblait nue. Quelqu'un avait nettoyé le sang, dont il ne restait plus trace sur les murs. Il se demanda qui s'en était chargé, si c'était un métier spécialisé. Debout devant le lit, il regarda l'espace que sa femme avait occupé. Sur une impulsion, il attrapa le matelas, le dressa à la verticale, le poussa dans le couloir, dans l'escalier puis dehors, transpirant et jurant. Il le tira dans le champ, sur le verglas et la neige, et le laissa tomber sur le sol dur. Puis il alla à la grange chercher de l'essence. Le jerrican n'était pas plein, mais il y en avait assez pour asperger le matelas. Une allumette suffit.

Il le regarda brûler.

Chosen, État de New York, 1978

1

Juste avant l'hiver, leurs vaches furent saisies. Leur mère les avait envoyés en haut, ses frères et lui, mais ils regardèrent par la fenêtre. Il y avait deux camions à bestiaux. Le garçon vit les vaches entassées dedans et les entendit mugir parce qu'elles n'avaient jamais rien connu d'autre que cette vieille ferme. Le patron, un homme taillé comme une brique en carton, portant une chemise à carreaux et des gants, moulina du bras comme s'il maniait un lasso, et le premier camion démarra en soulevant une épaisse poussière brune. Leur père attendait, les bras croisés, comme si on allait le frapper. L'homme s'avança vers lui d'un pas traînant, les bottes délacées, projetant de la terre. Il lui tendit une feuille de papier et lui dit quelques mots qui se transformèrent en fumée dans l'air froid, puis il toucha le bord de son chapeau comme s'il était désolé, grimpa dans sa cabine, passa une vitesse et s'éloigna. L'air se remplit une fois encore de poussière et le soleil disparut. Pendant une minute environ, ils ne distinguèrent plus leur père, et les garçons crurent à un tour de magie : un instant on a tout, l'instant d'après on n'a plus rien. Le silence se prolongea un moment, puis le ciel s'ouvrit comme s'il se déchirait ; la pluie tomba sur le sol et crépita sur les vieux seaux en fer-blanc.

Ignorant ses frères, le garçon dévala l'escalier à la rampe noire de crasse, aux murs décorés de photos d'aïeuls morts accrochées de guingois. Il courut sur le parquet éraflé, vaguement conscient de la présence de sa mère dans la cuisine, poussa la porte moustiquaire et s'élança sous la pluie, dépassa les étables aux logettes vides et continua de courir à travers le champ à l'herbe abîmée. Il grimpa la colline sur le sol dur, suivit la crête avec ses pissenlits lacérés et ne s'arrêta que quand il ne put courir plus loin. Les mains sur les genoux, il prit de grandes goulées d'air froid, sachant que c'en était fini des larmes, et qu'il était maintenant trop grand pour ça. Il regarda la ferme en contrebas, où sa mère l'avait porté, mis au monde puis tenu dans ses bras lorsqu'il était bébé, et voilà qu'il se remit à pleurer un peu, mais cette fois comme pleure un homme quand il sait ce qui va arriver.

Il s'appelait Cole Harold Hale. On lui avait donné le nom de son arrière-grand-père, qui avait acheté la ferme en 1908 et l'avait transformée en exploitation laitière. Son père, Calvin, avait grandi ici et leur avait transmis, à ses frères et lui, le savoir-faire qu'il avait lui-même appris de son père. Il n'était pas allé plus loin que le lycée, mais on pouvait lui demander n'importe quoi, il avait toujours une réponse à donner. Quel que soit le sujet, il connaissait tout un tas de choses. Grand et voûté, il se promenait dans un vieux manteau couleur sang, l'air sévère et renfermé, comme s'il avait avalé du verre. Il avait des mains aussi grandes que des frisbees, qui volaient vers vous quand vous ne vous y attendiez pas. Il parlait en langage codé. Même Eddy ne le comprenait pas. Il lui arrivait de frapper leur mère. Des portes se fermaient. Il partait au volant de son camion.

Ce soir-là, pourtant, il n'alla nulle part. Il resta dans l'étable avec son whiskey. Finalement, leur mère alla vérifier qu'il allait bien. Elle resta à l'entrée, tenant une couverture comme un enfant endormi, mais il n'en voulait pas. Elle rentra à la maison et s'allongea sur le canapé, le dos tourné. Cole la recouvrit de cette même couverture et attendit qu'elle parle, lui dise qu'il était un bon garçon attentionné, comme elle le faisait souvent, mais elle ne dit rien et il monta retrouver ses frères.

Il faisait froid dans la chambre mal chauffée. Les trois garçons se couchèrent dans le même lit, tout habillés, leurs bras et jambes se touchant, le regard fixé vers le plafond. Wade s'endormit le premier, comme toujours. Il n'était pas d'un tempérament inquiet, contrairement à leur aîné, Eddy. L'inquiétude tenait Eddy éveillé la nuit. Il ouvrait la fenêtre, grimpait sur le toit, s'asseyait pour fumer, et quand il rentrait il rapportait avec lui le froid et la puanteur des cigarettes.

Le lendemain matin, Mme Lawton vint avec son fils, Travis Jr. La mère de Cole s'était lavé le visage, brossé les cheveux, et elle avait mis du rouge à lèvres. Elle boutonna son cardigan face au miroir. Elle avait les cheveux blonds et des petites dents de bébé, et les gens lui souriaient comme ils sourient devant des nourrissons, des cupcakes ou des papillons. Même avec rien elle avait fait des biscuits, et une bonne odeur sucrée flottait dans la maison, l'odeur qu'elle avait toujours quand il était petit.

Pourquoi vous n'iriez pas vous promener, les garçons ? suggéra Mme Lawton. Votre mère et moi voulons discuter.

Travis avait un an de moins que Cole. Il allait à Saint-Anthony et devait porter un uniforme. Saint-Anthony se situait au coin de la rue du collège de Cole, qui allait parfois regarder les élèves derrière les grilles, les garçons en chemise bleue et pantalon gris, les filles en jupe écossaise. Il connaissait l'une d'elles, Patrice, et était amoureux d'elle.

Ils descendirent au ruisseau, mouillant leurs tennis, et se mirent à lancer des cailloux. Cole lançait le plus loin, ce qui n'avait rien d'étonnant. Grand pour son âge, il avait de grandes mains et de grands pieds, comme son père, et tout le monde disait qu'il deviendrait aussi costaud que lui. Les gens le comparaient toujours à son père, mais qu'est-ce qu'ils en savaient ? Pour commencer, il n'avait pas l'intention d'être pauvre, jamais il ne ferait de mal à une femme ou ne donnerait des coups de ceinture à ses enfants, et quand il pensait à ces choses-là, sa poitrine brûlait et ses yeux le piquaient, mais il ne disait rien. Les sentiments que lui inspirait son père ne regardaient personne.

Le père de Travis Jr. était le shérif du comté. Un jour, Wade avait été surpris en train de voler chez Hack's ; le shérif Lawton l'avait emmené sur le parking et, une main posée dans son dos, avait tenté de lui mettre un peu de plomb dans la cervelle. Ils étaient restés là, tête baissée comme deux hommes en prière, mais ça n'avait eu aucun impact sur le frère de Cole, qui était toujours en train de préparer un coup.

Il sortit de sa poche un des mégots de sa mère et l'alluma, conscient des yeux de Travis Jr. sur lui. Sa mère fumait des Pall Mall. Il tira fort dessus, ça lui fit un peu mal, et un goût dégoûtant lui couvrit la langue. Ton père, il a combien de pistolets ?

Deux.

Tu as le droit de les tenir ?

Une fois il m'a laissé.

Ils lancèrent encore quelques cailloux, puis Travis dit : Désolé pour votre ferme.

Cole lança un caillou, qui décrivit un arc dans le ciel et disparut, presque comme une étoile filante.

On ne peut pas savoir, dit Travis d'un ton sinistre. Dans la vie. D'une minute à l'autre. On ne sait pas, on ne peut pas prévoir.

Cole regarda les collines et attendit qu'elles se troublent. Quand on regardait une chose assez longtemps, elle commençait à devenir autre chose, ou à prendre une forme complètement indéfinie, mais dans tous les cas, on n'y pensait plus de la même façon qu'avant et, en général, elle perdait de son importance. C'était une philosophie qu'il avait développée tout seul dans sa tête. Il s'intéressait à la philosophie, à la façon de penser des gens. Et à la physique aussi, comment une chose influait sur une autre. Il était bon élève et très doué en sciences. Mais il y avait dans la vie des mystères qui ne s'expliquaient pas.

Travis lui toucha le bras. Ça va ?

Il haussa les épaules pour se dégager.

Ils traversèrent les bois, l'obscurité froide des arbres. Lorsqu'ils revinrent du ruisseau, sa mère sortit les gâteaux, qu'ils mangèrent dehors sur les marches, dans le soleil mordant, en buvant le lait de leurs vaches perdues. Leur odeur imprégnait encore l'air, mêlée à celle du fumier que Cole avait toujours connue et qui le rendait heureux, mais quand il repensa aux longues étables blanches et aux logettes vides, le lait eut soudain un goût de rance. Avant il se plaignait des corvées qu'on lui imposait – la main de son père sur son dos pour le réveiller, l'obligation de quitter la chaleur du lit et de sortir, à moitié vêtu, dans la nuit noire afin d'aller traire et nourrir les vaches puis nettoyer l'étable avant de partir à l'école. Pas le courage d'enfiler des chaussettes, les pieds toujours glacés dans ses vieilles bottes, et ses frères qui le poussaient dans la cour jusqu'à la lumière chaude de l'étable, où les vaches l'attendaient et tapaient des sabots. Il en avait détesté chaque minute, mais maintenant ça lui manquait tant qu'il en avait mal au ventre.

Les femmes sortirent. Sa mère boutonna son manteau, reniflant, les yeux humides dans la lumière éclatante. Elle serrait un mouchoir jaune comme une fauvette prise au piège et, en pensée, il vit le tissu froissé se déplier et s'envoler.

Ça va, chéri? lui demanda Mme Lawton. Je sais que tu t'inquiètes.

Il regarda son front ridé, sa large bouche orange.

Il ne faut pas te laisser abattre, lui dit-elle. D'accord?

D'accord.

Merci d'être venue, Mary, dit sa mère. Au revoir, Travis.

Au revoir.

Travis monta en voiture. Il avait les joues roses et luisantes. Quand la voiture s'éloigna lentement sur la route, il colla le visage contre la vitre comme un attardé et, juste avant le tournant, il agita le bras. Cole lui rendit son salut, et tenait toujours la main levée même après que la voiture eut disparu.

Pendant une minute, il écouta les sons qui se déplaçaient dans l'air. Ils lui étaient familiers. Il entendit le train qui arrivait à grand bruit puis se tut en traversant les bois. Il entendit les chiens de Mme Pratt. Dans la maison, sa mère était assise à table, devant un livre de comptes et une pile de factures. Il vit qu'elle avait pleuré, même si elle lui sourit comme une fille qui vient de gagner quelque chose. Il lui prépara une tasse de thé et la lui apporta sur une soucoupe, en en renversant un peu et en faisant tinter la cuillère. Puis il lui prit la main tendrement, l'abritant dans la sienne, et ferma les yeux très fort pour tenter de lui communiquer de quoi tenir le coup, parce qu'il la sentait s'éloigner, s'effacer, devenir une silhouette silencieuse en arrière-plan que personne ne remarque. Dans son vieux cardigan rose, elle contemplait la table sur laquelle les factures étaient étalées comme un jeu de solitaire. Il surveillerait sa mère de très près, noterait les changements sur son visage. Elle était comme un signal d'alarme au loin. On savait que quelque chose allait arriver, quelque chose de grave et qui ferait mal.

Puis elle se leva, emporta la tasse et la soucoupe dans l'évier, les lava, les posa dans l'égouttoir et, en la voyant faire, il se sentit un peu mieux. Son père entra, les bottes pleines de boue, se traîna jusqu'au canapé où il s'allongea, tandis qu'elle restait là à le regarder, le visage tellement pâle. Il se laissa faire tel un petit enfant quand elle alla lui délacer et lui retirer ses bottes. Elle étala la couverture sur lui et posa la main sur son front comme elle le faisait avec Cole lorsqu'il avait de la fièvre; elle le regarda dans les yeux, et son père soutint son regard. Elle dit à Cole de sortir profiter de la journée, mais il répondit qu'il n'en avait pas envie et elle ne l'y força pas. Pendant que son père dormait et que la télévision diffusait des idioties, elle passa la serpillière sur le parquet abîmé, le regard féroce. Elle fit le ménage dans les chambres, nettoya la salle de bains, puis sortit de la machine les draps emmêlés et les emporta dans le panier en bois pour aller les étendre dehors. Il faisait froid et Cole l'aida. Les draps mouillés qui fouettèrent leur corps lui évoquèrent la froideur de la mort et les ombres qu'il voyait parfois au loin dans les champs, ces hommes qui se levaient de terre dans leur uniforme de cavalerie. Au collège, ils avaient étudié la guerre d'Indépendance et il savait que des batailles s'étaient déroulées dans les champs derrière leur maison. Autrefois, son grand-père disait qu'on retrouvait leurs boutons de cuivre et prétendait en avoir tout un bocal quelque part. Lorsqu'ils rentrèrent, elle entreprit de rassembler toutes les bricoles que personne n'utilisait jamais et les entassa sur une vieille couverture pour cheval – un grille-pain à moitié cassé, des patins à roulettes trop petits, un vieux jouet à musique datant de l'époque où il était bébé. Une fois la couverture pleine, elle replia les coins et les noua serrés comme un baluchon de Père Noël qu'elle traîna jusqu'au camion, et ils les emportèrent en ville pour donner le tout à l'église. Cole attendit dans le camion pendant qu'elle parlait au père Geary dans la cour. La matinée avait été nuageuse, mais à présent le soleil se déversait du ciel et leur éclaboussait le dos. Le prêtre posa la main sur l'épaule de sa mère, qui l'écoutait en hochant la tête, la main au-dessus des yeux comme pour un salut militaire, et Cole songea qu'elle n'avait pas l'habitude d'être touchée de cette manière tendre et que ça ne lui plaisait peut-être pas.

Sur le chemin du retour, ils s'arrêtèrent au Tasty Treat où elle lui acheta un esquimau avec toute la petite monnaie qu'elle avait trouvée dans la maison, et ils restèrent assis dans le camion, dont le pare-brise était illuminé de soleil, pendant qu'il le dégustait. Sa mère l'observa attentivement et lui caressa les cheveux de ses doigts froids. Il faudrait les couper, dit-elle.

À leur arrivée, son père était réveillé et mangeait un toast. Cole aperçut ses frères derrière la maison, en train d'essayer de réparer le tracteur. Il y avait des pièces détachées par terre et un fouillis de chiffons graisseux. Son père avala son thé, enfila son manteau et sortit. Cole le regarda s'arrêter sur une marche et allumer une cigarette. Il dit quelque chose à Wade et Eddy d'une voix sèche. Sa mère passa l'éponge sur la table en lançant un coup d'œil par la vitre sale de la porte, et quand son père monta dans le camion, son visage changea d'expression, comme si elle était contente.

Plus tard, après la nuit tombée, ils allèrent le chercher. Le bar s'appelait le Blake's. Elle envoya Cole à l'intérieur. Des murs couleur purée de pois et une odeur qu'on ne trouvait nulle part ailleurs. Il enjamba les chiens endormis. Le barman dit : Tu as de la compagnie, Cal. Tu ferais mieux d'y aller.

Pourquoi donc ? marmonna son père.

Cole tira sur le bord graisseux de sa manche. Viens, papa.

Elle est là ?

Oui.

Eh bien, qu'elle aille se faire voir.

Ils le laissèrent et rentrèrent à la maison. Sa mère garda les yeux fixés droit devant elle. Il n'y avait que la route obscure, sa cigarette, le vent par la vitre. Ne deviens pas comme lui, dit-elle à Cole.

Alors que ses frères dormaient, Cole tenta de réfléchir au moyen de sauver la ferme, mais aucune bonne idée ne lui vint et il s'endormit. Un peu plus tard, il entendit sa mère en bas, un tintement d'assiettes et de couverts. Il se leva, traversa le couloir froid et l'épia par la balustrade. Il la vit mettre la table avec sa belle vaisselle, une assiette après l'autre, comme pour une réception, puis elle s'assit à un bout et regarda ses convives imaginaires avec un feu sans éclat dans les yeux.

Il fut réveillé ensuite par le bruit du diesel du camion de son père, puis le fracas de la porte d'entrée qui s'ouvrait, le tintement des clés dans la vieille assiette en porcelaine et les pas chancelants dans l'escalier. Cole fit semblant de dormir quand son père se traîna dans le couloir jusqu'à leur chambre et ferma la porte ; il les entendit vaguement discuter, mais il était somnolent et content qu'ils se parlent enfin, et il se dit que les choses s'arrangeraient peut-être.

Sa mère le réveilla le lendemain matin pour lui couper les cheveux avant d'aller à l'église. Malgré le froid, elle le fit asseoir dehors sur le petit escabeau, un torchon sur les épaules, et alors qu'elle se déplaçait derrière lui, il sentit le lainage rêche de son manteau contre son cou. Wade fabriquait une couronne avec des brindilles. Son frère n'était pas très bon à l'école, mais il avait un don pour fabriquer des choses. Il était capable de faire une rose avec du foin, en tressant les brins en jolis nœuds, et il savait canner une chaise.

Pas trop court, dit Cole.

Elle ne répondit pas, mais de toute façon, elle ferait ce qu'elle voudrait. Quand elle eut fini, elle le regarda, les mains posées sur ses épaules. Il était plus grand qu'elle à présent, et elle lui adressa un drôle de sourire avant de rentrer dans la maison. Cole se regarda dans le miroir à main. Ses cheveux étaient beaucoup trop courts. Son visage s'était allongé, et ses yeux étaient durs et bleus. Il avait les épaules raides. Il les entendit se disputer dans la maison à propos du piano dont elle avait hérité, et que son père menaçait de vendre; sa mère pleurait et il y eut un bruit de chaises. Puis elle sortit de la maison et grimpa vers la crête dans sa robe du dimanche, ses bottes en caoutchouc et son vieux manteau trop grand. Dans son poing, un bouquet de marguerites sauvages. Elle marchait à la manière d'un poney, avec ses genoux osseux, son long cou, ses cheveux qui pendaient. Il aurait voulu qu'elle fasse demi-tour et rentre à la maison.

Les petites fermes comme la leur faisaient faillite. On entendait des histoires tristes à propos de telle ou telle famille. Son père organisa un rassemblement auquel vinrent des gens de tout l'État. Cole et ses frères dressèrent une rangée de tables à pique-nique et les recouvrirent de toiles cirées. Ils tuèrent un cochon qu'ils firent rôtir dans un baril. Son odeur imprégna l'air, si bien qu'il eut faim toute la journée en attendant qu'il cuise. Sa mère prépara des haricots blancs à la sauce tomate, du pain de maïs et de la salade de chou, et tout le monde mangea à satiété, avant de lancer les assiettes en carton dans le feu. Les femmes distribuèrent du café aux hommes rassemblés dans le champ, les épaules voûtées dans leurs vestes à carreaux, le visage rougi par le froid. Son père monta sur un tonneau retourné, tenant un mégaphone. On ne voyait pas sa bouche, mais les mots sortis à l'autre extrémité portaient dans toute la cour. Ils fabriquèrent une banderole avec un drap blanc et des manches à balai qui disait VOICI

LES PROFITS AGRICOLES. Ils la fixèrent sur un épandeur chargé de fumier et conduisirent jusqu'à l'hôtel de ville. Eddy et Wade eurent le droit d'y aller et, le lendemain, ils eurent leur photo dans le journal. On voyait le camion à Albany, avec les hommes tout autour. Le titre annonçait : *Fermes de l'État de New York en crise : les producteurs laitiers s'unissent.* Pendant deux semaines, le moral remonta un peu, puis tout le monde comprit que c'était vain. Rien n'avait changé.

Elle dut vendre ses jolies choses. Ils emballèrent le beau service de table et les figurines en porcelaine de sa grand-mère, exposées dans une vitrine au salon qui tremblait légèrement quand quelqu'un entrait dans la pièce. La préférée de Cole était une fille aux cheveux blonds à queue-de-cheval, qui tenait des pommes dans son tablier. Sa deuxième préférée, un garçon en salopette avec un chiot dans les bras. Quand il était plus jeune, il essayait d'inventer des histoires à leur propos. Sa mère lui avait expliqué qu'elles venaient d'Espagne et qu'elles étaient très délicates. Elle dit à Cole qu'il ressemblait à son père à elle, mort quand il était bébé ; il s'était fait tout seul, et c'était ce qu'elle attendait de lui, qu'il soit le genre d'homme à prendre ses propres décisions et à faire les choses à sa façon. Elle lui dit qu'il était le plus précautionneux de ses enfants, et le plus intelligent, et que c'était la raison pour laquelle elle le laissait manipuler ses jolis bibelots.

Ils chargèrent les caisses dans sa voiture, une vieille Cadillac verte qu'elle tenait de sa mère, et se rendirent chez le prêteur sur gages de Troy. Il devinait qu'elle ne voulait pas qu'on sache qu'elle était femme de fermier. Quand il la regarda, assise au volant dans sa robe couleur de beurre et son manteau poil de chameau, il imagina la vie qu'elle aurait pu mener, loin de la ferme, dans un endroit plus facile, mariée à quelqu'un d'autre, quelqu'un de plus gentil que son père, qui lui aurait offert des cadeaux.

C'était un long trajet par les petites routes. La campagne laissa place à des banlieues aux rues sinueuses, bordées de maisons rangées les unes à côté des autres. Ils rejoignirent la nationale et longèrent le fleuve, passant devant la vieille usine de chemises, puis traversèrent le pont avant d'entrer à Troy, avec ses étroites rues pavées et ses immeubles de brique rouge. On entendait sonner les cloches des églises. Il vit un homme amputé d'une jambe dans un fauteuil roulant, auquel était fixé un petit drapeau américain. Il vit un groupe d'infirmières devant l'hôpital, portant leur cardigan comme des capes sur leurs épaules. Ils roulèrent lentement devant l'université pour femmes : derrière la haute grille noire, les bâtiments de marbre étaient alignés autour d'une place comme des pièces sur un échiquier.

J'y suis allée, dit sa mère, si doucement qu'il faillit ne pas l'entendre. Je devais devenir infirmière.

Le prêteur sur gages se trouvait à River Street, et son activité s'affichait en lettres d'or sur la vitrine. Cole aida sa mère à porter les caisses, mais elle refusa qu'il l'accompagne à l'intérieur et le fit attendre dehors. Il resta un moment assis sur le banc sous la vitrine. Un groupe de filles en uniforme scolaire passa, aussi bruyantes que des canards, suivies par deux religieuses. Cole remonta en voiture, alluma la radio et fuma un des mégots de sa mère. Elle ressortit un peu plus tard, serrant son sac. Le prêteur sortit lui aussi et alluma un cigare. Il avait une serviette coincée dans son col, comme s'il venait de finir de déjeuner et avait oublié de l'enlever. Il était grand et gros. Il dévisagea Cole alors qu'ils s'éloignaient.

Après ça, les jours se succédèrent et l'épuisèrent. Il ne pouvait plus compter sur quoi que ce soit, pas même sur le dîner, et il se sentait toujours légèrement soulagé quand elle entrait dans leur chambre afin de les réveiller pour l'école.

Ce vendredi-là, elle prit la peine de préparer le petit déjeuner, son dos gardant un secret alors qu'elle maniait la poêle. Son père était assis à table dans son seul costume du dimanche et portait la cravate texane dont il avait sculpté lui-même le nœud en forme de tête de cheval. Il tenait le livre de comptes où il notait ses chiffres. Cole l'entendit dire à sa mère : Je me mettrai à genoux s'il le faut.

Les garçons, voilà votre car, dit-elle.

Il n'y avait que Wade et lui. Eddy n'allait plus au lycée depuis deux ans. Il avait voulu entrer dans une école de musique, mais leur père s'y était opposé. Eddy avait tout de même rempli le dossier d'inscription, ce qui lui avait coûté vingt dollars volés dans le portefeuille de leur mère, mais leur vieux l'avait trouvé et déchiré en mille morceaux. C'était bien la peine, puisque maintenant ils n'auraient même plus besoin de lui à la ferme. Cette bagarre idiote n'avait servi à rien.

Le car s'arrêta et ils grimpèrent dans le vacarme. Leur mère les regarda depuis le seuil, sa main pâle ressemblant à un drapeau blanc. Il songea au mot *reddition*, qu'il n'aimait pas. Le car brinquebala sur la route creusée d'ornières. La pluie faisait comme des crachats sur les vitres. Il regarda les chevaux, les moutons dehors. Ils passèrent devant l'usine de plastique, le parc où personne n'allait et la sous-station électrique à la clôture grillagée. Un panonceau disait Haute Tension et s'ornait d'une tête de mort et d'os croisés, ce qui lui fit penser que le monde était piégé et que votre vie pouvait dépendre des erreurs des autres.

Le car entra à Chosen, passa devant les maisons minables de la rue principale, avec leurs pancartes *Chien méchant* et les statues de la Sainte Vierge, et s'arrêta au feu. Par sa vitre, Cole vit Patrice sur le trottoir, serrant son sac. L'année précédente, lors de la fête de la ville, ils avaient fait un tour sur les montagnes russes ensemble. Hasard de la file d'attente : on les avait fait monter tous les deux avant de les attacher. Pendant tout le temps, ils s'étaient tenu la main dans l'obscurité hurlante. En la revoyant maintenant, dans son uniforme et ses hautes chaussettes tirebouchonnées, son estomac se noua. Alors que le car tournait pour s'engager sur le parking, elle leva les yeux une seconde et croisa son regard. Il posa la main sur la vitre, comme pour sceller une sorte de pacte imaginaire, mais elle avait déjà détourné la tête et traversait la rue.

Son dernier souvenir de cette semaine-là remontait au samedi, lorsque son père descendit les cerfs-volants.

Pendant tout l'hiver ils restaient dans la grange, déployés sur les vieilles poutres à côté des skis et des cannes à pêche. Il se rappelait le visage de son père quand il maniait le fil, qu'il tenait au creux des doigts et enroulait autour de son coude, une lueur rêveuse dans les yeux. Ils portèrent les cerfs-volants comme des fusils en haut de la crête, où le vent soufflait fort et fit claquer le fin papier, orné de serpents. Les cerfs-volants venaient de Tokyo, où leur père avait été stationné avec les forces aériennes, avant d'avoir des enfants. Il racontait qu'il avait fini par bien connaître la ville et qu'il l'aimait. Il y avait passé toute une année. Un jour, ils avaient retrouvé des photos dans une boîte en carton. Il y en avait une de leur père en uniforme, coiffé d'un calot, et une autre d'une femme étrangère en sous-vêtements, à la peau blanc marshmallow, aux lèvres retroussées dans la pénombre de la pièce.

Lâchez-les, dit leur père, alors que le vent secouait leurs cerfs-volants – et quel bruit ils firent, comme un millier d'oiseaux, lorsqu'ils filèrent dans le ciel, enfin libres.

2

Puis, une fois toutes leurs ressources épuisées, il les trouva. Un matin, avant l'école. Les gens dirent que c'était un accident. Elle avait laissé le moteur de la voiture tourner. Leur chambre se trouvait au-dessus du garage, et des gaz d'échappement s'étaient infiltrés par les lattes irrégulières. Ils étaient dans leur lit, serrés l'un contre l'autre comme des amants ou peut-être comme des enfants, se tenant par la main. Des paniers de linge lavé et plié étaient rangés le long du mur, et il lui vint la pensée que, même morte, elle ne voulait pas que quelqu'un soit obligé de faire son travail à sa place.

Un accident, dirent les gens. Une erreur. Mais Cole savait, ils le savaient tous.

Il y eut une veillée funèbre, durant laquelle les gens défilèrent devant les cercueils, craignant de s'approcher trop près. Ensuite, le père Geary vint à la maison dans sa Coccinelle noire. Leur oncle, Rainer, amena sa petite amie, Vida, et traîna là, en fumant, dans son costume bon marché. Les garçons emportèrent les cendres sur la crête. Eddy tenait celles de leur père, Wade celles de leur mère. Le champ boueux avalait les chaussures de Vida. Elle les retira et marcha dans la terre meuble avec ses bas. Une fois en haut, ils formèrent un cercle serré, en plein soleil. Ils déversèrent les cendres que le vent dispersa. Le père Geary dit une prière, et Cole se demanda si sa mère était avec Jésus, et il espéra que oui. Il l'imagina là-haut, prenant Sa main, et cette pensée le rasséréna un peu. Il l'imagina dans une robe blanche, debout sur un nuage d'où ruisselaient des rayons jaunes, comme sur la couverture de son livre de catéchisme.

Il ne vous reste plus que nous, les garçons, s'excusa son oncle, sa main pesant sur l'épaule de Cole alors qu'ils redescendaient vers la maison.

Dans l'après-midi, les gens vinrent présenter leurs condoléances. Mme Lawton et son mari passèrent avec Travis. Pourquoi n'iriez-vous pas prendre l'air, les garçons ? suggéra le shérif.

Cole enfila le manteau de son père qui flotta autour de lui comme une ombre. Il enfonça les mains dans les poches, enroula les doigts autour d'un sachet de Drum et de papier à cigarettes. Cole sentait son odeur – tabac, essence et sueur. Il pensa que c'était peut-être celle de la malchance.

Ils traversèrent le champ humide et retournèrent en haut de la crête, du vent dans les oreilles. Travis le regarda rouler une cigarette, puis se rapprocha pour qu'il puisse l'allumer. Cole sentit le poulet frit que Travis avait mangé au déjeuner, ce qui lui donna faim. Travis tira sur la cigarette comme quelqu'un qui joue du mirliton et lança à Cole un regard affligé. Je suis vraiment désolé pour tes parents. Il tendit la main comme un homme et Cole la serra. Pendant un moment, ils regardèrent la maison en bas, les champs bruns, les voitures garées n'importe comment dans l'herbe morte.

Quand tout le monde fut parti, le père Geary coinça un torchon dans son pantalon et leur prépara des côtes de porc, avec des petits pois et des pommes de terre. Une fois le dîner terminé, Eddy roula des cigarettes pendant que Wade faisait du thé. Le père Geary aimait boire le sien dans un verre et apprit à Wade à verser l'eau bouillante sur la lame d'un couteau pour que le verre ne casse pas. Cole trouva exotique cette façon de faire, et il songea qu'il existait peut-être une vie au-delà de la ferme, même s'il avait du mal à l'imaginer.

À force de l'observer, Cole avait appris à connaître le prêtre. Sa mère disait que c'était un citoyen du monde, mais Cole ignorait ce qu'elle entendait par là. Peut-être qu'il avait voyagé, voyagé dans des endroits importants, et qu'il savait des choses dont les gens ordinaires n'avaient jamais entendu parler. Sa mère aimait bien le père Geary, et Cole imaginait parfois qu'elle était un peu amoureuse de lui, bien que les prêtres ne soient pas censés tomber amoureux. Il se demandait si elle lui avait parlé de son mari et de la façon dont il la traitait, de ce qu'il lui faisait endurer parfois.

Ils accompagnèrent le père Geary à la porte, où il mit son manteau et enroula une écharpe autour de son cou. Il attira Cole contre lui et lui tapota le dos, et Cole sentit l'odeur de sa pommade pour les cheveux et de la pastille pour la toux dans sa bouche, alors qu'il murmurait : Ta mère est avec Dieu désormais. Cole le regarda traverser la cour dans ses vêtements noirs puis monter dans sa voiture, et vit les gros nuages de buée se former sur son pare-brise. Pendant qu'il s'éloignait, Cole se demanda où cet homme vivait et ce qu'il ferait en arrivant chez lui.

La dernière fois où il s'était trouvé seul avec elle, c'était le jour du prêteur sur gages. En sortant de la boutique, elle s'était dépêchée de retourner à la voiture, les joues colorées par la honte. Sur le chemin du retour, ils étaient passés devant des filles qui vendaient des chatons et s'étaient arrêtés pour regarder. Sa mère avait pris un petit chat orange dans ses mains. Cole en avait choisi un noir. C'est combien ? demanda sa mère.

Papa sera furieux.

Oh, on les donne, répondit la plus âgée des filles.

Il crut voir sa mère sourire. Ils remontèrent en voiture avec les chatons, mais elle ne démarra pas tout de suite, et des larmes se remirent à couler sur ses joues. La fille s'approcha et demanda, Elle va bien? Comme si sa mère n'était pas capable de répondre, comme si elle n'était même pas là.

Elle reprit la route, et ils demeurèrent longtemps silencieux. On n'entendait que le vent souffler par les vitres et les chats miauler. Il finit par dire : Ça va aller, maman, et elle hocha la tête comme s'il avait raison et répondit : Ça va aller, comme si elle avait besoin de le prononcer à voix haute pour en être sûre. Il lui sourit alors qu'il n'était pas heureux, puis alluma la radio. C'était une chanson de Woody Guthrie, qu'ils chantèrent ensemble, sur la route de la maison : *Hey, boys, I've come a long ways/Well, boys, I've come a long ways/Oh boys, I've come a long lonesome ways/Along in the sun and the rain.*

Maintenant elle était morte, et il lui en voulait terriblement. Il faisait des efforts pour se souvenir d'elle, de sa beauté dans ses vêtements du dimanche, de sa grimace quand elle fumait, mais les images dans sa tête ne réussissaient qu'à l'attrister.

Il ne sut jamais ce qui était arrivé aux chatons, parce que le lendemain ils avaient disparu. Il fouilla la maison, les granges et les champs, mais n'en trouva pas trace, et il se dit que son père les avait peut-être jetés quelque part. Parfois, quand il repensait à cette dernière journée avec elle, au ciel orange, au moment où ils avaient chanté tous les deux à tue-tête, il se demandait s'il n'avait pas tout simplement rêvé.

Cole n'alla pas au collège de la semaine et personne ne vint le chercher. Tout semblait plus ou moins arrêté. Ses frères traînaient sans rien faire. Les assiettes s'empilaient sur les plans de travail, ainsi que des vieilles boîtes de conserve pleines de mégots. Il passa une demi-journée à observer la maison. Les rideaux qui remuaient à peine. Des punaises qui montaient le long des fenêtres, puis retombaient par terre juste avant d'atteindre le sommet ; il lança sa balle pour essayer d'en toucher une. On entendait des bruits, le vent. Le temps passait, supposait-il. Le temps avait changé de nature, il était devenu bizarre. On ne voyait plus ni le début ni la fin des choses. Seulement ce milieu.

Des inconnus apportaient de la nourriture. Des voisins. Ils traversaient le porche, les bras tendus, chargés de plats de poulet rôti, de pain de viande, de poivrons farcis. Un soir, Mme Pratt vint leur préparer à dîner. Du rosbif et des haricots verts. Son prénom était June, et son mari l'appelait Juniper. Ses mains bougeaient furtivement, tels des animaux effrayés. Pour une raison ou une autre, ils n'avaient pas d'enfants. M. Pratt travaillait pour General Electric. Il portait des chaussures propres, avait les ongles propres et sentait le citron vert, et Eddy disait qu'il avait un travail de bureau. Ils dînèrent en silence, dans un cliquetis de fourchettes, comme s'ils attendaient quelque chose. Après leur départ, Eddy s'installa dans le fauteuil paternel, roula des cigarettes et but le whiskey de leur père ; il avait de grandes mains carrées et le bout des doigts jauni. La fumée dérivait paresseusement à travers la pièce, se mêlant au scintillement bleu de la télé, et Cole prit peur, songeant à toutes les choses qu'il y avait à réparer à la ferme, mais que personne n'avait eu l'idée de rafistoler, si tant est que quiconque ait remarqué qu'elles étaient cassées.

Eddy était le chef maintenant. Il avait hérité le mauvais caractère et le scepticisme de leur père, mais possédait aussi la patience de leur mère. Comme tous les fils Hale, il était grand et avait les yeux bleus, mais les siens étaient plus méchants, ce qui plaisait aux filles. Dans sa tenue sombre de fermier, il représentait pour elles un défi. Elles croyaient pouvoir le sauver.

Wade traînait à la maison dans ses vêtements informes qu'il ne fermait et ne boutonnait pas. Il était comme ça, Wade. Pas très à cheval sur les détails. Il disait qu'il comptait s'enrôler dans l'armée le jour même de ses dix-huit ans et que personne ne pourrait l'en empêcher.

Ma décision est prise.

Tu dois d'abord finir ta scolarité.

Tant qu'ils ne me virent pas.

Tant que tu te tiens tranquille.

Pas la peine de t'énerver.

Je ne m'énerve pas.

J'ai pris ma décision. Tu ne me feras pas changer d'avis.

Eddy tendit à Cole une caisse à outils. Tiens, dit-il. Rends-toi utile.

La caisse en métal graisseuse appartenait à leur père. Elle contenait quelques tournevis rouillés, un marteau et toute une collection de clous. Avec satisfaction, il cloua plusieurs lattes de parquet disjointes. Cela fait, il réussit à remplacer une vitre dans la cave avec un carreau neuf et ne se coupa qu'un tout petit peu le doigt. Il n'eut même pas mal. Il essaya de fixer la rampe d'escalier au mur, mais la vis était abîmée, il n'en avait aucune autre de la bonne taille et le bois était de toute façon trop tendre pour la retenir. Ça dépassait ses compétences, dit-il à Eddy.

Au bout de quelques jours, il finit par penser que tout irait bien, qu'ils pourraient s'en sortir rien que tous les trois, mais c'est alors que deux hommes en costume débarquèrent. Ils se tinrent sous le porche comme des représentants de commerce. Après qu'ils se furent présentés, le plus maigre dit : Vous êtes en défaut de paiement sur votre emprunt. Je suis venu vous prévenir que la banque saisissait votre ferme. Il leur tendit la lettre comme s'ils avaient gagné quelque chose.

Eddy dit : Notre mère avait l'intention de la vendre.

L'homme lui posa la main sur l'épaule. Trop tard pour ça, mon garçon. Elle sera bientôt mise aux enchères.

L'autre homme leur donna un carton à chacun. Mettez vos affaires là-dedans.

Après leur départ, Eddy ordonna : Montez dans la voiture de maman.

Le garage était plongé dans le noir. Eddy ouvrit les portières avec une sorte de grâce, tel un magicien sur le point de faire un tour. Il fit monter Cole à l'arrière, parce que c'était le plus jeune. Cole crut percevoir encore une odeur de gaz d'échappement et tenta de retenir son souffle. On va où? demanda Wade. Eddy ne répondit pas. Il démarra, sortit à tout berzingue en marche arrière et roula dans le champ. La voiture plongeait et tanguait. Un tube de rouge à lèvres de leur mère roulait sur le sol. Le soleil s'enfonçait derrière la crête. Il faisait à moitié nuit, et les robiniers faux acacias, aux gousses noires enroulées comme des poings, étaient prêts à la bagarre. Le vent battait contre les vitres. Au milieu du champ, la voiture dérapa et Eddy coupa le moteur.

Pendant deux minutes, ils regardèrent le ciel rosir comme s'il était blessé. Puis Eddy sortit en déployant son grand corps d'un mouvement cérémonieux. Descendez.

Ils obéirent et attendirent. Eddy ouvrit le coffre, en sortit une batte de base-ball et la brandit au-dessus de sa tête. Ça, c'est pour elle, dit-il, et il abaissa la batte sur le capot. Puis il la leva de nouveau et frappa, frappa, frappa encore, et on l'entendait haleter sous l'effort, le visage menaçant. Cole pleura, il ne put s'en empêcher, et Eddy lui dit qu'il ferait mieux d'arrêter, sans quoi il lui donnerait une bonne raison de pleurer. À toi, dit-il en lui tendant la batte.

Je ne peux pas.

Eddy lui saisit l'épaule. Fais-le pour ta mère.

La batte était plus lourde qu'il ne se le rappelait du temps où il jouait chez les poussins. Il la brandit, ferma brièvement les yeux comme en prière, puis l'abattit sur la voiture. Il fit à peine une bosse, mais Eddy hocha la tête en signe d'assentiment et posa la main sur sa nuque, comme le faisait leur père.

Ils frappèrent chacun à son tour. Le capot se hérissa de pointes. Le pare-brise vola en éclats. Ses frères tabassèrent cette voiture avec une telle force que Cole eut presque pitié d'elle. Il regardait et pleurait. Les larmes qui coulaient sur ses joues et dans sa bouche avaient un goût de terre. C'était leur terre. Celle de leur père, de leur grand-père et de tous les hommes qui les avaient précédés, dont les fantômes en costume du dimanche et aux pieds chaussés de bas, les poches pleines d'asticots, étaient maintenant les gardiens. Une fois, quand il était petit, son grand-père l'avait emmené dans le gros tracteur orange, aux roues aussi hautes qu'un homme adulte. Assis sur ses genoux, Cole avait contemplé les pâturages qui auraient dû un jour être à lui ; puis son grand-père avait coupé le moteur, et Cole avait entendu toutes les petites créatures qui grouillaient dans la terre, il avait entendu l'herbe et le vent. Tu es un Hale, mon garçon, lui avait dit son grand-père. Ce n'est pas rien, ici.

Ils croyaient en des choses – au bon Dieu. Sa grand-mère parlait toujours du bon Dieu par-ci, du bon Dieu par-là. Elle disait que la plupart des gens avaient bon fond, et que c'était ça qui comptait. On doit leur donner la possibilité de le montrer, avait-elle coutume de dire. Certaines personnes ont besoin de plus de temps, c'est tout. Elle aimait bien préparer des biscuits décoratifs et laissait Cole concasser les bonbons acidulés. Il grimpait sur le tabouret de cuisine devant le plan de travail pendant qu'elle dessinait un motif, en général une croix, et lui expliquait comment disposer les morceaux de bonbons. Cela fait, elle suspendait le biscuit à la fenêtre, et des taches de couleur brillaient sur les murs. On a l'église à domicile, disait-elle. Même plus besoin de quitter la maison. Sa grand-mère était bonne cuisinière. Elle avait de grandes mains pour une femme. Ceinte de son tablier, elle s'agenouillait dans le jardin pour arracher les mauvaises herbes et cueillir de grosses tomates. Cole se rappelait les gueules-de-loup qui lui montaient jusqu'aux coudes. Toute une farandole de fleurs. Il disposait d'une balançoire fabriquée avec un pneu. L'été, sa mère le faisait déjeuner dehors. Elle coupait les sandwichs en triangles, au fromage frais et à la confiture, et ses beaux cheveux étaient tout pleins de soleil, de vent. À la fin de la journée, il rentrait par la porte moustiquaire, la peau couverte de terre.

Ils laissèrent la voiture dans le champ et creusèrent un trou où ils enterrèrent les clés comme une chose morte. Cette voiture n'ira plus nulle part, dit Wade, la chemise trempée de sueur. On a bien réussi notre coup, hein, Eddy ?

Eddy ne lui répondit pas. Il respirait fort, s'étreignant lui-même. Cole vit qu'il pleurait. Une rafale de vent souffla derrière eux, un vent froid. Leurs chemises se gonflèrent. Ses frères contemplaient la voiture et ce qu'ils lui avaient fait.

La maison était plongée dans le noir. Les fenêtres renvoyaient la lumière du couchant. Le vent reprit et il eut presque envie de courir.

Qu'est-ce qu'on va faire, maintenant? demanda Wade. Qu'est-ce qu'on va faire sans maman?

J'aimerais bien le savoir, dit Eddy.

Ils regardèrent la télé pendant un moment, et Eddy et Wade se soûlèrent avec le Jim Beam de leur père. Cole les laissa dormir sur le canapé avec la télé allumée. Il aimait bien l'entendre quand il allait se coucher. L'espace d'une minute, il put faire semblant de croire que ses parents étaient quelque part dehors. Il dormit longtemps et ne se réveilla que dans l'après-midi. La maison était silencieuse, dans l'attente. Il ignorait où étaient ses frères.

Il sortit dans le couloir et s'approcha de la porte de ses parents. Depuis le jour où on les avait emmenés sur des brancards, sous une couverture, Eddy lui avait interdit d'entrer. Parfois, Cole posait la main sur le bois, comme s'il cherchait à sentir un battement de cœur. Cette fois, il tourna la poignée et entra.

La chambre était sombre, les stores baissés. Il tira sur l'un d'eux qui remonta d'un coup sec et claqua comme s'il était en colère, et la pièce se remplit de tant de lumière qu'il dut cligner des yeux. Il y avait encore du vent dehors et tous les arbres remuaient comme un chœur d'aveugles. Ses oreilles s'emplirent de leur bruit, et les ombres de leurs branches s'étirèrent sur le plancher et se mélangèrent les unes aux autres. Il essaya d'ouvrir la fenêtre, mais elle était collée par la peinture. Il se souvint que c'était un sujet de dispute entre ses parents, sa mère accusant son père de négligence. Cela lui rappela leurs voix et il regarda le lit défait, s'attendant à moitié à les y trouver. Il vit l'empreinte de leurs têtes sur les oreillers. Il pleura un peu et ne sut plus pourquoi il était là, ni même qui il était. Il était comme un esprit, sentant le vertige d'un ailleurs, de l'endroit où sa mère était allée.

Il grimpa du côté du lit qu'elle occupait et, en remontant la bordure en satin de la couverture sous son menton, il perçut l'odeur de sa mère. Il ferma les yeux très fort et s'efforça de ne pas avoir peur, mais c'était peine perdue. Il essaya de parler à Dieu, espérant éprouver Sa présence. Il sentait bien quelque chose, mais comment savoir si c'était Dieu ? Il n'avait pas de preuve ; il n'y avait pas de signes. Petit à petit, la chambre reprit forme et sa peur reflua. Il vit la montagne blanche de l'oreiller de son père et la table de chevet derrière, où les aiguilles de la pendule tremblotaient en avançant, et le verre d'eau où sa mère avait bu – aux trois quarts plein. Il le leva, le soleil le remplit, et il but l'eau chaude et sans goût. Peut-être s'endormit-il. Au bout d'un moment il entendit des pas et sut que c'était Wade, parce qu'il était plus lent et plus massif qu'Eddy, et il se réjouit que ce fût lui. Puis il sentit la grosse main de son frère le tirer du lit et son bras lourd s'enrouler autour de lui. Wade le porta dans l'escalier et l'emmena sous le porche, d'où l'on distinguait le haut de la crête, les arbres déchiquetés sous le ciel d'un pourpre éclatant. Ce fut alors qu'il la vit. Elle se tenait là-haut sur la crête et leur faisait signe. Il lui fit signe à son tour. Derrière elle, le soleil était rouge et brillant, tellement brillant. Il ferma les yeux, sachant que quand il les rouvrirait elle aurait disparu.

Ils dormaient dans le grenier de leur oncle, sur d'étroits lits de camp alignés comme des touches de piano. Rainer était l'unique frère de leur mère. Son père et son oncle ne s'étaient plus adressé la parole depuis des années, même si personne ne se rappelait pourquoi. À se demander si Rainer lui-même le savait. Il gérait un foyer de réinsertion accueillant des escrocs fatigués, qu'il faisait travailler dans son entreprise de lavage de vitres. Un arrangement satisfaisant, d'après lui. Il était aussi repoussant qu'un furet avec sa queue-de-cheval grasse et sa face de coyote. Les gens disaient que la guerre l'avait changé. Il aimait bien montrer ses tatouages. J'ai fait celui-là avec de l'encre et une corde de guitare, annonçait-il fièrement en roulant le bras d'un côté à l'autre. Il portait tous les jours le même gilet en cuir noir, avec des clous dans le dos qui ressemblaient à des plombages. Eddy le traitait de loser, mais Cole n'était pas de cet avis. On se rendait compte qu'il avait vu des choses. Parfois, il hurlait au milieu de la nuit, comme terrifié. Il raconta à Cole qu'il avait perdu son meilleur copain sur un patrouilleur. Le type avait été taillé en pièces. Je l'ai tenu dans mes bras jusqu'à ce qu'il ait perdu tout son sang, lui dit son oncle. Il portait à présent la boucle d'oreille de son ami, une petite étoile en argent.

La femme de Rainer, Vida, venait de Mexico. Son nom signifiait *vie*, Cole le savait. Elle avait la bouche pincée, comme si elle tenait des épingles entre ses lèvres, puis souriait soudain comme quelqu'un sur un manège. Rainer l'avait trouvée quelque part, l'avait sauvée. Sauver les gens, c'était son truc. Maintenant, c'étaient eux qu'il sauvait. On voyait qu'elle avait eu la vie dure. On lisait dans ses yeux le passé qu'elle taisait. Après avoir épluché des oignons et pleuré ou étalé la pâte des tortillas, elle se frottait les mains comme si elles étaient endolories. Elle cuisinait bien et elle était gentille avec lui. Parfois, elle lui écartait les cheveux du front de ses mains humides qui sentaient l'oignon et disait : *Tan bonitos ojos.* Attends que les *chicas* te trouvent. Elles te lâcheront pas.

Son oncle leur avait dit de ne pas s'approcher des anciens détenus, installés dans une annexe en parpaing à l'arrière, mais celui qui s'appelait Virgil faisait des tours de cartes et fit sortir un jour une plume bleue de l'oreille de Cole. Son visage ressemblait à un amas de vieux fils de fer. Regarde voir, dit-il. J'ai le diable dans ma poche. Il retourna ses poches, et une poussière noire coula entre ses doigts. Tu as déjà vu un truc pareil ?

Non, monsieur.

Je suis déjà allé en enfer une fois, je peux pas y retourner.

C'était comment ?

Je vais te montrer quelque chose. Il s'assit, dénoua ses chaussures, les ôta et les posa à côté de lui. Puis il baissa une de ses chaussettes. Il avait la plante du pied carbonisée, comme s'il avait marché dans le feu. Tu vois ce qu'on m'a fait ? Voilà ce qu'on récolte en enfer.

Comment vous vous en êtes sorti ?

Virgil leva les yeux vers le ciel. Le type là-haut m'a tiré de là. C'est la seule explication. Mais je sais quelque chose te concernant.

Quoi donc?

Virgil prit un crayon derrière son oreille, dessina un ovale sur une feuille de papier qu'il donna à Cole. Tiens-la au-dessus de ta tête.

Pour quoi faire?

Vas-y.

Cole obéit.

Alléluia! Je suis en présence d'un ange.

Ça va pas! Cole froissa le papier et le jeta. Je suis pas un ange.

Ils parlaient de leurs crimes : ce qu'ils avaient fait, ce qu'ils auraient dû faire, ce qu'ils auraient fait différemment s'ils l'avaient pu. Au moment de leur arrestation, certains étaient prêts et s'étaient rendus de leur plein gré. D'autres avaient résisté. Cole avait l'impression que leurs souvenirs de prison leur tenaient compagnie, tels de vieux amis.

L'entreprise de leur oncle leur redonnait espoir. À son infanterie assemblée, Rainer déclarait : C'est votre chance de rédemption. Saisissez-la.

Aussi graves que des porteurs de cercueil, ils se mettaient en rang pour recevoir leurs munitions : une raclette, une éponge et le merveilleux produit lave-glace de Rainer, dont il emporterait la recette dans la tombe. Tout le monde s'entassait dans Bertha, une fourgonnette trapue, couleur bronze, dont les flancs annonçaient Clair et Net, et, pareils à des guerriers, ils partaient laver des fenêtres dans tout le comté, de Hudson jusqu'à Saratoga.

Le week-end, Rainer laissait les garçons travailler au noir. Même Cole était payé, et il assimilait l'expérience comme s'il s'agissait d'un enseignement, examinant l'intérieur des belles demeures de Loudonville, des vieilles maisons biscornues d'Albany ou des usines sur le fleuve, dont les vitres sales clignaient au soleil tels les yeux endormis de gangsters et de voleurs. Ils firent la vieille maison où Herman Melville avait habité, enfant, et son oncle lui donna un exemplaire froissé de *Moby Dick*. Lis ça, lui dit-il.

Cole obéit. Il passa une partie de la nuit à tourner les pages du livre qui pesait lourd sur sa poitrine. Wade remua exprès, remontant les couvertures au-dessus de sa tête, mais Cole continua sa lecture jusqu'à tomber de sommeil. Il reposa alors l'ouvrage sur la table de chevet et ferma les yeux, pensant à la mer et à son odeur, au bruit du vent et à ce qu'on devait ressentir au milieu de l'océan. Il aurait aimé y aller. Il voulait être libre, être seul. Quand il travaillait pour son oncle, il se sentait bien et ça lui plaisait. Il aimait se servir de ses mains. Partir dans la camionnette. On voyait des choses sur la route, des gens qui faisaient des trucs auxquels on n'aurait jamais pensé. Des trucs ordinaires. On surprenait des gens en train de faire telle ou telle chose.

On voit de tout dans ce métier, lui dit son oncle. Des riches et des pauvres, on voit de tout.

Une fois, ils firent l'université, qui portait le nom d'un chef indien. Le campus se trouvait au sommet d'une colline herbeuse. Le fleuve au loin, scintillant comme un cran d'arrêt, lui fit l'effet d'un souvenir miraculeux, de ceux qui vous reviennent soudain, tellement réels, comme l'odeur du café de sa mère, qui le réveillait toujours avant l'aube, ou de son parfum à la fin de la journée, presque imperceptible, quand elle se penchait pour l'embrasser en lui souhaitant bonne nuit.

Ils posèrent leurs échelles contre la bibliothèque et se mirent au travail. Les hommes tentaient de passer inaperçus, comme s'ils craignaient de se faire éjecter pour cause de stupidité, et Cole se rendit compte qu'on pouvait aussi faire peur aux autres par son intelligence. Sur le chemin du retour, son oncle lui demanda s'il voulait poursuivre des études, et les gars se mirent à siffler et à blaguer, si bien qu'il haussa les épaules comme s'il s'en fichait, mais Rainer tendit le bras et lui serra l'épaule pour montrer qu'il n'était pas dupe. Toi, mon garçon, tu réussiras peut-être à quitter cette ville, dit-il. Je le sens.

Rainer affirmait savoir ce que les gens avaient dans le ventre. La guerre le lui avait appris. Il aurait pu en raconter, des histoires, disait-il, à vous faire dresser les cheveux sur la tête. À propos de telle ou telle personne, il déclarait : Eh bien, ça ne m'étonnerait pas de lui. Si on lui cherchait des noises, il ne l'oubliait jamais. Pareil si on était sympa avec lui. Il lisait les journaux à la loupe, comme en quête d'indices. Il s'intéressait, disait-il. Il fallait observer le monde. Il fallait ouvrir les yeux.

Il savait des choses sur ses clients, quelles voitures ils conduisaient et quand ils partaient en vacances. Un jour, ils firent la maison d'un banquier de Loudonville. Rainer marchait sur la pointe des pieds, comme s'il traversait un champ de mines. Il dit à Cole de s'occuper des vitres du garage. T'auras pas de problème là-bas. Cole installa son échelle et se mit au travail. Il avait vue sur la piscine. Il faisait encore froid et elle était couverte. Il vit un garçon de son âge dans le jardin, qui jouait au ballon avec un ami. Ça devait être chouette, pensa-t-il, de sortir du lit un matin d'été et de piquer une tête dans cette piscine. Il se demanda ce que ça faisait d'être riche. Il lui semblait injuste que certains puissent vivre comme des rois alors que d'autres habitaient dans des baraques pourries comme la vieille ferme.

Une fois qu'il eut fini ses fenêtres, il dit à son oncle qu'il avait envie d'aller aux toilettes.

Dépêche-toi.

La femme de ménage, une dame noire à la peau épaisse couleur aubergine, maniait le tuyau de l'aspirateur comme un lutteur aux prises avec un alligator. Elle lui montra le bout du couloir. Il s'aventura dans un escalier au fond et trouva la chambre du garçon, dont le prénom, Charles, était inscrit en lettres rouges sur la porte. Des coupes de football s'alignaient sur une étagère, avec d'autres objets que le garçon avait gardés. Cole s'était mis à transpirer. Il s'approcha de la fenêtre et vit le garçon et son copain dans le jardin, en train de se lancer le ballon. Les hommes chargeaient les échelles dans le camion. Il entendait la femme de ménage passer l'aspirateur. Il s'apprêtait à ressortir quand son attention fut attirée par une boule à neige sur l'étagère. Sur une impulsion, il s'en saisit et se mit un peu de poussière sur les doigts. À l'intérieur de la boule, il y avait un tramway. Cole se demanda où le garçon l'avait eue. Il savait qu'il y avait eu des tramways autrefois à Albany, et se souvint d'en avoir vu un sur un paquet de riz dans le placard, mais puisque le garçon l'avait posée sur son étagère, il en conclut que c'était un souvenir d'un endroit particulier. Cole n'avait pas de souvenirs de ce genre ; il n'était jamais allé nulle part. Il secoua la boule et regarda danser les petits flocons. Puis il la fourra dans sa poche et redescendit.

Il marmonna un merci à la femme de ménage et grimpa dans la camionnette, la main enroulée autour du verre chaud. Tout le monde se serra dans le véhicule, et ils reprirent la route. Quelques minutes plus tard, ils étaient sur l'autoroute. Il se sentait étrangement léger, en apesanteur, un peu étourdi. Presque comme s'il avait laissé une partie de lui dans cette chambre, un indice révélant qui il était, son vrai moi à l'intérieur que personne ne connaissait, pas même lui.

Plus tard ce soir-là, il sortit la boule à neige et la tint dans ses mains. Il la secoua une fois. C'était mal de l'avoir prise, mais il s'en fichait. Il était content de l'avoir. À présent, c'était son souvenir. Il la secoua encore, regarda les flocons tourbillonner et se demanda si le garçon s'apercevrait seulement de sa disparition.

4

Leur oncle gardait un corbillard Cadillac de 1967 dans sa grange, qu'il sortait de temps en temps, lors de ce qu'il appelait des Cérémonies officielles. Les fenêtres étaient toujours garnies de leurs rideaux blancs, et il le bichonnait. Parfois, il allait s'asseoir à l'intérieur, et Vida le laissait faire. La mort est plus proche qu'on ne croit, disait-il à Cole. On peut se réveiller un jour sans même savoir que c'est le dernier. Au crépuscule, tout est fini.

Son autre bien précieux était une vieille Harley Davidson aux garde-boue vert sombre. Il la bricolait de temps en temps, mais ne la sortait pas. Comment se fait-il que tu ne la conduises jamais ? lui demanda Cole un après-midi.

Rainer regarda la moto d'un air nostalgique. Un jour, je te raconterai une histoire, dit-il, et il s'éloigna, se grattant la tête.

Cole imagina que c'était une histoire triste, une histoire de fille. Dans le tiroir du bureau de son oncle, il avait trouvé un vieux Polaroid poussiéreux d'une femme qui ressemblait à Pocahontas, assise sur la moto, les bras croisés, faisant une grimace à la personne qui prenait la photo. Cole avait le sentiment que son oncle était passé à côté de certaines choses. Mais il y avait plein de gens comme ça. Qui subissaient un coup dur ou faisaient une bêtise. Et, soudain, leur vie n'était plus ce qu'ils croyaient. Cole se demanda ce qu'était devenue cette femme, et si son oncle le savait.

Au collège, les autres gardaient leurs distances, comme si le drame vécu par sa famille était une odeur sur ses vêtements, une sécrétion de putois. Sauf un garçon, Eugene. Pendant leurs heures de perm, ils allaient au Windowbox manger un burger.

Ou ils tournaient au coin de la rue pour aller voir Patrice à Saint-Anthony. Elle traînait toujours près des portes, sans manteau, frissonnante. Au dernier moment, après le coup de sifflet de la bonne sœur, elle s'approchait de la grille. Ils n'avaient qu'une seconde. Elle scrutait son visage comme si elle cherchait quelque chose. Leurs mains se touchaient à travers la grille, et le bout de ses doigts ressemblait à des gouttes de pluie. Elle ne portait plus de chaussettes tirebouchonnées, mais d'autres qui épousaient ses mollets maigres, et se faisait un chignon en forme de donut. De la poudre bleue ombrait ses paupières comme de la poussière de ciel, si tant est que ça existe. Il y avait quelque chose entre eux, quelque chose de silencieux et de vrai.

La grand-mère d'Eugene vivait au-dessus de l'épicerie Hack's. Son père était en prison pour une histoire de trafic de drogue dans les trains. Eugene ne parlait jamais de sa mère, mais un jour, une photo d'elle était tombée de sa poche quand il avait sorti de la monnaie, et Cole l'avait ramassée sur le trottoir. Elle est morte, lui avait dit son ami. C'était un point commun entre eux, une mère morte. Sa grand-mère travaillait à l'usine de plastique. Elle était employée au tri et possédait les plus grandes mains que Cole ait jamais vues chez une femme, semblables à des carapaces de tortues évidées. Elle les posait sur ses genoux et croisait les doigts. Eugene était un élève sérieux. Ils faisaient leurs devoirs ensemble à la bibliothèque. Les gens regardaient toujours Eugene parce qu'il était noir et détonnait. La bibliothèque se trouvait dans une vieille maison. Quand il faisait froid dehors, on y allumait un feu dans la cheminée ; elle était tellement grande qu'on pouvait marcher à l'intérieur, et une vieille bouilloire noire de sorcière y était accrochée. Les livres, posés sur les étagères comme des spectateurs, gardaient l'odeur de toutes les mains sales qui les avaient manipulés. Les habitués s'installaient sur les chaises en cuir vert, des vieux au visage rouge et taillé à la serpe, ou des dames aux allures de profs, les grincheuses, comme les appelait Eugene, qui tournaient les pages avec un bruit sec, les lèvres pincées. Les personnes âgées étaient toujours prêtes à vous accuser de quelque chose. Même son grand-père le tapait autrefois avec un journal roulé alors qu'il n'avait rien fait. Un type s'asseyait à sa table personnelle entre les rayonnages, avec des papiers tout autour de lui. Il avait fabriqué une impressionnante guirlande avec des emballages de chewing-gums, aussi longue que son bras. Un jour, le gars lui offrit un Wrigley. Le lendemain ou le surlendemain, Cole se rappela le Spearmint dans sa poche, chaud à présent, et le partagea avec Eugene. En le mâchant, il eut une pensée pour le type de la bibliothèque.

À Chosen, il y avait un homme qui marchait à reculons, se démanchant le cou pour voir où il allait. Il mesurait deux mètres, était un peu voûté et avait des jambes d'autruche. À le voir, ç'avait l'air facile. Personne ne savait pourquoi il faisait ça. Un jour, ils le suivirent jusque chez lui, zigzaguant à travers la rue comme des espions. L'homme vivait avec sa mère dans un camping derrière le restaurant chinois, qui d'après la rumeur servait du chien et du chat.

On racontait qu'ils sortaient la nuit dans une four-gonnette pour ramasser les bêtes égarées. Quand on passait devant la porte de la cuisine, on entendait les casseroles bouillonner, les woks siffler et les cuisiniers se disputer en chinois, la cigarette à la bouche, ou parfois jouer aux dés. Comment l'homme qui marchait à reculons réussissait à tenir dans la caravane, Cole l'ignorait. Il avait entendu dire que sa mère était une Gitane, et qu'on pouvait aller la consulter pour connaître l'avenir. Ils la virent passer la tête à l'extérieur pour s'assurer que personne ne surveillait, puis claquer la porte et baisser le petit store.

Eugene et lui quittèrent le camping à reculons. C'était assez agréable. On voyait les choses différemment. Quand ils arrivèrent chez Eugene, sa grand-mère était assise sur le perron, sur une chaise de jardin. Qu'est-ce que vous avez à marcher comme ça, les garçons? leur demanda-t-elle. Allez savoir pour-quoi, ils n'avaient jamais rien entendu de si drôle et rirent sans plus pouvoir s'arrêter. La vieille dame secoua la tête. Mon Dieu, vous formez une sacrée paire, tous les deux. Je sais vraiment plus quoi faire de vous.

Son oncle lui dégotta un vélo, un Raleigh bleu rouillé qu'il équipa d'un cageot sur le porte-bagages, et il l'envoyait faire des courses quand il avait besoin de quelque chose, des ampoules à la droguerie, une cartouche de cigarettes. Cole n'aimait pas la façon dont les gens le regardaient en ville, comme s'il avait les mots *Parents morts* tamponnés sur le front. Il découvrit que ça lui donnait des passe-droits. Il pouvait voler une barre chocolatée devant tout le monde, et même si quelqu'un le remarquait, on ne lui disait jamais rien.

Le dimanche, Rainer les obligeait à aller à l'église. Ils se mettaient du gel dans les cheveux, boutonnaient leurs chemises jusqu'au col, ciraient leurs chaussures, et il leur prêtait des cravates. Ils y allaient à pied, passant devant les porches de Division Street, suscitant l'admiration compatissante des voisins. La paternité impromptue avait élevé le statut de leur oncle, qui marchait avec la majesté et la grâce d'un dignitaire.

À l'église, Rainer s'asseyait sur le dernier banc, ses longues jambes étendues dans l'allée et les bras croisés, jouant avec le cure-dent entre ses lèvres. En général, il faisait des mots croisés. Son visage s'illuminait soudain et il notait un mot. Après la messe, il leur achetait des donuts, et les autres clients hochaient la tête et souriaient trop, comme s'ils avaient pitié d'eux mais s'efforçaient de ne pas le montrer.

Tout le monde connaissait les Hale. Ça se voyait à leur tête. Même ses profs. Ils connaissaient la ferme misérable où il avait grandi. Ils savaient que ses parents étaient des dingues qui s'étaient suicidés. Ils savaient que son frère Wade se trouvait mêlé à des bagarres et qu'Eddy était un petit voyou qui finirait réparateur de voitures. Ils n'aimaient pas Rainer, sa queue de rat, sa petite amie mexicaine, son foyer de réinsertion et son équipe de laveurs de carreaux véreux. Et même quand Cole levait la main pour donner la bonne réponse, ils ne l'interrogeaient jamais.

Son oncle pensait pourtant qu'il était un génie.

Un dimanche, en fin d'après-midi, un vendeur d'encyclopédies sonna à la porte. Ils étaient en plein dîner, mais Rainer le laissa entrer. Pas besoin de nous faire l'article, lui dit-il. J'ai un garçon très intelligent à ma charge.

Ah bon ?

Rainer alla se placer derrière la chaise de Cole et posa les mains sur ses épaules. Le poids des mains de son oncle lui donna l'assurance que tout allait bien chez lui, qu'il allait grandir et devenir un homme comme les autres. Au même moment, il comprit qu'il préférait de beaucoup son oncle à son père, et qu'il détestait ce dernier pour avoir fait du mal à sa mère et l'avoir emmenée avec lui.

Je dis toujours que sans instruction, on n'arrive à rien dans ce monde. Il vous suffit de me regarder si vous ne me croyez pas.

Comment ça ? demanda le représentant.

Disons que j'ai été distrait.

Par quoi ?

Un petit truc appelé le Vietnam.

Le type hocha la tête et prit son argent. Eh bien, vous ne trouverez pas de meilleure source que ces livres-là.

Ils réussirent à fabriquer des étagères avec des parpaings et des planches en bois, et y rangèrent les livres, pendant que Rainer les regardait faire, les mains sur les hanches. Pas mal, les gars, pas mal. Ses yeux pétillaient de bonheur et de fierté, et Cole aussi était fier. À partir de ce moment, tous les soirs avant de se coucher, son oncle lui demanda de lire quelque chose à voix haute. Cole prenait un des volumes au hasard, tournait les pages, les yeux fermés, puis posait le doigt sur un point, n'importe lequel, peu importait. Il lisait des passages sur les civilisations antiques, l'aérodynamisme, les châteaux médiévaux, l'Inde, la taxidermie. On n'en sait jamais trop dans cette vie, disait Rainer. Ne sois pas ignorant comme ton oncle.

Un jour, elle leur manqua tant qu'ils durent retourner chez eux. Ils coururent à travers bois comme des loups, enjambèrent les souches d'arbres, se dégagèrent des buissons. Ils coururent avec la lune dans le dos.

Ils se tinrent en haut de la crête.

C'est encore à nous, dit Wade.

Ça le sera toujours, dit Eddy.

Ils dévalèrent la pente en assommant des criquets dans l'herbe humide, traversèrent le porche en faisant résonner leurs bottes boueuses et scrutèrent l'intérieur par les vitres noires. On voyait le salon vide où ils regardaient auparavant la télé et le canapé où leur père dormait la moitié de la journée. Ils trouvèrent le double de la clé à l'endroit où leur mère la gardait, dans le robinet de la pompe à eau, entrèrent comme des voleurs et fouillèrent les vieux placards. Tout au fond de l'un d'eux, Eddy dénicha une bouteille de Jack Daniel's, des crackers et du chocolat noir. Ils tendirent le whiskey à Cole qui en avala un peu. Wade lui dit qu'il était temps qu'il prenne sa première cuite, et Cole en avait envie. Tous trois burent le whiskey en mangeant les crackers et le chocolat amer, et très vite, le monde lui parut doux et chaud et non plus froid et dur. La sensation, agréable, lui plut. Ils coururent dans le champ et hurlèrent à la lune, excitant les coyotes dont les cris s'élevèrent au-dessus des arbres tel un feu et qui apparurent ensuite sur la crête, leurs queues dressées en pointes de baïonnettes, et continuèrent à glapir, trop effrayés pour descendre. Wade avança en faisant sa démarche de monstre, et toute la meute s'enfuit. Ils trouvèrent une couverture de cheval dans la grange, s'allongèrent dans l'obscurité froide sous les étoiles et dormirent, roulés en boule ensemble comme lorsqu'ils étaient petits, jusqu'à ce que le soleil éclatant se lève soudain comme un poing.

La maison était maudite. C'est ce que les gens disaient. Personne n'en voulait. Elle appartenait maintenant à la banque. Le terrain de l'autre côté de la crête avait déjà été vendu, et on y construisait des maisons. On voyait les structures sortir de terre, côte à côte autour d'un fer à cheval, et des bulldozers affalés dans le champ comme d'étranges animaux disgracieux. Pendant la journée, on entendait les marteaux, la radio et les rires des ouvriers qui allaient toujours pisser dans les bois. La voiture de leur mère avait été emportée sur une dépanneuse. Elle était à la casse, attendant avec d'autres d'être réduite à un tas de ferraille. Après la fermeture, ils allaient la voir, sachant qu'elle n'en ressortirait jamais en un seul morceau. Eddy craquait pour une fille, Willis, qui les accompagnait parfois. Ils grimpaient sur les vieilles voitures et Eddy jouait de la trompette.

Certaines paraissaient en bon état, et Cole aimait bien faire semblant d'être au volant. Une fois, Eddy réussit à en démarrer une et lui apprit à la conduire. Il fit des tours dans le champ. Les roues crissaient, la fille rigolait à l'arrière, il y avait des lucioles partout. Willis avait le plus joli rire qu'il ait jamais entendu, et elle sentait toujours bon. Quand ils trouvaient une voiture en état de marche, il jouait les chauffeurs, tandis qu'Eddy faisait mine d'être un grand trompettiste, installé sur la banquette arrière avec sa femme. S'ils commençaient à s'embrasser, Cole sortait et allait se balader. Il grimpait sur la colline près de la station électrique. De là-haut, on voyait les petites maisons du centre-ville et les plus grandes à la périphérie. On voyait leur vieille ferme avec ses granges vides. On voyait les longs trains argentés, la lune qui brillait sur les rails, et on entendait leurs chants tristes pendant toute la nuit.

Deux semaines plus tard, une benne marron apparut à la ferme, sur la pelouse. Un homme en combinaison de travail balançait des trucs dedans. Cette nuit-là, les garçons la fouillèrent de fond en comble, passant en revue tous les objets qui définissaient les Hale. Ils ouvrirent les vieilles conserves de leur mère, mangèrent les poivrons rouges à l'huile et les grosses pêches sucrées, dont le jus leur coula le long des poignets. Ils retrouvèrent la canne à pêche et les cuissardes de leur père, des trophées de foot de Wade, de vieux dessins que Cole avait faits au jardin d'enfants, la fleur que portait Eddy à la boutonnière pour son bal de promo. Il y avait des cartes d'anniversaire, des masques de Halloween et des billes partout. Autant de choses qui ne signifiaient rien pour les autres, mais qui pour ses frères et lui prouvaient que leur famille avait existé, qu'ils avaient vécu une vie heureuse ici à un moment, qu'ils avaient élevé des vaches dont le lait frais était mis en bouteilles et livré dans tout le comté. Grâce à eux, les gens avaient du lait le matin et mangeaient du maïs l'été avec plein de beurre, de sel et de poivre dessus. Si ça, ce n'était pas un motif de fierté, il ignorait ce qui l'était.

L'hiver se termina enfin. On vit des couleurs réapparaître çà et là, des gens sortir de leurs maisons pour nettoyer leur jardin, planter des clous dans des clôtures. On vit des chevaux ruer comme s'ils réapprenaient à faire fonctionner leurs jambes arrière. Cole était occupé par le collège. Il fourra ses contrôles pliés dans sa poche pour les présenter ensuite à son oncle, lissant les pliures du papier avec la paume. Sa note, en général un A, était griffonnée à l'encre rouge, d'une écriture peu lisible, comme une conclusion provisoire, octroyée à regret. Il n'empêche qu'il se débrouillait bien, mais la ferme, la maison, était sans cesse présente à son esprit, la pensée de sa mère, passant devant les fenêtres, fluide comme de l'eau.

En mai, les oiseaux de leur père revinrent et se posèrent sur le toit de la grange, près de la coupole ; c'étaient les trois mêmes faucons qui faisaient leur retour tous les ans quand le temps commençait à se réchauffer. Son père les avait élevés dès leur naissance. Il conservait des rats dans la cave pour nourrir les oisillons, et parfois les rats s'échappaient, leur mère grimpait sur une chaise en hurlant pendant que tout le monde courait dans la maison pour essayer de les attraper. On ne peut pas compter sur grand-chose en ce monde, lui avait dit son père un jour, mais ces oiseaux reviennent tous les ans.

Au printemps, quand les pommiers faisaient leurs bourgeons roses, qu'on pouvait sortir sans manteau et que l'air sentait le parfum de leur mère, son père partait dans le champ comme un soldat avec ses gants épais et écartait les bras tel un crucifié. Un oiseau se posait un moment sur son bras, agitait un peu les ailes puis reprenait son envol.

C'étaient des créatures majestueuses, songeait-il, ainsi perchées sur le toit. Les faucons soulevèrent leurs ailes brunes comme pour le saluer, leurs serres cliquetant sur la tôle rouillée. Cole se demanda s'ils avaient vu son père dans les cieux. Peut-être apportaient-ils un message de sa part. Hé, les oiseaux! appela-t-il. Les voyant agiter de nouveau leurs ailes, il comprit ce qu'ils voulaient, aussi leva-t-il ses bras en T et attendit-il, immobile comme un épouvantail. Les faucons parurent hésiter au bord de la corniche, puis le plus gros descendit en piqué et se posa sur son bras. Surpris par l'impact, Cole fit un pas chancelant en arrière. Les serres jaunes acérées déchirèrent sa manche de chemise et lui écorchèrent la peau.

Tout doux, dit Eddy en arrivant derrière lui.

Le faucon battit joliment des ailes. Le bras de Cole tremblait sous son poids. Il avait mal, mais ne voulait pas pleurer. Il se dit que c'était peut-être une épreuve. L'oiseau le regarda et il regarda l'oiseau, et en cet instant quelque chose se décida, quelque chose d'important que Cole ne sut nommer, puis l'oiseau déploya ses ailes et s'envola. Il décrivit un grand arc à travers le ciel, semblable à un soupir musical, puis rejoignit les autres et disparut derrière les arbres.

5

La nouvelle concernant la ferme partit du café, devant un hachis et des œufs, et fut colportée par différents inconnus, qui l'échangèrent avec circonspection, comme une monnaie étrangère. C'étaient des citadins. Il était professeur, elle femme au foyer. Ils avaient une petite fille.

La banque la leur a pratiquement donnée, déclara leur oncle au cours du dîner.

La maison était restée inoccupée pendant plusieurs mois, jusqu'à ce jour d'août où ils virent une voiture garée sur la pelouse. C'était une voiture de sport – une décapotable d'un vert étincelant. Puis ils aperçurent la femme, et tout ralentit. Elle ressemblait aux délicates figurines en porcelaine que sa mère collectionnait, avec sa peau pâle et ses cheveux blonds. Chargée d'un carton, elle parlait à quelqu'un par-dessus son épaule. Un homme apparut derrière elle, et ils montèrent les marches du porche. La porte se referma avec un claquement qui résonna dans l'air.

C'est à eux maintenant, dit Eddy.

Ils étaient sur la crête, les poches pleines de framboises, et Wade et Eddy commençaient à planer. Ils regardèrent les lumières s'allumer une à une. Ils entendirent le rire de la petite fille. Bientôt, la nuit tomba. Toute la maison était illuminée par de grands carrés jaunes de lumière, et Cole se rappela son père qui gueulait parce qu'ils gaspillaient l'électricité et que l'argent filait à chaque seconde. Bon, lui s'en foutait, parce que ça n'avait plus d'importance, vu qu'il n'y avait plus d'argent. Ensuite son père ramassait toute la monnaie qu'il trouvait et partait dans son camion. Mais ces gens-là ne semblaient pas s'inquiéter de manquer d'argent. Ils ouvrirent la fenêtre et leurs voix flottèrent dehors. Cole trouva qu'ils avaient l'air heureux, et lui aussi se sentit heureux, comme quand il regardait des gens heureux dans des émissions de télé. Puis quelqu'un commença à jouer sur leur vieux piano, la première chanson que sa mère lui avait apprise, la sonate *Au clair de lune*, et il se souvint qu'elle lui avait dit de la jouer lentement, en lui expliquant que quand Beethoven l'avait composée, il était plein de désir, et qu'elle aussi avait des désirs, que le désir était une chose intime, une partie de la vie à laquelle on finissait par s'habituer. Elle avait levé les yeux vers la fenêtre un instant, regardé les saules grattant la vitre, et en voyant la femme qu'elle était, sous celle qu'il connaissait comme sa mère, il avait eu peur.

Quand la musique se tut, il s'aperçut qu'ils l'avaient écoutée tous les trois.

Comment elle a pu faire ça ? demanda Cole.

Eddy fuma sa cigarette jusqu'au filtre et la lança dans le noir. Je ne sais pas, Cole. Il y a des choses qui ne s'expliquent pas.

Ils voulaient plus de nous, dit Wade.

Eh ! Eddy tira sur le bras de Wade. Arrête ça. Elle voulait pas. C'était papa. C'est lui qui l'a forcée.

Wade se dégagea, Eddy parut furieux, et soudain, ils furent par terre, se poussant, se tirant et se donnant des baffes. Cole essaya de les séparer, mais quand ils s'y mettaient tous les deux, il n'y avait pas moyen de les retenir. Il pleura un peu, se sentit stupide et rasséréné à la fois, si bien qu'il pleura encore, ce qui les fit s'arrêter. Ils se relevèrent, l'entourèrent, tentèrent de le consoler et attendirent qu'il se calme.

Allez, Cole, détends-toi, dit Eddy.

C'est toi qu'elle préférait, dit Wade.

Viens, on rentre.

Cole lança un regard à la maison et vit quelqu'un baisser un store puis un autre, et bientôt, tous furent fermés, ce qui lui signifia que c'était fini, cette partie de sa vie, cet endroit. Tout serait différent désormais. Tout changerait.

Ils retournèrent chez Rainer en silence. Vida leur avait gardé à dîner. Ils s'assirent et mangèrent devant la télé, un film avec John Wayne, et personne ne dit rien, puis ils posèrent leurs assiettes dans l'évier et montèrent se coucher. Cole se mit au lit. Eddy vint s'asseoir au bord, remonta les couvertures et lui caressa le front de sa paume froide et calleuse. Je reviens plus tard.

Où tu vas ?

J'ai rendez-vous.

Avec Willis ?

Ouais. Ça va mieux ?

Il hocha la tête et se retourna pour qu'Eddy puisse s'en aller, mais il n'allait pas mieux. Il sentit ses jambes, ses bras, ses mains et ses pieds se remplir d'obscurité, comme de l'eau la plus sombre, la plus froide. Alors qu'il était couché dans le noir, il envisagea de s'enfuir. Il s'imagina la vie sur la route, faisant du stop pour se déplacer d'un endroit à un autre, dormant dans des jardins et des églises, se préparant des hot dogs sur des bâtons comme il l'avait fait chez les scouts, mais l'autoroute avec ses camions hurlant et ses inconnus trop empressés le terrifiait.

L'un des ex-détenus se mit à jouer de l'harmonica sous le porche de derrière, et cette musique de cowboy lui plut. Elle le réconfortait. Il savait que celui qui jouait avait vécu des trucs lui aussi, des trucs difficiles, et qu'il avait survécu. Quand on y réfléchissait, plein de gens faisaient des choses. Or on ne pouvait pas se jeter du bord de la terre et disparaître. On devait trouver le moyen de continuer. On n'avait pas le choix.

Tous ces hommes avaient fait des conneries, enduré des épreuves. Eux non plus n'avaient pas envie d'être là. Ils préféreraient peut-être vivre dans un endroit plus agréable, où le soleil était chaud et éclatant, où personne ne les connaissait. Il se sentait proche d'eux. Les hommes qui étaient allés en prison avaient le visage fatigué, comme les enjoliveurs bosselés que son oncle vendait à de pauvres pigeons à Baker Avenue. Rainer installait une chaise de jardin et disposait tous les enjoliveurs comme des bijoux précieux, puis rapportait des côtes de porc à Vida. On voyait dans leurs yeux qu'ils avaient le cœur brisé. C'étaient des hommes aux cœurs brisés qui ne pouvaient pas faire grand-chose, même pas aimer. C'était la chose la plus simple, aimer quelqu'un, sauf que c'était aussi la plus dure, parce que ça faisait mal.

Le lendemain matin, son oncle l'emmena acheter des chaussures. Celles-là vont à la poubelle, dit-il en brandissant la vieille paire de Cole. D'abord, elles puent. Ensuite, elles ne tiennent pas aux pieds.

Il avait toujours porté les chaussures de ses frères, qui avaient déjà servi deux fois.

Tu ne peux pas marcher avec les chaussures d'un autre, lui dit son oncle. C'est fini, tout ça.

Ils allèrent chez Browne's et examinèrent les différents modèles. Bon, le style est important, mais c'est le confort qui compte le plus. On ne peut pas faire n'importe quoi quand il s'agit des pieds.

Et celles-là ? Il montra à son oncle une paire de Converse, les mêmes que celles d'Eugene.

D'accord. Voyons voir s'ils ont ta pointure.

La vendeuse mesura son pied puis tâta ses os. Tu fais du 47, dit-elle.

Tu as hérité les grands gènes de ton père.

Elle disparut dans l'arrière-boutique pendant qu'ils attendaient, assis sur les chaises en vinyle. Enfin, elle rapporta une boîte en disant : On les a en blanc. C'était comme ouvrir un cadeau – soulever le couvercle, écarter le papier, tenir les baskets toutes neuves. Elles sentaient bon le caoutchouc frais.

Tu ne seras pas frappé par la foudre, avec ça, dit son oncle. Elles sont chouettes.

Elles me vont, dit Cole.

Il n'y a que toi qui sais, mon garçon.

Oui. Il marcha de long en large dans le magasin, puis en fit le tour.

Il peut les garder aux pieds ?

Bien sûr, dit la dame.

Vendu ! décréta son oncle en sortant une liasse de billets de sa poche.

Il se sentait bien dans ses All-Stars neuves et se demanda ce qu'en penserait Eddy. Il toucha l'épaule de son oncle. Merci, oncle Rainer.

Tout le plaisir est pour moi, mon garçon. Profites-en bien.

Disparais

Disparais, pense-t-elle. Et il disparaît.

À présent elle est seule.

Et le monde est gris.

Il ne lui manquera pas. Elle s'y refuse.

Avant, eh bien, il y avait une vie entière contenue dans ce mot. Avant qu'il ne perde tout leur argent. Avant cette femme. Avait-il réussi à se convaincre qu'elle n'était pas au courant?

La dernière fois, elle envoya Cole et resta dans la voiture, à observer les rues désertes en se disant que son mari allait peut-être sortir et s'excuser, et qu'ils pourraient reprendre leur vie normale. Pendant que les minutes s'écoulaient, elle regardait les trains entrer en gare et ressortir. Les gens arriver et partir. Pas elle, elle n'était jamais allée nulle part. S'apercevant soudain qu'une heure était passée, elle dut se résoudre à entrer. Elle n'aimait pas les bars, et surtout pas le Blake's, qui sentait mauvais. Inévitablement elle vit des gens qu'elle aurait préféré éviter, des hommes au comptoir ou jouant au billard au fond, des hommes avec qui elle était allée au lycée et qui avaient voulu sortir avec elle, des hommes venus faire des réparations à la ferme ou qui étaient en affaires avec son mari. Son fils n'était pas là, et d'un signe de tête, le barman lui fit comprendre qu'il était monté. Elle tenta d'avoir l'air indifférent et repoussa le café qu'il lui avait servi, préférant quelque chose de plus fort. Je prendrai un peu de ce Wild Turkey. Elle vida le verre. Elle n'était pas une grosse buveuse, c'était thérapeutique. Il ne la fit pas payer.

Elle s'engagea dans l'étroit couloir et vit son fils qui attendait son père en haut de l'escalier, devant la porte fermée, traversée par leurs rires ivres. Viens, lui dit-elle en lui faisant signe de redescendre. Tant pis pour lui.

Cole dévala l'escalier, manifestement soulagé. Elle entendit la porte s'ouvrir mais ne se retourna pas pour voir son mari à moitié dévêtu. Elle prit la main chaude de son fils, une main déjà calleuse pour son âge, et ils retournèrent à la voiture pour rentrer à la ferme. Dans son rétroviseur, elle vit Cal courir dans la rue, la chemise déboutonnée, ses chaussures et ses chaussettes à la main. Qu'il aille au diable.

Pour elle, à ce moment-là, c'était fini. *Ils* étaient finis. Plus grand-chose ne compta après ça, plus vraiment, non. Mais elle savait qu'il ne la laisserait jamais le quitter vivante.

Malgré tout, elle nourrissait un tas de rêves fragmentés. Depuis le temps, elle disposait de toute une collection de possibilités qui résonnaient en elle comme les barres argentées d'un carillon. Elle avait toujours voulu retourner à l'école, pour devenir infirmière. La médecine l'intriguait. Peut-être parce qu'elle avait grandi entourée d'adultes malades, dont elle s'était occupée. Sa mère d'abord, puis son père. Elle avait fait tout ce qu'il fallait pour eux ; elle n'avait rien à se reprocher. Comme de nombreuses femmes, elle avait rêvé d'épouser un homme riche. Son physique le lui aurait permis. Mais elle était tombée amoureuse de Cal, voilà tout. De sa démarche élastique dans son grand manteau, de ses yeux capables de vous sidérer d'un regard. De sa façon de la serrer si fort, même ; elle n'était pas fragile.

Vers trois heures du matin, elle entendit le camion. Elle s'était endormie sur le canapé, un peu effrayée par ce qu'elle avait fait, tenaillée par la culpabilité. Il entra d'un pas lourd et traversa la maison dans ses grosses bottes. Il la vit peut-être, ou peut-être pas, elle n'aurait su dire avec ses yeux fermés, puis il s'appuya sur la rampe pour se traîner à l'étage, où la porte se referma derrière lui. La rupture était bel et bien consommée. C'en était fini d'eux deux.

Le lendemain matin, elle envoya les garçons traire et nourrir les vaches, puis leur prépara des œufs et des pancakes et s'assit pour boire son café pendant qu'ils mangeaient. Les deux plus jeunes prirent le car, tandis qu'Eddy empruntait la voiture de sa mère pour se rendre à la fac locale, où il suivait des cours de gestion, même si ça ne l'intéressait pas du tout ; il voulait devenir musicien. C'était son père qui l'obligeait à y aller, tout en refusant évidemment de payer. Eddy finançait lui-même ses études.

Ne t'inquiète pas, maman, lui dit-il. Je ne veux rien de lui.

Elle l'avait entendu jouer dans l'orchestre de l'école et avait assisté à tous les matchs de football américain uniquement pour ça. Dans les mêmes gradins qu'autrefois, quand elle était jeune et allait voir Cal jouer. Avec ses épaules larges et ses grandes mains, il faisait un bon quarterback. Dès qu'elle l'avait vu, elle avait su qu'elle porterait ses bébés. Ses beaux yeux, la bonne odeur de son manteau rouge, sa chaleur en dessous, la pointe de tabac sur sa langue, la lune plus tard dans le champ. Mais l'amour la terrifiait. Docile, elle lui avait obéi.

Ce matin-là, elle lava la vaisselle du petit déjeuner, passa la serpillière, monta faire les lits des garçons et nettoyer leur salle de bains, puis retourna dans la cuisine préparer un rôti avec des pommes de terre, des carottes et des oignons, afin qu'ils aient un repas consistant à leur retour. Enfin, elle s'attela au repassage, soignant particulièrement les cols, comme Cal les aimait. C'était un authentique fermier, mais qui montrait une certaine coquetterie dans les occasions particulières. Après la messe, il allait toujours sur le champ de courses où il perdait de l'argent, et elle lui criait dessus et faisait mine de le taper, mais il lui offrait toujours un petit cadeau, un bonbon ou de la réglisse ou seulement un geste affectueux, et elle finissait toujours par lui pardonner. Et ça repartait jusqu'à la fois suivante. Il pouvait être tendre avec elle quand ils se câlinaient la nuit, et parfois, elle était si stupéfaite qu'un homme aussi dur pût montrer autant de douceur qu'elle en pleurait.

Elle avait été une bonne mère. Ça, on ne pouvait pas le lui retirer, c'était sa seule certitude. Le mieux, c'était quand ils étaient bébés. Les petits T-shirts avec les pressions. L'odeur de la lessive pour nourrissons. Leurs petites mains potelées, leurs petits pieds parfaits. Cal et elle faisaient de beaux bébés – tout le monde le disait. En grandissant, ils étaient devenus de beaux garçons costauds et seraient des hommes bien, elle l'aurait parié. Même Wade, avec son solide appétit. C'était l'enfant qui la rassurait. Son protecteur. Quoi qu'il arrive, Wade ferait face. Mais les gens le trouvaient lent. Idiot, même. Il prenait son temps, voilà tout ! Les profs n'avaient pas la patience de lui enseigner les choses, contrairement à elle, qui lui avait appris à lire aussi bien que n'importe qui. Et il avait aussi bon caractère que leurs vaches. Parfois, on le renvoyait de l'école parce qu'il avait frappé un camarade, mais quand il lui racontait ce qui s'était passé avec tant de franchise, ses yeux bleus si grands et si candides, elle croyait toujours qu'il avait été dans son bon droit. Il arrive que les innocents se fassent punir plus que les autres, lui disait-elle, et il pleurait dans ses bras. Les jours suivants, elle restait près de lui, ils effectuaient des tâches côte à côte, ou elle le regardait construire quelque chose, comme il aimait le faire si souvent. Son aîné, Eddy, ne se bagarrait pas, mais il avait un côté revêche. Un regard de lui suffisait. Parfois il était comme Cal, avec le même ego, la même assurance ostentatoire. Son dernier tenait d'elle sa façon de voir et de penser. Un diplomate. Ils avaient de longues conversations tous les deux, même quand il était petit. Il était capable de réfléchir aux choses pour leur trouver un sens. Il savait assembler et démonter les objets. À l'âge de dix ans, il était capable d'électrifier une lampe et de réparer une radio. Elle pouvait lui parler comme à un adulte, et il lui arrivait de lui confier des choses intimes, tout en sachant qu'elle n'aurait pas dû. Il n'avait pas besoin d'être au courant de ses soucis, mais il l'écoutait. Et elle avait besoin de quelqu'un à qui parler. Considérant tous les aspects d'un problème, il finissait par dire : Ça ira, maman.

D'autres femmes se plaignaient tout le temps, mais elle adorait être femme au foyer et mère. S'occuper des enfants. Sortir le matin avec les chiens. Grimper jusqu'à la crête dans l'herbe haute, son tablier moucheté de bardanes. La fraîcheur du soleil, l'air froid. La sensation physique d'être utile. La lourdeur dans son ventre et ses seins. Ses cuisses. Dieu lui avait donné deux mains habiles. Et elle s'en servait. Elle utilisait tout son corps.

Elle adorait aussi la maison. Si elle devait choisir, ce serait sa cuisine qui lui manquerait le plus. Ce grand et vieil évier de porcelaine qu'elle n'avait jamais réussi à débarrasser de ses taches. Les tartes et les biscuits qu'elle préparait – une tarte aux coings parfois, avec des pommes et du miel. Le cognassier, devant la porte de la cuisine, était planté là depuis un siècle, et au printemps, les garçons rapportaient dans la maison les pétales rouges sur leurs chaussures. La satisfaction qu'elle ressentait en posant les plats sur la table. C'étaient les petites choses, elle le savait, qui donnaient un sens à la vie. Quand elle servait un repas et que les garçons s'asseyaient, polis comme des religieuses, et hochaient la tête avec plaisir en engloutissant la nourriture chaude qui les faisait grandir, les rendait heureux. Eh bien, pour elle il n'y avait rien de plus gratifiant.

Comment estime-t-on la valeur d'une vie ? Il l'avait entraînée avec lui ; il l'avait forcée. Viens t'allonger près de moi, lui avait-il dit. Tout ira bien. Caressant ses cheveux, sa tête humide. Commence à rêver, c'est tout ce que tu as à faire. Laisse-toi aller.

Et il l'avait caressée. Alors que les émanations se densifiaient. Je t'ai aimée toute ma vie, avait-il dit.

C'est tout ce dont elle se souvient. Le dernier cadeau qu'elle lui a fait. Parce que dans sa vie elle était quelqu'un qui donnait. Donnait, sans prendre, et sans jamais rien demander.

Le shérif arrive le premier. Ses fils sont dehors, enveloppés dans des couvertures comme dans des capes. Son plus jeune pleure et balaie ses larmes d'un revers de main pour que personne ne les voie. Ils regardent les hommes les sortir – Cal d'abord, elle ensuite – puis les pousser dans le camion comme on enfourne du pain. Le shérif Lawton tient un carnet, les yeux irrités – ce n'est pas le genre d'homme à montrer ses sentiments. Il pose sa grosse main sur l'épaule de Cole. Tu as besoin de quelque chose ? demande-t-il. Son fils ne dit rien. Qui pourrait répondre à cette question ? Même maintenant, elle n'en a aucune idée. La mort n'apporte aucune révélation.

Ses fils attendent, regardent le camion démarrer, la voiture de patrouille. L'air se remplit de poussière. Il y avait toujours de la poussière dans sa maison, quel que soit le temps qu'elle passait à nettoyer, et

110

Dieu sait qu'elle en passait. De la poussière sur les surfaces, sur le beau visage de ses fils, sous leurs ongles quand elle les bordait, sur leurs joues quand elle se penchait pour les embrasser avant qu'ils s'endorment. Ils travaillaient dans cette ferme. Ils travaillaient cette terre. Elle leur donnait quelque chose en retour. Elle donnait de la force, de la volonté. On ne pouvait pas s'en nettoyer. Ç'aurait été une erreur de le faire.

Le break de Mary Lawton s'arrête sur la pelouse. Elle en sort et se tient là, bâtie comme un fauteuil club dans son grand manteau, ronde au milieu sur des jambes maigres. Puis elle empoigne son seau, sa serpillière et sa bouteille d'ammoniaque et pénètre dans la maison d'un pas de suffragette, prête à dire le fond de sa pensée. Pendant qu'elle s'affaire, récure la cuisine, défait les lits, elle réprimande les pièces vides. Elle ne se presse pas, savoure l'odeur de propre, son travail. Mary : sa meilleure amie sincère, sa confidente. La seule personne à qui elle se confiait. Parce que Mary connaît cette vie, et ses contrariétés.

Une fois sa tâche accomplie, Mary s'assoit sur les marches pour fumer. Elle pleure un peu et secoue la tête. Puis elle écrase sa cigarette dans la terre, referme la maison et rentre chez elle.

Pour finir, elle avait dû chercher du travail. N'importe lequel, ce qui se présentait. Elle n'était pas fière. Le patron de Hack's eut pitié d'elle et l'embaucha dans l'équipe de nuit, pour regarnir les rayons. À l'heure où les rongeurs sortaient, elle sortait aussi.

Toutes les créatures de la nuit – les moufettes, les opossums, Ella Hale. Ça ne plaisait pas à Cal, bien sûr, quoique seulement pour des raisons égoïstes. Il disait que ce n'était pas bien, qu'elle sorte ainsi la nuit. Comme si ça lui importait. Elle devrait être à la maison avec ses enfants, arguait-il. C'est de l'argent, répondait-elle, sachant très bien que c'était surtout Cal qui ne voulait pas rester à la maison.

Elle se remémore le trajet pour aller en ville sur ces longues routes obscures. L'atmosphère particulière, la sensation qu'elle ressentait. Une espèce de liberté. Elle fumait deux ou trois cigarettes d'affilée. La vitre baissée, le vent comme un cri, le monde entier vibrant de froid. Une fois sur le parking, elle restait assise une minute, à réfléchir. Attachait ses cheveux avec une barrette, mettait un peu de brillant à lèvres. Tirait sur sa chemise de flanelle, lissait son jean. Elle portait les genouillères de patins à roulettes de Cole pour ne pas avoir mal quand elle garnissait les étagères du bas. Elle restait parfois agenouillée longtemps, à ranger des barils de lessive, des boîtes de litière pour chats, de gros sacs de croquettes pour chiens.

Elle avait droit à une pause et, en général, elle s'achetait quelque chose au distributeur. S'asseyait sur la chaise en plastique. Retirait l'emballage de la barre chocolatée, qu'elle mangeait en prenant son temps. Puis elle sortait fumer dans la fraîcheur de la nuit. Les trains de marchandises mugissaient. Rien de tel qu'une cigarette par une nuit froide. Lorsqu'elle rentrait à la maison, le soleil se levait tout juste et le brouillard ressemblait à une inquiétante marée recouvrant les champs. Comme une femme revenant d'un rendez-vous secret, elle montait l'escalier avec lassitude et jetait un coup d'œil à ses fils endormis. Elle se déshabillait dans la salle de bains, appréciant cette intimité, se récurait à l'eau froide puis se glissait, nue, dans le lit auprès de son mari, bercée par le rythme de sa respiration, la puanteur du bourbon, et s'endormait alors que la chambre se remplissait de soleil.

Elle rend visite aux garçons chez son frère. Rainer et la Mexicaine. Ils devront se débrouiller. Les garçons assis autour de la table, les doigts croisés en prière, comme des hommes jouant au poker, cachant leurs cartes et marmonnant les mots auxquels ils ne peuvent plus croire, *Notre Père, qui êtes aux cieux…* Leur oncle sourit avec une fierté discrète, sans vouloir montrer à quel point elle lui manque, son unique sœur. Ils ne s'étaient pas parlé depuis cinq ans, une querelle entre Cal et lui à propos d'une broutille, rien que deux hommes adultes trop attachés à leurs convictions. Ses bébés aux yeux bleus devenus si grands, qui se passent les plats en silence et refilent discrètement les restes aux chiens à leurs pieds.

Elle ne peut plus pleurer. Les larmes sont interdites.

Seule reste l'étrange lumière grise qui pèse sur elle, une chaleur grise semblable au duvet d'une peau neuve.

Son mari l'a trompée, mais pas elle. Elle a été d'une fidélité sans faille. Elle a fait courir ses mains douces sur sa silhouette mince, son long torse, ses côtes qui lui évoquaient la coque d'un navire.

Il possédait une grâce physique, une sorte de distinction dont ses fils ont hérité. Peut-être pas Wade, qui est costaud et se meut avec lenteur, mais Eddy et Cole sans aucun doute, qui ont des mains habiles et de longs membres comme leur père.

On a cette vie et ce qu'on en fait. Qu'en a-t-elle fait ? Épouse et mère. Une vie dans la cuisine et dans les autres pièces désordonnées, à plier, ranger, repasser et frotter, et un seul péché mignon, la délicate crème citron-verveine avec laquelle elle se massait les pieds. C'était une campagnarde, à la carrure large et cependant mince, solide et pourtant affligée – esseulée, négligée. Elle l'avait aimé si fort et avait eu le cœur brisé. Sa mère lui avait dit de ne pas l'épouser. Il était fruste, incapable d'exprimer ses émotions – il lui manquait l'éloquence de l'âme. Il était dur avec elle, pouvait la faire se sentir petite, vulnérable. Mais aussi protégée. *Vivante.*

Histoire d'une vie

1

Tous deux étaient versés dans l'art. Des passionnés d'histoire, qui admiraient l'authenticité. Ils étaient sensibles à la beauté, à l'élégante géométrie de la composition, à la matière capricieuse qu'était la couleur, au spectacle de la lumière. Pour George, le trait constituait la narration ; pour Catherine, c'était une artère reliée à l'âme.

Elle était peintre, spécialisée dans les fresques murales. Elle travaillait essentiellement dans des églises, des cathédrales délabrées dans des coins reculés de la ville. Elle avait trouvé ce travail par hasard, par le biais d'un de ses anciens professeurs de fac. Au fil du temps, elle avait décroché d'autres contrats et acquis une petite notoriété.

Elle était mal payée, mais s'en fichait. L'argent n'entrait pas en ligne de compte.

Son travail était méticuleux, élaboré. Sacré. Elle avait des mains d'infirmière, précautionneuses et sûres. Elle était catholique. Elle peignait son amour de Dieu, sa peur. À la fin de la journée, elle avait mal aux bras. Elle nettoyait les pinceaux, pliait les chiffons, les narines remplies de l'odeur des pigments et de l'huile de lin.

Elle travaillait en salopette, les cheveux retenus par des peignes en écaille de tortue. C'était une cathédrale près de Columbus Avenue sur la 112e Rue Ouest, avec des lutins et des chérubins cachés dans les coins. La fumée des chandelles. Dans la chapelle donnant sur le transept, une fresque de la crucifixion avait été abîmée durant une tempête. Le toit fuyait et la pluie avait coulé comme des larmes sur le visage de Jésus. Était-ce un accident plein d'ironie, se demandait-elle, ou le signe avant-coureur d'un malheur imminent ? Souvent superstitieuse, elle croyait qu'on pouvait trouver un message divin sous le miroitement insignifiant des événements ordinaires.

Tard un après-midi, alors qu'elle travaillait à cette restauration depuis plusieurs semaines, un couple âgé entra dans l'église. Ils étaient bizarrement assortis. L'homme, un Noir portant une casquette en laine écossaise et un pardessus, semblait s'occuper de la femme, dont il tenait le bras. Blanche, peut-être plus âgée, elle avait un haut col à volants et des chaussures qui résonnaient sur le sol de granito. Il la guidait d'un pas traînant et leurs voix étaient amplifiées dans l'espace vide. La main de l'homme posée sur celle de la femme, ils allumèrent un cierge ensemble, dont la mèche grésilla comme un secret.

Catherine recula pour examiner son travail. Elle avait remédié aux dégradations causées par la pluie et assorti les pigments avec précision. L'intensité de la peinture originale transparaissait. Il aurait pu sembler bizarre de croire qu'elle était devenue intime avec son sujet, mais c'était le cas. Elle se demandait ce qu'Il pensait d'elle, Son attachée dans le monde des vivants.

À bientôt cinq heures, il faisait presque nuit. Elle détestait l'obscurité implacable de l'hiver. Franny et la nounou devaient être rentrées du parc à présent, et Mme Malloy avait sûrement hâte d'attraper son train. Un courant d'air froid venu de la porte la rappela à l'ordre au moment où elle enfilait son manteau et son écharpe. Derrière elle, elle entendit résonner les pas du vieux couple qui approchait dans le sanctuaire désert. Ils marmonnaient des mots qu'elle ne distinguait pas, puis la dame lui saisit le bras. Inquiète, Catherine se retourna.

Elle voulait seulement vous dire bonjour, expliqua le vieux monsieur.

Mais la femme ne lui renvoyait qu'un regard troublant, ses yeux papillonnant comme des phalènes, et Catherine s'aperçut qu'elle était aveugle.

Allons, tu sais qu'il est impoli de dévisager les gens, dit l'homme à sa compagne. Laissons cette gentille jeune femme tranquille. Il détacha les mains de la dame du manteau de Catherine et, en une sorte de danse maladroite, la dirigea vers la porte. La femme se retourna une nouvelle fois et posa sur Catherine son regard aveugle et terrifié.

Catherine boutonna son manteau. Elle devait rentrer chez elle.

Par les claires-voies, elle vit le ciel sans lune. Abandonnant l'obscurité parfumée de la cathédrale pour l'air froid et vif de la ville, elle se sentit accablée, troublée par l'échange avec ce couple étrange, par la cécité de la dame. Elle se hâta de rentrer chez elle, son écharpe enroulée autour de la tête ; dans la rue, les gens se cachaient le visage, s'armant contre le vent cinglant.

C'était l'hiver 1978. Ils vivaient dans un appartement lugubre à Riverside Drive, non loin de l'université où George finissait son doctorat et donnait un cours d'introduction à l'art occidental à deux classes. Souvent, lui avait-il raconté, il trouvait ses élèves endormis à la fin d'une projection de diapos. Elle n'était pas surprise. Son mari pouvait se montrer soporifique. Depuis leur mariage, ça ferait quatre ans au mois d'août, la vie de George, et la sienne par extension, était subordonnée à sa thèse et aux déclarations imprévisibles de son directeur, Warren Shelby. George revenait défait de ses entretiens avec lui. Pâle, abattu, il se retirait dans la chambre avec un grand verre de whiskey et regardait des rediffusions de *M*A*S*H*. Catherine en était venue à considérer cette thèse comme une empêcheuse de vivre en rond, un parent venu d'un pays étranger, plein d'énigmes et de tics nerveux, qui s'était installé dans leur vie et refusait de s'en aller. Le sujet en était le peintre George Inness, un disciple de l'école de l'Hudson River, qu'elle avait appris à connaître à travers une collection ésotérique d'indices dont étaient bardés les murs de l'appartement – sous forme de fiches, d'idées jetées sur des bouts de papier, de notes sibyllines ou de cartes postales des paysages d'Inness scotchées ici et là (il y en avait même une au-dessus des toilettes) et d'une citation de l'artiste soulignée tant de fois au crayon bleu que le papier s'était déchiré. Pendant qu'elle pliait le linge ou effectuait telle autre menue tâche, elle lisait et relisait la citation. *La beauté dépend de ce qu'on ne voit pas, le visible de l'invisible.*

Avec la maigre bourse de George, ils avaient tout juste de quoi payer l'appartement. Ils possédaient peu de choses : le fauteuil à oreilles trouvé dans un vide-grenier, à l'inconfortable garniture en crin de cheval et aux vieux pieds écartés comme ceux d'un ivrogne ; le tapis persan ayant appartenu aux parents de George ; le canapé à dos arrondi hérité d'une tante de Catherine, couvert d'un damassé vert passé, qui servait de lit d'appoint au rare visiteur, en général sa sœur Agnes, qui séjournait chez eux quelques jours avant d'étouffer dans l'appartement surpeuplé. L'immeuble n'avait pas d'ascenseur. Catherine montait les cinq étages à pied en tirant la poussette et en tenant la petite main de sa fille, et elles mettaient parfois une demi-heure à arriver en haut. Enfin, elle déverrouillait les serrures et pénétrait dans leur minuscule havre encombré, au parquet plein d'échardes, dont chaque centimètre était dévolu à des équipements indispensables au quotidien d'une enfant. Leur chambre, de la taille d'un bac à sable, ne pouvait accueillir qu'un lit défoncé. Frances, qui avait trois ans, dormait dans l'alcôve, dans un petit lit au bout duquel s'entassaient les manteaux, chapeaux et moufles qui n'entraient pas dans la penderie. La seule qualité de l'appartement était sa vue, qui lui rappelait presque exactement l'*Après-midi d'hiver* de George Bellows, le bleu glacé du fleuve, les asclépiades couleur rouille de ses berges, la neige blanche et les bandes d'ombre, le mystère ordinaire d'une femme pelotonnée dans son manteau rouge pour lutter contre le froid. Le fleuve la rendait pensive et un peu mélancolique, et quand elle regardait par les vitres sales, elle tentait de se rappeler son moi originel – la fille qu'elle était avant de rencontrer et d'épouser George, de prendre son nom comme on enfile et arbore la robe d'une inconnue, avant de devenir Mme George Clare, à l'instar de sa belle-mère, une femme avide, fumant cigarette sur cigarette. Avant d'assumer sa fausse identité d'épouse et de mère dévouée. Avant de laisser Cathy Margaret derrière elle – cette fille aux os de héron, aux jambes d'araignée et à la queue-de-cheval, abandonnée au profit de tâches plus importantes, comme changer les couches, repasser des chemises et nettoyer le four. Non pas qu'elle se plaignît ou fût malheureuse ; elle était, somme toute, satisfaite. Mais elle avait le sentiment que la vie ne se résumait sûrement pas à ça, qu'il devait y avoir une raison d'être plus profonde, un dessein plus grandiose, si seulement elle réussissait à découvrir lequel.

Comme tant de couples sans méfiance, ils s'étaient rencontrés à la fac. Elle était en première année ; George passait son diplôme au mois de mai. Avec une indifférence affectée, ils se croisaient sur les trottoirs de Williamstown, elle dans des gros pulls irlandais et des vieux kilts trouvés dans des friperies, lui dans son blazer élimé en tweed gris, fumant des Camel. Il habitait dans la maison victorienne couleur moutarde de Hoxsey Street, avec un groupe d'étudiants en histoire de l'art ayant déjà cultivé cette arrogance compassée des conservateurs de musée, qui la réduisait d'un seul regard à la gamine potelée de Grafton avec de la poussière de gravier dans ses chaussures. Contrairement à George et à ses amis stylés, Catherine était boursière ; son père exploitait une carrière juste à la frontière de l'État voisin. Elle vivait à la résidence universitaire, où elle partageait une chambre avec trois étudiantes en biologie. C'était en 1972, elle avait dix-neuf ans, et à cette époque, la hiérarchie implicite du département d'histoire de l'art assurait aux rares étudiantes d'être résolument sous-estimées.

Ils se parlèrent pour la première fois lors d'un cours sur le Caravage. Il avait plu ce matin-là, et elle arriva en retard à l'auditorium qui ressemblait à une mer d'imperméables colorés. Elle repéra une place libre au milieu d'une rangée et s'y fraya un passage en s'excusant, obligeant les gens à se lever. George était assis à côté.

Tu devrais me remercier, dit-il. Je la gardais pour toi.

C'est la seule qui reste.

On sait tous les deux pourquoi tu t'es assise là. Il souriait comme s'il la connaissait. George Clare, dit-il en lui prenant la main.

Catherine – Cathy Sloan.

Catherine. Il avait la main moite. En quelques secondes seulement, une intimité parut les infecter

121

telle une maladie contagieuse. Ils échangèrent quelques mots sur leurs cours et leurs professeurs. Il avait un très léger accent français et lui dit que, petit, il avait vécu à Paris. Dans un appartement semblable à celui des *Raboteurs de parquet*. Tu connais Caillebotte ?

Catherine ne le connaissait pas.

Nous avons déménagé dans le Connecticut quand j'avais cinq ans, et ma vie n'a plus jamais été la même après. Il souriait, plaisantant, mais elle voyait bien qu'il était sérieux.

Je ne suis jamais allée à Paris.

Tu as cours avec Hager ?

Au prochain semestre.

Il montra l'écran, où le nom de l'artiste était inscrit en lettres pourpres. Tu le connais, n'est-ce pas ?

Le Caravage ? Un peu.

L'un des plus incroyables peintres de l'Histoire. Il engageait des prostituées pour lui servir de modèles et transformait ces putes vulgaires en vierges à joues roses. Il y a une certaine justice émouvante là-dedans, tu ne trouves pas ? Même la Madone avait un décolleté.

De près, il sentait le tabac et autre chose, une eau de Cologne musquée. Dans la salle confinée, aux hautes fenêtres embuées par la condensation, elle s'était mise à transpirer sous son pull de laine. Il l'observait comme on observe une toile, pensa-t-elle, tentant peut-être de résoudre ses énigmes. Comme la plupart des garçons de Williams, il portait une chemise Oxford et un pantalon de toile, mais avec quelques anomalies stylistiques – des bracelets en peau au poignet, des chaussons noirs en toile (du quartier chinois, lui apprit-il plus tard), un béret éclaboussé de pluie posé sur ses genoux.

Il n'a pas tué quelqu'un ? Pour une histoire stupide, n'est-ce pas ?

Une partie de tennis. Apparemment un très mauvais perdant. Tu joues ?

Au tennis ?

On pourrait faire une partie un jour.

Je ne joue pas très bien…

Au moins, tu n'auras pas à t'inquiéter.

De quoi ?

De te faire tuer si je perds. Il eut un sourire forcé. C'était une blague.

Je sais. Elle s'efforça de sourire. Ah, ah.

J'ai quelques amis – on pourrait jouer en double. Je préférerais être ton partenaire plutôt que ton adversaire.

Je serai beaucoup plus en sécurité comme ça.

Exact. Mais jouer la sécurité peut être ennuyeux, tu ne crois pas ?

La lumière des plafonniers commença à baisser et George ajouta dans un murmure : Il s'en est sorti, finalement. J'imagine que ce n'est pas surprenant quand on considère que c'était un génie.

Génie ou pas, un meurtre ne devrait pas rester impuni.

Tu serais étonnée de tout ce qui reste impuni.

Qu'est-ce que tu veux dire ?

Que ça nous arrive à *tous*. C'est comme un petit bonus, le lot ringard gagné à la loterie en récompense de nos bonnes actions. Le livre qu'on emprunte et qu'on ne restitue jamais, le pourboire qu'on n'a pas donné. La chemise d'un ami qu'on a oublié de lui rendre. Pas vu, pas pris – c'est ça qui est excitant. Allez, tu peux me le dire. Je sais que ça t'est déjà arrivé. Admets-le.

Je ne vois pas, non.

Eh bien, tu es plus innocente que je ne croyais. Je vois que tu es une Fille Très Sage – il énonça chaque mot comme s'ils étaient en majuscules. Je recommande une corruption rapide et complète.

Un peu embarrassée, elle demanda : Et toi ?

Moi ? Oh, il n'y a pas plus corrompu.

Je ne te crois pas. Ça ne se voit pas.

J'ai appris à me fondre dans le paysage. C'est une technique de survie. Je suis comme les pickpockets à Venise. En un clin d'œil, on n'a plus rien – plus d'argent, plus de papiers, plus d'identité.

Ça paraît dangereux. Je ne suis pas sûre que je devrais te parler.

Je voulais juste que tu saches où tu mettais les pieds.

Tu as l'intention de me faire les poches ?

J'essaierai de ne pas me faire prendre.

Qu'est-ce que je risque ?

Des applaudissements retentirent alors que le conférencier, un monsieur émacié aux cheveux blancs et au costume à chevrons, montait sur l'estrade.

George approcha la bouche tout près de l'oreille de Catherine. Ça, dit-il, glissant la main sous sa jupe au moment où l'*Amour victorieux* du maître remplissait l'écran.

124

Pour des raisons qu'elle ne comprenait pas vraiment – car ils semblaient opposés en tout point et avaient des priorités très différentes – ils devinrent inséparables. Elle était vierge, tandis qu'il s'enorgueillissait de sa réputation de séducteur. Si elle connaissait la vraie nature de George, alors elle l'ignorait sciemment, prenait son égocentrisme pour de l'intelligence, sa vanité pour de la bonne éducation. Il la promenait sur le guidon de son vélo, l'emmenait au café de Spring Street ou au Purple Pub ou parfois au VFW où le whiskey ne coûtait que soixante pence le verre et où ils en buvaient trop en parlant de peintres morts. Elle n'avait jamais rencontré quelqu'un d'aussi calé que George sur les peintres. Il disait qu'il avait voulu être un artiste, mais que ses parents l'en avaient dissuadé. Mon père est le roi du meuble dans le Connecticut, lui raconta-t-il. Ils ne sont pas très sensibles à l'art.

Ils déambulaient au musée Clark et s'embrassaient dans les élégantes salles sans surveillance, dont les murs arboraient les couleurs austères du Berkshire : gris étain, blanc poireau, jaune paille. Côte à côte, ils contemplaient rêveusement un Corot, un Boudin, un Monet ou un Pissarro ; elle posait la tête sur son épaule et sentait son léger parfum de tabac. Ils allèrent voir les courses automobiles sur le circuit de West Lebanon et, assis en haut des gradins dans le soleil aveuglant, comptèrent les tours vrombissants des voitures, tandis que les sièges en métal vibraient sous leurs jambes et que l'odeur de l'essence montait du macadam. Ils se promenèrent dans les bois et les champs, se fabriquaient des sifflets avec de larges brins d'herbe et s'embrassaient sous le museau paresseux des vaches.

Bien qu'il ne fût pas particulièrement beau, il lui rappelait quelqu'un qu'aurait pu peindre Modigliani ; il avait les traits anguleux et sévères, les cheveux fins, des lèvres en bouton de rose et des dents tachées par le tabac. Son intelligence railleuse était à la fois prétentieuse et intimidante, mais il la faisait se sentir belle, comme si elle était quelqu'un d'autre, quelqu'un de mieux. Pendant quelques semaines entêtantes, elle s'égara dans le rêve de l'amour. Elle se l'imaginait comme une version de Jean-Paul Belmondo dans *À bout de souffle*, un film qu'ils avaient vu ensemble, tandis qu'elle était Jean Seberg dans sa marinière, mélancolique, fraîche et amoureuse. George apportait Dieu sait comment de la fantaisie et du spectacle au monde, permettant à Catherine d'oublier le pavillon de Grafton, les murs écossais de sa chambre, la moquette verte à poils longs.

Ils firent l'amour pour la première fois dans un motel de Lanesborough constitué de petits cottages disséminés sur une colline. Le leur avait un porche où ils s'assirent un moment, en buvant des sodas pris au distributeur. Il lui parla de Mark Rothko, l'un des rares peintres, lui dit-il, qui vous faisaient ressentir quelque chose de pas toujours agréable, quelque chose qui ressemblait à la vérité. Elle lui prit la main, mais il haussa les épaules comme si ça n'avait pas d'importance, puis ils rentrèrent et se déshabillèrent.

Félicitations, dit-il ensuite en allumant leurs cigarettes. Tu viens d'être officiellement convertie à une vie de péché et de débauche. Il l'embrassa sans se presser. J'espère que ça valait le coup.

Elle répondit oui.

Mais honnêtement, elle n'en savait rien. Elle ne connaissait pas grand-chose au sexe. Au lycée, elle s'était laissé peloter maladroitement dans des caves humides ; elle était allée un tout petit peu plus loin avec un garçon de son cours d'anglais, mais il l'avait larguée pour une autre. Puis elle avait rencontré George. Contrairement aux scènes de séduction qui tiraient en longueur dans les films, son dépucelage avait duré moins de dix minutes. Il n'y eut ni cri d'extase théâtral, ni rien qui se rapprochât des amants tourmentés de *La Fièvre dans le sang*. Quand elle avait environ douze ans, sa mère l'avait autorisée à se coucher tard un soir pour le regarder. Envoûtée par Warren Beatty, elle s'était ensuite endormie en pleurant parce que leur romance n'avait pas abouti, et que la pauvre Natalie Wood, pourtant si bonne, avait dû aller à l'asile pendant que l'amour de sa vie en épousait une autre, bien que tout le monde sût qu'ils étaient faits l'un pour l'autre. Pour ce qui était de George et elle, elle n'en était pas si sûre.

Alors, pourquoi as-tu l'air aussi coupable ?

Les bonnes sœurs étaient très convaincantes.

Tu es une grande fille, maintenant, Catherine. La vie ne se résume pas à faire ce qu'on te dit de faire.

Le commentaire la fit se sentir idiote. Elle déplorait soudain l'éducation qu'elle avait reçue, sa foi. Elle s'assit dans le lit, le drap couvrant sa poitrine, et écrasa la cigarette. Je ne fume même pas, dit-elle.

Il se contenta de lui jeter un coup d'œil.

Elle l'observa pendant une minute, observa ses yeux marron et froids. Nous sommes très différents, finit-elle par dire.

Il hocha la tête. C'est vrai.

Est-ce qu'au moins tu crois en Dieu?

Non. Pourquoi le devrais-je?

Elle ne semblait pas pouvoir répondre.

En quoi est-ce si important, d'ailleurs?

Ça l'est, c'est tout.

Tu n'as pas choisi de croire en Dieu. On t'a dit de le faire, comme de mettre une serviette sur tes genoux. Tu obéis, voilà tout.

Je n'ai pas à me justifier, dit-elle. Je ne suis pas exactement dans la minorité.

Ça, c'est sûr, répliqua-t-il d'un ton arrogant.

Il se leva et enfila sa chemise. En le regardant dans la chambre morne, elle eut l'impression d'être en présence d'un inconnu. Il aurait pu être n'importe qui. Tu crois à quoi, alors?

À pas grand-chose, répondit-il. Désolé de te décevoir. Il enfila sa veste. Je t'attends dehors.

Par le voilage, elle le vit fumer sous la petite lampe jaune du porche. Elle se brossa les cheveux devant le miroir. Elle ne paraissait pas différente. En pensée, elle se repassa l'important événement : comment il l'avait touchée, maintenue fermement et pénétrée, alors qu'elle était allongée, prête à le recevoir, scrutant son visage. Il ne l'avait pas regardée, se rappela-t-elle, mais contemplait la tête de lit sale qui cognait contre le mur.

2

À l'automne, ils prirent des chemins séparés. Il
était en troisième cycle et affirmait avoir à peine le
temps de manger. Il l'appelait tous les dimanches,
mais elle le soupçonnait de sortir avec d'autres filles.
Elle le chassa de son esprit et se concentra sur ses
études. Après Williams, elle s'inscrivit en maîtrise
à la SUNY Buffalo, pour étudier la conservation.
Elle s'installa dans une maison avec quatre autres
étudiantes et travailla à mi-temps dans une boulangerie. Elle avait presque oublié George Clare quand,
sans crier gare, il l'appela. Il avait eu son numéro par
sa mère, lui dit-il. Il lui parut différent, plus âgé. Il
l'invita à venir à New York et, sur une impulsion qui
ne lui ressemblait pas, elle décida de faire le voyage.

Ils se retrouvèrent dans un petit café du nord de
Manhattan, où il l'invita à déjeuner. J'ai beaucoup
pensé à toi, lui dit-il en lui prenant la main. Ils passèrent l'après-midi sur une couverture dans le parc,
à s'embrasser sous les arbres. Il parla de son travail,
de la thèse qu'il comptait écrire, de son ambition de
devenir universitaire, d'enseigner.

Ils recommencèrent à se voir. Une fois par mois, ils
se retrouvaient à mi-chemin, dans un hôtel bon marché de Binghamton, et faisaient l'amour jusqu'à ce
que les fenêtres s'embuent, obscurcissant le monde
à l'extérieur. Couchés nus sous les draps raides et
javellisés, fumant en regardant les taches sur le plafond, ils disséquaient leur avenir peu prometteur
ensemble : il venait d'une famille aisée, elle de la
classe ouvrière ; il rejetait la religion alors qu'elle

était dévote; il n'était pas intéressé par le mariage tandis qu'elle voulait un mari, des enfants et la barrière blanche.

Ils restaient pourtant ensemble, peut-être par frustration. Comme s'ils étaient deux parties d'une troublante équation, dont aucun d'eux ne trouvait la solution. Elle était quelque part, dans l'infini, songeait souvent Catherine. Peut-être ne la trouveraient-ils jamais.

À Buffalo, elle essaya de sortir avec d'autres garçons, mais George demeurait dans son esprit, comme une écharde douloureuse. Parfois, quand elle avait de quoi se payer le trajet, elle allait le voir à New York, portant la jupe portefeuille et le col roulé noirs devenus sa signature, du rouge à lèvres, les cheveux remontés et retenus par une barrette. Il louait une chambre dans une résidence de sa fraternité étudiante sur la 113e Rue, qui ressemblait à une cabine de marin avec son petit lit et donnait sur la salle commune où ses camarades jouaient au billard et chahutaient lors de cérémonies très arrosées qui se terminaient toujours mal. Au lit, il était avide et possessif, aiguillé, semblait-il, par la brutalité percutante à la table de billard, le claquement des billes qui s'entrechoquaient avant de tomber dans les poches et par le chœur tonitruant qui s'ensuivait. Quand enfin ils sortaient de la chambre, sous les regards en coin des gars de la fraternité, elle avait l'impression d'être exhibée. Ils allaient chez O'Brien's, un bar du quartier, sombre et enfumé, aux murs lambrissés, qu'affectionnaient les étudiants de son département, un groupe de types sérieux et circonspects qui buvaient de la bière bon marché en mangeant des huîtres et dissertaient sur les génies torturés de l'art occidental, les fanatiques, les imposteurs et les ivrognes, jusqu'à ce qu'on les mette dehors à l'heure de la fermeture.

Vers la fin du semestre de printemps, il l'appela pour lui dire qu'il voulait discuter d'une chose importante. Pas au téléphone, ajouta-t-il, et il l'invita à le rejoindre. Dans le car, elle songea qu'il allait la demander en mariage. Mais à son arrivée, il devint vite évident qu'il avait d'autres projets. Il l'emmena dans un bar faiblement éclairé et lui annonça qu'il rompait. Avec l'assurance d'un entrepreneur des pompes funèbres, il lui donna ses raisons. Il suivait un cursus exigeant, devait se concentrer sur son travail et, plus important, ils avaient des philosophies diamétralement opposées. Je te laisse partir, dit-il, comme si elle était une employée superflue.

Elle marcha seule jusqu'à la gare routière de Port Authority, insensible au vent, aux papiers gras qui lui fouettaient les chevilles, indifférente à la puanteur des bus qu'elle inhalait en s'approchant de sa porte d'embarquement. Elle n'était pas assez intelligente pour lui, se disait-elle. Ou pas assez jolie. Plus tard, pendant le trajet du retour, elle se sentit mal. Prise d'une soudaine nausée, elle vomit dans les toilettes, ballottée d'un bord à l'autre dans la petite cabine. Elle se regarda dans le miroir sale et sut tout de suite ce qui n'allait pas. Une fois dans sa chambre, elle appela George pour lui annoncer la nouvelle.

Il resta silencieux un instant puis dit : Je connais un endroit où tu peux aller. C'est légal, maintenant.

Je ne peux pas faire ça, répondit-elle après une longue pause. C'est contraire à ma religion. Tu n'es pas obligé de m'épouser.

C'est très noble de ta part, Catherine, mais je ne fais rien par obligation.

Elle attendit qu'il en dise davantage, mais il raccrocha. Des semaines passèrent durant lesquelles elle n'entendit plus parler de lui. À la boulangerie, les odeurs de sucre glace et de vanille lui donnaient des haut-le-cœur. De futures mariées commandaient leur gâteau, avec zèle et détermination, leurs yeux scintillant de fierté et d'autre chose – une sorte de soumission aussi profondément ancrée que tacite. Quand elle ne travaillait pas, elle restait dans son lit, paralysée par la terreur culpabilisante de devenir une mère célibataire. Elle savait que ses parents la renieraient. Il lui faudrait trouver un emploi, vivre de l'aide sociale ou de bons d'alimentation, ou quoi que fassent les femmes dans sa situation.

Puis, deux mois plus tard, par un pluvieux matin d'août, il se présenta devant sa chambre avec une douzaine de roses et une alliance. Fais tes valises, dit-il. Tu t'installes à New York.

Ils se marièrent dans l'église de sa ville natale. La réception se tint dans la salle polyvalente d'à côté, ses parents ne pouvant pas se permettre mieux. La mère de George regarda tout le monde de haut ; elle était française, avait les cheveux noirs comme Cléopâtre et une voix de fumeuse. Son père était grand, il avait les épaules larges et les mêmes yeux couleur de flaque boueuse que George.

132

Après le mariage, George l'emmena dans leur maison grise sur la côte du Connecticut. Ses parents étaient un couple décontracté, terriblement contents d'eux. Avec leurs chemises Oxford, leurs pantalons ornés de motifs de baleine et leurs Dockside, un verre de gin tonic à la main, on aurait dit des personnages d'une publicité pour des cigarettes. Leur maison était remplie d'objets fragiles, dont aucun n'était déplacé. *Elle* se sentit déplacée, comme si George avait apporté à ses parents un cadeau ridicule.

Par les fenêtres du salon, elle voyait le voilier de George amarré à quelques mètres du rivage. Il voulait l'emmener en mer. Je ne sais pas, répondit-elle, un peu effrayée. Je ne suis qu'au troisième mois.

Tout ira bien. Tu es en très bonnes mains.

Ils naviguèrent dans un bras de mer puis accostèrent sur une île qu'ils partirent explorer. Il n'y avait personne, seulement les arbres à la frondaison exubérante, le sable chaud, les oiseaux. La mère de George leur avait préparé un pique-nique, des sandwichs, du thé glacé et de la bière pour lui. Plus tard dans l'après-midi, le vent se leva et les vagues secouèrent le batcau – des moutons, les appela George. Elles enflaient et se brisaient sur le pont. Il y avait un fort courant. Il devrait tirer des bords de manière stratégique pour pouvoir rentrer, expliqua-t-il. Il borda les voiles et le bateau gîta sur la quille.

Elle s'agrippa, terrifiée. George, dit-elle. Je t'en prie.

C'est marrant. C'est ça, l'intérêt de la voile.

Ça bouge trop, dit-elle, toujours accrochée au rebord. Je vais être malade.

Pas dans le bateau, cria-t-il, lui poussant la tête vers le bas et la maintenant avec rudesse. Dans le brouillard accompagnant ses vomissements, elle prit conscience qu'il était juste derrière elle et, à la soudaine pression hésitante de la main qu'il posait sur sa nuque, elle sentit qu'il envisageait quelque chose, puis le bateau plongea de nouveau et elle passa par-dessus bord, heurta l'eau et s'enfonça sous la surface, ses mains surnageant une seconde avant que le courant ne l'entraîne sous la coque, lui coupant la respiration. Elle vit le bateau s'éloigner, lent comme un char de défilé – jusqu'au moment où, comme si on lui enfilait une capuche noire, elle perdit connaissance. Une minute plus tard, ou peut-être quelques secondes, elle se sentit brusquement ramenée dans le monde tandis qu'il la sortait de l'eau et lui hurlait de s'accrocher, putain, accroche-toi.

Il réussit tant bien que mal à la hisser sur le pont. C'était comme une espèce de naissance, songea-t-elle.

Tu es sauvée, dit-il, dégoulinant au-dessus d'elle. Bon Dieu. Ne refais plus jamais ça. Tu aurais pu te noyer.

Cette nuit-là, couchée seule dans l'ancienne chambre d'enfant de George, elle écouta son mari raconter l'histoire de l'incident à ses parents en bas, décrivant l'enchaînement des événements d'une manière étrangement méthodique, comme s'il avait préparé son discours à l'avance.

Elle a eu de la chance, dit Mme Clare.

Quand elle l'appela le lendemain, espérant de la compassion, sa mère à elle lui rétorqua : Tu n'avais rien à faire sur un bateau dans ta condition. C'était stupide.

3

Ils eurent une fille, à qui ils donnèrent le prénom de sa grand-tante, Frances, qui avait eu un certain succès en tant que chanteuse d'opéra. Restée célibataire, elle était morte inopinément dans la quarantaine. Les visites à sa tante à New York avaient été les moments les plus lumineux de l'enfance de Catherine, mais sa mère l'avait reniée et prononçait son nom dans un murmure grave, comme si elle parlait d'une malade en phase terminale. Frances était la seule femme de la famille de Catherine à avoir poursuivi une carrière et dont la vie n'avait pas été assujettie aux besoins et aux intérêts des autres. De sorte que pour elle, qui commençait à prendre la mesure de ses limites, baptiser son bébé Frances constituait une victoire intime.

Elle acheta un berceau, que George mit des heures à monter. La prochaine fois, essaie de lire la notice, le rabroua-t-elle.

Le métier de mère demandait du boulot, surtout quand le père aidait peu. Il lui inspirait de la gratitude, voilà ce qu'elle se disait. Elle n'était pas exigeante.

Ils avaient un petit cercle d'amis qu'ils retrouvaient dans des restaurants près de l'université, essentiellement des gens du département de George. En tant que couple, ils renvoyaient une image de tranquillité domestique et se montraient toujours aimables l'un avec l'autre. Mais en réalité, ils ne se parlaient de rien qui ne fût pas superficiel. Il se confiait rarement à elle, et de son côté, elle négligeait de lui poser des questions pénétrantes ; peut-être qu'à un certain niveau elle savait qu'il lui mentait continuellement, mais se refusait à le reconnaître. Sa fierté l'en empêchait. À la place, elle tirait des conclusions de son apparence et de sa façon de bouger, de la tristesse qu'elle lisait dans ses yeux, et quand par hasard ils faisaient l'amour, de son sourire après coup, qui semblait signifier qu'il lui avait fait une faveur.

Les mois passant, elle en conclut qu'il vivait deux vies – l'une avec Franny et elle, dans laquelle il n'était que mollement et distraitement engagé, et une autre à l'extérieur, où il pouvait faire semblant d'être son ancien moi, se promenant dans un vieux manteau en daim de l'Armée du Salut qui puait la cigarette. Parfois, il rentrait tard. Parfois il était soûl. Une fois, dans l'agitation de l'ivresse, il lui dit qu'il ne la méritait pas. Elle aurait pu acquiescer, mais n'avait pas été élevée ainsi. Pendant qu'il dormait, elle restait éveillée et organisait sa fuite, mais quand elle pensait qu'il lui faudrait élever seule Franny, vivre avec la moitié de la maigre bourse de George et affronter les honteuses conséquences d'un divorce, le courage lui manquait. Les femmes de la famille de Catherine ne quittaient pas leur mari.

Ils étaient comme deux usagers des transports en commun, que le hasard a assis côte à côte dans un train à la destination inconnue. Elle avait l'impression qu'elle le connaissait à peine.

Elle appela Agnes et la supplia de venir les voir, et pendant quelques semaines sa sœur s'installa sur le canapé, malgré le mécontentement évident de George qui décréta presque tout de suite qu'elle abusait de leur hospitalité. Ça nuit à mon travail, dit-il à Catherine.

Dommage, songea-t-elle.

Heureusement, pour la première fois depuis qu'elles étaient adultes, sa sœur et elle apprirent à se connaître. Agnes était folle de Franny, lui achetait des jouets et des livres et passait des heures à jouer avec elle. Elle écoutait inlassablement les inquiétudes et les plaintes de Catherine.

C'est peut-être qu'il n'est pas si intéressant que ça, lui dit Agnes. Elle n'avait jamais vraiment apprécié George. Elle le trouvait élitiste. Pour être honnête, elle faisait elle-même un complexe d'infériorité. Elle avait toujours été une élève moyenne. Je ne suis pas une intello comme toi, râlait-elle quand, au lycée, elles comparaient leurs bulletins de notes. Agnes excellait en natation. Pendant toute leur scolarité, leur mère avait obligé Catherine à nager avec elle dans l'équipe, alors qu'elle détestait ça. Elle se souvenait des retours en voiture après une compétition, les cheveux mouillés, les vitres embuées par l'hiver dehors, et Agnes qui jubilait.

Leur mère les avait élevées dans la perspective de faire d'elles de bonnes épouses, capables de s'accommoder de tout – une philosophie qui avait aidé les femmes Sloan dans les temps difficiles, et à laquelle Catherine avait adhéré avec une facilité enfantine et enthousiaste. Les femmes de sa famille étaient des épouses et des mères dévouées. Le ménage, le jardinage et les enfants leur faisaient oublier leurs petits coups de cafard. Elles arràchaient des recettes dans des magazines et les recopiaient sur des fiches. Elles préparaient des charlottes, des gâteaux en gelée et des ragoûts, elles nettoyaient les placards, rangeaient les tiroirs, pliaient le linge, reprisaient les chaussettes. Le sexe leur permettait d'amadouer leur mari. En tant que catholiques, elles avaient leurs propres traditions volontaires, et le déni en faisait partie.

4

Ils avaient vu l'annonce dans les pages immobilières du *Times*, avec la photo d'une ferme blanche légendée *Nouveauté*. C'était un cliché flou, comme si le photographe avait été surpris, et une étrange clarté entourait les fenêtres. George prit rendez-vous avec l'agent immobilier, et ils allèrent la visiter le dimanche suivant, laissant Franny à la maison avec Mme Malloy. C'était en mars. Il venait d'accepter son premier véritable emploi, un poste de professeur assistant dans une université du nord de l'État, dont elle n'avait jamais entendu parler. Ils s'installeraient là-bas en août.

Ils prirent la Fiat que George aimait tant pour parcourir le trajet de deux heures sur la route paysagère Taconic. Il avait acheté la voiture après sa licence et la garait à Harlem dans un parking trop cher pour leurs moyens. C'était un de ces matins où le monde semblait paralysé dans l'attente de quelque malheur inconnu ; la ville était silencieuse, froide, sans vent. Le grondement du moteur et la vibration des vitres les empêchant de se parler – leurs conversations tournaient autour des progrès de Franny –, ils écoutèrent une station de jazz en regardant les quartiers urbanisés laisser place aux jardins anonymes de banlieue puis à la vraie campagne, comme chez elle, où des stalactites aussi grosses que des trompes d'éléphant tombaient des rochers bordant la route. Le paysage lugubre se déroula devant eux jusqu'à ce qu'il n'y ait plus rien à voir que des champs et des fermes.

Enfin, ils bifurquèrent pour entrer dans une ville qui lui rappela un modèle de broderie qu'elle avait faite, petite, représentant une vieille église blanche et une épicerie avec une ardoise dans la vitrine annonçant *Tarte fraîche*. Catherine regarda deux chiens s'éloigner en trottinant dans un champ, un noir et un jaune, et les suivit des yeux jusqu'à ce qu'ils disparaissent derrière les arbres.

C'est par là qu'on va, dit George avec un mouvement de tête dans cette direction. Ils passèrent devant de vieilles maisons et de vieilles fermes. Des moutons et des chevaux au pré. Des hommes sur des tracteurs. Des camions chargés de foin.

À un croisement, elle étudia la carte. Tourne là, dit-elle.

La route, fort justement appelée Old Farm Road, traversait les pâturages sur un kilomètre et demi. Ils dépassèrent une petite maison avec une grange et des draps étendus sur la corde à linge. Le nom *Pratt* était inscrit sur la boîte aux lettres. Un peu plus loin, ils arrivèrent à la maison qu'ils avaient vue sur la photo. George se gara près d'un break décoré d'une décalcomanie du Rensselaer Polytechnic Institute sur sa vitre arrière. Apparemment, l'agent immobilier est déjà arrivé.

Ils sortirent. Catherine boutonna son manteau et contempla les alentours, la main en visière au-dessus des yeux face à la lumière éblouissante. Des champs bruns s'étendaient derrière la maison. Au loin, elle distingua la rumeur de l'autoroute. La maison ressemblait à un dessin au pastel de Franny, avec ses volets de travers et la fumée sortant en volutes de la cheminée. Elle avait grand besoin d'être repeinte. Catherine se demanda comment ce serait d'élever leur fille ici, dans cette vieille ferme. Il y avait deux granges chaulées un peu à l'écart sur le côté. L'une était surmontée d'une girouette en étain en forme de coq, qui tournait et grinçait dans le vent ; sur ses portes était écrit *Laiterie Hale* en peinture marron écaillée. L'autre était coiffée d'une coupole dont les vitres miroitaient dans le soleil, perturbant sa vision par intermittence, comme le jouet View-Master de Franny. De petits étourneaux entraient et sortaient à toute vitesse de l'obscurité en dessous.

C'était une ferme laitière, dit George, déjà amoureux de l'endroit. La maison est jolie, tu ne trouves pas ?

Elle la trouvait vieille et morne, mais peut-être qu'avec un coup de peinture elle aurait meilleure allure. La structure est bonne, dit-elle, c'est ce qui compte.

Le ciel s'assombrit d'un coup et des flocons de neige tombèrent en rafales comme des confettis. Quel temps, dit-elle en frissonnant.

Entrons. George lui prit la main.

Tandis qu'ils remontaient le chemin, la porte s'ouvrit et l'agent immobilier apparut sous le petit porche. Elle portait un gros manteau à motif léopard, des bottes et un rouge à lèvres orange vif. Bonjour, dit-elle. Je vois que vous avez trouvé.

Bonjour.

Mary Lawton, la femme, tendit la main à George puis serra celle de Catherine. Ravie de vous rencontrer tous les deux. Venez visiter. Elle leur tint la porte moustiquaire, dont la vitre était couverte d'empreintes de mains, et ils pénétrèrent à l'intérieur. Excusez l'état. Les maisons souffrent dans ce genre de circonstances.

Que voulez-vous dire ? demanda Catherine.

Eh bien, les propriétaires en ont bavé, répondit la femme. Des problèmes financiers et tout ça.

Catherine espéra qu'elle en dirait davantage, mais ce ne fut pas le cas.

Les temps sont durs, dit George.

Enfin, le marché est favorable aux acheteurs. C'est une consolation.

La maison paraissait triste, songea Catherine. Meurtrie. Mais les fenêtres étaient ravissantes.

Elles sont d'origine, précisa Mary Lawton en remarquant l'intérêt de Catherine. C'est un vrai bonus. La lumière ici, la vue. C'est rare.

Mary les guida à travers le rez-de-chaussée – une salle à manger, un salon et une chambre, qui pourrait devenir un petit bureau – où la mélancolie prenait ses aises comme une invitée mal élevée. Les ampoules des plafonniers vacillaient, et le vent tambourinait contre les vitres tel un enfant négligé qui fait une colère. À un endroit, Catherine eut la sensation que quelqu'un se tenait juste à côté d'elle dans une petite poche d'air froid. Elle secoua la tête et croisa les bras. Étrange, dit-elle tout haut. J'ai cru que...

Mary Lawton et George échangèrent un coup d'œil, comme s'ils étaient complices.

Quoi? demanda George.

Rien. Catherine réprima un frisson.

Les vieilles maisons, dit l'agent immobilier. Elles ont des douleurs et des chagrins comme nous.

George hocha la tête. Quand a-t-elle été construite?

Dans les années 1790, personne ne connaît la date exacte. Il y a longtemps, en tout cas. Cet endroit a quelque chose... une espèce de pureté, je trouve. Ses yeux s'embuèrent tels ceux d'un poète sous le coup d'une révélation, et elle s'adressa à Catherine d'un ton entendu. Ce n'est pas pour tout le monde.

C'est vrai, dit George. Il faut avoir une vision pour un endroit comme celui-là.

Elle est tellement chargée d'histoire. Quand on imagine qu'elle est là depuis si longtemps. On ne fait plus de maisons comme ça de nos jours.

Tous trois demeurèrent silencieux pendant un moment. Puis Mary Lawton déclara : L'amour, c'est le meilleur investissement dans une maison pareille.

Catherine lança un regard furtif à George, alors qu'il se promenait aux quatre coins de la pièce puis s'approchait de la fenêtre. Elle se demanda ce qu'il pensait. Sans doute qu'avec un peu de travaux, ça pourrait être agréable.

Vous avez trois chambres à l'étage. On monte ?

La cage d'escalier était étroite. La rampe, dévissée en bas et détachée du mur, remua quand elle l'empoigna. Le bois froid était couvert de crasse. Des tableaux avaient été retirés des murs, laissant des carrés sombres sur la peinture passée. En haut, elle s'arrêta sur le palier pour regarder par la fenêtre. Elle vit un étang au loin, un antique canoë échoué dans la vase et un vieux camion posé sur des parpaings, entouré d'outils et de chiffons comme si la personne qui tentait de le réparer avait laissé tomber. Elle suivit George et Mary dans le couloir jusqu'à la chambre principale. Là, elle sentit un courant d'air froid monter des lattes du parquet. L'agent expliqua que la pièce se trouvait au-dessus du garage. Pas une très bonne configuration, dit-elle. On peut y remédier, bien sûr, et en tenir compte dans le prix. Le côté positif, c'est que vous avez une grande et belle chambre.

Trois lits occupaient la chambre de l'autre côté du couloir. Catherine remarqua une chaussette oubliée sous l'un d'eux, ce qui l'attrista pour une raison inconnue.

Il y en a une troisième plus loin, dit Mary. Ça pourrait devenir une jolie chambre d'enfant ou une pièce à couture. Vous faites de la couture, Catherine ?

Oui.

On trouve de merveilleux patrons aujourd'hui, n'est-ce pas ?

Ils redescendirent et traversèrent la cour pour voir les dépendances. L'étable était remplie de bouteilles en verre vides, qui paraissaient chanter sous l'effet du vent s'engouffrant dans les goulots. Ça fait beaucoup de bouteilles, fit remarquer George.

L'élevage laitier est un métier difficile, commenta Mary Lawton.

C'est terrible, dit Catherine.

Une ferme doit affronter tellement d'aléas. On traverse des périodes de malchance. Bon… certaines personnes s'en sortent, d'autres non.

Ils émergèrent dans la lumière blanche et neigeuse. Catherine enroula son foulard autour de sa tête pour se protéger des rafales. Ils suivirent un sentier boueux dans un champ puis gravirent une colline. Attendez de voir cette vue, dit Mary Lawton. Partez devant, tous les deux.

Ils grimpèrent dans le vent sans se parler. Au sommet, ils regardèrent la ferme en contrebas et se tinrent là respectueusement, comme un couple à l'église. La terre était un océan, pensa-t-elle, et la maison une île solitaire au milieu.

Quatre-vingts hectares, dit George. Il avait les yeux brillants, un peu fous. Elle se sentait coupable de ne pas en vouloir. Je ne sais pas, George, dit-elle doucement.

Je vais te dire ce que je sais, moi, déclara-t-il. On a parfaitement les moyens.

5

Certaines maisons étaient difficiles à vendre. Il en allait toujours ainsi dans sa branche. Les gens étaient superstitieux ; ils craignaient que la malchance ne s'attrape comme un rhume. Même un divorce décourageait les acheteurs. Alors la mort – le suicide ? Ces maisons-là restaient sur le marché.

Mary avait grandi dans le métier. Son père, aujourd'hui âgé, lui avait appris tout ce qu'il y avait à savoir sur l'immobilier. Les gens leur faisaient confiance à tous les deux ; ils avaient une bonne réputation. Même les citadins. Ceux qui venaient en week-end. Ceux qui avaient des chevaux. Elle avait une clientèle très variée. Riches ou pauvres, elle les traitait tous de la même façon.

Chosen avait été bâti à la force des bras : des gens s'étaient rassemblés pour construire la ville. La grand-rue avait été creusée à coups de pelle, puis le terrain aplani par des barils tirés par des chevaux. L'église Saint-James se dressait en son centre, entourée d'une grille de fer. L'été, on laissait les portes ouvertes, et le vent vous ébouriffait les cheveux comme des doigts d'anges. Les cloches sonnaient toujours à midi. Si on passait à ce moment-là en voiture, on avait des chances de voir le père Geary dans la cour, en train de s'entretenir avec quelqu'un, se penchant et parlant si doucement qu'on devait lui accorder sa pleine attention, se concentrer sur ce qu'il disait parce qu'il faudrait bientôt lui répondre. De hauts érables étendaient leurs branches au-dessus des trottoirs, rendus poisseux par les disamares que les enfants ouvraient et se collaient sur le nez. On en retrouvait sous les semelles de ses chaussures en rentrant chez soi.

Chaque maison racontait une histoire. Mary avait appris à connaître les gens en observant leur façon de vivre. On percevait leur nature dans des lits défaits, des cuisines en désordre. Leurs faiblesses, dans des caves sombres où s'entassaient chauffe-eau rouillés et réservoirs de chasse d'eau, chaudières en panne, cuvettes de toilettes noircies et éviers crasseux. On voyait leur désespoir dans les arrière-cours encombrées de carcasses de voitures, attendant d'être embarquées à la casse. Ce qu'ils conservaient en disait long sur eux, les objets qu'ils exhibaient sur leurs étagères. On savait ce qui avait de l'importance ou pas. Ces objets parlaient de leurs besoins, de leurs peurs, des épreuves qu'ils avaient traversées. Ça allait bien au-delà de la vente de maisons. Mary était une confidente, une gardienne de secrets, une pourvoyeuse de rêve.

Elle avait pénétré dans chaque maison au moins une fois, à l'occasion d'un mariage ou d'une veillée funèbre, pour la naissance d'un nouveau-né ou des parties de bridge. Elle avait tricoté des chaussons de bébé pour l'Association des femmes, préparé des tartes pour le jour des élections, organisé des dîners collectifs, des ventes de charité et des vide-greniers. Elle-même avait vendu des tables à langer, des trottinettes, des commodes, des livres illustrés, des vélos et sa toute première voiture, une Mustang jaune à l'aile cabossée après qu'elle eut heurté un cerf pour la seule et unique fois de sa vie. Elle avait grandi ici, à l'époque où ce n'était qu'une petite ville isolée, et ses parents l'avaient envoyée au lycée Emma Willard, à Troy, dans l'espoir qu'elle dégoterait un étudiant du RPI, ce qui s'était produit. Elle avait épousé Travis

Lawton juste après le lycée, à l'époque où il avait un charme dégingandé et taciturne tout à fait irrésistible. Ils s'étaient rencontrés à un bal étudiant ; il l'avait attirée dans la salle de musique, et ils avaient passé la nuit à s'embrasser au son presque imperceptible des cymbales.

Ce matin de mars, le ciel était brumeux, le vent vif et froid. La pelouse pâle était piquée de crocus. Mary arriva tôt, comme toujours avant une visite, pour s'assurer qu'il n'y aurait pas de surprises. Dès que les maisons restaient inoccupées, on avait tendance à en trouver de mauvaises – vitres cassées, inondations, souris mortes. En approchant de la ferme ce matin-là, elle ne put s'empêcher de penser à son amie Ella. La maison, ordinaire et blanche, projetait la digne symétrie d'une époque plus simple. Avec une clé en fer rouillé, elle ouvrit la porte et, s'attendant à retrouver l'humidité habituelle, les courants d'air, alla allumer le chauffage. La chaudière se mit en route avec un hoquet et les radiateurs cliquetèrent. Comme un orchestre qui s'accorde avant un concert, songea-t-elle. Contente de son idée, elle fit le tour de la maison, remontant les stores pour laisser entrer la lumière. Dehors, les arbres aux longues branches attirèrent son attention. Elle remarqua que ses sens étaient particulièrement aiguisés. Elle entendait les fenêtres agitées, le blabla des moustiquaires, les feuilles mortes trottiner à travers le porche. Pendant quelques instants, elle eut l'impression que le temps s'était tout bonnement arrêté, qu'elle pourrait rester là la journée entière sans que ça ait de conséquence – puis un courant d'air tourbillonna autour d'elle,

une porte s'ouvrit quelque part et claqua. Bon sang !
Elle faillit mourir de peur. On ne pouvait pas isoler la
maison du vent, c'était ça le problème. Elle regarda
le lustre en étain osciller un instant, ses ampoules
vaciller. Foutues vieilles baraques.

Resserrant son manteau autour d'elle, elle se
reprocha d'avoir repris de la crème glacée la veille
au soir. L'ennui, voilà ce que c'était. Ne rien avoir de
mieux à faire.

Elle avait demandé à Rainer Luks de nettoyer la
maison, mais il avait refusé, disant qu'il n'avait pas
mis les pieds ici de leur vivant, ce n'était pas maintenant qu'il allait y aller. Cal et lui s'étaient disputés
autrefois pour une raison inconnue – et voilà maintenant qu'il récupérait les garçons. L'ironie de la vie
ne cessait de la stupéfier. C'était elle qui avait com-
mandé la benne, pas lui, une autre dépense à prendre
en compte. Si la maison se vendait, ce qui était improbable, ça en vaudrait la peine ; dans le cas contraire,
ma foi tant pis, ça passerait par pertes et profits.
Quand Rainer ne voulait pas faire quelque chose, il
était impossible de le convaincre du contraire, mais
montrer la maison dans cet état était franchement
gênant. La chambre du rez-de-chaussée, où le grand-
père Hale avait fini ses jours, avait une odeur qu'elle
ne parvenait pas à identifier. Oh, c'était de l'urine
– on avait beau faire, il était impossible de se débarrasser de cette puanteur. La pièce était encore remplie
de bazar ; des affaires s'entassaient sur la courte-
pointe pêche et poussiéreuse du lit défoncé. La porte
du placard se coinça sur le tapis sale, et quand elle
tira un bon coup pour l'ouvrir, une autre odeur lui

parvint, humaine, masculine, celle des vêtements du vieil homme pendus avec lassitude sur leurs cintres. Une épaisse ceinture de cuir était suspendue au crochet, bougeant légèrement, comme une menace en l'air. Une tradition familiale chez les Hale, devina-t-elle. Tout le monde savait que Cal battait sa femme et ses fils, ce n'était pas un secret. Elle songea à jeter la ceinture à la poubelle là où était sa place, mais à ce moment-là elle entendit une voiture.

Elle sortit de la chambre et ferma la porte, qui se rouvrit aussitôt, comme pour se moquer d'elle. Désarçonnée, elle la referma et garda la main dessus pendant un instant, la défiant de refuser.

Oh, Ella, ma pauvre fille ! pensa-t-elle, se remémorant sa chère amie. Quand leurs enfants étaient petits, elles s'asseyaient dehors sur les marches pour fumer, et elle revit cet air lointain, usé, qu'avait parfois Ella, inatteignable. Mary avait toujours su qu'ils avaient des problèmes, mais à sa décharge, chaque fois qu'elle avait essayé d'aborder le sujet, Ella avait quitté la pièce. Les gens parlaient. Dans une ville comme celle-là, il n'y avait pas beaucoup d'autres distractions. Ella avait le cœur trop tendre pour le supporter. Les gens qui la regardaient chez Hack's. Qui chuchotaient. Au bout d'un moment, elle avait cessé d'aller en ville. Elle ne quittait plus la maison.

Mary ouvrit la porte d'entrée et attendit pendant que le couple se garait. Ils arrivèrent dans une petite décapotable verte, un modèle étranger. La femme en sortit, vêtue d'un manteau en lainage marron avec des brandebourgs, les cheveux recouverts d'un foulard blanc. Derrière ses lunettes de soleil, elle se mouvait avec la grâce fluide d'une actrice de cinéma. Mary se demanda s'il s'agissait d'une personnalité, qui avait besoin de passer incognito.

Son père lui avait appris que les premiers instants avec de nouveaux clients étaient toujours révélateurs. On devait observer leur visage, imaginer leurs pires craintes. Les Clare étaient des citadins, vivant dans un appartement de Riverside Drive. Mary allait rarement là-bas, mais elle situait à peu près l'endroit. À voir leur mine légèrement abasourdie, il était facile de deviner qu'ils n'y connaissaient rien en matière de maison, encore moins de ferme. Cependant, elle les soupçonnait d'être des romantiques – ils voulaient du vieux, du charme. La femme regarda les champs, se protégeant les yeux avec sa main. Le terrain pouvait décourager certains, même la plupart. Les gens désiraient de l'espace, mais sûrement pas autant. Mary les observa tandis que, côte à côte, ils examinaient les alentours. La femme avait les bras serrés autour d'elle, comme si elle sortait d'une piscine. Le mari la prit par la taille, maladroitement, sembla-t-il à Mary, plus par instinct de propriété que par amour. Alors qu'ils remontaient le sentier, elle lut sur son visage qu'il s'était déjà décidé.

C'était à elle de jouer. Elle sortit sous le porche à leur approche.

Bonjour. Je vois que vous avez trouvé. Ils se serrèrent la main et firent les présentations. Venez visiter.

Ils entrèrent et la femme retira son foulard. Alors qu'elle passait ses cheveux derrière ses oreilles, Mary vit qu'elle était belle – une beauté largement ignorée

par son mari, présumait-elle, qui en cet instant semblait surtout se préoccuper de lui-même. Il avait
l'apparence lisse et enjouée d'un acteur de feuille-
ton télévisé, qui finissait pourtant par révéler une
sombre histoire si on regardait assez d'épisodes.

Elle leur fit visiter les pièces du rez-de-chaussée.
La femme parut bien aimer la porte à double vantail
dans la cuisine, et Mary lui montra comment ouvrir
la partie supérieure pour faire pénétrer l'air frais.
C'est la porte d'origine, expliqua-t-elle. Le porche a
été ajouté dans les années quarante, lorsqu'ils ont
construit le garage.

J'ai toujours voulu en avoir un, dit la femme.

C'est sympa. Chez nous, on y a installé une table
de jardin. Ça évite les mouches dans la limonade,
c'est sûr.

À l'étage, la femme choisit une chambre pour leur
fille. Quel âge a-t-elle? demanda Mary.

Elle a trois ans.

Bientôt trente, ajouta le mari.

C'est vrai qu'elle a déjà plus de sacs à main que
moi.

Mary songea à sa propre fille, Alice, qui adorait se
déguiser, se draper de foulards et de perles, et traverser la cuisine en faisant cliqueter les hauts talons de
sa mère sur le lino. Quand elle avait eu dix ans, Mary
l'avait laissée choisir son propre papier peint, un
motif cachemire violet qui paraissait pas mal dans
le catalogue mais qui, sur le mur, avec les couvre-
lits assortis, lui donnait la migraine. Ces gens ne le
savaient pas encore, mais ils avaient tout un tas de
négociations en perspective. Mary avait appris à ses

dépens qu'on ne transigeait pas avec ses enfants. On n'y gagnait jamais.

La femme refusa d'aller à la cave, un mauvais signe en général. Mary emmena le mari, qui examina la chaudière et la pompe avec tous ses boutons et branchements, puis ils ressortirent tous les trois pour aller découvrir le terrain. La neige avait déjà fondu et les champs étaient boueux ; le vent froid les poussait dans le dos. En marchant derrière le couple, Mary remarqua qu'ils se tenaient à une certaine distance l'un de l'autre, et qu'ils semblaient pensifs. La femme avait un corps de citadine, mince. Visiblement, la crème glacée n'était pas encore une priorité pour elle, ou une alliée thérapeutique aux petites heures d'une mauvaise nuit, comme elle l'était devenue pour Mary. Catherine avait une démarche lente, contemplative. Elle marchait la tête baissée, les bras croisés, et ses longs doigts étaient ornés de bagues.

Le mari la prit par le coude, sans douceur, remarqua Mary, et sa femme sourit de cette façon particulière, s'illuminant soudain comme une enfant surprise d'être consolée après s'être fait gronder. Il la regarda de côté, avec un sourire carnassier, énigmatique, qui sembla préfigurer leur destin. Longtemps après leur départ, elle repenserait à ce moment particulier ; il l'empêcherait de dormir.

Elle les emmena déjeuner chez Jackson's, une petite taverne sombre qu'elle aimait bien, dans le hameau voisin, où ils mangèrent des steaks et des pommes de terre. Le mari commanda une bouteille

152

de Guinness. Mary leur parla de la ville, de son histoire de réservoir agricole. Le sol le plus riche de l'État, tels furent les mots qu'elle employa. Je sais que ça ne se voit pas forcément, dit-elle, mais il y a un vrai potentiel. Comme je vous le disais, une petite rénovation, un peu de peinture, et vous ferez des envieux.

Qu'est-il arrivé à la famille ? demanda la femme.

Ils ont connu des difficultés, voilà tout.

Il se servit le reste de la bière. L'agriculture n'est pas un métier facile, n'est-ce pas ?

Non, c'est vrai, acquiesça-t-elle, même si elle ne voulait pas aborder le sujet maintenant – le fait que les Hale aient exploité cette ferme pendant des générations et que leur bonne terre allait désormais être perdue. Vous comptez vous y mettre ? demanda-t-elle, bien qu'elle connût déjà la réponse. Il ne lui paraissait pas du genre à se salir les mains.

Les seules vaches que je comprenne n'existent qu'en peinture, hélas.

George est historien d'art, expliqua la femme avec fierté.

Voilà qui est intéressant.

Les tableaux de vaches sont très populaires, dit-il. Du moins l'étaient-ils au XIXᵉ siècle.

C'est votre spécialité ?

Les vaches ? Sa femme rit. Oui, il est très bon en matière de vaches.

Les paysages, dit-il en rougissant légèrement. L'école de l'Hudson. Pour faire court. Et c'est en partie pourquoi nous sommes là.

George va enseigner à l'université.

Quelle bonne nouvelle, dit Mary. Nous avons beaucoup de gens de l'université par ici. Il faudra que je vous présente. En réalité, c'était un groupe bizarre ; son père avait un jour vendu une maison dans le hameau à un professeur d'économie qui possédait une tarentule comme animal de compagnie. J'ai cru comprendre que c'était une bonne fac.

George Clare hocha la tête. Nous avons hâte d'y être.

Une semaine plus tard, Mary les appela pour les avertir que la banque allait mettre la maison aux enchères, et qu'elle ne s'en occupait donc plus. Elle les renvoya sur Martin Washburn à la banque. Le matin de la vente, cédant à la curiosité, elle y alla pour voir qui avait été attiré par la perspective d'une escroquerie légale. Comme elle l'avait subodoré, George Clare était là, assis seul dans un rang de chaises vides, attendant de placer son offre. Apparemment, il n'aurait guère de concurrence. Quelques égarés étaient entrés, plus probablement pour échapper au froid. Comme il restait encore quelques minutes avant le début de la vente, elle l'attira à l'écart. Elle n'agissait pas par obligation, mais par simple courtoisie. Il avait le droit de savoir. C'est ainsi qu'elle aurait voulu être traitée, et il n'y avait pas de raison qu'elle ne fasse pas cette politesse aux Clare.

Nous étions bons amis, commença-t-elle. C'était un accident, une tragédie. Alors qu'elle lui racontait le reste de l'histoire dans ses grandes lignes, l'expression de George Clare demeura inchangée.

Elle lui pressa le bras, l'assurant qu'il n'avait pas lieu de s'en préoccuper. Vous serez heureux ici. Je le sais.

Prompt à voir son intérêt, George considéra tout ce qu'elle avait dit et pinça les lèvres. Évidemment, c'est une ombre au tableau, dit-il. J'en tiendrai peut-être compte dans mon enchère.

Parfois, ce travail la fatiguait. Les clients désiraient des choses qu'ils n'étaient même pas capables de nommer et s'attendaient malgré tout à ce qu'elle les trouve. Qu'est-ce qui avait de la *valeur* à leurs yeux? Ce pouvait tout aussi bien être un nom de code pour un peu de considération, le besoin d'être traité avec équanimité, avec respect. Mais certains voulaient plus que la gentillesse et la sollicitude habituelles. Ils voulaient croire qu'ils étaient mieux que tout le monde.

Souvent, sa patience s'usait tandis qu'assis dans sa voiture ils lui racontaient des choses. Mary n'encourageait pas les épanchements; ça la mettait mal à l'aise. Elle n'avait ni besoin ni envie de connaître les problèmes de santé des gens, de savoir que leurs parents les battaient quand ils étaient enfants. Ils pleuraient parfois. Quand elle y songeait, elle avait à peu près tout entendu, qu'il s'agisse d'angine ou de sodomie. Elle attirait les confidences des inconnus. Dans le bus, le train ou en avion, au supermarché ou à la banque, ils semblaient surgir de nulle part et, à la seconde où elle leur prêtait la moindre attention, ils se mettaient à dérouler l'histoire de leur vie. Curieusement, elle n'avait jamais raconté la sienne à quiconque.

Dans son métier, on devenait fin psychologue. Parfois elle tombait à côté, mais la plupart du temps non. Elle se faisait une idée des gens, et ses impressions se trouvaient le plus souvent confirmées.

Mary avait une intuition à propos des Clare, et elle n'était pas bonne.

Une chose à savoir à propos des maisons : c'étaient elles qui choisissaient leurs propriétaires, et non l'inverse. Et cette maison les avait choisis, eux.

6

La plaque posée sur la place municipale indiquait que les premiers colons étaient hollandais. Ils avaient fondé Chosen en 1695. La rue principale, longue de quatre cents mètres, était bordée de maisons mitoyennes qui, à un moment, avaient été converties en commerces. Elle n'était pourtant pas très animée. Il y avait un magasin de bricolage avec une enseigne en forme de marteau, un surplus de l'armée, un marchand de spiritueux, un café et une supérette appelée Hack's. Du café où elle était installée, Catherine ne vit que quelques piétons passer sur le trottoir, emmitouflés pour se protéger du vent.

La serveuse s'approcha, posa un set de table devant elle et retourna la tasse. Café ?

Elle était trop jolie pour passer ses journées derrière un comptoir, songea Catherine. S'il vous plaît.

Vous êtes venue au bon moment. Dans une demi-heure, l'endroit sera bondé. Elle remplit la tasse. Vous êtes de passage ?

Nous quittons la ville pour nous installer ici. Mon mari a décroché un emploi dans le coin.

Où ça?

À Saginaw.

Les étudiants sont sympas. Ce sont des habitués.

Un homme d'un certain âge, au bout du comptoir, se leva et posa de l'argent à côté de la caisse. Au revoir.

À bientôt, Vern, dit la serveuse alors qu'il sortait dans un tintement de clochettes. Elle débarrassa sa place et donna un coup d'éponge sur le comptoir, puis retourna à la table de Catherine.

Vous avez déjà trouvé une maison?

C'est en bonne voie. Une ferme. J'ai cru comprendre qu'ils avaient eu des soucis financiers.

La serveuse secoua la tête. Il y a plein de fermes comme ça ces temps-ci.

Mon mari est à la vente aux enchères en ce moment même.

Eh bien, je dois vous souhaiter bonne chance, alors. Sourcils froncés, la serveuse remplit le distributeur de serviettes en papier, avec des gestes automatiques, comme si elle avait pu le faire en dormant. Les gens se retrouvent à court d'argent. Ils perdent tout. Elle jeta un coup d'œil à la vitrine, manifestement une habitude, et secoua de nouveau la tête. Ça arrive de plus en plus souvent dans le coin. Un jour, il ne restera plus personne.

C'est triste.

J'ai toujours vécu ici, dit-elle. Vous avez des enfants?

Une petite fille.

Juste pour que vous sachiez : nous faisons les meilleurs pancakes de l'État.

Je ne manquerai pas de l'amener.

C'est l'heure de ma pause, dit la serveuse. Ils n'aiment pas qu'on fume à l'intérieur. Appelez si vous avez besoin de moi.

Catherine hocha la tête et sourit. Elle sirota son café en regardant la serveuse qui fumait une cigarette sur le trottoir et faisait tomber sa cendre dans une jardinière pleine de pensées en plastique. Elle jeta le mégot par terre et rentra. C'est vrai qu'il fait froid dehors.

Je me demande où est passé le printemps, lui dit Catherine.

En général, il n'arrive pas ici avant le mois de mai. Une année, il a même neigé à cette période.

Un peu plus tard, Catherine vit George remonter le trottoir à grands pas, tenant une enveloppe. Le voici, dit-elle, et elle régla la note. Merci beaucoup.

Bonne chance pour votre emménagement.

Elle traversa la rue pour le rejoindre. Il brandit la clé en signe de victoire puis l'attira vers lui et la serra fort. C'était presque du vol, dit-il.

Secrètement, elle avait espéré qu'un enchérisseur ferait une offre supérieure. Ça paraissait immoral de profiter du malheur des autres, qui qu'ils soient, et cette maison dégageait une impression bizarre.

Tiens, dit-il en lui tendant la clé. Prends-la.

La clé était froide et noire. Elle la retourna dans sa main et referma les doigts autour. Une pièce artisanale, dit-elle.

Ils n'en avaient qu'une.

Le soleil du matin avait disparu. Quelques gouttes tombèrent et l'air prit une odeur piquante d'eau de Javel. Quand il se mit à pleuvoir, ils coururent se réfugier dans la voiture et attendirent que ça se calme. Elle avait le regard braqué sur le pare-brise mouillé. Sans savoir pourquoi, elle se sentait perdue, presque démunie. George lui prit la main. On y va, dit-il.

Il alluma les essuie-glaces et démarra. Ils passèrent devant des fermes. Des chevaux étaient dehors, le dos scintillant. Des vaches s'étaient regroupées sous un arbre. C'est vrai que c'est beau par ici, dit-elle.

La maison semblait abandonnée, désertée. Il se gara juste devant, sur la pelouse. Bienvenue chez nous, dit-il, puis il fit le tour de la voiture pour lui ouvrir sa portière et l'aida à sortir, comme si elle était atteinte d'une infirmité quelconque.

Ils montèrent les marches du porche, où elle remarqua un vieux nid d'oiseau dans les chevrons et tout un univers dense et alvéolaire à l'intérieur de la lampe. Avec précaution et le sentiment d'effectuer un geste rituel, elle glissa la clé dans la serrure, mais avant même qu'elle ne l'eût tournée, la porte s'ouvrit.

Debout sur le seuil, ils examinèrent l'intérieur. Catherine se fit l'effet d'être au musée, à voir une exposition consacrée à un personnage historique, sauf qu'il n'y avait pas de cordon séparant le présent du passé. C'était désormais leur maison, dans laquelle ils écriraient leur propre histoire – pour le meilleur ou pour le pire.

Ils ont dû oublier de fermer à clé, dit George.

Et ils n'ont pas pris toutes leurs affaires.

C'est ce qui se passe en cas de saisie. On devra faire le tri.

Ils restèrent là, à écouter.

Dois-je te porter pour entrer ?

Sans attendre sa réponse, il la fit ressortir, la prit dans ses bras pour lui faire franchir le seuil et la porta dans l'escalier. Elle rit quand il pénétra dans la chambre et la déposa sur le couvre-lit poussiéreux, repoussant des piles de vieux journaux et d'*Almanach du fermier*, et ils se roulèrent sur le matelas comme des adolescents qui auraient enfin trouvé un endroit où être seuls. Il l'embrassa, la déshabilla, et elle l'attira en elle alors que la pièce se remplissait des ombres de la pluie.

Pendant un long moment, elle se reposa dans ses bras et écouta les bruits de la maison, l'assaut continu du vent, les fenêtres qui vibraient par moments au passage d'un train au loin.

Ils se rhabillèrent en silence, poliment, comme s'ils étaient observés, puis descendirent et ressortirent pour contempler leur propriété. La pluie avait cessé, le ciel était noir et dégagé, illuminé d'étoiles. Inspirant l'air froid dans ses poumons, elle ressentit une vertigineuse sensation de liberté. Elle passa les mains dans ses cheveux décoiffés.

Ils trouvèrent un pub en ville, le Blake's, s'assirent au bar et burent de la bière en mangeant des côtelettes d'agneau à la gelée de menthe. Le barman avait un visage rond et brillant, un torchon drapé sur l'épaule. Les lumières étaient tamisées, l'établissement presque vide. Trois femmes en tenue d'équitation partageaient une petite table, deux chiens noirs endormis à leurs pieds. Un plombier en bleu de travail buvait un verre au bout du comptoir. Ils payèrent, laissant un bon pourboire. Bonsoir, leur dit le barman. Et merci.

Ils firent le trajet de deux heures sans dire grand-chose, retournant à leur vie citadine, à leur fille, à leur travail. Mais la ferme demeurait dans sa tête. La terre, l'étrange maison qui leur appartenait désormais et la certitude lancinante qu'elle avait laissé quelque chose là-bas.

7

Ils emménagèrent en août. La maison les atten-dait, la pelouse retournée à l'état sauvage, les lis. Le panier de basket sans filet sur le mur de la grange, la vieille pompe à eau verte, la brouette, la girouette.

Les lattes du parquet parurent soupirer à leur entrée, conciliantes, résignées. Taillées dans des troncs d'énormes pins, elles avaient une couleur de miel au soleil. Ils durent utiliser du savon pour ouvrir les fenêtres. Les grillages gauchis des moustiquaires fil-traient le vent chaud, et les stores en toile cognaient contre les montants. Des carillons oubliés chantaient dans les arbres odorants. Ils avaient des pommes et des poires, un cognassier et un étang. Quand on regardait par la vitre à la surface ondulante, on avait la sensation d'être dans un rêve.

Les anciens propriétaires avaient laissé un piano. Enfant, Catherine avait été forcée de prendre des leçons, avec une professeure sévère. Tu ne joues pas comme il faut, s'écriait-elle avec impatience. Cathe-rine s'assit sur le tabouret et fit courir ses doigts sur les touches en ivoire; la plupart étaient pous-siéreuses, quelques-unes manquaient. Elle joua «Frère Jacques», et Franny chanta en tapant des mains.

Ils nettoyèrent ensemble. Trièrent les cochon-neries. Décrochèrent les vieux rideaux raidis par la poussière et les jetèrent. Ils travaillaient comme mari et femme. La première nuit, ils dormirent tous les trois dans le même lit, Franny fourrée au milieu. Au fait, tu es un sandwich à quoi? demanda George.

Au salami! décréta Franny.

Au salami? Il fit mine de la manger. C'est toi, ma petite rondelle de salami?

Non, c'est pas moi, dit Franny.

Si, c'est toi!

Ils éclatèrent de rire, et Catherine éprouva une bouffée d'optimisme. Pendant qu'ils dormaient, elle resta éveillée à écouter la nuit – les grenouilles tapa-geuses, le hululement timide d'un hibou, les trains longs et lents. Et plus tard, quand le reste du monde se tut, le raffut strident des coyotes.

La maison avait quelque chose d'étrange. Une sensation de froid se dégageait de certaines pièces et une odeur montait de la cave, celle des carcasses pourrissantes de souris prises au piège. Même dans la douceur de l'été, quand le monde extérieur chan-tait son éclatante chanson, il régnait une obscurité oppressante; on aurait dit que la maison entière, telle une cage à oiseaux, avait été recouverte d'un tissu de velours.

Malgré tout, Catherine l'acceptait comme on s'accommode d'un enfant turbulent. Mais la maison, elle, ne l'avait pas acceptée.

Elle se déplaçait prudemment d'une pièce à l'autre, avec le sentiment d'avoir été reléguée du statut de propriétaire à celui d'intendante. Deux yeux invisibles semblaient la surveiller, et juger la façon dont elle s'occupait du foyer et le dirigeait.

Un après-midi, elle trouva une vieille radio dans le placard, l'installa sur la commode et la régla sur l'émission *Lecture à voix haute* de la chaîne publique. Il s'agissait des *Grandes Espérances* – lues par un célèbre comédien britannique – qu'elle n'écouta qu'à moitié, trop occupée par ses tâches pour y prêter beaucoup d'attention. Franny faisait sa sieste de l'autre côté du couloir, aussi avait-elle mis le volume si bas qu'elle entendait à peine. À cinq heures et demie, elle descendit commencer à préparer le dîner. Elle se servit un verre de vodka glacée avec du citron et le sirota comme s'il s'agissait d'une prescription médicale. Au bout d'un moment, il lui sembla que la radio à l'étage était très forte. Même si Franny s'était réveillée, il paraissait improbable qu'elle ait pu atteindre la commode. Catherine reposa son verre et alla dans le couloir, les yeux attirés vers le palier où elle sentait le regard pénétrant de quelque présence invisible. Mais bien sûr, il n'y avait rien là-haut, si ce n'étaient les parquets éraflés, les murs couverts des traces de doigts sales laissées par des inconnus.

Elle raconta l'histoire à George et conclut : Je crois que nous avons un fantôme.

Apparemment un fan de Dickens, dit-il.

Tu ne me crois pas.

Il haussa les épaules. Ce n'est pas facile de déménager. À mon avis, tu es fatiguée, c'est tout.

Je ne suis pas *fatiguée*.

Pense à l'affaire qu'on a faite. Ouvre les yeux, Catherine. Regarde cet endroit.

Je sais.

Il l'embrassa sur le front. Et achète-toi une nouvelle radio.

Pour elle, les fantômes appartenaient au domaine des films d'horreur. Lycéenne, elle en avait vu un intitulé *La Maison du Diable* et n'avait pas dormi pendant un mois ; le moindre frémissement de rideaux dans sa vieille chambre lui évoquait quelque manifestation maléfique. Même son travail actuel avait de quoi la rendre superstitieuse, certaines églises étant comme des grottes du Jugement, des terminaux vers un autre monde. Mais avant d'arriver dans cette maison, elle n'avait jamais sérieusement pensé aux fantômes, pas du tout. Pourtant, les jours passant, leur existence n'était même plus une question – elle savait.

En règle générale, George se garait dans le garage. Il n'aimait pas voir sa précieuse Fiat exposée aux éléments. Le vieux break de Catherine pouvait bien rester dehors, arguait-il. En vérité, elle s'en fichait un peu. Elle se garait sous le grand érable, ce qui lui permettait d'accéder facilement à la cuisine.

Le porche, qui leur servait de débarras, était déjà encombré de chaussures boueuses, de raquettes de tennis, de la poussette et du petit chariot rouge de Franny. Un après-midi, en rentrant du supermarché les bras chargés de sacs d'épicerie, et alors que sa fille commençait à s'agiter, elle eut du mal à ouvrir la porte. Lorsqu'elle tourna la clé, le pêne se déverrouilla comme d'habitude, mais la porte refusa de bouger. Elle secoua le bouton en porcelaine marron – sans résultat. Un instant plus tard, elle entendit un grincement de métal ; on aurait dit que quelqu'un dévissait le bouton de porte à l'intérieur. Par la fenêtre, elle vit la cuisine vide, exactement telle qu'elle l'avait laissée. Agacée, elle malmena la poignée, qui lui resta dans la main. La seconde d'après, comme pour souligner son trouble, la poignée côté cuisine tomba par terre.

Qu'est-ce qui s'est passé, maman ?

Je ne sais pas. C'est cette stupide poignée.

Stupide poignée ! cria Franny.

Puis la porte s'ouvrit toute seule. L'espace d'un instant, Catherine parut incapable de bouger.

C'est ouvert, maman !

Oui, je vois.

Franny se précipita à l'intérieur et Catherine la suivit avec les sacs de courses. Une fois encore, elle eut la brusque sensation qu'un être invisible était là à l'observer, et son visage brûla de colère. Elle ramassa la poignée de porte et inséra sa longue tige rouillée dans le petit trou carré ; maintenant la poignée extérieure en place, elle enfila l'autre, faisant le même son grinçant qu'elle avait entendu un instant plus tôt – quand une *entité* quelconque, un quelconque esprit frappeur, l'avait dévissée.

Ce n'était pas très gentil de votre part, dit-elle à la pièce. On ne se sent pas les bienvenus ici.

À qui tu parles, maman?

Elle prit Franny dans ses bras et la serra fort. À personne, répondit-elle, et c'était tout à fait vrai.

Lorsque George rentra du travail, elle lui raconta cette nouvelle histoire. Réprimant son évidente irritation, il inspecta la porte, l'ouvrit et la ferma plusieurs fois. Elle fonctionne très bien, cette porte.

Alors, comment tu l'expliques?

C'est une vieille maison, Catherine. Ce sont des choses qui arrivent dans les vieilles maisons.

Elle énuméra les autres anomalies qu'elle avait constatées – les endroits étonnamment glacés, l'odeur permanente de gaz d'échappement dans leur chambre, la radio – et maintenant ça.

Tu imagines des choses, lui dit-il.

Je n'imagine rien.

Dans ce cas, tu as peut-être besoin d'aller voir un psychiatre. Il n'y a aucun problème avec cette maison.

Mais, George…

On ne déménagera pas, Catherine. Je te suggère de t'y habituer.

Elle défit les cartons dans la chaleur étouffante. Les ventilateurs poussés au maximum. Rangea ses livres sur les étagères – histoire de l'art, philosophie, un exemplaire abîmé d'*Ariel* – pendant que Franny jouait dans la maison – avec une plume, un crochet en étain, un pot de billes –, s'accroupissant pour retourner chaque objet dans ses petites mains, la morve au nez, le front plissé par la concentration, avant de passer promptement à un autre. Elle sautait d'une tache d'ombre à une autre en chantant une comptine.

L'autre famille avait laissé tant d'indices derrière elle que Catherine ne pouvait s'empêcher de se demander qui ils étaient. George l'ignorait et s'en fichait. Je ne vois pas ce que ça peut faire, avait-il déclaré. C'est notre maison maintenant. Elle est à *nous*.

Catherine n'en retrouva pas moins nombre de leurs affaires dans les placards : des patins de hockey, des ballons de basket dégonflés, des battes de base-ball. Une boîte remplie de chaussures de bébé, trois paires nouées ensemble. Elle les prit dans ses mains, se remémorant Franny à cette taille, sur le point de marcher. Celles-là, blanchies avec du cirage, avaient des petits talons ronds et usés. Quelqu'un voudrait peut-être les récupérer un jour, songea-t-elle en les rangeant dans une armoire. Elles seraient là quand leurs légitimes propriétaires viendraient les chercher.

Un matin, alors que George était parti au magasin de bricolage, deux garçons se présentèrent à la porte. Le plus âgé avait une petite vingtaine d'années, l'autre était adolescent. Ils regardaient par la porte moustiquaire éclaboussée de pluie. Des visages dont on ne pouvait pas se détourner, des yeux bleus et des os solides. Il faisait chaud, l'air bruissait d'insectes, et les garçons s'étaient fait surprendre par l'orage. Ils agitaient leurs longs bras, se battant contre les moustiques. Le ciel était sombre. Elle entendait le crépitement de la pluie sur les feuilles d'érable.

Je m'appelle Eddy, dit le plus âgé, et voici Cole. On a un autre frère, Wade, mais il n'a pas pu venir.

Nous sommes les Clare, dit-elle, hissant Franny sur sa hanche. Et voici Franny.

Coucou, Franny, dit le plus jeune.

Franny rougit et se colla contre Catherine.

Avant, on… commença-t-il, mais son grand frère lui donna un coup de coude dans les côtes.

Ne l'écoutez pas. Il est un peu surexcité. Eddy posa une main lourde sur son épaule. Nous cherchons du travail. Tondre la pelouse, jardiner – lui, il peut même faire du baby-sitting. Il serra l'épaule de son frère. Ça le dérange pas du tout, hein, Cole?

Non, madame, dit le jeune, grattant ses piqûres de moustique.

Je vais devoir en parler à mon mari.

Ces granges auraient besoin d'être repeintes, si je peux me permettre. Il recula et leva les yeux vers la maison. La maison aussi. On pourrait vous aider.

Eh bien, nous comptions effectivement repeindre tout ça.

Mes frères et moi, on est des vrais Léonard. Et on n'est pas chers.

Où habitez-vous?

En ville, répondit le plus jeune.

On a des références si vous voulez, ajouta l'autre. Vous trouverez personne de moins cher. En plus, on bosse pour notre oncle.

Le tonnerre gronda au-dessus de leurs têtes. Elle percevait une odeur d'herbe mouillée ainsi qu'une autre, d'essence ou de cigarette, sur les vêtements des garçons. Il se remit à pleuvoir. Le plus jeune regarda le ciel puis elle, attendant qu'elle les invite à l'intérieur. Elle ouvrit plus grand la porte. Entrez.

Ils obtempérèrent, souriant à quelque plaisanterie intime. J'aime bien ce que vous avez fait de la maison, déclara Eddy.

On vient seulement d'emménager, répondit-elle, un peu gênée. Ils ont laissé beaucoup de choses, les anciens propriétaires.

Et pour cause, dit Eddy.

Vous les connaissiez ?

On peut dire ça.

Le plus jeune détourna les yeux, les joues empourprées et luisantes de sueur. Il repoussa les cheveux de son front.

On ne l'aurait peut-être pas achetée, dit-elle, je ne crois pas, si on n'en avait pas eu un si bon prix.

Les garçons ne bougeaient pas.

Ce que je veux dire, enfin, on l'a achetée aux enchères. Personne d'autre…

C'est fait, maintenant. Eddy la regarda d'un air incertain, comme s'il venait de changer d'avis à propos de quelque chose. Bon, on ferait mieux d'y aller. C'était sympa de vous rencontrer, madame.

Vous pouvez m'appeler Catherine. Elle tendit la main qu'il prit, et elle sentit sa peau froide et rugueuse. Il attendit un long moment avant de la lâcher.

Catherine. Il prononça son nom comme si c'était une belle chose. Il avait les yeux bleu foncé. Ces garçons avaient une histoire, pensa-t-elle, une histoire beaucoup trop lourde. Il sortit un stylo de sa poche et reprit la main de Catherine. Je peux vous l'emprunter?

Quoi?

Il inscrivit son numéro de téléphone sur sa peau. Au cas où vous auriez besoin de nous.

Oh, d'accord, dit-elle, et elle rit. Merci. Elle remarqua que le plus jeune lorgnait ses biscuits. Tenez, je viens juste de les faire. Elle en remplit un sac qu'elle leur donna.

Merci, madame Clare.

Je t'en prie, Cole. Leurs regards se croisèrent pendant un instant, avant qu'il détourne le sien.

Bon... alors à un de ces jours, dit Eddy.

Ils ressortirent, les mains dans le sac de biscuits. Le plus âgé en attrapa un, le plus jeune lui donna un coup de poing dans le bras. Ils étaient proches, ces deux-là. Elle les regarda traverser le champ puis gravir la colline raide. Les nuages étaient bas et denses. En haut de la crête, Eddy se retourna et regarda vers la maison comme s'il voulait la voir, elle, ce qu'il confirma en agitant le bras. C'était un symbole, pensa-t-elle, une espèce d'accord tacite – pour sceller quoi, elle n'en avait aucune idée.

Elle passa l'après-midi à nettoyer le four, puis y fit rôtir un poulet. La maison sentait bon. L'odeur du foyer.

Ce soir-là, pendant le dîner, elle annonça à George qu'elle avait trouvé des peintres.

C'est qui?

Des jeunes du coin. Qui cherchaient du travail.

Elle mentit et déclara qu'elle s'était entretenue avec d'autres peintres qui étaient plus chers, sachant que George ne pouvait jamais résister à l'argument du prix, et il donna son accord. Ce sera une grande amélioration, dit-il.

Je veux descendre, dit Franny.

Ah bon, tu veux descendre ? Il lui embrassa la tête. Tu as fini de manger, Franny ?

Tout fini.

Il la souleva de la chaise haute. Elle n'a plus besoin de cette chaise.

Franny peut s'asseoir sur une chaise de grande fille, dit Catherine.

Je suis grande maintenant, dit Franny, sautant et tapant des mains.

Allez viens, grand singe, dit George. Laissons maman ranger.

Obéissante, Catherine débarrassa les assiettes. Malgré tous ses efforts pour l'embellir, la cuisine paraissait toujours miteuse, et les placards, recouverts d'une épaisse couche de peinture couleur porridge, ne fermaient plus. Ils n'avaient pas encore de lave-vaisselle. George lui avait promis de lui en acheter un dès qu'il le pourrait, peut-être à Noël. Elle commença à laver la vaisselle, attendant que l'eau soit agréablement chaude pour la rincer, et de la vapeur montait au moment où elle posa les assiettes propres dans l'égouttoir. La fenêtre au-dessus de l'évier était noire, animée par les contours vagues de son reflet pendant qu'elle s'attaquait aux casseroles. Sans pouvoir se l'expliquer, elle s'efforça de ne pas y prêter attention, comme si elle était consciente qu'un autre visage se surimposait au sien.

Je posais mes bagues ici, sur le rebord de la fenêtre. Après avoir fini la vaisselle, je les remettais, en songeant chaque fois que le mariage était une farce et que les alliances ne signifiaient rien. Sinon que j'étais inaccessible aux autres hommes. Entre les mains de Cal, j'étais comme une vieille pièce de matériel agricole, qu'il avait appris à rafistoler. C'était comme ça avec lui, dans l'intimité. Soulève, insère, pousse.

Une fois, j'ai vu la femme. Elle s'appelait Hazel Smythe. Elle était au café Windowbox, assise seule à une table, en train de manger un sandwich – aux œufs, je crois. Surprise, je suis restée figée, et elle a levé les yeux vers moi, l'expression chaleureuse, triste même. Contrite. Je suis sortie. Je ne voulais pas de sa sympathie.

Je suppose que les gens d'ici étaient au courant. Ça leur faisait un sujet de conversation à table.

Effrayée, Catherine se retourna, mais fit seulement face au désordre d'après dîner, à la table de bois usé et aux chaises vides tout autour.

Il n'est pas là, dit une femme le lendemain matin quand Catherine appela le numéro inscrit sur sa main qu'elle avait recopié. *No está aquí.* Mais ils revinrent cet après-midi-là avec le troisième frère. Lui, c'est Wade, dit Eddy. Il peut tondre la pelouse.

Bonjour, Wade. Il était plus grand que les deux autres et se mouvait avec la grâce solennelle d'un prêtre. Elle serra sa main moite.

Ils se rendirent à l'étable.

Qu'est-ce que je vais faire de toutes ces bouteilles ?

Vous pourriez vous lancer dans l'élevage laitier, suggéra Cole. On vous aiderait. On sait faire.

Ça suffit, Cole, le rabroua Eddy, et le jeune garçon parut blessé. Croyez-moi, ajouta-t-il, vous n'avez vraiment pas envie d'élever des vaches.

On peut vous débarrasser des bouteilles, proposa Wade. On a un camion.

Ce serait super, dit-elle en remarquant son sourire fier. Quand pouvez-vous commencer ?

On commencera demain matin, si ça vous va ?

Ils étaient travailleurs. Ils démarraient tôt, avant huit heures. Elle les entendait gratter la vieille peinture dehors. Il avait beau faire de plus en plus chaud, ils ne se plaignaient jamais. Vers midi, leurs T-shirts dégoulinaient de sueur, mais seul Eddy retirait le sien. Il avait souvent une cigarette aux lèvres et plissait les yeux à cause de la fumée. Elle se surprit à l'examiner par les fenêtres pendant qu'elle effectuait ses tâches ménagères. Lorsqu'elle se trouvait à côté de lui, elle sentait sa sueur, le parfum de lessive sur ses vêtements. Une ou deux fois, elle s'aperçut qu'il lorgnait son décolleté au moment où elle se penchait pour soulever Franny, tenant son collier, la croix en or, entre ses dents.

À midi, elle leur apportait de la citronnade et des sandwichs. Franny distribuait les tasses. Ils étaient gentils avec elle et la regardaient s'accroupir dans les mares de boue et faire des tartes avec sa dînette. Tiens, Cole, disait-elle en lui en offrant une. C'est de la bonne tarte.

Elle est au chocolat ?

Franny hochait la tête. Tu en veux encore ?

Je veux bien. Mets-m'en deux.

Pendant leurs pauses, ils jouaient à chat avec elle, couraient dans le champ, dérangeant les papillons. Le transistor allumé. La terre douce sous leurs pieds nus. Un jour, ils poursuivirent un lapin qui plongea dans son terrier. Chut, dit Cole en s'accroupissant.

Il va pas ressortir, dit Franny.

On ne doit faire aucun bruit, murmura Eddy, et ils se tapirent tous dans le silence en attendant.

Le lapin ressortit, agitant ses moustaches, et Franny cria de plaisir.

Ils le poursuivirent encore et, une fois encore, il fut plus rapide et disparut dans les broussailles.

C'étaient des garçons peu communs, songeait Catherine. Polis, sincères – brisés. Il y avait des choses qu'elle remarquait : le demi-sourire de Cole, comme s'il était désolé d'apprécier ce travail. Son frère Wade, aussi placide que du lait, réfléchi, courtois, un peu gauche. Et Eddy, un poète inconstant, un magouilleur, qui croisait rarement son regard. Quand il le faisait, on ne pouvait pas détourner les yeux.

Cole était le chouchou de Franny. Il venait d'avoir quatorze ans et ne refusait pas de jouer encore les petits garçons. Ensemble, ils construisaient des routes, des châteaux entourés de douves dans la boue, des voiliers avec des feuilles de rhododendron, aux mâts en brindilles. Il portait une veste en velours côtelée, une taille trop grande pour lui et élimée aux poignets. Elle le surnommait Professeur. Il était grand et maigre, mais avait des épaules larges et des mains puissantes. Un footballeur-né, songeait-elle, quoiqu'il fût trop doux pour ce sport.

Qu'est-ce que tu veux faire quand tu seras grand ? lui demanda-t-elle.

Il haussa les épaules comme s'il n'y avait jamais réfléchi. Je suis grand.

Elle se tourna vers Eddy. Que fait votre père ?

Pas grand-chose. Devant son sourire amer, elle n'insista pas.

Ses yeux étaient du même bleu que les soldats d'autrefois. Elle l'observait à son insu. Un visage puissant comme celui d'Achille, pensait-elle, mythique, épique. Et avec quelle patience il traitait Wade quand il l'aidait à effectuer des tâches simples qu'il aurait facilement pu faire lui-même. Avec quelle douceur il incitait le gentil Cole à s'attribuer le mérite de son bon travail. Tous trois paraissaient venir d'une époque révolue.

Un matin, Wade arriva avec un objet en bois dans les bras. C'est pour Franny, dit-il. Une balançoire qu'on peut installer.

Wade est doué pour fabriquer des choses, lui dit Eddy. C'est ce qu'il fait le mieux.

Son frère détourna les yeux, mais elle surprit son sourire.

Touchée par le cadeau, elle dit : Merci, Wade.

C'est rien.

La petite balançoire, faite de bois à l'exception des chaînes, était pourvue d'une barre qui glissait devant Franny pour l'empêcher de tomber, et ils l'accrochèrent derrière, dans l'arbre.

C'est Cole qui me pousse! s'écria Franny. Pousse-moi, Cole!

Se balançant d'avant en arrière, elle renversa la tête pour contempler le ciel. Tu regardes là-haut, maman? L'arbre était comme un puzzle, dont les pièces manquantes étaient remplies de ciel.

C'est quoi, comme arbre, Eddy?

Juste un vieil arbre ordinaire. Un chêne, je crois.

Il y a aussi un poirier.

Oui, madame. Posez les poires sur le rebord de la fenêtre pour qu'elles mûrissent.

Les cerfs en raffolent. Tard un soir, j'en ai vu quatre là-bas qui se régalaient.

Ouais, ils savent ce qui est bon.

À la fin de la journée, ils allèrent nager dans l'étang, lançant leurs vêtements dans l'herbe. L'eau était brune à cause des feuilles qui tapissaient le fond. Tenant la main de sa mère, Franny descendit vers le bord, dérangeant des colonies entières de grenouilles, ses petits pieds disparaissant dans la vase molle.

Cole ondulait dans l'eau comme un lion de mer. Est-ce qu'elle sait nager?

Presque. On y travaille – n'est-ce pas, Franny?

Je sais nager, insista-t-elle. Regarde, maman, une tortue. Elle s'accroupit pour regarder la créature se frayer un chemin laborieux dans l'herbe, se déplaçant lentement sous sa lourde carapace brune, un moine las.

Vous vous êtes déjà baignée? demanda Eddy en ressortant.

J'ai trop peur. Je n'aime pas ne pas voir le fond.

On ne le sent pas non plus. Trop profond. C'est un mystère. Il sourit.

Je ne dois pas aimer les mystères.

Quand il fera vraiment chaud, vous vous baignerez.

Nous nous sommes inscrits dans un club. Il y a une piscine. À la seconde où elle le dit, elle le regretta.

Je ne vous voyais pas comme ça, dit-il.

Mon mari joue au tennis.

Il eut un sourire méprisant. Méfiez-vous de ces gens-là.

Qu'est-ce que tu veux dire?

Ils pensent que la ville leur appartient.

OK. Merci de m'avoir prévenue.

Il la regarda. Vous ne paraissez pas vraiment comme eux.

Non?

Elle attendit qu'il en dise davantage, mais il se contenta de s'asseoir à côté d'elle et d'enfiler sa chemise. Il prit ses cigarettes dans sa poche et en alluma une.

Vous êtes différente, dit-il. Des autres filles.

Je suis plus âgée, suggéra-t-elle. Je suis mère. Ça change quelqu'un.

Il lui lança un coup d'œil bref, plein d'assurance. Vous êtes une bonne mère.

Merci, Eddy, c'est gentil.

Je n'essaie pas d'être gentil.

Non?

Il tira sur la cigarette, reportant son attention sur l'étang. Dites-moi une chose, madame Clare. Vous vous plaisez ici, à la ferme?

Appelle-moi...

Catherine. Il avait le regard froid, trahissant une légère colère. Elle songea à toutes les filles qui avaient vu cette même expression et tenté de la changer.

Oui, je crois.

Vous êtes heureuse ?

Je ne sais pas, répondit-elle. C'est quoi, être heureux ?

Il détourna le regard, puis posa la main dans l'herbe à côté de la sienne. Ils se touchaient presque. Ce n'est pas à moi qu'il faut demander, dit-il. Le bonheur, ce n'est pas ma spécialité.

Un jour vous le regretterez

1

C'était peut-être elle qui avait tout déclenché. La première fois où il l'avait vue. Peut-être parce qu'ils avaient acheté la ferme. Ou parce qu'elle avait ouvert la porte cette fois-là et qu'il était resté planté comme un idiot, les mains dans les poches, disant qu'il pouvait travailler. Alors qu'il voulait seulement être près d'elle, à proximité. Ses yeux peut-être, parce qu'ils étaient gris comme ceux de sa mère.

Je m'appelle Eddy, et voici Cole. *Avant, on vivait ici, et notre mère est morte dans cette maison.*

L'expression sur son visage pendant qu'elle réfléchissait, le mouvement de son collier quand elle s'était penchée vers la petite fille avant de la hisser sur sa hanche, les stores blancs qui remuaient tous en même temps et le soleil qui balayait la pièce.

Elle avait dans la vingtaine, pas tellement plus que lui, et il était plus grand et plus costaud de toute façon. Il avait envie de la prendre dans ses bras.

Elle l'avait regardé une nouvelle fois, avec dans les yeux quelque chose qui ressemblait à de l'espoir. Et il avait senti une contraction dans son ventre.

Ce soir-là, en rentrant chez Rainer, son frère se mit à pleurer et Eddy dut le serrer dans ses bras pendant une minute.

Elle était gentille.

Oui, c'est vrai, lui dit Eddy.

Je veux y retourner.

On y retournera.

Quand, Eddy?

Demain. Ça va, mec?

Une fourgonnette officielle était garée devant la maison de son oncle. Les hommes, tout juste sortis de prison, marchaient tête baissée, crachaient. L'un d'eux avait un strabisme et un sourire rusé. La conditionnelle, c'était comme un anniversaire après quinze ans de taule. Celui-là se faisait appeler Paris, comme la ville. Je suis qu'un vagabond, dit-il, se frappant la tempe. J'ai couru toute la Terre.

À ses pieds, il avait une trompette abîmée. Il faisait plus vieux qu'il ne devait l'être, avec sa peau couleur de bière, ses cheveux tout blancs et bouclés.

Cole dit : Mon frère en joue.

Non, je m'amuse, c'est tout.

Paris esquissa un sourire et lui tendit la trompette. Voyons voir ce que tu sais faire.

Eddy prit l'instrument. Il avait une histoire à raconter, ce vieux cuivre terni qui se réchauffait dans ses mains. Il le porta à ses lèvres et souffla un peu, jouant un air qu'il connaissait bien. La trompette avait une jolie sonorité.

Eh ben, te voilà maqué avec elle. Paris secoua la tête. C'est le seul amour qui ne s'en va pas. Je compatis, frérot. On peut plus rien pour toi.

Paris se proclamait un homme des ténèbres qui avait trouvé la lumière en prison. Il avait passé sa vie à y entrer et en sortir.

Ils trouvent tous Jésus en prison, lui dit son oncle. Ça les occupe.

Il retourna le voir dans le dortoir, où les lits de camp étaient alignés comme dans les baraquements militaires. Assis au bord du sien, les coudes sur les genoux, Paris contemplait ses mains comme s'il s'agissait de tas d'argile et qu'il se demandait quoi fabriquer avec. J'ai rien trouvé à faire, dit-il à Eddy. À part rester assis là.

Mon oncle va vous mettre au travail.

Je peux travailler, dit l'homme. J'ai pas de problème avec ça.

Il avait une petite bible noire à côté de lui sur le lit, à la couverture aussi douce que de la feutrine, et il avait marqué sa page dans l'Apocalypse avec un nœud pour les cheveux appartenant à sa fille. Il laissa Eddy le toucher. Le nœud était rose, brillant et un peu effiloché. Sa fille vivait quelque part dans le Sud et travaillait dans un routier. Paris avait les yeux comme des chaussures pas cirées, usées. Il jouait des chansons d'amour, des ballades. Du blues. Avec tout son cœur il jouait du blues. Tu dois vivre fort, dit-il à Eddy en lui saisissant l'épaule. Tu dois vivre pour elle. Je crois pas que tu aies le choix.

La nuit, il montait à la station électrique. Un sentier traversait le bois, puis les câbles surgissaient, s'étirant paresseusement dans toutes les directions. Au milieu de cette campagne magnifique, les câbles bourdonnants inquiétaient les gens. Peut-être parce qu'ils se rendaient compte qu'ils n'étaient pas autant en sécurité qu'ils le croyaient, bien à l'abri dans leurs petites vies minables. Conclusion : les gens avaient peur de la mort, du moins la plupart. Mais pas lui. Il n'avait pas particulièrement peur.

Parfois, un vieux chien galeux, à la gueule enfoncée, sortait du bois. L'animal le reconnaissait, Eddy en était sûr, et le suivait à distance – deux créatures qui se partageaient la nuit. Ils pensaient probablement aux mêmes choses : à l'odeur de la terre, au sol dur et humide du sentier, à l'herbe aussi épaisse que ses lacets et assez haute pour le faire trébucher. Le poil noir et rêche, le chien montrait les dents comme s'il souriait, la langue pendante, aussi longue qu'un chausse-pied. Il le regardait d'un air de dire : Qu'est-ce que je fais là ? Eddy secouait la tête en songeant : Ce n'est pas à moi qu'il faut poser des questions philosophiques. Il monta aussi loin que possible vers le plateau et se tint sous le trapèze de câbles bourdonnants, tandis que le chien lui tournait autour en faisant des bruits de chien, et Eddy lui dit : Arrête de bouger et assieds-toi. L'animal l'ignora, puis leva la tête comme s'il avait perçu quelque chose et, un instant plus tard, Eddy entendit le train.

On pouvait s'approcher tout près de la maison sans qu'ils s'en rendent compte. Regarder par les fenêtres. Ils la laissaient allumée comme une boîte à musique. On entendait Franny courir partout, crier ou rire comme le font les petits enfants, et pour Eddy, il n'existait pas de plus jolis bruits. Il vit M. Clare vider un carton de livres dans l'ancienne chambre de son grand-père; il sortait chaque volume et l'examinait tel un objet précieux, avant de le placer sur l'étagère comme s'il était bardé de dynamite. Il la regarda dans la cuisine, occupée devant le plan de travail, ses cheveux remontés. Elle portait ce qui devait être une vieille chemise de son mari, à fines rayures, et un short en jean. Elle avait de belles jambes, longues et bronzées, et ses coudes pointaient alors qu'elle préparait ce qu'il devina être un sandwich. Une fois encore, il pensa à sa mère, dont la vie était déjà finie et s'était terminée sans qu'il y ait beaucoup de conséquences. C'était ça, la vraie tragédie.

Elle s'était mise au jardinage et avait les pieds enfoncés dans la terre. Eddy s'approcha doucement, comme s'il voulait l'inviter à danser, et prit le râteau. Attendez, je vais vous aider.

Je veux des fleurs, dit-elle. Plein, plein de fleurs.

On va vous donner des fleurs. Il se tourna vers son frère. Hein, Cole?

Cole hocha la tête.

J'adore les lis tigrés, pas vous?

Si, bien sûr.

Et toi, Cole?

Euh, moi, plutôt les marguerites.

Leur mère aimait beaucoup les marguerites. Elle en mettait toujours dans l'eau.

Bon, alors plantons aussi des marguerites, dit Mme Clare.

Ils étaient différents. Ils venaient de New York, mais n'étaient pas comme les autres gens de là-bas. D'abord, ils n'étaient pas riches. La plupart des citadins avaient de l'argent. Ils achetaient des maisons de vacances. On les voyait en ville. Ils étaient désagréables et méprisants. Mais les Clare étaient différents. Elle, en tout cas, l'était.

Quoi qu'il en soit, Eddy travaillait désormais pour eux. Ils avaient un rapport professionnel. Elle ignorait qu'ils avaient grandi dans cette ferme. Elle n'avait entendu aucune des histoires en circulation, et il n'avait pas l'intention de lui en parler.

C'était du boulot, songeait-il. Ni plus, ni moins.

Puisqu'elle voulait des fleurs, il ferait en sorte qu'elle en ait. Quant aux autres sentiments qu'elle lui inspirait – ils étaient défendus. Sa mère lui avait enseigné la différence entre le bien et le mal ; il connaissait les limites. Il y avait des lignes qu'on ne franchissait pas, tout simplement.

Arrache toutes ces mauvaises herbes, dit-il à son frère. Je vais donner un bon coup de râteau à ces parterres.

De ses mains agiles, Cole retira toutes les mauvaises herbes. Pas une ne lui échappa. Eddy l'observa. Son petit frère était préoccupé. Par la vie et toute son injustice. Ça se voyait à sa façon de froncer les sourcils en extrayant d'un coup sec une racine de sous la terre. Au début, ç'avait paru une bonne idée de travailler ici. Mais Eddy n'en était plus si sûr. Il surprenait parfois Cole les yeux levés vers la fenêtre de leur mère comme s'il s'attendait à la voir apparaître pour lui dire que tout ça avait été une grosse erreur. Il ne s'en remettait pas. Presque toutes les nuits, il s'endormait en pleurant. Tout ce qu'ils connaissaient avait changé. Il ne restait plus que de vieux souvenirs, des images dans la tête, des cartes postales de la personne qu'on était autrefois. Au bout d'un moment, on n'était même plus sûr qu'elles étaient de nous.

2

Pendant tout cet été, il n'y eut que les chauds après-midi, la citronnade qu'elle préparait, la petite fille, les cheveux blonds de Catherine dans le vent et ses pieds blancs et osseux dans l'herbe. Elle avait des pieds ravissants. Elle lui dit qu'il pouvait l'appeler Cathy s'il voulait. C'était ainsi que l'appelaient ses parents. Elle ne parlait pas de son mari. Il ressentait quelque chose pour elle. Il la regardait dessiner. Elle passait son temps à dessiner – les arbres, les vieux pneus, les bottes en caoutchouc de Franny, la maison –, et elle était douée. Elle utilisait un crayon bleu pour presque tout. Elle dessina le visage de Cole, son menton pointu, ses pommettes, ses jolis yeux. Elle dessina les mains de Wade reposant sur ses genoux comme des colombes endormies. Laisse-moi te dessiner, Eddy, lui dit-elle.

Non, pas moi.

Tu as un beau visage. Elle avait déjà commencé ; sa main se déplaçait sur la feuille, et des parties de lui prenaient forme. On ne se regarde pas assez, dit elle. Les gens ne le font jamais.

Ce n'était pas vrai. Lui n'arrêtait pas de la regarder, simplement elle ne le savait pas.

Quand on observe vraiment le visage de quelqu'un, on voit beaucoup de choses.

Comme quoi?

En toi? Je vois de la force.

Vous avez beaucoup d'imagination, dit-il, et elle parut déçue. S'il avait de la force, il aurait trouvé le moyen de quitter cette ville, depuis le temps.

Il s'allongea dans l'herbe, en appui sur ses coudes, les jambes étendues, et la regarda en fumant une cigarette. Lorsqu'elle bougeait d'une certaine façon, il voyait la bretelle de son soutien-gorge, son long cou.

Qu'est-ce que tu veux faire? De ta vie, je veux dire?

Je suis musicien. C'était agréable de le dire tout haut. Je joue de la trompette.

Un musicien. Elle pencha la tête, l'observant, sans cesser de bouger la main.

Oui, madame.

Tu joueras pour moi?

Peut-être.

Peut-être? Elle sourit, surprise, haussant les sourcils.

Je crois que je pourrais me laisser convaincre.

Ça me ferait vraiment plaisir, Eddy.

Elle retourna le bloc pour lui montrer le dessin. Elle avait saisi son visage, son regard dur. Elle l'avait rendu plus beau qu'il ne l'était, songea-t-il. Ouah, c'est vraiment très réussi.

Je t'ai capturé, dit-elle.

Oui, ça on peut le dire. Maintenant, c'était lui qui la dessinait en pensée, ses épaules menues, sa poitrine

plate, ses tout petits tétons. Elle avait un corps anguleux, un corps de gamine.

Tu as une belle tête, reprit-elle. Je parie que toutes
les filles te le disent.

Il secoua la tête, dissipant un rêve; il avait l'impression de la connaître.

Parfois, on connaît les gens, tout simplement.
C'est ce qu'il finit par déduire de ce qui se passait
entre eux. Quelque chose de chaud et lumineux le
nourrissait comme la cuisine de sa mère, lui redonnait des forces.

Parfois, elle sortait pour étendre le linge et il
observait son dos, ses bras levés, ses coudes noueux
comme des petits-gris.

À travers les champs qui avaient appartenu à son
grand-père et à son arrière-grand-père avant lui, le
vent lui parlait. *Attends*, lui disait-il.

La vieille ferme, qui avait autrefois accueilli des
vaches, des moutons, des cochons et même deux
vieux quarter horses que son père avait achetés pour
pas cher. Son vieux faisait des tours avec les chevaux.
Il était capable de tenir debout sur leur dos en faisant tournoyer un lasso. C'était un cow-boy; c'était
un savant. L'homme le plus intelligent qu'Eddy eût
jamais rencontré et pourtant incapable de gagner
un dollar. De l'opéra passait toujours dans la maison. Et l'odeur de la cuisine de sa mère. Oignons,
pommes de terre sautées, bacon.

La fille de Catherine dormait maintenant dans
son ancienne chambre. Il ne voulait pas lui dire. Il ne
voulait pas lui parler de ce qui se passait dans cette

maison, de son père qui les malmenait, renversait les tables et les chaises, de sa mère qui pleurait dans sa chambre et parfois s'asseyait dans un coin en tremblant légèrement, comme quelqu'un qui a peur.

Comme il faisait trop chaud, le soir, pour rester dans la maison de Rainer, il allait se balader en ville. On voyait l'intérieur de toutes les petites maisons minables. Les gens qui fumaient sur leur perron pour passer le temps. Qui vivaient leur vie, faisaient des erreurs, prenaient de mauvaises décisions, se disputaient, mais parfois on voyait de la joie, des moments de gaieté.

De quoi vous faire aimer ce monde.

Juste avant de les abandonner – parce que c'était ce qu'elle avait fait –, elle avait demandé à Eddy de venir dans sa chambre un soir. C'est toi l'aîné, lui avait-elle dit, d'une voix distante, sèche. Tu dois t'occuper de tes frères, Edward. Assure-toi que personne ne fait de mal à Wade. Il est grand et fort, mais il est trop gentil. Elle lui avait pris la main une seconde. Tu veilles à ce que Cole fasse des études. Il ne peut pas rester dans cette ville.

Oui, maman.

Je compte sur toi, Eddy.

Je sais.

Il était incapable de la regarder. Va dormir, lui avait-elle dit. Bonne nuit.

Il l'avait laissée là, songeant que la chambre de ses parents, avec tout ce qu'elle contenait, était un endroit qu'il n'avait jamais compris. Sa mère en tant que femme ; son père. Leur relation de couple. Ce qui les maintenait ensemble. Leur violence silen-

cieuse. Ce qu'elle acceptait de lui. Ce qu'elle endurait. La commode haute où elle rangeait ses affaires,
un monument aux occasions manquées. Extrait de
naissance, diplôme de fin de scolarité, lettre d'admis-
sion à l'école d'infirmières, une dent.

Il travaillait le soir comme aide-serveur à l'auberge. C'est là qu'il avait rencontré cette fille, Willis.
Elle devait avoir vingt ans, soit un peu moins que
lui, mais elle était du genre à avoir réponse à tout.
Elle aimait bien découvrir les noirs secrets des gens.
La première chose qu'elle lui dit fut : Tu ressembles
à un croque-mort. Ce à quoi il répondit : C'est eux
qui veulent que je porte ça. Elle se promenait avec un
recueil de poèmes de E. E. Cummings, épais comme
un dictionnaire, qu'elle avait volé à la bibliothèque
de son lycée – elle disait qu'elle voulait être poétesse.
L'auberge payait bien et marchait bien. Les gens y
venaient de partout, montant de New York ou descendant de Saratoga, et tout le monde voulait une
table, si bien que c'était bondé tous les week-ends.
En général, il parvenait à manger un morceau après
son service. Leur spécialité, c'était l'agneau. Parfois
même, on lui donnait une bière. Pendant les pauses,
ils sortaient fumer tous les deux, et elle lui récitait un
poème de son invention. Un tremblement nerveux
dans la voix, elle déclamait *La lune étincelle sous les
arbres fous*, ou des conneries de ce genre.
Willis était parfois difficile à décrypter. Elle n'était
pas belle à proprement parler, mais quelque chose
en elle lui faisait un peu perdre la tête. Peut-être sa
façon de bouger, comme une danseuse espagnole

portant un truc sur la tête, le dos droit, élégante. Elle avait un grain de beauté sur le visage, des sourcils noirs broussailleux et un trait d'eye-liner épais comme du pastel. Elle disait qu'elle était de New York et accompagnait toujours cette déclaration d'un mouvement de tête qui dégageait ses cheveux de son visage. Ils prenaient des shots pendant leur pause, dehors sur le parking. Une fois, ils se firent un alcool flambé. Un peu soûle, elle se mettait à pleurer à cause de sa mère, disant qu'elle était la pire fille qu'on pouvait avoir, puis elle se liquéfiait, son mascara dégoulinait partout, son nez coulait et ses lèvres brillaient. Tout ce qu'il pensait à faire dans ces moments-là, c'était l'embrasser. Elle était allée à l'université dans l'Ouest et avait atterri ici pour travailler un temps à l'auberge. Elle prétendait avoir été embauchée à cause de ses talents de cavalière, pour tous les gens riches de Chosen incapables de monter leurs chevaux de prix. Elle disait qu'elle voulait apprendre à travailler la terre pour pouvoir avoir un jour un endroit à elle et faire pousser des choses. Elle ne voulait rien de plus. Ils étaient à la casse automobile quand elle lui avait dit ça, à l'arrière d'une limousine aux sièges et au sol jonchés de confettis ; la vague odeur de vomi laissait penser qu'il s'était passé un truc à l'intérieur, un truc pas chouette.

La vie était mystérieuse, il le savait. Les gens ne disaient jamais ce qu'ils pensaient vraiment, ce qui causait toujours plus de problèmes que ça n'en valait la peine. Une caractéristique propre aux êtres humains, estimait Eddy. Les animaux n'étaient pas comme ça. Parfois, tard le soir, quand il n'y avait aucun bruit, il imaginait que tous les mots que les gens ne disaient jamais, les mots vrais et sincères, sortaient de leurs bouches et dansaient méchamment au-dessus de leurs stupides formes endormies.

On ne pouvait pas contrôler grand-chose dans cette vie. Ses frères comptaient sur lui – pour quoi, il ne le savait pas vraiment, aucun d'eux ne le savait. Mais pour des choses importantes. Qui les aideraient peut-être à se sentir mieux.

Il était difficile de dire ce dont les gens avaient besoin quand ils avaient souffert. Malgré tout, ce fardeau-là ne le dérangeait pas. Si quelqu'un devait le porter, c'était lui. Il en était capable. Sa mère le savait. Il le savait, lui aussi. Il espérait pouvoir leur faire un peu de bien.

La cuisine de l'auberge était petite, et même avec toutes les fenêtres ouvertes et les ventilateurs allumés, l'air était brûlant. On voyait le bleu des flammes et le grésillement des poêles. Eddy n'était qu'aide-serveur, mais on le traitait avec des égards. En tant qu'habitant du coin, il était respecté. En plus, il était rapide. Il débarrassait les tables et revenait comme un fantôme ; personne ne le remarquait.

Tout le monde savait que la ville changeait. On repérait les New-Yorkais à un kilomètre à leurs vêtements chers, les femmes à leur sac et leurs lunettes de soleil, comme si elles étaient célèbres, ou seulement mieux que les autres. Ils avaient une certaine attitude – ses anciens profs de lycée appelaient ça de l'arrogance, avant de vous envoyer passer la fin du cours debout dans le couloir. On sentait que le monde changeait. L'argent affluait. Les riches s'enrichissaient encore plus, tandis que les autres, comme lui, n'allaient nulle part.

Un soir, les Clare vinrent dîner à l'auberge. Ils avaient demandé à son frère de garder Franny, si bien qu'Eddy l'avait déposé en allant travailler. Cole avait râlé, disant que le baby-sitting était un truc de fille, mais Eddy lui avait rappelé tout l'argent qu'il gagnait. Ils sont nouveaux ici. Ils ne connaissent personne. Et elle t'aime bien.

Ils étaient avec un autre couple, un vieux et sa femme, qui marchait avec une canne. Catherine avait mis une robe bleue qui dénudait ses épaules et attaché ses cheveux en un chignon élégant, pas le fouillis blond habituel. M. Clare portait une chemise blanche amidonnée et un nœud papillon, comme s'il était emballé dans un paquet cadeau. Eddy n'arrivait pas à comprendre ce qu'une fille sympa comme elle faisait avec un connard pareil. Plus d'une fois, il l'avait regardée se métamorphoser en épouse quand elle entendait sa Fiat sur la route et se mettait à ranger la maison comme si elle avait quelque chose à cacher, dont sa vraie personnalité. Eddy se demandait ce que ça faisait d'être lui : d'avoir une femme comme elle dans son lit toutes les nuits, de conduire une voiture comme ça. Ce devait être super.

Willis, qui s'occupait d'eux, parut très énervée pendant tout le dîner ; elle flanquait les assiettes sur la table et bouillait comme une théière sur le point d'exploser. Il craignit qu'elle ne crache dans leur nourriture. À un moment, il lui saisit les bras et l'obligea à le regarder. Elle était rouge à cause de la chaleur des fours, et ses yeux, presque noirs, étaient remplis de larmes. J'ai fait une connerie, dit-elle. Un truc horrible.

OK, dit-il, et il l'embrassa sur le front.

Les joues en feu et des auréoles de sueur sous les bras, elle distribua les corbeilles de pain, les carrés de beurre, et on voyait son tatouage apparaître sous sa manche, des larmes noires coulant sur son poignet. Ils prirent leur pause en même temps et sortirent dans le froid pour fumer sous les feuilles noires qui frémissaient dans le vent. Une traînée orange barrait le ciel crépusculaire. Willis avait une petite bouche sévère, semblable à une fleur minuscule, de la forme d'une goutte de sang quand on se coupait. Elle tira sur sa cigarette et secoua la tête, indiquant d'un mouvement la porte moustiquaire, la lumière couleur de beurre à l'intérieur de la cuisine. Ce type est un sale con.

De qui tu parles ?

Tu sais bien.

Il ne voulait pas savoir. Il n'insista pas et ils en restèrent là.

Plus tard, après leur service, elle l'emmena dans sa chambre pour fumer un joint. Quand on travaillait dans une cuisine, on rentrait poisseux, les vêtements et la peau imprégnés de l'odeur de nourriture. Ils marchèrent côte à côte sur la route déserte. C'était une grange aménagée en dortoir, où étaient logés certains employés. Des saisonniers pour la plupart, des étudiants qui retourneraient à leur vraie vie avant les premières gelées. Ils s'allongèrent sur son lit sous la fenêtre ouverte ; on sentait la puanteur sucrée des moutons et on voyait la lune.

Je voudrais que les choses soient différentes, dit-elle, que les gens soient plus gentils, tu vois ? Que les gens soient plus gentils les uns avec les autres.

En regardant son visage, il vit qu'elle n'était qu'une enfant. Elle le laissa l'embrasser plusieurs fois. Elle avait la bouche chaude, salée, et quand il l'embrassa en fermant les yeux, il eut l'impression d'être dans une petite ville obscure.

J'ai fait des trucs, dit-elle. Des trucs que je regrette.

Comme quoi ?

Avec des hommes. Elle le regarda de ses grands yeux.

Tu n'es pas obligée de…

Si, je veux. Je veux que tu me connaisses. Je veux que tu saches qui je suis vraiment.

Elle se tourna sur le côté et posa la tête sur sa paume. Son corps était comme la côte d'une île exclusive, un endroit que certaines personnes seulement avaient le droit de voir, avec ses villas blanches surplombant la mer bleue.

Elle alluma une cigarette et recracha la fumée avec dégoût. Je couche avec des hommes depuis l'âge de treize ans.

Tout le monde fait des erreurs, dit-il. Tu dois laisser ça derrière toi. C'était le genre de chose qu'aurait dit sa mère.

Je vais essayer, Eddy. Elle lui toucha le bras aussi légèrement qu'un oiseau se posant sur une branche, et sans savoir pourquoi, il se sentit pris de haut. Puis elle dit : Je ne veux pas te faire souffrir.

Il se demanda pourquoi elle disait ça. Ça n'arrivera pas, répondit-il, mais il savait déjà que c'était faux. Ne t'inquiète pas pour moi. Je ne suis pas du genre sensible.

Elle se mit à l'embrasser partout, mais il l'obligea à se redresser. Il ne voulait pas des faveurs qu'elle offrait à n'importe qui. Il l'embrassa tendrement, et elle gloussa comme une enfant et cacha son visage dans le creux du bras d'Eddy. Une seconde après, ils se bagarraient, et elle devint comme un garçon, comme l'un de ses frères, maigre et féroce ; il put la bousculer, ça n'avait rien à voir avec le sexe, il ne lui retira même pas son pantalon – c'était autre chose, quelque chose de physique, une faim qui confirmait qu'aucun des deux ne serait jamais vraiment satisfait. Ils le savaient tous les deux, et en voyant cette révélation silencieuse dans ses yeux, il fut agacé et pris d'une légère nausée.

Ils s'endormirent ensemble, et le lendemain matin, avant même le lever du jour, ils descendirent l'escalier sans bruit. Il l'emmena au cimetière de voitures. Ils grimpèrent sur le vieux bus, et il joua un air lent et sombre, qui sortit de lui comme quelque chose de primitif. C'était le son de son propre cœur désirant. Elle s'allongea sur le métal froid, l'air endormi, enveloppée dans le vieux manteau d'Eddy ; il se glissa à côté d'elle, et ils regardèrent le ciel. Elle ne dit pas grand-chose de sa vie, seulement qu'elle était venue de Californie en stop, ce qu'il soupçonnait être un mensonge, et que son père était un grand avocat qui représentait des gangsters, des criminels. J'ai grandi avec des photos de cadavres partout dans la maison. Il y a plein de moyens intéressants de tuer quelqu'un. Eddy trouva ça triste et fut désolé pour elle. Son père n'était pas souvent là, dit-elle. Il y a tellement de monstres en liberté.

Les femmes étaient des créatures mystérieuses, songea-t-il. Un jour, Willis était sympa, puis le lendemain elle l'ignorait sans raison. Des jours s'écoulaient sans qu'il la voie. Ça le dépassait. Parfois, à l'auberge, elle lui adressait à peine la parole.

Un soir il lui demanda : C'est quoi ton problème ?

Rien. Laisse-moi tranquille.

Viens ici.

Lâche-moi.

Il fut forcé de se demander si elle voyait quelqu'un d'autre. Elle n'avait pas l'air d'aller. Elle se baladait avec un gros sac en cuir rempli de livres. Elle disait qu'elle voulait reprendre ses études. Je ne suis pas moi-même ici, répétait-elle sans arrêt. Elle avait le teint blême, un peu jaune, et des traces de vieux maquillage sous les yeux. Quand il essayait de l'interroger, elle se détournait.

Ça lui prenait la tête. Il tentait de ne pas y penser. Il avait dû faire un truc qui ne lui avait pas plu. Il ne savait pas quoi, et le fait qu'elle refuse de le lui dire le rendait dingue. Il ne l'en désirait que davantage. Puis il se disait : Qu'elle aille se faire foutre. Parce qu'il devint évident qu'elle ne voulait plus de lui.

Par moments, il envisageait de s'en aller. Je vais prendre mes affaires et me barrer, pensait-il.

Deux semaines plus tard, une vague de chaleur déferla sur la ville. Quand il n'y avait pas de vent, on sentait l'odeur de la décharge et des fumées d'usine sur le fleuve. En ville, les gens s'installaient sur les perrons et s'éventaient avec des journaux.

Ses frères ayant repris l'école, il travaillait seul à la ferme, grattant les bardeaux. Il commençait tôt et repartait à midi. Certains matins, il arrivait dans le vieux camion de son père au moment où le mari sortait. Eddy lui faisait un signe. M. Clare hochait la tête, mais donnait toujours l'impression d'être pressé, trop occupé pour s'arrêter. Même s'il était assez aimable, quelque chose en lui irritait Eddy. Grand et plutôt mince, il semblait pourtant capable de se défendre dans une bagarre. Il le soupçonnait d'être imprévisible. Il ressemblait à ces chiens que Mme Pratt recueillait ; susceptible de vous tailler en pièces.

Un matin, Eddy se gara à l'instant où Clare montait dans sa voiture, tiré à quatre épingles pour aller travailler. Bonjour, dit Eddy.

Clare sourit comme un homme paie son dû. Bonjour, Ed.

Ils parlèrent une minute des travaux, de la première couche qu'il avait déjà passée et qui rendait bien.

Puis Clare dit : Tu es un des fils Hale.

C'est exact.

Elle ne sait pas que vous viviez ici. Il vaudrait mieux que tu gardes ça pour toi.

Sa façon de le dire donna à Eddy l'envie de lui casser la figure.

Gratter la peinture prenait du temps, mais ça ne le dérangeait pas. Le fait de ressasser les choses avait pour lui des vertus presque thérapeutiques. Il avait beau vouloir aller de l'avant, il n'en semblait pas capable. Il se forçait à rêver un peu ; puis tout lui revenait. Sa mère. La violence routinière de son père. Il ne savait pas pourquoi ses parents n'avaient pas fait plus d'efforts pour s'en sortir. Pourquoi ils n'avaient pas songé eux-mêmes à repeindre la maison ; d'accord, l'argent manquait, mais il devait y avoir une autre raison. Ils s'étaient contentés de tout laisser à l'abandon. Cet endroit ne ressemblait plus à rien depuis des années. Eddy avait arrêté d'y amener des filles, à cause de tout le bazar entassé là. Leur famille avait perdu toute fierté. Il ignorait comment ça arrivait et espérait que ça ne lui arriverait pas.

Non, ça ne m'arrivera pas, décida-t-il. Il ne le permettrait pas.

3

Parfois il la surprenait en train de l'observer. Lorsqu'il retirait sa chemise. Il l'entendait dans la maison avec la fillette, puis elle l'emmenait jouer dehors. Interrompant son travail pour aller s'asseoir un moment avec elle, à l'ombre, il fumait une cigarette et lui parlait de ses projets. Il lui raconta la fois où son père avait déchiré son dossier de candidature à l'école de musique, avant de le traîner dans le jardin et de le frapper avec une planche de bois. Tu crois que tu vaux mieux que ça ? répétait-il. Tu crois que tu vaux mieux ? Eddy était si amoché que Wade l'avait conduit à l'hôpital alors qu'il n'avait encore que son code, et ils avaient menti au médecin en disant qu'il s'agissait d'un accident de tracteur. Sur le chemin du retour, ils s'étaient fait arrêter et Wade avait écopé d'une contravention, et quand leur père l'avait trouvée, froissée dans son blouson, il l'avait obligé à dormir dans la grange. Voilà ce qui arrive quand on est idiot, avait-il dit à Wade, avant de lancer un regard noir à Eddy. Tu n'iras pas plus loin que cette grange.

Elle faillit pleurer en entendant son récit, puis se mit en colère. Il devrait réessayer, dit-elle. Elle l'aiderait à remplir le dossier et ferait même le chèque. Comme il fallait soumettre un texte personnel, elle lui donna du papier et lui dit de parler de sa vie à la ferme. Il écrivit donc sur son père, qui avait grandi dans cette exploitation et dont le destin n'avait jamais été une question ni un choix, seulement un fait. Il raconta que lorsqu'il était enfant, ils vivaient dans une caravane à l'arrière, où ses frères et lui se serraient comme une portée de chiots sur le lit gigogne. Qu'ils volaient leurs chaussures dans les bennes de Goodwill derrière le supermarché. Il raconta les réveils avant l'aube, chaque jour de l'année, pour s'acquitter des corvées agricoles. Parla des animaux qui comptaient sur eux pour leur survie. Du jour où, en entendant Louis Armstrong jouer « Someday You'll be Sorry », il avait reconnu l'histoire de sa vie, parce que les gens leur avaient fait du tort, à sa famille et lui, et qu'un jour ils le regretteraient. Puis il lui joua le morceau, et elle le regarda, le menton sur la main et un éclat dans les yeux, et quand il eut fini, elle dit : Ma parole, tu joues très bien. Je suis impressionnée.

Merci. Mais j'ai encore des progrès à faire.

J'espère que tu seras accepté, Eddy. Tu le mérites.

C'est plus ou moins un rêve.

C'est bien d'avoir des rêves.

Il haussa les épaules comme si ça n'avait pas d'importance, mais ça en avait. Beaucoup. C'était plus qu'un rêve. C'était ce qui le maintenait vivant.

Le lendemain, il plut et la chaleur diminua. Il ne pouvait pas peindre, mais se rendit tout de même à la ferme.

Bien qu'il fût presque midi, elle lui ouvrit en robe de chambre.

Ça va ? lui demanda-t-il.

Elle fronça les sourcils, refusant de répondre.

Votre mari est là ?

Elle secoua la tête. Au travail.

Où est Franny ?

Elle dort. Elle le regarda comme une fleur mouillée. Il pleut.

J'attendais que ça s'arrête.

Tu n'étais pas obligé de venir aujourd'hui.

Je sais. Il ignorait pourquoi il était là.

Elle sourit un peu et lui ouvrit la porte. Elle paraissait affaiblie, vaguement mal en point. Je vais te préparer quelque chose à manger.

Il s'assit à la table de la cuisine. Elle lui servit une tasse de thé puis lui fit un sandwich jambon fromage, debout devant le comptoir, sans dire un mot. La maison silencieuse le rendait nerveux. Elle apporta l'assiette, la posa devant lui puis s'assit à son tour, et quand elle le regarda, ses yeux étaient comme un ciel lointain, le ciel d'un autre pays, un endroit étrange et mystique qu'il avait peut-être vu une fois en rêve.

Il mâcha en tentant de ne pas montrer ses dents. C'est bon.

Mon mari, finit-elle par dire. Nous sommes…

Il attendit.

Il est… il n'est pas facile.

Eddy hocha la tête parce qu'il comprenait.

Nous avons quelques problèmes, c'est tout. Elle essuya ses larmes rageusement. La plupart des gens – des gens mariés, je veux dire… Mais elle ne put finir. Elle détourna les yeux et se perdit dans la contemplation de la pluie.

Vous savez, vous êtes belle même quand vous pleurez. C'était une réplique qu'il avait entendue dans un film, mais elle ne parut pas lui en vouloir. Elle sourit.

Il y avait un puzzle sur la table, représentant une ferme – une grange à foin, des vaches, une maison de fermier avec un porche. Tandis que la pluie battait, elle se mit à déplacer des pièces, et il comprit que c'était pour ne pas le regarder. Lui aussi savait qu'ils n'étaient pas censés se regarder, mais c'était la seule chose qu'il eût envie de faire. Rester assis là, à la regarder.

Distraitement, elle essayait de faire entrer une pièce ici ou là. Je crois que ça va là, dit-il, et il guida sa main vers sa place évidente.

Je ne suis pas douée pour les puzzles.

Ce n'est pas la forme de la pièce qui compte, lui dit-il en en tenant une autre en l'air. Ce sont les espaces vides. Ceux qu'il faut remplir. Comme là, vous voyez ?

Ils s'y attelèrent ensemble, et quand ils eurent fini, il remarqua : C'est pas mal, non ? En bas, le puzzle disait : *Le calme et le silence.* Il faillit en rire, parce qu'une ferme, c'était tout sauf ça. Il n'y avait aucune vérité dans cette scène pittoresque. Ce n'était qu'un chapitre parmi d'autres du grand conte de fées qu'était l'Amérique. Si on voulait voir une vraie ferme, il faudrait des fermiers ruinés et alcooliques, des animaux affamés craignant pour leur vie. Il faudrait des épouses amères, des enfants au nez morveux et des vieux brisés après avoir donné leur cœur et leur âme à la terre.

On entendait la pluie couler dans les gouttières et éclabousser le rebord des fenêtres. Elle se tourna pour la regarder.

C'est le déluge, dit-il. Uniquement pour dire quelque chose.

J'adore le bruit qu'elle fait. J'adore une bonne averse, pas toi ? Parfois, j'ai envie d'aller courir dessous.

Il sourit. Moi aussi. Ça m'est arrivé de penser la même chose.

Comme si elle s'apercevait soudain qu'elle était toujours en robe de chambre, elle se leva, emporta son assiette dans l'évier et se mit à la récurer. Je t'assure, je ne sais pas ce qui ne tourne pas rond chez moi.

Il regardait les os de son dos. C'est à cause de la pluie. Ça arrive, les jours de pluie.

Elle secoua la tête comme s'il ne comprenait pas, comme s'il ne pouvait absolument pas savoir quel était son problème.

Il la rejoignit, lui prit l'assiette des mains et la reposa délicatement. Vous allez la casser.

Quand elle se retourna, elle pleurait pour de bon. Il la tint dans ses bras, et elle s'accrocha à lui comme une enfant apeurée. Alors que la pluie tambourinait, ils restèrent ainsi dans la vieille cuisine de sa mère, sans bouger, sans bouger.

Toutes les choses cessent d'apparaître

1

L'université, un ancien séminaire établi en 1879, surplombait l'Hudson sur deux cent quarante hectares de rivage herbeux. La plupart des bâtiments avaient été construits en galets gris pâle, mais des annexes de style brutaliste avaient été ajoutées dans les années soixante, sous forme de longues structures en béton aux fenêtres rectangulaires. L'ensemble dégageait une impression d'anachronisme dissonant. Du petit kiosque en bois où il se tenait, sur un promontoire au-dessus du fleuve, George se rappela le tableau de Thomas Cole, *Fleuve dans les Catskills*, car la vue était presque exactement identique. En un peu plus d'un siècle, ce paysage n'avait pas beaucoup changé. Mais en amont, autour de Troy et de l'usine General Electric à Schenectady, les industries s'étaient développées au bord de l'eau, avec leurs quantités monstrueuses de déchets et de PCB. Il dut se demander s'il était encore possible de considérer le paysage de Cole avec le plaisir innocent du XIXe siècle, dès lors que l'environnement avait été corrompu – et avec lui le regard du spectateur.

Sa femme lui reprochait d'être trop analytique. C'était l'effet de l'école doctorale, l'esprit critique qui demeurait après le troisième cycle universitaire. Son incarcération avait pris fin, mais comme avec la plupart des détenus d'un genre ou d'un autre, l'expérience l'avait transformé. Sans doute avait-il acquis quelques regrettables habitudes. Il avait beau admirer le panorama devant lui, il ne se sentait pas touché à un quelconque niveau spirituel, contrairement à Thomas Cole. Mais après tout, qu'est-ce qui avait le pouvoir de l'émouvoir ainsi ?

Les bateaux de l'équipe d'aviron étaient de sortie, glissant rapidement sur l'eau, leurs rames se mouvant dans un ensemble parfait. Il ne put s'empêcher de penser aux rameurs d'Eakin, à leurs dos larges et musculeux, aux ondulations à la surface du fleuve. C'était le début du mois de septembre, une journée grise et chaude, à l'air imprégné d'une odeur de pluie. Il consulta sa montre et se dirigea vers Patterson Hall, le bâtiment abritant le département d'histoire de l'art et fief de son directeur, Floyd DeBeers. Les étudiants, arrivés la veille, traversaient la place centrale, les bras chargés de ventilateurs et de lampes, leurs mouvements contrôlés, presque procéduraux, alors qu'ils consultaient leur feuille de route, les sourcils froncés, l'expression faussement confuse.

En gravissant l'escalier dans ses mocassins neufs, George rencontra deux femmes, l'une qui montait, l'autre qui descendait, toutes deux vêtues de robes assez longues et de sabots, tenant des dossiers sous le bras. Il régnait une atmosphère affairée, pensa-t-il. Il parcourut un couloir vers le secrétariat du département, une pièce octogonale aux hautes fenêtres, et se retrouva face à un bureau vide encombré d'une espèce de bric-à-brac automnal qui lui évoqua l'école primaire – feuilles jaunies, citrouilles miniatures, un bocal plein de tournesols –, et une plaque indiquant *Edith Hodge, secrétaire du département*. Mais la secrétaire n'était pas à son poste.

C'est vous, George? appela DeBeers depuis son bureau, son fauteuil couinant et grinçant.

George passa la tête dans le bureau. Bonjour, Floyd.

Entrez. Fermez la porte.

DeBeers se leva et lui tendit la main. Plus grand que George, massif et négligé, il portait un costume marron froissé et inélégant, saupoudré de cendres. Ses cheveux gris terne, hâtivement attachés en catogan avec un élastique, lui donnaient l'apparence d'un sénateur dissolu.

Jolie vue, dit George, remarquant le fleuve au loin.

L'un des avantages d'être directeur. Ce bureau est la seule raison pour laquelle je fais ce misérable boulot.

Il lui adressa un sourire et lui fit signe de s'asseoir. Pour tout vous dire, c'est votre chapitre sur Swedenborg qui vous doit d'être là. Il rougit presque, puis admit : Nous avons quelques adeptes ici.

George sourit. Même s'il était content, bien sûr, il trouvait troublant et un peu comique que son bref chapitre sur Emanuel Swedenborg ait constitué un facteur décisif. En réalité, c'était la partie de sa thèse qui lui avait causé le plus de difficulté. Le sujet en était le peintre George Inness, et l'évolution de ses paysages au fil des années, de reproductions chargées et méticuleuses de la nature, telles que définies par l'école de l'Hudson, à des représentations transcendantales d'un paradis américain. Vers la fin de sa carrière, Inness avait été influencé par Swedenborg, un philosophe suédois du XVIIIe siècle qui, entre autres talents, se prétendait extralucide. *George Inness et le culte de la nature*, tel avait été le titre assez malin choisi par George, même si son directeur de thèse n'avait pas goûté l'ironie. Si George avait repris certaines idées de Swedenborg, il estimait que sa prétention à pouvoir communiquer avec les anges et les esprits relevait du délire d'une personne souffrant d'un trouble mental non diagnostiqué. Le philosophe était mort depuis un siècle quand Inness l'avait découvert – ainsi que l'avaient fait William Blake et William James –, mais son influence sur le peintre avait été plus profonde, jusqu'à atteindre cet endroit trouble à l'intérieur. Lorsqu'il s'était finalement fait baptiser dans l'Église swedenborgienne de la Nouvelle Jérusalem, Inness avait largement dépassé les quarante ans. Pour George, c'était l'exemple type du comportement obsessionnel d'un homme en crise de la quarantaine. Il n'avait pas l'intention de le dire à DeBeers, qui peut-être menait une bataille similaire.

Nous organisons même des séances de spiritisme de temps en temps, dit DeBeers, semblant à moitié sérieux. Il faudra vous joindre à nous un jour.

Ça pourrait être amusant, mentit il. Mais je dois vous prévenir – je suis un sceptique invétéré.

DeBeers rit avec assurance, comme s'il acceptait le défi. Moi aussi, j'étais sceptique autrefois. On ne pouvait me convertir à rien. Vous savez à quoi je croyais? Aux complots. J'avais l'impression que tout ce qui n'allait pas dans ma vie était à mettre sur le compte d'un plan sournois visant à me détruire. C'est ainsi que je vivais ma vie, vous imaginez? À attendre. Attendre. Toujours attendre. Dans la terreur! Et quelque chose a fini par arriver : j'ai perdu ma femme.

Je suis désolé de l'apprendre, dit George.

Elle était, eh bien – nous avions un lien spécial. Je ne crois pas que je connaîtrai encore une fois ce genre d'amour. Il lança un regard d'excuse à George. J'en suis à ma troisième épouse, vous savez.

Non, je l'ignorais.

Connie était la deuxième – l'amour de ma vie. C'était une relation unique, comme on n'en vit qu'une fois. J'étais comblé.

Ça paraît merveilleux.

Ça l'était. DeBeers hocha la tête, momentanément distrait par quelque chose sur son bureau. Quoi qu'il en soit, la perdre – sa mort – m'a amené à réfléchir aux grandes questions – à la vie et la mort, l'au-delà, toutes les possibilités.

Je ne suis pas sûr qu'il y en ait.

Vous êtes un réaliste, n'est-ce pas? Quelqu'un qui doit voir pour croire. Je me trompe?

George secoua la tête. C'est probablement vrai.

DeBeers s'adossa à son fauteuil bruyant, joignant les mains sous son menton. Alors, expliquez-moi. Comment un agnostique cynique tel que vous finit-il avec un swedenborgien comme Inness?

C'était un grand peintre. Un grand peintre *américain*. J'ignorais tout ça avant de commencer ma recherche. Je n'avais même jamais entendu parler de Swedenborg. Donc, non, ça n'a eu aucune influence sur mon choix de travailler sur Inness.

Eh bien, dans ce cas, c'est peut-être lui qui vous a choisi. DeBeers sourit, très content de lui.

C'est une façon de voir les choses.

Je suppose donc que vous n'êtes pas un homme de foi. Vous n'êtes pas – il hésita – ouvert à la foi?

George se contenta de regarder DeBeers.

Je vivais à Boston, poursuivit son interlocuteur. Il y a longtemps. J'étais comme vous. Un intellectuel. Si on ne peut pas le prouver, ça n'existe pas. Puis ma femme est tombée malade, et aussitôt après – il claqua des doigts – elle était morte. Un ami m'a emmené dans cette église, une branche swedenborgienne, et j'ai commencé à lire cette littérature, tout ce qu'il a écrit sur le paradis. J'ai trouvé ça, disons... réconfortant. En réalité, c'est une très belle philosophie. Elle parle d'amour, plus que toute autre chose. L'intense amour de Dieu.

DeBeers lui lança un coup d'œil comme pour évaluer sa réaction. Si George avait appris quelque chose en travaillant avec Warren Shelby, c'était à garder ses opinions pour lui. Il avait l'habitude de rester parfaitement impassible.

Nombre de mes questions ont trouvé des réponses, poursuivit DeBeers. Ma vie a commencé à avoir davantage de sens, une direction plus claire. Quelques mois plus tard, elle m'est apparue sous la forme d'un esprit.

Votre femme?

DeBeers sortit un mouchoir, s'essuya le visage et se moucha, avant de le replier et de le ranger dans sa poche, examinant George avec attention. Elle était parfaitement réelle. J'ai tendu la main comme pour la toucher. Elle était si vivante, si légère – si pleine d'amour... Sa phrase resta en suspens alors qu'il cherchait une cigarette. Je sais ce que vous pensez. Et croyez-moi, je le comprends. Parce que, avant que cela ne se produise, j'étais un homme différent... Il s'interrompit, secouant la tête. Très amer.

George remua sur sa chaise, plus qu'un peu mal à l'aise. La conversation prenait un tour malheureux, mais il lui était impossible de se lever et de s'en aller. Cet homme était son patron. Il croisa les bras.

Vous êtes amer, George?

Amer? Non, je ne dirais pas ça. Il se sentit légèrement vexé. Il avait une belle épouse, une fille, un avenir universitaire prometteur. Pourquoi devrait-il être amer?

J'étais comme vous à l'époque, dit DeBeers. J'étais amer, cynique. Une personne qui ne croyait en rien.

Eh bien, à vous entendre, ça ressemble à une condamnation.

Elle m'est apparue, George. Je l'ai vue aussi distinctement que je vous vois. Il secoua la tête avec une stupéfaction renouvelée. Je ne suis plus le même depuis.

Que pouvait-il répondre à cela? Dans l'esprit de George, l'occulte – les histoires de paradis, de fantômes, d'extraterrestres et autres – entrait dans la même catégorie que la religion, une longue litanie de conneries relatives aux choses de la vie difficiles à expliquer. À en juger d'après le teint de DeBeers, la vision de son épouse défunte avait aussi bien pu être une hallucination alcoolique.

George s'éclaircit la gorge. Je dois croire qu'on peut trouver une explication à presque tout.

Oui, oui, je sais bien. DeBeers tendit le bras derrière lui pour attraper un livre, un volume fatigué, aux pages disjointes et à la reliure craquée par l'usure. Tenez, ça vous aidera peut-être. C'était *Le Ciel, ses merveilles et l'Enfer, d'après ce qui a été vu et entendu*, de Swedenborg. La couverture, représentant un ciel bleu délavé et de gros nuages, était marquée de ronds de café et de brûlures de cigarettes. Gardez-le.

Merci, dit George, qui n'avait aucune intention de le lire.

Nous pourrons en discuter un jour.

Bien sûr. Rien n'aurait pu lui causer davantage d'effroi.

Ce qu'il faut comprendre, poursuivit DeBeers, c'est que la mort fait peur. Les gens ne parviennent pas à accepter le fait que dans la mort on paie pour ses péchés.

Je n'en suis pas si sûr, dit George. Qu'on paie.

Oh, si, pas de doute là-dessus.

George secoua la tête, refusant d'y croire. La mort était la mort, et on pourrissait dans la terre. Les questions relatives à l'au-delà ne servaient qu'à alimenter les journaux à sensation et les talk-shows.

La mort était absolue, définitive, et pour quelqu'un comme lui, ces qualités particulières constituaient ses principaux attraits. J'imagine qu'on ne le saura pas avant d'y être.

DeBeers esquissa un sourire agacé, comme si George était trop superficiel pour soutenir la discussion. Ce n'est guère surprenant chez Inness, dit-il. Il y a quelque chose dans son œuvre qui va au-delà de la simple observation. Une sorte de connexion spirituelle.

La beauté dépend de ce qu'on ne voit pas, le visible de l'invisible. George cita le peintre.

L'âme voit ce qui échappe au regard, affirma DeBeers.

C'est l'idée, acquiesça George, bien qu'il n'en eût toujours pas une grande maîtrise. Il développa néanmoins, Inness peignait de mémoire, c'est-à-dire qu'il ne peignait pas ce qu'il voyait, mais ce dont il se souvenait. Ce n'est pas la même chose. Il croyait que la mémoire était un prisme permettant de voir l'âme. Ce ne sont pas tant les détails qui importent – les veines d'une feuille, par exemple – que le détail *implicite*, tel que la lumière changeante, le vent, le paysan solitaire au loin, la sensation qu'il se passe autre chose, qu'il existe une possibilité plus profonde…

Dieu, bien sûr.

Oui, admit George. Dieu.

Ils restèrent un moment silencieux.

Il ne peignait pas l'expérience, reprit George, mais l'essence de l'expérience. Les nuances du lieu. La révélation telle qu'elle existe dans un moment singulier, un après-midi particulier. Les perturbations ordinaires dans la nature – l'orage qui menace, le vent dans l'herbe, une aube – acquièrent des dimensions poétiques. On regarde ses toiles ; à leur tour, elles nous happent. Inévitablement, elles suscitent une réponse émotionnelle. C'est là le génie d'Inness.

Tout à fait, dit DeBeers, apparemment satisfait du discours passionné de George. L'essence de l'expérience, ça me paraît juste. L'air songeur, il prit son sachet de tabac, en pinça des brins entre ses doigts pour remplir sa pipe et l'alluma, gonflant les joues comme un joueur de trombone avant d'exhaler un riche nuage de fumée.

Inness vivait à Montclair, dit DeBeers. J'ai grandi dans la ville d'à côté, à East Orange. Évidemment, à mon époque, j'avais un parking en guise de jardin, tandis qu'il avait sûrement une vue sur un champ et une clôture en pierre. J'habitais dans une rue de maisons mitoyennes. Les maisons mitoyennes d'East Orange, dit-il, comme s'il introduisait un nouveau sujet important. Elles avaient des couleurs de crèmes glacées : pistache, café, chocolat. Une fois encore, il secoua la tête. Ma mère réchauffait de la soupe en boîte. Velouté de champignons, de céleri – elle a toujours aimé servir de la soupe avant le plat principal. Elle devait trouver ça distingué. Jamais je n'oublierai le goût de cette soupe, sa texture filandreuse, et quand j'y pense, je revois instantanément ma mère dans son tablier, bâtie comme un tronc d'arbre, je revois les cigarettes, le gâteau acheté sous vide qu'elle affirmait avoir fait elle-même, la housse en plastique sur le canapé. Il réfléchit un instant. Cette soupe, c'est l'essence de mon enfance. Pas étonnant que je sois fan de Warhol.

George sourit, mais fut incapable de partager un souvenir d'enfance. Franchement l'essence de son enfance lui échappait. Une *perte*, voilà le mot qui lui venait à l'esprit, bien que rien de dramatique ne se fût jamais produit. Il se rappelait seulement un malaise, une angoisse. Ses parents, peu portés sur la communication, lui expliquaient rarement les choses. En conséquence, étant fils unique, il se sentait mis de côté. Malvenu, même. Il se rappelait leur porte qui se fermait, les voix étouffées derrière. Et souvent, lorsqu'il entrait dans une pièce, interrompant leur conversation, ils le regardaient avec des yeux implorants, comme s'il était un inconnu. Qu'est-ce qu'*il* fait là ?

Qu'en est-il de vous, George ?

Pardon ?

Quelle est votre essence ?

George sourit. Je n'en ai pas la moindre idée.

Eh bien, vous êtes sur le territoire d'Inness à présent, donc je ne doute pas que vous le découvrirez. Son directeur le regarda d'un air entendu, puis se leva. L'investiture était terminée.

Ses talons claquant sur les sols étincelants, Edith Hodge l'emmena jusqu'à son bureau, tout au bout d'un couloir perdu percé de grandes baies vitrées, veillant à le précéder de quelques pas, ses cuisses gainées d'un collant produisant un froissement assez similaire, aux oreilles de George, au bruit d'un ongle sur un tableau noir. Elle tenait un trousseau de clés dans son poing, comme une gardienne de prison. Le bureau avait une vue sur la cour, une table de travail sur laquelle étaient posées une machine à écrire Selectric IBM et une petite lampe en étain, avec un abat-jour en verre de couleur verte – ça lui convenait parfaitement. Sur la demande de la secrétaire, il puisa des copies de son programme dans son attaché-case et les lui tendit. Elle renifla – de manière hautaine, pensa-t-il – et leur jeta un regard dépourvu d'intérêt, pour souligner, s'il en était besoin, son statut subalterne au sein du département. On s'en contentera, dit-elle, avant de s'en aller.

Il resta assis pendant un moment, à regarder les arbres dans la cour, commençant à assimiler le fait qu'il avait déjà investi dix ans dans une carrière qui débutait seulement maintenant. Et il trouvait formidablement ironique que sa thèse fût tombée entre les mains d'un adepte de Swedenborg. Il se sentait un peu gêné en se remémorant leur conversation, et la fin de leur entretien lui laissait un sentiment mitigé, les longs silences, l'expression de magnanimité affichée par DeBeers, comme s'il savait quelque chose le concernant, quelque vérité préjudiciable, mais avait le tact de ne pas le mentionner.

À New York, le parking de Harlem où il garait sa voiture lui coûtait presque aussi cher que son loyer, mais il aimait bien le gardien jamaïcain, Rupert, qui lui vendait de l'herbe. Il allait souvent se défoncer chez lui. Catherine n'en savait rien. La femme de Rupert était originaire de Louisiane et parlait créole ; il avait du mal à la suivre.

Le jour supposé de sa soutenance, marqué depuis des mois par un grand x rouge sur le calendrier de sa femme, il était allé chez Rupert. Catherine ignorait, parce qu'il ne le lui avait pas dit, que son évaluation avait été repoussée, après que Warren Shelby, son directeur, se fut déclaré insatisfait de sa dernière version. Certes, George n'avait pas tenu compte de ses suggestions : il aurait dû montrer en quoi le peintre avait été influencé par les affirmations de Sweden-borg selon lesquelles nous vivons en permanence dans un monde spirituel et qu'il existe une relation entre les niveaux spirituel et corporel de l'existence, et de là se demander si Inness avait révélé par la peinture – par l'utilisation de couleurs spécifiques correspondant à des caractéristiques célestes telles que la sagesse, la vérité, l'amour – l'amour de Dieu et le sens profond de la vie.

Pour George, la découverte qu'Inness adhérait à cette règle divine, que Dieu était bel et bien sa muse, était difficile à accepter. Aussi avait-il refusé de révi-ser le chapitre dans le sens préconisé par Shelby et avait-il fourré le manuscrit dans un tiroir en tentant de ne plus y penser.

Apparemment, DeBeers était convaincu que ladite thèse avait réussi son examen de passage ; George n'avait pas jugé utile de le détromper, ni lui ni personne d'autre d'ailleurs. Évidemment, il avait eu l'intention de décrocher son doctorat avant le début du semestre. Un espoir sincère, qui ne s'était pourtant pas encore concrétisé.

Il n'était pas rentré chez lui ce soir-là, préférant rester avec Rupert, sa femme et leur belle voisine, à qui il avait fait l'amour sur le canapé, sous la lumière vive reflétée par la fenêtre, tandis que la pluie éclaboussait l'issue de secours et couvrait la voix de Lou Rawls sur la platine. *You'll never find… as long as you live… someone who loves you tender like I do.* La pluie l'avait réveillé avant l'aube. La voisine était partie. Avant de quitter l'appartement, il avait jeté un coup d'œil à Rupert et sa femme endormis, enlacés, et avait été frappé par l'amour vrai qu'ils avaient trouvé l'un en l'autre.

Il s'était fait tremper en rentrant chez lui sur les trottoirs déserts. Dans les vitrines sombres, il avait vu un homme marcher à côté de lui. C'était seulement en s'arrêtant pour lacer sa chaussure qu'il avait reconnu, dans la silhouette anonyme, son propre reflet dépenaillé.

Chez lui, sa femme avait pleuré dans ses bras. Pourquoi tu ne m'as pas appelée ? Je suis restée coincée ici, à t'attendre toute la nuit. Je ne m'en sortirai pas toute seule.

Il lui dit qu'il était allé fêter l'événement avec des gens du département. Elle le crut et se leva pour lui préparer son petit déjeuner.

Il avait menti. Il lui mentait tout le temps. Il ne savait pas pourquoi. Peut-être pensait-il qu'elle le méritait.

Leur histoire était si affreuse et prévisible qu'il tentait de ne pas y penser. Il s'efforçait de faire semblant d'aimer Catherine, et il imaginait qu'elle faisait la même chose de son côté. Ils étaient des gens respectables. Si bien qu'ils étaient maintenant respectables et malheureux, tout à fait comme leurs parents.

Dans notre famille, on agit, on ne se plaint pas, lui avait dit la mère de Catherine lors de leur première rencontre. Ils l'avaient planté sur le canapé du salon pendant que sa fiancée enceinte préparait artistement un plateau de crackers tartinés de fromage. Après deux eaux-de-vie d'abricot, sa future belle-mère l'avait pris par la main pour lui faire faire le tour du propriétaire, trottinant devant lui comme un poney miniature. Il y avait quelque chose d'à la fois touchant et humiliant dans ce spectacle d'une femme mûre serrée dans sa gaine, exhibant les pièces de sa maison, les dessus-de-lit décorés de tulipes et la moquette épaisse, comme s'il était un concurrent de jeu télévisé et devait choisir. Keith, son mari, un ouvrier au visage rougeaud, était resté assis sur un pouf et regardait George d'un air perplexe, comme s'il avait besoin d'un traducteur. Il était pareil à une cannette de soda secouée, songea George, prêt à exploser à la moindre occasion. Ils étaient de digne ascendance écossaise, l'avait assuré Mme Sloan. Ménagère énergique, loyale et économe, elle tenait son foyer comme personne. En récompense de son labeur, elle avait droit à un dîner dehors par mois et une voiture neuve tous les dix ans. Il se souvenait de s'être demandé si Catherine finirait par se transformer en une version d'elle plus jeune, et avait supposé que oui. À l'époque cette prise de conscience l'avait rempli d'un sentiment d'effroi. Sa sœur, Agnes, avec son fonctionnaire de mari et sa rivalité agressive à l'égard de sa sœur, vivait dans l'ombre domestique de leur mère. Ils avaient même acheté un pavillon près des parents, dans un lotissement inachevé. La première fois que George l'avait vue, ses chaussures prenant l'eau dans le carré de jardin boueux, il avait songé : Putain, au secours ! Mais il avait dit : Bel endroit, Agnes. Félicitations. Je suis sûr que vous serez très heureux ici.

Pour George, le bonheur était une émotion obscure. La vraie joie, telle qu'imaginée dans les grands livres, était encore plus incompréhensible. Il se revoyait, enfant, déambuler dans les salles d'exposition de son père, où il essayait tous les différents canapés et fauteuils en posant les pieds sur les tables basses. Chaque salon avait un nom sophistiqué : Province française, Oasis urbaine, *Country* classique, Confort rustique. Un jour, il avait demandé à sa mère pourquoi ils n'avaient pas ces mêmes meubles chez eux. Ce n'est pas notre genre de mobilier, lui avait-elle répondu. Quand il avait demandé pourquoi, elle avait dit : Nos magasins fournissent les gens ordinaires, pas les gens comme nous.

S'il était menteur, alors Catherine était faite pour lui. Elle choisit de nier la vraie nature de George comme sa mère l'avait fait, trouvant des excuses logiques à des actes illogiques, ou des raisons raisonnables à un comportement déraisonnable, allant parfois jusqu'à se reprocher ses échecs à lui. Pauvre George ! Il était épuisé, surmené, stressé – il a seulement besoin de repos, et qu'on le laisse tranquille ! Et George ne manquait jamais d'exploiter leur méprise.

Sa femme avait épousé une version imaginaire de lui, un type plus affable et plus policé, un mari et un père dévoué. Leur union remplissait également un contrat tacite avec leurs parents. Pour Catherine, la grossesse et le mariage l'avaient fait passer de la classe moyenne inférieure, avec sa rage et son énergie, à un statut dans lequel l'autosatisfaction était souvent confondue avec le bien-être. De son côté, il avait pris une épouse, comme tout homme se devait de le faire, dont la beauté attirait une attention polie, qui était assez intelligente pour soutenir une conversation dans un dîner, qui savait tenir une maison.

Ils avaient tous deux fait ce que l'on attendait d'eux.

Il rentra à la maison en filant sur les petites routes désolées, incapable de résister à la griserie de la vitesse, au vent dans ses cheveux, à la sensation de liberté – les flics étaient rares dans le coin. Les seuls obstacles étaient en général de gros camions ou des pick-up brinquebalants, des hommes revenant du boulot sans se presser et balançant des cannettes de bière vides par les vitres. Mais là, il n'y avait absolument personne en vue. C'était la fin de l'après-midi, à cette heure indécise qui peignait la route en trompe-l'œil. Conduisant sans prudence, bien au-dessus de la limite, il gardait les yeux braqués, comme s'il défiait son propre destin, sur l'horizon, où en cet instant la lumière, l'obscurité, la terre et le ciel offraient un équilibre parfait, en ce qu'Inness aurait appelé une composition idéale, une frontière vague et subreptice où toutes les *choses* cessaient d'apparaître.

La première fois qu'il la vit, ce fut à la ferme ovine. Elle sautait de l'arrière d'un pick-up. C'était en septembre. Il était sorti courir. Sa femme lui avait demandé de passer à la ferme en rentrant pour acheter des yaourts et du fromage, vendus aux voisins et aux touristes dans une cabane en bois. Un système fondé sur la confiance : on était censé mettre de l'argent dans la boîte à cigares après s'être servi dans la glacière. Apparemment, la fille travaillait là. George les regarda décharger quelques moutons et les emmener vers le pâturage. Ce n'était qu'une gamine. Des cheveux noirs comme sa mère, le teint pâle, et un sourire méchant qui s'étirait comme le capuchon d'un serpent charmé. Avant même qu'elle ne dise quoi que ce soit, il sut qu'il ferait sa connaissance et que cette rencontre serait désastreuse.

Salut, dit-elle. Je suis Willis.

Elle vivait avec les autres journaliers dans une pension derrière l'auberge, une sorte de longue grange avec un porche en bois devant et une rangée de fenêtres en haut. Quand le soleil donnait à plein sur les stores jaunes, la bâtisse ressemblait à ce que Hopper aurait pu peindre au début de sa carrière – une scène au charme presque nostalgique, d'une simplicité rustique. Plus tard dans la semaine, parti courir au crépuscule, il la revit, traversant le champ entre la ferme et la grange sur ses jambes grêles, les épaules tombantes, les yeux braqués vers le sol, les mains dans les poches, dans l'éclat chaud du soleil qui commençait à tomber derrière les arbres. Le son d'une radio lui parvenait d'une chambre. Il la regarda disparaître dans le bâtiment et, un instant plus tard, vit des rideaux glisser devant une fenêtre au premier étage, une lumière s'allumer. Il commençait à faire froid. Il descendit la route, bordée de chaque côté de vastes champs. Des pins sombres bruissaient sous le vent comme des femmes en jupes à crinoline. Un pick-up passa, ses phares allumés.

La maison était illuminée. Sa femme préparait une tarte. Des pommes jaunes coupées en quartiers brunissant dans un bol. Des livres de cuisine empruntés sur la table. Catherine en tablier, les cheveux attachés. Finie la New-Yorkaise, elle était devenue femme d'intérieur. Elle étendit la pâte au rouleau, les bras nus, minces, dans un chemisier blanc sans manches. En la regardant à cet instant, il ressentit de la chaleur, du désir, même. Il se demanda pourquoi il ne l'aimait pas plus.

Il l'embrassa et elle le repoussa. Tu es froid.

Ça sent l'automne, dit-il. Je vais faire du feu.

Il la laissa seule et alla à la grange chercher la hache. Quelqu'un avait abattu et débité un arbre, dont les morceaux jonchaient le sol couvert d'éclats de bois. Il redressa une bûche et la fendit en deux. Le maniement de la hache ranima quelque pulsion primale, et il apprécia l'exercice, le poids de l'outil dans ses mains. Quand il eut coupé suffisamment de bois, il l'empila contre le porche. Il sentait les muscles dans ses bras. Il avait conscience de son corps, de sa force. L'air sentait la terre. Il faisait presque nuit lorsqu'il eut fini.

La grange, vieille de deux cents ans, était pleine de créatures et de reliques du passé – une cuvette de W.C., des éviers, un tracteur cassé et des chaises branlantes en métal, mouchetées de chiures de chauves-souris. Au moment où il replaçait la hache sur son support, un chahut dans les chevrons le fit sursauter – une chouette effraie qui s'enfuyait.

Dans la maison, il fit un feu. Les fenêtres du salon s'étaient obscurcies. Il resta dans le noir à contempler la flambée en pensant à la fille. Il la désirait déjà ; il sentait un lien.

Derrière lui, il entendit Catherine approcher. Elle lui prit la main, et ils s'abandonnèrent brièvement à quelque fragile idée d'harmonie pendant que les flammes dévoraient le bois centenaire.

Le lendemain après-midi, il croisa la fille à la bibliothèque. Franny et lui se trouvaient à l'accueil, en train de rendre une pile de livres illustrés. La fillette remplissait sa tâche avec beaucoup de sérieux, intriguée par la mystérieuse fente dans le mur qui engloutissait les livres comme une bête affamée.

La fille s'approcha et tira sur la couette de Franny.

L'enfant pouffa de rire et demanda : Comment tu t'appelles ? Moi, c'est Franny.

Willis, répondit-elle, calant ses livres sous son bras et tendant la main. Au cas où vous auriez oublié.

Non, je n'ai pas oublié.

Sa main était petite et chaude. Elle portait un T-shirt Elvis Costello, un short en jean et des boots d'équitation. Ses longs cheveux noirs tombaient dans son dos en boucles serpentines.

Je suis une amie d'Eddy. Comme le nom ne lui disait rien, elle ajouta : Eddy Hale. Il bosse pour vous.

C'était l'aîné des trois frères, ça lui revenait maintenant. Quand George avait compris que les garçons qui repeignaient la maison étaient les mêmes qui avaient grandi dedans et souffert la perte tragique de leurs parents, il avait dit à Eddy : Elle ne voudra pas que vous travailliez ici si elle l'apprend. Eddy avait plissé les yeux, l'expression arrogante, et répondu : C'est bon, monsieur Clare. Si j'avais acheté cette maison, moi non plus, je ne voudrais pas savoir que les anciens propriétaires se sont suicidés.

George avait eu l'impression qu'ils étaient parvenus à un accord nécessaire, quoique bizarre, une sorte de lien fraternel. Une fois que sa femme et lui seraient complètement installés dans une routine confortable, il lui en parlerait. Tôt ou tard, elle le découvrirait forcément.

Oh, cet Eddy-là.

Oui, cet Eddy-*là*. Son ton légèrement hostile indiquait qu'elle savait que George cachait des choses à sa femme. Il se demanda ce qu'Eddy lui avait raconté d'autre.

Franny tira sur l'ourlet effrangé du short de Willis. Regarde ce que je peux faire !

Montre-moi, Franny.

Ils regardèrent l'enfant pousser un autre livre dans la fente.

Ouah, tu aides beaucoup ton papa, n'est-ce pas ?

Franny hocha la tête avec conviction. La fille sourit à George.

Sans qu'il sache pourquoi, son cœur battait fort. Je vous ai vue derrière l'auberge, dit-il.

C'est seulement un job d'été – je suis à l'UCLA. Elle repoussa les cheveux de son visage. Je prends une année sabbatique pour me trouver.

Vous êtes perdue?

Elle sourit benoîtement. J'essaie juste de démêler des trucs.

Quels trucs?

Où est ma place dans toute cette…

Cette…?

Cette vie, idiot.

Eh bien, bonne chance. J'espère que vous trouverez ce que vous cherchez.

Merci. Elle marqua une pause, semblant se recentrer, se redresser, puis l'examina aimablement. Vous venez souvent ici?

Oui, assez. J'aime la clientèle.

Moi aussi. La plupart sont morts. Elle passa ses livres sur l'autre bras. Elle lisait Keats, Blake.

Je vois que vous appréciez les choses sérieuses. Pas du genre à mettre de l'eau dans votre vin.

C'est vrai. Je le préfère pur.

Tant que ça ne vous monte pas à la tête.

Je suis solide.

Ils flirtaient. C'était amusant, songea-t-il.

Elle sourit et brandit le Blake. J'ai suivi un cours sur lui l'année dernière. *Le Mariage du Ciel et de l'Enfer.* Vous connaissez?

Trop bien, répondit-il, mais elle ne perçut pas le sarcasme. Il examina son visage, son petit nez constellé de taches de rousseur.

Mieux vaut un mal actif qu'un bien passif. Elle citait Blake.

Il fait là une remarque judicieuse, dit George. Mais ces temps-ci, le mal peut être très effrayant.

Je sais. Et le monde en est plein. Elle leva lentement les yeux et dit : Le mal, je connais.

Vous êtes une sorcière?

Elle sourit. Et si c'était le cas?

J'espérerais pouvoir faire un tour sur votre balai.

Je parlais de mon enfance malheureuse.

Oh, dit-il doucement. Je vois. Il attendit qu'elle poursuive.

Quand je vous connaîtrai mieux, je vous raconterai.

Vous m'avez ouvert l'appétit. Il sourit et elle lui sourit en retour, confirmant plus ou moins leur accord tacite.

Quoi qu'il en soit, l'un ne va pas sans l'autre, dit-elle, balayant ses cheveux sur son épaule. Le bien sans le mal, je veux dire.

Nous ferons une belle paire, alors.

J'espère que vous n'êtes tout de même pas trop vertueux.

Ce serait décevant, acquiesça-t-il.

Parlez-moi de vos compagnons. Elle désigna de la tête leur sac de livres. Ton préféré, c'est *Bonsoir, lune* – je me trompe, Franny?

Franny secoua la tête, fourrant un autre livre dans la fente.

Et vous?

La plupart des livres que je lis ne sont pas disponibles ici.

Vous êtes snob ?

Non, mais je lis beaucoup de non-fiction, de mémoires, de livres sur l'art. Je suis historien d'art. J'enseigne à Saginaw.

Oh, dit-elle, puis elle bâilla. Est-ce que c'est ennuyeux ?

Ennuyeux ? Il haussa les épaules, un peu vexé. Non, pas du tout.

Je n'ai pas réussi à aller plus loin que les tableaux de Jésus. Toutes ces Vierges et tous ces anges. Elle lança un coup d'œil par la fenêtre. Bon, je dois y aller. J'ai rendez-vous. Salut, Franny.

Elle se pencha et serra la main de sa fille, offrant à George une vue de son décolleté. À un de ces jours, professeur.

Oui, dit-il. J'espère bien.

Il la regarda sortir, balayée par le vent. Elle mit ses livres dans le panier de son vélo et démarra.

Papa. Franny tirait sur sa veste. Papa ! Je veux des livres !

Tu veux des livres ? Allons voir ce qu'on peut trouver.

3

Le club de tennis Black Lawn était un petit havre élitiste à l'écart de la Route 13, au bout d'un chemin de terre défoncé, bordé de chèvrefeuille et fréquenté par des dindons sauvages – il essayait toujours de s'en payer un alors qu'il fonçait sur le chemin, éraflant sa voiture. Ils se chamaillaient dans les buissons comme d'élégantes vieilles dames trop habillées pour l'occasion. C'était l'un des rares clubs aux États-Unis qui entretenait encore des courts en gazon, même si ceux en terre battue avaient plus de succès. La tenue blanche était de rigueur, bien sûr. Il y avait des cabanons en bois peints en vert bivouac et une piscine non chauffée, à la surface couverte d'aiguilles de pin, d'où l'on avait vue sur les Catskills au loin. Personne ne s'y baignait jamais, à l'exception de l'épouse suédoise d'un riche armateur, qui ne parlait pas un mot d'anglais et traversait joliment la piscine dans son bonnet de bain d'un blanc immaculé, ainsi que les chiens qui couraient en liberté dans le domaine de plus de cent cinquante hectares. Le club-house, avec ses porches et ses auvents, ancienne résidence d'authentiques aristocrates, était un peu fatigué, ce qui donnait au lieu une espèce de charme décati. Il possédait un agréable petit bar où l'on buvait un verre après les parties. Tom Braden, le pro, un type anguleux et décoloré par le soleil, l'avait enrôlé pour participer aux matchs du week-end ; avant midi, les courts étaient réservés aux hommes. Le partenaire de George – Giles Henderson, qu'on appelait Jelly – était lourd et batailleur malgré ses soixante-dix ans ; il avait les cheveux blancs, un regard rusé et implacable et une surprenante agilité sur le court, eu égard à sa corpulence. Quatre ans plus tôt, il avait liquidé sa vie à Wall Street et acheté l'auberge au bout de la route avec sa deuxième femme, Karen (prononcer *Carine*, naturellement). L'auberge était un monument historique donnant sur des hectares de pâturage. Ils avaient aussi développé une ferme ovine et étaient célèbres pour leur viande d'agneau. Quand on passait devant la nuit, on voyait des chandelles brûler dans les lanternes extérieures, comme dans les années 1800, lorsque c'était un relais de diligences sur la route d'Albany.

George et Jelly jouaient contre deux redoutables adversaires : Bram Sokolov, qui se présentait comme un fermier, et un dénommé Bob Twitchell, cardiologue à la retraite que tout le monde appelait Doc. George était un bon joueur. Après tout, c'était grâce au tennis qu'il ne s'était pas fait virer de Williams ; étudiant médiocre, il brillait sur les courts et avait même été classé sur le plan national. Sokolov et lui, sensiblement du même âge, avaient vite sympathisé.

Un dimanche après-midi, une vieille Range Rover verte remonta leur allée. C'était Bram et sa femme – Justine, se rappela soudain George. Elle était tisserande, chargée de cours à Saginaw, et ils s'étaient rencontrés le jour de son entretien. Bram, qui avait troqué sa tenue de tennis contre un pantalon large, un T-shirt usé et de vieilles Stan Smith, paraissait presque débraillé. Justine, bâtie comme une paysanne de Courbet, avait les traits épais et le genre de confiance en soi que donne le travail manuel.

Ils montèrent les marches du porche. Bram portait deux pains : une longue baguette qu'il tenait comme un fusil et une miche en forme de ballon de foot sous le bras.

Ah, bonjour, dit George. Soyez les bienvenus.

Les bonnes choses arrivent toujours par deux, dit Bram. Tu connais Justine.

Bien sûr. Il prit sa main chaude. Ravi de te voir.

Moi aussi, dit-elle. On s'est dit qu'on allait passer.

Entrez, venez prendre un verre. Catherine est en train de coucher Franny pour sa sieste.

Ils le suivirent dans la cuisine, où il trouva une bouteille de gin et des citrons verts. On a du vin, si vous préférez.

Du vin serait parfait, dit Justine.

Bram prit un gin.

George se réjouit d'entendre Catherine redescendre l'escalier.

Il m'avait bien semblé percevoir des voix, dit-elle. Quelle bonne surprise.

C'est une sacrée maison que vous avez, lui dit Justine. J'ai toujours voulu voir l'intérieur.

Ils s'offrirent un tour du salon et du bureau de George.

Ah, vous avez un piano. Tu joues?

Pas très bien, répondit Catherine.

Elle est très modeste, intervint George.

Ils l'ont laissé là, les gens avant nous.

Les Hale, précisa Justine. Pauvre Ella.

La femme de George pâlit un peu. Vous la connaissiez?

Seulement de loin. Elle était très belle.

Soudain, le silence se fit.

Et si on allait dehors? suggéra George.

Catherine sembla alors se rappeler ses bonnes manières. Oui, il y a une terrasse. Je vais aller nous chercher des choses à grignoter.

Ne t'embête pas. On passait juste dire bonjour.

Mais Catherine avait déjà disparu dans la cuisine. Ils s'installèrent sur la terrasse, dans le soleil déclinant, en attendant qu'elle apporte un plateau avec du fromage, des olives et la baguette de Bram, qu'ils coupèrent à la main. Ce pain est délicieux, dit Catherine.

Bram sourit. Ma recette personnelle.

C'est ce qu'on appelle un homme accompli, dit Justine.

C'est tout nouveau pour moi. Avant j'étais comptable, jusqu'au jour où j'en ai vraiment eu assez.

George soutint le regard de Catherine pendant un instant. Il savait qu'elle n'appréciait pas les gens qui arrêtaient de travailler quand ils avaient les moyens de le faire. On ne gagnait pas de points auprès de sa femme en étant plein aux as.

Maintenant, il écrit un roman.

Eh bien, ça c'est ambitieux, dit George. Il parle de quoi?

Je n'en ai pas la moindre idée.

Voilà qui semble prometteur.

Justine demanda : Et toi, Catherine, que fais-tu?

Je suis femme au foyer.

George détecta une note de défi. Lorsqu'elle posa le regard sur lui et sourit, il fut momentanément touché par son geste.

C'est une maman merveilleuse, leur dit-il.

Oh, c'est gentil.

Vous avez des enfants? voulut savoir Catherine.

Non, dit Justine. Je suis tisserande.

Une boutique en ville vend ses créations, dit Bram, échangeant un sourire avec elle. Elles sont très belles.

Il faudra que j'y passe, dit Catherine.

Tu n'es pas obligée d'acheter quoi que ce soit. En fait, j'aimerais bien te faire une écharpe. Quelle est ta couleur préférée?

Le bleu, je crois. Mais ça me ferait plaisir d'en acheter une.

Pas question. Justine tendit le bras et prit la main de Catherine pendant un instant. Nous allons être amies.

Sa femme rougit, les yeux brillants. J'aimerais beaucoup.

Catherine aussi est une artiste, dit George, d'un ton presque contrit. Il toussa. Elle a étudié la restauration.

Impressionnant, dit Bram.

Je ne suis pas allée jusqu'au bout. Catherine lui lança un regard. J'ai arrêté avant…

Tu veux dire que tu as arrêté la fac? l'interrompit Justine.

Eh bien, Franny est arrivée. Elle secoua la tête, gênée. Nous nous sommes mariés.

Quelle défaite, songea-t-il.

Tu pourras toujours reprendre, lui dit Justine.

Catherine restaure des peintures murales. Elle a travaillé avec des architectes célèbres.

Bon, je nettoyais leurs pinceaux, surtout.

C'est devenu une véritable niche, ajouta-t-il.

Le nettoyage des pinceaux? lança Justine.

Peindre Jésus, expliqua Catherine. George a raison, c'est devenu ma niche.

Justine et elle échangèrent un coup d'œil. Leur langage secret, pensa-t-il. Leur silence éloquent tinta à ses oreilles comme des cloches.

Tu es très croyante? demanda Justine d'un ton hésitant, comme si Catherine souffrait d'une maladie quelconque.

Nous sommes agnostiques, expliqua Bram. Enfin – Justine l'est. Moi, je suis juif.

Ce qui veut dire que nous mangeons des bagels le dimanche et de la poitrine de bœuf une fois par an, pendant les Yamim Noraïm, précisa Justine. Il la prépare très bien.

Nous sommes catholiques, dit Catherine.

En théorie, tempéra George. Je refuse de me ranger sous une quelconque dénomination.

Elle lui décocha un regard. Nous élevons notre fille dans la religion catholique.

Ce n'est pas officiel, dit-il – et comment en étaient-ils arrivés à ce sujet? Oui, c'était la dernière lubie de Catherine. Elle voulait emmener Franny à l'église; il était contre. Il avait abandonné la religion comme un costume devenu trop petit. Pendant un instant, personne ne parla, mais sa femme était manifestement mécontente. Il examina Justine et Bram, s'attendant à quelque manifestation de consternation, mais ils semblaient indifférents. Je crois que je me méfie de tout ce qui se présente sous l'étiquette *organisé*. Peut-être que je préfère le désordre.

Chéri, dit Catherine, tu sais que ce n'est pas vrai.

Il insista – il fallait que ça sorte, qu'elle l'entende. Sa dévotion aveugle n'était pas seulement gênante, elle la faisait paraître commune. Tout dépend, je suppose, de la source à laquelle on s'abreuve.

C'est vrai qu'en matière de boniment, dit Justine, il y en a vraiment pour tous les goûts.

Il s'agit d'un choix personnel, dit Catherine.

C'est bien d'en avoir plusieurs, non? Justine regarda George en face, et il eut le sentiment qu'ils étaient complices.

Qui veut un autre verre? Bram?

Le vin n'est pas froid, se plaignit Catherine.

Je vais chercher des glaçons.

Il rentra, content de profiter d'un moment seul. Par la fenêtre de la cuisine, il vit les trois autres sur la terrasse. Les cheveux de sa femme brillaient dans le soleil de la fin d'après-midi; elle les repoussa sur ses épaules et derrière ses oreilles, un geste qu'il la voyait faire depuis leur première rencontre, et qui la transformait instantanément en cette fille gauche qu'il avait draguée à Williams. Elle n'avait pas beaucoup changé. Il ne savait pas pourquoi il ne l'appréciait pas davantage.

On devrait jouer ensemble, un jour, disait Catherine alors qu'il s'approchait de la terrasse avec un bol de glaçons et deux nouveaux verres pour Bram et lui. Pour en remonter à ces messieurs.

Dans ce genre d'occasions, George voyait l'avantage du mariage. Quatre personnes parfaitement civilisées passant un après-midi ensemble. Sa femme assise là, aussi droite qu'une violoniste. Justine et Bram, qui avaient récemment découvert les bienfaits de la courtoisie, personnifiant les adultes.

Elle joue bien, s'entendit-il dire. Et c'était vrai : Catherine tenait son rang sur le court. Ils avaient joué quand ils étaient étudiants, et il se rappelait son allure en jupette de tennis.

J'adorerais, mais je suis nulle sur un terrain. Justine lui sourit alors qu'il lui tendait son verre. J'en suis réduite à des formes d'exercices plus créatives.

George ne put résister à l'envie de demander : Lesquelles ?

Le yoga, bien sûr. Désolée de te décevoir. Elle se tourna vers Catherine. Il y a des cours en ville, si ça t'intéresse. Dans le gymnase du lycée.

Ça donne à méditer, dit-il, essayant de faire une plaisanterie.

Ça te plairait, promit Justine.

Catherine sourit et hocha la tête. J'essaierais volontiers. Bien sûr.

Et toi, George ? demanda Justine.

Il aurait juré qu'elle flirtait. Je ne crois pas. Mes tendons, ou je ne sais pas quoi, sont raides comme des cordes de guitare. Ça pourrait être dangereux.

Tu n'as pas l'air raide.

Crois-moi, dit-il en levant son verre, voici la seule chose qui me détende.

Dommage. Tu rates quelque chose.

Justine va en Inde tous les ans, intervint Bram. Elle a un gourou là-bas.

Eh bien, commenta George.

J'ai toujours voulu y aller, dit Catherine.

Première nouvelle, songea-t-il.

C'est une expérience très spirituelle.

Catherine lui lança un coup d'œil et tripota le bas de sa jupe. J'ai entendu dire que c'était très sale, là-bas. C'est vrai ?

Sûrement pas là où va Justine, songea-t-il.

Oui, bien sûr, il y a de la pauvreté, dit Justine. Mais les gens sont extraordinaires. Et les paysages, les couleurs, ils vous assaillent. Les roses, les rouges et les oranges. C'est vraiment quelque chose. Chaque fois que j'y vais, je me sens, eh bien… Elle secoua la tête, comme si aucun d'eux n'aurait pu comprendre.

Tu te sens comment ? demanda George.

Comblée, dit-elle finalement.

Alors qu'elle était assise là dans la lumière vive, il remarqua ses seins, ses traits épais, ses pieds chaussés de sandales fermement plantés dans le sol. Une princesse romaine. Elle possédait un classicisme, une force et une intelligence qu'il trouvait attirants.

Regardez ce soleil, dit sa femme.

C'est ce qu'on appelle de la beauté gratuite, dit Bram.

Ils contemplèrent l'astre énorme, brillant, qui descendait derrière les arbres. Pendant un long moment, personne ne parla. Tous furent bientôt badigeonnés d'obscurité. Ce calme soudain parut sinistre, et ils se réjouirent de l'interruption bruyante de Franny dont les pas résonnèrent dans la maison vide et qui appelait sa mère.

4

Quelques semaines plus tard, Giles Henderson invita George et Bram à une séance de ball-trap. C'était une magnifique journée d'automne, tout droit sortie de *Matinée, Vallée de Catskill* d'Inness, songea-t-il en voyant les feuilles rouges embraser la cime des chênes. George n'avait pas tiré au fusil depuis des années, mais il partageait la passion bourgeoise du sport et réussit à toucher quelques cibles d'argile en vol. Ensuite, pour prolonger l'humeur vieille Angleterre de l'après-midi, ils s'installèrent dans le salon lambrissé et sombre de l'auberge, où ils burent du bourbon en fumant des cigares. Jelly était un gros fumeur, dont le visage ressemblait à une topiaire couperosée. À la surprise de George, la fille, Willis, était serveuse ici. Assise seule à une table de la salle à manger vide, elle enveloppait les couverts dans des serviettes. Elle portait une robe courte grise gansée de blanc et un tablier, son uniforme. Elle avait les cheveux retenus par une barrette et une cigarette entre les lèvres. La fumée, s'ajoutant à la lumière éclatante venant de la fenêtre, l'entourait d'une aura mystérieuse. Elle se tourna légèrement, comme si elle sentait sa présence. De profil, il vit la ligne de sa mâchoire, la pommette prononcée, la courbe de sa lèvre supérieure. Elle ressemblait à la fille de la *Jeune Orpheline au cimetière* de Delacroix, avec sa beauté évidente mais pas encore reconnue, ses yeux noirs, sa peur.

Après que les trois hommes eurent passé commande, elle leur apporta les plats sur un grand plateau rond, qu'elle tenait en équilibre sur son épaule. Il remarqua ses doigts fins et le vernis noir écaillé sur ses ongles quand elle se pencha pour poser les assiettes d'huîtres et de truite fumée au citron. Elle s'activait dans sa petite robe courte avec une arrogance brusque et mélancolique qui le fit se sentir inutile. Ils passèrent au vin, un cabernet aux notes poivrées, et en la regardant ouvrir la bouteille, une main sur le goulot vert et l'autre qui tournait le tire-bouchon, il lui sembla être témoin d'une scène sexuelle. Après quelques verres, George eut l'impression que sa façon de l'ignorer complètement recelait une signification profonde. Il la suivit dans le couloir désert en direction des toilettes.

Elle se retourna vers lui, féroce. Qu'est-ce que vous voulez?

Il fut incapable de répondre.

Je vous ai vu me regarder.

Et alors? Est-ce tellement inhabituel?

Bon, qu'est-ce que vous voulez?

Vous savez déjà ce que je veux.

C'était arrivé comme ça, se raisonnait-il. Peut-être avait-il réussi à l'embobiner. Il était plus âgé et avait de l'ascendant. Peut-être était-elle attirée par son physique, comme l'étaient d'autres femmes – ses cheveux un peu trop longs, sa barbe de trois jours. Catherine disait qu'il y avait de la noblesse dans son regard. Lui-même trouvait ses yeux marron parfaitement ordinaires. Il s'attarda à l'auberge, attendant qu'elle ait fini son service, puis ils allèrent dans sa chambre, dont le lit étroit était aussi dur qu'un cercueil. Sur la petite table, il y avait une boîte à thé qu'elle utilisait comme cendrier, une lampe d'Aladin miniature contenant de l'encens. Il s'assit précautionneusement au bord du lit et la regarda retirer ses boots. Il pensait à Catherine, se disait qu'il n'aurait pas dû être là avec cette fille, à refaire ses vieux trucs, qu'il devrait se lever et s'en aller, mais elle retira ses chaussettes, et en voyant ses pieds fins, sales, ses petites mains, il ne put plus bouger. Elle avait le visage pâle, les cheveux noirs comme une capuche et une lumière vive dans les yeux. Cesse de penser à elle, dit-elle. Puis elle l'embrassa et il lui répondit ; il sentit le goût de lait de sa bouche chaude et fut incapable de s'arrêter.

Après, ils restèrent allongés dans la petite chambre. Tout était silencieux. Il était conscient du monde de l'autre côté de la fenêtre. De l'air froid, de l'odeur de la terre, des feuilles mortes. Le soir commençait à tomber.

Tu as l'air triste, dit-elle.

Il hocha la tête, parce qu'il savait que tout était soudain différent.

C'est horrible, ce que nous avons fait.

Oui.

Elle le jaugea froidement. Il faut que tu y ailles.

Tu m'accompagnes ?

Ils pénétrèrent dans la fraîcheur des bois. Elle frissonna dans ses bras, mais sa bouche était chaude et salée. En lui dégageant les cheveux, il s'aperçut qu'elle avait le front humide et se demanda si elle avait de la fièvre. Si c'était le cas, il la lui ôterait, il l'aspirerait avec ses baisers. Les arbres remuaient au-dessus d'eux, une veillée funèbre. Ils marchèrent pendant des kilomètres.

La journée avait été comme une espèce de musique, une chanson qu'on entend une seule et unique fois et dont on se souvient imparfaitement.

Plus tard, une fois rentré, il apprécia le confort et la chaleur de son foyer. Sa femme aux fourneaux, la table mise, les marguerites dans un pichet blanc. Tout propre et à sa place, le linge plié, les lits faits. Les petites bottes de sa fille près de la porte, les pommes de pin éparpillées. Il prit un scotch, sentant qu'il en avait besoin, et Catherine joua du piano. Il regarda les muscles fins de son dos, ses épaules ravissantes, expressives. Elle jouait du Grieg, et la musique fut comme une rivière qui le ramenait vers elle. Il songea à son après-midi avec Willis, à son odeur de grand air et de terre. Elle ressemblait à un trésor qu'on découvre et qu'on nettoie, en prenant la mesure de son histoire, de ses belles tragédies. Alors que la musique se déroulait lentement, il retourna en pensée dans la petite chambre, la revit souffrir sous lui, et il éprouva une sensation d'extrême assouvissement. Sa vie était simple, glorieuse. La vieille maison remplie de musique, sa fille qui faisait semblant d'être un chat et se promenait à quatre pattes par terre avant de grimper sur ses genoux. Miaou, dit-elle, et elle l'embrassa.

Il s'était remis à voir.

Le paysage se révélait à lui. Les champs bruns. L'horizon pâle.

Elle était trop jeune pour lui. Il le savait. Mais il avait confiance en elle. Il était prématuré de dire qu'il la connaissait, pourtant il avait le sentiment qu'ils se connaissaient. Corps et âmes. Ça allait au-delà du sexe, songeait-il. C'était autre chose, quelque chose de plus profond. Il la possédait. Elle s'était donnée à lui.

Je crois que je suis amoureux de toi, lui dit-il.

240

Tu me connais à peine.

Il s'assit et l'observa. Elle était libre avec son corps et, contrairement à sa femme, se mouvait sans chorégraphie.

Le rideau blanc caressait sa cuisse tandis qu'elle se tenait, nue, à la fenêtre. Sirotant une tasse de thé. La chambre était confinée, le sol constellé de flaques de lumière moutarde; l'odeur des chevaux collait à ses bottines.

Elle parlait rarement de sa vie, de son enfance – de ce qui avait précédé leur rencontre ici. C'était une gamine, rien qu'une gamine. Seule une petite photo encadrée de Willis avec sa mère, sur la table de chevet, indiquait l'existence d'une famille. Elle datait du jour de sa rentrée universitaire, lui dit-elle. Il devait y avoir du vent, et à voir leurs cheveux ébouriffés et leur expression distraite, il paraissait évident que le photographe avait pris le cliché trop tôt, avant qu'elles ne soient prêtes.

Elle voulait être poétesse et était obsédée par Keats. Assise, nue, sur l'unique chaise elle récitait des poèmes, notamment «Les Saisons humaines», son préféré. Il la regardait dans la lumière enfumée, regardait sa petite bouche d'où sortaient les mots, le bout de ses doigts sur le livre, son dos droit, ses longues cuisses sur la chaise au cannage abîmé, ses pieds sales sur les barreaux usés. Il sentait les mots s'échapper et aimait cette sensation.

Il a son vigoureux printemps, lorsque sa pure fantaisie
Saisit en tout la beauté, simplement en étendant la main [...]

Il a son hiver, aussi, de pâle déformation,
Autrement il abdiquerait sa nature mortelle[1].

Ils faisaient des balades et s'allongeaient dans l'herbe pour contempler le ciel. Avec elle il se sentait libre ; il se sentait lui-même, bien qu'il ne sût pas qui était cet homme. Il la regardait – sa peau lumineuse, ses lèvres pleines et sombres, ses cheveux noirs – et se retrouvait perdu.

Ils buvaient parfois du vin à midi, quand sa femme le croyait à l'université. Ils faisaient l'amour, les stores tirés, au son du piétinement des chevaux dans leurs box en dessous.

Je vais quitter ma femme, lui dit-il un jour, sachant qu'il ne le ferait pas.

Non, George. Ce qui se passe entre nous ne durera pas. Ça n'a aucun sens.

Pendant un moment, elle parut supérieure à lui. Il fut incapable de la regarder. Elle se leva du lit, enfila son pantalon et ses boots. L'odeur de la grange s'accrochait à elle et, l'espace d'un instant très bref, il la méprisa.

Nous n'avons pas de passé, pas d'avenir. Rien que le présent.

Retourner à sa vie fut comme se réveiller d'un rêve troublant. Il savait qu'il aurait dû rompre, ne plus jamais la voir, que ce genre d'histoire n'était pas digne de lui. Mais il lui semblait impossible de s'arrêter désormais.

---

1. Traduction de Paul Gallimard, dans John Keats, *Poèmes et Poésies*, Gallimard, « Poésie », 1996. *(N.d.T.)*

Comment s'est passé ton jogging? demanda sa femme.

Je dépasse les dix kilomètres à présent.

Bravo.

Moi aussi, je veux courir, papa, dit Franny.

Il prit la petite main parfaite de sa fille. D'accord, on va essayer d'attraper maman.

Ils se mirent à courir dans la maison. Catherine riait pour pimenter la poursuite. Son joli visage se colora. Quand ils furent fatigués et en sueur, il fit du feu, et ils lurent des livres à Franny jusqu'au soir, quand les fenêtres s'emplirent d'obscurité et que sa femme alla préparer le dîner.

Élevage

1

Ils s'étaient rencontrés au Hampshire College, à un cours sur l'élevage. C'était une fac récente qui encourageait la libre-pensée et une curiosité intellectuelle sans limites. Les chaudes journées de printemps, ils étaient dehors sur les pelouses, le poing levé. L'hiver, ils s'entassaient dans des voitures et prenaient l'autoroute pour aller combattre la corruption partout où elle se trouvait, à Washington, Groton, Harrisburg. Ils manifestaient contre le grand capital américain, l'apartheid, la pollution environnementale, la négligence, la cupidité. Ils lisaient Emma Goldman et Kropotkine. Ils savaient devenir tout mous entre les mains des flics. Ils faisaient le pied de grue en frissonnant dans le froid et en mangeant du chili dans des tasses en polystyrène. Ils se prenaient par le bras pour former des chaînes humaines en chantant « We Shall Overcome ! ». L'anarchie, en tant que concept, était grisante. Et à travers son discours, Justine avait découvert qui elle était vraiment – une féministe, une humaniste, une agrarienne, une romantique, qui se défaisait du costume soigneusement taillé par ses parents pour découvrir ce qui brillait en dessous. Finies les fausses prétentions morales entretenues dans son l'école religieuse. Finies les tactiques d'intimidation qui accusaient son corps d'être un ennemi biologique, les classiques stratégies de manipulation qui la lançaient dans la quête désespérée d'un compagnon, quelqu'un capable d'aimer même une fille comme elle.

Telle était la vraie Justine : nature, plantureuse, poilue et odorante. Elle avait le teint pâle, des yeux sombres et mélancoliques, une longue tresse épaisse. Elle possédait cette sorte de beauté rare et picturale en apparence démodée. Ce n'était pas une femme aux fragiles appétits. Les goûts puissants lui mettaient l'eau à la bouche, les navets et les oignons encore couverts d'une fine couche de terre, les radis blancs, les betteraves qui lui tachaient les doigts, le pain chaud comme la chair qu'elle faisait de ses propres mains.

Son mari, Bram, diminutif d'Abraham, avait une certaine pureté virile, avec ses larges chemises en flanelle, imprégnées de l'odeur des moutons, ses cheveux noirs en bataille et ses yeux noirs, les livres qui tombaient de ses poches – Rilke, Hamsun et Tchekhov. Où serions-nous sans Tchekhov ? lui avait-il dit un jour. Ils faisaient l'amour dans sa petite chambre à la fac, puis elle s'asseyait dans le vieux fauteuil marron qu'il avait trouvé dans la rue, buvant du bourbon et mangeant des mandarines en écoutant *All Things Considered*. Le matin, ils traversaient le verger de pommiers pour aller chez Atkins, où ils prenaient des donuts et du café en lisant le journal. Ils étaient des amis qui étaient devenus des amants. Non, des amants qui étaient devenus des amis. Ils s'étaient mariés l'année suivante, après le diplôme, dans une ferme horticole d'Amherst. La fête s'était tenue à l'auberge Lord Jeffrey, sous une tente, puis ils étaient partis en voyage de noces en Provence. Jamais elle n'oublierait tous ces tournesols, des champs entiers de tournesols, ni le petit cinéma où ils avaient vu *Lolita* doublé en français.

Au début, Bram avait voulu être philosophe. Puis romancier. Aujourd'hui, c'était un fermier aspirant à écrire un roman. Il avait hérité la propriété d'un oncle qui l'utilisait autrefois quelques semaines par an pour la chasse. Tous deux venaient de familles aisées, mais faisaient comme s'ils n'avaient pas grand-chose – la rénovation du vieux corps de ferme était restée inachevée, avec les sols rayés, les pièces mal chauffées, peu meublées à part une ou deux antiquités hors de prix, la Range Rover verte et trapue dans la cour boueuse. Bram était fils unique. Son père était un célèbre chef d'orchestre qui avait été marié à une succession de femmes flamboyantes, dont aucune n'aimait particulièrement la musique ; ils le voyaient tous les étés à Tanglewood, où l'épouse du moment préparait des pique-niques sophistiqués dans des paniers d'osier. La mère de Bram, une peintre méconnue, était morte quand il était encore jeune, et il avait dit un jour à Justine, en une rare manifestation de vulnérabilité, qu'il ne s'en était jamais remis. La mère de Justine possédait un magasin d'antiquités à Savannah, s'étant lassée d'être psychologue, et son père était chirurgien orthopédique; elle avait deux sœurs prodiges, des jumelles, qui vivaient dans le Maine et faisaient tout par trois – trois diplômes chacune, trois maisons, trois emplois, trois enfants. Bram et Justine n'avaient pas d'enfants.

Justine avait installé son atelier dans une petite pièce, à côté de la cuisine, qui servait jadis pour les naissances. Ils élevaient des moutons et des alpagas, dont elle teignait et filait la laine elle-même dans l'ancienne laiterie de la ferme. Avec tous ces fils répandus par terre, les sols de la maison ressemblaient à des rivières de couleur. Son métier à tisser attendait près de la fenêtre, telle une confidente. Deux jours par semaine, elle enseignait le tissage et donnait un cours sur le textile à l'université. Justine, qui n'était pas particulièrement coquette, s'enorgueillissait de privilégier l'intellect plutôt que le physique, et de mépriser toute forme d'ornementation. Elle portait des jeans masculins trop larges, des chemises en flanelle et de grosses bottes, et utilisait de l'eau et du savon pour tout produit de beauté. Elle avait de grandes mains fines – des mains d'aristocrate, disait toujours son père –, mais aussi rêches et calleuses et rarement au repos. Une fois qu'elle avait fini toutes ses tâches dans la maison et à la ferme, elle tissait des couvertures et des écharpes, qu'elle vendait dans une boutique locale fréquentée par les parents extravagants de ses étudiants de Saginaw.

Justine se délectait des bienfaits simples qui l'entouraient, la table de ferme où étaient éparpillés des miettes, des grenades et des glands. Ces images étaient comme des vers de poésie, songeait-elle, et elle admirait beaucoup les poètes et les gens comme Bram, qui réussissaient à voir la beauté dans les choses ordinaires. Pour Justine, le bonheur était une bonne soupe mijotant toute la journée. Le vent qui balayait le champ et sifflait à travers les moustiquaires des fenêtres. La laine robuste qui se transformait entre ses mains. Elle aimait le visage de son mari, son odeur, le mouvement de ses cheveux qui coulaient sur son col comme de la peinture noire, mais surtout ce qu'elle ressentait quand elle était dans ses bras – la sensation d'être au chaud, d'être forte et aimée.

En plus des alpagas et des moutons, ils avaient des poules, des lapins et deux gros chiens, Rufus et Betty. Là-haut dans les montagnes, il y avait aussi des coyotes, des ours et parfois des pumas et des loups. Elle se promenait dans la propriété et s'émerveillait de sa splendeur. C'en était presque effrayant, et quand le vent soufflait fort la nuit, il réussissait parfois à ébranler sa propre petite position dans l'agencement des choses. La maison elle-même était froide. C'était supportable, mais en hiver la lumière rasante et austère ne donnait rien du tout. Les vieilles lattes en pin étaient glacées sous les pieds. Les fenêtres tremblaient dans leur cadre.

Ils étaient venus ici. C'était leur choix. Leur vie.

Elle avait entendu parler de George Clare par les canaux habituels de Saginaw. Sa femme et lui étaient les pauvres pigeons qui avaient acheté la ferme des Hale. Il passait pour un petit prodige de l'histoire de l'art. Le jour de son entretien, elle fit semblant d'ignorer qui il était lorsqu'ils se rencontrèrent dans la file à la cafétéria.

Je suis nouveau, lui dit-il. Ils se serrèrent la main, déplaçant leurs plateaux et leurs cahiers. Je commence à l'automne.

Clare était ce qu'on appelait un bel homme. Quoique légèrement décalé, déplacé – mais elle pouvait parfois être snob. Il s'était mis sur son trente et un pour son entretien – pantalon de toile, chemise Oxford blanche, nœud papillon rouge prétentieux (peut-être un nouvel accessoire censé faire impression) et un blazer en tweed dont le tissu évoquait le granola. Il avait la beauté inoffensive et inintéressante du prince de Disney qui, par un simple coup de chance, ravit toujours la fille. Par contraste avec cette image conservatrice, ses cheveux couleur pain grillé étaient longs et hirsutes, et ses lunettes cerclées de métal lui donnaient une espèce de décontraction à la John Lennon, dont elle s'aperçut qu'elle était totalement artificielle. En deux minutes, il lui avait déroulé tout son pedigree universitaire, incluant un prestigieux prix scientifique portant le nom d'un millionnaire excentrique qui collectionnait les paysages de l'école de l'Hudson. Vraiment? dit-elle, s'ennuyant déjà. Elle avait croisé des gens comme lui toute sa vie. Le genre de type sorti indemne de l'adolescence, sans trace ou cicatrice visible, sans histoire apparente.

Il se trouva qu'ils avaient plusieurs points communs, à commencer par le tennis. George fut prompt à révéler qu'il avait fait partie de l'équipe de Williams. Bram était un joueur dénué d'élégance, mais puissant et régulier. Ils jouaient en double tous les samedis, pendant que Catherine, les autres épouses et elle les regardaient, installées dans des chaises longues ou allongées dans le pré derrière les courts. Les enfants couraient pieds nus. Franny, la petite fille des Clare, s'asseyait dans l'herbe et effeuillait des marguerites puis laissait les pétales couler entre ses doigts comme des flocons de neige. Parfois, l'un des hommes poussait un juron, au grand déplaisir de sa femme ; George, en particulier, était connu pour ses mouvements d'humeur sur le court. Une fois, il avait été tellement furieux que Bram rate un point facile qu'il lui avait balancé sa raquette à la figure, ce qui avait valu à son mari plusieurs points de suture à l'arcade sourcilière. Le fait que son partenaire ne juge jamais utile de s'excuser lui paraissait révélateur. Cependant, c'était une petite ville ; il fallait accepter les gens tels qu'ils étaient. Parfois, après un match, ils allaient prendre un verre ensemble dans le bar sinistre du club-house, célèbre pour ses bloody mary décoiffants, à la surface desquels flottaient des morceaux de raifort épais comme des éclats de peinture. Des révélations émergeaient par bribes alors qu'elle observait la parodie de l'amour jouée par les Clare. Ce n'étaient pas des gens de la campagne. Ils ne savaient que faire de toute cette terre. On racontait que la ferme qu'ils avaient achetée était maudite. La tragédie des Hale constituait l'un des sujets favoris des dîners où les gens buvaient trop et se permettaient des propos déplacés sur leurs voisins et les accidents mortels étranges. On voyait les garçons en ville avec leur oncle. Justine les apercevait souvent

chez Hack's, faisant la course avec les Caddie, cha-
hutant et causant du désordre, mais les gens avaient
pitié d'eux et ne disaient rien. Un jour, quelques
semaines après la mort de leurs parents, elle avait
surpris le plus jeune – il s'appelait Cole – en train de
voler des paquets de steaks, qu'il fourrait dans son
blouson. S'attendant à ce qu'elle appelle quelqu'un,
il l'avait regardée, à la fois hargneux et vulnérable, et
elle l'avait cru sur le point de fondre en larmes. Quiconque aurait vu ces yeux aurait prié pour qu'il s'en
tire, et elle avait retenu son souffle jusqu'à ce qu'il
soit sorti du magasin.

Nombre d'habitants de la ville avaient assisté au
service funèbre à l'église Saint-James, où Bram et
elle étaient allés présenter leurs condoléances. Les
garçons étaient assis sur le banc de devant, à côté
de leur oncle et de sa petite amie. Justine avait été
fascinée par le visage des garçons, dont chacun était
un dérivé de celui des autres, et qui tous trois possédaient les yeux bleus les plus remarquables qu'elle
eût jamais vus. À cet instant, au plus profond d'elle-
même, elle avait ressenti le désir de devenir mère.
De retour chez eux ce soir-là, Bram et elle avaient
baisé comme des lapins, sans protection, et elle avait
pleuré dans ses bras pour ces garçons, et pour l'enfant qu'elle espérait concevoir. Mais cet accès de
désir maternel n'avait pas duré, et elle avait été soulagée d'avoir ses règles la semaine suivante.

Elle n'était pas obligée d'enseigner. Elle envisageait ses cours comme une sorte de travail d'intérêt
général, pour battre en brèche les idées répandues

sur le tissage, souvent considéré comme un passe-temps dispendieux, non une forme d'art. Malgré toutes les années passées à Saginaw, elle se sentait régulièrement exclue par les intellectuels du département des beaux-arts, les peintres et les sculpteurs qui la reléguaient au statut d'artisan et ne manifestaient de l'intérêt pour son travail que lorsqu'ils voulaient acheter des écharpes pendant la période de Noël. Pour Bram et elle, l'argent n'était pas un problème. Ils étaient tous deux habitués à en avoir, et même beaucoup. Pourtant, elle se croyait capable de s'en passer facilement. Sa créativité ne serait pas entamée, et Bram et elle s'efforçaient autant que possible de vivre de leur terre. Elle dépensait facilement, mais pas de manière frivole, et toujours afin de s'assurer une bonne vie, une vie douée de sens. Elle était sélective, aussi, et parcourait souvent une bonne distance pour trouver certains produits – de la viande bio, par exemple, qu'ils achetaient à un fermier de Malta, ou leur vin préféré, chez un négociant d'Amenia. Même si elle adorait s'occuper du cheptel et entretenir la ferme, cela constituait un travail exigeant, et elle appréciait de passer du temps seule dans la voiture pendant les trente minutes de trajet jusqu'à Saginaw, le long du fleuve. Et elle aimait sa grande salle de classe remplie de métiers à tisser, sa poignée d'étudiants qui travaillaient de leurs doigts agiles et inexpérimentés, en silence, aussi concentrés que des harpistes.

Elle ne voulait pas aimer George, mais c'était plus fort qu'elle. Ils déjeunaient ensemble au réfectoire. Au début, ils s'y étaient retrouvés plus ou moins par hasard, et Justine se montrait pleine d'obséquiosité. Non pas qu'elle le trouvât particulièrement intéressant ou séduisant – simplement, il paraissait exiger cette attention, comme s'il souffrait de quelque problème d'ego. Assise à une petite table devant un croque-monsieur et une soupe à la tomate, elle se sentait mal à l'aise, horriblement consciente de sa ceinture trop serrée, de sa jupe de velours côtelée qui lui boudinait les hanches. Même ses expressions faciales étaient exagérées, trop enthousiastes et inquiètes. Bientôt, leurs déjeuners devinrent réguliers, tous les mardis et jeudis après les cours du matin, à une table au fond donnant sur le jardin agrémenté d'étranges sculptures modernes, dont une main en pierre de la taille d'une boîte aux lettres. George portait son uniforme de prof : chemise amidonnée et toujours blanche, blazer granola croustillant, pantalon de toile et nœud papillon. Justine ne pouvait s'empêcher de se demander combien de temps mettait sa femme à repasser les chemises avec autant d'application, sachant qu'elle-même considérait le repassage comme une totale perte de temps. En quoi des vêtements froissés seraient-ils gênants ?

Catherine paraissait très gentille, un adjectif malheureux mais adéquat. C'était un spécimen féminin délicat, beaucoup trop maigre de l'avis de Justine, et plutôt réservée, bien que George expliquât d'un ton d'excuse que sa femme était simplement timide. Catherine était jolie, dans le style fatigué et affamé qu'affectionnaient de nombreuses femmes du club – les New-Yorkaises qui venaient le weekend. Un diktat de la mode, avait décrété Justine, qui pouvait avoir la dent dure avec ses congénères. Au fond, la plupart d'entre elles ne lui semblaient pas très intéressantes. Ou, en langage plus diplomatique, elle ne partageait pas leurs centres d'intérêt. Les femmes de son âge étaient le plus souvent occupées par la maternité. C'était un état d'esprit différent, voilà tout. Elle avait appris à dire aux gens, notamment à ses parents, que Bram et elle essayaient d'avoir un enfant, même si elle n'était pas sûre d'en vouloir, et lui ne l'y poussait pas franchement. Ce genre de choix personnel n'était plus du tout à la mode, pourtant Chosen était un endroit où il était possible d'échapper aux attentes sociales conventionnelles. Ils fréquentaient surtout des originaux et des non-conformistes. Beaucoup des femmes qu'elle connaissait étaient plus âgées, des rescapées de mariages brisés, des poétesses, des féministes, des lesbiennes. Elle appartenait à un groupe de femmes qui se réunissait une fois par mois ; toutes possédaient une spécificité assumée que Justine admirait, et elles l'avaient aidée à faire de grands progrès dans la découverte de ses forces personnelles.

Le bleu était la bonne couleur pour Catherine, décida-t-elle. Elle s'assit devant son métier à tisser et commença à passer les fils. C'était un beau bleu de France, comme l'œil crayeux d'une plume de paon, et la laine épaisse lui rappela le généreux mouton qui l'avait produite. Une bonne chaleur confortable, songea-t-elle. Exactement ce qu'il fallait à Catherine Clare, parce qu'une ville comme la leur pouvait se révéler inhospitalière pour quelqu'un comme elle. Elle n'était pas de ces femmes laborieuses et burinées qu'on voyait marcher au village, exhibant leurs rides d'expression comme un tronc d'arbre ses cercles. Celles-là étaient des campagnardes, qui ne se souciaient pas de frivolité, d'élégance ou des modes. Elles faisaient partie du décor, au même titre que le bétail dans les champs, et étaient aussi indifférentes. Par contraste, Catherine avait les traits fins et délicats, les yeux couleur de cloche. Malgré son manque d'estime de soi, sa beauté ne passait pas inaperçue.

2

À la fin du mois, une vague de chaleur impromptue provoqua des coupures de courant même à Chosen. Les journaux télévisés montrèrent des gens dans tout l'État qui dormaient dehors, sur leur issue de secours ou sous leur porche. Les températures atteignirent les trente-huit degrés. La piscine du club devint le refuge des Clare.

Assises sur les marches du bassin, à l'extrémité la moins profonde, Catherine et Franny jouaient à prendre le thé quand Justine fit son apparition. Dans son maillot une pièce et son peignoir en éponge, une serviette drapée autour des épaules comme une étole de vison, elle ressemblait à une actrice d'un vieux film hollywoodien. Je pensais bien vous trouver ici. Elle les rejoignit au bord de la piscine et mit les pieds dans l'eau.

En haut de la colline, Bram et George jouaient en simple, poussant des grognements et des jurons et suant comme des cochons.

Franny montra son maillot à Justine et dit d'un ton important : Moi, j'ai des pois.

J'adore les pois, dit Justine.

Allons nous asseoir à l'ombre, dit Catherine alors qu'elles sortaient de l'eau. Elles se séchèrent et étalèrent leurs serviettes dans l'herbe.

Tu peux pas m'attraper ! s'écria Franny.

Oh si, je peux, dit Justine. Elle se releva et lui courut après, leurs chevilles hachurées d'herbe.

Tu. *Peux*. Pas. *M'attraper !*

De grandes feuilles jaunes tombaient lentement, lentement dans la piscine. Il faisait bon sous les arbres, balayés par la brise.

Regardez ! dit Franny, et elle fit une galipette.

Te voilà prête à entrer dans un cirque, commenta Catherine.

Je me doutais que tu étais un singe. Justine lui ébouriffa les cheveux, et Franny fit des bruits de chimpanzé en sautant partout. Puis elle s'approcha et se laissa tomber sur les genoux de Justine. Salut, toi, dit Justine, ravie d'avoir été choisie.

Je suis fatiguée.

Catherine sourit à sa fille ensommeillée et dit : Elle t'aime bien, Justine. Ça ne te dérange pas ?

Bien sûr que non. En moins d'une minute, Franny était endormie sur son ample poitrine. C'est le rembourrage, dit-elle. Elle est tellement adorable.

Surtout dans des moments comme ça.

Catherine s'allongea dans l'herbe, la tête posée sur les mains, et regarda le ciel. Elles entendaient le va-et-vient de la balle lobée sur le court et la conversation étouffée de leurs maris. Ils étaient en train de devenir amis, songea-t-elle. C'était bien.

Justine. Avec sa voix de café serré, ses épais cheveux bruns. Elle ne ressemblait à personne que Catherine connaissait. Paradant en maillot de bain, les jambes aussi poilues que des jambes d'homme. Catherine enviait sa fierté décontractée, le fait qu'elle *s'aimait* véritablement, alors qu'elle-même s'était vu inculquer très tôt, via divers mentors lyophilisés, que l'amour de soi était de la vanité. En conséquence, Catherine était dans l'autocritique permanente, elle arrangeait ceci, rectifiait cela, rentrait le ventre et recourait même à des mesures punitives comme de s'affamer ou de se faire vomir. Retrouver la ligne après la naissance de Franny avait été une épreuve qu'elle s'était imposée. Elle ne se souvenait même plus de la dernière fois où elle s'était promenée nue devant George. Elle aimait à se croire pudique, mais avait fini par se rendre compte que c'était une manière de masquer son manque de confiance en elle. Son physique seul lui permettrait de maintenir l'intérêt de George, or elle s'inquiétait de ne pas réussir à l'entretenir et craignait qu'il ne suffise pas.

Bram et toi – vous ne voulez pas d'enfants ?

Tu nous trouves épouvantables, non ?

Non – mais tu ferais une mère extra.

Vraiment ? Justine lui lança un regard plein d'espoir, puis dit très vite : Je ne saurais pas quoi faire avec un bébé.

C'est le genre de chose qu'on sait spontanément.

Mais je ne me suis jamais sentie prête.

Et maintenant ?

Justine lança un coup d'œil à la tête endormie de Franny. Peut-être.

Moi non plus, je n'étais pas prête, confia Catherine. Je ne voulais pas de bébé. Je ne voulais même pas me marier avec George. Elle savait qu'elle n'aurait pas dû dire ça, mais à la seconde où les mots sortirent elle ressentit la joie de la libération. J'étais trop effrayée pour l'avoir toute seule.

Justine hocha la tête, même si Catherine doutait qu'elle eût fait le même choix ; elle se serait sans doute fait avorter puis aurait repris le cours de sa vie. Catherine n'en avait pas été capable. Elle avait pris prétexte de la religion, mais ce n'était pas la peur de Dieu qui l'avait retenue. Bien qu'elle comprît tous les arguments, elle avait ses propres principes. Elle chérissait la liberté autant que n'importe qui – du moins le croyait-elle – mais l'idée que la liberté avait un prix lui échappait encore. Elle avait été élevée dans la croyance qu'il y avait toujours des limites à la liberté, et n'avait pas le courage de les contester.

Pour Catherine, la religion était devenue une excuse commode pour tout ce qu'elle ne parvenait pas à démêler, à commencer par ses sentiments à l'égard de George. Parfois, elle se demandait ce qu'aurait été sa vie si elle avait eu des parents différents, avec des valeurs différentes, mais on ne pouvait pas choisir qui nous élevait, ni dans quelle foi.

Et maintenant, qu'est-ce que tu ressens ? demanda Justine.

Qu'est-ce que tu veux dire ?

Vis-à-vis de George, évidemment.

Parfois, l'audace de Justine l'inquiétait.

As-tu fini par l'aimer ? Tu sais, comme les gens dans les mariages arrangés.

Oui, bien sûr que je l'aime, mentit-elle sans réserve. C'est mon mari.

Elles entendirent le grincement de la porte grillagée du court. Un instant plus tard, leurs maris les rejoignirent en tenue de tennis blanche, le visage rouge vif dans la chaleur. Ils semblaient heureux, prospères. En approchant, les hommes virent que Franny dormait et baissèrent la voix. Catherine remarqua l'expression de tendresse, d'amour même, sur les traits de George lorsqu'il posa les yeux sur Justine, et elle se demanda si Bram s'en était aperçu. Ce bref interlude se dissipa quand Franny se réveilla et tendit les bras vers son père. Il la prit doucement des bras de Justine, et elle se cala contre son épaule, se nichant au creux de son cou alors que les deux couples traversaient la pelouse pour rejoindre leurs voitures.

Chaque fois qu'elle roulait dans la voiture de George, surtout avec Franny, Catherine mesurait à quel point ils se comportaient différemment dans le monde. Pour commencer, il refusait d'installer un siège-auto à l'arrière. Il affirmait que la ceinture de sécurité suffisait, citant sa propre enfance, mais elle savait qu'il ne s'agissait pas de ça. Un siège-auto à l'arrière de sa décapotable ternirait sans doute son image de jeune professeur désinvolte. Bien que ce ne fût pas obligatoire, elle en avait mis un à l'arrière de son break depuis qu'ils avaient emménagé ici. George conduisait rarement sa voiture à elle. Il se moquait toujours de sa conduite, l'accusant de conduire *comme une femme*, en prenant toute la route, ce qui n'était pas vrai du tout.

Elle avait toujours l'impression d'être une intruse dans la voiture de George. Les sièges en cuir, la légère odeur de cigarette étaient des preuves de ce qu'il faisait quand il était loin d'elle, c'est-à-dire exactement ce qu'il avait envie de faire.

Il attacha la ceinture de Franny et prit place au volant. Sa chemise sentait la transpiration. Il quitta la longue allée pour tourner sur la route ; le vent leur ébouriffait les cheveux.

Il y a du vent, maman, dit Franny.

Oui, ça souffle ! Catherine sourit à sa fille. Elle remarqua un livre dépassant de l'attaché-case de George et sortit le vieux volume abîmé intitulé *Le Ciel, ses merveilles et l'Enfer*. Qu'est-ce que c'est ?

C'est à Floyd. Il veut que je le lise. Il est obsédé par ce timbré.

Swedenborg ? Elle retourna le livre, à la reliure usée et déchirée.

Tu n'as pas à t'inquiéter, lui dit-il. Toi, tu iras forcément au ciel.

Pourquoi est-ce que ça sonne comme une insulte ?

Ce n'est pas une insulte, Catherine. Tu fais partie des quelques privilégiés.

Et toi, George ? Où iras-tu ?

Pourquoi est-ce que ça sonne comme une insulte ? l'imita-t-il.

Tu sais très bien pourquoi. Elle avait les bras croisés. Tu fais toujours ce que tu veux.

Ah... et pas toi ? Tu as obtenu exactement ce que tu voulais.

Elle se contenta de le regarder. Il était inutile d'entrer dans son jeu. Il retournait toujours la situation de manière à la mettre en cause. C'était sa stratégie pour éviter les sujets dont il ne voulait pas parler. Ce qu'elle voulait ? Elle n'avait jamais été capable de répondre à cette question.

Eh bien, bon courage avec ça, dit-elle en reposant le livre entre eux.

Tu sais que je ne crois pas à ces conneries.

Oui, je sais. Tu ne crois en rien.

Il lui lança un regard mauvais, et elle s'attendit à une repartie cinglante, mais non. Ils roulèrent un moment sans rien dire, le vent soufflant du chaud sur leur visage.

Comment s'est passée votre partie ?

Il commet des fautes idiotes. Je lui ai mis la pâtée.

Elle s'efforçait d'être une bonne épouse. C'était son devoir, puisqu'il travaillait à l'extérieur pour gagner leur vie. Il avait certaines attentes, comme si son idée du mariage s'accompagnait d'une liste d'options incluses, à l'instar d'une voiture neuve : le baiser sur la joue lorsqu'il rentrait, fatigué, le soir, le gin tonic, l'assiette d'olives et de fromages, le journal, le courrier.

Les rituels des gens civilisés.

Elle mettait la nappe et la lissait avec la main. Elle pliait les serviettes et disposait les couverts. Elle regardait vers la fenêtre, par laquelle la lumière entrait encore, avant qu'il ne fasse nuit trop tôt.

Comment s'est passée ta journée ? demandait-elle.

Il lui parlait de ses étudiants, de ses classes. Les autres profs, disait-il, étaient distants, préoccupés. Et la tienne ?

Qu'aurait-elle pu lui dire ? Pendant que leur fille regardait une émission pour enfants, elle avait passé l'aspirateur, lavé le sol de la cuisine, nettoyé la salle de bains, puis redonné un coup de serpillière après que Franny eut renversé sa compote de pommes. Fait la vaisselle, la lessive, rentré les draps qui avaient séché sur la corde à linge. Elles avaient déjeuné pendant une averse, étaient sorties en bottes et en ciré en jouant à faire tournoyer leur parapluie comme des geishas, et avaient gravi la colline herbeuse jusqu'à la crête. Il y avait toujours des choses à voir : les oiseaux, si variés et surprenants ; les fleurs minuscules. Catherine avait pris le parapluie de Franny pour la laisser dévaler la colline, son petit ciré rouge formant une tache éclatante sur l'herbe verte. Elles avaient sauté à pieds joints dans les flaques et éclaboussé leurs jambes de boue. Pendant la sieste de Franny, elle était sortie dans le champ pour fumer une cigarette sous la lune ascendante.

On avait donné trois classes à George, soit soixante étudiants en tout. Le soir, il s'enfermait dans son bureau avec ses paquets de copies à corriger. Quand Franny faisait trop de bruit, tapant sur son tambourin ou agitant ses maracas, il ouvrait la porte à la volée et criait : Arrête ce vacarme ! Comment veux-tu que papa réussisse à travailler ?

Plus tard, couchée dans le noir, elle sentait quelque chose, *quelqu'un*, là debout au pied du lit. Parfois, elle se réveillait d'un profond sommeil en frissonnant de froid, comme si elle dormait sur un lit de neige.

Une nuit, elle se réveilla au son du piano, d'une seule note qui se répétait encore et encore.

Elle secoua George. Tu as entendu ?

Éteins la lumière, merde !

Elle resta étendue à attendre, attendre… quoi, elle l'ignorait.

Puis, vers trois heures du matin, Franny commença sa pantomime. Elle trottina à travers le couloir en pleurnichant et grimpa dans leur lit. J'ai peur, maman.

Ça ne dérangeait pas Catherine – en fait, elle préférait savoir sa petite fille en sécurité à côté d'elle – mais George ne voulait rien entendre. Aussi sévère qu'un sergent instructeur, il se levait, la prenait dans ses bras et la ramenait dans sa chambre tandis qu'elle hurlait et battait des jambes.

Les enfants ne dorment pas avec leurs parents, expliqua-t-il la première fois. Il faut qu'elle l'apprenne.

Allongée, le cœur battant, Catherine écouta sa fille pleurer.

Laisse-la, lui dit-il d'un ton menaçant. Je te déconseille fortement de te lever.

Sinon ?

Je te le déconseille, marmonna George.

Sinon, quoi ? Réponds, George.

Mais il ne répondit pas. Furieux, il se tourna de l'autre côté.

Je ne dors pas ici avec toi. Elle arracha la couverture, alla dans la chambre de Franny et se coucha

263

dans le lit de sa fille en la serrant très fort. Tu n'as plus rien à craindre, murmura-t-elle. Rendors-toi.

Tu vas la pourrir, dit George le lendemain matin depuis la porte de la chambre de Franny. C'est exactement ce que tu es en train de faire. Le problème, c'est toi, Catherine, pas Franny.

Cela dura pendant des semaines. Épuisée et un peu désespérée, elle finit par aller demander conseil au pédiatre, qui lui confirma que les troubles nocturnes étaient courants chez les jeunes enfants dans une nouvelle maison ; il leur fallait parfois jusqu'à un an pour s'adapter. Il lui prescrivit un sédatif léger. C'est très doux, lui dit-il. Ça vous aidera à la remettre sur les rails.

Elle le remercia et prit l'ordonnance, mais sans intention de l'utiliser. Hormis du paracétamol et des antibiotiques, elle était contre le fait de donner des médicaments aux enfants.

Quand George rentra à la maison, elle lui répéta les paroles du médecin et ils se disputèrent. Il fouilla dans son sac à la recherche de l'ordonnance, puis alla acheter les médicaments. Le soir même, il ajouta une dose du sirop rouge dans le biberon de Franny. Quelques minutes après l'avoir bu, leur fille dormait à poings fermés.

Catherine n'en resta pas moins réveillée, à attendre la perturbation habituelle, mais elle ne vint pas.

Tu vois, lui dit George le lendemain matin avant de partir travailler. Les miracles de la médecine moderne. Conçus pour aider les parents complètement incompétents comme nous.

Elle craqua et appela sa mère.

Qu'est-ce qu'il y a, Catherine? Tu n'as pas l'air dans ton assiette.

Elle envisagea de parler d'autre chose, de s'en tenir à une conversation légère et joyeuse, qui avait la préférence de sa mère, mais en cet instant, elle avait besoin de son aide. New York me manque, dit-elle, ce qui était un code signifiant tellement plus. Son ancien appartement lui manquait, la petite table où elle buvait son café, dessinait des natures mortes et regardait les lents remorqueurs sur le fleuve. Son quartier lui manquait, l'épicier chinois qui posait sa paume sur la tête de Franny comme s'il tâtait un cantaloup pour voir s'il était mûr, la Polonaise de la boulangerie qui lui offrait toujours un biscuit, le cordonnier aux jambes arquées qui réparait les talons usés de George. Les églises, l'odeur d'encens et de cire fondue. Mon travail me manque.

Tu construis une vie avec ton mari, dit sa mère. Pour Franny. N'est-ce pas le plus important?

Sa mère avait fait la même chose pour Agnes et elle. Un sacrifice. La tradition du compromis se transmettait de génération en génération comme de la porcelaine ordinaire.

George et moi, dit-elle. Nous ne sommes pas...

Vous n'êtes pas quoi, ma chérie?

Compatibles. C'était le mot le plus diplomatique auquel elle put penser.

Ton père et moi ne le sommes pas non plus, et regarde depuis combien de temps dure notre couple.

Catherine entortillait le fil du téléphone autour de son doigt – serrant, serrant. Elle avait envie de dire : *Il est bizarre, insensible, j'ai peur de lui*, mais se contenta de : Nous ne nous entendons pas.

C'est difficile avec une enfant en bas âge, lui dit sa mère. Je sais que tu ne me crois pas, mais c'est la même chose pour tout le monde. Franny passe en premier, tu le sais. L'amour prend du temps. Et le mariage n'est pas une chose facile. Ça ne l'a jamais été.

Je sais, s'entendit-elle répondre.

Tu t'imagines seule ? Avec Franny ? Ce n'est pas simple non plus d'être une mère célibataire, tu sais, avec tout qui repose sur tes épaules, sans parler de la pression financière. Je ne sais pas comment tu t'en sortirais – tu n'as pas de salaire régulier, et ton travail, eh bien, il ne rapporte pas beaucoup, si ? Souviens-toi de ta pauvre tante Frances, regarde où ça l'a menée. Tu finiras serveuse quelque part, obligée de laisser Franny à des inconnus. Tu ne peux pas essayer d'en prendre ton parti ? Fais-le pour Franny, ajouta-t-elle.

C'est bon, maman, tu m'as convaincue. Elle raccrocha.

La conversation lui confirma qu'ils restaient mariés uniquement pour Franny. Leur fille était la mascotte de la victoire, et une récompense qu'un seul des deux pouvait garder.

Elle prit ses cigarettes et s'assit sous le porche. Au loin, elle vit Wade qui fauchait le champ, au volant du tracteur, allant dans un sens puis dans l'autre, dans un sens puis dans l'autre. Elle entendit vaguement une chanson des Rolling Stones sur la radio du jeune homme.

La journée était couverte, le brouillard pesant. Elle sortit et marcha dans le champ. L'air humide s'accrochait à elle. Plantée au milieu, elle sentit ses contours s'effacer, comme si elle avait pu se fondre dans le paysage opaque et disparaître.

Les profiteurs

1

Dans une petite ville comme la leur, les gens parlaient. On ne pouvait pas faire trois pas sans que quelqu'un soit au courant. Mary Lawton ne se considérait pas comme une commère, mais il n'empêche qu'elle entendait les ragots. Ça pimentait la journée. Quelqu'un voyait quelque chose, le racontait à untel, qui le racontait à untel, et soudain l'histoire prenait une réalité. C'était une nouvelle.

La fille travaillait à l'auberge, tout le monde le savait. On les avait vus ensemble. Ses cheveux noirs brillants ne passaient pas inaperçus. Elle était... comment dire ? Aguicheuse. Sa silhouette. Son jean. Mary avait surpris certains hommes plaisanter à son propos, expliquer ce qu'ils aimeraient lui faire si l'occasion se présentait. Rêvez toujours, avait-elle songé.

Un après-midi, Mary la vit sortir de chez Hack's avec Eddy Hale. Ils se tenaient bras dessus, bras dessous, et paraissaient très intimes. Ça la rendit furieuse, parce que Eddy avait déjà assez souffert.

La fille avait des bracelets en argent le long du bras, comme un ressort Slinky, qui tintaient quand elle bougeait. Lorsque Mary leur dit bonjour, Eddy rougit un peu, mais sa mère lui avait appris à être poli, aussi posa-t-il son sac pour les présenter. Voici Willis, dit-il. Willis, Mary Lawton.

La fille lui sourit. Elle avait la beauté indécise d'une fleur du bord de route.

Willis travaille à l'auberge, expliqua Eddy. C'est là qu'on s'est rencontrés.

Ils discutèrent encore un moment. Il lui apprit qu'il avait postulé pour entrer dans une fac de musique à Boston, puis lui demanda des nouvelles de la famille, en prenant soin d'éviter le sujet d'Alice. Mary lui répondit qu'il n'y avait rien de neuf, et quand ils se séparèrent, elle resta immobile une minute, à se dire que c'était vraiment un garçon bien, gentil, et que cette fille, qui qu'elle soit, ne le méritait pas.

C'était l'heure de la sortie d'école. Des groupes de jeunes traversaient la ville, les garçons avec leur sac à dos, les filles avec leur sac en cuir en bandoulière. Deux gamines émergèrent de chez Bell's, les lèvres orange et violettes ; le magasin avait une nouvelle machine à glace dont raffolaient les collégiens. En passant devant la vitrine, elle aperçut Cole Hale et son fils, Travis Jr., devant le comptoir, entourant Patrice Wilson – Mary connaissait ses parents. L'adolescente se tournait de l'un à l'autre en pivotant sur son tabouret, accordant à chacun l'attention désirée, mais Mary savait qu'il n'y aurait qu'un gagnant dans ce tournoi. Elle envisagea de frapper au carreau, puis décida de n'en rien faire. Travis n'avait surtout pas besoin que sa mère le surprenne au moment où il était lui-même.

La ville se transformait. Ça se voyait aux voitures garées dans la rue principale, là où avant il n'y avait que des pick-up et des vieux tacots. Un ou deux nouveaux magasins avaient ouvert, les devantures sales avaient été rafraîchies, des auvents éclatants posés, des enseignes de couleur vive. Des citadins aux poches pleines rachetaient les vieilles fermes que personne n'avait les moyens d'exploiter, encore moins d'entretenir. En toute honnêteté, elle ne se plaignait pas de voir ses commissions augmenter, mais c'était dur pour tous les autres. Les familles comme les Hale, qui avaient tout perdu. On ne pouvait pas en vouloir aux gens d'être en colère. Et ça ne facilitait pas l'arrivée des nouveaux venus tels les Clare, à jamais catalogués comme *ceux qui ont racheté la ferme des Hale*. C'étaient des étrangers, et le fait qu'il enseigne à la fac n'arrangeait rien. Seuls quelques élèves du lycée de Chosen poursuivaient leurs études, en général à l'institut universitaire de Troy, parce que les frais de scolarité étaient réduits et qu'on y proposait toute une liste de cours du soir. Certaines années, un ou deux entraient à Saginaw, qui coûtait deux fois plus cher. Pour tous, voyager signifiait s'engager dans l'armée et être stationné dans un endroit exotique. La plupart des garçons du coin avaient servi sous les drapeaux. Son propre fils, Travis, voudrait certainement y aller, et elle comptait bien l'en dissuader.

N'empêche – les Clare n'essayaient pas vraiment de s'intégrer. Ils ne se mélangeaient pas. La femme se rendait toujours seule à l'église, se glissait sur un des bancs du fond et repartait avant les dernières prières. Plus d'une fois, Mary l'avait vue sortir du confessionnal en séchant ses larmes avec un mouchoir.

Les semaines passant, Mary lui trouva le regard fatigué, mais peut-être y lisait-elle plus qu'il n'y avait en réalité. L'obscurité fraîche du sanctuaire faisait ressortir les émotions des gens; le courant d'air permanent au-dessus de leur tête, l'odeur des cierges, la belle idée qu'était Dieu. Parce qu'il fallait bien se demander s'Il était vraiment là-haut. Que faisait-on à l'église? On apprenait à accepter les choses. On acceptait.

Elle priait intensément. Pour ses enfants, son mari. Pour que le monde s'apaise. Elle priait de toutes ses forces. Elle rentrait chez elle, s'installait dans un fauteuil et évaluait, non sans désespoir, les conséquences de sa vie. On devait vivre avec les choix qu'on faisait. On devait vivre avec ses erreurs.

Un après-midi, elle se rendit à la ferme pour apporter un prospectus de l'église. La porte était ouverte et elle jeta un coup d'œil par la moustiquaire. Elle entendit la fillette trottiner en haut. Un ordre surprenant semblait régner à l'intérieur. Mary se rappelait à quel point il était difficile de tenir un foyer avec un petit enfant dans les pattes, et pourtant ici chaque chose était à sa place. Même le vieux parquet en bois paraissait étinceler. Absolument rien ne traînait ; pas un jouet, pas un journal, pas une chaussure. Ils n'avaient pas de sonnette – les maisons à la campagne en avaient rarement –, et elle s'apprêtait à frapper quand elle perçut un cri étouffé. N'allons pas imaginer le pire, se dit-elle, puis le même bruit retentit une nouvelle fois. Le silence retomba pendant une minute, après quoi la fillette se mit à sangloter, le résultat, devina Mary, de quelque soudaine réprimande.

Son sang ne fit qu'un tour. Elle toqua vigoureusement à la porte moustiquaire, qui vibra dans son cadre. George Clare descendit l'escalier, portant la petite fille sur sa hanche, l'expression froide, inamicale. Une vague odeur de gin. La fillette ravalait ses larmes, les yeux humides, les cils collés. Il se planta devant la porte et regarda Mary.

J'arrive au mauvais moment ?

Il ne répondit pas, mais paraissait mécontent. L'enfant frissonna et s'essuya les yeux de ses petits poings.

Est-ce que Catherine…

Elle est indisposée.

Mary n'avait jamais pleinement compris la signification de ce mot.

Maman est malade, dit la petite fille.

Eh bien, c'est dommage. J'espérais…

Juste une migraine.

La petite fille fronça les sourcils vers Mary.

Ta pauvre maman a mal à la tête ?

L'enfant regarda anxieusement son père. Maman est *malade* !

272

Rien de grave, dit-il d'un ton appuyé, se redressant, rigide.

Eh bien, si vous pouviez lui donner ceci, dit Mary en lui tendant le prospectus. Nous organisons un dîner paroissial. À l'église. Ça nous ferait plaisir que vous veniez tous les trois.

George jeta un coup d'œil à la feuille bleue, puis reporta son attention sur elle. Je lui donnerai, dit-il, mais elle soupçonna qu'il n'en ferait rien. Le regard méfiant qu'il posait sur elle la mettait mal à l'aise. Quelque chose dans ses yeux lui donnait envie de partir sur-le-champ.

Merci beaucoup, dit-elle d'une intonation chantante qui sonnait faux. Elle sentit le regard de George lui vriller le dos alors qu'elle retournait vers sa voiture et reprenait la route.

À la surprise de Mary, ils vinrent au dîner. George maîtrisait l'art de faire une apparition, il l'avait appris dans les écoles chics qu'il avait fréquentées. Rasé de frais, bien peigné, il portait un costume et un nœud papillon. Il devait sûrement plaire à certaines femmes. Bonsoir, Mary, lui dit-il de son ton mielleux.

Bienvenue à Saint-James…

Mais il lui avait déjà tourné le dos.

Catherine et la fillette étaient vêtues de robes bain de soleil assorties, bleu marine avec une fine ceinture verte. Quand Mary la complimenta, Catherine précisa avec fierté qu'elle les avait faites elle-même. Regarde mes belles chaussures, dit Franny, montrant ses babies.

Sa première paire, expliqua Catherine.

L'espace d'un tout petit moment de faiblesse, Mary se rappela avoir emmené Alice acheter des chaussures chez Browne's au même âge – du temps où les choses étaient simples et où sa fille ne s'injectait pas de drogue dans les veines. Mary avait pourtant essayé de tout faire comme il fallait : école catholique, leçons de musique, danse classique. Alice avait été une fillette merveilleuse, et c'était fou de penser qu'une transformation aussi abominable fût même possible. Elle ne l'avait pas vue depuis presque un an. N'avait pas eu de ses nouvelles depuis sept mois et trois jours. La dernière fois, ç'avait été un appel d'une cabine téléphonique de San Mateo.

À cet instant, elle sentit sur elle le regard de Travis. Il savait toujours quand elle pensait à leur fille – à ce fardeau qu'ils partageaient, leur erreur. D'un côté, elle les éloignait l'un de l'autre; d'un autre, elle les liait de manière indissociable.

Ça va mieux ? demanda-t-elle à Catherine.

Mieux ? La jeune femme parut confuse.

Vous aviez la migraine. L'autre jour, quand je…

Ah, ça. Elle lança un coup d'œil à son mari, qui déambulait à la périphérie de la fête, l'air de s'ennuyer, sans parler à personne. Ça m'arrive de temps en temps, dit-elle. Ses yeux s'assombrirent.

Ça va ?

Bien sûr – tout va bien, merci. Sous-entendu : *Mêlez-vous de ce qui vous regarde.*

Mary lui prit la main. Si vous avez besoin de quoi que ce soit, dites-le-moi, d'accord ?

Catherine soutint son regard un instant et hocha la tête. Merci, Mary. Je le ferai.

Ils avaient attiré pas mal de monde, et chacun avait apporté quelque chose. Le père Geary avait préparé sa fameuse fricassée de poulet. Pour un prêtre, c'était un cuisinier accompli. Catherine Clare avait fait des œufs mimosa soigneusement disposés dans une grande assiette. Comme tout le monde adorait les salades composées de Mary, elle avait fait du coleslaw, ainsi que la recette de sa mère à base de pommes de terre, de bacon et d'oignon. Tous les plats étaient posés sur une longue table dans la cour. Elle avait fourni les nappes, et il y avait du thé glacé et de la citronnade en abondance. Remarquant les Hale qui traînaient de l'autre côté des grilles, elle se réjouit de voir le père Geary leur faire signe d'approcher. Ils devaient avoir faim, devina-t-elle. Ils avaient du respect pour le prêtre, même s'ils n'allaient plus à la messe. Avant, Cole et Travis Jr. s'asseyaient l'un à côté de l'autre et faisaient les pitres pendant tout le service. Par égard pour les garçons, Travis et elle s'installaient plusieurs rangs derrière. Elle remarquait leur chevelure épaisse, s'étonnait de les voir grandir si vite. Après la messe, Cole venait dîner chez eux ; elle savait qu'il aimait bien sa cuisine, en général un rôti et des pommes de terre, une nourriture réconfortante, servie dans sa belle porcelaine. Il n'était pas timide, un bon point pour lui. On voyait à quel point sa mère lui manquait, à ce pauvre gamin. Parfois, elle avait les larmes aux yeux dans la cuisine. Qu'est-ce qui se passe encore ? aboyait Travis. Elle s'éventait le visage et répondait qu'elle s'était brûlé la langue. Ce n'est rien. Rien.

Son mari n'était pas toujours facile. Il n'était pas non plus très sociable. Mais il avait de bonnes manières, savait se tenir. Avec fierté et juste un soupçon de désinvolture, elle le regarda se présenter à George Clare. Contrairement à Travis, qui était bâti comme un grizzly et se comportait comme un ours gentil, George avait une poignée de main molle ; il donnait l'impression qu'il aurait préféré éviter tout contact, et ne le regarda pas en face. Certes, les gens réagissaient parfois bizarrement en présence d'un policier. Mais tout de même.

Quelques semaines plus tard, les Clare donnèrent une soirée, pour pendre la crémaillère, dirent-ils. À la surprise de Mary, Travis et elle furent invités.

On est vraiment obligés d'y aller ? demanda Travis.

Oui.

Les soirées, ce n'est pas pour nous.

Parle pour toi.

Mais c'était vrai, et ils recevaient peu d'invitations. Elle s'y était habituée, en tant qu'épouse de policier. Les flics et les prêtres, plaisantait Travis. Personne ne veut nous voir dans les parages.

C'est gentil de leur part de penser à nous, dit Mary. On y va.

La soirée avait lieu un vendredi soir. Travis était encore au travail et Travis Jr. dormait chez un ami. En bonne voisine, Mary avait préparé un gâteau au chocolat pour l'occasion. Après un long bain, elle s'était habillée avec soin et légèrement maquillée. Elle se réjouissait qu'il y ait un peu d'animation.

Quand Travis finit par rentrer, il remonta l'allée sans se presser, faisant tourner ses clés dans sa main. Après dix-huit ans de mariage, elle aimait encore sa silhouette, ses larges épaules de footballeur, sa démarche souple – un homme qui savait qui il était. Ce qui, ces temps-ci, n'était déjà pas rien. Son mari ne se laissait pas facilement distraire ou tenter par ce que la plupart des gens considéraient comme les meilleures choses de la vie. Ça donnait à Mary une certaine assurance, de savoir qu'il ne la tromperait jamais. D'un autre côté, il avait une imagination limitée en matière amoureuse. C'était un homme d'habitudes. Il conduisait le même vieux pick-up depuis des années, elle le même vieux break. Il préférait la nourriture maison aux dîners dehors – se méfiant des restaurants, en particulier chinois – et il n'aimait pas les surprises, quelles qu'elles soient. Mary avait aussi appris à garder ses pensées pour elle. Si j'ai besoin de ton avis, lui disait-il, sois sûre que je te consulterai. Elle faisait ce qu'il lui demandait sans jamais discuter.

Quand elle embrassa sa joue humide, elle sentit l'odeur de la bière qu'il venait de boire chez Jackson's avec Wiley Burke. On a une soirée, tu as oublié?

Les yeux mi-clos, un air d'ennui. Tu es prête?

Je vais chercher mon sac.

Ah, donc tu n'es pas prête?

Mais si, je suis prête, bon sang, dit-elle en songeant : Qu'est devenu le gentleman que j'ai épousé?

Dans la voiture, elle remplit l'espace de mots – la journée de leur fils à l'école, son entraînement de foot, le goûter qu'il avait pris après, la barquette de poulet grillé qu'elle lui avait servie avant qu'il parte chez son copain. Travis, au volant, faisait mine d'écouter, ce qui valait mieux que de se chamailler à propos de cette soirée.

Il tourna dans Old Farm Road, et la maison apparut, tout illuminée. De la musique rock se déversait par les fenêtres. Rien à voir avec l'ancienne ferme des Hale. Cal, qui ne supportait pas le tapage, devait se retourner dans sa tombe. Les granges venaient d'être repeintes, et c'était maintenant le tour de la maison, dont les volets avaient été dégondés et posés à côté. Des voitures étaient garées le long de l'allée. Travis arrêta leur Country Squire sale sur l'herbe, derrière une vieille Volvo blanche au pare-chocs orné d'un autocollant vert pelé en faveur de Jimmy Carter. Pour le bien que ça nous a fait, railla Travis en le montrant du doigt. Il aurait mieux fait de s'en tenir aux cacahouètes.

Oh, je t'en prie, dit-elle. Ne commence pas avec ça.

Ils sortirent et rajustèrent leurs vêtements. Le soir tombait tout juste, le ciel était d'un joli bleu – bleu policier, décida-t-elle. Elle lui prit la main et l'embrassa. En quel honneur ? demanda-t-il.

Ronchon. Elle l'attira plus près et se lova sous son bras comme on enfile un manteau aimé. Ils remontèrent la route de terre, et elle se rendit compte qu'elle n'en demandait pas plus : ces quelques instants à marcher en sentant le bras de son mari autour d'elle. Une si petite chose, songea-t-elle, et pourtant si belle et si rare. Mais ça ne dura pas. Elle s'arrêta brusquement pour retirer un caillou de sa chaussure. Tiens-moi ça, dit-elle, lui tendant l'assiette du gâteau, avant de retirer sa chaussure.

Pourquoi tu portes des trucs pareils ?

Elles sont jolies. Avoue-le.

Oui, elles sont jolies. Et toi aussi.

Elle en fut immensément touchée. Merci, Travis.

Il hocha la tête timidement, comme un homme qui aime encore sa femme.

Elle remit sa chaussure et reprit le gâteau. Ça va mieux.

Alors qu'ils approchaient de la maison, la musique s'intensifia.

En pensant à son amie Ella, elle sentit une boule se former dans sa gorge. Sa famille et les Hale se connaissaient depuis si longtemps. Tous les dimanches soir, il y avait eu les parties de bridge, de canasta, même de mah-jong. Mary adorait y participer, écouter les conversations des dames, chiper quelques M&M's dans le plat de bonbons. Les mères avec leur foulard, leurs gants et leur parfum. Les objets raffinés qui embellissaient leur vie, tels des étuis à cigarettes, des briquets en plaqué or, des mouchoirs monogrammés. Aujourd'hui, il ne fallait même pas s'attendre à ce qu'on vous tienne la porte. Les marques de politesse qu'elle s'était appliquée à enseigner à ses enfants semblaient en train de disparaître. N'était-ce pas pourtant ce qui caractérisait leur pays, ce qui faisait d'eux des Américains ? La voilà qui enfourchait son cheval de bataille ! Et pourquoi pas, vu comment certains se comportaient. Pas plus tard que la semaine précédente, elle avait promené un jeune couple de Westchester qui cherchait une maison de vacances. Ils avaient un bébé – un bébé très désagréable, en plus. Eh bien, quelques heures plus tard, elle avait détecté une odeur dans sa voiture et retrouvé une couche sale cachée sous le siège ! Qui ferait une chose pareille ? Ce couple bien sous tous rapports l'avait fait. Parfois, ça la rendait dingue, ce qu'elle voyait chez les gens. À quel point ils étaient sans gêne.

L'air étouffant sentait les champs moissonnés. Elle commençait déjà à transpirer. Sa robe de coton sans manches était le choix idéal pour une soirée pareille, mais elle détestait ses bras flasques et préféra garder son cardigan. Ça n'allait sûrement pas tarder à se rafraîchir, espérait-elle. Ils contournèrent la maison pour rejoindre le jardin, où les invités se tenaient sous des lampions suspendus dans les arbres comme des nids de frelons. Il y avait de la nourriture disposée sur une longue table, du vin, et des bougies fichées dans des bouteilles vides. Des chaises de toutes tailles et de toutes formes étaient éparpillées dans l'herbe grasse, certaines occupées par des invités, d'autres penchées, et d'autres avec lesquelles Franny semblait avoir bâti un fort.

Pendant un moment, Travis et elle restèrent à l'écart, comme des enfants attendant d'être choisis pour un jeu et souffrant toutes les émotions qui allaient avec. Elle vit George à l'autre bout du jardin, parlant à une femme en chemise sans manches et longue jupe. Elle avait les bras marbrés comme du beurre ramolli, mais elle ne semblait pas s'en soucier, pas plus que des touffes de poils sous ses aisselles. Mary vit qu'elle ne portait pas de soutien-gorge. C'était Justine Sokolov, comprit-elle. Justine et son mari possédaient une ferme à quelques kilomètres au sud. D'après ce qu'elle avait entendu dire, l'argent n'était pas un problème pour eux, et le beau-père de Justine était un chef d'orchestre célèbre.

Ça ne devrait pas être permis, lui chuchota Travis.

La jupe de Justine ressemblait à un chapiteau de cirque, et une fine chaîne en or brillait autour de sa cheville. Pieds nus, elle regardait George avec plus que de l'intérêt. Sans surprise, il portait un costume en lin et son habituelle chemise blanche. Il avait la manie d'écarter de son front ses cheveux ébouriffés, comme une adolescente. Certains hommes pouvaient se permettre d'avoir les cheveux un peu longs, mais pas Travis. Et les hommes comme Travis ne portaient pas non plus de lin. Le lin, c'était pour les nappes et les serviettes. Son mari ne possédait pas un seul costume, pas même pour des obsèques – dans ce genre d'occasion, il mettait son uniforme.

Je vais avoir besoin d'une bière pour supporter ça, dit-il.

Sers-toi. Je vais poser le gâteau à l'intérieur.

Le compteur tourne.

Laisse-moi au moins dire bonjour.

La plupart des convives étaient des gens de Saginaw, bien sûr, et elle en connaissait certains sinon de nom, du moins de vue. Elle repéra Floyd DeBeers près du tonnelet de bière. Dans les années soixante, elle lui avait vendu une maison coloniale à Kinderhook, qu'il avait promptement tapissée de miroirs hexagonaux et de dessins de femmes nues, et où il avait épousé successivement trois femmes au cours de la décennie suivante. La disparition brutale de la deuxième, morte d'un anévrisme, l'avait plongé dans la dépression ; il passait chez Hack's en pantalon de pyjama et veste de smoking en velours, shooté au valium. Son épouse actuelle, Millicent, avait une sclérose en plaques, la pauvre, et marchait avec une canne. Ce soir, Floyd portait un survêtement en velours et fumait une cigarette aux clous de girofle, indication claire, aux yeux de Mary, qu'il traversait une nouvelle crise.

George la salua alors qu'elle approchait de la porte. Bonsoir, Mary. Son ton n'était pas franchement chaleureux, remarqua-t-elle. Content que vous ayez pu venir.

Elle brandit l'assiette avec le gâteau et fit un signe de tête vers la cuisine.

L'intérieur était une étuve ; elle trouva Catherine en train de sortir une plaque du four, les mains gantées, les joues toutes rouges. Elle posa les brownies sur un dessous-de-plat près de l'évier.

Je vous ai apporté un gâteau.

Comme c'est gentil. Tenez, je vais vous servir un verre de vin.

Les surfaces étaient encombrées de bouteilles vides, de bacs à glaçons, de cendriers, de plats contenant des restes – légumes flétris, chips ramollies, sauce à tremper. Un ventilateur en métal crépitait au-dessus du réfrigérateur. Catherine trouva une carafe de Soave Bolla et leur servit un verre à chacune.

Santé, dit-elle.

Elles partagèrent un moment de calme en sirotant leur vin. La maison est magnifique, dit Mary. Quel changement.

C'est fou ce qu'on arrive à faire avec un coup de peinture.

Elle allait mentionner Eddy Hale quand son frère Cole entra dans la cuisine avec la fille de Catherine. Mary cilla, surprise. Ça alors, bonsoir.

Bonsoir, madame Lawton. Cole lança un coup d'œil gêné à Catherine, puis ajouta : Je garde Franny.

C'est une excellente nouvelle, mon garçon, dit-elle d'une voix un peu trop sonore.

En les regardant détaler dehors, Mary se réjouit de le voir ici et l'air heureux. Eh bien – ça me réchauffe le cœur, dit-elle à Catherine.

Celle-ci la regarda. Que voulez-vous dire ?

Vous savez qu'il a grandi ici, n'est-ce pas ?

À voir son expression, Mary comprit qu'elle l'ignorait.

Ils vivent chez leur oncle maintenant.

Catherine secoua la tête, troublée, et visiblement étonnée. Où sont leurs parents ?

Mary eut un geste vague, peu désireuse de gâcher la soirée. C'est une longue histoire. Une autre fois.

J'ai tout mon temps.

Elle prit la main de Mary et la conduisit dans le salon. Par les grandes fenêtres, on voyait les champs sombres, une vaste étendue de néant, et elle s'inquiéta pour Catherine, parce qu'on pouvait se sentir seule face à tout ce vide. Elles s'assirent sur le canapé, et Mary lui raconta l'histoire des Hale,

laissant de côté les détails qui la hantaient toujours
– la sonnerie stridente du téléphone qui l'avait réveillée à l'aube, la voix tremblante de Cole au bout du
fil : Il est arrivé quelque chose à mes parents. Je crois
qu'ils sont peut-être morts. Il était six heures du
matin. Elle avait secoué Travis pour le réveiller et il
avait filé là-bas.

C'était un terrible accident, dit-elle, même si elle
était persuadée que ce n'en était pas un. C'étaient
des gens bien. Des amis.

Catherine avait pâli. Comme c'est triste, dit-elle.
Ces pauvres garçons.

C'était une perte terrible, mais nous l'avons surmontée. Nous avons tous fait notre deuil.

Pourquoi ne nous l'avez-vous pas dit ? Le premier
jour, quand nous sommes venus ici ?

J'avais l'intention de le faire, si vous aviez paru
assez intéressés pour faire une offre. Puis la banque
a récupéré la maison. Elle prit la main de Catherine
et la serra fort. George était au courant, Catherine.
Je le lui ai dit avant la vente aux enchères. C'est pour
cette raison que vous l'avez eue à si bon prix.

Eh bien, dit-elle en retirant sa main, ce n'était pas
un cadeau.

Je sais.

Il aurait dû me le dire.

Les hommes ne comprennent rien, pas vrai ?

Catherine la regarda avec soulagement, puis
secoua la tête. Il ne me dit jamais rien.

Il ne voulait probablement pas vous inquiéter,
voilà tout.

George ne fait que ce qu'il veut.

Ça n'a plus vraiment d'importance à présent, si? Vous êtes là. Vous êtes tous bien installés. Vous avez redonné vie à cet endroit, Catherine.

Je me sens parfois tellement...

Tellement quoi? Mary contempla le visage de la jeune femme, alors qu'elle cherchait le mot exact.

Perdue.

Mary comprenait, pour avoir déjà éprouvé ce même sentiment. Vous m'appelez, d'accord? Quand vous êtes de cette humeur-là.

Je fais tellement d'efforts, dit-elle, les larmes aux yeux. Pour être une bonne épouse.

Je sais.

Parfois, j'ai l'impression de vivre avec un étranger. Je le regarde et je me demande : Qui est cet homme?

C'était l'effet du vin, voulut croire Mary. Et ce n'était pas le moment d'une conversation intime, pas sur ce sujet. Elle entendit la voix de George dans la cuisine, et le pop d'un nouveau bouchon de liège qui sautait.

C'est souvent stressant, un déménagement, dit-elle, serrant la main de Catherine. Essayez de laisser les choses s'organiser un peu.

Catherine leva alors les yeux très lentement et dit : Elle est là.

Pardon?

Leur mère. Elle est dans la maison.

Je ne comprends pas.

Ces deux bagues, dit Catherine en écartant les doigts. Elles sont à elle.

Mary tressaillit en les reconnaissant.

Je les ai trouvées sur l'appui de la fenêtre. J'étais en train de faire la vaisselle quand j'ai vu le reflet de quelqu'un dans la vitre. Le lendemain matin, elles étaient posées là.

Mary secoua la tête, refusant d'y croire. C'est très étrange. Elle ne sut pas quoi dire d'autre, ni comment apaiser l'angoisse manifeste de Catherine. Il y a sûrement une explication toute simple, dit-elle. Ce n'est peut-être qu'une coïncidence. Elles ont sans doute toujours été là, mais vous étiez trop occupée pour les remarquer. Au moment même où elle prononçait ces mots, elle se souvint cependant d'avoir vu ces bagues aux doigts d'Ella lors de la veillée funèbre et d'avoir trouvé étrange que personne ne se soit soucié de les enlever. Quelqu'un avait dû les ôter après, décida-t-elle, et les garçons les avaient laissées ici. Ça semblait néanmoins peu probable. Ces garçons adoraient leur mère et n'auraient jamais oublié ce genre de chose.

À son grand soulagement, Franny fit irruption dans la pièce, suivie de Cole ; une interruption bienvenue. Ils avaient couru partout. Cole était rouge et en sueur, et sa chemise déboutonnée. Maman, moi et Cole on veut des glaces !

Catherine prit son expression maternelle. Cole et moi, corrigea-t-elle. Vous voulez des glaces ? Il suffit de demander ! Elle prit la main de Franny. Venez dans la cuisine. Cole, quel parfum ?

Je vais vous aider, dit Mary.

Ils allèrent dans la cuisine étouffante. Il y avait de la musique dans le jardin. George avait tourné ses amplis vers l'extérieur. *Our house is a very, very fine house with two cats in the yard.* Des invités reprirent la chanson en chœur, criant presque. *Life used to be so hard!* À travers la moustiquaire, Mary regarda Justine et DeBeers brailler le refrain, le visage ravi. Elle perçut une odeur piquante de marijuana.

C'est le moment de partir, songea-t-elle.

Elle aperçut Travis à l'écart, les bras croisés, l'air mécontent, impatient. Bon, ça n'allait pas le tuer d'attendre encore cinq minutes.

Catherine leur prépara des cornets de glace – chocolat pour Franny, vanille et chocolat pour Cole. En cet instant, il était redevenu le garçon heureux dont Mary se souvenait du temps où sa mère était en vie.

Je vais la coucher, Cole. Tu peux y aller, si tu veux.

Et si on te ramenait? proposa Mary.

Mon frère a dit qu'il passerait me prendre.

Inutile. Va chercher tes affaires. Je dois éloigner mon mari d'ici, avant qu'il n'arrête quelqu'un!

En l'absence de ses frères, Cole était plus silencieux que d'habitude. Assis à l'arrière de la voiture, il regardait par la vitre, impassible. Mary ne pouvait s'ôter ces bagues de la tête. Contrairement à son mari cynique, elle avait visité suffisamment de maisons sinistres pour croire en la possibilité des fantômes ou, selon l'expression des spécialistes, des «entités». Parfois, c'était seulement une sensation. La même qui saisit le corps quand on entre dans l'eau glacée. Elle l'avait elle-même éprouvée à la ferme, la fois où elle était allée nettoyer juste après l'accident. Elle avait défait leur lit, mis le tas de draps sur la banquette arrière de sa voiture, et, en rentrant cet après-midi-là, elle avait eu l'étrange impression qu'Ella aussi était présente, au point qu'elle n'avait pas cessé de regarder dans son rétroviseur, s'attendant presque à croiser son regard. De retour chez elle, elle avait fourré les draps dans la machine et ajouté une bonne dose de lessive, comme pour prouver qui était le chef. Puis elle s'était préparé une boisson forte et avait regardé les draps tourbillonner par le hublot. Mais en y pensant à présent, sans plus d'hystérie, elle conclut qu'il y avait peut-être là une certaine vérité. Après tout, où allait l'esprit quand le corps mourait ? Il devait bien aller quelque part. Si l'on était heureux, on allait peut-être au paradis. Si l'on était tourmenté – et Dieu sait qu'Ella l'était – on s'attardait peut-être ici-bas le temps de mettre de l'ordre dans ses affaires. Ça ne paraissait pas aberrant, même si elle se serait bien gardée de l'exprimer à voix haute.

Elle ne put s'empêcher de se demander où elle-même irait. Elle aussi avait des affaires en suspens. Lorsqu'elle osa s'imaginer à l'intérieur d'un cercueil, l'obscurité, l'impression d'étouffement, elle fut prise d'un accès de terreur si violent et intime qu'elle en eut presque le souffle coupé.

Comment ça se passe en biologie, cette année ? demandait Travis à Cole.

Travis Jr. doit s'accrocher, dit-elle, se mêlant à la conversation.

Je m'en sors à peu près, répondit Cole. On dissèque un cochon. C'est plutôt marrant.

Puis Travis lui demanda : Et ton travail chez les Clare ?

Ça va. On a repeint les granges. Maintenant, on s'attaque à la maison, mais c'est surtout Eddy qui s'en charge, à cause de l'école.

C'est bien, dit Mary.

Elles ont meilleure allure.

Il est comment, M. Clare? demanda Mary.

Normal. Il n'est pas souvent là.

Tout en sachant qu'elle n'aurait pas dû, elle ajouta : Moi, je le trouve bizarre.

Je ne sais pas, dit le garçon, mais elle voyait bien qu'il voulait seulement se montrer poli.

Allons, allons, l'important n'est pas là, intervint Travis, lui lançant un coup d'œil réprobateur. La paie est bonne? C'est ça qui m'intéresse.

Pas mauvaise.

Je vais te dire, j'admire les gens économes.

Oui, monsieur.

Ils roulèrent quelques minutes en silence, avant de s'arrêter devant la maison couleur mastic de Rainer Luks. Au début du XIXe siècle, la rue accueillait les ouvriers des filatures; aujourd'hui, la plupart des habitants travaillaient à l'usine de plastique sur la Route 66, mais certains jeunes citadins, appréciant les grandes fenêtres, les plafonds hauts et les étroits jardins de derrière, y avaient acheté des résidences de week-end.

Tu salueras ton oncle pour nous.

Cole ouvrit la portière. Merci de m'avoir déposé. Dites bonjour à Travis.

Compte sur nous.

Ils le regardèrent entrer. Il est devenu aussi grand que son père et il a la même démarche.

Je suis content qu'on l'ait raccompagné, dit Travis. Ils fumaient de la marijuana à cette fête. J'aurais pu m'en donner à cœur joie.

Heureusement que tu t'es retenu.

Je ne peux pas aller à ces soirées. On devrait le savoir, depuis le temps.

Elle lui prit la main. Ramène-moi à la maison, Travis. On se fera notre propre fête.

Mais ils étaient à peine rentrés que son mari dormait. Mary se prépara un verre et sortit le gros album de photos. Elle le feuilleta avec impatience et trouva un cliché d'Ella et elle, un petit peu jauni après des années sous plastique. Elles étaient assises sur les marches, fumant, tandis que Cole et Travis Jr., encore tout petits, jouaient à leurs pieds. Elles portaient toutes deux un cardigan et une jupe écossaise, du rouge à lèvres, et avaient des bigoudis dans les cheveux. Mary se souvenait qu'elles s'étaient coiffées l'une l'autre ce jour-là. Ces bigoudis flexibles étaient très à la mode.

En songeant aux Clare qui vivaient dans cette maison, elle eut une sensation désagréable. Le pauvre Cole, qui travaillait pour ces gens, dans sa propre maison. Et Ella, qu'est-ce qu'elle en penserait? Ils avaient volé cette ferme sous le nez des garçons. Ce n'était pas juste. Et personne ne s'était démené pour les aider. Pas même Travis et elle. Ils étaient aussi coupables que les autres.

Une sensation de nausée la traversa. La culpabilité, voilà ce que c'était.

Quant aux Clare, ils avaient fait une sacrée bonne affaire.

Quelle tristesse d'en être arrivé là, songea-t-elle. Un monde de défiance. Un monde de profiteurs.

2

Alors qu'ils rangeaient après le départ de tout le monde, elle demanda à George : Pourquoi tu ne m'as pas dit, pour les garçons ?

Pas dit quoi ? Sa voix était tranchante.

Leurs parents sont morts dans cette maison, George.

Et alors ? C'est important ?

Oui, c'est important. Tu le savais ?

Il la regarda sans répondre.

Comment as-tu pu acheter cette maison en sachant ce qui était arrivé à leurs parents ?

Je ne vois pas où est le problème.

Tu ne vois pas ? Elle avait du mal à contenir sa colère. Comment peux-tu être aussi insensible ? Pourquoi ne m'as-tu rien dit ?

Parce que je me doutais de ta réaction.

Et tu t'en fichais ?

Il est un peu tard pour avoir cette conversation, tu ne crois pas ?

Tu as raison. On aurait dû l'avoir avant de l'acheter.

Comme d'habitude, tu exagères.

Elle secoua la tête. Je n'aime pas cette maison, dit-elle. C'était une erreur.

Tu es ridicule.

Quelque chose dans son expression – son regard froid et vide, son indifférence flagrante – la rendit folle. Sans réfléchir, elle s'éloigna en tremblant, monta dans sa voiture et démarra. C'était une nuit très noire, sans lune, et sur la route déserte elle eut la sensation d'être la seule survivante d'une catastrophe planétaire. Involontairement, elle regarda le siège vide à côté d'elle, s'attendant presque à y voir quelqu'un – une vision –, mais il n'y avait rien, personne. Seulement la fenêtre sombre, son reflet vague sur la vitre.

Elle entra dans la ville, roula vers la maison où les garçons habitaient avec leur oncle et se gara au bord du trottoir. Les lumières étaient éteintes, mais elle vit la lumière de la télé clignoter au plafond. Elle avait eu l'intention de frapper, de s'expliquer et d'essayer de les distinguer, George et elle, de tous ces gens qui avaient montré si peu de considération envers leur famille. Mais elle resta là et fuma une cigarette. Puis elle pensa : Je vais continuer à rouler, voilà tout. Un fantasme déferla sur elle, une chronologie précise de sa fuite, mais qui prit fin abruptement. Parce qu'il lui était impossible d'abandonner Franny.

Elle mit le contact et rentra chez elle.

Le lendemain, quand Cole vint après les cours, elle lui dit : Je ne savais pas que vous aviez vécu ici. Je suis désolée. Personne ne me l'avait dit.

Elle se mit à pleurer. Elle le laissa la prendre dans ses bras. D'une manière maladroite, comme un garçon étreint une femme. Ils demeurèrent ainsi, formant une drôle de paire. Tiens, dit-elle en retirant les bagues. Elles étaient à ta mère.

Cole prit les bagues et referma les doigts dessus.

Elle vous aurait aimée, dit-il au bout d'un instant. Ma mère. Elle serait contente de savoir que c'est vous.

DEUXIÈME PARTIE

Paré à virer

Floyd DeBeers possédait un voilier baptisé *L'Amour de ma Vie* en hommage à sa deuxième femme. Il l'amarrait près du quai du campus, à côté du hangar à bateaux et de la salle de musculation de l'équipe d'aviron. À une époque, Saginaw avait aussi une équipe de voile, puis l'argent était venu à manquer, comme souvent. Quand George mentionna qu'il était marin, Floyd l'invita sur son bateau, un Valiant 32. C'était un robuste petit voilier à la poupe arrondie et au gréement de sloop. Un vendredi après les cours, ils firent une sortie sur le fleuve. C'était un bel après-midi pour naviguer.

Vous êtes un vieux loup de mer, dit George, montrant la barre.

J'ai envisagé de la remplacer par un volant, mais ça gâche tout le plaisir. C'est comme une légère surdité – on vit l'expérience, mais on passe à côté de certaines choses. Je l'ai acheté pour ma femme. Elle adorait la voile. Ils s'étaient rencontrés lorsqu'il enseignait à Saint-George, lui expliqua-t-il. Sa femme venait de Watch Hill.

Il confia la barre à George et descendit chercher une bouteille de bourbon et deux verres remplis de glaçons. Et la vôtre? Elle navigue?

Non – elle n'aime pas l'eau.

Comment vous êtes-vous rencontrés?

À la fac.

Que fait-elle?

Pour l'instant, elle s'occupe de notre fille. Ça ne nous laisse pas beaucoup de temps.

On dit qu'il faut le trouver.

George hocha la tête. Oui, je sais.

Vous comptez en avoir d'autres?

D'autres?

Des enfants.

Heureusement, le sujet n'était pas venu sur le tapis. Catherine avait transformé la petite chambre au bout du couloir en pièce à couture. Je ne sais pas, répondit-il, et c'était vrai.

Encore une fois, il faut le vouloir. Floyd leur servit à boire à tous les deux. Tchin.

Il leva son verre. Le bourbon avait un goût amer.

Je n'en ai jamais voulu.

Des enfants?

Floyd secoua la tête. Je le regrette aujourd'hui. Il regarda George attentivement. Je pense que ma vie aurait été plus accomplie.

C'est super, dit George, puis craignant d'avoir vexé DeBeers, il ajouta : Mais c'est aussi beaucoup de travail. En vérité, Franny était la chose la plus importante de sa vie. La colle qui les maintenait ensemble, Catherine et lui. L'espace d'un instant, il envisagea la possibilité de la quitter. Elle obtiendrait inévitablement la garde. Les juges prenaient toujours le parti de la mère. Et c'était peut-être mieux ainsi. Catherine retournerait sans doute chez ses parents. Il les imagina, vivant tous ensemble dans cette affreuse maison et dînant d'un plateau-télé devant *Le Juste Prix*.

Tirant des bords vers l'amont, ils luttaient contre le courant. Le retour serait plus facile. Le soleil, à présent bas, avait un éclat presque blanc. L'eau était d'argent.

Et vous?

Moi?

Où en êtes-vous? Avec votre femme, je veux dire. Votre mariage, est-il… est-il conforme à vos attentes?

La question paraissait étonnamment personnelle. Bien sûr, répondit-il, mais le mensonge était si énorme qu'il toussa.

Bon, c'est votre première. Comme je vous l'ai dit, j'en suis à ma troisième.

C'est parfois…

Difficile, je sais. Il regarda George, le jaugeant. Laissez-moi deviner : elle était enceinte?

George hocha la tête.

Et vous avez fait votre devoir?

J'ai essayé.

Et maintenant, vous êtes…

Coincé?

C'est vous qui l'avez dit, pas moi. Alors? C'est le cas?

On peut le dire comme ça.

Il y a des avantages à être coincé, fit remarquer DeBeers d'un ton encourageant. Élever votre fille, pour commencer. Avoir un foyer, la stabilité. L'amour. Il croisa le regard de George. Ce n'est pas donné à tout le monde, croyez-moi.

George hocha la tête comme un écolier qui vient de se faire réprimander.

En définitive, il y a peu de choses en ce monde qui soient aussi importantes.

Je bois à ça.

Sans vouloir paraître pontifiant.

Non, non, répondit George. Vous avez raison.

C'est difficile de voir ce qui est bon, ce qui est juste, quand on est en plein dedans.

Le fleuve bougeait comme un grand tapis roulant, mais ça n'avait rien à voir avec l'océan. Le fait d'avoir grandi sur le détroit, avec son courant irrésistible et ses passages retors, avait fait de George un marin compétent. Son cousin, Henri, lui avait appris à naviguer sur un vieux Blue Jay, un petit bateau attachant, mais pas évident à lancer depuis des rochers. Henri était le fils de la sœur de sa mère. Français, de cinq ans l'aîné de George, il était mince, anxieux, philosophe. George essayait de lire ses livres, l'incontournable Rimbaud, bien sûr ; à l'époque déjà il soupçonnait Henri d'être gay. George le suivait comme un caddy, lui portait son chevalet, le regardait peindre des bateaux et des casiers à homards, noircir des cahiers de croquis et des journaux intimes. En contrepartie, son cousin lui donnait des cigarettes et lui parlait d'art. Puis, quand George avait eu treize ans, Henri s'était noyé lors d'un accident de bateau. Après les obsèques, tandis que la famille était massée dans le salon chez son oncle et sa tante, George était monté dans la chambre d'Henri et lui avait volé son journal. Il le lisait la nuit, une fois ses parents couchés, se plongeant dans les pages remplies du tourment et du chaos de la luxure. Une semaine environ avant de partir à l'université, il l'avait détruit, déchiré en petits morceaux qu'il avait jetés dans une poubelle devant un McDonald's, au milieu de restes de hamburgers et de serviettes éclaboussées de ketchup.

Le souvenir du vol ne l'avait pas quitté ; il y repensait souvent dans ses humeurs les plus sombres. Ça semblait avoir été un moment décisif de sa vie. Un moment dont il n'était pas fier.

Ils burent un autre verre alors que le soleil virait au rouge.

Ciel rouge le soir… dit Floyd.

À nos espoirs, termina-t-il, choquant son verre contre celui de Floyd. Santé.

Ils burent sans parler et regardèrent un train filer derrière les arbres de l'autre côté du fleuve. Quand il eut disparu, Floyd lui demanda s'il avait eu le temps de lire Swedenborg.

En partie, répondit-il. Je ne suis pas encore allé très loin. Pour lui, la description que faisait le philosophe suédois du ciel et de l'enfer se lisait comme un affreux roman de gare. En conséquence, son estime pour DeBeers diminuait rapidement. Je ne sais pas, Floyd. Le paradis et l'enfer, les anges, je trouve ça un peu dur à avaler.

Donc vous vous êtes dit que c'était un fou furieux ?

Je suis quelqu'un de très prosaïque. Mais ça mérite réflexion, ajouta-t-il, voulant au moins se montrer intéressé.

Notre société est obsédée par les fins, les résultats, dit Floyd. Les notes, les scores, les récompenses. Les facs, les jobs, les bagnoles. Les biens matériels – des symboles tangibles. La plupart des gens ne sont pas à l'aise avec les idées abstraites, dit-il, vidant son verre. C'est presque ironique que nous soyons si nombreux à avoir la foi.

Les gens pensent que ça les protège, dit George. Ils ne veulent pas mourir seuls.

La mort est notre obsession à tous.

Et le sexe et l'argent, alors ?

L'argent est surestimé. Le sexe, c'est la peur et l'espoir.

L'espoir ? De quoi ?

De l'amour, évidemment. De la rédemption. Floyd sourit. L'amour est lumière, l'amour est équilibre. C'est un monocycle. La mort est plus facile. La mort est absolue. On dit que c'est la grande inconnue – mais c'est faux. On la connaît. On la reconnaît quand on la voit. Quand on sent son odeur. On passe sa vie à la courtiser. Les drogues, l'alcool, la nourriture. Elle est partout autour de nous. On la promeut. Au supermarché ; ces gros titres annonçant des overdoses, des suicides. Les tragédies de tous les jours. Les posters de morts qu'on accroche sur nos murs – Marilyn, James Dean, et même Jésus. Floyd haussa les épaules. Swedenborg nous emmène au-delà de la mort. Le paradis et l'enfer, et, oui, les anges aussi – ce qu'il nomme les choses cachées du ciel et de l'enfer…

Il m'introduisit au-dedans des choses secrètes, dit George, citant *L'Enfer*.

Manifestement, Swedenborg a lu Dante. Vous avez lu l'essai de Frank Sewall là-dessus?

Non, dit George. Mais Dante et Giotto étaient proches. Il est probable que Dante ait vu *Le Jugement dernier*, et qu'il y ait réfléchi. Vous connaissez Padoue?

Oui, nous y sommes allés un été; la ville entière était parée de lumières. C'est une fresque miraculeuse.

Cette représentation spectaculaire du Jugement est gravée dans notre inconscient depuis la nuit des temps, dit George. Et rien n'a changé. Les gens ont toujours peur de finir en enfer.

Vous ne pensez pas que cela va au-delà de ça? demanda Floyd. Je crois qu'il s'agit plus d'amour que de mort – la lumière du Seigneur. Nous sommes des êtres singuliers parce que nous avons une âme qui ne meurt jamais. Swedenborg nous ouvre le portail du monde spirituel. Son récit confirme la promesse de Dieu, Celui qui croit en moi vivra, quand même il serait mort.

Et si on ne croit pas?

On fait partie des damnés.

George leva son verre. Ainsi soit-il. J'entends en profiter le plus possible.

Il aurait été idiot de sa part de dire à Floyd qu'il considérait la Bible comme le plus grand texte de propagande jamais écrit. Selon sa conception de la vie, rien n'avait véritablement d'importance, au fond. On pouvait faire ce qu'on voulait sans que la foudre s'abatte. On avait une date de début et une date de fin. Point. Félicitations, vous êtes mort.

J'ai tendance à penser que la mort est définitive, dit-il avec diplomatie. On nous met en terre et voilà. Les vers font le reste. Pas de portail, pas d'anges. Pas de diable non plus. Votre Swedenborg avait beaucoup d'imagination. S'il vivait aujourd'hui, il ferait des films. Il serait riche.

Peut-être, dit Floyd.

George fit tourner les glaçons dans son verre et le vida. Il était déjà un peu ivre. Il en aurait bien pris un autre, mais jugea préférable de s'abstenir. Je ne sais pas pourquoi, mais nous partons du principe erroné que, sous prétexte que nous sommes des humains, nous avons le pouvoir de tout améliorer, même la mort.

Je vais vous poser une question. Si vous y croyiez – à l'existence du ciel et de l'enfer, à la réalité de Dieu – est-ce que vous changeriez ?

Est-ce que je changerais ? Quelle question absurde, songea George. Vous voulez dire, est-ce que je deviendrais quelqu'un de meilleur ?

Oui.

Je ne sais pas, admit-il. Il regarda l'eau, la grande étendue de vide. Les soucis pouvaient s'accumuler dans une vie, pensa-t-il, et lentement, lentement vous défigurer. Peut-être, finit-il par répondre. C'est possible.

Floyd hocha la tête. On se demande si quiconque mérite le paradis…

Le soleil était couché, l'eau noire, le vent frais. On voyait la lune et un semis d'étoiles. Ils finirent leur verre et virèrent de bord. Nous avons un bon vent arrière, dit Floyd. On sera vite rentrés. Il n'y a rien de plus agréable qu'une sortie à la voile au crépuscule, vous ne trouvez pas ?

Il n'y en aura plus beaucoup cette saison, dit George. Il commence déjà à faire froid.

Encore une ou deux. Vous êtes le bienvenu si vous voulez m'accompagner.

Merci, j'en serais ravi. C'est un bateau solide.

Il faisait nuit quand il rentra à la maison. Tu es en retard, dit Catherine. Tu avais oublié ?

Effectivement. Donne-moi une minute pour me changer.

Tout va bien ?

Pourquoi ça n'irait pas ?

Tu es pâle.

Il y avait du vent sur le bateau.

Tu veux que j'annule ?

Inutile.

Elle le laissa seul et retourna à la cuisine pour s'occuper de Franny, qui dînait, assise à table avec Cole Hale.

George monta lourdement l'escalier, comme un homme accablé par le poids des conventions. C'était exténuant de se montrer aimable avec les gens toute la journée. Il était fatigué. Il se déshabilla, entra dans la douche et envisagea de se masturber, puis il entendit Catherine dans l'escalier. Une fois, elle l'avait surpris en pleine action – ça lui avait fait bizarre. Il ferma le robinet et ouvrit le rideau de douche. Elle se maquillait devant le miroir, en slip et soutien-gorge.

Il attrapa une serviette et se sécha en l'observant. Sans le vouloir, il se surprit à comparer son corps à celui de sa maîtresse. Tu pourrais prendre quelques kilos, lui dit-il.

Elle revissa son tube de mascara, et il se demanda si elle l'avait entendu.

Dans la chambre, elle ouvrit le placard et considéra sa garde-robe : sept ou huit robes du même modèle qu'elle avait faites elle-même dans différents tissus. Il supposa qu'il devrait être fier qu'elle couse ses propres vêtements. Comme sa mère, elle était parfaitement économe.

Il remit le pantalon de toile qu'il avait porté ce jour-là, un polo propre et un blazer bleu aux poignets légèrement usés. Personne ne s'en apercevrait.

Elle choisit une robe à motif cachemire lavande et l'enfila par la tête, tortillant des hanches pour l'ajuster, puis attacha une large ceinture autour de sa taille et glissa ses pieds dans des sandales.

Tu es jolie, dit-il quand ils furent dans l'escalier, conscient que Cole était à portée de voix. George se rendait compte que Catherine et lui avaient de l'influence sur l'adolescent – ils offraient de la vie conjugale une image sans doute différente de celle de ses parents – et il voulait que Cole sache qu'il existait certaines règles de politesse, certains usages que les gens raisonnables se devaient de perpétuer. Cette supposition se fondait sur des souvenirs de sa propre enfance, quand ses parents sortaient de leur chambre, habillés pour le dîner, et que son père disait un mot gentil à sa femme au seul bénéfice de leur fils, afin que celui-ci ne le prenne pas pour un monstre.

Merci, George, dit-elle, puis se tournant vers le garçon, elle ajouta : On ne devrait pas rentrer trop tard.

Cole lui lança un coup d'œil rapide, comme s'il craignait que l'expression de son visage ne révèle quelque chose – que sa mère lui manquait terriblement, peut-être, ou qu'il était amoureux de Catherine pour des raisons qu'il était incapable d'expliquer. Les garçons comme Cole devenaient des hommes qui tombaient amoureux pour des raisons qui leur demeuraient inconnues.

Catherine lui tendit une paire de chaussettes qu'elle avait reprisées. Voilà. Comme neuves. Elle était pleine d'attentions pour eux tous. Parfois, en rentrant chez lui, George trouvait les trois Hale attablés, en train de manger sa nourriture avec leurs mains sales.

Merci. Cole adressa à George un regard d'expectative, les yeux pleins d'un désespoir sans limites, mais George refusait de se sentir coupable. Il n'avait absolument rien à voir avec ce qui était arrivé à cette famille.

Il montra le sac à dos pendu à une chaise. Qu'est-ce que tu as là-dedans ?

Mes devoirs.

Tu es en troisième ?

Oui, monsieur.

J'imagine que tu es un très bon élève ?

Dans la moyenne.

Mais George en doutait. Il semblait n'y avoir rien de moyen chez Cole Hale.

Au revoir, maman, dit Franny.

Catherine se pencha pour embrasser le haut de la tête de sa fille. Tu vas te coucher quand tu as sommeil, d'accord?

Elle doit être au lit à neuf heures, précisa George. Pas plus tard.

Alors qu'ils sortaient, il surprit Catherine qui levait les yeux au ciel à l'intention du garçon, qui lui répondit par un sourire entendu. Deux conspirateurs.

C'était l'été indien. Les arbres avaient jauni. Il décapota. La lune était de sortie. Ils roulèrent sans parler, le vent soufflant dans leurs cheveux.

Ces garçons, dit-il. On devrait peut-être les adopter.

C'était une blague, mais elle ne rit pas.

Puis elle demanda : Est-ce qu'il t'est arrivé, ne serait-ce qu'une fois, de considérer mes besoins?

Tes *besoins*? dit-il, se demandant d'où ça sortait. Brusquement le mot était partout – dans les journaux, à la télé, dans la bouche de femmes renfrognées –, où qu'il aille, une vraie tarte à la crème. Ses besoins. Eh, oh! Qui paie les factures? Il hocha la tête. Tu parles, que je ne considère pas tes besoins!

Mais, à la vérité, il n'y avait jamais réfléchi.

Justine et Bram possédaient une propriété de quarante hectares à l'écart de la Route 13. Un corps de ferme jaune et deux granges, au bout d'un étroit chemin, derrière d'énormes massifs de ronciers. Lorsqu'ils arrivèrent ce soir-là, George remarqua les gratifications discrètes attachées à une vieille fortune – la longère, la Range Rover garée dans l'allée, les véhicules bâchés dans la grange (il avait entendu parler d'une Aston Martin de 1958 que Bram restaurait). Des héritiers, avait dit d'eux Jelly Henderson – et ils ne s'en cachaient pas. Deux labradors bavant les accueillirent à leur descente de voiture. Bonjour, toi, dit Catherine à celui qui lui reniflait l'entrejambe ; elle n'était jamais aussi enthousiaste quand George s'approchait aussi près.

Allez, les chiens. Désolé. Ils sont très amicaux. Soyez les bienvenus. Bram tenait la porte ouverte, vêtu d'un pantalon de toile large et d'une chemise Lacoste passée. George se félicita d'avoir mis sa vieille veste. Il lui trouvait une certaine élégance élimée.

Bram lui serra la main. Entrez.

Ils pénétrèrent dans une cuisine chaleureuse et odorante. Justine sortait un faitout du four et le posa sur un vieux billot de boucher en chêne. Elle sourit, le visage rougi par la chaleur. Je vous ai préparé mes fameuses lasagnes. Elle portait une robe en mousseline couleur thé et un collier de grosses perles. Du vernis à ongles noir et un anneau d'orteil à ses pieds nus. À chacun de ses mouvements, ses bracelets tintaient, et elle dégageait un parfum de chat mouillé – maudite huile de patchouli.

Ça a l'air délicieux, dit Catherine.

Vous voulez voir la maison ? Bram fit un ample geste du bras comme un danseur de ballet. Venez, on va vous faire visiter. Il expliqua que la ferme appartenait à sa famille depuis des décennies, que c'était l'ancienne propriété de chasse de son oncle. Lorsque nous avons emménagé, nous avons dû nous débarrasser de toutes les têtes de cerfs. Il y avait même un orignal sur lequel nous accrochions nos chapeaux.

J'adore vos meubles anciens, dit Catherine, ouvrant le cabinet vitré d'un secrétaire rempli de livres de cuisine. Quelle belle pièce.

Il appartenait à ma grand-mère, dit Justine. Ces vieilles maisons sont fascinantes, n'est-ce pas ? J'ai le sentiment que nous les empruntons seulement. Nous ne sommes que leurs gardiens, vous ne croyez pas ?

Catherine pense que la nôtre est hantée, dit George.

Toutes les maisons de Chosen sont un peu hantées, dit Justine, mais celle-ci a de très bonnes vibrations.

À mesure qu'ils faisaient le grand tour, il devint terriblement évident que Justine n'était pas une femme d'intérieur. Ils vivaient dans le chaos. Ils avaient aussi toute une ménagerie : des chiens, des chats, des oiseaux et même un iguane, installé dans une hutte en bois de la taille d'une cabine téléphonique. Je l'ai fabriquée moi-même, précisa Bram. Il s'appelle Emerson.

George s'esclaffa. Joli nom.

Leur chambre contenait une haute armoire et un grand lit ancien sur lequel s'entassait une masse de vêtements, dont l'état – propre ou sale – était impossible à déterminer. Il y avait des piles de livres de chaque côté du lit. Un disque tournant sur une platine, le saphir sautant autour de l'étiquette. Des graines pour oiseaux éparpillées par terre. Un pot de chambre en porcelaine rempli d'un liquide d'un jaune suspect. Je n'ai pas eu le temps de faire le ménage, déclara Justine sans s'excuser.

Ils prirent un verre sur une terrasse en pierre. George se réjouit d'être dehors, loin du vacarme du zoo. Justine apporta un plateau de fromage avec des crackers, des figues et des olives. Elle avait les seins presque au nombril, comme la grand-mère de George. Quand la lumière filtra à travers sa robe, il distingua leur forme, et sa taille menue. Elle avait les yeux de la Madone, pensa-t-il, du moins telle que le Caravage l'avait peinte, des yeux de prostituée, et de longs cheveux en désordre qui lui tombaient dans le dos. Ses mollets n'étaient pas épilés, et des touffes de poils noirs jaillissaient sous ses aisselles. Alors qu'elle remplissait ses devoirs d'hôtesse, les réapprovisionnant en alcool et en crackers, il détecta sur elle une très légère odeur de sueur. Bram, lui, ressemblait à un savant fou, un homme qui se colletait avec les grandes idées et les mécanismes du changement, mais qui était trop isolé pour les partager, et peut-être avait-il peu d'amis qui les comprenaient. George avait connu des gens pareillement affligés par leur intellect en troisième cycle universitaire ; ils avaient fini seuls, avec des résultats décevants. Cependant, Justine se faisait une joie d'être son interprète, et Bram l'acceptait volontiers, souriant et hochant la tête avec approbation comme si tout ce qu'elle disait était parfaitement exact. En fait, Justine pouvait faire la conversation pour eux tous.

Quelle belle soirée, fit remarquer Catherine.

Regardez la lune, dit Justine. Il n'y a qu'ici qu'on en voit une pareille.

Ils levèrent la tête vers l'astre.

La lune est plus brillante ici, dit Catherine.

Je sais, dit Justine. Nous avons vécu à New York pendant des années.

Jusqu'à ce qu'on s'évade, ajouta Bram.

Ils se sourirent comme des complices.

Nous menions une certaine vie, dit-elle, et maintenant nous en menons une autre.

Nous ne voulions plus faire de compromis.

Évidemment, tout le monde nous a pris pour des fous de nous installer ici.

Le compromis, c'est le mal de l'époque, n'est-ce pas ? fit remarquer George sèchement.

C'est tout à fait regrettable, dit Bram. Il faut avoir la volonté d'être différents, de déplaire même à ceux qu'on aime. La moitié de ma famille pense que Justine et moi sommes fous de vivre au milieu de nulle part. Ils n'apprécient pas que j'aie épousé une goy. Ça les gêne que nous n'ayons pas d'enfants.

On ne peut pas laisser les règles des autres définir qui l'on est, ajouta Justine.

Sans savoir pourquoi, George se sentit un peu insulté. Toute sa vie, il avait été défini par les autres. Il jeta un coup d'œil à sa femme.

Sans règles, nous serions une société dangereuse, dit-elle.

Nous sommes une *espèce* dangereuse, avança Justine. Nous l'avons toujours été.

On pourrait arguer que ce sont les règles qui nous ont rendus dangereux, dit Bram.

En voilà une parole d'anarchiste, acquiesça sa femme avec fierté.

Il était facile de faire des discours théoriques quand on avait autant d'argent. Du point de vue de George, les Sokolov avaient peu de responsabilités – pas d'enfants, sans doute même pas d'emprunt à rembourser. C'est facile de vivre sans règles quand on a les moyens, déclara-t-il.

Oui, c'est vrai, admit Bram, pas vexé le moins du monde. Je me rends compte que nous sommes des privilégiés. Tout ça, ajouta-t-il, montrant la maison, les champs. Nous avons atterri dans une bonne vie. On ne peut pas nier que nous avons eu plus de chance que la plupart des gens.

Une bonne vie, répéta George, sans savoir exactement ce que cela voulait dire. Quand il était petit, ses parents l'avaient poussé à être au-dessus du panier, à prendre tout ce qu'il pouvait. À l'époque, déjà, il les considérait comme de purs opportunistes. À t'entendre, ça paraît si simple.

Je pense que c'est simple, dit Bram. L'amour. Ce qui compte, c'est l'amour. Bram prit la main de sa femme et la serra.

Le geste agaça George. *Love is all you need*, dit-il, citant les Beatles, puis il vida son verre.

Ces figues sont incroyables, entendit-il sa femme déclarer, changeant de sujet avec tact.

N'est-ce pas qu'elles sont énormes ? Elles viennent de chez Zabar's. Puis Justine se leva. Viens – je vais te montrer ton écharpe. Elle est presque finie.

George eut l'impression qu'elle avait trouvé une nouvelle cause en la personne de sa femme, et alors qu'elles se dirigeaient vers la maison brillamment éclairée, il la vit passer le bras autour de Catherine comme une aile.

Bram les resservit. Tu te plais à la fac ? Justine m'a parlé de ton sujet de recherche. Maintenant, tu vis dedans.

Je sais. C'est ce que je me dis chaque fois que je mets le pied dehors. Rien que ça – il montra les montagnes au loin, le ciel sombre éclaboussé d'étoiles, les arbres noirs autour de l'étang aux reflets argentés –, c'est le paysage typique de l'école de l'Hudson.

J'avais pris option histoire de l'art au lycée. Je m'endormais à tous les coups. Désolé.

Mes étudiants… ils piquent du nez quand je leur passe une présentation diapos.

Bram sourit. Ne le prends pas pour toi.

Quand je rallume les lumières, c'est : Bon retour sur Terre ! Ils clignent des paupières et s'étirent. Ils bâillent.

Sérieusement, tu leur enlèves des points à cause de ça ?

George rit. Je devrais.

Ma mère était peintre, même si personne ne faisait grand cas de son travail.

C'est dommage.

Elle me traînait au Whitney. Qu'est-ce que je râlais. Je ne m'en rendais pas compte, mais ça m'influençait. Je crois que ça me rendait plus perspicace.

Comment ça ?

Dans ma façon d'observer le monde. De voir les couleurs. La lumière. Les visages. Il alluma une cigarette et regarda George. Tu peux imaginer le monde sans l'art ? Tu peux imaginer le monde sans Matisse ?

314

Non. Surtout pas sans Matisse.

C'est notre nourriture culturelle. Sans elle, nous serions des barbares.

George hocha la tête ; il était tout à fait d'accord.

Tu as déjà remarqué l'attitude des gens dans les musées ? Devant les tableaux ? Ils penchent la tête. Ils se reculent. Ils se perdent dans les couleurs. Peu importe le sujet – un paysage, une basse-cour, une cathédrale. L'esprit glisse dans un état de béatitude, de détachement...

De transcendance, compléta George, non sans ironie.

Ils quittent leur corps, dit Bram, et sont à l'*intérieur* du tableau.

Comme nous maintenant, dit George, ouvrant les bras tel un chef cuisinier devant tant d'abondance.

Ils méditèrent là-dessus pendant un instant. C'est carrément cosmique, dit Bram.

George remplit encore leur verre. C'est la méthode triviale, aucun musée requis.

Ah, oui. Mais il n'y a qu'une façon d'accéder à la vraie transcendance. Brad fit un mouvement de tête vers les femmes. Elles étaient dans la cuisine, disposant une nappe sur la table comme une vague ondulante.

C'est vrai, dit George, même si ce n'était pas à sa femme qu'il pensait. Il se remémorait la courbe des hanches de Willis, sa bouche chaude et généreuse. Quelques secondes avant de jouir, il quittait le monde, pris dans cet état intermédiaire qui n'était ni physique ni spirituel, mais une liberté d'être.

C'était parfaitement swedenborgien, songea-t-il, rêveur.

Une fois encore, ils regardèrent la maison. Justine mettait les assiettes pendant que Catherine allumait les bougies.

Je serais perdu sans Justine, admit Bram.

Oui, elle est formidable. Tu as de la chance.

Ils dînèrent dans la maison, à une table branlante ; les chiens mouillés étaient couchés à leurs pieds, empestant l'étang. La lumière des bougies nimbait la pièce d'un éclat tamisé, très XIXe siècle. Nous faisons tout nous-mêmes, dit Bram, apportant une salade.

Nous avons un jardin fabuleux. Je ne vais même plus au marché. Enfin, rarement. Justine servit à George une part de lasagnes. Nous faisons même pousser notre herbe.

George vit qu'elle ne plaisantait pas. Alors là, j'aimerais bien la goûter.

George, protesta Catherine.

Puisqu'on en parle… Bram retira le couvercle du bocal à biscuits et y prit un joint.

Catherine pinçait les lèvres, tout en continuant à faire mine de passer une bonne soirée. Bram alluma le joint et le tendit à George, qui tira une taffe en regardant sa femme droit dans les yeux, se délectant de sa mine sévère de maîtresse d'école. Sentant l'effet presque immédiatement, il ravala un rire. Allez, il faut que tu goûtes ça !

Non, merci.

Par solidarité peut-être, Justine s'abstint.

George avait soudain une faim de loup. Ça m'a l'air délicieux.

Je t'en prie, dit Justine, lui faisant signe de manger. Catherine chipota avec le contenu de son assiette, soucieuse des calories, George le savait. Pour compenser, il se resservit. Comme dessert, il y avait du gâteau de riz et des mûres. Justine, dit-il, tu t'es surpassée. C'était incroyable.

Justine rougit. Il la prit dans ses bras, l'embrassa. Elle était chaude, maternelle. Il sentit ses seins contre sa poitrine. Assis là, le sourire paresseux, Bram n'y trouva rien à redire. Retournons regarder la lune, dit Justine.

Ils ressortirent sur la terrasse. Le ciel étoilé ressemblait à un coussin à épingles. Il sentait que Catherine l'observait. Si elle avait choisi de s'exclure de l'activité de la soirée, tant pis pour elle. Ils fumèrent encore un peu, burent encore un peu. Ce qu'il éprouvait ne lui posait aucun problème. Il s'en fichait complètement. Cette fois, Justine prit le joint. Il était conscient des contours de sa propre silhouette, une frontière d'énergie. Il se représenta son esprit comme crayonné au fusain, la matière noire de son âme.

Tu es en état de conduire? lui demanda sa femme alors qu'ils prenaient congé.

Oui, chérie, comme jamais.

La route était déserte. Très noire, et la nuit plus noire encore. La voiture faisait du bruit. Bram lui avait donné un autre joint. Il décida qu'il le fumerait plus tard. Quand il serait seul.

C'est le plus grand avantage de vivre ici, cria-t-il.

Lequel?

Pas de flics.

Elle grommela. Du moins on ne les voit pas.

Juste pour le plaisir, il appuya sur l'accélérateur. Ils roulèrent à cent dix, cent vingt.

George, s'il te plaît!

S'il te plaît quoi? Il lui posa la main sur la cuisse.

Arrête, dit-elle en le repoussant. Ralentis.

Mais il aimait la sensation que lui procurait la voiture, le vent dans ses cheveux. Tu peux te détendre pour une fois? C'est marrant.

Ce n'est pas marrant.

Mon Dieu, tu es tellement…

Je ne t'écoute pas, George.

Terne.

L'adjectif lui fit monter les larmes aux yeux. Ramène-moi à la maison.

Allez, dit-il, lui touchant la cuisse. Allez.

Arrête.

Qu'est-ce qui t'arrive? Qu'est-ce qui se passe?

Elle lui lança un regard assassin. Rien. Je ne veux pas que tu me touches.

Tiens donc. Il laissa sa main où elle était. Elle tenta de le repousser, mais il était plus fort qu'elle.

Lâche-moi, George. Laisse-moi descendre. Je veux descendre!

Brusquement, il s'arrêta au bord de la route. Très bien, descends. Tu peux rentrer à pied, je m'en fous.

Elle sortit et claqua la portière. Une route sombre, pas de lumières, pas de maisons. Rien qu'une campagne déserte, tout un océan. Il la regarda avancer

seule sur le bas-côté comme une bohémienne vagabonde, puis redémarra et roula à côté d'elle.

Viens, c'est ridicule. Monte dans la voiture, Catherine.

Elle continua à marcher.

Monte dans cette putain de voiture.

Elle l'ignora.

Merde – je commence à en avoir par-dessus la tête
de tout ça.

Elle fit volte-face. Eh bien moi, j'en ai par-dessus
la tête de toi.

Ah, bien envoyé. Tu as retrouvé ta langue. Eh
bien, tu veux que je te dise où tu peux te la mettre?

Deux personnes intelligentes. On aurait dû réfléchir.

Réfléchir à quoi?

On ne peut pas continuer, George.

De quoi tu parles?

On n'a rien à faire ensemble. Tu le sais bien.

Il secouait la tête.

Tu ne m'aimes pas. C'est tellement évident. Elle
s'était mise à pleurer. J'ai renoncé à tout pour toi.

Et moi, donc!

Il passa une vitesse et s'éloigna, regardant le reflet
de Catherine rapetisser dans son rétroviseur. Qu'elle
aille se faire foutre, songea-t-il, et il prit de la vitesse
sur la route vide. Oui, ils avaient joué de malchance.
Oui, il était un salaud. Oui, elle était naïve et superficielle. Malgré tout, ils le faisaient – ils élevaient
Franny ensemble – et il était faux de dire qu'il ne
l'aimait pas; une partie de lui l'aimait. Elle était la
mère de sa fille; bien sûr qu'il l'aimait!

Il fit demi-tour et fila dans sa direction. Monte, putain.

Elle continua à marcher.

Écoute, je suis désolé, d'accord ? Désolé d'avoir tout foiré. Ça faisait du bien de le dire, même s'il n'en pensait pas un mot. Elle était aussi responsable que lui. Elle avait eu ce qu'elle méritait, et il avait l'élégance de ne pas le lui rappeler. Eh, tu as entendu ce que j'ai dit ? Catherine !

Tu me prends pour une idiote ?

Quoi ?

Elle secoua la tête. Ce n'est même pas la peine de te parler.

Tu es ridicule.

Elle pleurait, et le mascara lui dégoulinait sur les joues. Nous avons construit un mensonge spectaculaire, dit-elle.

Tu es ivre. Voilà ce qu'il y a. Tu ne devrais pas boire – tu ne le sais pas, depuis le temps ? –, quelqu'un comme toi.

Comment ? Quelqu'un comment ?

Si sensible, si vulnérable. Si facile à abîmer. Je t'ai détruite, c'est ça, putain ?

Il passa au point mort, sortit de la voiture et l'agrippa, mais elle se débattit, le gifla et il la frappa à son tour. Elle eut un mouvement de recul et il vit qu'elle saignait. Je suis désolé, dit-il. Viens, je vais… Il tira sur sa robe qui se déchira.

Arrête, George. Laisse-moi tranquille. Ça suffit.

Elle monta dans la voiture. Il regarda des deux côtés de la route. Il n'y avait personne. Scrutant l'obscurité épaisse comme du velours, il vit deux yeux jaunes. Un cerf solitaire dans le champ pour seul témoin.

Le garçon s'était assoupi sur le canapé. Franny s'était couchée sans faire d'histoire, dit-il en regardant Catherine se précipiter dans l'escalier comme un animal chatoyant, tenant sa robe d'une main, l'autre posée sur son œil. George lui paya un petit supplément. Continue comme ça et tu n'auras pas à le regretter. Viens, je te ramène chez toi.

Le garçon rangea les billets dans son portefeuille, qu'il remit dans sa poche. Bien que sa femme lui reprochât d'être dur et insensible, George pouvait se montrer magnanime quand il le voulait, et il admirait la loyauté du garçon, le fait qu'il arrive toujours à l'heure, même un peu en avance. C'était rare de nos jours de trouver des gens fiables. Il savait que Cole ferait ce qu'on lui dirait. Il avait l'étrange sentiment que, d'une certaine façon, Cole Hale était une version de lui-même.

Jolie voiture, monsieur Clare.

Elle est italienne.

Les vitres baissées, il roula un peu plus vite qu'il ne l'aurait dû. Il voyait que ça plaisait au garçon. Sur une impulsion, il sortit le joint et l'alluma. Tu en veux ?

Cole lança un coup d'œil au joint et secoua la tête.

Allez, tu n'es pas obligé de refuser. Il tendit la main. Prends.

Je ne sais pas, monsieur Clare.

George se persuada que le garçon se montrait seulement poli. Allez.

D'un geste hésitant, Cole prit le joint et tira une taffe. Il toussa.

Ce n'était pas si difficile, si?

Cole s'autorisa un bref sourire. Ce serait le premier de nombreux secrets, songea George.

Le garçon vivait chez son oncle à Division Street, dans une étroite maison mitoyenne. Il s'arrêta au bord du trottoir.

La porte s'ouvrit. Un homme sortit et se planta sous le porche, les mains sur les hanches, aux aguets, comme un doberman.

C'est mon oncle.

Bon, alors, bonsoir.

Bonsoir.

George agita le bras, mais l'oncle ne répondit pas. Dès que le garçon eut monté les marches, l'homme l'attrapa par l'épaule et le poussa à l'intérieur. La porte se referma et les lumières s'éteignirent.

Une fois chez lui, George alla dans son bureau et ouvrit une bouteille de scotch de cent ans d'âge, le cadeau de son père pour son doctorat; évidemment, il avait gardé pour lui la réalité de sa situation académique. Il rumina en pensant à l'université, à ces connards du département. À ce foutu Warren Shelby. Ils ne lui avaient pas proposé de poste, pour finir; mais peu importait. George était parfaitement heureux ici chez les péquenots, où personne ne remettait en doute ses compétences. Il n'en avait rien à foutre d'eux et de leur département. Rien à foutre de New York.

Il avait passé une bonne soirée chez les Sokolov. Ils ne ressemblaient pas aux New-Yorkais qu'il connaissait – des doctorants qui se comportaient comme s'ils faisaient partie d'une troupe de théâtre et se complaisaient dans une sorte de malaise prévisible, ou ses prétendus collègues du département d'histoire de l'art, ces manipulateurs. Il en avait assez du colportage de ragots, des basses manœuvres pour décrocher un poste. Saginaw l'avait sauvé de tout ça. Il avait perdu sa foi dans le quotidien, dans ce qui les liait en tant qu'humains, et sortait en chancelant de cette faille temporelle comme un astronaute revient sur Terre.

Sa femme était couchée à l'extrémité du matelas, le dos tourné, ses omoplates pointant sous le drap blanc.

Ce serait gentil de ta part de me pardonner, dit-il à son dos. Tu sais que je ne voulais pas.

George. Mais ce fut tout ce qu'elle dit.

Tu sais que je ne te ferai jamais de mal.

Tu passes ton temps à me faire du mal.

Il baissa les yeux vers ses mains. Sans savoir pourquoi, il pensait à sa mère qui pleurait chaque fois qu'il faisait une bêtise, puis le suppliait de se tenir correctement. Très tôt il avait su les duper, manipuler leurs sentiments. Je regrette que tu penses ça. Je ne crois pas que ce soit vrai.

Est-ce que tu me trompes, George ?

Bien sûr que non.

Je peux te faire confiance ?

Oui. Bien sûr que tu peux me faire confiance.

Pourquoi rentres-tu toujours si tard ?

Je viens de commencer là-bas, lui dit-il. Je ne peux pas compter mes heures, si je veux faire mon trou.

Elle se retourna et l'examina avec circonspection, comme si le fait de croiser son regard risquait d'avoir des conséquences fâcheuses, puis elle se détourna de nouveau, mécontente, et ferma les yeux. Il passa les bras autour d'elle, sentant son corps tendu, inflexible. Peu lui importait. Elle était blessée et il allait la réconforter.

Je serais perdu sans toi, lui dit-il. Essaie de ne pas l'oublier.

Le langage secret des femmes

On ne veut jamais de ceux qui sont prêts à nous aimer. Sa mère le lui avait dit un jour, et Willis arriva à la conclusion que c'était vrai. Parce que pour être prêt à l'aimer, il fallait être carrément désespéré.

Elle savait utiliser son corps pour affoler son amant. Elle utilisait ses yeux et ses lèvres, sa moue de petit bébé. Elle utilisait ses longues jambes, qui ne servaient plus à rien, à en croire sa mère, depuis qu'elle avait arrêté la danse classique. Elle utilisait ses genoux, en forme de tasses à thé à l'envers. Elle utilisait ses hanches. Et sa tête, quand elle balayait ses cheveux de son visage comme si elle en avait quelque chose à foutre. Avec son langage corporel, elle pouvait exprimer l'inverse de ce qu'elle pensait. C'était ce qu'elle préférait dans le fait d'être une femme, cette capacité à duper les gens.

George. Il voulait lui faire des trucs. Voilà ce qu'il lui avait dit. Il l'avait allongée sur le lit, bras étirés au-dessus de la tête, jambes à la verticale, et il était resté là à la regarder. Lorsqu'il avait saisi ses cuisses dans ses grandes mains, elle s'était sentie prisonnière et ses yeux s'étaient embués. Puis il l'avait lâchée comme si Willis était un feu qui l'avait brûlé, et il était reparti. Elle ne l'avait pas revu depuis.

Ce soir-là, elle avait appelé sa mère, mais en entendant sa voix, en l'imaginant dans la cuisine de la 85e Rue Est, avec un plat au four, un de ses ragoûts de hippie, en se représentant son visage tragique et la bataille permanente qui se livrait dans son cerveau entre le bien et le mal, entre justice et injustice, privilèges et persécutions, sa propre tête s'était mise à bourdonner si fort qu'elle avait dû raccrocher, incapable de le supporter.

Quand elle ferma les yeux et se représenta George Clare, Willis sentit la culpabilité l'éclabousser à l'intérieur, et c'était ce qu'elle voulait, parce qu'elle était coupable de tellement de choses. Elle essayait d'y faire face. D'assumer qui elle était. La progéniture extraterrestre de Todd B. Howell, le célèbre avocat pénaliste aux clients dégueulasses, barbares. Celle qui, la nuit, se glissait dans son bureau, où traînaient d'épaisses enveloppes dont elle déroulait, déroulait, déroulait la ficelle rouge, jusqu'à ce que la bouche jaune s'ouvre et crache son contenu, des dépositions et des photos des choses horribles commises par des gens, qu'elle étalait par terre en désordre autour d'elle, comme autant de spectaculaires cadeaux d'anniversaire. Et l'expression sur le visage grassouillet de son père quand il parlait de ses clients au dîner, une espèce de fierté écœurante quand il se vantait de toujours les tirer d'affaire – comme s'il s'agissait d'une prouesse sexuelle –, parce qu'il réussissait à trouver le détail auquel personne d'autre n'aurait pensé, c'était sa spécialité.

Même le type qui avait enfoncé un pistolet dans le vagin d'une femme et avait tiré – eh bien, son père avait trouvé une faille, une toute petite chose.

Parce que dans ce monde, on pouvait s'en tirer même après des actes comme ça. On pouvait s'en tirer même en étant abject.

Et ça, c'était plus qu'elle n'en pouvait supporter. Elle était sortie sur la terrasse, dans le vent déchaîné, la chaleur hallucinante, tandis que la ville attendait, les hauts immeubles gris, le ciel sombre, l'éclair au-dessus du fleuve. Cédant à cette folie ordinaire, aux innombrables fenêtres d'innombrables appartements dans lesquels se produisaient des drames terribles, elle avait grimpé sur le rebord et écarté les bras. Me voici, avait-elle crié dans le vide, fais de moi ce que tu veux.

Ils l'avaient retirée de la fac. Sa mère ne voulait pas qu'elle retourne sur la côte Ouest dans l'état où elle était. Son psy lui avait dit qu'il était temps d'accepter les choses – se caressant la barbe et rajustant ses lunettes à double foyer avec une régularité névrotique. Attendant. Attendant qu'elle parle de ce qui s'était passé avec Ralph.

Elle l'avait rencontré dans le métro. C'était un prénom affreux pour un type aussi séduisant – il lui avait dit qu'il était mannequin, mais pas homosexuel. Grand et large d'épaules, il faisait partie de ces gens contraints de surveiller leur poids. Il était un peu plus âgé qu'elle. Elle avait menti en prétendant être mannequin elle aussi ; il l'avait crue. Ils vivaient dans le même quartier. Comme elle, il habitait encore chez ses parents, mais il avait trouvé un appartement, dont le bail débutait un mois plus tard. Après les premières fois où il l'avait attachée, elle avait pensé à Dieu. Elle se demandait pourquoi il l'avait choisie pour ça – et pourquoi cette personne-là, cet homme-enfant étrange et triste.

Elle ne pouvait s'en ouvrir à personne. On l'aurait prise pour un monstre. Sans parler de la culpabilité, parce que ça ne lui déplaisait pas. D'être capturée. Entravée. Tu es bien obligée d'y prendre plaisir, semblaient dire les yeux de Ralph. Ils avaient des points communs. Son père travaillait comme analyste du renseignement pour le FBI. Ralph avait un affreux chien décharné, qui leur tournait autour nerveusement pendant qu'il la baisait. Puis il la détachait et observait son visage, cherchant quelque chose – une expression ou une révélation. Ils sortaient de sa chambre pour entrer dans le salon envahi de fumée de cigare, où ses parents regardaient la télé ; elle affichait son sourire de gentille fille de bonne famille, et il la raccompagnait, gardant ses distances dans l'ascenseur comme s'ils n'étaient que de vagues connaissances et que ce qui venait de se passer entre eux n'était rien de plus que l'accomplissement d'un contrat de service administratif. Elle ignorait pourquoi, mais il avait cessé de l'appeler. Ce rejet brutal l'avait plongée plus profondément dans la spirale de l'isolement – sa version toute personnelle de l'exil.

Quand George revint la fois suivante, il s'excusa pour son étrange comportement. Tu es tellement belle, dit-il. C'est désarmant.

Mais elle ne l'était pas. Pas vraiment. Pas au sens classique du terme. Arrête de dire n'importe quoi.

Il regarda ses mains comme un homme coupable. Tu m'embrouilles complètement. Je n'arrive plus à penser clairement.

La pensée est très surestimée, dit-elle, et elle l'embrassa.

Elle n'avait pas menti à propos de tout, seulement sur certains points.

Elle ne lui avait pas dit qu'elle était riche. Ni qu'elle avait seulement dix-neuf ans. Qu'elle ne prenait pas la pilule. Que son père était l'un des avocats les plus en vue de New York. Qu'elle avait laissé tomber l'UCLA – ou plutôt qu'on lui avait demandé de partir. La vraie raison pour laquelle elle était venue ici, c'était qu'Astrid, la petite amie de sa mère, une Hollandaise qui frétillait en permanence comme un Jack Russell terrier, emménageait dans l'appartement, maintenant que sa mère avait décidé qu'elle était gay.

Ironiquement, la seule personne qu'elle voulait était sa mère, mais elle ne pouvait se résoudre à composer le numéro et à prononcer les mots : Maman, c'est moi, Willis.

Elle avait passé sa jeunesse à cheval, et M. Henderson l'avait engagée par pure bonté d'âme pour monter à la place de tous ces gens riches qui prétendaient n'avoir pas le temps, alors qu'en fait ils étaient morts de peur. Peur de tomber, de se casser quelque chose et de finir dans un fauteuil roulant en train de se chier dessus. Elle savait qu'elle voulait devenir poétesse et écrivait tard le soir dans sa petite chambre, sur la table éclairée par la petite lampe jaune, devant la mosaïque de bombyx qu'était la moustiquaire. L'été avait été splendide jusqu'à sa rencontre avec George Clare, parce que ensuite sa vie avait changé, elle ne savait même plus qui elle était, la fille tout au fond d'elle-même s'était tue, elle avait disparu comme on part se cacher pour mourir. Elle avait étudié la psychologie et suivi un cours sur le comportement criminel, aussi savait-elle des choses à propos de George Clare que personne d'autre ne savait, et qui la terrorisaient. Il était une autre de ses nombreuses graves erreurs.

Son père lui avait enseigné comment fonctionnait le système. Et comment le manipuler. Il disait qu'en fin de compte, c'était affaire de perspicacité. Lorsqu'il défendait quelqu'un – un sale type en général – il se terrait dans son bureau pendant des jours, étudiant l'affaire et les accusations, les preuves, les photos, cherchant ce qu'il appelait une porte d'entrée. Il lui avait dit qu'il fallait pénétrer dans l'esprit de l'inculpé. Voir à travers ses yeux. Parfois, il s'agissait d'une chose minuscule, une fausse piste bidon ou une vérité imparable qui jetait le doute sur les plaintes déposées contre lui. Quoi que ce soit, il le trouvait.

Les tragédies imprévues représentaient un gros marché à New York, si bien que son père était plein aux as. Il ne faisait la queue nulle part. Les portes des clubs lui étaient ouvertes et on lui réservait un accueil de VIP. Ses clients et leur famille étaient aux petits soins pour lui. Quand elle était petite, ses parents les recevaient. Pour Thanksgiving, à Noël. D'autant qu'ils pouvaient être sympas. Certains lui offraient des cadeaux. Ils avaient l'air de gens normaux.

Un jour, son père l'avait surprise dans son bureau, alors qu'elle fouillait dans ses dossiers. Willis, ainsi prénommée en l'honneur de son grand-père, juge à la cour fédérale, s'était mise à pleurer. Comment tu peux faire ça ? Comment tu peux sauver des gens pareils ?

C'est à Dieu de sauver les gens, lui avait-il répondu. Moi, je me contente de faire appliquer la loi – ni plus ni moins.

Il avait un miroir particulier, songeait-elle, qui lui renvoyait une bonne image de ce qu'il faisait.

On lui avait dit qu'elle pouvait s'occuper des agneaux dans l'étable. Elle devait en nourrir certains au biberon. Il y avait un tel bruit là-dedans, un bruit incroyable, et les petits, réclamant toute son attention, levaient vers elle des yeux duveteux et si malheureux qu'elle en avait le cœur serré. Pour eux, la vie était soudain devenue terrible. On leur avait enlevé leur mère, dont le lait était transformé en fromage au lieu de remplir leurs ventres de bébés. L'agriculture ne l'intéressait pas beaucoup, mais elle aimait bien travailler avec des animaux et être dehors. Sa mère l'avait envoyée ici en lui disant un peu méchamment : Fais en sorte que ça marche. Parce que je suis à court d'idées.

Un jour, elle l'avait vue faire l'amour avec Astrid. C'était incroyablement bizarre, surtout parce qu'il s'agissait de sa mère, et qu'elle s'exposait, s'exprimait. Mais aussi parce que Astrid était maigre, inaccessible, même un peu sinistre, et que Willis ne comprenait pas ce qu'elles se trouvaient. Elle en conclut qu'elles étaient liées par une même insatisfaction à l'égard de ce monde pourri, par le constat qu'on était tous foutus.

Son cheval préféré s'appelait Athena ; c'était la plus grosse jument, noire avec des balzanes. Elles partaient ensemble dans le pré, suivaient les pistes jusqu'à la crête d'où elle voyait la vieille ferme des Hale. Elle y allait au crépuscule, quand les lumières commençaient à s'allumer. Parfois, elle attachait Athena et descendait la colline à pied à travers les hautes herbes, la lavande. Quand elle s'approchait de la maison, ses jambes commençaient à trembler un peu et ses joues à chauffer, les mêmes réactions que lorsqu'elle volait dans les magasins. Elle entendait les bruits qu'ils faisaient, le tintement de la vaisselle, Franny qui grimpait sur sa chaise et tapait sur la table avec sa cuillère de bébé. C'était une petite fille adorable. Qui attendait patiemment que sa mère se réveille et lui donne ce qu'elle voulait.

Telle une panthère, elle scrutait la maison, uniquement pour voir si elle se ferait prendre – sachant que ça n'arriverait pas. Les fenêtres aux stores ondulants, la salle à manger transformée en aquarium par les bouteilles colorées sur le buffet, l'aérateur de fenêtre qui allait et venait en roucoulant, les pendeloques en cristal du lustre agitées par le vent. Une maison musicale. Leurs pas sur le parquet grinçant.

La théière, le claquement du frigo. Le bruit de la fillette.

Il lui avait parlé de sa femme, raconté des choses intimes. Au lit, elle restait allongée, immobile comme une pelle ayant servi à creuser une tombe. Mais c'était une bonne mère. Il lui avait dit qu'il l'entendait pleurer parfois, quand elle le croyait endormi. Qu'elle était peintre, mais dénuée de talent. Trop scolaire, selon son expression. Elle était catholique, sa femme. Ils n'avaient pas les mêmes idées. Elle ne l'attirait plus. Ma femme est froide, lui avait-il dit. Elle n'aime pas faire l'amour.

Ils s'embrassaient pendant des heures. Regarde ce que tu me fais, disait-il.

Mais ce n'était pas de l'amour. Elle le savait. C'était autre chose.

Avec Eddy, c'était de l'amour. Ce qu'on appelait le Grand Amour. Avec lui, elle le ressentait et c'était la première personne à qui elle l'avait dit, même si elle n'était pas sûre d'y croire. Alors qu'il ne l'avait même pas touchée. Je commence seulement à te connaître, lui avait-il dit. On n'est pas obligés de se presser.

Elle aimait se balader avec lui. Il était plus grand, plus imposant. Parfois, il portait son chapeau de feutre noir. Ça lui plaisait bien. Il sortait son harmonica et lui jouait un air. Il avait le bout des doigts dur et rond, comme des fleurs en bouton. Ils descendaient au ruisseau et faisaient des ricochets. Ou alors, il allait la retrouver à l'étable. Elle le laissait tenir un agneau et le nourrir au biberon, et il était si tendre avec l'animal qu'elle se sentait renoncer à lui, parce qu'elle ne voulait pas l'aimer autant. Il était comme un frère. Il ne lui ferait jamais de mal. Elle pouvait lui faire confiance. Il ne l'obligeait à rien.

Avec George, c'était complètement différent ; un amour sale, terrible, qui la rendait dingue. Le genre d'amour pervers qu'elle croyait mériter. Parfois, il passait dans la journée, quand tout le monde était parti travailler. Il n'y avait pas un bruit. Elle entendait ses pas dans l'escalier. Déshabille-toi, lui disait-il, et il baissait lentement les stores. D'autres fois, il arrivait au milieu de la nuit. Qu'est-ce que tu as dit à ta femme ? lui demandait-elle. Elle me croit dans mon bureau. J'écris un livre. Elle pense que je travaille. Un intrus qui venait toujours à pied, parcourant les quelques kilomètres depuis sa maison. Elle disait non, mais il réussissait à l'embobiner. Il savait trouver les mots pour la convaincre. Il était intelligent, beau parleur. Il y avait une logique dans ses propos. Toi et moi, nous nous ressemblons beaucoup. Nous avons certains besoins.

Ils buvaient un peu de bourbon. Elle avait la gorge en feu. Il lui parlait d'art, lui expliquait que les gens avaient besoin de beauté dans leur vie, raison pour laquelle il avait besoin d'elle. Parce que tu es si belle, murmurait-il d'une voix angoissante de carte de vœux, le genre de cartes de Noël couvertes d'étincelles. Il se plaignait de l'hypocrisie des gens, toujours cachés derrière des masques, et de sa femme qui était pour lui une étrangère. Parfois, en se réveillant, il la regardait et ne savait même pas qui elle était. Il prétendait vouloir partir, peut-être même quitter le pays pour aller vivre dans un endroit comme l'Italie, dans une villa, où personne ne le connaîtrait.

Montre-moi, disait-il. Elle écartait alors les jambes, il faisait courir ses doigts sur elle comme une pluie de velours, et un instant plus tard, il était en elle.

Elle voulait seulement se remettre les idées en place, se passer du Valium de sa mère et *grandir*. Elle avait été sur la bonne voie avant de le rencontrer.

Un jour, il apporta des ciseaux et dit : J'ai envie de faire quelque chose. Quoi ? demanda-t-elle, un peu effrayée. Il dit : Tes cheveux, avec une expression inquiétante. Elle resta assise là, à attendre. On entendait la pluie crépiter et couler à flots dans les gouttières. Elle haussa les épaules, rit puis répéta : Quoi ? Viens ici, répondit-il. Il la maintint sur le lit, la caressa un peu et lui passa les mains dans les cheveux. Je te veux en garçon, dit-il. Puis il glissa une main entre ses jambes. Pour moi, murmura-t-il.

Les ciseaux crissèrent près de son oreille. Des touffes de cheveux tombèrent sur ses jambes nues. Après, une fois ses épaules dénudées, il la fit écarter les jambes et elle pleura. Elle se sentait perdre pied. Et la voix dans sa tête revint. Saute, disait-elle.

Plus tard, elle retrouva Eddy. Qu'est-ce que tu as fait à tes cheveux ?

Tu n'aimes pas ?

Non. Il paraissait furieux. C'est quoi, ton problème ?

Je ne sais pas.

Bon, je finirai par m'y habituer.

Ils marchèrent en ville en se tenant la main. Elle voyait son reflet dans les vitrines sombres, ses cheveux courts qui partaient dans toutes les directions. Elle essaya d'extirper de son esprit la pensée de George, des trucs horribles qu'il lui avait faits. Ça chauffait à l'intérieur de son crâne, comme une plaie qui risquait d'empester et de suppurer.

Ils allèrent chez Blake's, où ils jouèrent au flipper. Elle prit un rhum Coca et regarda le beau visage concentré d'Eddy pendant qu'il empoignait la machine et appuyait sur les boutons de ses longs doigts. C'était un gars de la campagne, elle le savait. Il n'était jamais allé nulle part. Ils n'étaient pas du même monde.

C'était un passant qui l'avait vue le premier. Il s'était précipité dans l'immeuble pour prévenir Alonzo, leur concierge, qui était sorti en courant et l'avait vue à son tour. Quand leurs regards s'étaient croisés, elle avait su qu'il se remémorait la nuit qu'ils avaient passée dans la loge à parler du bouddhisme ; il lui avait appris *namyohorengekyo*, et ils avaient chanté et médité ensemble jusqu'à l'aube, après quoi elle était remontée dans le penthouse de ses parents et s'était glissée dans son lit, reconnaissante – tellement *reconnaissante*. Et le regard d'Alonzo, tout en bas sur le trottoir, disait : Ne fais pas ça. En un rien de temps, il y eut une foule dans la rue, des têtes levées vers elle, des doigts pointés, et elle se fit l'effet d'être un oiseau exotique – unique, détachée, splendide. Elle était grimpée sur la tête de la gargouille et examinait la sombre géométrie de la ville, les bras ouverts, balayée par le vent, un goût de peur dans la bouche. Puis il y eut des sirènes, des camions. Des flics. En cet instant elle pensait au plaisir d'être à part, isolée, délivrée du mal – un ange. Par-delà la périphérie de sa vision, elle les voyait, ceux qui l'attendaient pour la guider vers l'autre monde, congrégation patiente et solennelle. Le vent essayait de la soulever. Les sirènes hurlaient. Des hommes en uniforme noir envahirent le toit et se déployèrent comme si elle était l'ennemi, une envahisseuse, alors qu'en réalité elle n'était qu'une jeune fille avec de sérieux problèmes, puis ils se figèrent comme si le monde risquait à tout instant de s'ouvrir en deux, brisant la fragile apparence de normalité, et qu'ils allaient tous tomber dans un obscur néant, l'endroit créé par Dieu pour les gens comme eux.

Paysage avec ferme

1

Son mari était apprécié. Il avait des partenaires de tennis, des partenaires d'échecs. Les week-ends, il invitait des gens chez eux, des collègues de son département. Ils n'étaient jamais seuls tous les deux. Il jouait le rôle de l'hôte généreux. Devant des étrangers, il faisait un époux convaincant, un père attentionné. Les gens croyaient qu'ils s'aimaient et bâtissaient une vie ensemble. Ils souriaient d'admiration.

De son côté, elle était l'image même d'une épouse d'universitaire, dans ses vieux kilts d'étudiante, ses austères cols roulés couleur cheval – bai, alezan, gris pommelé. Sa peau était pâle comme du pain sec. Elle attachait ses cheveux en chignon et ne prenait pas la peine de se maquiller. Le maquillage n'entrait pas dans la panoplie des épouses de Saginaw. Ces femmes-là s'habillaient sans fantaisie de jupes en lainage, chemisiers à collerette et tristes ballerines achetés dans des solderies.

Parfois, Justine et Bram passaient les voir. Ils amenaient des gens avec eux, comme s'ils craignaient de s'ennuyer. Des artistes. Des écrivains. Ils avaient un côté snob, songeait Catherine, même si les soirées devenaient toujours plus agréables quand ils arrivaient. Tout le monde s'installait sur la terrasse, dans l'air sentant les feuilles mortes et le feu, buvant du scotch pur jusqu'à ce que le froid les incite à rentrer. Ils s'entassaient alors autour de la table de la cuisine et mangeaient tout ce qui leur tombait sous la main – du cheddar irlandais dans son épaisse croûte de cire, des abricots, des noix dont ils craquaient la coque, du raisin noir. Les hommes, aux grosses mains avides, étaient brutaux, vulgaires, et lui rappelaient les *Mangeurs de pommes de terre* de Van Gogh, avec leurs visages rouges, rouges à cause du vent d'automne. Les femmes picoraient dans les assiettes de leurs maris et fumaient sans discontinuer.

Plus tard, comme s'ils obéissaient à un rituel religieux, les hommes disparaissaient dans le bureau de George, où ils se penchaient sur des livres, polémiquaient, buvaient et fumaient – le lendemain, elle retrouvait leurs cendres par terre, semblables à des chiures de canard. Elle leur apportait du thé, du café fort, du cognac, des cigarettes, frappant doucement puis entrant dans la pièce brusquement silencieuse.

Un soir, George invita le directeur de son département, Floyd DeBeers, et sa femme, Millicent. Catherine s'était affairée toute la journée à la réussite de son dîner. Elle avait préparé un rôti braisé, pour découvrir à leur arrivée qu'ils étaient végétariens. Millicent marchait avec une canne. En privé, DeBeers avait dit à George que son état se dégradait.

Elle n'en conservait pas moins une beauté distinguée et élégante, dans sa longue robe en crépon de coton couleur de ciel couvert. Floyd avait de longs favoris, une moustache impressionnante et un goût vestimentaire des plus bizarres – blazers rayés, couleurs criardes et épouvantables cravates larges. Au début, Catherine se demanda s'il n'était pas daltonien.

Pendant que George faisait du feu, elle montra la maison à leurs invités. Elle en était fière. La table, les fleurs. La bonne bouteille de bordeaux. Millicent déclina sa proposition de monter à l'étage, expliquant que depuis quelques semaines, elle avait du mal à monter les escaliers. Quand Floyd entra dans leur chambre, il s'arrêta net, fixant le lit.

Ça ne va pas? lui demanda-t-elle.

Nous ne sommes pas seuls.

Que voulez-vous dire? Bien que Catherine connût déjà la réponse.

Elle ne vous veut aucun mal. Elle tient à ce que vous le sachiez.

Elle veille sur ses fils, réussit-elle à dire.

Vous l'avez donc vue?

Une fois. N'en parlez pas à George, il me croit déjà folle.

DeBeers hocha la tête avec compassion. Les gens comme votre mari n'acceptent pas l'abstrait. Ça les met mal à l'aise. J'ai compris ça à propos de George. Il a peur.

Peur?

Oui, dit-il d'un ton assuré, comme s'il était le dépositaire d'une vérité confidentielle. Mais vous et moi sommes ouverts. Ouverts à la vie et à toutes les possibilités.

Elle regarda son visage, son regard doux. Devrais-je être effrayée ?

Il n'y a aucune raison de s'inquiéter, répondit-il. Ils sont parmi nous. Il haussa les épaules, comme s'il parlait de moustiques ou de souris. Les gens refusent d'y croire, mais nous, nous savons, n'est-ce pas ? Il lui sourit et lui effleura la joue. Le geste était si tendre qu'elle faillit en pleurer. Je suppose que nous sommes spéciaux, vous ne croyez pas, ma chère ?

Je ne sais pas, dit-elle, submergée par l'émotion. Personne ne l'avait jamais trouvée spéciale.

Allons, ne pleurez pas. Ne gâchons pas cette belle soirée. Il l'attira contre lui et l'étreignit. Elle ne peut pas vous faire de mal. Elle a des raisons de s'attarder. Quoi qu'il en soit, elle vous est reconnaissante.

Elle s'accrocha à lui comme une enfant. Reconnaissante ?

Vous avez été bonne avec ses fils.

Elle essuya les larmes qui coulaient sur ses joues. Je suis désolée. Je ne sais pas pourquoi je pleure.

Ne vous en faites pas. Vous n'avez pas à vous justifier. Certains d'entre nous savent des choses. C'est un don et une malédiction que nous devons porter.

Il sourit, la dévisagea et demanda : Comment ça se passe avec George ? Tout va bien ?

Bien sûr, répondit-elle, gênée. Pourquoi ça n'irait pas ?

Je sais que c'est difficile d'emménager dans un endroit pareil. Vous ne vous sentez pas seule, n'est-ce pas ?

Elle secoua la tête – elle n'avait pas l'intention de tout raconter au patron de George.

Votre mari fait les choses à sa façon, indéniablement.

Elle sourit, mais le commentaire la mit mal à l'aise. Elle ignorait comment George se comportait à l'extérieur. En certaines occasions, elle l'avait vu se montrer discourtois. Comme ce jour où, en sortant du centre commercial, il avait passé la porte vitrée sans se soucier de la femme derrière lui; en se refermant, le lourd battant avait heurté la femme, qui l'avait traité de connard, pendant que Catherine faisait semblant de ne pas le connaître. C'était un détail, mais très révélateur sur sa façon d'être.

Un éclat de rire rebondit dans l'escalier, sans doute en réponse à quelque blague idiote, devinat-elle. DeBeers lui prit le bras. Allons les rejoindre, vous voulez bien ?

Plus tard, en faisant la vaisselle, elle repensa à la soirée. Même sans son rôti braisé, le repas avait été bon, la salade et le vin au goût de tout le monde. C'étaient des gens intéressants, et elle avait particulièrement apprécié Floyd. Il était chaleureux, bienveillant. Plus d'une fois, elle l'avait surpris en train de la contempler par-dessus la table, avec une espèce de compréhension paternelle qu'elle n'avait jamais vue même dans les yeux de son père.

Une fois la vaisselle posée dans l'égouttoir, elle récura le grand évier blanc puis essuya les vieilles surfaces en Formica constellées de brûlures de cigarette. Ça l'attristait de penser à quel point les gens étaient négligents. Le sol avait besoin d'un coup de balai, mais il était très tard et elle avait envie d'aller se coucher. Ça attendrait, se dit-elle en retirant son tablier, qu'elle pendit au crochet. Quand elle se retourna, George se tenait dans l'encadrement de la porte et l'observait. Elle ignorait depuis combien de temps il était là. Il lui lança un regard morne.

George, dit-elle.

Viens ici.

Qu'y a-t-il?

Plus près.

Elle obéit et attendit, pensant qu'il était peut-être un peu ivre.

Il lui repoussa les cheveux d'un côté puis pencha la tête en l'examinant. Il posa les mains sur ses épaules. Tu as fait du bon boulot, ce soir, dit-il.

C'était sympa.

Floyd t'apprécie.

Il est gentil.

Vous êtes restés longtemps là-haut.

Je lui faisais visiter la maison.

Qu'est-ce qu'il a dit?

Il l'a bien aimée. Apparemment il la trouve jolie.

À propos de moi, je veux dire.

Il n'a pas parlé de toi, George. Pourquoi le ferait-il?

Au bout d'un moment, il répondit : Sans raison particulière.

Il la dévisageait toujours. Elle sentait le poids de ses mains sur elle et s'aperçut que son cœur battait très vite. Elle pensa qu'il préparait peut-être quelque chose, qu'il voulait peut-être lui faire mal.

Délicatement, elle repoussa ses mains, s'éloigna, ouvrit le placard et en sortit un verre qu'elle remplit au robinet, dans le seul but d'avoir quelque chose à faire. Bonne nuit, George, dit-elle sans le regarder.

Tu ne montes pas?

Je voudrais passer un coup de serpillière. Ça colle.

Ça ne peut pas attendre?

Je sais que tu n'aimes pas voir un sol sale.

Il regarda par terre, puis de nouveau vers elle. Comme tu veux. Il attendit encore une minute. Je monte, finit-il par dire. Et c'est ce qu'il fit.

Elle trouva ses cigarettes, éteignit la lumière, sortit sous le porche et resta dans le froid à fumer. Les moustiquaires vibraient dans le vent et des feuilles mortes tourbillonnèrent autour de ses pieds. Elle scruta les champs plongés dans le noir. Il pouvait arriver n'importe quoi ici, songea-t-elle. Et personne n'en saurait rien.

Une fois rentrée, elle entendit le parquet craquer au-dessus de sa tête, de l'eau couler dans les canalisations. Les ressorts du lit. Puis le silence.

Un verre de vodka lui fit du bien. Sa meilleure amie, c'était elle-même. Voilà ce que lui disait sa mère autrefois. Chaque fois que tu as un problème, souviens-toi que ta meilleure amie, c'est toi-même.

Après cette soirée chez les Sokolov, quand il l'avait frappée sur le trajet du retour et lui avait déchiré sa robe, elle n'avait pas dormi de la nuit, s'efforçant de décider quoi faire. Lorsqu'elle avait découvert son œil le lendemain matin, le bleu semblable à une méduse, la réponse s'était imposée. La journée avait passé tant bien que mal. En rentrant le soir, il lui avait apporté des fleurs et l'avait regardée remplir d'eau un vase de ses mains tremblantes. C'étaient des œillets, les fleurs qu'elle aimait le moins.

Elle avait attendu qu'il se serve un verre ; elle en avait déjà bu deux. Puis elle lui avait dit : Je te quitte.

Sans un mot, il s'était levé et était monté. Elle l'avait entendu fouiller dans le débarras, ouvrir des tiroirs. En redescendant, il tenait une valise.

Qu'est-ce que c'est que ça ? lui avait-elle demandé.

Tu t'en vas. C'est bien ce que tu as dit, n'est-ce pas ?

Elle l'avait regardé sans rien dire.

Tu auras donc besoin de ta valise.

En chouinant un peu, Franny avait tendu les bras vers Catherine, la lèvre inférieure tremblante. Tu vas où, maman ?

Ta mère s'en va, avait dit George d'un ton plat. Elle nous quitte, Franny.

L'enfant s'était mise à pleurer.

Catherine n'arrivait presque plus à parler. Elle s'était accroupie devant sa fille et l'avait prise dans ses bras. Mais non. Ce n'est pas vrai. Maman ne va nulle part.

Elle avait remonté et vidé la valise, rangé ses affaires à leur place. Lorsqu'il s'était mis au lit ce soir-là, il lui avait retroussé sa chemise de nuit. Tu es libre de partir quand tu veux, lui avait-il dit. Mais Franny reste ici.

Elle finit sa vodka et mit son verre dans l'évier. La maison était silencieuse. Elle voyait la lune par la fenêtre.

Puis elle monta l'escalier, comme toutes les femmes qui avaient vécu dans cette maison, dont les pieds fatigués avaient usé les vieilles marches et qui n'avaient trouvé une consolation qu'une fois seules, enfin, au cœur de la nuit.

Sans bruit, elle se déshabilla, enfila sa chemise de nuit et resta un instant debout devant le lit. Le bruit de la respiration de George emplissait la pièce.

Prenant garde à ne pas le réveiller, elle se glissa entre les draps et ferma les yeux très fort. Elle vit du blanc dans sa tête. Un blanc d'hôpital. Blanc comme la résurrection, la première couleur qu'on voit quand on se réveille de la mort, quand le sac mortuaire s'ouvre et que le monde s'illumine.

Quelle pensée très bizarre. Il lui en venait beaucoup ces derniers temps. Des bancs entiers d'idées bizarres, qui nageaient dans son cerveau.

Elle ne pouvait pas en parler à George, il ne comprendrait pas ; de toute façon, elle ne partageait presque plus rien avec lui depuis un certain temps déjà. La seule à qui elle pouvait en parler était Ella. En chuchotant dans la chambre vide. Catherine avait l'impression d'avoir développé une relation avec le fantôme. Elles formaient un duo morbide – l'une morte, l'autre vivante. Toutes deux coincées.

2

Elle sortait avec Eddy Hale. Ça commençait à le miner. Dans la partie rationnelle de son esprit,

George comprenait qu'elle tentait de lui prouver par là qu'il n'avait pas le pouvoir de la blesser. Tu ne comptes pas assez, semblaient dire ses yeux. Contrairement à Eddy Hale, qui compte beaucoup. George n'était pas très doué pour la jalousie. Parfois, quand il rentrait chez lui et voyait le camion des Hale, l'échelle posée contre la grange, le jeune Eddy perché là-haut près de la coupole, torse nu et une cigarette au bec, il devait se retenir de le mettre par terre. Elle parlait de lui. En général après l'amour, quand ils partageaient une cigarette, couchés, nus et en sueur, et que chacun tentait de convaincre l'autre que cette relation était une aberration, une perturbation presque clinique dans leur quotidien sinon respectable, la conséquence maligne d'une pathologie rare et très grave.

Il me joue des chansons d'amour, lui dit-elle.

Ah bon?

Il va devenir célèbre. Il a beaucoup de talent. On s'aime.

Tant mieux pour toi.

Tu ne sais même pas ce que ça veut dire, hein?

Bien sûr que si.

Mais elle secoua la tête pour montrer qu'elle ne le croyait pas. Non.

J'aime ma femme, dit-il.

Elle éclata de rire. D'accord. C'est bien. C'est très bien, George, je suis contente pour toi. Elle se redressa et prit une gorgée d'eau dans une vieille boîte de soupe. En voyant sa peau pâle, ses cheveux noirs qui soulignaient son visage, il pouvait prédire le genre de femme qu'elle deviendrait, une femme toute de rage et de désir inassouvi, assez semblable à la sienne.

Il lui prit la main. Comment faire pour te rendre heureuse, Willis ?

Elle reposa la boîte et attrapa ses sous-vêtements, enfila son slip, son soutien-gorge.

Qu'est-ce que tu veux ? Dis-le-moi simplement.

Ne me demande pas ça.

Pourquoi ?

Parce que je ne sais pas, tu comprends ? Je ne sais pas ce que je veux. Elle alluma une cigarette, prit une grosse bouffée et souffla la fumée avec mépris. Je veux retourner à la fac. J'en ai marre de cet endroit. Je ne pourrai pas rester ici beaucoup plus longtemps.

Pourquoi ?

Parce que sinon, je deviendrai dingue. Je ne peux pas rester ici.

Traduction : je ne peux pas rester ici avec toi.

J'ai une vie à L.A. Elle lui lança un regard noir, comme si elle venait soudain de mesurer à quel point il était stupide. Je suis une personne complètement différente là-bas.

Ah, vraiment – qu'est-ce que tu veux dire ?

Je ne suis le secret de personne.

Je vois.

Je ne suis pas comme toi, George, ajouta-t-elle méchamment. Quelqu'un qui ment et qui trompe. Je vaux mieux que ça.

Eh bien tant mieux pour toi.

Tu voudrais être libre, hein ? Elle secoua la tête devant cette impossibilité manifeste. Tu es lamentable.

OK, dit-il.

Tu sais ce que je crois? Que tu es un putain d'imposteur.

Ah bon, et pourquoi dis-tu une chose pareille?

Parce que c'est la vérité. C'est la vérité, et tu le sais très bien.

Elle écrasa sa cigarette et le regarda droit dans les yeux. Je ne veux plus qu'on se voie.

Il se redressa et boutonna sa chemise. Il avait le cœur en feu. Il ne supportait pas de la regarder.

C'était la dernière fois, dit-elle.

OK.

Elle tourna le regard vers lui, attendant quelque chose.

Qu'elle aille se faire foutre, songea-t-il, et il sortit. Il résista pendant un jour ou deux. Puis il y retourna. Il le fallait.

Elle se tenait dans l'embrasure de la porte. C'est ce qu'il préférait, quand elle lui résistait. Il lui parla, tenta doucement de la convaincre que ce qu'il y avait entre eux était bien, important. Au bout d'un moment, c'était devenu une espèce de rituel, le couplet persuasion, puis sa reddition. Il guettait les subtiles modifications sur son visage, la rougeur à ses joues. Elle l'acceptait. Elle acceptait leur relation. Le fait qu'elle avait autant besoin de lui qu'il avait besoin d'elle. Peu importait pourquoi. Nul besoin d'explication. Elle restait là à attendre qu'il la déshabille. Elle était devenue une source d'intense préoccupation. Il était infecté, malade. Ça ne durerait pas, il le savait. C'était impossible.

Un après-midi, ils étaient couchés sur le lit étroit, à la dérive. Il se mit à pleuvoir. Ils écoutèrent la

pluie tomber comme une symphonie, d'abord lentement puis de plus en plus fort, éclaboussant vio-
lemment le rebord de la fenêtre et aspergeant leurs
bras nus.

J'ai froid, dit-elle, lui tournant le dos.

Il la serra plus fort. C'est mieux ?

Sa présence dans ses bras, sa chaleur, son odeur
pareille à celle de la mer, du sable chaud au coucher
du soleil en été, le son de la vie qui coulait en elle, le
sang, l'air. Il pensa qu'il n'avait jamais pris la peine
d'apprécier les choses à leur juste valeur, la simple
beauté de ce qu'il voyait. Un souvenir lui revint de
lui, enfant, seul sur la plage, en train de contempler
toute cette eau.

Elle se tourna pour lui faire face et fourra les
mains dans son pantalon. Il l'arrêta d'un geste.

Tu ne veux pas ?

Non, j'ai seulement envie de parler.

C'est chiant, de parler.

Je veux te connaître.

Elle se redressa sur un coude, ses cheveux coupés partant dans tous les sens. Il l'aimait comme ça,
souple, garçonne. Que veux-tu savoir ?

Rien d'extraordinaire. Où as-tu grandi ?

Je te l'ai déjà dit. À New York.

Je sais, mais où ? Tu ne veux pas en parler ?

Elle poussa un soupir exagéré, comme quelqu'un
qui cède au terme d'un long interrogatoire. Elle
avait les yeux noirs. Les lèvres pâles. J'ai grandi dans
l'Upper East Side, dit-elle d'un ton plat. Je suis allée
à Brearley. Tu connais ?

Il secoua la tête.

Une école privée pour jeunes filles, précisa-t-elle en prenant l'accent anglais.

Et tes parents?

Quoi, mes parents? Ce sont des arrivistes, comme tout le monde là-bas.

Que fait ton père?

Soudain sur la défensive, elle demanda : Pourquoi tu veux savoir?

J'ai envie de te connaître. Est-ce si répréhensible?

Un peu, dit-elle.

Pourquoi?

Parce que. Parce que ça n'a rien à faire dans cette histoire. Parce que tu ne mérites pas de me connaître.

Pourquoi?

Parce que tu es marié, putain!

À cela, il ne répondit rien.

Qu'est-ce que tu t'imaginais? Que j'étais orpheline? Une espèce de Jane Eyre?

Il rit, surpris.

C'est ce que tu pensais, n'est-ce pas?

Non, pas du tout.

Tu voulais me couper les cheveux – tu te souviens de cette scène dans le livre?

Je ne l'ai jamais lu.

L'une des autres orphelines a de magnifiques cheveux bouclés. Le mec les coupe. Pour l'humilier.

Il lui passa la main dans les cheveux. Tu t'es sentie humiliée?

C'est ce que tu voulais, non?

Il la regarda sans répondre.

Tu voulais que je sois une pauvre fille, hein? C'est pour ça que tu l'as fait.

Non, dit-il, ce n'est pas ce que je voulais. Mais en vérité, il ne savait pas exactement pourquoi il avait agi ainsi. Et s'il l'avait su, il n'aurait pas voulu le partager avec elle. Les choses qu'il lui faisait, il les gardait sous séquestre dans un affreux petit endroit enfoui qu'il ne montrait à personne. Sur le moment, son acte l'absorbait complètement, et ensuite il l'oubliait.

Tu voulais me dépouiller de tout, n'est-ce pas ?

Oui, dit-il. Tu es ma petite orpheline à moi.

Sérieusement. Que crois-tu que fait mon père ? Essaie de deviner.

Je n'en ai aucune idée.

Il est avocat, l'informa-t-elle, puis elle ajouta, avec ce qui ressemblait à de la cruauté délibérée : Un avocat spécialisé en droit criminel.

Eh bien, dit-il, c'est impressionnant.

Ça t'inquiète, George ?

Ça l'inquiétait en effet, mais il répondit : Pourquoi ça m'inquiéterait ? Il essaya de se rappeler ce qu'elle lui avait raconté. Elle avait vingt et un ans, elle prenait la pilule. Je suis indépendante, déclarait-elle souvent. Si tout ça était vrai, elle était avec lui de son plein gré. Il n'avait pas de souci à se faire.

Il défend des gens ignobles, dit-elle d'un ton accusateur comme pour signifier *des gens comme toi.*

Et ta mère ?

Une cause perdue. Je ne tiens pas à parler d'elle. Je me demande d'ailleurs pourquoi on a abordé le sujet.

Il songea à ses propres parents, qui lui semblaient tellement hors de propos en cet instant. Jamais ils ne comprendraient sa relation avec cette fille, qu'ils jugeraient comme une dangereuse erreur. Tu as raison. Ils n'ont rien à faire ici avec nous.

Elle lui lança un regard dans lequel brûlait une sombre vérité, puis se leva. J'ai besoin de prendre l'air, dit-elle. Il faut que je sorte. Elle enfila son jean et son sweat-shirt.

Il alluma une cigarette en l'observant. Il y avait très peu de lumière, seulement le crépuscule filtrant par les rideaux.

Écoute, George, il faut qu'on arrête. Qu'on arrête tout de suite.

Willis – je t'ai expliqué ma situation. Tu l'as dit toi-même. Quand tu m'as parlé de Blake. Ma relation avec Catherine, c'est du vent. Une pure hypocrisie.

Elle se boucha les oreilles en disant : Je ne peux pas écouter ces conneries.

Avec toi, je me sens – il s'interrompit une seconde, désireux de trouver le mot juste – entier.

Félicitations. Elle enfilait ses bottes. Toi, George Clare, tu es exactement ce qui ne doit pas m'arriver.

Il repêcha sa chemise dans le tas de vêtements par terre, l'enfila et commença à la boutonner. Ce n'est pas vrai et tu le sais.

Tu es devenu le point noir de ma vie.

Comment peux-tu dire une chose pareille ?

Tu ne vois pas à quel point c'est mal ? Elle soutint son regard, exigeant une réponse.

D'accord, dit-il. D'accord, ce n'est peut-être pas bien. Il rentra sa chemise dans son pantalon et boucla sa ceinture. Il bougeait lentement, comme un ivrogne, et essayait de rassembler ses pensées. Je ne sais pas pourquoi je l'ai épousée. Je voulais faire mon devoir.

Crois-moi, ce mot ne fait pas partie de ton vocabulaire.

Tu es tellement…

Tellement quoi ?

Désobligeante.

Je suis honnête, George. Je dis la vérité.

Je sais. C'est quelque chose que j'aime chez toi.

Elle se renfrogna. Tu ne m'aimes pas.

Arrête d'essayer d'avoir l'air si mature.

Va te faire foutre. L'amour n'a rien à voir là-dedans et tu le sais.

Eh ! Il la saisit sans douceur.

Lâche-moi. Elle se dégagea avec colère, attrapa son manteau et ouvrit la porte. Il faut que je sorte d'ici.

Il ramassa en vitesse ses cigarettes et son porte-feuille puis courut derrière elle. Le soleil avait presque disparu. Il faisait froid. Ça sentait les feuilles mortes, la terre.

Qu'est-ce qui t'arrive ? cria-t-il.

Elle se dirigeait vers les chevaux.

Il avait peur d'eux. Pourquoi es-tu en colère comme ça ?

Parce que tu obtiens tout ce que tu veux, George. Tu fais exactement ce que tu veux, putain. Mais pas moi. Nous, on n'a pas ce droit-là.

Quoi ? C'est ridicule.

Elle grimpa sur la barrière et sauta dans le pré. Willis ! appela-t-il alors qu'elle montait sur un cheval noir et l'éperonnait d'un coup de genoux, agrippée à sa crinière. Il n'avait jamais vu une chose aussi spectaculaire. Il se figea, ému. Une femme à cheval. Belle. Un peu violente. S'éloignant dans le couchant.

Quand il passa le lendemain, elle s'excusa. J'étais de mauvaise humeur. J'allais avoir mes règles.

Ils restèrent allongés côte à côte, tout habillés, en fumant des cigarettes.

Tu veux du whiskey ?

Il leur servit un verre à chacun.

J'ai des crampes, dit-elle.

Tu as faim ?

Elle secoua la tête. Ils burent. C'est bon, dit-elle. Exactement ce dont j'avais besoin.

Tant mieux.

Tu pensais que j'étais juste une nana quelconque, dit-elle.

Il attendit la suite en l'observant.

Une fille ordinaire, un peu bête, à qui tu pourrais faire tout ce que tu voulais.

Je n'ai jamais pensé une chose pareille.

Une fille que tu pourrais niquer tranquillement. De toute façon, c'est ce que veulent tous les hommes. Niquer les femmes.

Quelle horrible expression.

Mais vraie, n'est-ce pas ? Avoue-le.

N'y compte pas.

Le truc, George, c'est que je sais ce que tu as dans la tête. C'est ce que tu ne piges pas. J'ai grandi entourée de gens comme toi

Ce qui veut dire quoi ?

Qu'il existe certains comportements, répondit-elle, certaines caractéristiques. Elle secoua la tête, lui jetant des coups d'œil. Je te connais, George. Je sais qui tu es.

Une condamnation, manifestement. L'espace d'un instant, il fut incapable de parler. Je n'ai aucune idée de ce dont tu parles.

Je crois que si. Elle se leva, alla prendre une cigarette sur la commode, l'alluma, puis se planta devant lui, posant son verdict. Tu es persuadé que tu as tout compris, mais regarde-toi. Tu es la personne la plus tordue que je connaisse. Tu es un psychopathe, putain.

Il la gifla. Ils furent tous deux surpris.

Elle se détourna, la main sur la joue. Tu ferais mieux de partir.

Je partirai quand je serai prêt.

George. S'il te plaît.

Éteins cette cigarette.

Elle parut effrayée.

Il la lui arracha de la main, tira une bouffée puis l'écrasa. Il voulait lui dire quelque chose d'important – de rassurant, de philosophique –, mais il avait l'esprit vide. Il était dépourvu de tout ce qui aurait pu lui être utile. Je t'en prie, dit-il. Laisse-moi seulement t'aimer.

Je ne peux pas. Il faut qu'on arrête. Ça ne nous vaut rien, ni à l'un, ni à l'autre. C'est horrible.

Allonge-toi. Retire tes vêtements.

Elle commença par résister. Puis elle enfouit le visage dans la poitrine de George et pleura. Il lui embrassa les mains, les genoux. Ce truc entre nous… dit-il. Tu es comme une drogue.

Après, il dit : Je ne peux pas contrôler ce que je ressens.

Elle le regarda, attendant.

Je ne suis pas quelqu'un de mauvais.

OK. Ravie de l'apprendre. Mais tu sais quoi? Moi si. Elle vida son verre. Une vraie salope. Tu dois le comprendre.

C'est faux. Je refuse de le croire.

Bon, comme tu veux, mais ne viens pas dire que je ne t'aurai pas prévenu. Elle alluma une autre cigarette. De toute façon, je suis amoureuse de quelqu'un d'autre.

C'était insupportable.

Tu ferais mieux de partir.

Il était incapable de bouger.

George?

Lui, qui n'avait jamais pleuré devant une femme, ignorait pourquoi il le faisait maintenant. Si ce n'est qu'il se sentait terriblement mal.

Va-t'en, dit-elle.

Il ne protesta pas. Il traversa l'étroit couloir, qui sentait la terre, la merde de mouton et le lait tourné, et sortit dans le vent froid. Il était cinq heures de l'après-midi, il faisait presque nuit, et l'air avait l'odeur du feu. Il ressentit le besoin de marcher. De se préparer à une catastrophe inconnue. Elle arriverait bientôt, songea-t-il. Ça ne faisait aucun doute.

La réalité de l'invisible

1

Des rumeurs ne tardèrent pas à circuler à propos de George Clare. Bien qu'il se soit rendu populaire auprès des étudiants, les membres plus âgés et plus compassés de la faculté déploraient son assurance ostentatoire et sa façon assez cavalière de rompre l'ambiance austère qui caractérisait le département depuis des décennies. Durant ses heures de présence, il y avait toujours un petit groupe d'étudiants devant sa porte, seulement désireux de discuter. Le spectacle d'une telle célébrité pouvait être agaçant.

Bien qu'il eût un style très conventionnel, Justine voyait en lui le genre d'homme ouvert à des possibilités non conformistes – lesquelles, elle n'osait le dire. Un vendredi en fin d'après-midi, elle tomba sur lui dans le couloir. Les partiels venaient de s'achever, les étudiants traînaient sur le campus comme des zombies, les profs se cachaient dans leur bureau derrière les portes closes, faisant semblant de ne pas exister. Dieu merci, c'est vendredi, dit-elle platement.

Si on prenait un verre pour fêter ça ?

Elle le suivit jusqu'à son bureau. Heureusement, Edith, le sergent instructeur du département, était déjà rentrée chez elle. Toutes les portes étaient fermées, l'endroit désert.

Entre, assieds-toi. Ça fait plaisir de te voir.

À moi aussi.

Comme une étudiante, elle prit place devant son bureau et remua sur la chaise inconfortable. Les rayonnages étaient remplis de gros livres d'histoire de l'art. Sur un autre mur étaient accrochées cinq petites toiles représentant des paysages marins. Quels jolis tableaux, dit-elle.

Oh, ne regarde pas ça. C'est vieux.

Je ne savais pas que tu peignais.

C'est ma femme, la véritable peintre, dit-il. Ils sont si mauvais qu'elle ne veut pas les voir à la maison.

Pas du tout. Tu as vraiment du talent. Ce sont des balbuzards pêcheurs ?

Oui. Ils font leurs nids sur ces plateformes.

C'est là où tu as grandi ?

Il hocha la tête. À cinq ans, je savais déjà gréer un bateau.

Ma foi... c'est très bon. Tu devrais t'y remettre.

Bien qu'il secouât la tête, elle vit qu'il était content. Et ça, c'est quoi ? demanda-t-elle, montrant une fiche punaisée au mur juste au-dessus du bout du bureau, sur laquelle figurait une inscription à l'encre bleue.

Une sorte de porte-bonheur, répondit-il. C'est une citation de George Inness : *La beauté dépend de ce qu'on ne voit pas, le visible de l'invisible.* Elle m'accompagne depuis des années.

Tu comptes me dire ce que ça signifie ? Elle sourit, battant des cils.

Traduction littérale : ce qu'on ne voit pas influe sur ce qu'on voit. C'est ce qu'Inness appelait la réalité de l'invisible – la vérité spirituelle de quelqu'un. Dieu est caché, mais pas absent pour autant. Le trouver, ce n'est pas forcément le *voir*. Il y a un lien entre voir et être aveugle. Comme dans le brouillard, quand certaines choses, certaines couleurs prennent de l'importance. La possibilité de la révélation dans l'ordinaire. Il soupira et la dévisagea, ses yeux se déplaçant lentement comme s'il mémorisait chaque centimètre d'elle. Je t'ennuie, n'est-ce pas ?

Pas du tout. Je trouve ça fascinant.

Et voici mon interprétation prosaïque : se connaître, c'est oublier qui on est.

Il faudra que j'y réfléchisse.

Laisse-moi t'aider. Il ouvrit un tiroir et en sortit une bouteille de whiskey et deux verres.

Je vois que tu es paré.

Toujours.

Évite que ça revienne aux oreilles de DeBeers.

Il me virera ?

Non, il voudra se joindre à nous. Et Floyd ne se contente jamais d'un seul verre.

Il est déjà rentré chez lui, dit George en la servant, donc rien à craindre. À la tienne.

Ils trinquèrent et elle lui demanda : Est-ce qu'on se *connaît* jamais vraiment ?

Nos parents nous disent qui on doit être, fit-il remarquer.

Je ne cesse de répéter à mes étudiants d'oublier leurs parents et de faire ce qu'ils ont envie de faire.

Comme toi?

Oui, c'est vrai. Mais je ne suis pas un bon exemple.

Pourquoi?

Parce que, eh bien…

Parce que? Un demi-sourire attendait sur ses lèvres.

Je n'ai pas d'ambition. Et parce que la vie me terrifie. Ne le répète à personne.

Il se trouve que je suis très doué pour garder les secrets. Mais de quoi as-tu si peur?

Des gens malfaisants, finit-elle par dire. De la malhonnêteté. Des possibilités.

Des possibilités? Il desserra sa cravate et déboutonna son col de chemise, puis étendit les jambes et les croisa. Quel mot intrigant. Qu'entends-tu par là?

À présent, elle se faisait l'effet d'être une étudiante. Je ne sais pas. Je crois que j'ai vraiment besoin de ce verre. Il l'observait toujours attentivement. Elle remua sur sa chaise, mal à l'aise, et se redressa un peu. Elle portait un blazer couleur champignon sur un chemisier blanc, une longue jupe noire et des Birkenstock – une tenue qui aurait eu sa place dans la liste des fashion faux pas de *Glamour*. Gênée par le silence, elle avoua : J'ai une petite vie. Simple. Elle me convient. Je suis satisfaite.

Il lui lança un regard dubitatif. Personne n'est satisfait.

Je pense que tu te trompes, George.

Eh bien, je préfère l'insatisfaction. Au moins, c'est honnête. Il remplit les verres à ras bord.

La pièce était baignée dans une désagréable lumière jaunâtre. Par la fenêtre, le ciel paraissait sale. Je devrais y aller, dit-elle.

Moi aussi, acquiesça-t-il, mais aucun d'eux ne bougea.

Comment ça se passe avec tes classes ?

Je me demande parfois s'ils écoutent. Ils sont assis là, le visage impassible. Je suis persuadé que je les endors. Je me demande si je ne devrais pas faire des blagues ou quoi.

Oh, j'ai cru comprendre qu'ils t'aimaient beaucoup, dit-elle. En plus, ça n'a pas d'importance, tant qu'ils réussissent à distinguer un Caravage d'un Carrache.

C'est un cours difficile. Ça peut être légèrement plus exigeant qu'une leçon de tissage.

Oui, et terriblement plus ennuyeux aussi.

Tu ne mâches pas tes mots.

Désolée. C'est un de mes nombreux défauts. Bram prétend que je n'ai aucun tact. Tu sais ce qu'on dit : la vérité libère.

George secoua la tête, soudain rembruni, et décrivit des petits cercles sur le bureau avec son verre. Les gens ne veulent pas vraiment la vérité. Il releva les yeux vers elle. Ils ne veulent pas non plus être libres.

C'est comme dans la chanson des Eagles. Tu sais : Nous sommes tous prisonniers de nos actes.

Les gens s'imaginent peut-être qu'ils sont libres – sans entraves. Mais c'est faux. Personne ne l'est.

Bram et moi... commença-t-elle, puis elle se tut. Comme la plupart des gens qui étaient prompts à critiquer leur choix de vivre ici sans les atours du bonheur conjugal – une maison en banlieue et des enfants – George ne serait pas facile à convaincre. Mais Justine avait cessé de se préoccuper de l'opinion des autres. Bram et elle avaient réussi à conquérir la liberté ; ils édictaient leurs propres règles. Alors que George et Catherine étaient là pour le travail. Ils étaient tombés dans cette vie rurale, sans les contraintes qui y sont ordinairement attachées, et Justine sentait que ce n'était pas facile pour eux.

Pardon… Bram et toi ?

Laisse tomber. Ce n'est pas important.

Ah, mais si. C'est le dilemme existentiel de notre époque. Je parle de la liberté. Il vida son verre et la dévisagea presque. Faisons une expérience.

Quoi ?

Ferme les yeux, dit-il, et elle obéit. Maintenant, pose les mains sur le bureau.

Elle pouffa de rire. Tu comptes lire dans les lignes de ma main ?

Non, je veux faire une démonstration. Elle sentit qu'il lui prenait les poignets et les enserrait dans chacune de ses mains.

George ?

On se croit libre jusqu'au moment où quelqu'un vient nous rappeler qu'on ne l'est pas. Il serrait fort.

Lâche-moi, dit-elle.

Mais il la tint encore un instant.

George, ça va, j'ai compris.

Elle lutta pour se libérer de sa poigne et s'enflamma de colère – ou d'autre chose, une troublante énergie. Quand il finit par la lâcher, elle rouvrit les yeux ; il la fixait du regard.

Ils se levèrent dans le silence vibrant et enfilèrent leur manteau.

Pendant les deux minutes qu'il leur fallut pour parcourir le long couloir, le fait qu'ils ne parlent pas la mit mal à l'aise, mais elle n'avait aucune idée de ce qu'elle aurait pu lui dire. Une fois sur les marches du perron, ils évoquèrent brièvement le changement de temps. Le parking était désert, et les lampadaires s'allumaient. Les jours raccourcissaient beaucoup.

Il la raccompagna à sa voiture. Tu es en état de conduire ?

Bien sûr. Et toi ?

Il hocha la tête. Parfaitement.

Dis bonjour à Catherine pour moi.

Je n'y manquerai pas. Et merci d'être passée me voir.

Une telle superficialité ne convenait pas à George. Malgré tout, elle poursuivit allègrement sur le même ton. Comment va la maison ?

Catherine croit qu'elle est hantée.

Les rumeurs sont donc vraies.

Quelles rumeurs ?

Rien. Elle sourit. Je plaisante. Tu ne crois pas aux fantômes, n'est-ce pas ?

Il l'examina attentivement, posant les yeux sur son corps comme sur une statue de marbre. Elle sentit qu'elle avait le visage en feu. Il se pencha vers elle, comme pour la humer, et pendant un instant, elle fut saisie de terreur à l'idée qu'il l'embrasse, mais il rompit ce charme étrangement intime en lui ouvrant sa portière. Bonsoir, Justine.

Bonsoir.

Ils parcoururent la longue allée et, au croisement avec la grand-route, prirent des directions opposées pour aller retrouver leurs vies respectives.

Sur le trajet du retour, elle fut distraite. Et s'il l'avait embrassée? Il lui avait présenté cette possibilité, songeait-elle, mais avait délibérément choisi de ne pas aller jusqu'au bout. Un geste passif-agressif qui avait deux objectifs : il lui signifiait qu'il était prêt à coucher avec elle, tout en laissant à penser que c'était elle qui l'avait provoqué. Le fait de ne pas l'embrasser alors qu'il semblait évident qu'il en avait envie était une autre de ses démonstrations, visant à prouver cette fois à quel point il était facile de se méprendre sur les gestes de désir. De plus, en préservant ces quelques centimètres de distance, il se protégeait de toute accusation, au cas où elle l'aurait repoussé.

Ce serait à elle de décider, comprit-elle. C'était affreusement clair.

En rentrant, elle trouva Bram assis à la table de la cuisine, en train de manger un bol de crème glacée. Tu as les joues toutes roses, dit-il.

Il fait froid. Elle l'embrassa, il la prit sur ses genoux et la serra dans ses bras.

Où étais-tu passée? Tu m'as manqué.

On a bu un verre, avec George, dit-elle.

C'était sympa?

Je le trouve bizarre, répondit-elle, avant de lui raconter leur entrevue. Je me sens souillée.

C'est un type étrange, dit Bram. Je l'ai toujours pensé.

Ils allèrent se coucher, mais elle ne réussit pas à dormir. Elle retourna dans la cuisine se préparer une tasse de thé. George l'avait plus chamboulée qu'elle ne l'avait cru sur le moment. Tenir ses poignets comme ça – avait-elle tort d'y voir une espèce d'agression, une forme d'intimidation? Voire une menace?

Le lendemain matin, elle croisa les filles Clare en ville. Catherine avait le nez tout rouge et portait des lunettes de soleil. J'ai un rhume, dit-elle. Nous allons acheter une citrouille.

J'ai le droit de choisir celle que je veux, dit Franny.

Nous allons la vider pour en faire une lanterne, hein, Franny?

La fillette hocha la tête et tendit les mains pour que sa mère la hisse sur sa hanche.

Vous venez chez Floyd, ce soir? demanda Justine.

À l'évidence, Catherine n'était pas au courant.

Il fait une fête pour Halloween.

Oh, j'aurai du mal à trouver une baby-sitter au pied levé, surtout le soir de Halloween. George ne m'en a pas parlé.

Derrière les verres teintés, Justine ne distinguait pas les yeux de Catherine. De toute façon, ça m'étonnerait qu'on y aille. Bram déteste les soirées entre universitaires.

Ma citrouille, maman!

Bon, on doit y aller. Catherine reposa Franny et lui prit la main alors qu'une rafale faisait voler les feuilles mortes autour d'elles. Mon Dieu, quel vent! Elle remonta la capuche de sa fille et ferma le bouton sous son menton. Voilà. C'est mieux?

C'est chouette d'avoir une capuche, hein? lui demanda Justine.

L'enfant leva les yeux vers elle puis regarda sa mère. Elle avait le nez qui coulait.

Allez, dit Catherine. On y va. À bientôt.

Oui, j'espère.

2

Cole avait attendu Patrice cet après-midi-là, et quand elle passa le lourd portail vert de Saint-Anthony, il remarqua immédiatement son gilet rose. En voyant le petit trou de mite, il n'eut plus aucun doute. Tu as un joli pull, dit-il, tendant la main pour le toucher.

Patrice sourit et rougit. Je viens de l'acheter au bazar. Il était tout en bas de la pile, et j'ai vu la manche rose qui dépassait. Il est beau, hein?

Il ne voulut pas lui dire qu'il avait appartenu à sa mère, mais il y vit un signe.

Il la raccompagna chez elle, une maison étroite aux parquets peints. Sa mère partait travailler. Elle portait un uniforme blanc d'infirmière et des chaussures blanches d'hôpital. Cole vit son père assis sous le porche de derrière, en train de lire le journal en fumant un cigare. Ils montèrent dans la chambre de Patrice et jouèrent aux cartes, assis par terre. Elle gagna plusieurs parties de gin-rami, puis lui apprit à tricoter en lui montrant comment tenir les aiguilles pendant qu'elle faisait passer la laine. Elle était tout près de lui. Il sentait l'odeur de biscuit de sa peau.

Il la revit plus tard dans la semaine, le jour de Halloween, à la caserne des pompiers. Dans leur ville, Halloween était un grand événement. Les gens mettaient des chandelles aux fenêtres de toutes les maisons de la grand-rue et accrochaient des fantômes et des squelettes dans les arbres pour ficher la frousse, ce qui n'était pas difficile, vu que la plupart des maisons, plusieurs fois centenaires, paraissaient sinistres même sans les décorations. Il y avait une fête à la caserne, avec des donuts et du cidre et un concours de costumes. Cole était déguisé en Luke Skywalker et Eugene en Yoda. Il trouvait leurs tenues plutôt réussies, mais ils ne gagnèrent rien. Ils croisèrent Patrice et ses copines. Barbouillée de maquillage, elle portait une minirobe et des talons hauts, et il se demanda si elle n'avait pas rembourré son soutien-gorge. On voyait une bande de peau entre son nombril et sa taille.

Tu es déguisée en quoi? lui demanda-t-il.

Ça ne se voit pas?

Il secoua la tête, et ses copines éclatèrent de rire.

Je suis en prostituée, idiot, dit-elle. Embrasse-moi.

3

La plupart des élèves de son cours de quatorze heures s'étaient déguisés, et il lui parut un peu ridicule de s'adresser à des vampires, des zombies, des goules, des phénomènes célestes et autres tornades. Les costumes étaient réussis, il devait pourtant le reconnaître. Catherine leur avait préparé des biscuits à la citrouille, dont le plateau circulait entre les rangs. Elle avait toujours ce genre d'attentions, et peut-être s'imaginait-elle qu'il avait besoin de son aide. Des deux, c'était elle l'étudiante la plus brillante. Aujourd'hui, c'était lui qui se trouvait là, tandis qu'elle faisait le ménage à la maison.

Son cours portait sur Thomas Cole. Comme toujours, ses étudiants grattèrent du papier pour noter tout ce qu'il disait. D'après lui, il s'agissait plus d'une tentative d'avoir l'air impliqué que d'une volonté d'apprendre quoi que ce soit. Comme vous le savez tous, dit-il, Thomas Cole était bien connu dans cette région et fut le premier peintre paysagiste célèbre du pays. Il aimait beaucoup les Catskills et le fleuve Hudson, les lacs, les rivières et la nature sauvage, qui devinrent bien entendu les sujets de ses peintures.

George en fit défiler plusieurs sur le projecteur de diapos. *Cascades dans les Kaaterskill*; *Vue des Catskills – début d'automne*; *Matinée ensoleillée sur l'Hudson*; *Le Méandre*. Il y en eut beaucoup d'autres, leur dit-il, puis il leur expliqua que Thomas Cole soulignait la notion de sublime dans son œuvre, un idéal platonicien de la nature – le sentiment d'effroi et d'admiration mêlés qu'inspirait le divin. En tant qu'artiste, il se donnait pour mission d'illustrer l'idée que les représentations d'un paradis préservé favorisaient l'élévation morale. Pour Cole, l'important n'était pas de peindre les feuilles, mais de susciter un éveil spirituel. La peinture paysagère devenait un moyen de faire passer des idées et une vision philosophiques. En même temps, il montrait la nature américaine – sauvage, violente et sublime – comme une version du paradis. Ainsi que le dit Emerson, la vraie révélation *s'accompagne toujours de l'émotion du sublime.*

Plus tard, il repensa à ce qu'il leur avait raconté en cours. Il doutait que ses étudiants aient saisi le concept du sublime, en particulier tel qu'il existait dans la nature. Pour eux seules les drogues, et pas la nature, permettaient d'atteindre l'illumination.

Ils étaient peut-être trop jeunes, conclut-il. Ils ne savaient encore rien.

Il songea vaguement à la théorie de Burke – selon laquelle on ne faisait l'expérience du sublime dans la nature qu'à travers l'étonnement, qui lui-même était une condition de la révélation ; et que seule la terreur donnait accès à une expérience aussi exaltante.

Il savait que c'était vrai. Il l'avait ressenti lui-même, récemment, avec cette fille – un état dans lequel plus rien d'autre ne comptait. L'endroit existant entre le plaisir et la douleur, sans frontières définies, sans lumière ni obscurité ni gravité, l'endroit où résidait l'âme. L'expression qu'elle revêtait quand il lui faisait certaines choses – son étonnement, sa terreur – puis l'horrible plaisir qui venait enfin.

DeBeers vivait dans une petite maison de briques près de la rivière Kinderhook. Des fantômes étaient suspendus dans le mûrier sur la pelouse de devant, et quand on passait le seuil, on était accueilli par les lamentations déchirantes des morts, enregistrées sur cassette. Floyd portait une perruque blanche, un haut-de-chausse, un gilet et un habit gris, et tenait un grand verre de whiskey. Où est lady Catherine ?

Elle n'a pas pu venir. Difficile de trouver une baby-sitter ce soir.

Dommage, dit DeBeers. Vous devinez qui je suis?

George s'esclaffa en regardant son costume. Il avait même des boucles à ses souliers.

Swedenborg, bien sûr, annonça Floyd d'une voix d'opérette. Une petite attention qui vous est destinée.

Eh bien, c'est très gentil à vous, Floyd.

Je pensais que vous apprécieriez.

Mon Dieu, qu'est-ce que vous avez bu?

Pas bu, intervint Millicent, mécontente. Il est en plein trip.

En plein trip?

Avec un sourire diabolique, DeBeers lui prit la main, le conduisit dans la salle à manger – au plafond bas et où brûlait un feu – et saisit une petite citrouille en plastique sur la table. Il m'arrive de gober des hallucinogènes. Ça me rappelle qu'il existe tout un monde autour de nous que nous ne voyons même pas. Tenez, dit-il, une offrande. Un petit cadeau d'un ami de Berkeley.

Vous n'êtes pas obligé, dit Millicent.

C'est marrant, intervint une femme, émergeant de l'obscurité dans son déguisement.

Justine, dit-il en écarquillant les yeux. Vêtue d'une longue robe bleue, elle avait le visage peinturluré de jaune, les yeux charbonneux et la bouche entourée de rouge à lèvres noir. Alors là, je donne ma langue au chat.

Je vais te livrer un indice. Elle ouvrit la bouche et poussa le cri de terreur le plus réaliste qu'elle put.

Très convaincant, dit-il. Munch serait impressionné.

Merci. Elle l'examina. Et toi, tu es quoi ?

Il arrivait directement de la fac. Très bonne question. Je me le demande depuis des années.

Mais ça ne la fit pas rire.

Je suis moi-même, ajouta-t-il, ça ne se voit pas ?

Tu es *quoi* ?

Rien qu'un humble enseignant.

Ça m'étonnerait, dit-elle. En fait, c'est un des costumes les plus effrayants que j'aie jamais vu.

Elle était sérieuse.

Ha, ha, dit-il.

On va faire une séance un peu plus tard, intervint DeBeers.

Allez, dit Justine. Mange tes légumes.

Les champignons avaient un goût de farine et crissaient sous la dent. Un peu inquiet, George mâcha et avala, et c'est alors qu'un bref et soudain souvenir lui revint, de lui, enfant, dans le bois derrière l'école, où un gamin plus âgé le maintenait au sol et l'obligeait à manger de la terre. C'était le même goût légèrement rance. Le souvenir était déplaisant, raison pour laquelle, sans doute, il l'avait refoulé. George avait connu très tôt les déviances de l'esprit humain. Pour des raisons qui lui demeuraient mystérieuses, il s'était fait martyriser pendant toute l'école primaire. Pour son entrée en sixième, ses parents avaient cassé leur tirelire afin de l'envoyer à Saint-Magnus, où la brutalité envisagée comme spectacle n'était pas tolérée par des bonnes sœurs sévères et pleines de principes égalitaires. C'étaient là des souvenirs qu'il n'avait jamais partagés, ni avec ses parents, ni même avec sa femme.

Ils sortirent dans le jardin et descendirent une colline jusqu'à la rivière, où des inconnus faisaient griller des marshmallows sur un feu de joie. Les flammes lui réchauffèrent les mains et les orteils. Une sensation agréable, songea-t-il. Les feux de joie, c'était un truc typique de la campagne. Il sentit la lumière sur son visage et la vit se refléter dans les yeux de Justine – les choses devenaient un peu bizarres, estima-t-il. Le mot *furie* lui vint à l'esprit. Le feu crépitait et grésillait.

Où est Bram?

À la maison, répondit-elle, fixant les flammes, et sans plus d'explication. En la regardant, il éprouva un fort lien d'amour et se demanda s'il en allait de même pour elle.

La séance de spiritisme se tint autour de la table de la salle à manger. George tenta de ne pas s'asseoir trop près de la cheminée. La pièce sentait l'humidité, et un courant d'air frais s'infiltrait par l'encadrement de la fenêtre. Des chandelles ondulaient follement, projetant les ombres des convives sur les murs, un carrousel de silhouettes. La médium était une femme brune au front haut, s'exprimant avec un accent qu'il ne réussit pas à identifier. Une Hongroise, peut-être, quelque chose dans ce goût-là. Elle avait les ongles vernis noirs. Il n'avait pas écouté son préambule, trop absorbé par les visages autour de la table, jaunes et déformés comme des visages d'ogres.

Donnons-nous la main, dit-elle.

Malgré son peu d'enthousiasme, il ne voyait pas comment y échapper. Il se trouvait placé entre

Justine et DeBeers. Tous deux avaient la paume moite ; celle de Justine était froide. En sentant la grosse patte chaude de DeBeers, George s'avisa qu'il avait très rarement tenu la main d'un homme, ou d'ailleurs de quiconque à part Franny. C'était un geste que l'on cessait naturellement de faire en grandissant, peut-être parce que donner la main à quelqu'un était un aveu de faiblesse. Une manière de capituler, songea-t-il, ou de renoncer, il ne savait pas très bien. Il n'avait aucun souvenir d'avoir tenu la main de sa mère ou de son père. En y réfléchissant, il se rappela une exception, avec son père. Il devait avoir neuf ou dix ans. Ils l'avaient emmené dans une espèce d'hôpital, à New York. Il se remémora le trajet silencieux en voiture. Les gratte-ciel à travers la vitre. Les vêtements inconfortables qu'il portait, son manteau de laine qui grattait. Il avait parlé à un médecin, un homme au visage carré, avec des lunettes à verres épais et d'énormes mains. Ses parents l'avaient laissé là pour la nuit. Ils vont te garder en observation, c'est tout, lui avait expliqué son père en le tenant par la main dans le long couloir bleu. Bizarre, les choses dont on se souvenait. Il ne se rappelait rien après ça. Peut-être seulement les blocs de lumière blanche sur le carrelage glissant.

Il y a quelqu'un parmi nous, dit la médium. Présentez-vous.

La pièce se remplit de vent. Le genre de vent qui ne souffle que sur l'eau. Des papiers voletèrent comme des oiseaux blancs. La table remua. À travers le froid grelottant de la pièce il vit un visage familier.

C'était son cousin Henri, trempé, pâle, claquant des dents, les lèvres bleues. George sentit l'eau pénétrer dans ses chaussures, lui monter jusqu'aux genoux, gorger son pantalon.

Identifiez-vous, ordonna la médium.

Mais le spectre se contenta de rire. Je croyais que tu m'aimais, dit-il à George, avant de le répéter, encore et encore. *Je croyais que tu m'aimais!*

George repoussa sa chaise, parcourut en titubant les pièces de la maison de Floyd et se retrouva dehors. Il vit les brins d'herbe aiguisés s'écarter sous ses pieds tandis qu'il traversait la grande pelouse. Arrivé aux confins obscurs de la propriété, il vomit.

Hé, demanda Justine, ça va?

Il sentit sa main sur son dos. Il se redressa et s'essuya la bouche.

C'est les champis, dit-elle. Dommage collatéral.

Tu as l'air de t'y connaître.

Elle allumait un joint. Tiens, tire une taffe, ça ira mieux.

Désolé, dit-il en prenant le joint. Ils descendirent à la rivière et restèrent à la regarder.

Qu'est-ce qui s'est passé, là-dedans?

Rien, répondit-elle. À mon avis, ce sont des conneries.

Tu as vu quelque chose? Il y avait beaucoup de vent?

Non, je n'ai rien vu. Et toi?

Je suis en pleine hallucination.

Tu m'étonnes.

Je ne sais même plus qui je suis, dit-il.

Ils marchèrent dans un champ et, au bout d'un moment, se retrouvèrent assez loin de la maison. Ils avançaient comme des soldats, sans parler. Soudain, elle tomba à genoux. Je n'en peux plus, dit-elle. Il faut que je me repose.

Oui. Repose-toi.

Ils s'allongèrent côte à côte, semblant tombés du ciel. Le ciel était vaste et lumineux. Il ferma les yeux comme on scelle une tombe. L'air bruissait de sons, un pandémonium de vie indigène qui résonnait de plus en plus fort à ses oreilles.

Et puis elle dit : La Vie.

Il la regarda. Elle contemplait les étoiles.

Il faut être soi-même, reprit-elle au bout d'un instant. Dans la vie. Sinon, autant être mort.

Quoi ?

Mort. Autant être...

Je te trouve belle, s'entendit-il dire.

Non, je ne suis pas belle. Elle se tourna vers lui.

À mes yeux, tu l'es.

Ce qui signifie que je ne le suis pas vraiment, mais que là, en cet instant, je le suis.

Là, en cet instant, répéta-t-il comme pour confirmer une chose essentielle. Puis il tendit la main pour la poser sur son sein.

Elle secoua la tête. Ce n'est pas... c'est impossible, George. Même si je le voulais.

D'accord, dit-il.

Tu sais pourquoi ?

Il hocha la tête, même s'il ne le savait pas. Pas vraiment.

Catherine est mon amie.

Je suis complètement stone.

On n'est pas obligés d'en parler. Elle le tira par les bras pour le redresser. Ils formaient une espèce de bascule, songea-t-il. Ou une pompe de puits de pétrole comme dans *Géant*. Avant, arrière, avant, arrière.

Elle était debout et baissait les yeux sur lui. Qu'est-ce que tu regardes ?

Toi.

Que vois-tu ?

Tu me fais peur, dit-elle. Son maquillage s'était effacé et sa peau brillait dans le froid.

J'avais seulement envie de t'embrasser, dit-il. Rien de plus.

L'instant d'après, leurs bouches se joignirent. Celle de Justine était chaude et collante, sa langue dense comme du caramel. Il ignora combien de temps ils s'embrassèrent. Il sentait ses seins contre son torse.

Quand ils rentrèrent, elle marcha devant. OK, si elle voulait diriger, il s'en fichait. Jusqu'au moment où il entendit quelqu'un. Puis des chiens.

Justine, appela-t-il.

Mais elle était partie. Il était seul. Il était seul dans les bois, dans une clairière de bouleaux aux troncs blancs comme un temple du dépouillement. La lune était brillante et le sol parcouru d'ombres.

Il entendit quelqu'un d'autre.

Il vit d'abord les longs cheveux, blancs, et la longue tunique jaune. Il vit la crosse. Il vit deux chiens noirs. Il vit le visage de Dieu.

Dieu, dit-il.

Tu es aimé, dit Dieu.

George demeura un instant immobile, puis tomba à genoux et pleura.

J'ai quelque chose à te dire, annonça-t-il à sa femme. Ils étaient couchés côte à côte dans leur lit, comme mari et femme. Ce n'était pas encore le matin.

Quoi? demanda-t-elle, inquiète. Elle se redressa, remontant la couverture sur sa poitrine, et le regarda.

J'ai vu Dieu. Hier soir, dans la forêt. Il lui raconta l'histoire, en omettant le passage sur les champignons et sur le baiser échangé avec Justine.

Tu ne crois pas en Dieu, dit-elle, dubitative.

Je sais. Il ferma les yeux, tentant de se remémorer le visage. Il était à la fois jeune et vieux, familier. Si ça se trouve ce n'était pas Lui, dit-il, mais quelqu'un qui s'était déguisé.

À quoi ressemblait-Il?

Exactement à l'image qu'on se fait de Dieu.

Et qu'est-ce que ça t'inspire?

Je ne sais pas.

Elle passa les bras autour de ses genoux. Que veux-tu que je te dise?

Je voulais juste que tu le saches, c'est tout.

D'accord. Maintenant, je le sais.

Ça m'a un peu fichu la trouille.

Elle hocha la tête.

Écoute : je suis désolé, Catherine. Je veux que tu le saches.

Quoi?

Que je suis désolé, c'est tout.

Ce n'est pas assez, George.

Elle se leva, alla dans la salle de bains remplir un verre d'eau qu'elle lui rapporta avec de l'aspirine. Avale ça.

Il prit les cachets dans sa main.

Maintenant, repose-toi.

Elle le laissa seul. Il écouta sa femme et sa fille qui descendaient l'escalier, sortaient des casseroles, ouvraient et fermaient le frigo pour préparer le petit déjeuner. Elles avaient des voix joyeuses. Elles chantaient toutes les deux, une chanson qu'il connaissait. S'il faisait un réel effort, il pourrait presque se rappeler les paroles.

Les mystères de la nature

1

Elles étaient très liées. Elles étaient amies.

Ensemble, elles faisaient de longues promenades avec les chiens, emmenant Franny dans sa poussette. La ferme des Sokolov paraissait tout droit sortie d'un livre pour enfants, avec des chiens, des moutons, des alpagas et des poules. Les alpagas crachaient. Ils traînaient près de la clôture, aussi indifférents que des adolescents. Elle soulevait Franny pour qu'elle puisse les caresser.

Justine lui apprit des choses : à broder à l'aiguille, à tricoter, à préparer du dahl. Catherine adorait le bazar de sa maison, les énormes coussins indiens, sa ménagerie de plantes, sa cuisine odorante. Loin de l'ordre qui régnait dans son propre placard, les vêtements de Justine étaient posés en tas. Elle se plantait devant, toute nue, exhibant sa poitrine à la Gauguin, pas pressée de se couvrir, et explorait le fouillis pour trouver quelque chose de propre qu'elle reniflait, avant de l'enfiler énergiquement.

Elle préparait du café dans une carafe en verre, puis posait la tasse en disant : Ça va te donner un bon coup de fouet. Le sucre dans un bol en argile. Des cuillères en argent. Elle servait des scones maison avec du bon beurre, et de la confiture dans des bocaux collants et couverts de toiles d'araignée qu'elle allait chercher dans la cave.

Justine et Bram vivaient différemment. Ils n'arrêtaient pas de se toucher, de s'embrasser. Contrairement à George et elle, qui prenaient soin d'éviter tout contact.

Dans leurs toilettes, sous une pile de magazines – *Vogue*, *Mother Jones*, *The Christian Science Monitor* – Catherine découvrit un livre intitulé *Derrière les portes closes*. Un grand livre illustré, rempli de photos en noir et blanc de couples en train de faire l'amour – une sorte de manuel pratique. Elle le feuilleta, notant les positions – l'homme et la femme, leur extase, leur pâle et élégante danse amoureuse – et réprima la crainte familière de se salir les mains.

Justine appartenait à un groupe de femmes qui se réunissait une fois par mois dans son local d'Albany. Elle l'invita à une lecture donnée par une poétesse renommée, dans le cadre d'une soirée de collecte de fonds. Bien que Catherine eût prévenu George longtemps à l'avance, il prétendit n'en avoir aucun souvenir en rentrant à la maison cet après-midi-là. Où est-ce que tu vas, déjà ?

Je te l'ai dit, George. À une lecture de poésie.

Elle s'était douchée, habillée, légèrement maquillée et avait mis un peu d'huile de rose-thé derrière les oreilles. C'était l'idée de Justine : elle lui en avait offert un flacon. Ça te va bien, je trouve, lui avait-elle dit.

Ah, ce truc, dit-il, mécontent. Et le dîner ?

Posé sur la cuisinière. Sers-toi.

Je ne mange pas de ce truc-là.

Elle ne réagit pas. Franny a déjà dîné. Elle joue avec ses cubes.

Elle sortit les joues en feu, le cœur battant, sentant sa présence derrière la moustiquaire, sentant qu'il la regardait s'enfuir.

Elle conduisit un peu trop vite sur l'autoroute, sans ciller face au soleil. Le club se trouvait dans le centre-ville, sur Madison Avenue. Aveuglée par la luminosité, elle faillit rater l'entrée du parking, déjà encombré. C'était une vieille maison en stuc avec un porche. Une plaque annonçait son millésime, 1895, et précisait qu'il s'agissait d'un monument historique. En entrant dans le grand hall en pleine effervescence, elle prit conscience de sa nervosité. Ça faisait longtemps qu'elle n'avait rien fait seule, sans Franny, et elle éprouva une sensation de dislocation, comme une personne amputée d'un membre. Pour se donner une contenance, elle retira son manteau et son écharpe, glissa l'écharpe dans la manche du manteau et le posa sur son bras. Puis elle passa ses cheveux derrière ses oreilles. Une odeur de café et de parfum flottait dans l'air. Regardant par-dessus le tumulte, elle aperçut une main qui lui faisait signe. Justine. Elle lui avait gardé une place.

Elles s'embrassèrent. Je ne me doutais pas qu'il y aurait autant de monde, dit Catherine.

Je suis contente que tu aies pu venir.

Une fois assise, Catherine parcourut des yeux la salle, la centaine de visages de femmes désireuses de se cultiver, des mères qui avaient fait des études, des grands-mères, des étudiantes, de tous les âges et de tous les styles.

La poétesse était déjà célèbre, non seulement pour sa poésie, mais aussi parce qu'elle avait été mariée avant de se déclarer lesbienne. Debout derrière un pupitre, elle projetait une image de courage, de vulnérabilité et de force. Sa voix portait jusque dans les coins reculés de l'immense salle. En l'écoutant, Catherine sentit un verrou sauter, une partie d'elle-même se libérer.

Après la lecture, Justine et elle achetèrent un exemplaire du recueil et se placèrent au bout de la longue file pour se le faire dédicacer. D'une petite voix apeurée, Catherine dit à l'auteur à quel point elle avait apprécié les poèmes. Ce que je veux dire, c'est que je vous suis reconnaissante, ajouta-t-elle.

La poétesse serra sa main et la remercia, offrant à Catherine l'intense plaisir d'avoir été entendue.

En rentrant chez elle, elle vit la lumière allumée dans le bureau de George. Elle avait espéré qu'il serait couché, mais il sortit de la pièce en titubant comme un ivrogne, clignant des yeux. C'était comment?

Intéressant. Elle lui montra le livre.

Il le feuilleta distraitement. Qu'est-ce qu'elle entend par ce titre? *Le Rêve d'une langue commune*?

D'après toi?

Je n'en ai pas la moindre idée.

C'est le rêve que nous nous comprenions les uns les autres.

Il fit la grimace.

Que les femmes comprennent les hommes et inversement. Que nous partagions une même langue.

Quelle connerie. Depuis quand tu t'intéresses à la poésie ?

J'élargis mes horizons.

Tu es vraiment sous sa coupe, hein ?

Pardon ?

Justine.

Nous sommes amies.

Tu crois qu'elle est gay ?

Gay ? Non. Bien sûr que non.

Tu es devenue experte en la matière ?

C'est censé vouloir dire quoi ?

On ne peut pas dire que tu aies une grande expérience du monde.

Et alors ?

Je trouve qu'elle fait un peu gouine.

Pourquoi ? Parce qu'elle ne se rase pas les jambes ?

Oui, entre autres raisons.

C'est ridicule.

Il haussa les épaules. Demande-toi plutôt : est-ce que tu la connais si bien que ça ?

Oui, je crois. Nous sommes proches.

Il la dévisagea. Il est évident qu'elle a une influence sur toi. Je ne suis pas sûr qu'elle soit bonne.

2

Il ne pouvait pas dire qu'il n'aimait pas Justine. Au contraire, ils étaient amis. S'il n'avait jamais eu, avec une femme, de relation strictement amicale qui n'eût pas été parasitée par le sexe, il avait le sentiment qu'elle était au-dessus de ça. Et puis, elle était son alliée à la fac. George avait observé une discrète animosité parmi les membres du département, qui le tenaient à distance et le traitaient avec une indifférence froide. Son statut demeurait précaire, soumis à une évaluation annuelle, et sa titularisation dépendrait de certaines conditions – des publications, un livre. Son contrat de trois ans ne prévoyait pas d'augmentation progressive – les symboles de reconnaissance étaient rares –, néanmoins il se félicitait d'avoir cet emploi.

Justine travaillait à temps partiel depuis des années. Elle assurait deux cours : l'un sur les textiles en velours de la Renaissance, ainsi qu'un séminaire douteux intitulé Atelier d'artisanat. Les étudiants l'adoraient – surtout les étudiantes. Elle se montrait affectueuse et pleine de sollicitude – une vraie mère poule. Il la voyait souvent se balader dans les couloirs, drapée telle une momie dans des tissus de différentes textures et parée de pendeloques comme un sapin de Noël. Souvent, elle arborait un vestige de son dernier repas, une vrille de pousse de soja sur la poitrine après le déjeuner ou des parenthèses en chocolat autour de la bouche. Lorsqu'ils se retrouvaient chaque semaine à leur table habituelle, elle avait toujours l'esprit torturé par quelque nouveau fait d'actualité. C'était le genre de personne qui exigeait de vous une attention pleine et entière, avant de vous asséner un discours sur toute une série d'enjeux cruciaux ; son point de vue sur l'égalité des sexes, ou l'absence d'égalité, semblait être son sujet de prédilection. En vérité, elle lui faisait un peu peur. Ces derniers temps, quand il la voyait avancer vers lui, escortée de son triste groupe d'amies, il faisait un détour pour l'éviter. Avec leurs gros pulls de laine informes, on aurait dit des animaux de ferme hirsutes sortis paître au pré. Les cheveux déployés sur les épaules, elle s'enroulait dans des écharpes d'une longueur infinie et s'affublait d'affreux pantalons larges, une pelote de laine dans la poche d'où sortaient aussi parfois de menaçantes aiguilles à tricoter en bois. À la réflexion, il la trouvait un peu répugnante. Mais sa femme la prenait pour une déesse.

Elle avait recruté Catherine dans le premier cercle de son groupe de bonnes femmes. Il s'imaginait une secte de créatures insatisfaites, se plaignant des hommes et des sales coups qu'elles subissaient depuis le berceau. Catherine rentrait métamorphosée de ces rencontres, comme si quelqu'un avait glissé des amphétamines dans son thé. Son vocabulaire se pimentait désormais de mots et expressions sûrement piochés dans des ouvrages de pseudo-psychologie sur le féminisme. *J'ai besoin que tu m'écoutes*, ou *Mes attentes par rapport à notre couple ne sont pas satisfaites* ou *J'ai l'impression que nous ne communiquons pas.*

Catherine avait toujours été un peu prude, dans ses jupes en lainage et ses cardigans. Au début, il avait trouvé ça sexy, même si elle paraissait un tantinet coincée. Depuis qu'elle fréquentait Justine, elle s'habillait comme une fille de la prairie, dans des blouses paysannes et des jupes longues, ou des jeans larges et des chemises en flanelle du surplus de l'armée. Elle se tressait les cheveux, comme Justine, et avait les mêmes joues rosies par le grand air. Sous cette tutelle libre-penseuse, elle avait abandonné le soutien-gorge et laissait ses petits seins s'agiter librement sous sa chemise trop grande, exhibant leur rébellion.

Cette transformation le perturbait. Pour commencer, sa femme était la personne la plus superficielle qui soit – superficielle et influençable, une combinaison redoutable entre les mains d'un gourou comme Justine. Bien sûr, Catherine ne se voyait pas ainsi. Certes, elle était intelligente – le genre première de la classe –, mais il ne fallait pas compter sur elle pour produire des idées personnelles. Justine était son antithèse. Elle ne se satisfaisait pas de la surface des choses et ne pouvait s'empêcher de creuser – un vrai termite.

Il ne lui avait pas reparlé depuis la soirée chez Floyd – leur *trip* extravagant – et quand il se remémorait leur baiser bâclé, son pelotage pathétique, il avait carrément honte. Il se déplaçait furtivement sur le campus en essayant de ne pas se faire remarquer, jusqu'au jour où elle le coinça à la cafétéria. Il se liquéfia sous son regard.

Tu m'évites, affirma-t-elle.

Pas du tout. J'ai été très occupé.

Ils se firent face. Dans ce contexte, c'était la même vieille Justine, massive, intuitive, brutale.

À propos de cette soirée, dit-il.

Inutile d'en parler.

Il regarda sa poitrine, ses lèvres pleines. Je ne suis pas ce genre de personne, Justine.

Moi non plus.

Bien, dit-il. C'est un soulagement.

Je suis en retard. Elle sourit. À bientôt?

À bientôt.

Quelques semaines plus tard, il tomba sur elle sur la place centrale du campus. Il pleuvait et il l'abrita sous son parapluie. Évidemment, elle n'en avait pas. Les solutions pratiques, ce n'était pas pour elle. Elle donnait trop dans l'improvisation.

Tu as eu mes messages? lui demanda-t-elle.

Ils s'étaient entassés dans son casier. *Il faut que je te parle*, disait le premier. *C'est assez important!*

Oui, désolé, j'ai été très pris.

Tu veux déjeuner?

Ils allèrent à la cafétéria. Leur table habituelle étant occupée, ils en trouvèrent une autre tout au fond, à l'écart des groupes d'étudiants. Elle déchargea son plateau et disposa chaque chose devant elle comme s'il s'agissait des composants d'une expérience complexe.

Je m'inquiète un peu pour Catherine, attaqua-t-elle.

Tu t'inquiètes pour quoi?

Elle a l'air déprimée.

Il la regarda prendre une énorme bouchée de son sandwich.

Tu as raison d'être inquiète, dit-il.

Elle attendit la suite.

Elle est très souvent déprimée. C'est une maladie. Elle est sous traitement.

Je vois. Cette nouvelle, il en était sûr, lui causait un choc. Ça, elle ne pouvait pas le lui coller sur le dos.

Elle a beaucoup maigri, tu as remarqué?

Il avait remarqué. Elle a des tendances autodestructrices, dit-il. Plus d'une fois, il l'avait entendue se faire vomir dans les toilettes, mais il ne le mentionna pas.

Elle dit des choses à nos réunions.

Quel genre de choses?

Des choses te concernant.

Eh bien, ce n'est pas très étonnant. Je crois qu'elle a des idées délirantes, dit-il. Elle souffre de paranoïa. Elle a des problèmes avec la confiance.

Mais Justine ne fut pas dupe. Sur son visage, le dégoût le disputait à la réprobation. Tu as réponse à tout, n'est-ce pas, George?

Écoute, dit-il, affichant une placidité bienveillante. Tu sais ce qu'on dit des déménagements. Il y a toujours une période d'adaptation. New York lui manque, de même que ses amis. Même si tu as été adorable, ce n'est pas la même chose ici pour elle.

Il la vit accuser le coup. Après tout, personne ne lui arrivait à la cheville – tant d'intelligence, de sophistication, d'intégrité! Comment une femme impressionnable comme Catherine pouvait-elle avoir besoin de quelqu'un d'autre qu'elle? Ne le prends pas mal, Justine, mais c'est plutôt toi qui m'inquiètes.

Elle leva un regard interrogateur. Moi?

Tu as l'air…

Quoi? Le ton était indigné.

Pardonne-moi – il baissa la voix, comme s'il avouait un secret que personne d'autre ne devait jamais savoir – mais tu me sembles un peu obsédée par ma femme.

C'est ridicule. Nous sommes amies. Les amies se soucient les unes des autres.

Il se contenta de sourire.

Agacée, elle consulta sa montre. Bon, j'ai un cours. Mais cela a un goût d'inachevé.

Cela ? Il lui toucha la main. Ceci ?

Elle se dégagea et détourna le regard une seconde. Elle pense que tu la trompes.

Il ne dit rien. Attendit.

C'est vrai ?

Bien sûr que non ! Il secoua la tête comme s'il était gravement insulté. Catherine est l'amour de ma vie, dit-il, la voyant se raidir. Pourquoi ferais-je une chose pareille ?

Justine paraissait furieuse et peut-être un peu vexée. Elle se leva et rassembla ses affaires. Je ne sais pas, George, pourquoi le ferais-tu ?

Le lendemain matin, alors qu'il nouait sa cravate devant le miroir, Catherine proposa qu'ils consultent un conseiller conjugal. Il est évident que nous ne communiquons pas, dit-elle. Ça nous aidera peut-être. En tout cas, c'est l'avis de Justine.

Je refuse de parler à un inconnu d'un problème que d'après moi nous n'avons pas. Il la rejoignit et la prit dans ses bras. Tout va bien entre nous, Catherine. Nous avons seulement besoin de passer plus de temps ensemble.

Elle le regarda, sourcils froncés. Je ne te vois pratiquement plus jamais, George.

C'est ce que je dis. Écoute, demande à Cole s'il est libre ce soir. Je t'emmène dîner dehors.

Ils allèrent au Blue Plate, un café animé célèbre pour sa cuisine américaine traditionnelle, pain de viande, macaronis au fromage, rôti braisé, thon au gratin. Pas vraiment le lieu d'un rendez-vous amoureux, mais tout à fait le genre de Catherine. Elle commanda de la truite, le plat le moins calorique de la carte, et repoussa les amandes sur le côté. Utilisant son couteau comme un scalpel, elle éplucha son poisson avec des gestes empruntés, agaçants. Il se rendit compte qu'il la méprisait.

Comment défaire ce qui a déjà été fait ? se demanda-t-il. Puis il se répondit simplement : Je vais la quitter.

Il lui adressa un sourire rassurant et pressa sa main. Cet endroit est super.

Après le dîner, ils marchèrent en ville. Quand ils passèrent devant la vitrine du Blake's, il aperçut l'éclat diabolique des cheveux de Willis. Elle était au bar avec Eddy Hale et ce connard avait la main posée sur ses fesses.

George ? Catherine le dévisageait.

Allons prendre un verre.

Maintenant ?

Pourquoi pas ? Il lui saisit la main. Viens, ça va être sympa.

Ils se frayèrent un chemin dans la foule jusqu'à l'autre extrémité du bar, d'où il pouvait regarder Willis sans être vu. C'était un endroit fréquenté par les gens du coin, et il se félicita de n'y voir personne de la fac. Par-dessus l'épaule de sa femme et dans les interstices entre les corps, il observa sa maîtresse et le garçon. Eddy avait des amis, il connaissait des gens ; tous se racontaient des blagues, et leurs rires se réverbéraient sur les plaques étamées du plafond. Pendant que sa femme sirotait son spritzer, il vida deux shots de vodka, et quand il releva la tête, Willis avait disparu ; son petit ami était toujours au comptoir.

Je vais pisser, dit-il à sa femme. Évite de te faire draguer. Elle rit, et il se sentit magnanime en se dirigeant vers le fond de la salle. Willis attendait devant la porte des toilettes, lui tournant le dos. Quand la cabine se libéra, il la poussa et rentra avec elle, puis verrouilla la porte.

Qu'est-ce que tu fais ? Lâche-moi ou je crie !

Mais il la plaqua contre le carrelage, baissa son slip et la pénétra en la hissant sur le lavabo. Elle lui mordit la main. Tu es un malade ! C'est fini entre nous.

Il l'abandonna là, face au miroir.

Qu'est-ce qui t'a pris si longtemps ? demanda sa femme.

Il y avait du monde.

On y va ?

Il termina son verre et posa quelques billets sur le comptoir. Il vit Willis zigzaguer dans la foule pour rejoindre le garçon, mais son visage était impénétrable dans la faible lumière. Ce serait la dernière fois, pensa-t-il.

Dehors dans la rue, il remarqua à quel point la ville était lumineuse et désolée, vide aussi. Il attira

Catherine contre lui et l'embrassa, l'admirant en pensée pour sa pureté, sa honte.

3

Elle finit passablement soûle et Eddy l'emmena chez lui. Là, elle vomit, il s'occupa d'elle puis la laissa dormir sur le canapé. Elle se réveilla fiévreuse le lendemain matin. L'oncle d'Eddy était assis à table et buvait son café en lisant le journal.

Je suis une amie d'Eddy.

Il hocha la tête. Vous voulez du café?

D'accord. Je veux bien.

Apparemment vous en avez besoin.

Il portait une robe de chambre informe. Des plaques militaires autour du cou. Un bracelet de métal à chaque poignet, gravé au nom d'un camarade disparu au Vietnam. Il n'y avait qu'une façon d'avoir des yeux comme ça. Il avait dû être beau autrefois. Elle s'assit à table pendant qu'il se traînait jusqu'au plan de travail pour lui servir un café. D'une main tremblante, il posa la tasse devant elle. Elle le remercia.

La nuit a été dure?

Elle opina de la tête.

Buvez-moi ça.

Le café était épais et amer. Il aggrava sa nausée, mais elle vida néanmoins sa tasse.

C'est donc vous, la fille, dit-il.

Quelle fille?

Disons simplement que j'ai entendu des choses.

À ce moment-là, Eddy descendit l'escalier, en caleçon et tricot de corps. Il l'embrassa sur le front et siffla. Il est brûlant ! Tu es peut-être malade.

C'est pas ça, être malade, dit son oncle.

Eddy la raccompagna chez elle.

Il ne m'aime pas, dit-elle.

Il n'aime jamais personne au début.

Ils montèrent dans sa chambre, où il la mit au lit après l'avoir déshabillée, et lui posa un gant de toilette mouillé sur le front. Je repasserai plus tard voir comment tu te sens.

Elle hocha la tête. Elle avait envie de pleurer. Elle voulait sa mère.

Eddy, dit-elle alors qu'il se dirigeait vers la porte. Elle comptait lui raconter, mais quand il se retourna et qu'elle vit ses yeux aussi immenses et bleus que le ciel, elle changea d'avis. Il faut que je m'en aille bientôt, déclara-t-elle à la place.

Je sais.

Bientôt, répéta-t-elle.

Oui, bientôt.

Il faisait froid dans la petite chambre. En contemplant le rectangle blanc de lumière vive, elle songea qu'elle repartirait peut-être vers l'ouest en stop. L'important, c'était de s'en aller. De s'éloigner de George. Peu importait la destination.

Chez elle, son père avait l'habitude de parler de ses clients, en particulier des affaires de meurtre. La plupart du temps, il les croyait innocents. Il affirmait qu'il ne les défendrait pas sinon, sauf que parfois ils ne l'étaient pas. On ne peut pas s'impliquer sur un plan affectif, lui avait-il dit. Le tout était de créer un lien avec les jurés. Les plus intelligents du lot, ceux qui avaient de l'influence sur les autres. Il y en avait toujours un ou deux.

Elle avait déjà assisté à ses plaidoiries, et vu les jurés le regarder. Ils ne voulaient pas l'apprécier, mais ne pouvaient pas s'en empêcher. Ils voyaient en lui les mêmes faiblesses qu'ils se connaissaient. Sa façon de se mouvoir comme un animal en voie de disparition – un buffle des marais, peut-être, bossu, handicapé par la vie et ses myriades d'infidélités. Presque chauve, la peau tavelée, trop gros, divorcé, père démissionnaire, résigné à l'excès. Voilà ce qu'il était. Et c'est pour ça qu'ils l'adoraient.

Le juge faisait son entrée ; ils se levaient. Tous les strapontins claquaient comme un galop de chevaux. C'était un sacré spectacle. Ils s'efforçaient de ne pas regarder le prévenu, en se demandant si le costume qu'il portait était à lui ou s'il s'agissait d'un don. L'accusé, aussi ordinaire et malfaisant que la meilleure des drogues. Et le procureur, qui vendait sa soupe, montrait les preuves, des souvenirs rapportés du lieu du crime. Rabaissait le prévenu avec un détachement écœurant. Exhibait son parcours avec des gros plans de défunts défigurés, de draps ensanglantés, d'armes de torture qu'on pouvait trouver dans la maison, de clichés peu flatteurs d'épouses et de petites amies.

Quand venait son tour, son père prenait son temps pour se lever, comme s'il tenait un rôle sacré. Comme s'il savait quelque chose qu'ils ignoraient et qu'il était au-dessus de cette mascarade – tout cela n'était que mise en scène. Sauf qu'il y avait une vie – *la vie de cet homme-là* – dans la balance. Puis il baissait les yeux sur les jurés. Son sort est entre vos mains.

Dans son costume épaulé et ses chaussures cirées, il avançait lentement vers la barre, tel un homme approchant une prostituée dans un bar, mais il posait ses questions d'une voix de prêtre. Peu importait ce qu'ils pensaient à cet instant ; lui, il savait que le prévenu était innocent, et les jurés finiraient par le savoir eux aussi.

Son père réussissait à vous convaincre qu'il vous comprenait, même si vous aviez fait des choses à la limite de l'invraisemblable. Il le justifiait par le fait qu'en certaines circonstances on pouvait être amené à faire n'importe quoi.

Un jour, peu après leur rencontre, George l'avait emmenée à Hudson. Il avait eu cours le matin et portait toujours sa tenue de prof, mais il était sexy dans sa petite Fiat verte. Ils avaient roulé décapoté et il avait glissé la main entre ses cuisses. Comme un nid d'oiseau, avait-il dit.

Ils avaient visité le manoir d'Olana, s'étaient promenés dans la propriété, et il lui avait montré la vue somptueuse rendue célèbre par le peintre Frederic Church.

Pour le déjeuner, il l'avait invitée dans un restaurant mexicain où personne ne parlait anglais. Ils avaient bu de la sangria en discutant d'art. Elle avait fait semblant de n'y rien connaître. Il aimait être l'expert, celui qui en savait le plus, aussi avait-elle passé sous silence la collection de sa mère, où figuraient un Picasso, un Braque et un Chagall, pour ne pas créer un malaise. Elle n'avait pas mentionné non plus le penthouse à quatre millions de dollars que son père venait d'acheter pour Portia, sa nouvelle petite amie. Ni sa propre fortune personnelle, qui lui permettait de s'offrir à peu près tout ce qu'elle voulait sur un simple coup de téléphone. Elle ne dit rien de tout cela à George, parce qu'elle savait qui il était. Sa mère lui avait appris à décrypter les gens. C'était un mécanisme de sécurité, lui avait-elle dit. Parce que tu es riche.

George n'était pas très bien outillé, pour reprendre l'expression de son père. Comme la plupart des gens – et elle ne faisait pas exception –, il était le produit de son éducation. Il voulait l'impressionner. Il ne connaissait rien à la fortune et ignorait qu'elle ne s'affichait pas toujours.

Après le déjeuner, ils se promenèrent dans Warren Street et visitèrent les antiquaires. Il était très calé en mobilier. Ils entrèrent dans un magasin exposant des vieux buffets imposants, des armoires et des pièces entières de chaises. Ça, c'est une Chippendale, dit-il, et de très bonne facture. Celle-là est de style fédéral. Il lui expliqua que telle chaise avait une forme de losange pour que les soldats puissent s'y asseoir sans retirer leur épée. Il lui raconta qu'étant au lycée il travaillait tous les étés dans les magasins de ses parents et que son père l'avait obligé à se familiariser avec les antiquités, alors même qu'ils ne vendaient que du mobilier moderne, fabriqué en usine. Son boulot consistait à cirer les meubles, ce qu'il détestait. Il utilisait un produit spécial, parce que son père ne supportait pas les traces de doigts laissées par les clients.

Sur le chemin du retour à Chosen, il se mit à parler de sa femme, de la possibilité d'un divorce et du fait qu'elle obtiendrait la garde de la gamine. *Plutôt crever*, telle fut l'expression qu'il employa – un cliché, elle le savait, mais convaincant. N'empêche, c'était flippant.

Elle remarqua aussi d'autres choses. Sa façon de parler de ses collègues et de se moquer de son directeur. Il avait l'esprit de compétition. Se croyait plus malin que tout le monde. On voyait bien qu'il se fichait des autres. Qu'il était sans pitié.

Puis ils heurtèrent quelque chose, et la Fiat fit une embardée sur le bord de la route. C'était un cerf, encore en vie. La voiture n'était pas abîmée, mais il y avait du sang sur une aile et sur le pare-brise. Le cerf faisait un bruit atroce.

George se tint au-dessus de l'animal et le contempla. Le cerf n'arrêtait pas de relever brusquement la tête, le regardant de ses grands yeux paniqués.

Qu'est-ce qu'on doit faire, George ? Il souffre.

Mais il ne parut pas l'entendre.

George !

Il tourna vers elle un visage dénué de toute émotion. Puis il se mit à frapper la tête de la bête, encore et encore, et Willis lui hurla de s'arrêter, Arrête, s'il te plaît, arrête.

Ensuite, le silence retomba. Il avait les chaussures et le bas du pantalon couverts de sang.

Monte dans la voiture, dit-il.

Pendant un moment, ils regardèrent les essuie-glaces nettoyer le pare-brise. Puis il reprit la route.

Ils finirent par arriver à une station-service, où il jeta ses chaussures dans une poubelle et prit une grosse pile de serviettes en papier dans le distributeur près de la pompe. Va les mouiller, lui dit-il.

Elle dut demander la clé des toilettes. La pièce était sale et puait l'urine. Quelqu'un avait écrit *Cunnilingus* au marqueur sur le miroir. Elle regarda son reflet derrière les lettres débiles – pâle, anémique, comme une fille carencée.

Efface ça, dit-il en lui montrant l'aile de la voiture.

Elle retira le sang pendant qu'il se tenait au-dessus d'elle. Ça lui rappela son père, aboyant des ordres – *Nettoie ci, essuie ça!* – et elle s'interrogea sur l'enfance de George.

Elle jeta les serviettes sales dans la poubelle, puis vit le sang sur ses mains.

Remonte dans la voiture, dit-il.

Laisse-moi le temps de me laver les…

Mais il la saisit par le bras. Je dois rentrer, décréta-t-il. Ma famille m'attend.

4

Au milieu du semestre, il organisa une sortie au MoMA. En montant dans le car, il eut la surprise de voir Justine. L'autre accompagnateur a eu un empêchement, expliqua-t-elle. Floyd m'a demandé de le remplacer.

Heureusement, elle était assise avec une de ses étudiantes; il s'installa seul. Quand ils furent pris dans un emboutcillage sur l'autoroute George Washington, il baissa les yeux pour examiner les gens dans leur voiture.

À l'intérieur du musée, il réussit à la semer et éprouva un sentiment de victoire en se promenant seul dans les salles lumineuses. Ils se croisèrent au troisième étage, devant un Cy Twombly.

Je le trouve brillant, dit-elle.

Il vit à Rome.

À sa façon d'utiliser le crayon, un trait peut devenir n'importe quoi.

Dans sa bouche, on aurait dit une menace. Elle disparut pendant un moment et réapparut devant *La Voix*, de Barnett Newman, un grand carré blanc avec l'un de ses fameux *zips* le long du bord. C'est chouette, dit-elle. J'aime beaucoup.

Il lança un regard indifférent à la toile. Ce n'était pas le genre de peinture qu'on aimait ou n'aimait pas ; ce critère-là n'était pas toujours pertinent, en particulier en matière de beauté. La salle semblait trop brillante, ses limites mouvantes. Les lumières étaient agressives. Il commença à avoir mal à la tête.

Les mains sur les hanches, Justine penchait la tête d'un côté puis de l'autre. Cette toile me plaît parce qu'elle ne demande rien, finit-elle par dire. Elle se contente d'être.

Il grommela en réponse. Il est tard, Justine. On ferait bien de les rassembler.

Alors qu'ils quittaient le musée, jouant des coudes à travers la foule dans le hall, quelqu'un lui tapa sur l'épaule et prononça son nom. Une voix familière, sonore et accusatrice. Il se retourna avec appréhension et vit son directeur de thèse, Warren Shelby.

Warren, réussit-il à balbutier.

J'ai reçu un coup de téléphone vous concernant, dit Shelby. À propos de votre diplôme. De la soi-disant lettre de recommandation que j'ai écrite pour vous. Il secoua la tête comme en proie à un mal de dents. Puis il y eut un silence inconfortable quand tous deux se rendirent compte que Justine n'en perdait pas une miette.

Vous ne manquez pas de culot, reprit Shelby, se massant le front distraitement. C'est invraisemblable.

Ils le regardèrent s'éloigner.

De quoi parlait-il? demanda Justine alors qu'ils rejoignaient le car.

Je n'en ai pas la moindre idée.

Je pense que si, dit-elle.

Et moi, je pense que ça ne te regarde absolument pas. C'était un autre chapitre de ma vie. Qui appartient au passé.

Justine secoua la tête. Ce type avait l'air furieux.

Ils montèrent dans le car et s'assirent côte à côte, tandis que les étudiants suivaient et s'installaient. Un moment plus tard, le chauffeur s'engageait dans la circulation de Midtown.

J'ai la nette impression que tu ne me fais pas confiance, fit-il remarquer.

Peut-être que non. Elle attendit qu'il apaise ses soupçons d'une manière ou d'une autre, mais il se trouva à court de mots.

Je m'en veux terriblement de ce qui s'est passé l'autre soir, lâcha-t-elle. Puis elle se leva et changea de place, allant s'asseoir sur le seul autre siège libre, juste derrière le chauffeur. Elle tourna légèrement la tête, lui décochant des flèches empoisonnées télépathiques, si bien qu'il regarda par la vitre alors que le car traversait laborieusement la ville, jusqu'à ce que le soleil bas, vif et éclatant, l'oblige à fermer les yeux.

Quand il arriva chez lui, Catherine avait préparé le dîner. La table était mise. Une odeur de cumin flottait dans la cuisine. Elle avait les joues rouges à cause du four. La nouvelle Catherine le mettait mal à l'aise. La vue de la nourriture sur la table, un plat de riz bizarre, lui souleva le cœur.

Ça ne serait plus très long désormais, songea-t-il. Warren Shelby n'en avait sûrement pas fini avec lui.

Comment était ta journée ? demanda-t-elle en lui prenant sa sacoche.

Ça sent bon. Je redescends dans une minute.

Épuisé, il monta l'escalier, espérant qu'en se lavant le visage… Mais Franny sortit alors en courant de sa chambre et s'accrocha à sa jambe comme un singe. Pas d'humeur à jouer, il écarta ses petites pattes et continua à marcher. Elle fondit en larmes.

George ?

La mère qui volait au secours de son enfant. Putain, marmonna-t-il.

George, que se passe-t-il ? Franny, descends voir maman.

Tu n'es pas obligée d'accourir chaque fois – merde, tu vas la pourrir.

Maman ! pleurnicha Franny en se frottant les yeux avec ses petits poings.

Descends, Franny. Tout de suite, s'il te plaît.

Mais putain de merde. Tout va bien, Catherine ! Tiens la rampe, dit-il à sa fille.

D'accord, papa, dit Franny, reniflant toujours.

George? Sa femme leva les yeux vers lui, attendant une explication.

Je suis fatigué. Je vais m'allonger un moment.

Dans leur chambre, il s'étendit sur le lit, regarda le plafond, puis ferma les yeux.

Tu t'es endormi, dit-elle. Il faisait noir dans la chambre.

Je ne me sens pas bien.

Qu'est-ce qu'il y a?

Il secoua la tête. Les yeux humides. J'ai peut-être attrapé un rhume.

C'est vrai que je t'ai trouvé un peu pâle.

Ça va. Il lui tourna le dos et elle se dirigea vers la porte. Il sentit qu'elle le regardait. Enfin, elle sortit en refermant derrière elle.

Leurs voix montaient et traversaient le vieux parquet. Sa femme et sa fille, ses deux seules réussites, tout ce qui lui restait dans la vie. Les petits pieds de Franny qui couraient dans la maison. Une émission sur les babouins à la télé. Il y avait toujours des reportages sur les babouins, allez savoir pourquoi. Étonnant, qu'ils gardent leur dignité avec un cul pareil.

Le week-end passa tant bien que mal. Il accrocha les contre-fenêtres en prévision de l'hiver, utilisant l'échelle trouvée dans la grange. Il abattit un arbre malade et le débita, songeant qu'il lui faudrait des jours pour entasser les bûches.

Le lundi matin, à la fac, tourmenté par un mauvais pressentiment, il annula son cours de l'après-midi et rentra pour trouver une maison vide. Sa tête lui semblait sur le point d'exploser ; seuls le whiskey et le silence de son bureau réussirent à calmer sa migraine. Allongé sur le canapé, il écouta le vent et les feuilles tourbillonner. Il se souvint d'une conversation qu'il avait eue avec DeBeers à propos de complots, or c'était précisément le sentiment qu'il avait : que le monde voulait sa perte.

En l'absence de DeBeers, parti cette semaine-là assister à une conférence à Chicago, le département était inhabituellement calme. George profita de la solitude de son bureau. Il resta tard tous les soirs, à corriger des copies. De temps en temps, il faisait une pause, descendait appeler Willis de la cabine du rez-de-chaussée, mais le téléphone sonnait dans le vide. Une fois, un des garçons d'écurie sud-américains décrocha. En attendant qu'il aille la chercher, George entendit les chevaux hennir. Lorsqu'il reprit la communication, le garçon lui dit qu'elle était occupée et ne pouvait pas venir. Un soir, il se rendit là-bas. Il resta assis dans sa voiture, dans l'obscurité, et observa sa fenêtre. Il savait qu'elle était là. Il vit son ombre sur le store, et celle de quelqu'un d'autre – du garçon, Eddy Hale.

À son retour, DeBeers convoqua George dans son bureau. Avant de partir à Chicago, il avait mentionné qu'il emmènerait son bateau à Albany, où il hivernait dans la marina, et George supposa qu'il allait lui demander de l'accompagner.

Vous pouvez entrer directement, lui dit Edith, aussi zélée que d'habitude. Il vous attend.

Bonjour, Floyd, dit-il, la main tendue.

DeBeers la serra d'un air gêné et lui adressa un sourire faux. Écoutez, George, j'irai droit au but. J'ai croisé Warren Shelby à la conférence.

George comprit immédiatement ce qui était sur le point de se passer.

DeBeers prit sa pipe et farfouilla délicatement dans son sachet de tabac avec ses doigts – George eut l'impression de le surprendre en plein acte obscène. Il émietta un peu de tabac dans le fourneau et alluma la pipe. Cette lettre... Il sortit d'un dossier une feuille écrue. Il affirme ne pas l'avoir écrite. D'après lui, vous le lui avez demandé et il vous a dit qu'il ne pouvait pas...

... En toute bonne conscience, termina George.

DeBeers le regarda. Vous avez rédigé un faux ?

J'ai écrit la lettre que je méritais, lâcha-t-il. Ça lui faisait du bien de le dire parce que c'était la vérité.

L'homme l'examina. Je dois y réfléchir, George.

Je comprends.

Mais l'expression de son visage signifiait qu'il avait déjà pris sa décision. George ne serait pas surpris que Floyd ait déjà écrit la lettre réclamant sa démission.

Je vous tiendrai au courant, ajouta DeBeers du ton doux qu'on utilise pour s'adresser à une personne légèrement dérangée.

George prit congé, les jambes lourdes, et passa quelques minutes assis à son bureau. Il supposa qu'ils allaient vérifier ses autres références, les distinctions et les bourses fantaisistes. Ce ne serait plus très long.

Il sortit et alla s'asseoir dans le kiosque. Il faisait très chaud pour la saison. Il regarda le fleuve en contrebas. Un bon vent soufflait au-dessus de l'eau noire.

De là, il distinguait Patterson Hall. Quand il vit DeBeers se diriger vers l'embarcadère, il le suivit à distance. Il n'avait peut-être pas l'esprit clair, c'était possible, mais dans ce genre de situation, il fallait faire confiance à son instinct. On était vendredi. À dix-sept heures passées, tout le monde était parti. George le regarda embarquer, allumer le moteur du bateau et se préparer à lever l'ancre. Furtivement, il monta sur le pont au moment où DeBeers larguait les amarres.

George, dit-il, surpris.

Je peux vous accompagner?

DeBeers l'examina une seconde, semblant deviner en lui un besoin de consolation. Si vous voulez, dit-il. Je vais à Albany. Je rentre le bateau aujourd'hui.

Je sais. Vous l'aviez mentionné avant de partir à Chicago.

Oui, je m'en souviens.

Il n'y a pas de meilleur endroit pour apaiser les tensions que sur l'eau, dit George bêtement. J'aimerais pouvoir m'expliquer. Il regarda le visage rouge de l'autre homme. Nous sommes toujours amis, j'espère?

Les amis ne se mentent pas, dit DeBeers en se redressant avec raideur. Il prit la barre et s'éloigna de l'embarcadère.

Pour des raisons qui m'échappent encore, dit George, je n'étais pas très apprécié dans le département.

Rédiger un faux est un délit, George. Je ne peux pas vous garder dans l'équipe. Il lui lança un regard hostile. Je vais devoir vérifier vos autres références. Ensuite, il faudra que j'avertisse le DRH. Ça fait partie de mon travail. Vous n'êtes pas le seul à être pris au dépourvu dans cette affaire. J'aimais bien vous avoir chez nous. J'avais l'impression qu'on avançait.

Qu'on avançait?

Vous et moi. Vous sembliez vous ouvrir un peu.

George opina de la tête pour signifier qu'il comprenait, même si ces déclarations n'auraient pas pu être plus loin de la vérité. Au contraire, sa pensée avait plutôt été siphonnée, diluée, mal interprétée.

Il s'assit lourdement sur le banc. Il s'était mis à transpirer. La fin programmée de sa carrière le laissait sous le choc. Il entendait les portes métalliques de son destin se refermer sur un fraudeur inemployable et déshonoré.

Ils étaient à présent loin du rivage, en eaux profondes. DeBeers avait hissé les voiles et coupé le moteur. Il ferait bientôt nuit.

George? demanda-t-il, inquiet. Ça va?

Je ne me sens pas très bien, Floyd. Soudain, il vomit sur le pont.

Allez, mon vieux, dit DeBeers en posant une main réconfortante sur son dos. Écoutez, je suis sûr qu'il y a une solution.

George se mit à pleurer, puis remarqua que Floyd avait remis le cap sur la rive. Sur une impulsion, il lui saisit les jambes pour le déséquilibrer, et quelques secondes plus tard, Floyd passait par-dessus bord. L'écoute serpenta à travers le pont, la bôme pivota et les voiles faseyèrent face au vent.

George plongea dans l'eau glacée et nagea vigoureusement vers DeBeers qui battait des bras, toussait et crachait. Il lui agrippa les épaules pendant que l'autre luttait pour respirer. Floyd parut d'abord reconnaissant – mais ensuite il comprit et croisa avec terreur le regard de George, à l'instant même où tous deux prenaient conscience de ce qui devait arriver.

5

Il était deux heures du matin quand elle l'entendit rentrer. Elle s'était endormie avec la lumière allumée. Elle se leva, enfila sa robe de chambre et le trouva dans la buanderie, nu, en train de mettre en route le lave-linge. Dans l'obscurité éclaboussée de lune, il avait l'apparence inquiétante d'un inconnu.

George? Elle eut du mal à prononcer le nom.

Je suis malade, dit-il.

Que s'est-il passé?

Un truc que j'ai mangé.

Tu as bu?

Un peu.

Elle sentit une odeur de gin quand il passa devant elle pour monter l'escalier. Elle comprit qu'il se passait quelque chose, quelque chose de grave.

Immobile, elle écouta ses pas à l'étage, les ressorts de leur lit.

Serrant la ceinture de sa robe de chambre, elle enfila son manteau et ses bottes et alla dans le garage. La voiture semblait l'appeler. Consciente du moindre bruit, elle ouvrit la portière. George n'aimait pas qu'elle fouine dans ses affaires, il le lui avait clairement fait comprendre. L'habitacle était inodore et d'une impeccable propreté ; il n'y avait pas trace de vomi, mais le siège était mouillé. Pas seulement humide – trempé.

Trois jours plus tard, assise à côté de son mari lors du service funèbre de Floyd DeBeers en l'église Saint-James, elle réfléchit à cette nuit. On avait retrouvé le bateau vide au milieu du fleuve, les voiles battant et les cordages en désordre. Son propriétaire n'était pas à bord. Plusieurs heures plus tard, le corps avait été découvert, échoué sur le rivage à Selkirk.

Il y avait du vomi sur le pont, signe que Floyd avait eu un problème physique – peut-être une crise cardiaque –, avant de tomber à l'eau. À aucun moment la piste criminelle n'avait été envisagée, et sa femme, disant qu'il avait le cœur malade, n'avait pas demandé d'autopsie. La police avait conclu à une mort accidentelle, affaire classée.

Floyd fut enterré dans le cimetière derrière l'église. Les personnes présentes firent cercle autour de la tombe ouverte, tandis que le père Geary disait une prière. C'était la première fois que Catherine voyait son mari pleurer.

Plus tard, alors que les amis et la famille s'étaient rassemblés chez les DeBeers, Millicent s'approcha d'eux et, les larmes aux yeux, dit : Floyd vous appréciait tellement, George. Je souhaite que le bateau vous revienne. C'est ce qu'il aurait voulu.

Je ne sais pas quoi vous dire, Millie.

Ne dites rien. Je me suis déjà occupée de tout. Au printemps, vous n'aurez plus qu'à aller le chercher.

Nous ne pouvons pas accepter, Millie, intervint Catherine.

Je vous en prie, ça lui aurait fait tellement plaisir. Elle prit le bras de Catherine, de nouvelles larmes lui montant aux yeux. Il me manque terriblement.

À la surprise générale, George fut nommé directeur par intérim du département d'histoire de l'art, ce dont il parut immensément fier.

6

Sa vie reprit son cours. Comment aurait-il pu en être autrement ? Il se plongea dans le travail, installé désormais dans l'antre de Floyd. Edith avait débarrassé le bureau, rangeant le moindre bout de papier dans un carton. Comme un policier collecte des indices, songea George, sauf qu'au lieu de les examiner la secrétaire avait rangé le carton, étiqueté Professeur DeBeers, dans un placard et l'avait oublié.

Elle était aimable avec lui. Elle lui préparait même du café.

Il tournait son fauteuil vers la fenêtre et contemplait le fleuve, joignant les mains en forme de pont, comme le faisait toujours Floyd. Un pont propice à la contemplation, pensa-t-il, qui pourrait le mener à l'autre rive de lui-même, si c'était possible.

Quand il entra dans la salle de classe le premier matin suivant les funérailles, un tableau d'Inness était déjà projeté sur l'écran, *La Vallée de l'ombre de la mort*, l'une de ses œuvres maîtresses. Mais George n'avait pas prévu d'en parler à cette classe et n'avait pas de cours préparé sur le sujet.

Momentanément décontenancé, il passa en revue le groupe comme s'il s'agissait d'un jury, puis montra l'écran. C'est vous qui avez mis ça ?

On l'a trouvé là à notre arrivée, répondit l'un des étudiants plus âgés.

Il les examina l'un après l'autre, et tous lui rendirent son regard. Une fille au premier rang lui demanda : Ça va, monsieur ?

Bien sûr, rétorqua-t-il. Pourquoi ça n'irait pas ?

Tenté de desserrer son nœud papillon, il sortit plutôt un mouchoir et essuya la sueur sur son front. Non sans une certaine fébrilité, il feuilleta ses notes et découvrit un commentaire d'Inness à propos du tableau. Commençons, voulez-vous ? Quelqu'un peut-il baisser les lumières ?

Le tableau, qui au départ faisait partie d'une trilogie de commande, reprenait le thème swedenborgien du Triomphe de la Croix, en lien avec le Jugement dernier, tel que décrit dans l'Apocalypse – un spectacle dont le philosophe, grâce à son don de clairvoyance, prétendait avoir été témoin. On peut seulement supposer, déclara sèchement George, que Dieu a donné à Swedenborg un accès exclusif à ces

411

événements météoriques. Très peu plausible, je sais, mais Inness y a cru. Comme nombre d'autres gens.

Ses étudiants aussi y croyaient, songea-t-il.

Une histoire circule à propos de Swedenborg, dit-il. Une femme qui venait de perdre son mari fut aussitôt harcelée par un créancier prétendant que ledit mari ne lui avait pas payé une facture. Elle savait que c'était faux ; la quittance avait seulement été égarée. Quand Swedenborg eut vent de l'affaire, il proposa de se rendre dans le monde des esprits pour demander au défunt où il l'avait mise. La femme, quoique sceptique, était tellement désespérée qu'elle accepta ; Swedenborg revint et lui dit où était la quittance, dans un meuble fermé à clé dans le bureau du mari, une cachette qu'il était seul à connaître. Bientôt, le nom de Swedenborg fut sur toutes les lèvres.

Une nouvelle version du conte des *Habits neufs de l'empereur*, dit George, mais vous voyez l'idée.

Les étudiants, le visage blafard, l'écoutaient, l'air découragé.

Maintenant, considérons le tableau.

La toile représentait un paysage caverneux et accidenté, autour d'un ciel bleu éclairé par une croix lumineuse. Un pèlerin solitaire se tenait sur une saillie de roche, plongé dans une contemplation silencieuse.

Un des étudiants se lança : On dirait un œil.

Oui – et à votre avis, que peut vouloir suggérer Inness ?

Dieu, bien sûr, répondit un autre.

C'est exact – un Dieu omniscient. Inness croyait que l'art servait à représenter des principes spirituels.

412

Bien qu'il ne fût pas un peintre symboliste, ce tableau ressemble en effet à une allégorie de la foi. Son intention était – là, je le cite – *de transmettre à l'esprit du spectateur une impression de l'état auquel accède l'âme quand elle commence à avancer vers une vie spirituelle...*

George examina les étudiants qui buvaient ses paroles. La mort avait un sens pour eux, comprit-il. Son mystère, sa gloire et sa séduction. L'au-delà éclairé au néon, avec sa promesse facile de paix.

Il continua à lire les mots du peintre : *J'ai représenté cela par la croix, qui occupe la place de la lune, emblème naturel de la foi, reflétant la lumière du soleil, sa source, et nous prouvant que, bien que l'origine de la vie ne soit plus visible, elle existe encore ; mais là, des nuages risquent à tout instant d'obscurcir la lumière de la foi, et l'âme, laissée dans l'ignorance de ce qui sera peut-être son état ultime, ne peut que lever des yeux désespérés vers Lui, qui seul a le pouvoir de la sauver, de la sortir du désordre et de la confusion.*

En parlant de désordre et de confusion... songea-t-il.

Alors qu'il se dirigeait vers sa voiture, il repensa au cours qu'il venait de donner. Malgré son manque de préparation, il s'en était bien sorti, et le tableau avait suscité une discussion intéressante. Ils étaient tellement ouverts à ce genre d'idées ! Tellement impressionnables. Si prompts à croire. Plus de deux cents ans avaient passé depuis Swedenborg, presque un siècle depuis Inness, et ils bouffaient encore l'hostie. Rien n'avait changé. Malgré Darwin, malgré la science et la technologie. Les gens s'accrochaient encore à la possibilité d'un sauveur. L'idée que Swedenborg ait contemplé le scintillement doré du paradis et les mesures punitives de l'enfer – et qu'il ait survécu pour en parler. Eh bien, que répondre à cela ? C'était si extraordinaire qu'on était presque obligé d'y croire.

Sur le trajet du retour, il eut la sensation qu'il n'était pas seul. Dans son rétroviseur, il ne vit que la banquette vide et la route déserte derrière lui. Dans ses phares, que les bois, les arbres malingres et dénudés. L'espace d'un instant, il ne sut plus ni où il était, ni où il allait, jusqu'au moment où la vue d'un repère familier le remit sur les rails.

Il était seul, bien sûr, et pourtant, il ne réussit pas à chasser l'effrayante conscience d'une présence.

Il mit les infos, espérant se distraire grâce aux mésaventures d'inconnus, mais la radio n'émit que des parasites. Quelques secondes plus tard, il capta une station de musique classique avec une netteté inquiétante – une interprétation larmoyante du *Requiem* de Mozart. Presque paralysé, il dut s'arrêter, et resta assis dans l'obscurité, tremblant, attendant que ça cesse d'une manière ou d'une autre.

Une lutte pour l'existence

1

Son frère Wade eut dix-huit ans ce dimanche-là. Vida lui prépara un gâteau. Leur oncle lui donna un petit verre de whiskey. Eddy et lui se cotisèrent pour lui offrir une radio. Un joli modèle, avec une longue antenne permettant de capter la plupart des stations.

Après dîner, ils allèrent à la casse pour escalader les carcasses des voitures. Eddy apporta sa trompette. Assis sur un toit de métal, il joua pendant que Willis roulait des cigarettes, et que Wade et lui partaient à la chasse au trésor. Il lui arrivait de dénicher des trucs. Un jour, il avait trouvé un briquet en or avec des initiales gravées dessus. Une autre fois, un portefeuille, vide à l'exception de photos idiotes des gamins de quelqu'un. Ils se passèrent le whiskey apporté par Eddy. L'alcool lui réchauffa la poitrine, et c'était bon. Willis dit qu'elle avait la tête qui tournait et que ça lui plaisait. Elle disait qu'elle voulait tout oublier. Elle dessinait au crayon sur sa peau. Elle fit un cheval qui paraissait galoper le long de son bras. On tourne en rond, dit-elle. C'est tout ce qu'on fait. Et ensuite, on meurt.

Eddy commença à jouer avec un groupe de jazz à Troy, dans un club en sous-sol de Fulton Street appelé le Tony's, et ils allèrent le voir jouer, leur oncle, Vida, Wade et lui. On entendait la musique dans toute la rue, et les gens qui ne pouvaient pas payer traînaient devant afin de pouvoir en profiter. Beaucoup de personnes qu'il connaissait vinrent pour le concert. Même le père Geary. Assis seul à une table devant un verre de vin rouge, il marquait le rythme en tapant sur la nappe noire avec sa main.

Après le spectacle, Rainer prit Eddy à part et lui dit : Ta mère serait très fière de t'entendre jouer comme ça.

Cole trouva le message le lundi après-midi, en rentrant de l'école. De son écriture sans soin, Wade annonçait qu'on l'envoyait à Fort Jackson, en Caroline du Sud, et qu'il leur écrirait de là-bas. *Dis à Eddy de ne pas se mettre en colère.*

Il s'assit sur le lit fait au carré. La chambre lui parut soudain plus vide. Wade remplissait l'espace, et quand il était là, les choses semblaient complètes. Cette nuit, sans les ronflements de son frère, Cole resta éveillé et pensa à lui, tentant de l'imaginer à bord d'un bus sur une autoroute obscure. Wade avait toujours su que l'armée serait son seul moyen de s'en sortir. Il l'avait dit, mais personne n'avait voulu l'écouter. Ils se figuraient qu'il rêvait. Mais il avait réussi.

Son frère lui manquait, mais il était fier de lui. Wade venait de prouver qu'on pouvait faire quelque chose en ce monde. Et ça montrait à Cole que lui non plus ne serait pas coincé ici pour toujours. C'était à lui de faire son chemin. De décider pour lui-même.

Il avait un cours, intitulé Communications, avec M. Delriccio, un prof aux longs favoris, qui portait un T-shirt du groupe Hot Tuna sous son blazer. Il leur faisait disposer leurs chaises en cercle, puis chacun devait dire comment il se sentait. Cole ne disait jamais rien à part *Bien*, et le prof n'insistait pas, parce que tout le monde savait ce qui était arrivé à ses parents et craignait qu'il ne fasse la même chose. Personne ne voulait avoir ce genre de culpabilité sur les bras. M. Delriccio était son prof préféré. Il vous regardait bien en face et attendait le temps qu'il fallait pour entendre ce que vous aviez à dire. On ne pouvait rien faire de mal dans sa classe. Ça donnait à réfléchir. À la façon d'être des gens, à leur manière de se comporter parfois. En fait, Cole trouvait ça un peu triste. On racontait que Delriccio était divorcé, et Eugene l'avait vu un jour dans le métro de New York, portant une veste en cuir ; il était descendu à Christopher Street, ce qui, d'après Eugene, signifiait qu'il était gay. Ils durent lire un livre intitulé *Notes pour moi-même*. Quand Rainer vit le bouquin sur la table de la cuisine, il demanda : Qu'est-ce que c'est que ces bêtises ?

C'est pour l'école.

Leur oncle tomba malade, un virus dans la région du cœur. Eddy le conduisit à Albany voir un spécialiste, qui lui dit que tout irait bien s'il prenait ses médicaments et arrêtait de fumer. Quand elle le surprenait avec une cigarette, Vida se mettait à crier en espagnol. Wade parti et Eddy occupé avec Rainer, Cole passait beaucoup de temps seul. Il gardait Franny presque tous les week-ends. Il aurait préféré avoir un vrai boulot, même chez Hack's, mais on n'avait pas le droit de travailler avant l'âge de quinze ans et son anniversaire ne tombait pas avant le mois d'août.

En général, les Clare avaient besoin de lui le samedi soir. Parfois, ils organisaient des soirées. En gros, tout le monde s'enivrait et se baladait en titubant, en renversant son verre et en remplissant des coquillages de mégots de cigarettes. Catherine préparait des plats exotiques. Des œufs durs coupés en deux et parsemés de poudre rouge. Des pickles avec des petits cure-dents en forme de sabre de pirate. Elle lui apprit à faire une sauce à l'oignon, en versant un paquet de soupe lyophilisée dans un bol de crème aigre. Presto, disait-elle, goûtant la préparation du bout du doigt. Elle s'habillait, se maquillait. Ses boucles d'oreilles pendaient comme des porte-clés. Il la trouvait très belle. Quand ils parlaient d'elle le soir dans leur chambre, Eddy disait qu'il voudrait se marier et avoir des enfants avec une femme comme elle, parce qu'elle était plus intelligente que la plupart des filles et avait cette beauté qu'on trouve dans la nature et devant laquelle on s'arrête une minute, comme on se fige en voyant un renard ou un oiseau magnifique. Eddy disait qu'elle était trop bien pour M. Clare, qu'elle restait avec lui uniquement à cause de Franny, et que c'était une bonne mère qui ne voulait pas gâcher la vie de son enfant.

Elle buvait des spritzers et fumait des Lark parce qu'elle aimait bien le paquet rouge. Une couleur dominante dans les tableaux de la Renaissance florentine, lui dit-elle un jour, en lui montrant un livre de saints avec des chapeaux de la même teinte. Ses joues se creusaient quand elle tirait une taffe, comme les ailes pliées serrées d'un oiseau en origami. Elle ressemblait à une fille de magazine. Dans son poncho au bord de l'étang sombre, les yeux argentés. Un jour, il la trouva toute seule là-bas. Il retira sa veste et la lui passa sur les épaules. Elle ne le regarda pas, mais lui dit qu'il grandissait. Elle dit : La vie n'est pas toujours ce qu'on croit. Des choses arrivent. Il s'aperçut qu'elle était légèrement ivre.

Je suis bien placé pour le savoir, répondit-il.

Elle lui sourit, un sourire un peu étrange qui se teinta aussitôt de tristesse. Je sais que tu le sais, Cole. J'imagine que c'est un point commun entre nous.

Ils invitaient des gens de New York. Elle disait que c'étaient des artistes, des écrivains, comme s'il s'agissait des membres d'une famille royale. Ils étaient différents. On ne pouvait pas prévoir ce qu'ils allaient dire. Ils ne se donnaient pas la peine de sourire et aimaient vous faire croire qu'ils avaient des choses plus importantes en tête. Le lendemain matin, on les voyait au Windowbox en ville, soignant leur gueule de bois. Ils se plaignaient quand on ne les servait pas assez vite, ou si leur plat n'était pas assez chaud. Un jour, il avait entendu l'un d'eux demander : C'est du beurre ou de la margarine ? Si c'est de la margarine, je n'en mange pas.

Un après-midi, un type apporta un appareil et projeta un film sur le mur. Cole voulut s'échapper discrètement, mais elle le retint par la main et dit : Non, je veux que tu voies ça. Elle essayait toujours de lui apprendre des choses, ce qui l'agaçait. Elle n'était pas sa prof. Il était tout de même resté et avait regardé. D'abord, un carré de lumière blanche traversé de petits poils apparut, et les gens levèrent les mains pour faire des ombres chinoises. Il fit un loup. Elle, un aigle aux ailes déployées, qui prit son envol. Quelqu'un fit ce qui ressemblait à une Égyptienne. Puis le film commença, et on vit une voiture tomber d'un pont, défoncer la barrière de sécurité et basculer dans le fleuve. Pendant huit minutes entières, la même scène se répéta, tandis que des moines chantaient en fond sonore. Le film n'avait pas plus de sens qu'un rêve, et en même temps, c'était angoissant, ce même accident qui se reproduisait encore et encore. Il trouva ça débile. Mais ils étaient tous assis là, fascinés, alors que la lumière se reflétait sur eux comme dans un spectacle de magie. Le type qui avait réalisé le film avait une voix mélodieuse qui coulait comme une écriture élégante. Son film parlait du hasard, expliqua-t-il. Du fait que des choses arrivaient parfois sans raison et changeaient votre vie à jamais. Il avait le regard braqué sur Cole, comme s'il était au courant de tout et désolé pour lui. Cole en déduisit que les autres aussi savaient, parce qu'ils l'examinaient comme s'il était un animal dans un zoo. Il ne voulait pas de leur putain de pitié. Il se leva et quitta la pièce.

Elle l'appela, mais il l'ignora. De toute façon, elle était trop ivre pour le rattraper. La porte claqua derrière lui.

Ce qu'elle ne pigeait pas, c'est que cette maison n'était même pas à elle. Elle ne le serait jamais.

Il marcha sur la route dans l'air glacé. Ça sentait la terre, l'odeur froide de l'hiver qui arrivait. Il ne voulait pas penser ce qu'il pensait, ni ressentir ce qu'il ressentait.

Sans réfléchir, il leva le pouce. Il était quatre heures, et la nuit commençait à tomber. Quelques voitures passèrent, allumant leurs phares. Au moment où il allait faire demi-tour, un pick-up Chevy s'arrêta sur le bord de la route. Le véhicule était sale, maculé de boue. Le conducteur baissa sa vitre, et quand il se pencha légèrement vers l'extérieur, Cole le reconnut. C'était le type de la bibliothèque qui lui avait donné un chewing-gum un jour. Deux chiens étaient installés à l'arrière, leurs queues fendant l'air comme des boomerangs. Ils s'approchèrent et lui léchèrent le visage.

Le noir s'appelle Rufus, le blanc Betty. Tu vas où ?

À Troy.

L'homme réfléchit une minute, regardant la route devant lui. Où exactement ?

À River Street.

Je dois pouvoir te déposer. Grimpe.

Cole le remercia et monta dans le pick-up. L'homme n'avait pas dit où il allait. Il y avait un sac de laine par terre.

Tiens, mets ça là-bas. C'est à ma femme. Nous élevons des alpagas.

Avant, on élevait des vaches, lui dit Cole.

L'homme hocha la tête, compatissant. C'est dur, de gérer une ferme.

On a arrêté.

Pas étonnant.

Ce n'était pas par choix, dit Cole, se surprenant lui-même. On a été obligés.

Ah, je comprends. C'est dommage.

Sentant ses yeux picoter, Cole se détourna, puis regarda les chiens derrière. Ils avaient le museau collé à la vitre et remuaient la queue.

Tu as un nom ?

Cole Hale.

Moi, on m'appelle Bram.

C'est un diminutif ?

Le diminutif d'Abraham.

Merci pour le chewing-gum que vous m'avez donné. À la bibliothèque.

J'écris un livre, expliqua-t-il. Enfin, je ferais mieux de dire : J'essaie d'écrire un livre. Il rit.

Il parle de quoi ?

C'est ce que j'ai essayé de découvrir jusqu'ici, dit-il. Ça prend du temps.

Combien ?

Je préfère ne pas l'avouer.

Ça a l'air dur, dit Cole.

C'est la chose la plus difficile que j'aie jamais faite. Mais bon, je ne m'attendais pas à ce que ce soit facile. Et puis, les difficultés nous rendent plus forts, non? C'est comme ça. Il ne faut pas avoir peur de travailler dur.

Cole l'observa. Encore un adulte qui essayait de lui donner des conseils. Mais c'était comme une radio allumée, lui aurait dit son oncle : on n'était pas obligé d'écouter.

Enfin, il aimait bien ce gars. Il avait l'air un peu excentrique, avec ses cheveux en bataille et ses yeux fous et amicaux. Le col de sa chemise était élimé ; il portait un maillot de corps en dessous et un lacet en cuir autour du cou avec une perle de couleur.

Je n'ai pas peur, dit Cole.

Tant mieux. Tu iras loin. Mon vieux, ce camion empeste, tu ne trouves pas ? Il y a eu un chargement de cochons à l'arrière. C'est sûr qu'ils ne sentaient pas la rose. Tu peux baisser ta vitre, si tu veux.

Ça ne me dérange pas.

Ils puent, tout de même, non ?

Ouais, les cochons, ça pue toujours.

Ils baissèrent leur vitre pour laisser le vent s'engouffrer à l'intérieur. Au bout d'un moment, Bram quitta la voie express, s'engagea sur le pont de Green Island puis tourna dans River Street. Cole le guida vers le magasin du prêteur sur gages.

Et voilà, dit Bram.

Merci. À charge de revanche. C'était une expression qu'employait toujours son oncle.

Très bien. Et prends soin de toi.

Quand il entra dans le magasin, une clochette tinta au-dessus de la porte. L'endroit était vide, mais il entendit le bruit d'une télé dans le fond. Il passa en revue les objets, posés sur les étagères et dans des vitrines bien éclairées. Il ne vit pas les statuettes de sa mère. Le même gros bonhomme avec qui elle avait traité émergea de derrière le rideau de perles et se plaça derrière le comptoir. Cole voyait bien qu'il l'avait reconnu, mais quand il demanda les figurines de sa mère, le type fit semblant de ne pas s'en souvenir. Elles ne sont pas là, dit Cole. Je ne les vois pas.

Où est ta mère ? demanda l'homme. Je ne fais pas affaire avec les gamins.

Cole posa son argent sur le comptoir. Elle est morte.

L'homme se décomposa. Ah, c'est bien triste. Range ça, dit-il. Il ouvrit une petite boîte en métal dont il sortit un morceau de papier, un reçu, sur lequel il inscrivit une adresse. Il le tendit à Cole entre ses gros doigts. D'habitude, je ne fais pas ce genre de chose, reprit-il, mais j'ai un faible pour les garçons comme toi.

Tous deux tirèrent une seconde sur le papier et, quand l'homme lâcha, Cole trébucha en arrière. Tu es un sacré gamin, pas vrai ?

Quand il ressortit du magasin, tout était sombre d'un bout à l'autre de la rue. Ç'avait été stupide de venir ici tout seul, comprit-il. Eddy serait furieux s'il l'apprenait. Un peu désespéré, il regarda vers la rue principale et décida de marcher dans cette direction. Une minute plus tard, un pick-up s'arrêta à sa hauteur.

Salut, mon pote.

Il fut soulagé de voir que c'était Bram. Vous n'alliez pas quelque part ?

Pas vraiment. Je me balade en regardant les gens. Il se pencha pour ouvrir la portière. Monte.

Cole fut content de retrouver sa place dans le véhicule.

Tu as eu ce que tu voulais ?

Il hocha la tête, tenant toujours le morceau de papier. Son regard tomba sur ce que l'homme avait écrit : *Hazel Smythe, 422 Grand-Rue, Chosen.* Il reconnaissait le nom. Il le connaissait même très bien.

Ce lundi-là, il sécha son dernier cours, se rendit dans la grand-rue et gravit les marches menant à l'appartement de cette femme, comme il l'avait fait quand son père était en vie. L'escalier avait une odeur de terre mouillée, à laquelle se mêlait celle de la sciure, de l'alcool et des frites montant du Blake's. Il frappa doucement et attendit, mais ne perçut aucun bruit. Au moment où il s'apprêtait à faire demi-tour, la porte s'ouvrit et elle se trouva face à lui. Elle avait les cheveux de la même couleur que le camion de Rainer, celle d'un tuyau rouillé, et un rouge à lèvres assorti. Vêtue d'un jean et d'un pull, elle paraissait plus jeune que ne l'avait été sa mère. Il entendit un oiseau s'agiter follement et vit une cage derrière elle, posée sur une table près de la fenêtre.

Tu veux le voir ?

Quoi ?

Elle le fit entrer. C'est Fred.

Salut, Fred, dit-il au perroquet.

Salu-ut, répondit l'oiseau.

Cole sourit.

Il vient d'Amérique du Sud. De Bolivie.

C'est loin.

Ça, c'est sûr. J'espère y aller un jour.

Ils observèrent l'oiseau dans sa cage.

Mais il est heureux ici, hein, Fred ?

Le perroquet souleva légèrement ses ailes et sautilla sur son perchoir.

Mon père élevait des oiseaux, dit-il.

Oui, je sais. Tiens, assieds-toi. La femme fit un peu de place et Cole s'assit sur le canapé. Tu veux boire quelque chose ? Comme il ne répondait pas, elle suggéra : Un chocolat ?

D'accord.

Il fut soulagé quand elle alla dans la cuisine et commença à faire du bruit. Il parcourut des yeux le petit appartement, mais ne vit pas les figurines de sa mère. Il se rappelait les visites de son père à cette femme ; Cole attendait dans l'escalier, écoutant leurs rires idiots. Il se souvint d'avoir pensé que cette cage d'escalier froide était comme un terminal menant à un autre monde, où il aurait été plus à sa place que dans celui-ci, et de s'être imaginé que ces marches se dépliaient comme les échelles de Rainer, montant, montant à perte de vue. Après la mort de sa mère, il y avait repensé et s'était demandé ce que ça ferait de gravir l'escalier jusqu'en haut et de la voir. Il aurait été prêt à grimper aussi haut qu'il aurait fallu pour la retrouver.

Un jour, il avait embarqué dans le petit avion de leur voisin. Seuls son père et lui avaient eu le droit d'y aller. Ils avaient décollé dans le champ, l'avion tanguait et louvoyait, et Cole avait craint qu'il ne s'écrase. Son père lui avait pris la main et l'avait serrée très fort en lui disant que, dans ces cas-là, l'important était d'avoir la foi. Parfois, on est bien obligés, avait-il dit.

Elle revint avec une tasse de chocolat. Tiens.

Merci.

Elle s'assit dans le fauteuil et le regarda. Tu lui ressembles énormément, finit-elle par dire.

Je ne ferai pas les mêmes erreurs que lui.

Elle hocha la tête, les lèvres serrées. Il voyait bien qu'elle avait honte.

Je suis vraiment désolée de ce qui est arrivé à tes parents.

Il n'avait plus envie du lait chocolaté et reposa délicatement la tasse.

J'y ai beaucoup pensé, ajouta-t-elle. Tu n'imagines pas combien.

Je suis venu pour les objets de ma mère, dit Cole. Il fit glisser le reçu du prêteur sur gages sur la table basse. La femme fit un signe de tête. J'ai de quoi vous payer, ajouta-t-il.

Elle lança un coup d'œil à la rue. Il regarda le soleil jouer sur son visage qui entrait et sortait de la lumière.

C'est important pour moi, reprit-il. Dites-moi combien vous voulez.

Je ne veux pas de ton argent, répondit-elle. Pas pour ça. Elle se leva, alla fouiller tout au fond d'un placard, y prit une boîte qu'elle posa sur la table et ouvrit. Elle en sortit une figurine, enveloppée dans du papier journal. Cole s'aperçut qu'elle pleurait. Je ne voulais pas que quelqu'un d'autre les ait, tu comprends?

Il lui montra l'argent qu'il avait gagné chez les Clare. Elle secoua la tête. Je n'en veux pas.

Puis elle remballa soigneusement la statuette, la rangea dans la boîte qu'elle lui tendit. Ta mère avait de la chance de t'avoir, dit-elle. Tu es un jeune homme exceptionnel.

Cole s'efforça de sourire. Il ne se sentait pas exceptionnel. Vous êtes sûre que vous ne voulez pas d'argent?

Oui, certaine. Elle sourit, mais Cole avait absolument besoin de lui en donner. Il ne voulait pas de l'argent des Clare. Il avait travaillé pour eux dans le seul but d'arriver à ce moment précis, qui touchait déjà à sa fin. Garder l'argent lui donnait mauvaise conscience.

Elle le raccompagna en bas de l'étroit escalier et lui tint la porte. Prends bien soin de toi, d'accord?

Merci, madame.

La boîte dans les bras, il descendit la rue. Il savait qu'il avait fait quelque chose de bien. Se retournant, il la vit debout sur le trottoir, la main devant les yeux pour se protéger du soleil, le regardant s'éloigner.

De retour chez lui, il porta la boîte dans le grenier, s'assit sur son lit, sortit toutes les figurines et les déballa. Puis il les posa sur l'étagère, là où était leur place.

2

À l'époque, ça lui avait paru une bonne idée. De vouloir écrire. Il ignorait de quoi parlerait le roman, mais il se sentait poussé à l'écrire par une puissante force intérieure. Sa mère n'y était sûrement pas étrangère, qui de sa tombe humide et infestée de vers l'y incitait peut-être. Il l'entendait presque se plaindre : *Regarde ta vie, Abraham! Un fermier? Tu as déjà vu un fermier juif? Prends-toi en main!* En souvenir de sa mère, il avait enduré des études de gestion et rejoint un cabinet de comptabilité en vue à New York. Mais Justine l'avait sauvé de tout ça. Elle disait que violer les règles était l'excitation suprême. Tu dois te secouer, lui avait-elle dit. Ce n'est pas parce que tu es bon dans un domaine que tu dois y consacrer le restant de ta vie.

Le jour où il avait démissionné, ils avaient pris la route pour Stockbridge. Les pieds nus de Justine posés sur le tableau de bord, ils avaient sillonné les Berkshires et fait l'amour sous une couverture sur la pelouse du centre Tanglewood, au son lointain d'un air de Mendelssohn.

Son père disait qu'il n'était pas persévérant, mais Justine voyait les choses différemment. Elle affirmait qu'il était curieux et se lassait facilement, ce qui était vrai, mais pas d'elle, jamais il ne se lassait d'elle. Et parfois, quand il lui avait fait l'amour avec toute la finesse dont il était capable, elle l'appelait l'homme parfait. C'était l'amour qui parlait, il le savait, mais il n'en était pas moins touché.

Ainsi soit-il!

Il voulait être romancier. Il voulait vivre à la campagne comme John Cheever, s'asseoir près d'une fenêtre et écrire. Il voulait écrire sur un sujet important. Un livre important dont les gens pourraient discuter dans les cocktails. Il se montrerait diligent et *sérieux*.

Tous les matins, après s'être acquitté des tâches agricoles, il allait à la bibliothèque pour écrire. Le trajet durait un quart d'heure, et il y avait plein de choses à remarquer sur la route de terre creusée d'ornières, de flaques, et bordée de fourrés tapageurs. Dans le rétroviseur, il regardait leur ferme rapetisser, la maison jaune avec son porche imposant, le poulailler, le crib à maïs, la grande étable où il gardait ses moutons et ses trois vaches jerseys. Le potager que Justine avait commencé, autour duquel il avait construit une haute barrière en bois pour le protéger des cerfs, des renards, des coyotes et des très nombreux lapins. Parfois, il voyait sa femme se précipiter vers sa voiture, avec son gros sac, ses cheveux détachés, et ses lèvres si pâles dans la lumière matinale qu'il était pris d'une envie de faire demi-tour pour aller les embrasser. Son corps plein et chaleureux lui procurait un sentiment de sécurité. La première fois qu'il les avait présentés, son père avait comparé Justine à un meuble rustique, et quand Bram, furieux, lui avait demandé de préciser sa pensée, il avait ajouté : De nombreux tiroirs remplis de bric-à-brac. C'était peut-être vrai, mais il aimait tous ses tiroirs et voulait prendre son temps pour fouiller à l'intérieur.

La bibliothèque était installée dans une bâtisse de bardeaux blancs, située face à l'église Saint-James – dont elle avait été le presbytère au début du XIXe siècle – et à un cimetière entouré de sinistres grilles noires. Il y avait deux bibliothécaires. Assise au bureau d'accueil, Dagmar, une grande blonde d'ascendance allemande, bâtie comme un travesti et pourvue d'un visage ordinaire et aimable, lisait en cachette des romans sentimentaux historiques en piochant discrètement des boules de gomme dans son tiroir.

Bram travaillait à l'étage, à une table de lecture tout au fond de la salle, près d'un débarras dans lequel entrait de temps en temps le deuxième bibliothécaire, un certain M. Higgins, un homme boiteux, aux cheveux blancs et à lunettes. En général, il en ressortait quelques minutes plus tard, l'air hagard, en exhalant une odeur de gin.

Il n'était pas rare de voir le jeune Hale à la grande table près de la fenêtre après les cours, parfois accompagné d'un ami. Ils faisaient leurs devoirs avec cette distraction propre aux garçons, remuant constamment, faisant tomber leurs crayons, les ramassant, les taillant, allant boire à la fontaine à eau. Son frère passait le chercher à cinq heures et ils rentraient ensemble. Bram savait que l'autre frère s'était enrôlé dans l'armée et n'était plus dans le paysage. D'après la rumeur locale, il avait laissé tomber l'école.

Un après-midi, alors qu'au volant de sa voiture il était parti dans une de ses excursions en quête de matière romanesque, il vit le garçon faire du stop au bord de la route. Blême, les mâchoires serrées, semblant bouleversé, il levait le pouce comme s'il voulait percer un trou dans l'air.

Un magasin de prêt sur gages – drôle de destination pour un jeune, songea Bram. Il le déposa devant, ils se dirent au revoir, mais la réalité de cette rue, avec les drogués qui traînaient, une prostituée en plein vent à un croisement, le fit changer d'avis. Entre-temps, la nuit était tombée. Il fit donc demi-tour et retrouva le garçon au bord du trottoir, l'air égaré, apeuré, les mains fourrées dans les poches.

Ils rentrèrent à Chosen sans se parler.

Tu as faim?

Le garçon haussa les épaules.

C'est bien ce que je pensais, dit Bram, avant de l'inviter à dîner chez lui.

La cuisine était dans son habituel état de chaos. Imposante dans son gros pull marin, son pantalon de yoga et ses sabots bruyants, Justine avait les joues empourprées. De la vapeur montait d'une casserole d'eau en train de bouillir sur la cuisinière. Un plat cuisait dans le four – une de ses tartes à la framboise, devina-t-il. Il la présenta à Cole, une politesse inutile; Justine lui sourit et lui serra la main. Tu dois prévenir quelqu'un, non? Ton oncle, peut-être?

Il n'y avait pas de secrets dans leur ville. C'était comme une grande famille, qu'on le veuille ou non. Habitué à suivre les ordres, Cole téléphona à son oncle, se détournant comme par souci d'intimité et marmonnant dans le combiné, mais Bram soupçonna qu'il n'y avait personne au bout du fil.

Tu ne peux pas le ramener à la maison comme un chat de gouttière, murmura sa femme en nourrissant les chiens, qui lui fouettaient les jambes de leur queue.

Il a l'air affamé, dit Bram. Et moi aussi. Il l'embrassa.

Eh bien, il a de la chance, je fais des spaghettis.

Quand le garçon raccrocha, elle lui dit : J'espère que tu aimes les spaghettis.

Oui, madame.

Pas «madame». S'il te plaît, appelle-moi Justine.

D'accord. OK. Justine.

C'est presque prêt.

Tiens, dit Bram, retirant une pile de courrier publicitaire d'une chaise. Assieds-toi.

Il est trop cool. L'adolescent se tenait devant la cabane de l'iguane. Comment il s'appelle?

Emerson.

Comme ce type...

Bram sourit.

Oui, ce type-là.

Qu'est-ce qu'il mange?

Beaucoup de salade, des épinards. En fait, tout ce qui est vert et feuillu.

Il adore aussi les pommes, ajouta Justine.

Cole rejoignit Bram à table. Il était grand pour son âge, avait un visage doux et de beaux yeux d'un bleu profond.

La cuisine se remplit de vapeur quand Justine égoutta les pâtes. Tu veux de la sauce avec, Cole?

Oui, s'il vous plaît. Il prit sa serviette et la posa délicatement sur ses genoux.

Tu es en quelle classe, en seconde? demanda Bram.

En troisième.

Quelle est ta matière préférée?

Les maths.

J'étais comptable.

Ça vous plaisait?

Non, pas du tout.

Le garçon sourit pour la première fois. Pas complètement, juste une esquisse de sourire.

Bram haussa les épaules. Et toi, qu'est-ce que tu veux faire?

Faire?

Comme métier, quand tu seras grand.

Je serai peut-être fermier, dit-il finalement.

C'est une bonne idée.

Comme ton père, dit Justine avec enthousiasme, comme si c'était là un motif de fierté. Elle sourit. C'est bien.

Mais Cole se rembrunit. Non, pas comme lui. Moi, je ferai les choses différemment.

Bram le regarda. Je n'en doute pas.

Justine apporta le plat de spaghettis aux boulettes de viande ainsi qu'une boîte de parmesan râpé. Il y a aussi de la salade, dit-elle. Et du pain. Qu'est-ce que tu veux boire?

De l'eau, c'est bien. Il prit une gorgée et reposa son verre. Mais il ne se servit pas, ne bougea pas.

Justine reposa sa fourchette.

La lèvre inférieure du garçon tremblait légèrement. De grosses larmes coulèrent lentement sur ses joues. Il croisa les bras, gêné.

Justine se leva et s'approcha de lui.

Ça va, marmonna-t-il.

Elle l'entoura de ses bras, l'étreignit et dit : Fais attention, ou je vais m'y mettre aussi.

Il sourit, cligna des paupières, et elle se rassit.

Ça va mieux?

Oui, madame – Justine.

Je parie que tu as super faim, je me trompe?

Non. Merci.

Tu permets? Elle lui prit son assiette et la remplit copieusement. Tu as bien choisi ton jour, dit-elle, c'est ma spécialité. Sers-toi de salade.

Merci.

Une fois le dîner terminé, et alors que Bram s'apprêtait à raccompagner le garçon chez lui, Justine le prit dans ses bras et lui dit : Ce qui te rend triste aujourd'hui ne durera pas. Toute ta vie ne sera pas comme ça. Les choses s'amélioreront, crois-moi. D'accord?

Il la regarda et hocha la tête. Merci de m'avoir invité.

Reviens quand tu veux.

Après avoir déposé Cole, Bram repensa à ce que sa femme avait dit. Il n'était pas du tout sûr que ce fût vrai. Rien ne garantissait que la vie du garçon s'améliorerait. Et Bram songea qu'il le savait peut-être. Il imaginait qu'un adolescent comme Cole connaissait ses limites.

Mais les femmes voyaient les choses différemment. Justine, par exemple, croyait que les bons étaient récompensés, quelle que soit leur situation. Et que les méchants finissaient par payer.

Il espérait de tout son cœur qu'elle avait raison.

3

Deux jours plus tard, quand il retourna travailler chez les Clare, Cole eut l'impression que quelque chose avait changé. C'était Catherine. Un truc n'allait pas chez elle. La maison n'était pas rangée comme d'habitude. Il y avait une grosse pile de linge sale et de la vaisselle dans l'évier. Des cendriers pleins de mégots ; les jouets de Franny éparpillés sur le sol. Une bouteille de vodka ouverte sur le plan de travail. Je suis en grève, lui annonça-t-elle, et elle s'en alla.

Quand Franny fit sa sieste, il déambula dans la maison, un peu déprimé. Catherine ne paraissait plus s'intéresser à lui comme avant. Maintenant, il n'était plus là que pour le travail. Il fouilla dans le placard, mais n'y trouva presque rien à manger, même pas des crackers. Au bout d'un moment, uniquement pour s'occuper, il monta jeter un coup d'œil sur Franny – qui dormait, pelotonnée contre son lapin en peluche –, puis s'attarda dans le couloir, en réfléchissant, devant l'ancienne chambre de ses parents. Pendant une minute, il fit semblant de croire que sa mère était en bas, en train de préparer le dîner, et son père quelque part dehors. Mais soudain, le souvenir disparut. Et il se retrouva seul dans ce couloir plein de courants d'air, comme coincé entre deux mondes.

La chambre avait une odeur différente. Son parfum, devina-t-il. L'odeur humide de la douche. Et encore une autre en dessous, qu'il ne parvenait pas à nommer.

Comme sa mère, elle dormait du côté le plus proche de la porte. Il y avait un petit flacon de médicaments sur la table de chevet. Il le prit et lut l'étiquette, mais ne sut quoi en conclure. Sur une serviette en papier, elle avait dessiné la Vierge Marie, dont la robe fourreau se transformait en rivière. C'était assez joli. De l'autre côté, il y avait une liste. *Il me faut : poireaux, lait, beurre, Ajax, cirage, appeler Justine!*

Transpirant comme un voleur, il s'approcha de la commode, ouvrit le tiroir du haut et glissa les doigts dans ses sous-vêtements. La soie liquide. Les bretelles, les bonnets de son soutien-gorge. Il fourra la main dans son pantalon. Quand il eut terminé, il alla dans la salle de bains se laver les mains et les essuya sur sa serviette. Sans savoir pourquoi, il se sentait légitime. Puis il s'assit sur le bord de la baignoire, reprenant son souffle.

Plus tard, quand Franny se réveilla, il lui donna un goûter. Comme elle voulait dessiner, il déposa ses crayons de couleur et une nouvelle feuille de papier sur la table de la cuisine. Puis il attrapa son sac à dos et sortit ses devoirs d'anglais. Ils travaillèrent côte à côte sans parler. Elle se débrouillait bien pour son âge. Elle devait tenir ça de sa mère. Il s'aperçut qu'elle dessinait la maison, avec des volets noirs et de la fumée sortant de la cheminée. Puis elle ajouta une femme aux longs cheveux blonds. Au début, il crut que c'était Catherine. Mais à mesure que le dessin progressait, il vit le gribouillage rose qui ressemblait à un pull, et le carré vert représentant la jupe. Il vit les yeux bleus et les longs traits des cils. À la place de la bouche, il y avait un trou noir.

C'est qui, Franny?

Elle écrivit le nom en quatre lettres majuscules : *E L L A.*

Quand Mme Clare rentra et vit le dessin, elle se figea une minute, les mains sur les hanches. Elle avait le dos tourné, aussi ne voyait-il pas son visage, et il se demanda ce qu'elle allait faire. Clignant des yeux comme si elle avait mangé une chose épicée, elle le prit. Quel beau dessin, dit-elle. Puis elle le scotcha sur le frigo et monta.

Ce fut M. Clare qui le raccompagna. Cole remarqua qu'il n'était pas rasé, qu'il avait la peau luisante, les yeux vitreux. Il avait desserré sa cravate, ouvert le premier bouton de sa chemise et remonté ses manches. Il y avait un joint dans le cendrier. Il en inhala une longue bouffée, toussa un peu puis le lui passa. Cole n'en avait pas très envie, mais il voyait bien que M. Clare voulait qu'il le prenne, et c'était dur de dire non à son patron. La fumée chaude se diffusa en lui et il sourit, gêné.

M. Clare le regarda attentivement, l'expression satisfaite. Tu as une petite amie ?

Oui, enfin…

Les femmes, dit-il. Ce sont des créatures frustrantes. Ne t'attends pas à obtenir ce que tu veux, et encore moins ce dont tu as besoin.

Cole n'avait jamais vraiment réfléchi à l'un ou à l'autre.

Quand tu as des doutes, consulte les maîtres. Il prit un livre sur la banquette arrière et le lui passa. Si tu veux apprendre des choses sur les femmes, regarde celles-là. C'est Courbet. J'ai marqué la page.

OK.

Emporte-le.

Le livre pesait lourd sur ses cuisses. Il suivit des doigts les bords de la reliure, le tissu de la couverture. Il avait les mains moites. M. Clare baissa brusquement la capote et ils roulèrent dans le vent, sans rien dire. Cole vit la lune apparaître. Le ciel avait des reflets pourpres.

Trouvant la maison vide, il se souvint qu'Eddy devait emmener Rainer chez le médecin, et que Vida les avait accompagnés. Il alla dans le grenier, ouvrit le livre à la page indiquée et fut surpris. C'était un tableau représentant une femme – sous la taille. Elle avait les jambes écartées et on voyait ses fesses sous un monticule noir de poils et la fente sombre. Le tableau s'intitulait *L'Origine du monde*. Même s'il savait que l'utérus se trouvait par là, il se demanda pourquoi l'artiste l'avait appelé comme ça. Il n'aimait pas ce tableau, et ça lui déplaisait que M. Clare le lui ait donné. Il referma le livre et le glissa sous son lit. Il s'aperçut qu'il était très stone et un peu confus, et il détesta M. Clare pour l'avoir mis dans cet état et pour ce lien bizarre qui existait soudain entre eux.

Les jours suivants, il ne retourna pas à la ferme. Il paraissait incapable de quitter sa chambre. Eddy lui monta de la soupe et des toasts sur un plateau, lui lut des BD et lui raconta des blagues cochonnes. Rainer se traîna même jusqu'en haut et posa sa main lourde sur son front. Tu as de la fièvre, mon garçon.

Ça va aller, dit Eddy.

Les journées passaient lentement et il était content qu'on le laisse tranquille. Il regarda les stores onduler et la lumière du soleil se déplacer sur les murs. Il sentait qu'il se transformait. Il était mince et pâle, il avait les mains trop grosses, les jambes et les pieds trop grands. Il était incapable de contrôler ses pensées et faisait des crises de larmes comme une fille.

Quelques jours plus tard, Mme Clare passa chez son oncle. Quand il descendit, il la trouva sous le porche, avec une assiette de biscuits.

Franny te réclame.

J'ai été malade, dit-il.

Tiens, je les ai faits pour toi.

Il prit les biscuits et la remercia, puis il la regarda s'éloigner avant de retourner au lit. Il se dit que s'il dormait encore un peu, tout serait redevenu normal à son réveil, comme avant la mort de sa mère, avant que ces étrangers s'installent dans sa maison.

TROISIÈME PARTIE

Choses vues et entendues

1

Vers la fin du mois de novembre, le temps se dégrada. Le ciel était d'un gris oppressant. De la neige s'accumula sur la table en verre et les chaises en métal de la terrasse. La route étroite demeurait aussi immaculée que le glaçage d'un gâteau, hormis quelques empreintes éparses de cerfs et de lapins, et aucune lumière ne brillait dans les grandes maisons de Chosen. En l'absence des New-Yorkais, il ne restait que les robustes autochtones et les fermiers. Elle était l'un d'eux désormais.

Ils allèrent dans le Connecticut pour Thanksgiving. Ses beaux-parents organisaient un cocktail pour leurs amis proches, des femmes en robes éclatantes et escarpins assortis, leurs maris en pantalons écossais et blazers. C'étaient de gros fumeurs, et une fine brume flottait dans le salon. Par la grande baie vitrée, elle voyait la mer, la plage plate et nue. Elle aurait voulu aller prendre l'air, s'éloigner de ces gens, mais ils l'auraient jugée impolie. Les parents de George étaient intimidants. Sous son bandeau en gros-grain, sa mère regardait Catherine avec condescendance. Elle aurait dû être habituée ; George agissait de la même façon.

Très tôt, la mère de George avait fait le calcul et vu le mariage de son fils unique sous un nouveau jour. Le pauvre George avait accompli son devoir, par charité chrétienne. Une fois, juste après leur mariage, ils étaient allés à l'église tous ensemble. Sur la banquette arrière de la Mercedes de son père, George était soudain redevenu un petit garçon dans son costume trop serré, avec sa cravate de travers, la tête tournée de l'autre côté, séparé d'elle, tandis qu'elle tentait de soutenir la conversation avec sa belle-mère au parfum de gardénia. Après la messe, alors qu'elle se tenait à côté de lui sur le parking avec les amis empressés de ses parents, elle s'était sentie mal à l'aise dans sa robe de grossesse informe et ses vieilles ballerines. Le modèle qu'elle avait finalement choisi chez Penney's paraissait minable ; elle aurait mieux fait d'économiser son argent et de se faire sa robe elle-même. L'église élégante de ses beaux-parents et leurs bonnes œuvres intéressées lui répugnaient. Pour elle, la religion relevait de l'intime. Sa foi ne regardait qu'elle. Dieu était son confident, son espoir. Dans Ses yeux, elle était elle-même, rien de plus, rien de moins. Elle était la personne que George ne verrait jamais.

Elle avait fini par comprendre qu'il s'agissait de sujets complexes. Elle ne pouvait pas discuter de sa foi avec George, parce qu'elle savait qu'il se moquerait d'elle, qu'elle se sentirait stupide, ce qui ne manquait pas d'ironie, puisque sa foi seule la retenait de le quitter.

Leurs rires la ramenèrent au moment présent. Ils racontaient des histoires sur l'enfance de George. Se gaussaient. Ses parents adoraient faire ça, dévaloriser leur fils pour leur propre amusement. Bien sûr, il ne s'en rendait pas compte. Ou du moins faisait-il semblant. Ils racontaient que, étant lycéen, il idolâtrait son cousin Henri, qui s'était révélé être homo, et se demandaient ce qui avait été le pire pour ses parents, sa mort par noyade ou le fait qu'il ait été gay. Elle observa le visage de George, pour une fois assombri par la honte, et le plaignit d'avoir grandi avec des gens si affreux et sans cœur.

Henri peignait d'extraordinaires petits tableaux, disait sa mère. Il avait beaucoup de talent.

Elle décrivit les toiles qu'il avait réalisées l'été précédant sa mort, des scènes de bord de mer – la plage de galets, un voilier à la coque verte, le phare sur la pointe, des balbuzards pêcheurs dans le marais, une cabane abandonnée à la peinture jaune écaillée. Une galerie avait voulu les exposer à l'époque, mais elles avaient disparu. Bien que ses parents aient fouillé la maison de fond en comble, ils n'avaient jamais remis la main dessus.

Le lendemain matin, ils prirent un brunch dans la salle à manger. Catherine veilla à ce que Franny ne salisse pas les nouvelles chaises de sa grand-mère. Ils couvrirent sa fille d'attention mais une attention abrasive, sardonique, alimentée par les cocktails au champagne de son beau-père. Franny geignait et s'agitait ; elle se frottait les yeux, faisait la moue. Résultat : ils firent tous remarquer qu'elle était fatiguée – *surexcitée*, fut le mot employé par sa belle-mère – et Catherine eut hâte de remonter en voiture.

Ils repartirent sous la pluie et longèrent la côte pendant la première partie du trajet. L'eau était grise, le sable balayé par le vent. Le paysage vide la rendit triste.

Désolé pour mes parents, déclara George. Même lui paraissait abattu.

Ce n'est pas grave.

Ils sont parfois pénibles, c'est le moins qu'on puisse dire.

Ça n'a pas dû être facile de grandir ici.

En effet, avoua-t-il, et elle se reprocha la façon dont elle le traitait, le jugeant en permanence, croyant toujours le pire. Elle lui prit la main pendant un instant, et il lui lança un coup d'œil sans émotion avant de reporter son attention sur la route.

À peine rentré, il partit courir. Ça lui faisait du bien, songea-t-elle, de relâcher la pression. Laissant Franny regarder la télévision, elle se prépara une tasse de thé, puis s'installa dans le salon avec son tricot. Elle lui faisait un pull, orné de deux rennes sous un ciel bleu étoilé. Elle avait déniché de magnifiques boutons en bois. Elle le lui offrirait pour Noël.

Ce lundi matin commença comme tous les autres jours. Franny se précipita dans leur chambre et grimpa sur le lit pour faire un câlin. Pendant que George prenait sa douche, Catherine fit le lit et ramassa ses chaussettes sales. Ce fut alors qu'elle remarqua le livre sur la table de chevet de son mari, des poèmes de Keats, et la plume qui marquait la page des « Saisons humaines ».

Depuis quand lis-tu de la poésie ?

Quoi ? Il se tenait là, une serviette autour des reins. La course l'avait rendu plus musclé, plus mince. Ce n'est pas pour toi, semblaient dire ses yeux. Ah, ça. Je l'ai emprunté à la bibliothèque.

Tu aurais déjà dû le rendre.

Il voulut le lui prendre des mains, mais elle ne le lâcha pas.

Je le rapporterai, dit-elle. Franny et moi y allons ce matin.

Après le petit déjeuner, elle emmitoufla Franny dans le manteau beige et le bonnet offerts par sa belle-mère, lui noua ses lacets et essuya ses doigts collants de confiture. Elle goûta la tranquillité de la voiture, l'assurance que, l'espace de quelques précieuses minutes, sa fille ne bougeait pas et regardait paisiblement par la fenêtre. Elles passèrent devant des champs avec des vaches, des chevaux, des granges, sous le ciel gris canon troué de soleil.

Arrivée en ville, elle tourna dans School Street et se gara sur le parking derrière la bibliothèque, espérant qu'il y aurait d'autres enfants pour jouer avec Franny. En général, il y en avait à cette heure. Elle avait lié connaissance avec plusieurs jeunes mamans, principalement des femmes d'ouvriers qui travaillaient dans le bâtiment ou à l'usine de plastique, même si elles avaient peu de sujets de conversation en dehors des enfants. Avant de sortir de la voiture, elle vérifia son apparence dans le rétroviseur, une vieille habitude. Le visage qui la regarda semblait pourtant différent. Elle se brossa vigoureusement les cheveux, comme pour se débarrasser du soupçon que quelque chose n'allait pas, qu'elle était trompée.

Songeant à Franny, elle mit du rouge à lèvres et prit sa voix d'heureuse maman, ouvrit la portière et l'extirpa du siège-auto. Le sac de livres à l'épaule, elle traversa le parking en tenant sa fille par la main et salua la femme souriante qui sortait de la bibliothèque. Une fois à l'intérieur, elle se sentit un peu mieux.

Je peux y aller, maman ?

Va, ma chérie.

Dans la salle réservée aux enfants, il y avait une splendide maison de poupée, la réplique d'une ferme assez semblable à la leur, garnie de meubles coloniaux miniatures – lits à baldaquin, commode Chippendale et même des fauteuils Windsor. Des lampes minuscules éclairaient les pièces, et la table était dressée avec des assiettes et de l'argenterie. Franny aurait pu passer des heures à jouer avec, déplaçant d'une pièce à l'autre la famille en caoutchouc, totems du bonheur domestique. Catherine se demanda vaguement quelle influence George et elle avaient sur l'imagination de leur fille. Au moins, ils faisaient semblant de s'aimer en sa présence. Ça suffisait peut-être.

Franny absorbée par son jeu, Catherine passa au bureau de prêt pour rendre le livre de George et payer les pénalités de retard. La bibliothécaire rajusta ses lunettes sur son nez et fronça les sourcils. Il doit y avoir une erreur, dit-elle. Ce livre ne figure pas sur la carte de votre mari.

Ah bon?

La femme revérifia, hocha la tête et laissa retomber ses lunettes au bout de leur chaîne sur sa poitrine. Avec le même soin, elle examina le visage hagard de Catherine, les cernes sombres sous ses yeux, l'alliance en or à son doigt. Semblant prendre une décision, elle tourna le registre pour le lui montrer. Tenez, dit-elle en pointant du doigt. Regardez par vous-même.

Alors qu'elle approchait le registre, Catherine comprit que la bibliothécaire lui faisait une faveur, elle voulait qu'elle sache.

Comme vous pouvez le voir, précisa-t-elle, ce n'est pas le nom de votre mari.

Le livre avait été emprunté par Willis Howell. C'est bizarre, marmonna Catherine. Je me demande qui…

Le prénom est épicène, fit remarquer la femme.

Pardon?

Le prénom Willis. Mais là, il s'agit d'une fille. Assez jeune, d'ailleurs. Elle travaille comme serveuse à l'auberge Black Sheep. Elle s'est occupée de notre table, un jour. J'attends toujours le dessert!

La bibliothécaire retourna le registre, dévisagea Catherine et, peut-être par pitié, ajouta : Il y a peut-être une explication tout à fait raisonnable. Quoi qu'il en soit, vous n'avez pas de pénalité à régler. C'est la détentrice de la carte qui devra payer.

À sa façon d'appuyer sur le mot « payer », Catherine prit la mesure du danger mais n'en montra rien, souhaitant écarter la possibilité d'un scandale susceptible d'imprégner une salle entière comme du parfum bon marché.

Franny n'était évidemment pas disposée à s'en aller. Elle piqua une colère, exprimant le maelström qui se déchaînait à l'intérieur de sa mère, qui dut la porter pour sortir. Des inconnus la regardèrent alors qu'elle embarquait de force l'enfant hurlante dans la voiture. Elle démarra en faisant crisser ses pneus, conduisit maladroitement dans la circulation et tourna dans Shaker Road, passant à toute allure devant l'auberge avec son aménagement paysager très étudié et ses pelouses soignées. Derrière se trouvait une longue grange qui avait été convertie en une sorte de dortoir pour les employés. Elle s'arrêta sur le bas-côté de la route et resta là un moment, à réfléchir. Elle n'avait aucune preuve qu'il se soit passé quoi que ce soit. Si ça se trouvait, sa réaction était disproportionnée. Malgré tout, ça ne ferait pas de mal d'aller jeter un coup d'œil, se dit-elle. Elle prendrait Franny comme porte-bonheur.

La grange était silencieuse, sombre et vide. Dans le corral, un jeune homme faisait travailler un cheval, maniant son long fouet pendant que l'animal galopait sur sa longe. Elle hissa Franny sur sa hanche et monta l'escalier jusqu'à un couloir où s'alignaient des portes. Franny regardait partout avec curiosité. Catherine en ouvrit une, mais c'était manifestement une chambre d'homme, à en juger par les grosses bottes sous le lit et la couverture en laine grise roulée en boule. Au bout du couloir, sur une autre porte, elle vit un fin ruban noir accroché à la poignée.

Elle frappa. Pas de réponse.

Cette porte-là non plus n'était pas fermée à clé. La chambre était vide. Monacale, pensa-t-elle. Une bombe, une cravache et une paire de petits gants en cuir étaient posées sur le lit fait. Sur une table carrée, il y avait un cahier à spirale dans lequel la fille avait gribouillé son nom en différentes graphies, ajoutant des arcs-en-ciel et des cœurs semblables à de petites larmes noires. Dégoûtée par ces instantanés adolescents, Catherine prit une petite photo encadrée de la fille avec sa mère, et se rendit compte qu'elle l'avait déjà vue en ville.

L'amie de papa, dit gaiement Franny.

Ne sachant pas quoi faire, Catherine roula jusque chez Justine, et Franny s'endormit pendant le trajet, bercée par le mouvement de la voiture. Elle remonta le chemin de terre; apparemment, ils étaient là. Accueillie par un coq hargneux qui lui picora les talons quand elle s'approcha de la maison, elle frappa à la vitre, mais ne vit personne à l'intérieur.

Justine? appela-t-elle en entrant.

De la musique lui parvint de la chambre, du classique, peut-être du Brahms. Un des chats bondit du comptoir, la faisant sursauter. Une odeur de café. Une soupe mijotant sur la cuisinière.

Comme une rôdeuse, elle s'aventura dans le couloir. En approchant de leur chambre, elle les aperçut – au lit, nus, en train de faire l'amour. Justine chevauchait Bram, qui avait posé ses mains carrées sur les fesses rondes et pâles de sa femme. Leur plaisir était évident, irrésistible.

Sans bruit, le cœur battant, elle se dépêcha de sortir.

Par chance, Franny dormait encore. Catherine démarra et rejoignit la route principale. Le soleil était éclatant à la mi-journée. Il lui parut soudain absurde de rentrer chez elle, aussi roula-t-elle sans but dans cette ville qui lui était parfaitement étrangère. Elle se mit à pleurer, en sanglots bruyants montant de ce qui lui parut les tréfonds de son âme, si bien qu'elle dut s'arrêter au bord du trottoir. On ne pouvait pas feindre l'amour vrai, songea-t-elle, et elle mesura soudain tout ce qu'elle n'avait pas.

2

Ce n'était pas un travail facile, mais un travail qu'elle aimait. L'amour était son moteur. C'était par amour qu'elle se réveillait tous les matins, par amour qu'elle marchait sur le sol froid et s'habillait, à cette période de l'année, d'un caleçon long et d'un pantalon, de la vieille parka de Bram et de bottes boueuses aux lacets cassés, qui l'emmenaient sur le sentier gelé jusqu'à l'étable. Et c'était par amour que les animaux ne cessaient jamais de donner. Quand on travaillait la laine, on avait les doigts animés par un amour venu des endroits les plus secrets – un amour qu'on transmettait en main propre à des inconnus. Chez elle, il prenait la forme d'étonnants patchworks qu'ils drapaient sur leurs épaules, des assemblages de verdure, de mousse, de racines brunes entortillées, de torrents noirs gelés. De levers de soleil. De douces collines et de cascades, de fourrés enchevêtrés, de baies de houx. Parce que ce qu'elle fabriquait – chaque écharpe, chaque couverture, chaque tapisserie – était pour elle une offrande d'amour, en contrepartie de tout ce qu'elle avait reçu, de tout ce qu'elle voyait autour d'elle, cette beauté de la terre et du ciel.

Elle était connue pour son travail. Des gens importants possédaient ses pièces – même le sculpteur célèbre qu'on voyait en ville, marchant dans le vent avec son amant, enveloppé d'un tourbillon de bleu et de gris. Il n'y en avait pas deux pareilles. Ce n'était pas seulement la laine. L'important tenait avant tout à la couleur. Elle utilisait des techniques en usage depuis des siècles, et c'était la teinture – et l'assemblage dissonant de teintes et de textures – qui distinguait son travail.

On reconnaissait toujours une écharpe Sokolov, voilà ce que les gens lui disaient. En apercevant la fille sur le parking d'Agway elle sut donc aussitôt qu'elle portait une de ses créations. La couleur était vraiment extraordinaire, pensa-t-elle. La cochenille, utilisée avec du fer comme mordant, avait produit ce pourpre rêveur d'un ciel crépusculaire. Il faisait ressortir les beaux yeux noirs de la fille. Celle-ci balança un sac de grain à l'arrière d'un pick-up, dont les portières s'ornaient du nom de l'auberge, puis grimpa sur le siège du passager.

Bien plus tard, Justine se remémora cette écharpe particulière et l'homme qui l'avait achetée comme cadeau pour sa nouvelle secrétaire. Vu les circonstances quelque peu gênantes de sa promotion, lui avait-il expliqué, il voulait partir du bon pied avec elle.

Le mardi, George déjeuna avec Justine à leur table habituelle. Elle portait un châle autour des épaules, dont les franges noires n'arrêtaient pas de tremper dans sa soupe sans qu'elle paraisse le remarquer.

Comment te traite l'adjudant-chef ?

Tu parles d'Edith ? Il sourit. Mlle Hodge est remarquablement compétente.

Elle a aimé l'écharpe ?

George mâcha son sandwich et avala. Beaucoup.

Justine émit un son, comme si un bouchon avait sauté et que tout l'air s'échappait d'elle. Elle secoua la tête avec un sourire incrédule. J'ai quelque chose à te dire.

Quoi ?

Pas ici, répondit-elle, s'essuyant la bouche du revers de la main. Plus tard. Tu ne voudras pas rater ça.

Ils convinrent de se retrouver dans le bureau de George à cinq heures. Il se coltina sa classe de l'après-midi et vit le visage de ses étudiants s'allonger à mesure qu'il tombait dans l'abstraction, signe qu'ils étaient complètement largués. Tant pis pour eux, pensa-t-il. Il les lâcha un peu plus tôt pour compenser.

Edith s'en allait quand il entra dans son bureau. Vous avez un message, l'informa-t-elle – d'un dénommé Shelby.

George secoua la tête. Le nom ne me dit rien.

Warren, je crois. Vous voudrez peut-être le rappeler. Il a dit que c'était important.

C'était important.

Le numéro est posé sur votre bureau.

Il vit la feuille rose à l'endroit indiqué. Une fois que les pas d'Edith se furent éloignés dans le couloir, il la froissa et la jeta dans la poubelle.

Quand Justine finit par arriver, il faisait presque noir dans la pièce. Il était cinq heures de l'après-midi et les derniers rayons du soleil traversaient les arbres. Le fleuve, pratiquement gelé, avait la couleur de l'asphalte.

Bonsoir, Justine.

Tu t'es bien moqué de nous !

Je ne sais pas de quoi tu parles.

À quoi tu joues, George ? Son ton était hostile.

Il jeta un coup d'œil à sa montre. Je n'ai pas beaucoup de temps.

Tu as des projets ? Tu dois rentrer chez toi auprès de ta femme ?

À en juger par l'expression de son visage, la question était rhétorique. La baiser, se dit-il, voilà la seule façon de calmer une femme comme elle. Il aurait dû le faire quand il en avait eu l'occasion.

Qu'est-ce qui se passe ? lui demanda-t-il.

Elle soupira, apparemment démontée. Pourquoi les gens se marient-ils ?

Les enfants ? suggéra-t-il aimablement, supposant qu'elle entrait dans le vif du sujet.

Je suis mariée et je n'en ai pas. Peut-être un jour. Je ne sais pas. Je ne suis pas sûre. Mais je sais que je me suis mariée par amour.

Tu es optimiste, alors.

L'amour, il n'y a que ça…

Où veux-tu en venir, Justine?

La fille. Je l'ai vue.

J'ai peur de ne pas bien…

Elle portait une de mes écharpes. Celle que tu as achetée pour Edith. Il est inutile de nier. Je l'ai vu tout de suite.

Il passa en revue sa liste d'excuses toutes prêtes, mais il était difficile de mentir à Justine. Et?

J'ai entendu des rumeurs. Je pensais que tu valais mieux que ça. C'est une petite ville, George. Les gens parlent.

Eh bien, qu'ils parlent. Les idiots sont doués pour ça.

Tu me dégoûtes.

Calme-toi. Il ouvrit son tiroir, en sortit la bouteille de bourbon et leur servit un verre à chacun.

Qui est-ce?

Personne. Une fille que j'ai rencontrée, c'est tout. Il prit une gorgée, mais elle ne toucha pas au sien.

Qu'y a-t-il entre vous?

Rien.

J'ai du mal à le croire.

Ça paraît beaucoup t'intéresser.

Je tiens à Catherine. Elle est mon amie.

Ça, j'ai cru le comprendre.

Ça veut dire quoi, exactement?

Ça veut dire que tu ferais mieux de t'occuper de ce qui te regarde, putain.

C'est ce que tu veux? Elle se leva. Parce que je m'en ferai une joie.

Alors qu'elle s'apprêtait à partir, il l'attrapa par le bras, et elle tressaillit. Il ferma la porte, la plaqua

456

contre le battant, lui saisit les cheveux sur la nuque et les enroula autour de ses doigts. Puis il fit courir son autre main sur elle. Elle le repoussa tant bien que mal, semblant choquée.

Tu vas le regretter, dit-elle. Puis elle attrapa son sac et sortit en courant.

Il la suivit dans le couloir désert. Justine !

Mais elle accéléra l'allure, résolue à s'échapper, et dévala bruyamment l'escalier dans ses petites bottines.

Justine ! Pourquoi tu t'enfuis comme ça ?

Ils se trouvaient maintenant sur le parking sombre, et il se rendit compte qu'en un très court laps de temps ils étaient devenus des étrangers l'un pour l'autre. Justine, dit-il.

Laisse-moi tranquille.

Il la regarda chercher nerveusement ses clés puis se laisser choir sur le siège de sa voiture. Lentement, presque méthodiquement, il rejoignit son propre véhicule et alluma le moteur. Elle conduisait prudemment, aussi n'eut-il aucun mal à la rattraper. Elle tourna sur la grand-route en direction de chez elle, et il décida de la suivre. Il voyait ses yeux briller dans le rétroviseur, la terreur sur son visage. Ça le mit en colère ; elle se trompait complètement. Si elle voulait bien s'arrêter une minute, il pourrait tout lui expliquer. Il appuya sur la pédale, s'approchant tout près de l'arrière de sa voiture, et effleura son pare-chocs. Une fois encore, les yeux de Justine étincelèrent, ses narines palpitèrent, mais elle avait une expression comique qui le fit sourire, comme s'ils jouaient à un jeu.

Sur la route déserte, elle était montée à cent dix, cent vingt kilomètres à l'heure, probablement plus vite qu'elle n'avait jamais roulé, et il la poussait au cul en pestant, Justine, espèce de petite salope! Magnifique petite salope!

Il avait oublié le tournant – il arriva si vite. Il écrasa la pédale de frein et la regarda défoncer la glissière de sécurité et basculer dans le ravin. La voiture fit des tonneaux tout le long de la pente.

Il s'arrêta, sortit et contempla cette chute spectaculaire. Des phares parcoururent son dos. Une autre voiture s'arrêta sur la bande d'arrêt d'urgence. Un homme s'écria : Qu'est-ce qui s'est passé ?

Je ne sais pas, répondit George. Ils ont quitté la route.

Il était peut-être ivre, commenta l'homme.

Je vais prévenir les secours, dit George. Il y a une station-service un peu plus loin. Et c'est ce qu'il fit. Du téléphone public de la station Texaco, il appela la police, raconta ce qu'il avait vu et leur dit d'envoyer une ambulance. Son correspondant lui demanda de rester en ligne, afin qu'il prenne son nom et ses coordonnées. Il raccrocha.

Ils reçurent le coup de fil au beau milieu de la nuit. George entendit la voix de Bram dans le combiné. Catherine était assise au bord du lit, le dos tourné, comme s'il ne méritait pas d'apprendre la nouvelle. Elle raccrocha et resta immobile une minute, semblant rassembler la force de prononcer les mots. C'est Justine.

Quoi? Qu'est-ce qu'elle a?

Elle a eu un accident. Elle est dans le coma.

Le lendemain matin, ils allèrent à l'hôpital. Ils ne furent pas autorisés à la voir, mais Bram sortit et ils allèrent dans le café d'en face prendre un petit déjeuner. George avait faim, et il commanda des œufs au plat, des saucisses, des muffins et même des cornflakes.

Ce n'était pas son genre, de conduire vite, dit Bram. C'est pour ça qu'elle adorait la vieille Volvo – elle vibrait quand on dépassait les cent dix. Il sourit, secoua la tête. J'essayais de la convaincre d'acheter une nouvelle voiture, mais elle ne voulait pas en entendre parler. Elle disait qu'elle était attachée à ce vieux break et son horrible couleur blanc sale. C'était la voiture de sa mère. Elle lui a sauvé la vie.

Même si elle sortait du coma, expliqua-t-il, elle ne recouvrerait peut-être jamais l'usage de la parole. On verra, dit-il. Ils ne savent pas. C'est trop tôt pour se prononcer.

J'espère qu'elle s'en sortira, dit Catherine. Je vais prier pour elle.

C'est ça, prie, songea George.

Il alla à la caisse régler l'addition. Dans l'entrée, il serra la main de Bram. Si tu as besoin de quoi que ce soit. On est là.

Plus tard dans l'après-midi, il se rendit à Albany, chez Sears, et acheta un lave-vaisselle pour sa femme. Il choisit le modèle le moins cher, paya pour la livraison et demanda au vendeur de l'entourer d'un ruban rouge. Sa femme, lui dit-il, aurait ce qu'elle voulait pour Noël.

Il plut tout l'après-midi. Elle le passa sur le canapé, sous une couverture, à regarder des dessins animés avec Franny. Elle avait le corps lourd, fébrile, comme si elle était malade. Quand elle entendit la voiture de George, elle ne bougea même pas. C'était étrange de penser que Franny pouvait la protéger, mais c'était exactement son sentiment.

George apparut sur le seuil, l'air légèrement dérangé. Il faut que je te parle, dit-il.

Ils allèrent dans la cuisine. Il s'assit à table et lui prit la main. J'ai commis une erreur, dit-il. Il ne paraissait pas désolé.

Elle attendit.

Il y a une fille, Willis Howell.

Elle était consciente de sa main dans la sienne, de la sueur, la marque des mensonges. Elle la retira lentement, comme si elle lâchait un pistolet chargé, et croisa les bras.

Tout cela n'était qu'un gros malentendu, dit-il. Elle est jeune, c'est une étudiante, impressionnable. Elle est plus ou moins tombée amoureuse de moi. Et il continua à blablater. Il s'était retrouvé dans une position délicate. Il ne voulait pas que la fille souffre ; elle avait de graves problèmes. Elle venait d'une riche famille new-yorkaise. Trop gâtée, habituée à obtenir ce qu'elle voulait. Ces gens s'imaginent que le monde leur doit quelque chose. Elle a été en thérapie toute sa vie. Elle est réellement perturbée.

Catherine tentait d'évaluer sa culpabilité. Je ne sais pas quoi dire, George.

Il ne s'est rien passé. Tu dois le savoir. Il n'y a rien entre nous.

À partir de là, il fut toute gentillesse avec elle. Il lui apporta des fleurs, du vin qu'ils burent en silence, assis à table. Il lui offrit un cadeau, un médaillon. Mets notre photo à l'intérieur, lui dit-il. Nous formons une famille. Nous serons toujours ensemble, quoi qu'il arrive.

Elle essayait de réfléchir. Elle essayait d'être patiente.

Les yeux de George disaient : *Pardonne-moi.*

Et c'est ce qu'elle fit. Elle avait été élevée comme ça. C'est ce que faisaient les femmes de sa famille. Elles surmontaient les épreuves. Elles continuaient.

Elle alla se confesser, parce que pour une raison inconnue, tout ce qui n'allait pas dans sa vie semblait être sa faute.

Les jours passant, ils demeuraient silencieux, distants, scrupuleusement respectueux. Il ne la touchait pas. Il semblait plus heureux, plus confiant. Comme s'ils disputaient une partie dans laquelle chacun se montrait détestable à tour de rôle, et qu'il avait un coup d'avance.

Elle allait tous les jours à l'hôpital. Ces visites devinrent une partie de son quotidien. Les infirmières étaient aux petits soins pour Franny. Adorables. Justine était allongée, immobile, reliée à tout un tas d'appareils, ses cheveux bruns déployés sur l'oreiller. Assise au bord du lit, Catherine lui tenait la main et lui parlait. Elle priait.

Le reste du temps, elle tentait de s'occuper. Elle nettoya le four à fond en enfonçant le bras dans la caverne sombre, réorganisa le placard à linge, déplia et replia tous les draps et les serviettes puis les rangea en piles soigneuses sur les étagères.

Un matin, en faisant la lessive, elle sortit une chose mystérieuse de la poche de George. On aurait dit un nid, brun et emmêlé. C'étaient des cheveux.

Des jours et des semaines passèrent. Des décorations de Noël apparurent dans les couloirs de l'hôpital, des guirlandes argentées longues comme la pluie. Je prie pour elle tous les jours, dit-elle à Bram.

Je ne comprends pas pourquoi ça lui est arrivé à elle, dit-il. Elle est trop bien pour un truc pareil. Ce n'est pas juste.

Un après-midi, en regardant George rentrer et descendre de la Fiat pour ouvrir les portes du garage, elle prit la pleine mesure du marasme dans lequel elle se trouvait. C'était peut-être la physique de l'instant, l'angle particulier où il s'était garé, mais un rayon du soleil couchant se réverbéra sur son pare-chocs et révéla un petit creux dans le métal, ainsi qu'un éclat de peinture blanche, si insignifiant qu'on aurait pu croire à un flocon de neige. Puis George rentra dans la maison, son trop beau visage rencontra ses yeux, saisissant ce qu'elle avait vu et ce qu'elle savait – et ainsi se posait ouvertement pour tous deux le terrible problème de leur destinée.

Venez, prosternons-nous et adorons-Le

1

Le jour de Noël, ils organisèrent une fête, et toutes les fenêtres de la maison s'embuèrent. Les quatre grands-parents de Franny étaient venus, ainsi que son oncle et sa tante. Eddy et lui avaient également été invités. Mme Clare les présenta à tout le monde et essaya de les faire se sentir comme des membres de la famille, mais Cole eut l'impression de n'en être que plus étranger.

Dans sa robe rouge brillante, elle était comme le nœud sur un cadeau, trop joli pour être jeté. Les lourdes perles autour de son cou ressemblaient à un collet.

Elle demanda à Eddy de l'aider à préparer les boissons, mais il était aussi lent et soigneux qu'un chimiste, si bien que les gens s'impatientèrent et commencèrent à se servir eux-mêmes. Eddy lui tendit un alcool fort avec du jus d'orange et se mit à raconter des blagues. Il savait comment faire rire Catherine. Elle découvrit ses dents et pencha légèrement la tête en arrière. Quelque chose en lui plaisait aux femmes. Elles ne pouvaient pas lui résister.

Il y avait beaucoup à manger. Du jambon, une dinde, de la purée, des haricots verts. Mais ce n'était pas aussi bon que ce que préparait sa mère. Après le dîner, Mme Clare fit tinter son verre avec une fourchette. J'ai une annonce à faire, déclara-t-elle. Nous allons avoir un peu de musique.

Apparemment surpris, M. Clare afficha un sourire hypocrite. Eddy entra avec sa trompette et se plaça à l'autre bout de la pièce, et tout le monde s'assit et attendit poliment, les mains sur les genoux. Il porta l'instrument à ses lèvres, ferma les yeux et commença. Il joua fort, le genre de morceau qu'on donne à la cour d'un roi, et les invités se redressèrent un peu sur leur siège. C'est du Haendel, dit quelqu'un. Cole était fier de son frère.

Au milieu du récital, Franny vint le chercher pour l'entraîner dans la salle à manger et lui montra la fenêtre. Willis se tenait dans la cour comme un chien égaré qui rôde et renifle. Il passa par la porte de la cuisine et la fit monter sous le porche. Qu'est-ce que tu fais là ? Elle frissonnait, pleurait et était peut-être un peu soûle. Tu n'as pas de manteau.

J'ai froid, dit-elle. Prends-moi dans tes bras.

D'accord. Il la serra très fort. Elle était petite et avait de tout petits os.

Il ne m'aime pas, dit-elle.

Si, il t'aime, il est fou de toi.

Elle secoua la tête. Il m'a utilisée. Et maintenant, je suis vidée.

Tu ne veux pas venir à l'intérieur? Au moins, laisse-moi aller te chercher un manteau.

Il craignit un instant d'avoir des ennuis s'il la faisait entrer dans la maison, puis se dit que c'était Noël et qu'ils ne lui en voudraient pas. Il lui donna un verre d'eau. Ça faisait des semaines qu'il ne l'avait pas vue à la casse, peut-être depuis octobre, et elle lui parut différente, effrayée.

Il faut qu'elle sache, dit-elle. Sa femme. Il faut qu'elle sache qui il est.

Il dut la regarder d'un drôle d'air, parce qu'elle expliqua : Catherine. Il faut qu'elle sache.

Cole comprit alors qu'elle ne parlait pas d'Eddy. Non, son frère n'avait rien à voir là-dedans.

Je vais chercher Eddy, dit-il, mais il ne bougea pas. Il la vit sortir un petit miroir de sa poche et se regarder dedans. Elle s'humecta le doigt et frotta les cercles noirs sous ses yeux. Elle renifla un bon coup et se passa la langue sur les dents.

Qu'est-ce que tu fais là? C'était M. Clare qui venait d'entrer dans la cuisine.

Je suis venue voir ta femme, dit-elle.

Sûrement pas.

Elle doit savoir. Elle doit savoir qui tu es.

M. Clare prit alors conscience de sa présence. Sors, lui dit-il, et Cole obéit, mais en se retournant, il le vit pousser Willis dehors. Une minute plus tard, par la fenêtre de la salle à manger, il regarda la voiture émerger du garage et faire une embardée sur la route verglacée. Il resta là, incapable de bouger, jusqu'à ce que les phares rouges aient disparu.

Dans le salon, Eddy venait de finir de jouer et tout le monde applaudissait, dont Mme Clare, qui ignorait que son mari avait quitté la maison.

2

Ç'avait été stupide d'aller là-bas, elle s'en rendait compte à présent, mais trop de coke l'avait fait se sentir invincible. Elle était restée dehors, à l'observer avec sa femme, consumée de l'intérieur. Pas par la jalousie. Par un sentiment encore plus moche, le remords. Elle voulait le haïr, et en même temps, elle voulait qu'il sorte, la prenne dans ses bras et lui dise qu'il était désolé. Elle voulait disparaître dans son grand manteau. Elle voulait qu'il lui dise qu'elle comptait davantage pour lui que sa femme et sa fille. Que c'était elle qu'il aimait. Personne d'autre.

C'était la drogue, elle le savait, qui lui faisait cet effet-là. Cet enchevêtrement de désirs en elle qui n'avait rien à voir avec lui.

Elle connaissait certains des invités pour les avoir vus à l'auberge. Quelques-uns de ces hommes l'avaient draguée. L'un d'eux lui avait même pincé les fesses. C'était humiliant. Et cette femme au rire féroce qui la carottait tout le temps sur le pourboire.

Quand il l'avait vue dans la cuisine, il lui avait lancé un regard troublé, comme si elle était une inconnue. Une intruse. Il l'avait poussée dans sa voiture et avait claqué la portière comme si elle était une criminelle. Quelqu'un qu'il fallait enfermer.

En la conduisant à l'auberge, il lui dit qu'il avait renoué avec sa femme. Ils essayaient de surmonter leurs difficultés, pour le bien de Franny. Quelques jours plus tôt, elle avait vu l'heureux couple en ville, sur son trente et un. Même la fillette, en collants et chaussures à boucle. Elle les avait vus entrer dans l'église, goûtant l'approbation des inconnus.

Il en avait fini avec elle, il était guéri ; il n'avait plus besoin de ses services.

Une fois devant la grange, ils étaient restés un moment dans la voiture. On entendait le vent. L'horloge du tableau de bord tiquer. Elle ne disait rien mais ressentait des choses – tellement de choses. De la tristesse surtout.

Quel âge as-tu ?

Dix-neuf ans. Je suis mûre pour mon âge.

C'est quoi, ton problème ? Pourquoi n'es-tu pas à la fac ?

Parce que j'ai un peu pété les plombs.

Quand il la regardait, elle sentait encore ce truc entre eux.

Adieu, Willis, avait-il dit. Prends bien soin de toi.

Elle avait vu sur son visage qu'il ne l'aimait pas. L'amour n'avait jamais eu sa place là-dedans. Elle le savait, bien sûr. Elle l'avait toujours su.

Elle était sortie de la voiture et l'avait regardé s'éloigner. Pendant un moment, elle avait été incapable de bouger. Elle tremblait, claquait des dents et avait la gorge un peu endolorie. Elle avait presque l'impression d'être une petite fille ; tout le reste dans sa vie n'était que faux-semblant.

Elle entendait les chevaux dans le champ. Ils connaissaient sa peine. Ils comprenaient comment il l'avait embobinée, déformant tout pour faire croire que c'était elle la malade, la fille à problèmes, et qu'il avait raison de la laisser partir.

QUATRIÈME PARTIE

Parce que

Parce qu'elle le connaît, parce qu'elle sait ce qu'il est et l'a toujours su, bien qu'elle n'ait pu se résoudre à l'admettre. Elle était même au courant pour la thèse, puisqu'elle l'avait lue en secret et avait vu ses défauts, et que quelques jours après la soutenance, qui n'avait en fait pas eu lieu, elle avait trouvé la lettre de Warren Shelby dans laquelle il encourageait George à la réviser avant de la lui soumettre de nouveau. Mais ça n'avait été que bien plus tard, après leur déménagement et tant d'énergie gaspillée à vanter l'intelligence de son mari et son nouvel emploi formidable, qu'elle avait vu en lui l'imposteur dans son costume d'universitaire, qui tous les matins examinait les chemises qu'elle avait repassées, brandissant chacune comme un commissaire d'exposition, et qui, s'il trouvait le moindre faux pli, l'arrachait de son cintre et la repassait lui-même, en caleçon devant la table à repasser. Il l'obligeait à le regarder, puis la prenait par le poignet pour lui faire faire le tour de la maison en pointant toutes ses exigences non satisfaites, la poussière sur la commode, les traces de doigts, tout simplement inacceptables

– on vivait dans une petite ville où les gens passaient à l'improviste, il fallait toujours être paré. Le jour où elle l'avait vu avec la fille, il lui avait dit qu'il partait courir. Elle s'était lancée dans une recette de cuisine compliquée et, à court d'échalotes, avait joyeusement pris la route paysagère passant près de l'auberge. Ils étaient là devant la grange. La fille aux cheveux noirs comme une erreur biffée à l'encre, qui agitait une cigarette et soufflait la fumée comme si elle avait voulu le faire disparaître dans le même souffle. Ils se disputaient, c'était évident, la fille pleurait, et Catherine était passée devant eux sans même ralentir, elle avait poursuivi sa route, parcouru les allées de chez Hack's avec ses courses, et tout avait continué comme si de rien n'était. Puis Noël était arrivé, avec les cadeaux, le nouveau lave-vaisselle, les fiers parents de George qui souriaient à leur fils dans ses chemises blanches amidonnées, la veste élimée de rigueur, les lunettes cerclées de métal – en songeant : *Pauvre George, avec cette épouse fadasse et névrosée, sans aucun sens de la mode, aucune sophistication, desséchée comme une vieille figue, qu'il est bon de rester avec elle!* Parce que les parents de George ne l'avaient jamais aimée, et que le mépris de sa mère agissait comme un poison, et parce que ses parents à elle étaient timides, provinciaux – les vide-greniers où se fournissait sa mère, son postérieur de comptable, la carrière de gravier de son père, la poussière blanche épaisse comme de la farine, leur maison de plain-pied au bout d'une impasse, les tristes pavillons inachevés, le promoteur escroc, les parcelles envahies de mauvaises herbes, la chambre partagée avec

472

Agnes, les murs verts aux motifs écossais, le papier peint choisi par sa mère, qu'elle n'avait jamais aimé. Rien à voir avec la maison de George, avec les jolies choses de sa mère et sa fausse gentillesse, son accent exagéré afin que ses amis la croient supérieure, tous des buveurs de gin et des gros fumeurs, qui écoutaient son père se vanter de ses magasins, des grands panneaux publicitaires sur la route, ce qu'on faisait de mieux en matière de meubles, leur générosité, parfois, mais qui ressemblait à de la charité. Et parce qu'elle était au courant des liaisons de George, pas seulement avec la fille de l'auberge mais avec toutes celles qui l'ont précédée au fil du temps, et parce qu'elle ne lui a jamais fait confiance, même pas au tout début, et parce que les gens savaient mais ne disaient jamais rien, ils ne voulaient pas la faire souffrir, bien que ce soit encore plus douloureux comme ça – parce qu'il avait fait d'elle le dindon de la farce. *Je veux qu'on se sépare*, s'entraîne-t-elle à dire en faisant les lits. *Nous ne sommes plus compatibles*, en passant l'aspirateur dans le salon. *Je ne t'aime plus*, en nettoyant son bureau. *Je ne t'ai jamais aimé*, en vidant les cendriers. *Je te méprise et je te déteste, je veux divorcer!*

Le nouvel an arrive avec le lever du soleil et la réveille. Petit à petit, elle prend conscience que George n'est pas dans le lit. Elle se redresse, tend l'oreille, mais la maison est silencieuse. Elle n'aime pas ne pas savoir où il est. Un peu effrayée, elle enfile son peignoir et traverse vite le couloir, passe devant la porte de la chambre de sa fille endormie, descend l'escalier, un instant ensorcelée par son reflet dans le miroir de l'entrée, la lumière flottant autour d'elle, imprimant des arcs-en-ciel au plafond, la clarté étourdissante dans ses yeux, comme si elle était face à une autre version d'elle-même, plus mature, posée et courageuse – capable de la sortir de là.

Elle le trouve dans son bureau, le dos tourné à la porte, une bouteille de bourbon ouverte sur la table, une cigarette se consumant dans le cendrier.

George ? Il ne répond pas. Tout va bien ?

Pourquoi ça n'irait pas ?

C'est alors qu'elle voit le sang. Les éclaboussures par terre.

Tu es blessé ?

Oui.

Qu'est-ce qui t'est arrivé ?

Je me suis coupé.

En faisant quoi ?

Il pivote dans son fauteuil et la regarde. Elle voit la serviette autour de sa main, imprégnée de sang. Il a les yeux vitreux, méchants. Il la fixe une longue minute, prenant une décision. Retourne te coucher, dit-il. Aucune personne sensée ne devrait être debout si tôt.

Le jour de la Saint-Valentin, il neige tout l'après-midi. Franny et elle découpent des cœurs roses dans du papier cartonné, qu'elles collent sur des napperons avec des bonbons en forme de cœurs. C'est important de dire aux gens qu'on les aime, explique-t-elle à Franny.

Elles vont déposer leurs cartes chez les Hale en ville. C'est là qu'elle demande à Eddy s'il peut la conduire, et il lui répond bien sûr, il l'emmènera. Il lui touche l'épaule. Tout ira bien.

Lis ça, dit-elle, tendant sa carte à Cole. Je pense chaque mot qui est écrit.

George oublie la Saint-Valentin. Il rentre à la maison les mains vides. Elle n'en fait pas un drame. Il est fatigué, surmené, se plaint de toutes ses responsabilités administratives et des exigences des étudiants.

C'est un événement idiot, de toute façon, pense-t-elle.

Mais Franny pleure et pique une crise. George repart et revient une heure plus tard avec des petits cœurs en bonbons et une carte scintillante pour Franny. Et ça, c'est pour toi, dit-il ensuite à Catherine en lui donnant une boîte de chocolats, également en forme de cœur. Heureuse, maintenant ?

Elle regarde son visage pas rasé, la pellicule de sueur sur son front, l'éclat trompeur dans son œil comme du verre brisé.

Sans répondre, elle monte à l'étage, s'assoit sur le rebord de la baignoire et ouvre la boîte. L'odeur lui monte au nez. Elle s'attaque aux chocolats, les gobe l'un après l'autre, en laissant tomber les emballages par terre, petits bouts de papier brun gondolés qui lui font penser à des marrons. Le caramel collant et le nougat lui tapissent la gorge. Au bout d'un moment, elle n'en sent même plus le goût.

Il la retrouve plus tard, au-dessus de la cuvette des toilettes.

Qu'est-ce qui se passe ? Qu'est-ce que tu fais ?

Je vomis mon mariage, voilà tout ce qu'elle trouve à dire.

Maintenant que le jour J est arrivé, c'est plus dur qu'elle ne l'avait cru. À sept heures moins le quart, alors qu'il est sous la douche, elle file à sa voiture. À l'instant où elle démarre, il dévale les marches du porche, en robe de chambre, de la crème à raser sur le visage. J'ai un rendez-vous, crie-t-elle. Tu la gardes toute la journée.

Mais je dois…

Elle ne s'attarde pas pour l'écouter se plaindre, ses pneus glissent sur la route mouillée.

Une fois en ville, elle se gare près du café, où Eddy l'attend à l'endroit prévu. Ça va ? lui demande-t-il quand elle monte dans son camion.

Elle hoche la tête. Merci de m'aider. Je ne savais pas à qui d'autre demander.

Ils ne parlent pas sur l'autoroute jusqu'à Albany. Ils traversent le pont et elle voit les immeubles, les longs trains noirs au dépôt ferroviaire, les cheminées d'usine près du port. C'est une clinique du centre-ville, à Lark Street. L'infirmière lui prend la main, tandis qu'il l'attend dehors.

Une fois la chose faite, on lui donne des Oreos et du jus de raisin et on lui montre comment porter la serviette. Elle ressent un vide profond et infini. C'est normal, lui dit-on. C'est une épreuve difficile. Ce n'est aisé pour personne.

Il y a une cafétéria en face, et elle l'invite à déjeuner. Elle commande une soupe à la tomate et un toast au fromage, et lui prend un hamburger. Il partage ses frites. Elle n'a jamais rien mangé d'aussi frais et délicieux que cette soupe. Je ne pouvais pas, dit-elle à Eddy. Il ne me mérite pas. Je ne pouvais pas imposer ça à un bébé.

Vous n'avez pas à vous justifier, lui dit Eddy en lui touchant la main. Vous êtes belle, Catherine. Essayez de ne pas l'oublier.

Quand elle rentre à la maison, elle trouve George et Franny en train de regarder un vieux film. Elle ne lui fournit aucune explication et monte se coucher.

Il la regarde sans dire un mot.

Dans la salle de bains, elle remarque que la poubelle dans laquelle elle a jeté le test est vide. Il était là, difficile de ne pas le voir. Elle l'avait laissé exprès. Elle voulait qu'il sache.

Le mercredi, Bram les appelle pour leur annoncer que Justine est réveillée. Avec un étonnement proche de l'euphorie, elle se rend seule à l'hôpital. Un peu apeurée, elle suit l'infirmière jusqu'à la chambre.

Justine, s'écrie-t-elle en la serrant dans ses bras. Dieu merci, tu vas bien. Elle approche une chaise et prend la main de son amie.

Justine la dévisage comme si elle était une parente perdue de vue. J'étais dans un ailleurs, dit-elle.

Tu as dormi très longtemps. Tu te souviens de quoi que ce soit ? Tu sais ce qui s'est passé ?

Non, pas vraiment. Je me souviens que j'étais terrifiée, mais je ne sais plus pourquoi. Elle regarde par la fenêtre, d'où l'on voit la cime des arbres.

Je me demande où est parti le soleil, dit Catherine.

Ils ont annoncé de nouvelles neiges aux infos ce matin.

Il a beaucoup neigé depuis… ton accident, confirme Catherine.

Pendant un instant, elles regardent par la fenêtre, sans parler.

Ce monde est si beau, reprend Justine. Les gens ne se rendent pas compte. Ils ne mesurent pas ce qu'ils ont.

Elle tourne la tête vers Catherine et serre sa main. Tu dois vivre exactement comme tu le souhaites, dit-elle. Je sais que c'est difficile à définir. Mais la vie…

Elle s'interrompt soudain et secoue la tête, comme s'il était impossible de mettre ses pensées en mots. J'ai vu des choses, finit-elle par dire. Des choses merveilleuses.

Elle s'adosse à l'oreiller comme si la conversation l'avait épuisée, et Catherine juge préférable de se retirer. Elle se lève et se dirige vers la porte.

C'est une chose fragile, la vie, dit Justine. Je le sais maintenant. Tu dois vivre comme tu l'entends. Avant qu'il ne soit trop tard.

Le lendemain matin, une fois George parti au travail, elle commence à faire les valises, pendant que Franny regarde ses émissions. Elle envisage d'appeler sa mère. Je le quitte, s'imagine-t-elle lui dire. C'est un homme dangereux. Mais, redoutant le pouvoir de persuasion maternel, elle décide de n'en rien faire. Parce que sa mère ne connaît pas George, pas vraiment. Pour elle, leur mariage peut prétendre au label rouge de l'authenticité.

Elle finit de remplir les valises, qu'elle bourre d'un maximum de choses, puis les descend et va les ranger dans la voiture. Poussée par la certitude qu'elle doit partir, et tout de suite, elle ressent une excitation presque désespérée. Mais la météo ne se montre pas coopérative. Une tempête s'abat, un blizzard terrible. Les écoles sont fermées, les routes impraticables. Malgré tout, elle enfile à Franny son manteau, son chapeau, des chaussettes et des après-skis, avec des mouvements lents, engourdis, puis elle rassemble maladroitement son sac, ses clés, le pique-nique qu'elle a préparé pour le trajet. Tandis qu'elles se dirigent vers la voiture, un tourbillon de neige leur balaie le visage, et Franny se met à pleurer. Catherine se dépêche de l'installer dans le siège-auto, furieuse contre George de l'obliger à se garer dehors, de se soucier davantage de sa décapotable que de sa femme et de sa fille. Il y a eu des signes, pense-t-elle. Il y a eu des signes depuis le début. Seulement, elle était incapable de les voir.

Elle démarre, passe en marche arrière, mais la voiture n'avance pas et les roues patinent dans la neige. Elle écrase la pédale d'accélérateur et le moteur fait un horrible bruit de cri humain. Vaincue, elle le coupe.

Pourquoi on peut pas partir, maman?

On est coincées.

Coincées?

Dans la neige. Elle reste assise là, refusant de bouger, trop en colère même pour pleurer, alors qu'il devient terriblement clair qu'elles n'iront nulle part.

Résignée, elle laisse les valises dans la voiture et rentre Franny dans la maison, la protégeant de la neige comme elle l'eût fait d'une explosion. Je réessaierai plus tard, se dit-elle, quand les routes seront dégagées.

Mais les cours étant annulés, George revient plus tôt que d'habitude. Elle l'entend entrer, marteler le sol de ses pieds pour se débarrasser de la neige. Elle ne se donne pas la peine de se lever. Il la cherche, regarde dans les pièces du rez-de-chaussée, appelle son nom dans le vide qui s'assombrit, de plus en plus agité, jusqu'à ce qu'il la trouve dans le lit.

Qu'est-ce qu'il y a?

Chut, Franny dort.

Tu es malade?

Encore un mal de tête, ment-elle.

L'autoroute a été fermée, murmure-t-il. J'ai mis un temps fou à rentrer.

Je voudrais que ça s'arrête.

Il n'a toujours pas enlevé son manteau. Que font les valises dans ta voiture?

J'allais…

Tu allais quoi?

Elle se redresse avec difficulté, comme accablée par un grand poids, puis la vérité tombe de sa bouche. J'ai tenté de m'en aller, lâche-t-elle. Mais je n'ai pas pu.

Bien sûr que non, dit-il, d'une voix d'une douceur inhabituelle. Il s'assoit à côté d'elle sur le lit. Elle sent le froid sur lui et aussi autre chose, une imperceptible odeur de pin.

Je pensais aller…

Où ? Il la regarde sans comprendre.

Chez moi, dit-elle, à peine audible, les lèvres tremblantes.

C'est ici, chez toi, Cathy. Il lui pose la main sur le dos, lourde, lourde, son ancien nom résonne dans ses oreilles, la fait pleurer, et à la fin, plus rien ne semble avoir d'importance – qui ils sont – ce qu'ils sont – le jeu ridicule auquel ils jouaient – et elle exprime ce qui la ronge depuis des mois : Le siège était mouillé.

Quoi ?

Ce soir-là. Dans ta voiture.

Je ne sais pas de quoi tu parles.

Il était trempé.

Qu'est-ce qui t'arrive ?

Tu étais sur ce bateau, n'est-ce pas ? Le soir où Floyd s'est noyé.

Il secoue la tête et la regarde bizarrement. Tu es complètement dingue, dit-il. Soudain, son visage se vide de toute émotion ; il lui attrape le bras, l'oblige à se lever et l'entraîne dans le couloir, dans l'escalier. Va décharger la voiture. Tout de suite. Tu n'auras besoin d'aucune valise, crois-moi. Il la pousse dehors et claque la porte.

Sans son manteau, ni ses chaussures, elle est frigorifiée. En tremblant, elle rassemble les valises, tandis que des larmes froides coulent sur son visage, qu'elle essuie avec irritation. Elle devra trouver un moyen de l'apaiser ; elle devra le convaincre qu'elle ne le pensait pas – qu'elle comprend, pardonne même. Un secret qu'elle gardera pour toujours, s'entraîne-t-elle à dire.

Elle rentre les valises dans la maison. Évidemment il ne l'aide pas. Il la regarde les hisser comme elle peut dans l'escalier. Elle ressort toutes les affaires et les range dans les tiroirs, puis remet les valises vides dans le débarras. Désespérée, elle s'assoit sur le lit et tente de réfléchir, de trouver un plan. Elle l'entend dans la cuisine, entend le bruit d'un steak frire sur un feu trop fort, la graisse qui grésille dans la poêle, sent la fumée qui monte. Elle perçoit la voix de sa fille.

Le dîner se passe tant bien que mal. Il lui prépare une assiette et la pose devant elle, mais elle ne peut pratiquement rien avaler. Elle coupe sa viande en petits morceaux, les haricots verts mous se mélangent dans sa bouche. Il lui fait boire un peu de vin, épais et amer. Pour tes nerfs, lui dit-il en la resservant.

Elle s'efforce de ne pas le regarder. Mais il ne la quitte pas des yeux, mâchant lentement, délibérément. Ils sont ennemis, comprend-elle. Ennemis mortels. Elle sent la haine qu'il éprouve pour elle. Elle sent qu'il veut quelque chose – elle ignore quoi. Qu'il projette quelque chose.

Elle nettoie la cuisine en demeurant aux aguets. Il joue avec Franny – quel gentil papa. Bruyant. Forcé. Il la fait rire trop fort.

C'est l'heure d'aller au lit, les interrompt-elle.

Non, maman.

Allez, chérie, dit-elle, lui tendant la main.

Elle donne un bain à Franny, la met en pyjama puis lui lit une histoire, pelotonnée contre elle dans le petit lit chaud, attentive au vent violent, à la neige tourbillonnante, aux arbres noirs et insensibles. À la fois reconnaissante et impatiente, elle regarde sa fille s'endormir.

La maison est silencieuse. Elle ne sait plus où il est. Ils sont comme des animaux en forêt, qui attendent, attendent. Elle traverse le couloir sur la pointe des pieds et regarde par les barreaux de la rampe d'escalier. Les lumières sont éteintes, mais elle sent l'odeur du joint qu'il a allumé dans son bureau, entend le verre qui se pose sur sa table, le tintement des glaçons.

Soudain vidée de ses forces, elle prend une douche et laisse l'eau dégouliner sur son visage, sa bouche ouverte. Tout son corps souffre. Elle comprend qu'elle a traversé quelque chose d'intense, ces derniers mois dans la maison. Ils lui ont tellement coûté qu'elle ne croit pas pouvoir être de nouveau la même.

Elle met sa chemise de nuit et s'assoit sur le lit pour se brosser les cheveux. Peut-être devrait-elle appeler quelqu'un. Elle ne se sent pas en sécurité. Et cette neige qui tombe. Elle déteste son indifférence glacée, sa perfidie gratuite. Elle en veut à Dieu de l'avoir faite prisonnière de cette maison. Elle n'a pas fermé les stores, et les fenêtres reflètent la parfaite symétrie de la chambre : le lit avec ses deux oreillers, les deux tables de chevet, les deux lampes – et les deux femmes, l'une de chair, l'autre d'air.

Ensuite

Pour commencer, il y a le poids terrible, sa tête incroyablement lourde, ses cheveux collés par une substance aussi épaisse que du sirop, et une lame qui dépasse. C'est moyenâgeux, se dit-elle, une mort moyenâgeuse, mais ça ne change rien pour elle. Elle ne ressent aucune douleur, uniquement de l'étonnement. Ensuite elle se lève et regarde son corps drapé de sang, puis la silhouette qui l'attend dans un cercle de lumière.

Es-tu prête à nous rejoindre ?

Oui, répond-elle. *Oui, je suis prête.*

Tu es aimée ; tu n'as rien à craindre.

Une lumière liquide la guide, étincelle et danse au-dessus de l'enfant qui rêve. Son haleine froide fait tourner les petites fées du mobile, pas plus grandes que des dés à coudre, avec leurs chapeaux pointus ; la musique joue. La fillette ouvre les yeux, mais un instant seulement. Elle regarde le mobile, fascinée par sa ronde, puis replonge dans ses rêves.

Le champ est blanc. Le ciel. Les arbres – blancs eux aussi. La lumière de Dieu envahit tout. Aveuglée, elle disparaît dans le néant magnifique.

Science du comportement

1

Il est trop tôt pour arriver à la fac, si bien qu'il s'arrête au bout de la rue, devant un magasin de donuts, et regarde à travers le pare-brise quelques rares clients y pénétrer. Le froid le frappe quand il sort de sa voiture. Il boutonne son manteau, mais la doublure est déchirée et un courant d'air lui remonte dans le dos. Un manteau de banquier, pense-t-il, de banquier ou de gangster, qu'il tient de son père et porte depuis son troisième cycle universitaire. Il avait l'intention de demander à sa femme de le recoudre – la couture comptant parmi ses nombreux talents domestiques – mais décide plutôt de s'en débarrasser. Comme beaucoup de choses, le manteau a plus que fait son temps.

La douce chaleur l'enveloppe à son entrée. L'odeur du café et du sucre en poudre. Il passe sa commande puis l'emporte à une table sur un petit plateau marron. La luminosité est telle que ça fait mal aux yeux de regarder par les fenêtres. La chaise en plastique couine quand il s'assoit et retire ses gants. Il doit se concentrer pour lever sa tasse et la reposer. Le café est trop chaud. Les mains sur les genoux, il regarde la femme noire derrière le comptoir, dont le sourire resplendit face aux clients, avant de s'effacer dès qu'ils ont le dos tourné. Une telle malhonnêteté l'intrigue. À cette heure, il s'agit essentiellement d'ouvriers du bâtiment arrivés dans leur pick-up diesel ; les seules femmes sont la serveuse au comptoir et une autre qui passe la serpillière. L'odeur des toilettes lui parvient chaque fois que quelqu'un franchit la porte. Son beignet a bon aspect, un coussin de pâte frite fourrée de confiture. Il lui vient une image de sa langue pénétrant quelque chose. En croquant dedans, il prend garde à ne pas en faire tomber sur ses vêtements. C'est le genre de choses à vous ruiner une chemise.

2

Ils sortent plus tôt que d'habitude, puisque c'est le début des vacances d'hiver. Les gens s'en vont. Pas lui, il ne va nulle part. Mais il est content de ne plus avoir cours.

M. Clare lui a demandé de venir. Sachant que c'est une demi-journée, il a dit qu'il le paierait davantage.

Les stores sont fermés, c'est la première chose qu'il remarque. La voiture de Mme Clare est pourtant là, garée sous le grand arbre comme d'habitude. Peut-être qu'elle est en train de faire de la couture ? Mais à son entrée, il n'entend pas le bourdonnement de la machine, ni quoi que ce soit d'autre. Il s'immobilise une seconde, tendant l'oreille. La maison est silencieuse. Seules les fenêtres tremblent un peu. Et c'est alors qu'il aperçoit l'argent.

Il pousse le sucrier et compte les billets. Cent dollars. Plus d'argent qu'il n'en a vu de sa vie. Il se demande : Est-ce que c'est pour moi ?

Il y a aussi un petit mot. De lui. *Ma femme est souffrante, ne la dérange pas, s'il te plaît. Franny doit faire sa sieste comme d'habitude. Son biberon est dans le frigo. Tu peux t'en aller quand elle dormira.*

Il fourre le message dans sa poche avec l'argent. Il sent la liasse de billets contre sa jambe. Eh oh ? Il y a quelqu'un ? Franny ?

Il entend Franny en haut dans le couloir. Elle descend sur les fesses, une marche après l'autre. Elle est encore en pyjama. La maison sent un peu le vomi et le produit qu'on utilise pour nettoyer.

Salut, Franny.

Maman est malade, dit-elle, traînant son lapin en peluche.

Je sais.

Franny fronce les sourcils et secoue la tête. Maman est malade, répète-t-elle.

Je dois monter ?

Elle chouine un peu et tombe à quatre pattes. Avec sa tête rejetée en arrière, elle ressemble à un cheval qui hennit. Je veux ma maman, s'écrie-t-elle.

Cole tente de réfléchir. Franny n'a pas l'air dans son assiette. Énervée, ronchon, peut-être un peu fiévreuse. Tu veux regarder la télé ?

Ils se pelotonnent sur le canapé et regardent les dessins animés.

Au bout d'un moment, Franny dit qu'elle a faim. Ils vont dans la cuisine pour voir ce qu'il y a à manger. Il trouve une assiette de sandwichs dans le frigo. Ils s'assoient à table, Franny mange et il lui sert du jus de pomme. Il devine que c'est M. Clare qui a fait les sandwichs, parce qu'il y a encore la croûte alors que Mme Clare l'enlève toujours. Mais Franny les mange quand même en laissant les croûtes dans l'assiette. S'apercevant qu'il a faim lui aussi, il se prépare un sandwich et prend un verre de lait.

Veux mon bib, dit Franny en voyant son biberon.

Pourquoi tu parles comme un bébé, Franny ?

Elle tape des pieds et sautille sur sa chaise. Je veux ma maman !

Ne fais pas de bruit, elle dort.

Je veux maman !

Je sais. Mais elle est malade. Viens, on retourne devant la télé.

Ils la regardent pendant encore une heure, puis il dit : Tu es prête à faire ta sieste ?

Elle hoche la tête. Je veux mon bib !

D'accord, d'accord.

Quand il sort le biberon du réfrigérateur, il sent une substance collante sur ses mains. Et aussi une odeur, comme du raisin, et il se dit qu'il y a quelque chose dedans.

J'ai soif, dit-elle en tendant le bras vers le biberon.

Tu es trop grande pour le bib.

Non, je suis pas trop grande ! Elle recommence à s'énerver, pleurer et sauter sur place.

Si bien qu'il lui donne le biberon. Tais-toi, tu vas réveiller ta mère.

Maman est malade.

Je sais. Chuuut.

Franny pose un doigt sur ses lèvres. Chuuut !

Les stores de la chambre d'enfant sont fermés et la veilleuse est allumée. Il se dit que personne n'y est entré aujourd'hui. D'habitude, quand il arrive, la pièce est éclairée par la lumière du jour et le lit fait. Aujourd'hui, elle est sombre et en désordre. Il la laisse comme ça puisque Franny va faire sa sieste. Tu as sommeil ?

Franny hoche la tête et grimpe dans son lit. Il la couvre et lui donne son lapin en peluche qu'elle serre fort. Ce n'est qu'une petite fille, pense-t-il, et il ressent une inquiétude qu'il ne parvient pas à définir.

Bois ton bib, Franny.

Elle obéit. Et ses paupières se ferment.

Le couloir est silencieux. Trop silencieux, se dit-il.

Il frappe tout doucement à la porte des Clare. Madame Clare ?

Rien.

Il pose la main sur la poignée. Madame Clare ? Catherine ? Pas de réponse. Je m'en vais maintenant, lance-t-il un peu plus fort. Il en conclut qu'elle dort, et il s'en va, comme le lui a demandé M. Clare dans son message.

En marchant vers la crête, il essaie de se rappeler s'il arrivait à sa mère d'être malade. Elle attrapait un rhume de temps à autre et fourrait ses mouchoirs sales dans ses manches, mais jamais elle ne restait au lit. Elle avait trop de travail pour être malade. Cole, lui, faisait parfois semblant. Un matin où il ne s'était pas levé pour la traite et où ses frères l'avaient accusé de faire du cinéma, elle s'était assise au bord de son lit, lui avait dégagé les cheveux du front et dit qu'il était un peu chaud, même s'ils savaient tous deux qu'il avait seulement la flemme. C'était à lui de décider s'il voulait ou non aller à l'école, avait-elle dit, ajoutant qu'il avait sans doute des raisons de ne pas vouloir y aller et qu'elle les acceptait. À toi de voir, avait-elle conclu. Puis elle lui avait apporté du thé et des toasts, et lui avait même acheté une bande dessinée plus tard en allant en ville.

Sans raison il se met à courir. Quelque chose le pousse à s'éloigner de cette maison. L'aspect étrange des arbres, qu'on dirait soulignés au crayon, les nuages denses et pleins comme des pis de vache. Ses pieds s'enfoncent dans le champ, ses bottes se remplissent de neige, et un frisson glacé lui remonte dans les jambes. Il peine à avancer. Il réussit à traverser le bois jusqu'au terrain à lotir puis coupe par les jardins à l'arrière des maisons ; il entend des gens à l'intérieur, des mères qui appellent leurs enfants, et se sent soulagé d'être de retour en ville.

Il retrouve Eugene chez Bell's, en train de jouer au flipper. Tu étais où ?

Nulle part. Il fait tomber la neige de ses bottes et retire son manteau.

À toi, dit Eugene, et Cole prend le relais, secouant les flancs chauds de la machine de toutes ses forces. La boule file comme une fusée, et il gagne une partie gratuite. Pendant tout ce temps, il est conscient de l'argent dans sa poche. Il le perçoit comme un danger. Il tente d'oublier le silence absolu de la chambre de Mme Clare. Il connaît ce silence. Il sait, parce que la maison le lui a dit.

3

Tard dans l'après-midi, le silence se fait enfin dans le couloir. George aligne les dossiers sur son bureau et tire sur la chaînette dorée de sa lampe. Dans la pièce obscure, il enfile son manteau en observant les arbres dehors, puis sort dans le couloir désert. Il marche sans but et sans se presser sur le lino vert. Tout le long du corridor, les grandes baies vitrées ont revêtu la couleur blanche du ciel d'hiver. Ça lui rappelle ce tableau du MoMA, le Barnett Newman, une toile blanche qui ne demande rien et, à cette pensée, il est saisi d'une sorte de faux espoir.

La faible lumière des plafonniers crée une pénombre étrange et intermittente, celle d'un navire en perdition, qui le déséquilibre un instant. En traversant le département d'histoire de l'art, dont les murs tristes sont couverts d'affiches vantant tous les avenirs possibles, il songe à la trahison qu'est l'existence. Au fait que rien ne se déroule jamais comme on l'avait cru.

Il rentre chez lui dans le silence. L'air chaud souffle par les volets d'aération. La neige forme des congères le long de la route. Les camions de salage sont au travail. Après seulement six mois à la campagne, l'hiver lui tape déjà sur les nerfs. Il ne le supporte plus.

La maison est plongée dans l'obscurité. Il ralentit dans l'allée, contourne la bâtisse jusqu'au garage et descend pour aller ouvrir les portes, une routine qu'il en est venu à détester. Il avait eu l'intention d'installer une porte électrique, mais c'est inutile à présent. Il pénètre dans le noir, comme dans une grotte, pense-t-il, et reste assis là une minute, enfilant ses gants pendant que le moteur s'éteint.

4

La secrétaire de Travis prend l'appel à dix-sept heures quarante-sept un vendredi après-midi, au moment où il se dirige vers la porte. Il n'a pas déjeuné et espérait rentrer chez lui, mais ça paraît compromis. Il prévoit déjà les accidents, des citadins venus pour le week-end qui n'ont rien à faire sur des routes de campagne enneigées.

C'est un ami à vous, dit Brigid. Un certain Joe Pratt?

Un ancien condisciple du RPI, devenu ingénieur chez General Electric. Travis prend l'appel dans son bureau.

Mon voisin est ici, dit Pratt. Il est arrivé quelque chose à sa femme. Il couvre le combiné une minute, puis revient en ligne. Je pense qu'il l'a peut-être tuée.

Travis et son adjoint, Wiley Burke, se mettent en route dans la voiture banalisée, dont les chaînes grincent dans la neige. Il s'est remis à neiger fort. Ils ont rarement l'occasion d'aller dans cette partie nord de leur juridiction, la plus aisée, habitée par des

New-Yorkais gâtés qui rachètent les vieilles fermes. *Trop riches pour moi*, aime-t-il à dire pour titiller les anciens au Windowbox, des gens qui ont grandi ici, cultivé les champs et élevé du bétail, et qui n'arrivent même plus à payer les impôts sur leur ferme. Autrefois, il travaillait l'été à la ferme des Hale. De bons souvenirs.

Pratt possède une petite maison à la périphérie, peut-être une ancienne chaumière de métayer, un endroit modeste avec une clôture en bois et des chenils à l'arrière. June, sa femme, gère un refuge pour chiens, ce pour quoi il l'a toujours respectée. Un si petit bout de femme, qui s'occupe de bêtes capables de vous tailler en pièces. George Clare se tient dans leur salon, ébouriffé, comme un homme sous un hélicoptère volant à basse altitude. La petite fille s'agite dans ses bras, se tortille pour qu'il la pose. Clare porte un pantalon de toile, une chemise Oxford et des mocassins. Il paraît très propre sur lui.

George, dit Travis.

Bonjour, Travis.

Allons voir sur place, si vous voulez bien.

Ils laissent l'enfant chez les Pratt et parcourent la route jusqu'à la maison. Malgré la peinture neuve, elle paraît sinistre. Mary dit toujours que les maisons sont pareilles à des enfants, elles n'oublient pas les mauvais traitements qu'on leur inflige.

Ils entrent par le porche, comme George l'a fait un peu plus tôt dans l'après-midi.

J'ai trouvé ça comme ça, dit-il, montrant la vitre cassée, le verre éparpillé sur le sol de ciment.

Une fois à l'intérieur, comme dans une procession chorégraphiée, ils montent l'escalier en file indienne.

Je ne peux pas entrer là-dedans, dit Clare.

D'accord. Restez là.

La dernière fois que Travis a pénétré dans cette chambre, c'était pour en sortir Ella et Cal. Les gens disent que cette maison est maudite, et il commence à le croire.

Catherine Clare repose sur le lit, une hache dans la tête.

Il n'a jamais vu une chose pareille pendant toutes ses années dans la police.

Elle est allongée en chien de fusil, tournée vers la porte. Il se dit que la chemise de nuit lui paraît familière parce qu'il a vu la même sur sa femme.

Ils restent immobiles à la regarder.

Mon Dieu, murmure Wiley.

Comme Mary, elle occupe le côté le plus proche de la porte. Même morte, une mère sait se faire comprendre, et dans une affaire pareille, on ne peut pas ignorer ce que révèlent implicitement les habitudes de cohabitation, les compromis ordinaires de la vie conjugale.

Il fait sacrément froid, non ? dit Wiley.

Ouais.

Tous deux remarquent la fenêtre ouverte.

Ouais, c'est sûr. Elle aussi est proprement refroidie.

Je vais prévenir l'équipe par radio, dit Burke.

Installe-le dans la voiture.

Ne disposant pas ici d'une unité de police scientifique, ils doivent demander l'aide du comté d'Albany.

Dans un cas comme celui-là, le FBI finira par intervenir, mais pour l'instant, c'est lui qui a les opérations en main. Et une longue nuit en perspective.

Il regarde la femme, avec un goût de bile dans la bouche. Il n'a plus l'âge pour ce genre d'absurdités. Il est devenu trop sensible, n'est plus capable d'encaisser comme autrefois. Avant, il se sentait utile, même presque héroïque. Plus maintenant. Les années passant, il a à peu près tout vu – toute sorte de machinations tordues, la plupart mal conçues ou carrément stupides – mais il arrive un moment, il arrive un putain de moment où trop c'est trop. Il a connu sa révélation darwinienne et depuis il n'est plus le même homme.

Un flic, ça voit des choses – ça les *voit*.

Dans leur couple, c'est Mary qui va à l'église. Elle croit que les gens ont ce qu'ils méritent. Mais si ce n'était pas le cas ?

Debout au pied du lit, il ne la quitte pas des yeux. C'est une hache ordinaire. Presque tout le monde en ville en possède une semblable. On en trouve dans tous les magasins de bricolage.

Il examine le lit. De son côté à elle, le drap est baissé jusqu'à ses chevilles, tandis que le côté de Clare est parfaitement fait, le drap et la couverture bordés.

On a de la compagnie, Travis.

Il regarde les lumières par la fenêtre, le défilé qui commence – le camion de la police scientifique, trois véhicules de la police du Massachusetts, quelques pick-up amenant des pompiers volontaires, une ambulance dont on n'aura pas besoin. C'est comme ça dans les petites villes de campagne : quiconque est pourvu de deux bras vient les proposer pour aider. Travis n'ose pas imaginer à quoi ressemblerait le monde sans leurs loyaux services. Ces gens savent bosser.

En pénétrant dans la petite salle de bains, il est frappé par l'odeur chimique, peut-être de l'eau de Javel. Il remarque le lavabo étincelant. Pas un poil et pas la moindre traînée de dentifrice, sacrément plus propre que chez lui. La lunette des toilettes est même baissée. Clare a de meilleures manières qu'il pensait.

Quand il rentre chez lui, Mary est debout à l'attendre, les yeux cerclés de rouge. J'ai vu les infos, dit-elle. Qui ferait une chose pareille ?

Mon Dieu, je n'en sais rien.

C'est épouvantable, n'est-ce pas ?

Oui.

Tu veux dîner ?

Oui, je veux bien.

Elle sort du four une assiette de pain de viande qu'elle pose devant lui, prend un couteau et une fourchette dans le tiroir, une bière et du ketchup dans le frigo, et apporte le tout sur la table. Puis elle s'assoit sur la chaise en face de lui, décapsule la bière et remplit deux verres. Ils se regardent par-dessus la vieille toile cirée ; elle a les cheveux attachés avec une barrette, le visage récuré, sa petite croix autour du cou. Ressemblant exactement à la lycéenne qu'il a épousée.

Comment va Travis ? demande-t-il.

Il dort. Elle allume une Marlboro et souffle la fumée. Ils avaient un match aujourd'hui. Ils ont perdu.

Il n'y a pas de mal à perdre. C'est formateur.

Je ne vois pas bien pourquoi, dit-elle.

C'est délicieux, dit-il.

C'était meilleur il y a deux heures. La pauvre – elle ne méritait pas ça.

Personne ne mérite ça.

Je ne vois vraiment pas qui ferait une chose pareille.

C'est ce qu'on va découvrir, hein ?

Je prie pour que tu y arrives, Travis.

Ils se regardent de nouveau, un échange de doute.

Où est le mari ?

À l'hôtel avec ses parents.

Je n'ai jamais aimé ce type. Pas du tout.

Ça ne fait pas de lui un meurtrier, Mary. Tu le sais.

Oui. Elle écrase sa cigarette. Bon, je ne suis pas policière.

Sous le cercle jaune de lumière, son visage paraît usé. Il lui prend la main. J'ai autant envie que toi que cette enquête soit résolue.

Je le sais.

La journée a été longue, dit-il. Et ce sera pareil demain. Il vide le fond de sa bière, puis se lève et va poser son assiette dans l'évier.

Je vais te dire une chose, lâche-t-elle. Cette maison – c'est elle qui décide.

Oui, tu dois avoir raison.

Il la regarde allumer une autre cigarette. Je monte. Et toi ?

Pas tout de suite.

Il la laisse finir sa bière. Il sait qu'elle attend quelque chose de lui, un réconfort quelconque, mais en cet instant, il est incapable de la moindre tendresse. Il sait que le lendemain matin il la retrouvera sur le canapé, le journal éparpillé sur elle, le cendrier plein de mégots à côté. Le mariage est un curieux arrangement, pense-t-il en montant l'escalier. Même après toutes ces années, il y a encore des choses chez sa femme qu'il ne comprend pas. Le mystère, devine-t-il, c'est ce qui entretient l'intérêt.

5

La grand-mère d'Eugene l'invite à rester dîner et leur sert du poulet rôti et de la purée. C'est la meilleure cuisinière de la région, haut la main. Après le dîner, ils regardent *Shérif, fais-moi peur* puis il leur dit bonsoir. En passant devant le Blake's, sur le chemin du retour, il voit le visage de Mme Clare aux infos. Les gens agglutinés autour du bar pour regarder.

Tu étais où ? lui demande Eddy à son entrée.

Chez Eugene.

Ils sont tous les trois devant la télé, Eddy, Rainer et Vida. Assis là, rivés à l'écran.

Pendant la pub, Rainer lui demande : Tu y es allé aujourd'hui ?

Quelque instinct lui souffle de mentir. Il secoue la tête.

Je n'ai pas entendu, dit son oncle.

Non.

Cole essaie de réfléchir pour savoir si quelqu'un l'a vu. Il ne croit pas. Uniquement Franny.

Il est arrivé quelque chose à cette femme.

Quoi?

Viens par ici, lui dit Eddy, lui rappelant leur père. Sa façon de l'interroger chaque fois qu'il avait fait une bêtise. Il était impossible de lui mentir. Ses jambes se liquéfient, et il se laisse tomber sur le canapé.

Catherine, dit Eddy. Elle est morte. Assassinée.

Cole sent l'argent contre sa jambe. Il se concentre sur ses mains comme il le fait à l'école quand quelqu'un l'énerve et qu'il doit se contrôler. L'après-midi lui fait l'effet d'un rêve dont il ne parvient pas à se souvenir.

Ça n'a pas l'air d'aller. Tu as mangé?

Chez Eugene. Appelle sa grand-mère si tu ne me crois pas!

Chut, maintenant. Ça reprend. Il y a un reportage.

On voit le camion du médecin légiste, le même qui avait emporté leurs parents. On voit le ruban jaune posé en travers de la porte d'entrée. On voit une photo de Catherine, ses yeux pétillants et ses dents blanches, puis une de M. Clare. On voit la maison, une vieille photo d'avant, quand c'était encore une maison de pauvres. Ils regardent les clichés défiler les uns après les autres, et leur oncle dit : Putain, c'est incroyable.

Personne ne fait de commentaires.

Quelle horreur, dit encore Rainer en prenant la main de Vida.

Les bras croisés, Eddy paraît furieux.

Incapable de le regarder, Cole baisse de nouveau les yeux vers ses mains. Il se sent coupable, pas seulement parce qu'il a menti, mais parce qu'il a peut-être fait quelque chose de mal, il y a peut-être participé.

Il aurait dû ouvrir cette porte, songe-t-il. Il aurait dû faire quelque chose.

J'en mettrais ma main à couper, dit Eddy. Ce salaud l'a tuée.

À l'aube, Eddy le secoue pour le réveiller. Lève-toi, dit-il.

Ils descendent sur la pointe des pieds et enfilent leur manteau, leurs bottes.

Le monde entier est blanc de neige.

Eddy a pris sa trompette. Ils traversent le quartier en passant derrière les maisons endormies, le terrain à bâtir, et entrent dans le bois. Tout est silencieux. Les arbres se dressent comme des gens attendant d'apprendre une nouvelle. Tous les animaux semblent s'être cachés. Arrivés au sommet de la crête, ils contemplent leur ancienne maison en bas. Il n'y a plus personne. L'endroit paraît désolé. On voit les larges empreintes laissées par les camions dans la neige.

C'est pour elle, dit Eddy, portant l'instrument à ses lèvres. C'est une chanson que presque tout le monde connaît, la seule chanson à jouer en un moment pareil. La sonnerie aux morts.

6

Le lendemain matin, George Clare ne se présente pas, ce qui ne surprend pas Travis ; l'homme sait sans doute qu'aucune loi ne l'y oblige. En plus, il a un alibi. Une autre conversation avec lui n'aurait pourtant pas été superflue. Pour commencer, c'est le dernier à avoir vu sa femme vivante. Rien que pour ça, il les intéresse grandement.

Mais peut-être est-il trop bouleversé pour parler, pense Travis. Ce n'est pas tous les jours que votre femme se fait trucider à coups de hache.

Cependant, après l'interrogatoire – d'accord, il était tard –, Travis l'a entendu dire à son père qu'il ne voyait pas l'utilité de tout raconter une fois encore. Il avait donné sa version, ça suffisait.

Loin de là, songe maintenant Travis. Loin de là, mon vieux.

Il passe la matinée à répondre à des coups de fil, essentiellement des gens du coin appelant pour l'aiguillonner. Il retrouve Wiley à la machine à café et lui demande de mettre la cassette de l'entretien dans le magnétoscope de son bureau. Comparé à Clare dont le visage est lisse, Travis paraît vieux et préoccupé. Il est bien obligé de se demander ce que Mary lui trouve. Le professeur est assis de l'autre côté de la table, les bras croisés, l'air aussi revêche qu'un petit voyou. Comme un étranger déchiffrant les phrases, il prend son temps pour répondre aux questions, n'offrant que des déclarations brèves et élémentaires, comme s'il lui manquait le vocabulaire pour se faire pleinement comprendre.

Ce type ne me revient pas, dit Burke.

Travis rembobine la cassette et observe une nouvelle fois la gestuelle de Clare. À un moment, Burke l'interroge sur les fils Hale. Lequel a repeint la maison, déjà – c'était Eddy?

Clare hoche la tête, la mâchoire serrée.

C'est un bon gamin, mais il en a sacrément bavé, dit Travis. Ils en ont tous bavé. Ça les rend un peu rugueux.

Si vous le dites.

Les gens prétendent qu'Eddy a un sale caractère – une certaine aigreur du fait d'avoir perdu la ferme. Vous avez remarqué ?

Il secoue la tête.

Et votre femme ? Elle en a déjà parlé ?

De lui ? Non.

Il a une petite amie, dit Burke. La fille de l'auberge. Il adresse à Clare un sourire entendu. Vous l'avez déjà vue ? Mon vieux, une sacrée nana.

Pendant une minute, George ne dit rien. On voit sa mâchoire se crisper une fois encore, comme s'il serrait les dents. Je ne crois pas la connaître, dit-il.

Oh, vous l'auriez remarquée si vous l'aviez vue. Des cheveux noirs, un corps comme…

Quel rapport avec ma femme ? s'écrie Clare.

Plus personne ne parle pendant un instant et l'atmosphère devient épaisse comme du vieux saindoux.

Reviens un peu en arrière, dit Travis. Ce moment, là, à propos de la fille.

Ils se repassent la séquence. La brève altération du visage de Clare quand Burke mentionne la fille, une expression, pense Travis, qui le désigne comme une personne capable de dépasser les limites de la civilité. Mais peut-être qu'il se trompe. Peut-être que le meurtre vient naturellement, un instinct que personne n'aime admettre, un réflexe de survie hérité de nos cousins néandertaliens. Si ça se trouve, c'est l'inverse : les bonnes manières censées faire de nous des humains sont peut-être les vraies aberrations.

Clare est effectivement ce qu'on appelle un bel homme.

À le regarder, on ne dirait pas qu'il a ça en lui, mais Travis a trop souvent appris à ne pas tirer de conclusions fondées sur le physique. Les gens ordinaires abritent en eux des démons.

En cet instant particulier, Travis Lawton voit le démon en George Clare.

7

Eddy est en train de ramasser le journal sur le seuil quand il la voit. Elle arrive comme une vagabonde, pâle et agitée. Dit qu'elle quitte la ville, qu'elle a fait ses valises. Elle doit partir, lui dit-elle. Elle doit partir tout de suite.

Qu'est-ce qui presse ?

Je n'ai plus rien à faire ici.

Elle se tient sous le porche de son oncle, avec ses épaules osseuses et sa coupe de cheveux de garçon, mordillant sa lèvre enflée. Je voulais te prévenir, dit-elle. Je voulais te dire au revoir.

Il veut la faire entrer, l'emmener dans son lit, mais il voit qu'elle a pris sa décision. Tu vas où ?

En Californie.

Il observe sa petite danse nerveuse, ses yeux qui regardent partout, ses pupilles de la taille de petits pois.

Tu viens ?

Tu veux ?

Elle sourit, un petit sourire de travers dégoulinant de tristesse. Oui, dit-elle. Je veux que tu viennes.

Elle a les larmes aux yeux quand il lui effleure la joue, et quand il l'embrasse, il sent un goût d'histoire triste.

D'accord. Je dois pouvoir t'accompagner.

Ses yeux s'illuminent comme ceux d'un petit enfant.

Donne-moi une minute pour prendre mes affaires.

Il monte à l'étage en veillant à ne pas faire de bruit. Cole remue sous les draps, et Eddy se fige le temps que le visage de son frère s'apaise ; des petits poils tout neufs poussent sur le menton du garçon plongé dans ses rêves. Eddy fourre ses affaires dans un sac à dos. Sur le seuil, il regarde une nouvelle fois son frère et décide à cet instant qu'il est assez grand pour se passer de lui, en sachant aussi qu'il ne le reverra pas avant longtemps.

Ils prennent le corbillard de Rainer – ils montent dedans et s'en vont avec. Il laisse un petit mot à son oncle : *Je pars chercher la gloire et la fortune dans l'Ouest. J'emprunte ta voiture. Promis, je te la rapporterai.*

C'est un solide véhicule, quoiqu'un peu sinistre. Pendant qu'il conduit, elle tient sa main libre. Celle de Willis est froide, moite, et il la sent trembler. Il a l'impression qu'ils emportent une espèce de secret, un secret qu'elle ne lui a pas encore révélé. Elle se cale contre la vitre et regarde le paysage, sans parler, pâle et frissonnante comme si elle était malade. Qu'est-ce qui t'arrive?

Rien.

Il est rempli d'un amour douloureux. Tu n'as pas à te faire de souci, hein?

Elle hoche la tête et remonte la capuche de son sweat-shirt. Ses yeux, bordés de noir, lui rappellent leurs anciennes vaches, leur expression parfois après la traite, après avoir tant donné.

Au bout de deux heures, il s'arrête dans un motel. Ils sont quelque part en Pennsylvanie, dans la campagne déserte à l'exception de cet établissement de bord de route, avec sa pancarte indiquant *Chambres libres* et son café où on leur servira peut-être une bière. Ils courent dans la neige fondue pour rejoindre le petit bureau; là, une vieille dame leur tend une clé.

Ils perdent deux jours à se soûler et à manger des oignons frits achetés au café, et elle lui dévoile son corps nu, ses poignets fins, ses yeux tristes et affamés, ses orteils qui ressemblent à des champignons. Je le connaissais, lui dit-elle. Je connaissais George Clare.

Comment? Qu'est-ce qui s'est passé?

Je le connaissais, c'est tout.

Vous étiez amis?

Non. Pas amis.

Quoi, alors?

Il vaut mieux pas que tu saches.

À sa façon de le dire, il pense qu'elle a peut-être raison.

Quoi, il a essayé de te draguer?

Ouais. Et pas qu'un peu.

505

Il attend qu'elle en révèle davantage, mais elle refuse, et il n'est pas sûr de vouloir qu'elle le fasse.

J'ai peur de lui, dit-elle plus tard, après qu'ils ont fait l'amour. J'ai envie de partir le plus loin possible.

C'est toujours lui qui conduit. Il préfère ne pas confier le volant à une citadine. Il a un peu d'argent, pas beaucoup. En traversant le pays, ils s'arrêtent dans une succession de motels crasseux. Dans le Dakota du Sud ils dorment à la belle étoile et sont réveillés le lendemain par une cavalcade de bétail. Ils passent par des sites célèbres, les Black Hills, le mont Rushmore. Bryce Canyon. Près de la frontière de l'Utah, un matin, un vieux coyote gris traverse l'autoroute juste devant leur voiture. Il n'y a personne d'autre qu'eux, et Eddy y voit un signe. Un chien sauvage qui sourit. En route vers les montagnes.

Ils vont à San Francisco, où elle connaît quelqu'un qui joue dans un groupe. À court d'argent, il finit par vendre le corbillard à une entreprise organisant des virées fantômes dans les cimetières – il se dit que son oncle comprendra. Au début, ils s'installent dans un vieux motel près de la gare routière, où les chats miaulent toutes les nuits dans les bennes à ordures, et il apprend à mieux la connaître. C'est une fille silencieuse, mystérieuse. Parfois, elle murmure dans son sommeil. Il prend l'habitude de l'observer quand ils sont assis à ne rien faire. Il observe son expression dans la triste lumière grise entrant par la fenêtre, derrière les rideaux ondulant, et la façon dont les ombres la trouvent toujours.

Il se sent bien ici, dans cette ville sur mer. Le vent qui s'engouffre dans les rues. Le port avec son bruit, ses odeurs de poisson, les gars qui traînent, le regard paresseux. Ça lui donne envie de jouer de la trompette, de jouer pour elle. Quand il le fait, les yeux de Willis ralentissent comme la brume dans cette ville, qui s'insinue, sournoise et humide, et peut vous faire disparaître par magie.

Ils trouvent une location à Hyde Street, au-dessus d'un restaurant chinois. L'appartement, si on peut le qualifier ainsi, lui évoque un semi-remorque, et son petit balcon à l'arrière donne sur le parking d'une église. On y voit des mariées avec leur voile et leurs dentelles, les guirlandes de cannettes de soda derrière leur voiture, d'immenses limousines blanches ou noires, des corbillards, et parfois l'éclat angoissant d'un cercueil, que les porteurs tiennent comme un bélier prêt à défoncer les portes du paradis. On les voit rajuster leur plastron ou tirer sur leurs manches.

Willis trouve un emploi de serveuse dans un restaurant de poisson au port. Son ami Carlo présente Eddy à un membre d'une fanfare. C'est pour des obsèques, explique le gros Asiatique, qui l'embauche après l'avoir écouté jouer. Le groupe, du nom de Green Street Band, est assez connu. Quand quelqu'un meurt, en général un Chinois, il défile dans les rues de Chinatown en jouant un répertoire triste. Ce sont les cuivres qui dominent, ça lui fait donc de l'entraînement. En plus il aime bien les autres musiciens, des hommes plus âgés que lui pour la plupart, au visage rouge, amochés par tout un tas d'excès. Ils jouent aux cartes ensemble et lui donnent un costume. Eddy lave sa chemise tous les soirs.

Rainer lui envoie des articles à propos du meurtre, découpés avec une précision chirurgicale dans le *Times Union*. Eddy ouvre les enveloppes avec fébrilité et en sort des coupures de journaux, jamais accompagnées d'une vraie lettre, comme si son oncle le croyait impliqué d'une manière ou d'une autre – comme si Eddy savait quelque chose, et qu'il était parti à cause de ça.

Chaque fois qu'il repense à ce jour où il l'a tenue dans ses bras dans sa cuisine, le désespoir le submerge. Il aurait dû faire quelque chose. La sauver. Elle avait pleuré après qu'il l'avait emmenée à la clinique, et il lui avait tenu la main longtemps, jusqu'à ce qu'elle arrête de trembler.

Il étale les articles pour que Willis les voie. Elle choisit une photo de George Clare et l'examine attentivement, comme si c'était un objet révélateur.

Tu crois qu'il l'a fait ?

Une lueur de peur traverse son regard. Je ne le crois pas, dit-elle. Je le sais.

8

Il faut les laisser venir à vous. Les morts. À la fin, ils vous parlent. C'est ce qu'il a appris à Troy, des quelques affaires d'homicide sur lesquelles il a travaillé avant d'être nommé ici. Il faut avoir l'esprit ouvert. Ce n'est pas seulement le corps qui compte, mais tout ce qui l'entoure, tout ce que personne ne se donne la peine de remarquer.

La maison est entourée de ruban adhésif. Les granges blanches et les champs sont inondés par le clair de lune. C'est une belle nuit lumineuse. Il sort de sa voiture, laissant le froid s'insinuer à l'intérieur de sa veste, voulant l'éprouver, et pénètre dans la maison par le porche pour retracer l'itinéraire de l'assassin. La maison est plongée dans le noir, mais l'escalier éclairé par la lune. Il monte lentement, en prenant soin de poser le pied sur chaque marche. Le craquement du bois aurait suffi à réveiller une femme endormie, pense-t-il. Il a du mal à croire qu'elle dormait toujours au moment où l'intrus a fini par arriver dans sa chambre avec une hache.

Travis reste là debout à regarder le lit. *Que vous est-il arrivé, Catherine?*

Dans quelques jours, ils recevront le rapport d'autopsie et les résultats du labo. Mais son instinct lui souffle que celui qui a fait le coup a tout anticipé.

Il s'assoit du côté du lit qu'occupait Catherine et allume la lumière. Quelques livres sur la table de chevet attirent son attention, de minces volumes de poésie ainsi que les spirales d'un carnet de croquis. Il le sort de la pile et, en le feuilletant, découvre plusieurs dessins des fils Hale en train de travailler à la ferme. Elle a su saisir la ressemblance, faire de chaque visage une variation des autres. Les frères Hale, pense-t-il, ont déjà eu leur content de malheur. Ils ont traversé des épreuves et s'en sont sortis.

Au moment où il s'engage dans l'escalier, les fenêtres se mettent à trembler. Décontenancé, il se fige et discerne au loin le grondement du train, son hurlement sinistre, un kilomètre de wagons roulant à travers la nuit.

Le lendemain après-midi, Wiley et lui se rendent à Division Street. Ils trouvent Rainer en train de ronfler sur le canapé, sa poitrine crépitant comme un vieux pot d'échappement. Burke le secoue pour le réveiller. Qu'est-ce que vous voulez? demande-t-il, mécontent.

Bonjour, Rainer.

Nous n'avons rien à voir avec ça, alors ne me posez même pas la question, sans quoi je risque de mal le prendre. J'ai une très bonne clientèle en ce moment, on ne veut pas d'ennuis.

On n'a rien à reprocher à vos pensionnaires.

Rainer a la mine de celui qui vient de recevoir un œuf sur la tête et n'apprécie pas de le sentir dégouliner. Qu'est-ce que vous voulez, alors?

Nous savons que vos neveux ont fait des travaux là-bas, dit Travis.

Oui?

Nous voulons seulement leur parler.

Eh bien, Eddy est parti.

Parti?

Il s'est tiré avec une fille.

Une idée de l'endroit où ils sont allés?

En Californie. Il joue dans un groupe là-bas. L'autre s'est engagé dans l'armée, mais vous le savez déjà.

Travis hoche la tête. Un bon point pour lui. Il fera un bon soldat.

Rainer se redresse et se gratte la tête avec lenteur.

Qu'est-ce qui vous tracasse, Rainer?

Je souffre d'un emphysème. On me dit que je suis en train de crever.

N'y comptez pas trop. Les types comme vous ont la peau dure.

Je vous assure, je n'en ai plus pour longtemps. Pour se remonter le moral, il porte une cigarette à sa bouche.

Ça aiderait si vous arrêtiez ça.

À quoi bon? Je vais mourir, alors qu'est-ce que ça change? Il allume la cigarette et recrache la fumée. Voilà le plus jeune. Il sait peut-être quelque chose.

Son sac à dos à l'épaule, Cole Hale monte les marches du porche et entre. Il a la même démarche voûtée que son père, les mêmes yeux bleus et vifs.

Dis bonjour au shérif, Cole, dit Rainer.

Mais le garçon se contente de hocher la tête, tandis que son visage pâlit.

Où rangez-vous le lait et les gâteaux, Rainer? Ce garçon a l'air d'avoir faim. Travis lui tend la main. Bonjour, Cole.

Monsieur..

Le garçon sait ce qu'il faut faire. Sa mère l'a bien éduqué. Il serre d'abord la main de Travis, puis celle de Burke. Travis a l'intuition qu'il les attendait. Il lui revient un souvenir fugace d'Ella Hale parcourant les allées de chez Hack's avec ses fils, les attrapant par la peau du cou, tels des chatons, quand ils se tenaient mal.

J'ai fait quelque chose?

Non, mon garçon. Nous voulons seulement te poser quelques questions à propos des gens qui ont racheté la ferme de tes parents.

Travis lui laisse une minute, le temps d'assimiler sa déclaration et tout ce qu'elle implique. Vous travailliez pour eux, n'est-ce pas ? Tes frères et toi ?

Cole s'essuie le visage du revers de sa manche comme s'il venait de piquer une suée. On a repeint les granges.

Vous avez bien bossé.

Ces gens-là ont réalisé une sacrée bonne affaire, dit Rainer.

Je me demande quelle impression t'ont fait les Clare.

Le garçon lui lance un regard vide.

Ils veulent savoir ce que tu penses du mari, dit son oncle.

Il était normal.

As-tu remarqué quelque chose d'inhabituel ? Des habitudes étranges ? Quoi que ce soit ?

Non, monsieur, je ne vois pas.

Et Mme Clare ?

Le garçon rougit, gêné. Elle était sympa.

Ça, c'est bien vrai, dit son oncle. Elle t'aimait bien. Elle lui préparait des petits gâteaux. Lui reprisait ses chaussettes. C'était une dame charmante. N'est-ce pas, mon garçon ?

Je travaillais là-bas, c'est tout.

Je parie qu'elle te manque, dit gentiment Travis. Moi, elle me manquerait.

Pour la première fois, Cole le regarde en face, d'homme à homme. Mais ne dit rien. Ne révèle rien. Travis sait qu'il n'est pas du genre à partager ses sentiments.

Je crois qu'il l'a peut-être frappée une fois, finit-il par répondre, puis il raconte que la femme est rentrée un jour d'une soirée avec sa robe déchirée. Elle avait la main posée sur l'œil, comme ça. Le garçon fait le geste.

Tu te rappelles chez qui ils étaient allés ?

Cole secoue la tête. Quelqu'un de la fac, je crois.

Quand t'es-tu rendu là-bas pour la dernière fois ?

Je ne m'en souviens plus.

Travis attend.

La semaine dernière, ajoute le garçon d'un ton incertain.

Tu n'y étais pas ce jour-là, par hasard ?

Quoi ?

Il me semble que leur fille a mentionné que tu y étais.

Non, monsieur, j'étais en classe.

Si je me souviens bien, il n'y avait qu'une demi-journée de cours, non ?

Les yeux du garçon se remplissent de larmes. Je n'y étais pas, dit-il.

Du calme, mon garçon, dit Rainer en posant la main sur l'épaule de son neveu. Il ne t'accuse de rien.

Je peux y aller maintenant ?

Oui, bien sûr. Merci, mon grand. Tu as été très bien.

Rainer raccompagne Travis dehors, et ils se tiennent une minute sous la lumière jaune du porche qui reste allumée quelle que soit l'heure de la journée. Ces garçons n'ont rien à voir avec tout ça, dit Rainer. Vous le savez aussi bien que moi.

Travis sonde les yeux chassieux du vieil homme. Et la fille avec qui Eddy est partie ?

Je ne pourrais pas vous dire. Je ne sais pas d'où elle vient. Elle travaillait pour Henderson, à l'auberge.

C'est là qu'ils se sont rencontrés. Le gamin s'était pas mal entiché d'elle. En tout cas, ils se sont barrés ensemble. J'imagine qu'elle était pressée de partir.

Sur le chemin du retour, après avoir déposé Wiley, Travis s'arrête à l'auberge, mais Henderson est parti quelque part au Mexique. L'un des garçons d'écurie lui montre la chambre de la fille. Il n'y a pas grand-chose à voir, seulement un petit lit et un matelas enroulé. Le jeune homme ne parle pas très bien anglais. *Ella regresó a la escuela en California.*

C'est un grand État, dit Travis. Où, en Californie ? UCLA, *creo*.

D'après la secrétaire de Clare, le matin du 23 février, il est arrivé comme toujours à sept heures trente et reparti vers seize heures trente. Non, il ne paraissait pas différent. Il était pareil que d'habitude, lui dit-elle. Avait-il déjà élevé la voix avec elle ? Non, jamais. Elle le fait entrer dans le bureau de Clare et lui explique que c'était celui de Floyd DeBeers avant sa mort – c'était lui le véritable directeur du département. George n'est que remplaçant, dit-elle avec une certaine délectation, jusqu'à la nomination de quelqu'un d'autre. Elle laisse Travis seul pendant une minute. Il s'assoit dans le fauteuil pivotant et examine la pièce, la vue sur le fleuve, le bureau à l'ordre exceptionnel, dont la surface brille comme s'il venait d'être astiqué.

Même l'alibi de Clare ne convainc pas Travis de son innocence. Dans des affaires domestiques, neuf fois sur dix, c'est le conjoint. Et c'est un pourcentage que Travis garde toujours présent à l'esprit. Le rapport du légiste pourrait le faire changer d'avis, mais il en doute.

Il prend la direction de chez lui puis bifurque sur la Route 17 au lieu de traverser la ville, se disant que rouler sur une route déserte l'aidera peut-être à rassembler ses pensées. Il s'arrête à la ferme Winterberry et sort pour regarder les chevaux, toute une cavalerie qui semble attendre des instructions dans le champ. Il s'efforce d'oublier les fois où il a amené Alice ici pour les regarder, comment elle grimpait sur la barrière et tendait sa petite main pour en caresser un. Ça passe tellement vite. Ni Mary ni lui n'ont réussi à la protéger, c'est ce qui lui fait le plus mal.

Il repense à la fillette, restée seule dans cette maison une journée entière, avec sa mère morte. Dur à digérer tout de même. Il a beau se méfier de Clare, il a du mal à croire qu'il ait conçu le projet de tuer sa femme en laissant délibérément sa fille avec le cadavre. S'il a vraiment agi ainsi, il se range dans une tout autre catégorie de meurtrier, parce que ça signifie qu'il a intégré sa fille dans son plan et qu'il était prêt à la mettre en danger pour sauver sa peau. Clare misait peut-être sur le fait que personne ne soupçonnerait un bon père de famille comme lui d'avoir fait une chose pareille.

L'heure de la mort, voilà ce qu'ils attendent, mais même le rapport du légiste ne donnera qu'une fourchette de quelques heures, et là, la marge d'erreur joue vraiment contre eux. George voudrait leur faire croire que sa femme a été tuée dans son sommeil *après* son départ pour la fac, mais Travis en doute pour deux bonnes raisons.

La rigidité du corps suggérait qu'elle avait été tuée au moins douze heures avant, autour de cinq heures du matin, soit *avant* que George parte travailler. Quelqu'un avait laissé la fenêtre entrouverte et le thermostat baissé – la température dans la pièce était de treize degrés. De quoi ralentir la *rigor mortis* et fausser l'évaluation de l'heure de la mort, ce qui accréditait les dires de Clare pendant l'interrogatoire.

Mais une jeune femme comme Catherine, avec une enfant en bas âge de l'autre côté du couloir, devait être habituée aux bruits de la maison. Elle avait sûrement entendu sonner le réveil de son mari. Et même si elle s'était rendormie, il y avait de grandes chances pour que l'enfant soit venue la réveiller peu après. Ce qui laissait peu de temps à un tueur fou pour entrer avec sa hache.

Travis ne croit pas non plus se tromper en affirmant qu'une femme de son âge se serait réveillée en entendant quelqu'un monter le vieil escalier grinçant. Et si elle avait été réveillée, elle aurait probablement levé les yeux et vu son agresseur brandir l'arme. Si ça s'était bien passé ainsi, la lame aurait pénétré à un angle légèrement différent et fait une entaille plus large dans son crâne. Il y aurait eu beaucoup plus de sang. Dans le cas présent, son sang avait coagulé à la base de sa tête en une mare propre sur l'oreiller, sans les éclaboussures attendues.

Travis en conclut qu'à l'entrée du tueur, si la victime était encore couchée comme George l'avait suggéré, elle n'était sûrement pas en train de rêver. Parce qu'à l'instant où la hache avait pénétré son crâne elle était déjà morte.

Un meurtre à la hache n'est pas un homicide ordinaire. C'est un crime spectaculaire, une performance. Mis en scène, délibéré. Celui ou celle qui a tué Catherine Clare voulait donner l'impression qu'il s'agissait d'une aberration commise par quelque vagabond psychotique, un hasard tragique défiant l'entendement. Mais ici, ça ne colle pas. Dans des cas pareils, le sang, le spectacle constituent toujours une terrifiante distraction. La stratégie du coupable n'avait rien de hasardeux ; chaque action avait été soigneusement planifiée et exécutée.

Burke gratte à la porte du bureau puis entre et s'assoit lourdement dans le fauteuil. Pour l'instant, ça ressemble à un cambriolage. Nous avons trouvé une hachette dans le jardin, utilisée pour casser le carreau.

Une hachette ? Mais bon sang, pour quoi faire ? On n'a pas besoin d'une hachette pour briser cette vieille vitre. Le poing suffit.

Ouais.

Des empreintes, dehors ?

Le sol était trop dur. En plus, il neigeait. Rien sur le parquet non plus.

Qu'est-ce qui a été dérobé ?

Rien.

Donc, ce n'était pas un cambriolage. Travis regarde la déneigeuse dégager la rue. Des empreintes sur la hache ?

Bien sûr que non. Et pas la moindre empreinte dans toute la maison non plus. Ni sur les murs, ni sur les portes, ni sur les poignées. Comme si personne ne vivait là.

C'est plus que bizarre.

Tu m'étonnes.

Je vais te dire une chose, remarque Travis. De toute ma carrière, c'est la scène de crime la plus propre que j'aie jamais vue.

Il faut que quelqu'un interroge la gamine. Elle a pu voir quelque chose.

Pour ça, il faudra obtenir l'accord de Clare.

Ouais, eh bien, bonne chance.

On imaginerait qu'il voudrait savoir.

Il a peur qu'elle ne soit traumatisée.

Ça se comprend, non ? Mais j'ai dans l'idée que ce n'est pas elle qu'il protège.

Wiley hoche la tête. Je vais commencer à bosser sur sa biographie, dit-il en quittant la pièce.

Resté seul, Travis écoute les téléphones sonner à l'extérieur de son bureau. Tout le monde appelle avec des questions, des inquiétudes, des peurs. Aucun tuyau jusqu'ici. Ils ont déjà pris des centaines d'appels, mais pas un seul de membres de la famille – d'aucun côté. Il comprend qu'ils sont en deuil. Qu'ils doivent s'organiser, entre les pompes funèbres, l'église, le cimetière. Mais bon sang, où sont ses parents à elle, sa sœur ? Et sa famille à lui, où sont-ils ? Dans la même situation, s'il s'agissait de sa femme, il ferait le siège du commissariat en exigeant des réponses.

La secrétaire de Travis passe la tête dans l'embrasure. Vous avez des fans. D'un mouvement du menton, elle désigne la fenêtre, les camions de la presse locale garés au bord du trottoir. Les journalistes qui font le pied de grue dans leurs gros manteaux, fumant et buvant du café dans des tasses en carton.

Je n'ai rien, dit-il. Il doit pourtant leur donner quelque chose. Il prend son temps pour enfiler son manteau. Puis sort sur le champ de tir.

Est-ce que c'était un cambriolage? demande l'un des reporters.

Nous n'avons éliminé aucune hypothèse, répond-il.

Il paraît que vous avez un suspect en garde à vue?

Non, nous n'avons pas de suspect à l'heure qu'il est.

Comptez-vous interroger la fillette?

Pas pour le moment.

Pouvez-vous décrire le type de preuves trouvé?

Je ne suis pas encore en mesure de partager ces informations. Nous espérons que quelqu'un se présentera pour nous fournir des renseignements. À ce stade, nous avons besoin d'aide.

Et qu'en est-il du mari?

Travis tousse dans son gant. Ce n'est pas facile de faire ce genre de découverte en rentrant chez soi, dit-il. Il est très secoué.

Plus tard, de retour dans son bureau, le téléphone sonne. Par la vitre de séparation, il regarde le bureau de sa secrétaire, sa surface ordonnée, la chaise repoussée.

Il décroche. Lawton.

Il n'entend que le bruit de l'air. De l'air, c'est tout. Qui arrive de très loin, entre dans son oreille et ressort.

Alors qu'il examine la voiture de la victime, il lui vient la pensée qu'un virus se répand dans les foyers américains ordinaires, une maladie de l'âme. Le mariage, avec son buffet à volonté de désillusions. C'est une Ford Country Squire, un nom prétentieux pour un break aux flancs en imitation bois. Il se rappelle encore la campagne de pub au moment du lancement : sept ou huit enfants d'âge scolaire assis sur le toit de la voiture, dos à la caméra, regardant d'autres gamins sur des balançoires dans un parc. Le message envoyé aux jeunes femmes était le suivant : voici la voiture qu'il vous faut conduire si vous voulez élever des enfants heureux et équilibrés. Or qui ne le voudrait pas ?

Sa femme a la sienne depuis au moins sept ans, mais elle n'aime pas les sièges verts en vinyle, ni le fait que, moins d'une semaine après l'achat du véhicule, leur fille adolescente a vomi sur la banquette arrière au retour d'une fête d'anniversaire, après s'être injecté dans les veines assez de drogue pour shooter toute une petite ville de banlieue. Il se souvient de cette nuit à veiller Alice dans la salle des urgences de l'hôpital, de son visage si pâle, et d'avoir pris conscience qu'elle faisait des choses qui le terrifiaient, et sur lesquelles il n'avait aucun moyen d'agir. Quand le médecin les avait pris à part, Mary et lui, il leur avait dit qu'elle avait failli mourir.

Tous les parents sont coupables de quelque chose. On fait ce qu'on peut pour essayer de réparer. Parfois ça marche. D'autres fois, hélas, on est obligé de lâcher. Quand il pense à la situation avec Alice, il a du mal à trouver une raison pour l'expliquer. Au début, il s'est jugé responsable. Il avait peut-être été trop sévère, à moins qu'elle ne supporte pas son métier de policier, qu'elle en ait honte. Mais aujourd'hui, il se rend compte que sa culpabilité le rendait complice. Ça lui fournissait l'excuse pour continuer.

Il lui a fallu du temps pour arrêter de croire que c'était à cause de ce qu'il était ou de ce qu'il avait fait. C'était elle la responsable – le problème venait d'elle, de ses faiblesses, de ses mauvais choix. On ne peut pas assumer les erreurs des autres, même si on le veut, et quand bien même on penserait le devoir.

La voiture de la victime est impeccable. Pas de surprise de ce côté-là. La seule chose qu'il trouve, froissée sous le siège, est une liste de courses : œufs, oranges, côtelettes de porc, laitue, cire, Rexall.

Plus tard dans l'après-midi, il s'arrête chez Rexall dans Chatham Avenue. Il connaît le pharmacien, Dennis Healy, depuis trente ans. Comment va la famille ?

Tout va bien. Que puis-je pour vous, shérif ?

Je procède à des vérifications dans le cadre de l'enquête. Pouvez-vous regarder si Catherine Clare a acheté quelque chose chez vous la semaine dernière ?

Donnez-moi une minute.

Pendant qu'il va vérifier, Travis reste là à essuyer les regards de certains clients qui le reconnaissent pour l'avoir vu aux infos et sont assez mécontents de ses résultats jusqu'ici. Il est soulagé de voir Dennis revenir au comptoir.

Rien pour elle, mais le mari a présenté une ordonnance pour un médicament appelé le niaprazine.

Qu'est-ce que c'est ?

Un sédatif léger. Il est utilisé pour les problèmes de sommeil chez les enfants.

Vous pourriez me faire une copie de l'ordonnance ?

Bien sûr.

On n'a pas le pouvoir de sauver les gens, pense-t-il en sortant de la pharmacie. C'est la triste vérité. Ils se créent leurs propres problèmes. Ce n'est pas à sens unique. Jamais.

Pour ce qui est des morts, il est trop tard pour les sauver. Et on a beau être convaincu de la culpabilité de quelqu'un, encore faut-il le prouver. C'est précisément ce que les habitants de cette ville attendent de lui.

9

Mary ne voit pratiquement pas son mari pendant ces premières semaines. Comme la plupart des femmes de la ville, elle dort mal, songeant qu'il y a un tueur à la hache en liberté. Dès le lendemain du meurtre, le magasin de bricolage a vendu tout son stock de serrures. Dans la rue, les gens marchent le dos voûté, soupçonneux, chacun craignant d'être le prochain à avoir le crâne fendu dans son sommeil. L'idée qu'un drame pareil puisse se produire à Chosen... tout à coup, les choses ordinaires paraissent bizarres. On regarde les voitures et les visages et on se demande : Est-ce que ça pourrait être lui, là ? Ou peut-être *c'est* lui.

Tout le monde parle de Catherine Clare, élevée au statut de sainte. Le Windowbox est une ruche bruissant de conversations. La plupart des gens pensent que c'est le mari. Ils lancent à Mary des regards désagréables chez Hack's ou l'abordent dans la rue. Pourquoi Travis ne l'a-t-il pas encore arrêté? lui a fait remarquer une femme. Pas besoin d'être un génie pour savoir que c'est lui qui a fait le coup.

La loi n'est pas un magazine à scandales, a répliqué Mary.

Travis Jr. et elle le regardent à la télé, alors que les journalistes lui fourrent leur micro sous le nez. C'est un bel homme, pense-t-elle, même confronté à cette agitation. Nous reconstituons une histoire du couple, leur explique-t-il. Nous espérons qu'il en sortira quelque chose d'utile.

Ça, ça me rend dingue, lui dit-il plus tard ce soir-là en se regardant aux infos. C'est ma plus grosse déception dans toute cette foutue affaire, que la famille ne se soit pas manifestée pour demander des réponses. Si ça vous arrivait, à toi ou à l'un des enfants, je ne me reposerais pas avant d'avoir obtenu quelque chose. Bon sang, je ratisserais la terre entière jusqu'à ce que je retrouve l'assassin.

Elle lui prend la main et la serre. Je ferais pareil pour toi, mon chéri.

Même sa famille à elle. Où sont *ses* parents? Il secoue la tête, incrédule. Ça me dépasse.

Ils ont peut-être des raisons de ne pas poser de questions.

Qu'est-ce que tu veux dire?

Les parents – ils connaissent leurs enfants. Comme nous connaissons les nôtres.

Je ne te suis pas, Mary.

Peut-être qu'ils ne posent pas de questions parce qu'ils n'en ont pas. Peut-être qu'ils ne demandent pas parce qu'ils savent déjà.

Travis y réfléchit. Je vois où tu veux en venir, Mary, et c'est assez logique de son côté à lui. Mais si ses parents à elle croyaient George coupable, est-ce qu'ils ne saisiraient pas la justice ?

Les gens sont curieux, tu le sais. D'abord, ils n'ont pas de preuve. Tu as dit toi-même qu'il n'y avait pratiquement rien. Ensuite, ils craignent peut-être, en portant plainte contre lui, de ne plus jamais revoir leur petite-fille.

Chaque jour apporte son lot de nouvelles qui font vendre les journaux. Travis est en retard tous les soirs, et quand il finit par rentrer, il a l'air épuisé. Elle lui tient compagnie pendant qu'il dîne, boit un petit verre de bourbon et le regarde tourner les pages du dossier avec autant de délicatesse qu'un chirurgien changeant un pansement. Même le week-end, pendant que Travis Jr. joue de la clarinette ou tire des paniers dehors, il continue de creuser, espérant déterrer quelque chose. La réponse qu'il cherche se trouve quelque part entre ces rabats bruns.

Ils éliminent le scénario du cambriolage. Pour commencer, il n'y en a pas eu à Chosen depuis dix ans, et encore s'agissait-il de lycéens ayant volé de l'alcool. Le portefeuille de Catherine se trouvait en évidence et pas un dollar ne manquait. Et si c'était un cambriolage, pourquoi la hache ? Pourquoi faire un crochet par la grange ? On se sert et on s'en va – la dame dort à l'étage. Pourquoi tuer une femme endormie ? Et quand bien même elle aurait été réveillée, mieux valait l'effrayer, ou l'assommer. Puis faire ce pour quoi on était venu et repartir. Même un voleur a son code de conduite et du bon sens. Si on se fait prendre en cambriolant une maison, on passe quelques années en prison, puis on est dehors. Mais un meurtre ? C'est la perpétuité.

Le rapport d'autopsie ne fait, hélas, pas avancer l'enquête, et confirme seulement ce que l'on sait déjà : la mort est le résultat d'un unique coup ; il n'y avait aucune empreinte utile sur la hache ou dans la maison ; pas de poils ou de pellicules de peau de son côté à lui du lit ; aucune trace de sang ou de produits chimiques dans les siphons. Les légistes ont fixé l'heure de la mort entre deux heures trente et neuf heures trente du matin, ce qui ne permettait pas d'exclure l'hypothèse d'un vagabond fou, venu après le départ de Clare.

C'est une très large fourchette, dit Travis. Je suppose que c'est possible, si on croit à son histoire.

Mais Mary se hérisse en entendant ça. Tu sais aussi bien que moi qu'une femme avec un petit enfant se réveille à l'aube. À neuf heures trente, elle était déjà morte, crois-moi. Je parierais qu'elle était morte bien avant que sa fille ne se réveille. Il a fait ça au beau milieu de la nuit. Peut-être par accident, d'accord, mais il l'a fait. Puis il a nettoyé la maison et il est parti travailler.

Travis acquiesce d'un hochement de tête. Elle ne dit rien qu'il ne sache déjà. Simplement, elle l'exprime à voix haute.

Il lui demande de l'accompagner aux obsèques. Catherine et toi étiez amies, dit-il. C'est normal que tu y ailles. Mais Mary connaît son mari mieux que ça.

Tu n'as pas de costume, lui dit-elle. Et tu ne peux pas y aller en uniforme.

Je compte sur toi pour me trouver quelque chose.

Elle va chez Macy's, dans le centre commercial, et lui achète un costume sur le portant des soldes, qu'il essaie le lendemain matin. Il était temps, dit-elle, lui lissant les épaules comme une mère puis tirant sur le dos de la veste. Ça te va bien.

Ils prennent la route pour le Connecticut, jusqu'à une petite ville côtière. L'église se trouve sur une colline dominant le détroit de Long Island, et la mer scintille de reflets d'argent au loin. Ils s'assoient au dernier rang, et Travis lui prend la main. Il est imposant et chaud, et elle a l'impression de le retrouver. À certains moments de leur vie commune, elle a imaginé sa propre mortalité. Elle s'est vue dans différents états d'infirmité, et s'est demandé comment réagirait Travis si elle perdait une faculté vitale – sa tête, par exemple. Respecterait-il ses vœux, resterait-il avec elle? Les grandes questions qu'on a trop peur de poser. On attend qu'il arrive quelque chose, puis on se débrouille.

C'est un vieux cimetière, aux pierres tombales inclinées. Un vent froid monte du rivage. Ses chaussures s'enfoncent dans la terre humide alors qu'ils se dirigent vers la tombe. Travis et elle restent à l'écart, cachés derrière les autres personnes présentes, et observent les deux familles de loin. Celle de Catherine paraît circonspecte, réservée, on la dirait étrangère à l'événement. Raides et guindés, les Clare ressemblent plutôt à des altesses royales. Leur fils a une expression passive, empruntée, tandis que la fillette gigote dans ses bras.

Ils retournent vers leur voiture quand une femme aborde Travis. Vous ne manquez pas de toupet de venir ici, dit-elle. Elle ressemble un peu à Catherine en brune, bien qu'elle soit légèrement plus petite et plus corpulente. La sœur, comprend Mary.

Nous sommes venus présenter nos condoléances. La défunte était une amie de ma femme.

Mais elle n'est pas dupe. Nous savons ce que vous essayez de faire, dit-elle d'un ton inamical. Et je vous préviens tout de suite que nous n'apprécions pas.

Je ne vous suis pas.

Avec George. Essayer de lui coller ça sur le dos.

Travis prend son temps pour répondre. Je regrette que vous ayez cette impression.

Ma famille et moi soutenons George à cent pour cent. Il n'a rien à voir avec ce qui est arrivé à ma sœur. Il n'y a aucune explication. Elle n'avait pas le moindre ennemi. Personne n'avait de raison de la tuer.

10

Mobile est un mot difficile à définir, pense Travis, parce qu'on ne sait jamais avec certitude ce que cachent les mauvais traitements infligés à autrui.

À cette période de l'année, un mois avant le printemps, la terre paraît stérile. Champs bruns. Ciel d'un gris immuable. Travis parcourt le long chemin de terre menant à la ferme des Sokolov, éraflant sa voiture de patrouille sur les buissons d'épineux. Il se gare près de la maison, sort du véhicule et regarde autour de lui. L'endroit paraît d'abord abandonné, puis deux chiens viennent sans se presser lui dire bonjour et reniflent son pantalon, leur queue lui fouettant les jambes. Vous sentez Ernie et Herman ? dit-il, les caressant l'un après l'autre. Ils repartent en courant quand un tracteur rentre dans la grange. Une minute plus tard, Bram Sokolov émerge de l'ouverture sombre ; un homme grand en vêtement de travail et bottes boueuses, et pas le *gentleman-farmer* auquel Travis s'attendait. Bonjour, shérif Lawton.

Monsieur Sokolov. Travis serre la main du fermier. Merci de me recevoir.

Appelez-moi Bram.

Devant un café dans la cuisine, Bram lui parle de l'accident de sa femme. Elle est dans un centre de convalescence à Albany, explique-t-il. Elle réapprend à marcher.

Vous étiez tous les deux des amis des Clare, n'est-ce pas ?

Bram tressaille comme s'il s'était brûlé la langue. Nous l'avons été pendant une période. Ma femme travaillait avec lui. J'ai toujours eu l'impression qu'il en pinçait pour elle. C'est un type un peu arrogant, pour dire la vérité. Il s'imagine qu'il peut avoir tout ce qu'il veut. Un soir – à Halloween –, lors d'une fête entre universitaires, il a essayé de la séduire. D'après Justine, il était assez persuasif.

Ce qui veut dire ?

Elle m'a raconté qu'il l'avait clouée au sol. Ils étaient dans un champ. Elle m'a montré les marques sur ses poignets. Après ça, je ne lui ai plus adressé la parole. Mais il est venu à l'hôpital après l'accident. Ma femme était dans le coma. Il se tenait devant le lit et je vous jure – Bram le regarde, les larmes aux yeux –, je vous jure qu'il souriait.

Ils n'étaient pas d'ici, dit June Pratt, coupant un gâteau des anges qu'elle a fait plus tôt dans l'après-midi. De ses petites mains, elle leur sert une part à chacun, ainsi que du thé. C'est un drôle de nom pour un gâteau, tu ne trouves pas?

Oui, c'est vrai.

Tu crois aux anges, Travis?

Non, je n'y crois pas.

Eh bien, s'ils mangeaient des gâteaux, ce dont je ne doute pas, c'est ce qu'ils prendraient.

En tout cas, il est délicieux.

Il l'interroge une nouvelle fois sur le soir où George Clare est venu frapper à sa porte. Mon cœur cognait, dit-elle. J'étais sûre qu'il y était mêlé. Ce sont des choses qu'on sait, n'est-ce pas? Nous ne sommes pas différents des animaux. Nous avons un instinct inné du danger, tu ne crois pas?

Oui, je pense que tu as raison. Sauf qu'on ne le suit pas assez. Et c'est là que les problèmes commencent.

Elle hoche la tête, réfléchissant. Je leur ai toujours trouvé quelque chose d'étrange. Nous n'étions pas les meilleurs voisins qui soient, je l'avoue. Je n'ai pas fait beaucoup d'efforts. Mais après ce qui est arrivé aux Hale, ça m'était difficile d'aller là-bas. En plus, ça m'agaçait qu'ils aient eu la ferme à si vil prix. Mais c'est la vie, n'est-ce pas? On ne sait jamais ce qui peut se passer.

Oui, c'est vrai.

Par-dessus la toile cirée, Travis regarde la femme dont il était amoureux quand ils allaient au lycée. Membre de la troupe des majorettes, elle était beaucoup plus populaire que lui. Enfin, il avait rencontré Mary peu après. La suite était connue.

Ils semblaient assez sympathiques, reprend June. Elle boit une gorgée de thé et repose la tasse sans bruit sur la soucoupe. Cette petite fille, elle était toujours si bien habillée. J'ai tellement de peine pour cette petite, pas toi?

Si, moi aussi.

Encore du thé, Travis?

Non, merci.

Elle est passée une fois, la femme. Elle s'est retrouvée à court de sucre, en plein milieu d'une recette, et m'a demandé si je pouvais la dépanner. Forcément, je l'ai fait entrer, et au bout d'un moment, alors que je versais le sucre, elle m'a dit qu'il y avait une odeur désagréable dans sa maison dont elle n'arrivait pas à se débarrasser. Je lui ai demandé ce que ça sentait, et elle m'a répondu que c'était un peu comme de l'urine, et qu'il n'y avait pas moyen de la faire partir. Je lui ai suggéré de laver ses sols avec du vinaigre, et elle m'a dit qu'elle allait essayer, puis elle a fondu en larmes. Je lui ai demandé ce qui n'allait pas, mais elle a secoué la tête en disant que ce n'était rien, juste une mauvaise journée. Ça arrive, je lui ai dit.

Là, elle a pris le sucre et elle est repartie. Je ne sais pas ce qu'on peut dire d'autre à quelqu'un comme ça, et toi ?

Il demande à sa secrétaire de contacter les Clare dans le Connecticut pour demander un entretien avec George, mais on ne le rappelle pas. Il joint la mère de Catherine, qui sanglote pendant dix bonnes minutes, jusqu'au moment où son mari attrape le combiné et lui dit de les laisser pleurer leur fille en paix. Il envoie quelques hommes dans le Connecticut dans l'espoir qu'ils pénètrent chez les Clare, mais on leur ferme la porte au nez.

Deux semaines après le début de l'enquête, un avocat pénaliste du nom de Todd Howell lui téléphone de la part de George Clare et énonce une série d'exigences qu'ils devront accepter s'ils veulent parler à son client, l'une d'elles stipulant que Howell devra être présent en personne lors de chaque interrogatoire de police. Ce qui, grosso modo, signifie que toute question posée à Clare recevra la même réponse : Je ne m'en souviens pas. Grâce à une petite recherche, Travis s'est tuyauté sur Howell – associé dans un cabinet huppé de New York, réputé pour s'occuper de dossiers très médiatisés et tirer d'affaire ses clients.

Lors d'une conférence de presse télévisée, quand on lui demande si George Clare va être assigné à témoigner devant un grand jury, Perry Roscoe, le directeur du service criminel du procureur de district, répond que ce n'est pas d'actualité. Dans l'État de New York, explique-t-il, une assignation à témoigner offrirait à Clare une immunité contre des poursuites, sauf s'il renonçait à ce droit, ce qui serait improbable.

Nous avons décidé de ne pas procéder ainsi, dit Roscoe, avant d'expliciter : Nous ne sommes pas prêts à fournir une immunité à M. Clare dans cette affaire.

11

Il lui disait qu'avec elle il pouvait être lui-même. Il n'avait pas besoin de faire semblant. C'était dur de faire semblant en permanence. Adossé à l'oreiller, il fumait de cet air distant et mélancolique, occupant tout l'espace avec son corps long et anguleux, les jambes écartées et le pénis au repos. La dernière fois qu'ils ont fait l'amour, elle a pleuré un peu et lui a dit que c'était fini, qu'ils ne pouvaient pas continuer comme ça, que ça la détruisait, mais il a secoué la tête, souri et répondu : Je ne vois pas pourquoi tu insistes pour qu'on arrête. Tu as l'air d'aimer ce qu'on fait.

Eh bien, non.

Ce n'est pas mon impression. Tu refuses de l'admettre, c'est tout.

Je viens de te dire que non, et je le pense.

Elle s'est détournée pour attraper ses vêtements, mais il l'a obligée à rester là.

Plus tu t'éloignes, plus j'ai envie de toi.

Il l'a maintenue sur le lit. C'était un cannibale, qui la mangeait, la mordait, la transperçait et la consommait.

Il prétendait qu'elle avait fait ressortir le monstre en lui. C'est toi qui as fait ça, lui disait-il. Il voulait lui faire croire que c'était sa faute.

Sa femme mettait du Chanel N° 5, comme la petite amie de son père, mais Portia était racée, elle portait des bottes à talons et des jupes courtes et nouait des foulards sur ses boucles rousses. C'était une vraie New-Yorkaise, contrairement à Catherine Clare, une plouc du nord de l'État. Ma femme vient d'un milieu modeste, disait George. Le fait qu'elle ait reçu une bourse pour aller à la fac était un événement dans sa famille. Elle était meilleure que lui dans les études. Ça ne veut pas dire plus intelligente, s'empressait-il de remarquer, puis il admettait, grand seigneur, qu'elle aurait pu faire davantage de sa vie si elle n'était pas tombée enceinte. *Les choses ont plus ou moins changé quand on s'est mariés.*

Étrangement, Willis l'admirait de rester avec lui pour le bien de leur enfant. Ses parents ne l'avaient pas fait. On ne pouvait qu'admirer une personne capable de prendre une décision, *a fortiori* dans l'intérêt de quelqu'un d'autre. Sa propre mère en était incapable et ruminait longtemps certains choix, avant de changer d'avis au dernier moment, même sur des sujets aussi futiles que des cours de poterie.

Du temps où ses parents étaient encore ensemble, son père dormait en général dans son bureau lorsqu'il travaillait sur une affaire. Souvent, très tard le soir, elle entendait le bruit d'un radio-cassette alors qu'il se repassait les dépositions de ses clients pour préparer ses plaidoiries. C'étaient ses petites histoires du soir. Les voix des méchants, pensait-elle souvent, qui la berçaient pour l'endormir.

Elle remarquait des choses dans ces dépositions, la façon de s'exprimer de ces types, les histoires qu'ils racontaient. Il existait des constantes. Des expressions répétées. Des tournures de phrase particulières.

Son père lui avait expliqué que les vrais sociopathes ont la capacité de se convaincre eux-mêmes de leur innocence. De sorte qu'ils croient à tout ce qu'ils disent, et que tout le monde finit par les croire également. Ils se distancient de l'événement. Comme s'ils n'avaient pas été là. Comme si ça n'était même pas arrivé.

Ils deviennent si doués qu'ils sont capables de tromper un détecteur de mensonges, lui avait dit son père.

Bien que les résultats de ces tests ne soient pas utilisables dans leur État, ils n'en parvenaient pas moins à déstabiliser le procureur – en ouvrant une brèche dans un dossier solide.

Ces gens-là – les gens comme George – étaient des prédateurs. Ils possédaient des capacités de perception dont les gens normaux étaient dépourvus. Peut-être parce que, contrairement à la plupart des gens, ils connaissaient leurs besoins et n'avaient pas peur de l'admettre. Des réflexes de survie. Leur permettant de s'en sortir et de recommencer.

Certains matins, à San Francisco, elle va à la bibliothèque pour se tenir au courant de l'affaire, savoir où il est, s'efforcer de se sentir en sécurité. Les articles, qu'elle lit sur microfiches, apportent tous les jours du neuf. Pas seulement des détails concernant l'enquête, mais des informations relatives à George et Franny. Ils vivent chez les parents de George. Il travaille pour son père dans l'un de ses magasins de meubles. Une citation de lui dit : *L'éducation de notre fille était plus ou moins le travail de ma femme, et c'est devenu le mien. Je crois que je le lui dois.*

Elle se demande non sans amertume ce que penserait Catherine de son affirmation selon laquelle c'était *plus ou moins* son travail et qu'il *croit* le lui devoir. Parce qu'il n'en est pas sûr ? Et pourquoi lui doit-il quelque chose ? De quoi lui est-il redevable ?

Les sentiments hésitants qu'il exprime lui donnent la chair de poule.

Écœurée, elle est à deux doigts d'arrêter là sa lecture, quand un nom de famille attire son attention vers la fin de l'article. Le sien.

Sur une impulsion, elle sort et trouve un marchand de journaux qui lui fait de la monnaie pour passer un coup de fil depuis la cabine au coin de la rue. Elle compose le numéro du cabinet de son père qu'elle connaît par cœur, bien décidée à le mettre en garde contre George Clare et à lui dire ce qu'elle sait. Accepter cette affaire était une erreur – une farce. Mais quand le standard décroche, on la met aussitôt en attente, et pendant que cette attente se prolonge, ce moment d'anticipation intense, une terrifiante prise de conscience se fait jour dans son esprit.

Bonjour, bureau de Todd Howell, dit une femme. Bonjour ? Vous êtes là ?

Elle raccroche.

Les larmes lui montent aux yeux avec une telle force qu'elle est momentanément aveuglée, alors que la pleine mesure de ce que George a fait finit par s'imposer.

Ce n'était qu'une fille rencontrée par hasard, l'imagine-t-elle raconter à son père. Une petite serveuse de l'auberge. Pour lui, il s'agissait d'une regrettable aventure – mais la fille a fait une fixation sur lui, elle voulait qu'il quitte sa femme et son enfant. Une situation impossible. Une fille à problèmes, sérieusement perturbée. Elle avait laissé tomber la fac et même essayé de se jeter du haut d'un immeuble un jour. Il avait voulu rompre, mais elle refusait de lâcher. Son père n'aurait qu'à établir que cette fille complètement paumée et dérangée avait pu, dans un furieux accès de jalousie, faire cette chose épouvantable à cette pauvre et innocente Catherine. Pire, une fois que son père aurait découvert qu'il s'agissait d'*elle*, il serait obligé de transmettre l'affaire à l'un de ses associés si cette fâcheuse information était divulguée. Même si elle révélait tous les trucs tordus et dégueulasses sur George, ils n'auraient pas de mal à convaincre des jurés qu'elle avait tout inventé, compte tenu de ses antécédents psychiatriques. Ils appelleraient son psy à témoigner, qui parlerait de l'homosexualité de sa mère, de la petite amie de son père – un ignoble déballage. Même sans véritable preuve contre elle, ils auraient fait leur boulot et George apparaîtrait aussi candide qu'un enfant de chœur.

Une semaine plus tard, elle est en train d'astiquer le comptoir quand un homme entre dans le restaurant. Il s'assoit, boit un café et commande une part de tourte.

Elle a déjà vu des types dans son genre traîner au cabinet de son père, sauf que celui-là est encore plus glauque. Merci, Willis, dit-il d'un ton entendu, avant de sortir. Un instant désarçonnée, elle se rappelle qu'elle porte un badge avec son nom. Il a laissé l'argent sur le comptoir, sans pourboire mais avec autre chose, une enveloppe kraft fermée par une cordelette rouge. Comme il y a peu de clients, elle demande la permission de faire une pause et sort, allume une cigarette, s'assoit sur la vieille chaise en métal, ouvre l'enveloppe et en fait glisser les photos. Des photos d'elle dans des positions très suggestives. Un message les accompagne, de l'écriture en pattes de mouche de George :
Ne m'oblige pas à les envoyer à papa.

12

Elle devient distraite, maussade. Elle brûle ses poèmes dans l'évier de la cuisine. Travaille au restaurant de midi jusqu'à la fermeture et rentre à l'appartement en sentant le graillon et la friture de poisson, moite de sueur. Il doit tout faire, jouer dans le groupe, préparer les repas, emporter leur linge sale à la laverie. Elle lui adresse à peine la parole, traîne dans l'appartement avec un verre à la main et le repousse au lit.

Qu'est-ce qui t'arrive ?

Rien.

Puis un soir, alors qu'ils sont couchés sous les ombres fluides des tramways qui passent, elle lui parle de George Clare. Je me suis retrouvée embarquée dans un truc, lui dit-elle. Je n'arrivais pas à en sortir. Il avait cette emprise sur moi.

Il s'efforce d'écouter attentivement, d'être ouvert, mais sa confession ne réussit qu'à le mettre en colère. Il lui tourne le dos.

Elle colle son corps nu contre lui et pleure. Je vais mieux, lui dit-elle. C'est fini.

Tu m'as menti, dit-il dans le noir.

Je sais, je suis désolée. J'avais peur. Je me détestais.

Ce n'est pas la vraie raison.

Je ne connais pas la vraie raison, dit-elle. Je t'assure.

Il se tourne vers elle, regarde ses yeux noirs et humides, ses lèvres, et soudain ne ressent plus rien.

Je repars à L.A., dit-elle. Je me réinscris à la fac. Ils veulent bien me reprendre à condition que je fasse un semestre supplémentaire.

C'est bien. Tu as raison.

Et toi?

Je suis sûr que je trouverai quelque chose.

Quand auras-tu la réponse de Berklee?

Bientôt, dit-il. En mai, je crois.

Tu iras? Si tu es accepté, je veux dire.

Il hoche la tête. Il faut voir.

C'est sympa, Boston. Je veux aller à la fac de droit là-bas. Je veux étudier le droit, lance-t-elle. Pour mettre les types comme lui derrière les barreaux.

Tu feras une bonne juriste, dit-il, et il est sincère.

Et toi, tu vas devenir célèbre.

Je me fiche de ça. Tout ce que je veux, c'est jouer.

Il s'assoit sur le bord du lit et allume une cigarette. Il ne veut pas qu'elle voie son visage.

Elle pose la main sur son dos. Je suis désolée, Eddy. Je n'ai jamais voulu te faire du mal.

C'est toujours ce qu'on dit.

Mais je suis sincère.

Tu m'as brisé le cœur. Je veux que tu le saches.

Il n'est pas cassé, dit-elle. Il a subi un casse.

Il la regarde, et elle sourit de son sourire de travers, et soudain sa colère lui paraît inutile. C'est juste une fille qui essaie de grandir, pense-t-il. Il l'aime encore, il l'aimera toujours. Il la prend dans ses bras, et ils passent une nuit blanche, à écouter la ville chanter, à voir les murs s'animer sous les ombres, sachant que, au matin, elle sera partie.

Un tempérament académique

Au début, il subit l'agression continuelle des caméras, le visage des inconnus qui grimace soudain en le reconnaissant. Il quitte rarement la maison et passe des journées entières dans sa chambre, à contempler le détroit. Il se sent coincé dans la mauvaise vie, où même la fuite n'offre aucune paix, aucune délivrance.

En mai, il décroche un entretien. La femme s'appelle Sara Arnell. Ils déjeunent au pavillon des étudiants, dans un coin réservé au corps enseignant, avec des nappes blanches sur les tables. Elle lui paraît jeune pour diriger le département, et sa modestie le change agréablement. Elle lui raconte qu'elle a été religieuse. Ce passé se devine dans son visage blafard et hermétique, ses mollets musclés, ses mains de paysanne. Une authentique petite sœur des pauvres, qui a été missionnaire en Afrique pendant des années.

Je suis allée là où l'on avait besoin de moi. J'ai fait ce que j'ai pu. Quand les gens sont dans le besoin, je ne peux pas m'empêcher de voler à leur secours.

Il la regarde sans rien dire.

Les actions charitables, explique-t-elle, c'est ma faiblesse.

Une bonne âme, songe-t-il.

Après le déjeuner, elle parcourt une nouvelle fois son CV, comme pour se remémorer ses références. Vous êtes surqualifié. Comparé à Saginaw, nos étudiants sont… diversement outillés. Nous avons des gens de tout âge et de toute origine.

Dites-moi, demande-t-elle gentiment. Qu'est-ce qui vous a fait quitter Saginaw ?

Ma femme, répond-il. Il regarde vers la rue passante, le défilé indistinct de la circulation de l'après-midi. Elle est morte de manière soudaine. Une véritable tragédie. Il croise son regard noisette ; elle a le visage de sainte Thérèse.

Son front se plisse de compassion. Je suis désolée pour cette perte.

Je vous remercie, Sara.

Elle l'observe, en réfléchissant, puis paraît prendre une décision. Nous ouvrons un poste de professeur vacataire à l'automne. Mais je dois vous prévenir, le salaire n'est pas mirobolant. Il s'agit d'un modeste établissement. Les choses sont un peu différentes ici.

Comme je vous l'ai dit, je suis impatient de recommencer à travailler.

Dans ce cas, considérez que vous êtes embauché.

Ils se serrent la main et elle lui dit qu'elle reprendra contact avec lui. En quittant le bâtiment, il savoure le plaisir d'être de retour sur un campus, avec sa structure et son énergie. Les visages ouverts et lumineux des étudiants. Leur foi dans la possibilité d'un monde meilleur. Ça lui a véritablement manqué.

Sur le sentier menant au vaste parking, saisi par une amère nostalgie, il est à deux doigts de pleurer.

Au dîner, il annonce la nouvelle à ses parents. Ils sont vieux désormais, accablés. Cette histoire ne les a pas laissés indemnes. Il était peut-être inévitable qu'ils éprouvent tant de culpabilité. À présent, c'est la mort qu'ils redoutent le plus. Tout a changé – même la nourriture sur la table manque de saveur. Ils mâchent parce qu'il faut bien avaler et sont contents de fumer leur cigarette à la fin du repas. Le goût de la mort, du moins, est honnête.

Quand commences-tu? lui demande son père.

Dès leur installation ici, il l'avait fait travailler au magasin. Il s'agissait d'un geste de bonne volonté, sa manière de montrer – à George et au reste de la communauté – qu'il avait confiance en lui. Le matin, ils partaient ensemble. George savait que c'était un peu gênant pour lui – le malaise des autres employés, la façon dont ils élevaient légèrement la voix, leur obséquiosité. *Asseyez-vous à ma place*, ou *Non, je vous en prie, je partais justement!*

Évidemment, son père et lui n'en ont pas discuté, faisant comme si rien n'avait changé.

Sa mère s'occupait de Franny, ce qui était loin d'être la solution idéale. Elle avait la patience d'un moustique, et ses réactions heurtaient souvent Franny, qui fondait en larmes.

Avec lui, elle cache mal ses soupçons et son mépris. Elle rôde et le suit partout dans la maison. Elle fouille dans ses affaires en son absence. Vide ses poches quand elle fait la lessive, disposant les pièces, les boîtes d'allumettes et les cure-dents qu'elle trouve comme s'il s'agissait d'autant d'indices, de souvenirs d'une supercherie.

Lorsque, lycéen, il travaillait l'été au magasin, il se promenait dans les pièces aménagées quand il n'y avait pas beaucoup de monde. Le salon Oasis urbaine était son préféré : deux canapés de cuir noir, une table basse en verre, un meuble-stéréo. Il s'asseyait et s'inventait une vie dans ce décor, rêvait à la musique qu'il mettrait, aux femmes qui se tortilleraient en string sur les coussins de cuir.

Il était vite devenu évident que George n'avait pas la fibre commerciale. Son père le regardait d'un air de dire : *Est-il possible d'être aussi stupide ?* Ils avaient été stupéfaits qu'il entre à Williams, même si c'était grâce au tennis et pas à son intelligence – personne n'était dupe. Il avait été un étudiant renfermé et médiocre. Sans le moindre tact, son professeur d'histoire de l'art lui avait dit qu'il n'avait pas un tempérament académique et devrait envisager une autre carrière. Par défi, peut-être, il s'était inscrit en troisième cycle et avait souffert sur sa thèse, tentant de faire mentir un autre critique fervent, ce connard de Warren Shelby. Tout ça n'avait servi à rien. Il s'était retrouvé prof dans une fac de deuxième catégorie.

La vie est décidément pleine de surprises, a conclu sa mère un soir, assise à la table de la cuisine avec son verre et sa cigarette, ruminant sa vie gâchée. Qui eût cru qu'on finirait comme ça ?

On ne peut pas lui faire confiance, voilà ce que les gens pensent. Même la caissière du supermarché, qui évite de croiser son regard. La bibliothécaire. Ce foutu pompiste. Après quelques mois au magasin, son père l'a fait asseoir. Les clients ne veulent pas que tu t'occupes d'eux, lui a-t-il dit. Je suis désolé, mais ça ne marche pas, mon grand.

Il comprenait, bien sûr.

Tu sais comment sont les gens, a ajouté son père. Le soupçon leur suffit largement. Ils n'ont pas besoin d'être sûrs.

Le vent de liberté

Rien ne fut plus pareil dans cette ville après leur départ.

La maison demeura inoccupée. Les années passant, la peinture qu'Eddy Hale avait si soigneusement appliquée s'écailla. Des bardeaux se détachèrent, le sol du porche gauchit. Les lilas prirent d'assaut les fenêtres, aussi élancés et parfumés que des prostituées. Les mauvaises herbes envahirent la pelouse. De temps à autre, elle allait là-bas, uniquement pour voir et, levant les yeux vers les horribles fenêtres sombres, imaginait que cette pauvre femme lui rendait son regard de là-haut.

Les gens du coin eurent la dent dure avec Travis. Jamais ils ne lui pardonnèrent. Mais il s'accrocha, attendant que George Clare commette une erreur, surveillant ses faits et gestes à distance télescopique, comme s'il était un dangereux phénomène météo qui détruisait tout sur son passage. Il vivait à Branford, dans le Connecticut, dans un appartement près de la mer, et travaillait dans un institut universitaire du coin. Travis recensa même ses aventures, car il y eut toujours des femmes. D'un certain type, rencontrées dans des bars et conduites dans des motels à bon marché.

Si convaincu que fût son mari de la culpabilité de Clare, il n'eut jamais assez de preuves pour l'inculper. La certitude de Travis venait se heurter à la puissante protection de la loi, ce qui l'épuisa. On ne peut pas convaincre un jury sans preuve, ne cessait-il de répéter en secouant la tête. Je n'ai que des ouï-dire.

Elle regarda son visage se fermer comme si les circuits étaient débranchés l'un après l'autre – le mal qu'il voyait chez les gens, le mal qu'ils faisaient, les criminels qu'il ne parvenait pas à arrêter, les innocents qu'il n'avait pas sauvés. Il pensait chaque jour à Catherine Clare, et n'en dormait pas de la nuit. Tous les mois de février, le jour de l'anniversaire de sa mort, il ressortait son vieux dossier et le relisait intégralement. Il y a forcément quelque chose là-dedans, disait-il. Quelque chose que je n'ai pas vu.

Ça n'a plus d'importance.

Pour moi, si. Même si je suis le seul.

Ce n'est pas ta faute.

Oh, mais si. J'en assume l'entière responsabilité.

Toujours la même conversation. La même absolue défaite. Son échec présumé avait bâti une prison autour de lui. Personne ne pouvait entrer. Même pas elle.

À la fin, il se laissa complètement aller. Au fil des années, elle fut le témoin de sa transformation méthodique, un abrutissement volontaire à coups de graisses saturées, de tabac et de bourbon. Il rentrait du travail pour se mettre au lit. Le matin, elle était réveillée par l'odeur de sa cigarette. Leur relation se réduisit à des remarques machinales – qui des deux va chercher le lait ? Les week-ends, il passait tout son temps sur le champ de tir à s'entraîner, puis rentrait à la maison, se mettait à boire et s'endormait sur le canapé en regardant des rediffusions de la série *All in the Family*.

Cinq ans après le meurtre, par une chaude soirée d'été, Mary reçut un coup de fil à son bureau. La voix, à l'autre bout du fil, lui parut familière, mais elle ne la reconnut pas tout de suite. Bonjour, Mary, dit-il. Et puis ça lui revint. C'était George Clare.

Travis n'avait pas supporté qu'elle accepte le mandat de vente. Leur couple n'y avait pas résisté.

Je ne comprends pas que tu puisses faire quoi que ce soit pour cet homme, lui dit-il.

Je ne le fais pas pour lui. Je le fais pour Franny.

Elle ne se souvient probablement même plus d'elle.

On n'oublie pas sa propre mère, quoi que tu en dises.

La dispute dégénéra en un discours débilitant sur l'argent, le manque d'argent et sur le bien que leur ferait une commission, d'où qu'elle vienne.

Ce n'est qu'une maison, lui dit-elle.

Non, ce n'est pas *qu'une* maison. Là-dessus, il quitta la pièce.

Malgré toutes ses initiatives, la maison ne se vendit jamais. Chaque fois qu'elle la faisait visiter, elle éprouvait la même sensation jusque dans ses os, un froid intense et vibrant, comme si quelqu'un lui avait ouvert la tête pour y verser un pichet d'eau glacée.

Tous les ans, au moment de Thanksgiving, inspirée par une amère nostalgie, elle passait une annonce dans *Antique Homes*. Entourée de toutes ces belles feuilles d'automne, avec des chrysanthèmes et des citrouilles sous le porche, la maison avait presque l'air accueillante. On voyait les granges d'une blancheur immaculée, le soleil qui se réverbérait sur les vitres de la coupole, la vieille girouette en étain. L'annonce suscitait immanquablement des coups de fil. Au début, les clients paraissaient toujours intéressés, ils considéraient le terrain, l'étang et les granges, comme les Clare l'avaient fait, mais dès qu'ils se promenaient dans les ténèbres suffocantes des pièces, ils ressortaient en vitesse.

Le lendemain du jour où ils avaient emmené leur fils à l'université, Travis entra dans la cuisine avec un sourire sérieux et penaud. J'ai quelque chose à te dire.

Elle préparait le petit déjeuner. Une seconde, lui dit-elle. Il aimait ses œufs coulants, mais quelque chose dans son intonation la poussa à s'attarder devant la cuisinière. Il s'assit à table avec son café et déplia le journal. Il n'était pas pressé. J'ai une visite pour la maison des Hale aujourd'hui, lui dit-elle.

Travis grommela. Tu perds ton temps.

On ne sait jamais. J'ai un bon pressentiment cette fois.

Nouveau grommellement. Toi et tes pressentiments.

Vexée, elle sentit ses yeux la picoter. Elle glissa les œufs sur une assiette et la posa sur la table. Tu avais quelque chose à me dire?

Tu les as trop cuits. Il les mangea tout de même, puis repoussa son assiette, termina son café et reposa la tasse.

Travis?

Il la regarda d'un air impassible. Je veux divorcer.

Elle se mit en colère, plus à cause de la surprise qu'autre chose. Pourquoi la quitter maintenant? Ils n'avaient pas été malheureux. Jamais elle ne s'était plainte. Elle était une bonne épouse, une bonne mère. Elle avait tout fait – enfanté, materné, protégé, lavé, cuisiné, administré des médicaments, elle leur avait lu des livres, avait nourri leur esprit, leur corps et leur âme – parce qu'elle l'aimait. C'était le genre d'amour dont les femmes avaient l'exclusivité, une idée qui germait à l'instant de leur naissance, quand leur mère, et occasionnellement leur père, les prenait dans leurs bras. À leur rencontre, il était venu la compléter – c'était son devoir, sa mission. Lui, Travis Lawton, dans sa veste du RPI, représentait le reste de sa vie. Un homme, *un vrai*. Fort, beau, cultivé, un amalgame de tous les adjectifs requis. Le genre viril, courageux, et même héroïque, qu'on mettait dans les pubs pour les cigarettes. Un flic. La mère de Mary était irlandaise, pauvre, une femme au dos voûté, portant un châle au crochet, qui préparait de la soupe, des saucisses bouillies et du boudin noir dans sa maison mitoyenne de Troy. C'était pour elle que Mary s'était mariée. Elle venait enfin de le comprendre. Toute sa vie avait filé dans un brouillard, et la voici vieille tout d'un coup. Elle avait souffert – ah, ça oui. Et maintenant, elle endurait les conséquences.

Le moment était venu de faire les comptes. D'abord à l'église, où elle parlait à voix basse à Jésus. Qu'elle adorait, même s'Il n'avait été ni juste ni fidèle. Ça non. Quelle paix lui avait-Il apportée en échange ?

Elle avait avalé son corps, murmuré des millions de fois *Je vous salue Marie*, et *Pardonnez-moi, mon Père, parce que j'ai péché*, et qu'avait-elle fait ? En quoi avait-elle péché ?

Elle n'avait pas péché. Elle avait toujours bien agi.

Pour être sincère, elle avait été reconnaissante à Travis de l'épouser – une gratitude instillée par sa mère – et de rester avec elle pendant toutes ces années, sentant toujours, à moins qu'on ne le lui ait rappelé, que des deux, c'était elle qui avait fait la meilleure affaire. Certes, elle avait ses qualités : elle était bâtie pour durer, n'avait pas peur de travailler, cuisinait à merveille, était une mère patiente et nourricière. Mais elle admettait qu'elle avait des problèmes, son poids, son physique de verre à pied, avec de belles jambes mais une poitrine trop volumineuse – la première chose que les gens regardaient, même les femmes –, et puis ses humeurs, la dépression qui n'était jamais loin, bien qu'elle ne l'ait jamais appelée comme ça. Déroutée par la ménopause – mais pas encore vaincue. À un endroit du parcours, elle s'était perdue de vue. La routine était son amie, sa fidèle compagne. La promenade sur la colline au petit jour avec Ernie et Herman, puis la descente avec le soleil dans le dos. L'étang noir. Le champ humide. La terre, épaisse comme du pudding, dans laquelle elle s'enfonçait, ses bottes qu'elle retirait d'un coup de pied et posait sur la pierre. La vieille cloche secouée par le vent. La maison silencieuse. Puis le petit déjeuner, deux œufs, un toast nature, une tasse de thé. Régulièrement, elle se mettait aux Weight Watchers. Le calme de la petite cuisine, la fenêtre. Le pré au début du printemps.

Elle avait commencé sa vie en tant que femme de flic et s'était transformée en ex-femme de flic.

Les gens ne la connaissaient pas. Ne connaissaient pas son vrai moi. Pour eux, elle était seulement la dame qui vendait des maisons. Elle était comme un panneau d'affichage qu'ils reconnaissaient, mais ne considéraient qu'en fonction des services qu'elle pouvait leur rendre. Personne ne la connaissait vraiment. Elle se demanda si elle-même se connaissait.

Tu t'es installée. Encroûtée. Et les années ont passé.

Elle va faire ses courses dans son lourd manteau. Comme un gros morse. Ou peut-être une otarie. Avec quelques poils sous le menton, sur lesquels elle tire quand elle est nerveuse, parfois à l'église lorsque le père Geary fait ressortir ce qu'il y a de bien chez elle.

Récemment, elle ressent une forme de confusion, l'impression que son cerveau a mariné dans la vaseline. On sait que les choses vont mal quand une virée au supermarché constitue la principale sortie de la journée. Elle déambule sous les impitoyables lumières jaunes de chez Hack's, parcourant les allées sans avoir vraiment besoin de quoi que ce soit, entraînée seulement par la musique : *Ventura Highway in the sunshine…*

Elle essaie de ne regarder personne. Les autres ne la regardent pas non plus. À part quelques paumés de temps en temps. Des types crasseux en manteaux écossais de fermier, les poches pleines de paquets de cigarettes. Elle ne s'occupe plus de ses cheveux, peut-être par défi. Ils sont longs et argentés. Avant elle en prenait soin. Plus maintenant. Qu'importe qu'elle ne les brosse plus ? Qui s'en rend compte ? Ses hanches lui pèsent comme deux singes, elle a des bras flasques de dondon et avance dans la vie en se dandinant comme un vieux remorqueur. Elle garde son manteau fermé jusqu'au col, la capuche remontée, se terrant à l'intérieur telle une taupe.

À la fin de l'automne, elle vend enfin la ferme. À un couple de New-Yorkais, enivrés par Wall Street. Leur fille monte à cheval, participe à des concours. La femme est tombée amoureuse du terrain. Le mari moins, mais c'est un remariage ; il veut la rendre heureuse, même si, personnellement, il aurait préféré les Hamptons.

Elle ne leur parle pas du meurtre. Ça pourrait lui valoir un procès, elle le sait, s'ils le découvraient, mais elle s'en moque.

Un après-midi, alors qu'elle prend le thé dans le bureau du père Geary au presbytère, elle confesse son omission. Il se contente de l'écouter sans faire de commentaire, et elle s'imagine qu'il s'en réjouit secrètement. En tout cas, il n'a pas l'air de la juger pour ça. Elle se demande comment il supporte le célibat, mais ne peut évidemment pas lui poser la question. Pourquoi l'exige-t-on des gens d'Église ?

Elle aussi est célibataire, bien que pour des raisons différentes, et plus pathétiques.

On ne s'habitue jamais à vivre seul. C'est un fait. Voilà ce qu'elle est devenue : une femme qu'on voit de temps en temps marcher en solitaire dans la rue ou dans les bois. Elle est connue pour sa solitude. Peut-être même admirée à cause de ça.

Bon, parlons d'une chose importante, lui dit le père Geary en lui resservant du thé. Racontez-moi, pour Alice.

Travis était parti depuis presque un an quand, une nuit d'hiver, elle fut réveillée par le bruit d'une voiture, l'inquiétant martèlement des basses sur une stéréo.

Figée dans le noir, aux aguets, elle reconnut des pas familiers. Ces pieds qui portaient des chaussures babies pour aller à l'église et aux anniversaires avec tous les enfants de Saint-Anthony. Puis on frappa à la porte. S'armant de courage, elle enfila sa robe de chambre et descendit, pleine d'appréhension. Regarda par la fenêtre et vit les mèches blondes des cheveux de sa fille. Sans manteau, en manches courtes, Alice frissonnait sur le seuil, son maigre corps juvénile – même à vingt-six ans – se trémoussant comme autrefois quand elle avait envie d'aller aux toilettes. Il n'était pas difficile d'en déduire qu'elle était sous l'emprise d'une drogue quelconque. Il avait neigé un peu plus tôt et l'univers entier scintillait sous la lune.

Mary ouvrit la porte. Qui est dans la voiture ?

Un ami, c'est tout.

Qu'est-ce que tu veux?

Je peux entrer? Son visage se décomposa un peu, le même visage d'enfant, une fille qui avait fait de l'équitation, des dictées et se plaisait à rêvasser.

Mary la fit entrer. Et lui?

Il peut attendre.

Qui est-ce?

Personne.

En la voyant grelotter, Mary réalisa à quel point elle était petite, et pâle. Où est ton manteau?

Alice fit un mouvement de tête vers la voiture.

Tu veux manger?

Je dois aller faire pipi.

Elle se précipita vers les toilettes, et Mary attendit, tremblante, voulant se laisser aller, pleurer. Craignant d'être en train de rêver. Terrifiée à l'idée de se réveiller.

Les pieds gelés, elle enfila une paire de vieilles chaussettes, consciente des pulsations de la musique dehors. Elle s'approcha de la fenêtre pour regarder. C'était une grosse voiture – une berline; elle distingua le rougeoiement d'une cigarette et les gaz d'échappement noirs qui salissaient la neige.

Mary songea alors qu'Alice ignorait que Travis l'avait quittée, qu'elle était seule dans la maison. Elle toqua à la porte des toilettes. Tout va bien là-dedans?

Pas de réponse.

Une mère ne perd jamais le droit d'intervenir quand il s'agit de son enfant, pensa-t-elle, même quand il est adulte et infesté de poison. Elle ouvrit la porte, se préparant à ce qu'elle allait trouver. Chérie?

Alice était penchée sur la cuvette des toilettes. Je suis malade.

Je vois ça, dit Mary sèchement.

Lâche-moi. Ça va passer.

Et lui?

Fais-le partir. À genoux sur le sol des toilettes, Alice leva des yeux pleins de larmes. Tu veux bien?

Mary examina sa fille et vit qu'elle avait vieilli. Je vais essayer.

Appelle papa.

Il n'est pas là.

Alice secoua la tête, trop malade pour parler, et agita la main pour qu'elle s'en aille.

Mary monta dans sa chambre, ouvrit le placard et trouva la boîte à chaussures dans laquelle elle conservait le petit pistolet que Travis lui avait offert pour son quarantième anniversaire. Elle ne l'avait pas sorti depuis. Il était chargé.

Elle redescendit et enfila ses bottes. Elle sentait une palpitation dans sa poitrine, une rage silencieuse qui lui montait dans la gorge. Elle mit son manteau et son chapeau, ouvrit la porte, traversa le chemin pavé de briques et tapa sur la vitre du passager de sa main gantée. Toutes les fenêtres étaient embuées comme si l'habitacle était rempli de nuages.

La vitre s'abaissa et le conducteur, un Noir d'une quarantaine d'années, se pencha pour voir qui c'était.

Vous pouvez repartir, dit Mary. Alice reste à la maison.

Sérieux?

Oui. Allez-vous-en.

L'homme ricana. Il éteignit le moteur et sortit, déployant son grand corps. Il se mouvait avec la même assurance bravache que les ours qui jouaient parfois avec ses poubelles.

Elle est malade.

Ça c'est sûr.

Mon mari est dans la police, lança-t-elle.

L'homme resta là où il était. Vous savez quoi? Vous pouvez vous la garder. Elle n'en vaut pas la peine.

Mary secoua la tête. Elle est droguée?

Non, c'est naturel, chez elle.

Il remonta dans sa voiture et mit la radio si fort qu'elle sentit le son lui compresser les jambes, le dos, le bout des doigts. Il attendit un long moment, peut-être cinq ou six minutes, le temps de deux chansons, avant de finir par redémarrer.

Consciente du pistolet dans sa poche, Mary regarda la voiture rouler jusqu'au bout de la rue, tourner lentement sur la route asphaltée et disparaître dans la nuit.

Mary attendit un moment. Elle craignait presque de rentrer, de ne pas avoir la force nécessaire pour affronter la situation, et dut s'obliger à retourner dans la maison. En ouvrant la porte, elle sentit l'odeur des pommes de terre qu'elle avait cuites pour le dîner – l'odeur de sa vie, sa stupide petite vie. La porte des toilettes était entrebâillée, la lumière éteinte. Un peu inquiète, elle s'aventura dans la cuisine.

Assise à table, sa fille mangeait un bol de céréales.

Autant que tu le saches, dit-elle. Je suis enceinte.

Où étais-tu passée, toutes ces années ?

Ici et là. New Jersey. Newark.

Pourquoi tu ne m'as jamais appelée ?

Alice soupira et repoussa son bol. Je ne sais pas. Parce que je pensais que tu me raccrocherais au nez.

Ce n'est pas vrai et tu le sais.

Je sais que j'ai fait n'importe quoi. Alice la regarda tendrement. Je ne peux pas l'effacer.

Mary déglutit. Écoute, dit-elle. Ton père est parti. Il m'a quittée. Je ne suis pas riche.

Que s'est-il passé ?

Je ne veux pas en parler.

Alice baissa les yeux vers ses mains. Je ne resterai pas longtemps, d'accord ?

Bon, tu dois avoir besoin de te reposer.

Elle fit signe que oui.

Tu prends de la drogue ?

Elle secoua la tête.

Depuis combien de temps ?

Elle ne répondit pas. S'il te plaît, dit-elle.

D'accord.

Alice se leva, donnant à Mary un aperçu de son ventre arrondi, et s'approcha d'elle. Merci, maman, dit-elle, et elle l'embrassa sur la joue. Puis elle monta dans son ancienne chambre et ferma la porte.

Restée dans la cuisine, Mary entendit le robinet qui gouttait, l'électricité passant dans le réfrigérateur. Le bol de sa fille était sur la table, vide. Au moins, elle avait mangé quelque chose. Mary le prit et le lava sans se presser, se souvenant de tout, puis le posa dans l'égouttoir et monta se coucher.

CINQUIÈME PARTIE

Procédures invasives

Syracuse, New York, 2004

1

Franny Clare est en troisième année de clinicat de chirurgie quand elle prend conscience que son travail lui est devenu insupportable. Cette révélation survient au cours d'une résection de poumon, où elle assiste le chirurgien avec des gestes précis et minutieux. C'est un hôpital de ville, un imposant temple de la souffrance. Il y a des pavillons et des couloirs, d'innombrables lits, des jours et des nuits interminables où elle cède à un état de flottement terminal. Parfois, en passant d'un chevet à un autre sous la lumière fluorescente, sinistre et surnaturelle, elle ressent un inexplicable sentiment de perte. Ce qui l'a d'abord attirée vers la médecine – la biologie, la physiologie, la guérison des malades – lui procure désormais un sentiment d'épouvante. Contrairement aux autres chefs de clinique, qui glissent dans les couloirs comme des guerriers en blanc accrochés aux basques des patrons, Franny se sent dégondée, déconnectée, perdue. Comme quelqu'un qui a été banni, songe-t-elle. Comme dans un cauchemar kafkaïen. L'hôpital avec ses annexes et ses rampes d'accès. Les crucifix placés aux endroits stratégiques. Les cheminées qui fument. Le froid et le gris de la ville sous les nuages.

Elle rentre chez elle à pied, emmitouflée dans un manteau de laine, son sac se balançant à son épaule. Les mêmes visages entrent et sortent. Les infirmières, les jeunes médecins, les aides-soignants. Ils se croisent sans se saluer. Sa vie se résume à ça : le travail et l'après-travail.

Elle vit dans un immeuble de briques jaunes datant des années quarante, pourvu d'ascenseurs lents et d'étroits couloirs malodorants, dans un studio avec des robinets qui fuient, des souris et des fenêtres rouillées. Dans la cour, de vieux Russes en pardessus nourrissent les pigeons ou disputent des parties d'échecs. Des jeunes mères téléphonent, indifférentes aux pitreries de leurs enfants. Comme dans les innombrables dortoirs de sa jeunesse, les murs du studio sont nus. Il n'y a rien de distinctif ni de révélateur. Elle s'accommode des heures qui passent et apprécie tout ce qui vient les perturber – la vodka dans le frigo, la stridence intermittente d'une ambulance, les serveurs ivres qui jouent aux dés dans l'allée, les voisins qui se disputent, les bébés qui pleurent en permanence.

Son amant lui rend visite de temps en temps, un chirurgien vasculaire, marié à une violoncelliste de l'orchestre symphonique local et père de trois enfants. Comme la plupart des chirurgiens, il est arrogant, lunatique, étonnamment susceptible.

Hormis une sorte de réconfort trivial quand elle est dans ses bras, elle n'aime pas leur étrange intimité. Comme la plupart des chefs de service, il vit loin de l'hôpital, dans une maison de style Tudor en banlieue. Une fois, l'été précédent, quand sa femme avait emmené les enfants dans leur résidence secondaire au bord du lac Canandaigua, ils sont allés chez lui, dans sa Saab noire dont la banquette arrière était encombrée de livres d'images. Elle a regardé la porte automatique du garage se lever comme le rideau au théâtre. Ils ont traversé le garage – l'entrée de service, a-t-il plaisanté, où étaient rangés des luges, des vélos et des sacs de golf monogrammés –, et ont fait l'amour sur le sol de la cuisine, à côté des gamelles du chat et sous les yeux des enfants, collés à la porte du frigo par des magnets, qui les regardaient avec un plaisir de spectateurs.

Son pager la réveille ; c'est un numéro inconnu, avec un indicatif qui n'est pas celui de la ville. Désorientée, elle regarde la pendule : quatre heures de l'après-midi. Le ciel est d'un blanc froissé, comme une idée abandonnée. Elle s'enveloppe dans une couverture et regarde ce qu'il y a dans le réfrigérateur. Une carotte molle, une bouteille de jus de tomate. Le pager vibre de nouveau. Quand elle appelle le numéro, une femme se présente sous le nom de Mary Lawton, un nom que Franny se rappelle vaguement, issu du passé de son père. Je vous ai connue quand vous étiez petite, dit la femme.

Je ne m'en souviens pas.

Bien sûr que non. La femme lui explique qu'elle est agent immobilier à Chosen, la petite ville où ses parents vivaient autrefois. Nous avons enfin vendu la ferme, dit-elle. Ça m'a seulement pris un quart de siècle. Je crois que je n'ai pas volé ma commission.

Franny éclate de rire, et les deux pigeons posés sur l'appui de fenêtre plongent comme des torpilles dans la cour. C'est drôle, dit-elle. Ça a été long.

Après le meurtre, son père a eu recours à une entreprise de nettoyage spécialisée, mais à l'exception de quelques rares locataires, la maison est demeurée vide pendant des années. Des images du matin de leur départ lui reviennent parfois, comme les bribes d'un rêve interrompu venant la narguer : la maison endeuillée tandis qu'ils s'éloignent, la terrible obscurité de la chambre de sa mère.

Félicitations, dit Franny sans enthousiasme excessif. Elle n'a pas vraiment envie d'entendre parler de cet endroit. Pas mon problème, pense-t-elle.

Voici la raison de mon appel, s'empresse d'expliquer Mary, comme si elle détectait ce manque d'intérêt. Quelqu'un doit vider la maison. D'après ce que j'ai cru comprendre, votre père n'est pas en mesure de s'en charger.

Non, dit Franny. Je ne crois pas qu'il en soit capable. Son père, dont la vue est très diminuée à cause de son diabète, ne peut plus conduire. La dernière fois qu'elle l'a vu – à Noël –, c'était pour l'aider à emménager dans une résidence médicalisée à Hartford. Assis dans sa chambre, ils ont écouté un opéra à la radio – *Tosca*, elle s'en souvient maintenant –, alors que la neige tombait. Ils m'enseignent le braille, lui a-t-il dit. Pour me préparer au noir total. Ça ne tardera plus maintenant.

Puis il lui a pris la main, d'un geste un peu inquiétant, et fait glisser ses doigts sur les pages en braille de son livre. C'était bizarre, d'être assis comme ça, avec leurs mains jointes. L'espace d'un instant, elle a fermé les yeux, sentant les mots sous le bout de ses doigts comme des grains de sable. Rien n'est plus pareil maintenant, lui a-t-il dit. J'essaie de m'y habituer.

Je pourrais embaucher quelqu'un, mais j'ai pensé que vous voudriez peut-être trier les affaires de votre mère. Mary marque une pause éloquente. Je voulais juste voir avec vous d'abord.

Son père ne l'a évidemment pas appelée. Ça ne la surprend pas ; ils n'ont jamais parlé de la maison de Chosen. Mon père est en train de devenir aveugle, explique-t-elle à Mary, d'un ton presque protecteur.

Oui, je sais. C'est pourquoi je…

Elle poursuit, mais Franny ne l'écoute plus. En pensée, elle voit la vieille maison, des formes d'un blanc éclatant, l'angoisse, le courant d'air froid et liquide par une fenêtre ouverte. Une maison qui attend.

Je vais venir, dit-elle, interrompant la femme. J'en ai envie.

Elles parlent encore pendant quelques minutes pour s'organiser. En raccrochant, Franny se sent bizarrement excitée, et presque reconnaissante d'avoir un prétexte pour retourner là-bas – comme si rien d'important ne s'y était jamais produit, comme si cette maison épouvantable n'était pas à l'origine de tout son malheur.

J'ai besoin d'un peu de temps, dit-elle au Dr Patel, le chef du programme de chirurgie. Je dois prendre un congé.

C'est un chirurgien d'origine pakistanaise, au regard sévère et impatient. Les bras croisés, il secoue la tête. Je crains que ce ne soit pas possible.

Soudain, elle fond en larmes. Elle ne sait pas pourquoi, si c'est à cause de sa mère disparue depuis longtemps ou parce qu'elle a décidé qu'elle ne pouvait plus vivre comme ça. Il l'observe pendant un moment, puis lui tend une boîte de Kleenex et attend qu'elle se reprenne.

Un problème familial. Je suis désolée, je ne peux pas m'y soustraire.

Combien de temps va durer ce problème ?

Quelques semaines.

Vous êtes un bon médecin, dit-il, l'examinant attentivement en caressant sa barbiche. Une candidate au poste de chef de service le moment venu.

Elle le regarde, désorientée par cette affirmation inattendue.

Vous nous manquerez. Il lui adresse un bref sourire et se lève. Allez ! Il tape des mains, comme s'il l'avait assez vue, puis ajoute d'un ton désabusé : Vous avez ma bénédiction.

Elle trouve son amant adultère dans le couloir vert à côté de la salle d'opération. Il vient d'opérer, et ses cheveux sont collés par la sueur. C'est à ça qu'il ressemble après l'amour, le visage rougi et humide. Je pars, lui dit-elle, savourant sa surprise. Il est arrivé quelque chose, un problème familial. Je ne veux pas en parler.

Toujours aussi mystérieuse. Il sourit, amusé. Je peux te voir plus tard?

Je ne sais pas.

Je comprends, dit-il, prenant sa main qu'il embrasse.

Elle le regarde, regarde sa petite bouche dure. Sans doute pas une bonne idée.

Mais il vient tout de même, pour lui dire au revoir. Le ciel est d'un gris de suie; il bruine en ce début de soirée. Tandis qu'ils s'étreignent, elle imagine sa femme à queue-de-cheval, impeccable, avec les enfants dans la cuisine, en train de faire leurs devoirs. L'épouse pense au dîner qui refroidit.

Avec une certaine méchanceté, Franny a revêtu pour l'occasion un vieux pantalon d'hôpital et un T-shirt, et attaché ses cheveux n'importe comment. Elle veut paraître aussi moche que possible, afin qu'il n'ait pas envie de lui faire l'amour. Mais il ne semble pas le remarquer. Leur travail, leur tolérance aux désagréments, ce qu'ils voient tous les jours, la transformation des corps malades. Après, ils restent allongés sur son futon dans la pénombre et écoutent la pluie.

À quoi tu penses? lui demande-t-il. Il lui pose toujours cette question, comme si elle cachait quelque chose ou qu'il regrettait de ne pas voir l'intérieur de sa tête. Une mentalité de chirurgien, suppose-t-elle, désireux d'examiner la moindre partie d'elle, chaque organe tourmenté.

Elle s'assoit et lance un regard vers la fenêtre, vers le ciel noir et mouillé. À quoi je pense?

Comment tu te sens? Il lui pose la main dans le dos si tendrement qu'elle a envie de la repousser.

Je ne sais pas. Je me sens horriblement mal, voudrait-elle répondre. Je me sens moche, malheureuse. Je déteste cette vie, ce travail. Je me sens flottante, lui dit-elle.

Flottante?

Oui. Je me sens – elle hésite – indécise.

Quoi?

Comme si je n'étais pas vraiment là.

Il secoue la tête. Je ne comprends pas ce que ça veut dire.

Vide, murmure-t-elle.

Ils couchent ensemble depuis des mois. Cette histoire a assez duré. Ce n'est pas très malin. Je n'aime plus ça, dit-elle. Je ne t'aime plus.

Quoi?

Ça. Toi.

Franny.

Mais elle se détourne et regarde de nouveau par la fenêtre, la lune qui se lève.

J'ai des sentiments pour toi.

Tu peux te les garder. Elle se lève et enfile son T-shirt, son pantalon. C'est peut-être cruel, elle le sait, mais c'est ce qu'il préfère chez elle, sa cruauté. Il faut que tu t'en ailles, dit-elle.

Elle le regarde se rhabiller. Médecin, mari, père. Il ne dit rien. Puis s'en va. Rejoindre sa femme et ses enfants dans la maison qu'ils partagent. Elle l'imagine se garer dans le garage, entrer dans la cuisine, se laver les mains dans l'évier, ses yeux qui s'illuminent quand il voit la femme qu'il aime vraiment. Peut-être que les enfants descendent, en pyjama. Il soulève sa fille et l'embrasse, la serre dans ses bras, discute avec son ours en peluche. Il n'est pas plus mauvais qu'un autre, se dit-elle. Mais elle est le détour qu'il n'aurait pas dû faire.

La petite télé clignote pour cause de mauvaise réception. Dans l'appartement voisin, le mari et la femme célèbrent quelque chose. Peut-être un anniversaire. Le mari joue de l'accordéon. Franny reste là à l'écouter, cette musique adaptée à un lieu de plaisirs simples et de modestes extravagances.

Le lendemain matin, elle se réveille tôt, comme d'habitude, mais au lieu de mettre sa tenue d'hôpital, elle enfile un jean et un sweat-shirt – des vêtements civils, pense-t-elle. Une fois son petit bagage prêt, elle fait des yeux le tour de l'appartement presque vide. Une drôle d'existence, comprend-elle, une vie en location. Elle verrouille la porte et prend l'ascenseur. Dehors, il fait gris et frais en ce début mars. La journée n'a pas encore décidé de ce qu'elle voulait faire ; le ciel est pâle, incolore, et la brume commence juste à se dissiper sur la route.

Bientôt, les faubourgs encombrés, de part et d'autre de l'autoroute, laissent place à des champs bruns. La beauté du paysage la rassérène. Il est midi quand elle quitte enfin l'autoroute pour pénétrer dans le comté de Columbia. Des villes en briques rouges, aux vitrines sombres, se succèdent. Chosen est la plus petite de toutes, et Franny éprouve une joie imprévue lorsqu'elle descend la rue principale, passant devant le magasin général, l'église blanche, le cimetière herbeux et ses arbres aux larges frondaisons. Elle traverse un vieux pont métallique au-dessus de la rivière et descend sa vitre pour entendre le ruissellement de l'eau, la vibration du tablier. Les routes argileuses ne figurent sur aucune carte. Il y a des chevaux dans les champs. L'air sent le fumier, la terre labourée, et une réaction physique doit se produire en elle, parce qu'elle s'en souvient. Je suis presque arrivée chez moi, songe-t-elle.

Elle tourne dans Old Farm Road, un chemin de terre au milieu des champs. La maison attend au bout. Une simple ferme blanche, mais en fait, il n'y a rien de simple en elle. Une maison qui veut qu'on la regarde, pense-t-elle. Une maison qui a souffert. Assez comparable à certains de ses patients. Parfois, avant même d'examiner les gens, elle réussit à évaluer leur état. Tout ce qu'on a besoin de savoir est écrit sur leur visage, dans l'éclat de leurs yeux ou la tension autour de leur bouche. Pas seulement le corps, mais aussi l'esprit et l'âme – quoi qu'on mette derrière ce mot. L'idée que tout le monde en a une et qu'un jour elle va au ciel ou du moins quelque part. La mort ne l'inquiète pas, bien que parfois, rarement, elle en parle avec les autres chefs de clinique. Dans leur métier, il leur arrive d'être témoin de la mort. Il y a un moment, lors d'un arrêt cardiaque, où on le sait, avant même que les machines ne le confirment. Une espèce de chaleur dans la salle – qui se dissipe aussitôt. Mais l'âme, l'essence de l'être, ce qui nous définit, ce n'est pas une chose à laquelle elle aime penser. À un moment, elle a décidé que nourrir cet aspect supposément profond d'elle-même relevait de la pure complaisance.

Elle se gare dans l'allée et reste un moment dans sa voiture à regarder la vieille ferme, les longues granges sur le côté. Peut-être ne sont-elles pas aussi grandes que dans son souvenir. La terre semble former un écrin pour la maison. Les bois derrière, tout le long de la haute crête. Les arbres noirs dans le vent. Les nuages couleur de nacre. L'histoire a laissé sa marque, où que l'on regarde. Ici on peut oublier qu'on vit dans le présent.

Le vent frappe contre sa vitre comme pour l'exhorter à bouger. Elle sort, engourdie par le trajet. La peinture est écaillée et des éclats éparpillés par terre. Certains bardeaux ont pourri. Les stores fermés sont déchirés et décolorés. Les quelques fois où son père a réussi à la louer, les locataires ont toujours rompu le bail et sont repartis. Ce n'est pas un sujet qu'il aborde avec elle. Il ne parle jamais de cet endroit. Mais Franny y a réfléchi et a tenté de retourner en pensée à ce matin particulier. Il ne lui revient qu'un flou d'images jaunies : une main dans un gant noir prenant son lapin en peluche, l'agréable grincement de la clé argentée qu'on tourne pour le remonter, la musique qui commence – était-ce *Au clair de lune* ? Elle n'en a jamais parlé à personne.

Il y a des années, elle a envisagé d'engager elle-même un détective, puis elle y a renoncé. À quoi bon ? Quand elle était enfant, on ignorait ses questions, et même maintenant qu'elle est adulte, elles n'ont toujours pas obtenu de réponses. Du côté de son père, personne ne parle de sa mère. Petite, elle rendait visite aux parents de sa mère, et parfois, sa grand-mère se mettait à pleurer durant le repas et devait quitter la table. On la faisait dormir dans l'ancienne chambre de sa mère, avec tous ses animaux en peluche. Il y avait des photos d'elle de l'époque du lycée, une prise pendant ses années de fac, mais aucune après ça. Sa grand-mère avait fini dans une maison de retraite, atteinte de la maladie d'Alzheimer, et les quelques fois où elle était allée lui rendre visite, la vieille dame ne l'avait pas reconnue. À son entrée à la fac de médecine, son grand-père lui avait envoyé une carte avec un billet de cent dollars à l'intérieur. Elle avait mis l'argent sur son compte en banque et conservé la carte dans un cahier ; elle n'avait pas eu le cœur de la jeter.

Le vent souffle en rafales. Les arbres s'agitent, s'immobilisent puis s'agitent de nouveau. Leurs ombres passent sur les fenêtres. L'une d'elles en particulier attire son attention, celle de l'ancienne chambre de ses parents, et soudain, elle est la proie d'une tristesse si intense et sans fond qu'elle peut à peine respirer.

Un break gris remonte la route, crachant des gravillons, et s'arrête. Bonjour, je suis Mary Lawton. La femme sort de la voiture, vêtue d'un immense imperméable et de bottes couvertes de boue, haletant légèrement. Contrairement à Franny, qui est mince et vive et peu portée sur la fantaisie, la nouvelle venue est imposante par le corps et par l'esprit. Elle a le visage de la taille d'une assiette, des rangées de colliers et des bracelets tintinnabulant.

Franny Clare, dit la femme en ouvrant les bras pour l'étreindre. Ça me fait tellement plaisir de te voir.

Franny tente de se détendre, peu habituée à se retrouver dans les bras d'inconnus – ou de quiconque, d'ailleurs. Elles s'écartent et restent là à se dévisager.

Seigneur notre Dieu, tu es le portrait de ta mère.

Vraiment?

C'est là – dans les yeux.

Franny doit réprimer l'impulsion de se toucher le visage, comme pour le redécouvrir. Mon père ne me l'a jamais dit. Il n'a jamais beaucoup aimé parler d'elle.

Elle était ravissante, dit Mary d'une voix tendue, comme si elle voulait que les choses soient claires. Tiens, j'ai une photo quelque part. Elle farfouille dans son sac et en sort un Polaroid qu'elle lui tend. La voici.

Franny s'efforce de ne pas paraître trop avide; elle a vu tellement peu de photos de sa mère.

Elle a été prise le jour où vous avez emménagé ici. Une belle journée du mois d'août, si je me souviens bien.

La photo les montre tous les trois, adossés à un vieux break. Ses parents se tiennent par le bras. Son père a les cheveux longs et une allure de prof avec sa vieille veste en velours côtelé et ses lunettes cerclées de métal; sa mère porte une robe et un foulard blancs. Magnifique, songe-t-elle, trop belle pour lui. Elle tient Franny sur sa hanche. Âgée de trois ans, pieds nus et en petite robe rouge, elle plisse les yeux face à l'objectif.

Garde-la. C'est pour toi.

Elle la glisse délicatement dans son sac. Pour l'instant, elle n'est pas capable de remercier, de dire à quel point ça compte pour elle, sans quoi elle se mettrait à pleurer, ce qu'elle n'a pas du tout envie de faire, là, devant cette femme. Plus tard, peut-être, quand elle sera seule. Navrée si j'ai l'air…

Si tu as l'air comment?

C'est juste que… Je passe tout mon temps dans des hôpitaux.

Ta mère serait tellement fière de toi.

Je ne l'ai pas beaucoup connue.

Évidemment. Tu étais toute petite.

C'est dur d'être de retour. Plus dur que je ne pensais.

Mary hoche la tête. Je n'ai jamais eu l'occasion de te dire à quel point j'étais désolée. J'aimais beaucoup ta mère. C'est terrible, ce qui s'est passé – une véritable tragédie, pour nous tous. Cette ville n'a plus jamais été la même après.

Le commentaire la surprend. Il ne lui est jamais venu à l'esprit que d'autres, *a fortiori* ces inconnus, aient pu être affectés par ce qui est arrivé à sa mère. Même dans le Connecticut, personne n'en parlait.

Elle s'avise que ce retour était une erreur. Elle n'avait pas besoin de ça. N'ayant pas beaucoup songé à sa mère au fil des années, elle ne voit pas l'intérêt de le faire maintenant. Elle caresse l'idée de repartir directement à Syracuse, de ne plus jamais revenir dans cette horrible maison qui lui a volé sa mère, mais d'un autre côté, la perspective de retrouver son appartement sinistre, les murs nus et le frigo vide, ne lui offre aucun réconfort.

Je ne me souviens de rien, dit-elle enfin, presque d'un ton d'excuse.

Forcément. De toute façon, ça n'a plus d'importance.

Elle sait que cette femme tente de la consoler, mais elle n'est pas d'accord. Parce que c'est important, très important même. Le meurtrier de ma mère n'a jamais été retrouvé, dit-elle.

Oui, je sais. C'est une grande déception pour nous tous.

C'était qui, à votre avis?

Mary détourne les yeux, mal à l'aise. J'aimerais bien le savoir, chérie.

Quelqu'un le sait.

Oui. C'est vrai. Il y a au moins une personne qui le sait.

Ce n'est pas juste, dit-elle.

Non, tu as raison. Mais il n'y a pas beaucoup de justice dans cette vie, si?

Elles s'engagent sur le chemin de pierres plates envahi d'herbe. Franny lève les yeux vers la maison. L'idée d'y entrer lui paraît soudain terrifiante.

Mary la regarde. Tu es sûre de le vouloir?

Oui. Ça va. Vraiment. J'en ai envie.

Très bien.

Elles montent les marches du porche et Mary sort une clé d'un modèle ancien.

Qui sont les acheteurs?

Des New-Yorkais. Qui cherchaient une maison de week-end. Ils ont des chevaux.

Ils savent ?

Non, et je n'ai pas l'intention de le leur dire. Je crois qu'il est temps qu'on fiche la paix à cette maison.

Il n'y a pas une loi qui vous y oblige ?

Tu sais quoi, chérie ? J'ai suivi les règles toute ma vie. Et franchement, ça ne m'a pas amenée bien loin. Mary lui tapote le bras. Fais-moi confiance, s'il te plaît. Je fais ça pour toi. Et aussi pour ta mère. Tu peux me faire confiance ?

Franny hoche la tête.

Bien.

Elles pénètrent dans l'entrée et regardent autour d'elles. Ce n'est pas si terrible, pense-t-elle, soulagée. Les parquets sont jolis. La lumière.

Ils veulent tout refaire, bien sûr. Les gens ne sont jamais contents, mais c'est un autre sujet. Enfin, ils ont beaucoup d'argent, donc on ne va pas se plaindre, et ils ont fait une très bonne affaire. Tout est parfaitement honnête et équitable.

Franny frissonne. Il fait froid là-dedans.

Il fallait s'attendre à ce que ce soit humide. On fera venir le chauffagiste. En attendant, il y a toujours le fourneau à bois. Et la cheminée. Je ferai livrer du bois cet après-midi.

D'accord. Merci.

Elle suit Mary dans le salon, qui se remplit de lumière comme pour lui dire bonjour.

Je n'ai jamais compris pourquoi ton père n'avait pas emporté ce piano.

Franny fait courir sa main sur les touches. Je crois que ma mère jouait.

Oui. Parfois, quand je passais, je l'entendais, du Chopin, si je me souviens bien. C'est un très bon piano.

Il est beau. Franny décide de le garder, mais où le faire transporter ? Pas dans son appartement, à l'évidence. Elle regarde la pièce. L'air humide sent le charbon de bois et la cendre. Il y a un vieux canapé avec un coussin éventré, colonisé par des souris. Elle ouvre non sans mal un placard, dont la porte accroche le sol irrégulier. Une bille roule et vient s'arrêter à ses pieds. Elle la ramasse et la montre à Mary ; une bille de verre, traversée de volutes jaunes et cuivrées. Elle est jolie, hein ?

Elle appartient à celui qui la trouve, dit Mary.

Franny la fourre dans sa poche. Sans savoir pourquoi, elle est sûre qu'elle était à elle. Elle se souvient d'un garçon, accroupi par terre et tirant des billes dans la pièce. Elle se souvient surtout de ses jambes, ainsi que d'autres – des jambes de garçons. Elle se souvient presque qu'ils la faisaient rire et se demande s'il lui est arrivé de rire depuis. Bien sûr que oui, se dit-elle. Elle a eu une enfance parfaitement heureuse.

Comme tu le vois, tu as du boulot. J'allais proposer de faire venir une benne.

D'accord, dit-elle, soudain furieuse que son père ne se soit jamais donné la peine de s'en charger. Bonne idée.

Mary sort un petit bloc de son sac et commence à faire une liste. Si je n'écris pas, j'oublie.

À qui le dites-vous, commente Franny. Mais en réalité, c'est sa bonne mémoire qui lui a permis de réussir ses études de médecine. C'est d'autant plus frustrant de ne pas se souvenir de ce jour-là, avec sa mère. L'assassin et elle se sont trouvés tous les deux ensemble *dans cette maison*.

Son cerveau a forcément dû enregistrer ne serait-ce qu'une image. Elle est là dans sa tête, elle le sait, sauf qu'elle ne peut pas l'atteindre. À la fac, une fille à qui elle s'était confiée lui avait suggéré l'hypnose. Franny avait refusé et, pour des raisons qu'elle n'avait pas réussi à formuler à l'époque, n'avait plus jamais adressé la parole à la fille en question.

Ta mère donnait de grandes fêtes ici, dit Mary. Cette pièce était pleine de monde. Ils avaient tout un tas d'amis intéressants. Et dans cette pièce, là – c'était le bureau de ton père –, les gens passaient des nuits à parler d'art, de politique et à résoudre les problèmes du monde, avant d'en ressortir en titubant au matin. Mary secoue la tête. On savait faire la fête en ce temps-là.

Les murs du bureau de son père sont d'un vert crayeux, garnis de bibliothèques vides qui avaient dû autrefois être remplies de livres d'art. Il enseignait à cette époque et écrivait un ouvrage sur les peintres de l'école de l'Hudson, qu'il n'a jamais achevé.

Un jour, alors qu'elle devait avoir environ cinq ans, il l'avait emmenée à New York, voir une exposition au MoMA. Il était resté devant un Rothko pendant un temps qui lui avait paru infini, alors qu'elle essayait de se distraire. Elle se souvient d'avoir tiré sur sa veste, et quand il avait baissé les yeux sur elle, il avait le visage baigné de larmes.

Elle ne veut pas penser à son père. Et encore moins à la pièce juste au-dessus, où sa mère a été assassinée à coups de hache. Elle n'est pas du genre à se psychanalyser elle-même – même pendant son stage en psychiatrie, durant ses études de médecine, elle s'en tenait aux faits plutôt que de succomber à l'obsession ambiante pour l'implicite –, mais pour la première fois, il lui paraît évident que sa décision d'étudier la médecine et de choisir la spécialité la plus difficile et éprouvante était une réaction directe à son incapacité à sauver sa mère, et que ces choix étaient avant tout motivés par la culpabilité.

Ça va ? lui demande doucement Mary. On monte ?

Oui, allons-y.

L'escalier est étroit, raide. Elle se souvient de sa petite main qui tenait la rampe. Respirant lourdement, Mary se traîne derrière elle. En d'autres circonstances, Franny lui aurait peut-être suggéré d'aller consulter un cardiologue, mais pas aujourd'hui.

Tu verras quand tu auras mon âge, dit Mary, s'arrêtant pour se reposer sur le palier. C'est affreux. Elle jette un coup d'œil par la fenêtre. Mais je ne me lasse jamais de cette vue.

Quand elle était enfant, la fenêtre était trop haute pour Franny, même sur la pointe des pieds, si bien que c'est avec une certaine satisfaction qu'elle profite maintenant de la vue dégagée sur les granges, la crête et les bois au loin.

C'est beau, n'est-ce pas ?

Oui, c'est vrai, dit-elle, un peu triste de ne pas avoir grandi ici. Ç'aurait pu être une belle vie. Au lieu d'une succession de rues de banlieue, de maisons semblables les unes aux autres, de pièces pratiques mais sans charme, aussi anonymes que des chambres de motel.

Elles traversent l'étroit couloir. Ici, la maison paraît plus petite, modeste avec ses trois chambres : à droite, celle de ses parents, la plus grande de la maison, et à gauche la sienne ainsi qu'une autre plus petite. Mary lui apprend que c'était la pièce à couture de sa mère, mais qu'elle aurait pu devenir une autre chambre d'enfant si elle avait vécu. Franny avait autrefois espéré avoir une sœur. Son père s'était remarié, mais sa nouvelle femme ne voulait pas d'enfants. C'était une ancienne bonne sœur, une femme gentille mais insaisissable, qui avait insisté pour inscrire Franny dans des écoles catholiques. Pendant que ses camarades faisaient du vélo ou traînaient au centre commercial, Franny donnait un coup de main à la soupe populaire. C'était sans doute grâce à sa belle-mère qu'elle était une si bonne élève. Avec le recul, elle comprend que leurs relations de couple étaient tendues ; leur mariage n'avait duré que quelques années.

C'était ta chambre, dit Mary.

Elle est plus petite que dans son vague souvenir ; des poneys roses au pochoir ornent les murs. Un des locataires avait une fille, explique Mary. Il y a un petit lit, une commode blanche et c'est tout. La fenêtre, la lumière éclatante – c'est la première chose dont elle se souvient. Et l'énorme surface blanche de la porte de l'autre côté du couloir, qu'elle martelait de ses poings d'enfant. S'était-elle réveillée de sa sieste ?

Nous ne sommes pas obligées d'entrer si tu n'es pas prête.

Ça va, dit-elle. *Il est grand temps.*

La chambre est plongée dans le noir, les stores fermés. Mary se dépêche d'aller les ouvrir, comme si Franny était une autre acheteuse potentielle. Même à la lumière du jour, la pièce paraît obscure. Elles la contemplent. C'est bizarre, admet-elle. Dur.

Je m'en doute. Tu te souviens de quelque chose?

Pas très bien, répond-elle, mais ce n'est pas entièrement vrai. Il y avait un tapis persan, une vieille tête de lit branlante qui cognait contre le mur quand elle sautait sur le matelas, des étagères où sa mère rangeait ses livres – uniquement des recueils de poésie qui, étrangement, sont encore là. Elle se revoit en train de sortir les volumes des étagères et de les éparpiller par terre comme des pierres dans une rivière. Le lit est recouvert d'un dessus-de-lit. Il y a une commode et une armoire, toutes deux anciennes. Le papier peint est passé, et un vieux fauteuil est posé près de la fenêtre, recouvert d'une toile décolorée par le soleil.

Elles contemplent le lit. La dernière fois que Franny a vu sa mère, elle était là. Elle ferme les yeux, refusant de se l'imaginer. Est-ce que c'est le même…

Ciel, non, dit Mary. C'est un lit tout neuf. Le dessus-de-lit aussi. Je l'ai acheté chez Walmart. Elle n'aurait pas aimé. Ta mère était une esthète.

Vraiment?

Elle aimait l'authenticité.

L'authenticité, répète Franny, que l'idée intrigue. Elle n'y a jamais réfléchi.

Au bout d'un moment, Mary suggère : Et si nous allions prendre l'air ? Comme par habitude, elle referme les stores, et tout s'adoucit. La chambre ressemble à une tombe qu'elles sont toutes deux contentes de quitter.

Une fois dehors, Mary sort quelque chose de sa voiture, un panier de petits gâteaux. J'allais oublier. C'est pour toi. Je les ai faits ce matin.

C'est tellement gentil, Mary. Merci. Elle la serre dans ses bras.

Tu as besoin de te remplumer. J'imagine que les médecins n'ont pas beaucoup de temps pour manger.

Nous n'avons le temps pour rien.

Tu m'appelles, lui dit Mary. Si tu as besoin de quoi que ce soit, compris ? Je vais te surveiller.

Tout ira bien, dit-elle, un peu gênée, peu habituée à ce qu'on s'inquiète pour elle.

Le temps est venu d'en finir avec cet endroit, Franny. Tu n'es pas la seule. Ça vaut pour toutes les deux. On le fera ensemble, d'accord ?

Franny l'étreint une fois encore, avant tout pour la rassurer, et lorsqu'elle s'écarte, elle voit que Mary pleure.

Celle-ci secoue la tête. Ne fais pas attention à moi. Elle se mouche et s'essuie les yeux, agacée contre elle-même.

Ne vous inquiétez pas. Je suis habituée.

Mary fouille dans son sac, en sort un poudrier et examine son visage dans le miroir, essuyant les rides autour de ses yeux où son mascara a coulé. Bon sang, non mais regarde-moi.

Vous êtes très bien.

Autrefois, j'étais relativement présentable, dit-elle. Si incroyable que ça paraisse.

Mais pas du tout. Vous êtes encore présentable. Mieux que ça, même.

Je regrette seulement que les choses soient toujours aussi difficiles, pas toi?

Franny hoche la tête. Je ne sais pas pourquoi c'est ainsi.

Dieu essaie peut-être de nous transmettre un message. Parfois je préférerais qu'Il s'abstienne.

Il nous a peut-être abandonnés, depuis le temps, dit Franny.

J'espère bien que non. Nous avons besoin de toute l'aide possible. Elle ouvre la portière de sa voiture. La vie est dure, voilà tout. Et cet endroit, cette vieille ferme, en est la preuve.

Elle monte dans sa voiture, démarre le moteur et baisse sa vitre. Je vais aller commander une benne, et je demanderai aux Hale de venir te donner un coup de main. Je suppose que ce nom ne te dit plus rien?

Franny secoue la tête.

C'était la ferme des Hale avant que tes parents l'achètent. Les garçons te gardaient. Cole et Eddy? Évidemment, Eddy est parti à Los Angeles. Il est trompettiste. J'ai cru comprendre qu'il est assez connu. Il ne reste plus que Cole et ce pauvre Wade.

Je ne me souviens pas d'eux, dit Franny, bien qu'ils aient été là, dans sa tête, pendant tout ce temps. Des formes sombres, floues. Le son d'une trompette.

Eux aussi, ils en ont bavé. Comme nous tous. Mais Cole s'est bien débrouillé. Presque toutes les maisons de la ville portent sa marque. Ce sont ses yeux, je crois, ils sont si bleus. Il suffit que les femmes le voient pour sortir leur chéquier. Sa fille a les mêmes yeux bleus, comme tous les Hale. Ma petite-fille et elle sont amies. C'est quelque chose, tout de même, non ? Comme cette expression – on récolte...

Ce qu'on sème, complète Franny, et elle sourit.

Bon, il faut que j'y aille. N'oublie pas, tu n'as qu'un coup de fil à passer. Même pour une petite chose.

Franny suit des yeux la voiture de Mary jusqu'à ce qu'elle ait disparu au bout de la route. S'étreignant pour se protéger du froid, elle regarde les champs vides, les granges, les arbres noirs. Une atmosphère de solitude.

Puis elle se retourne, comme si quelqu'un avait appelé son nom depuis cette fenêtre du premier étage, celle de la chambre de sa mère.

Les stores sont remontés. La pièce déborde de lumière.

Elle se rend en ville acheter de la bière. Non pas qu'elle aime boire – c'est purement thérapeutique. Elle devra s'enivrer pour réussir à dormir. À la réflexion, plutôt de la vodka, sa fidèle compagne. À une époque, elle avait failli sombrer dans l'alcool. Elle avait perdu les pédales en pension, et on l'avait obligée à voir un psy. Pendant sa première année d'études, elle avait trouvé le moyen de boire sans que ça affecte ses résultats, mais à la fac de médecine, ce n'était plus possible. Il fallait être mobilisée à chaque minute. Il fallait être prête, avoir l'esprit clair.

La ville a une ambiance étrange, comme si elle était figée dans le temps. En passant devant l'église, Franny voit un prêtre ouvrir le portail, un homme aux cheveux blancs portant une grosse écharpe de laine, qui enfile son manteau tout en parlant à une vieille dame – pour la réconforter, imagine-t-elle –, coiffée d'un fichu en plastique. Il y a du vent, le haut des arbres s'agite follement, projetant la lumière autour d'eux. Il y a un petit cinéma, un vendeur de donuts, un café.

Le magasin de spiritueux se trouve au bout du pâté de maisons. L'intérieur est désert, non éclairé, et baigné par la lumière du jour poussiéreuse. Tandis qu'elle examine les rayonnages, un chat tigré tourne autour de ses chevilles. Derrière la grande vitrine, couverte d'un store jaune translucide, la rue ressemble à une vieille photo sépia. L'homme au comptoir tousse et lance : Dites-moi si vous avez besoin de quoi que ce soit, avant de continuer à griffonner dans son registre. Quand elle va payer, elle est surprise de voir qu'il écrit un poème, un abaque de mots dont la somme a un sens. Elle déchiffre les termes *enjôler*, *mycose* ; elle examine son visage pendant qu'il encaisse.

Au supermarché à côté, elle achète un sandwich et un paquet de chips qu'elle mange dans sa voiture, voracement, en regardant le ciel par le pare-brise. Anonyme, songe-t-elle, une inconnue dans une ville inconnue. Le ciel est différent ici. Ça vient des nuages, et de la façon dont le soleil les traverse.

De retour dans la cuisine, elle fouille les placards mais ne trouve pas de verre, seulement des bocaux. Tu feras très bien l'affaire, dit-elle à un vieux bocal à pickles, puis elle le remplit à moitié et ajoute des glaçons. La vodka lui donne la force de s'attaquer au débarras, un monde obscur à lui tout seul. Une cité de cartons empilés. Des cochonneries pour l'essentiel – des vêtements déchirés, des chaussures à bouts ronds, des appareils électriques cassés, un aspirateur préhistorique. Elle déniche une boîte à chaussures pleine de photos, comme un trésor. Si ravie qu'elle soit, la découverte la perturbe. Toute une histoire abandonnée, pense-t-elle, une histoire qui est en partie la sienne. Les derniers mois de sa mère en ce monde.

Quelle cruauté de la part de son père de ne pas s'être donné la peine de les emporter, de ne pas avoir compris leur importance. Elle les dispose comme des cartes de tarot, les faisant claquer en songeant : Celle-ci, c'est ton passé, tu n'y peux rien ; et celle-là représente ton avenir, le seul chemin vers le reste de ta vie.

Fragiles, jaunis par le temps, les clichés constituent des épisodes d'une histoire plus vaste. La plupart la montrent, toute petite fille affairée dans une maison ensoleillée. Jouant avec des cuillères en bois, des casseroles et des poêles, en petite culotte dans l'herbe, avec en arrière-plan un jardin de rudbeckies hérissées. Assise sur une chaise haute en train de faire des bulles. Courant derrière un chaton. Tirant un chien en bois au bout d'une ficelle. Ça lui fait chaud au cœur de voir qu'elle était heureuse ici, aimée. Elle n'a jamais su comment considérer cette partie de son enfance, puisque son père n'a pas jugé bon de l'éclairer.

Qui étaient-ils, se demande-t-elle, ses parents? Qui était Catherine Clare? Elle n'a guère le choix des photos. Ici, elle est dans le jardin, en robe blanche sans manches. Là, près du feu. Là, sous le porche, en train de fumer, avec l'air d'en savoir long – mais sur quoi? Franny l'ignore. Il y a des photos de fêtes, où l'on voit des inconnus, un verre à la main, posant avec leur cigarette et leur mine sombre, comme des écrivains sur des couvertures de livre. Et voilà son père, jeune et mince dans sa tenue de prof, veste en tweed, chaussettes Burlington et mocassins. Il y a quelque chose en lui – distant, indifférent, ou plutôt arrogant. Les yeux noirs, la bouche qui ne sourit pas. Une ambiguïté, pense-t-elle.

Était-il si malheureux que ça?

Peut-être se fait-elle des idées. Ou alors, elle projette sa propre histoire sur lui, celle qu'elle s'invente depuis le début.

En fin d'après-midi, un camion portant l'inscription Hale Frères sur les portières s'arrête devant la maison. Elle sort sous le porche, se protégeant les yeux du soleil.

J'ai trois stères de bois, dit le conducteur. Où voulez-vous que je les mette?

Derrière. Je crois que j'ai vu une remise.

Il hoche la tête, fait demi-tour, contourne la maison et se gare. Un autre homme est assis sur le siège du passager, les yeux plissés, immobile. Rentrant dans la maison, elle regarde par la fenêtre le conducteur aller et venir du camion à la remise, posant des brassées de bûches sur le tas. L'autre type ne sort pas pour l'aider, mais reste assis à regarder droit devant lui.

Au bout d'une heure, alors que le soleil se couche, le conducteur se présente à la porte de derrière, tenant du bois comme un bébé dans ses bras. On m'a demandé d'allumer le fourneau.

Oui, s'il vous plaît, entrez.

Il passe devant elle dans sa veste écossaise et elle sent les odeurs de sa journée : cheval, fumée, cigarette, sueur. Il retire son bonnet de laine, le fourre dans sa poche, s'essuie le front sur sa manche et ébouriffe ses cheveux aplatis. Elle a déjà remarqué sa beauté, et quand il promène ses yeux bleus sur elle, elle se rend compte qu'elle porte encore son vieux pantalon d'hôpital avec son T-shirt préféré orné du logo de la fac, et qu'elle a attaché ses cheveux en une queue-de-cheval négligée. Il pose le regard sur la bouteille de vodka à côté du bocal. Vous vous amusez bien ?

Plus ou moins.

Il fait froid, là-dedans, hein ? Voyons voir ce qu'on peut faire. Il s'agenouille devant le fourneau – enfourne du bois, du papier journal froissé et une allumette – et le feu prend vie immédiatement, jaune et chaud. Il referme la porte et fixe la clenche. Ça devrait vous tenir un moment.

Eh bien, merci.

Pas de quoi.

Je vous dois quelque chose?

Mary s'en est chargée.

D'accord.

Il la regarde de nouveau. Ça va?

Elle hausse les épaules.

Ça n'a pas l'air.

C'est un peu dur d'être là, c'est tout.

Quelqu'un aurait dû y mettre le feu depuis long-temps, dit-il. J'ai grandi dans cette maison. Je suis Cole Hale. Tu ne te souviens pas de moi, si? Je te gardais autrefois. Quand nous étions jeunes. J'ai connu tes parents. Ta mère était très gentille avec moi.

Des bribes de souvenirs lui reviennent, un garçon en manteau écossais, bottes crottées et chaussettes trouées.

Il repousse ses cheveux de son visage, plus par habitude que par nécessité. Je vois que tu as bien grandi.

Toi aussi.

Oui, sauf que moi, je suis vieux.

Vieux comment?

Je préfère ne pas y penser.

Elle fait le calcul dans sa tête. Trente-neuf peut-être?

Presque.

Ce n'est pas vieux.

Ça fait tout de même un paquet d'années. Elles passent vite. Il lui sourit, et tout s'arrête.

Il reste un fond de vodka dans le bocal, qu'elle lève. Tu n'en voudrais pas un, par hasard?

Je dois le ramener à la maison. Il fait un signe de tête vers le camion dehors. C'est mon frère, Wade.

Il va bien?

Il était en Irak. Ça ne s'est pas très bien passé pour lui.

Ça doit être difficile.

Pire que ça, mais il s'en sortira. Et toi, tu vas t'en sortir ici toute seule?

Ça ira.

Ce n'est pas suffisant, si, Franny?

Elle secoue la tête. Je crois que je me souviens de toi, dit-elle.

Eh bien, c'est une bonne nouvelle. Moi aussi, je me souviens de toi.

Elle reste là à attendre qu'il la prenne dans ses bras, et quand il le fait, elle se sent bien dans son étreinte puissante. Pendant une minute, ils s'accrochent l'un à l'autre, puis il remet son bonnet et se dirige vers la porte.

2

Je t'ai attendue toute ma vie, avait-il envie de lui dire. Mais ça ne se dit pas. De toute façon, elle a sûrement quelqu'un. Elle est peut-être même mariée, bien qu'il n'ait pas remarqué d'alliance. Et sa beauté complique encore la situation. S'il a appris une chose à propos des belles femmes, c'est qu'elles semblent toujours le savoir. Son ex brandissait sa beauté comme un AK-47 et finissait toujours par obtenir ce qu'elle voulait. Pendant longtemps, il a cru que ça suffisait dans un couple, ses efforts pour la rendre heureuse. Il s'est trompé.

Comme il s'y attendait, son frère lui demande : Elle était sympa ?

Oui, très sympa.

Jolie ?

Très jolie.

Tu vas l'appeler ?

Pourquoi je ferais une chose pareille ?

Parce qu'elle est jolie. En général, c'est une raison suffisante.

Elle n'est ici que pour quelques jours.

Ça suffit.

OK, Roméo, je garderai ça en tête.

Il se gare dans l'allée, sort et contourne la voiture pour faire sortir Wade. Le nouveau fauteuil est mieux, l'investissement valait le coup, mais tous deux doivent encore s'y habituer. Il pousse son frère sur la rampe et le fait entrer dans la maison. Ça va, capitaine ?

Ouais, on ne peut mieux. Il secoue la tête, comme si c'était la question la plus conne qu'on lui ait jamais posée.

Tu veux manger quelque chose ?

Une bière.

C'est tout ?

Je n'ai pas faim. Mais je boirais bien une bière.

On en a déjà parlé, Wade, il faut que tu manges.

J'aimerais bien pouvoir.

Il apporte une bière à son frère. Qu'est-ce qu'il y a à la télé ?

Merci. Oh, les âneries habituelles.

Je dois passer prendre Lottie. C'est ma soirée.

Vas-y. Je me débrouillerai. Embrasse ma jolie petite nièce pour moi.

Il y a un reste de poulet, si tu as faim.

Déjà occupé par l'émission, Wade congédie son petit frère d'un geste de la main.

La dernière fois qu'il est allé dans cette maison, c'était avec Patrice, quand ils avaient dix-sept ans.

Après le meurtre, son ancienne maison était devenue une curiosité de la ville et une destination courue pour Halloween. Les jeunes passaient devant en voiture et descendaient même parfois pour aller regarder par les fenêtres, prétendant ensuite avoir vu des fantômes et tout un tas de trucs bizarres.

Il pleuvait ce soir-là. Il ne voulait pas emmener Patrice chez Rainer, et chez elle, sa mère les obligeait à laisser la porte ouverte. Ils ne pouvaient pas faire grand-chose sur son lit à baldaquin bruyant. Après s'être baladés en voiture, ils avaient fini à la ferme.

Il n'y a personne ici, avait-il expliqué, on sera…

Seuls.

La végétation avait envahi les lieux. Le lilas grimpait sur les bardeaux et son parfum vous faisait tourner la tête.

Elle l'avait regardé. Tu crois que c'est lui qui a fait le coup?

Je ne suis pas sûr.

Travis le pense. Son père aussi.

Tu passes trop de temps avec lui.

On est amis, c'est tout. Tu es jaloux?

Oui.

Il se souvient encore de la joie qu'elle avait affichée.

Elle était là dans l'entrée, tendant l'oreille, et il l'avait attirée contre lui pour l'embrasser, déjà tout excité et impatient de lui ôter ses vêtements. Mais elle avait dit : Non, attends. Je veux monter là-haut d'abord. Je veux voir.

Il n'avait pas réussi à la retenir. Au milieu de l'escalier, elle s'était arrêtée pour écouter la pluie et le vent qui soufflait dans les champs. À lui, ces bruits étaient familiers.

Elle avait fait courir le bout de ses doigts délicats sur le mur du couloir. Une minute plus tard, elle avait dit : C'est rose.

C'était la chambre de la petite fille. Ils ont tout changé.

Elle avait traversé le couloir vers la porte de la chambre maudite.

N'entre pas, avait-il dit.

Pourquoi ?

Je ne veux pas.

Elle avait hoché la tête. Comment peut-on…

Personne ne sait. Personne n'a la réponse.

Les gens sont bizarres. Effrayants.

Pas tout le monde. La plupart des gens sont sympas, tu ne trouves pas ? Il lui avait pris la main et avait observé les ombres sur son visage.

Je sais pourquoi on est là, avait-elle dit.

On n'est pas obligés.

Mais elle l'avait emmené au rez-de-chaussée, dans la chambre où il avait regardé son grand-père mourir. Il y avait un canapé maintenant, à la place du lit du vieil homme. Lentement, il l'avait déshabillée. Embrasse-moi, avait-elle dit. Il l'avait allongée sur les coussins et ils s'étaient embrassés pendant un moment, puis elle avait dit : Vas-y, fais-le.

Tu es sûre que tu en as envie?

Dépêche-toi, avant que je ne change d'avis.

Ils étaient sur le point de passer à l'acte lorsqu'il avait entendu quelqu'un à l'étage, allant et venant sur le parquet.

Tu as entendu? avait-elle murmuré.

Ils s'étaient figés, agrippés l'un à l'autre. Les pas descendaient l'escalier.

Jamais il ne s'était habillé aussi vite de toute sa vie. Ils étaient sortis en courant, avaient grimpé dans son camion et filé.

Et il n'y était pas retourné depuis.

3

C'est sa nature soupçonneuse, songe-t-elle en fouillant dans le débarras, qui l'empêche de se rapprocher des gens. Un trait de caractère qu'elle a hérité de son père, peut-être à force de déménager. Il était prudent et critique à l'excès, rien n'était jamais assez bien pour sa fille. Il leur achetait une maison dans une nouvelle ville, mettait à bas l'ancienne cuisine, arrachait les placards avec la rage d'un possédé, mais n'était jamais satisfait du résultat. Il décrétait que c'était sans espoir. Elle rentrait de l'école un jour et comprenait ce qui allait se passer.

Il avait beau faire des efforts, elle savait qu'il n'était pas comme les autres pères. Il était détaché du monde. Leurs dîners silencieux, devant le *Cosby Show*. Les heures de devoirs, après. Par chance, en quatrième, un prof inquiet avait suggéré la pension et même aidé Franny à remplir le dossier d'inscription. C'est mieux, avait-elle dit à son père quand elle avait été acceptée. Pour nous deux.

Ivre, soudain fatiguée après la longue journée, elle monte l'escalier, s'attendant à moitié à croiser un zombie. En passant devant la porte de sa mère, elle fait exactement ce qu'elle ne devrait pas et l'ouvre. Telle une comédienne sur scène, elle se tient dans un rai de lumière, dans l'attente de quelque action dramatique. Mais la chambre est silencieuse et sombre. Par défi, elle actionne l'interrupteur, et un affreux plafonnier illumine la pièce. Je veux juste quelque chose à lire, dit-elle dans le vide en marchant sur le tapis persan usé jusqu'à la bibliothèque, où une dizaine d'ouvrages sont là à attendre. Ainsi qu'autre chose. Une grande boîte en forme de cœur comme celles qu'on reçoit le jour de la Saint-Valentin.

Elle l'ouvre avec méfiance, pensant y trouver des chocolats moisis depuis longtemps – mais elle contient des enveloppes, cinq ou six, remplies de lettres. Elle referme la boîte et l'emporte avec elle.

Sur le seuil, elle examine la chambre une fois encore. Une chambre où un meurtre a été commis, se dit-elle.

Laissant la lumière allumée, elle referme doucement la porte, comme si sa mère était couchée avec un rhume et se reposait.

Il est trop tard pour prendre une douche et, de toute façon, il fait trop froid dans la salle de bains. Mary a disposé une serviette et du savon, une attention qui lui va droit au cœur. Elle se lave en vitesse, évitant son reflet, sa beauté insistante, et se dépêche de se mettre au lit, remontant les couvertures jusqu'à son cou. Adossée aux oreillers, elle oriente la lampe vers elle. Puis elle ouvre la boîte.

Les lettres ne portent pas d'adresses, les enveloppes sont vierges, ce dont elle déduit qu'elles n'ont été lues par personne hormis leur auteur, qui les a écrites sur du papier ligné, arraché grossièrement à un cahier à spirale.

Exil

Chère maman,

Bons baisers de Sibérie.

Je sais que je t'ai déjà écrit à ce propos, et tu ne m'en voudras pas de me répéter. Je n'ai personne à qui me confier. Curieusement, même si ça ne surprend que moi, je n'ai pas d'amis véritables, d'alliés dignes de confiance. Il m'apparaît parfaitement clair qu'en épousant George j'ai commis une grave erreur de jugement. J'en ai assez de lui trouver des excuses. Avant, je me disais qu'il était peut-être débordé de travail ou inquiet pour sa carrière. Cet air sombre qu'il affiche. Maintenant, je crois seulement qu'il est bizarre.

Je sais que tu m'as dit de m'accrocher pour le bien de Franny, que j'aurai à peine de quoi vivre – qu'il sera presque impossible de trouver quelqu'un qui m'aimera avec une enfant de trois ans. Mais je dois avouer que mes émotions pèsent davantage que les raisons pratiques. Je comprends tes arguments, maman, et je sais que tu as fait beaucoup de compromis dans ton propre couple, mais je ne suis pas aussi forte que toi…

9 octobre 1978

Chère maman : Un message de remerciement
Merci de m'avoir appris à surveiller ma ligne. C'est toujours si important de savoir où on en est dans la vie. J'ai essayé de réduire mon apport en calories. Parfois, j'ai même la tête qui tourne et je dois penser à manger quelque chose. Mais évidemment, c'est pour le mieux. Je sais que mon mari me préfère comme ça.

Merci de m'avoir inculqué un tel self-control, une telle volonté.

Autre chose. J'en suis arrivée à la conclusion que tu avais raison finalement, il vaut mieux être mariée que divorcée. Encore aujourd'hui, c'est très mal considéré. Il y a une femme divorcée dans cette petite ville. Je l'ai vue déjeuner au café, chipotant avec sa salade. C'est triste.

Je dois donc te remercier de m'encourager à rester avec George, même s'il :

a) ne sait absolument pas qui je suis,

b) se moque totalement de comprendre mes besoins,

c) n'a pas la moindre idée de ce à quoi je pense ou rêve,

d) me trouve secrètement repoussante,

e) me déteste encore plus que je ne me déteste moi-même.

21 octobre 1978

Maman,

J'ai fait la recette de piccata de poulet que tu m'as envoyée. C'était assez bon. George a même réussi à m'adresser un compliment; lui qui fait toujours le difficile avec ma cuisine.

25 octobre 1978

Chère maman,

J'ai beaucoup marché. Le paysage est à la fois terriblement triste et pourtant exaltant. J'ai l'impression qu'on vit une sorte d'expérience religieuse en regardant le ciel.

30 octobre 1978

Cher Dieu,

Je vous écris pour connaître votre opinion à propos des fantômes. Je crois que notre maison est hantée – je sens que cette femme essaie de me mettre en garde, de me dire quelque chose. Quelle autre raison aurait-elle de traîner ici? Est-ce vrai ce qu'on dit des fantômes? Sont-ils réels? ~~Si je meurs, est-ce que~~

En tant que catholique, je crois qu'il existe un endroit appelé le Paradis ~~et que les gens y vont pour exister en paix~~

1ᵉʳ novembre 1978

Chère Agnes,
Je suis en train de lire *Rosemary's Baby*.

Dans le livre – il faut absolument que tu le lises – le diable fait l'amour à la pauvre Rosemary, qui finit par mettre au monde son bébé. C'est fabuleusement angoissant.

Je ne sais pas pourquoi, mais ça me fait penser à la Vierge Marie.

Enfin, ce bouquin me plaît beaucoup.

Maman me dit que tu essaies d'avoir un bébé. À la réflexion, il vaudrait peut-être mieux que tu ne le lises pas !

4 novembre 1978

Chère maman,

Merci pour tes mots de réconfort l'autre soir. Je sais que ces problèmes viennent de moi et que George n'y est pour rien.

9 novembre 1978

Chère maman,

J'ai découvert la poésie. Hier soir, Justine m'a emmenée à une lecture de poésie de Mlle Adrienne Rich. Elle a été mariée, vois-tu, puis avec le temps, elle a découvert que ça ne lui convenait plus et qu'elle était lesbienne. Je ne crois pas qu'il faille y voir la cause de l'échec de son mariage – c'était lié, forcément, mais à mon avis ce n'était pas la seule raison (je crois t'entendre !!). N'aie crainte, maman, je ne suis pas en train d'avouer mon homosexualité – j'affirme que je ne suis pas les-bienne ! Mais ce que Mlle Rich dit dans sa poésie,

600

à propos des femmes qui prennent possession de leur propre vie, de leur corps imparfait, à propos de leurs expériences de femmes fortes et libres, qui cherchent leur propre plaisir (tu imagines!) – voilà ce que je veux te faire comprendre. Ce sentiment de libération! La vie ne se limite pas à une cuisine propre et une paire de chaussettes bien reprisée. Je jette ma machine à coudre! Je vais me consacrer à être seulement moi-même, non pas la personne que je suis maintenant, qui fait ce qu'on lui dit de faire, récite son rôle. Je vais me balader toute nue dans la maison – tu as bien lu, toute nue – sans me préoccuper de ce que George pensera de mes courbes, de mes larges hanches de mère, de mes vergetures – ni même de la verrue sur ma cuisse, mon tatouage de sorcière, comme tu l'appelais. Fini, tout ça! Je jette mon rasoir! Je laisse mon corps au naturel. Je veux sentir mauvais, maman; je veux briller de sueur; je veux libérer mes seins, me réjouir de leur poids, les sentir bouger. Je veux me masturber – c'est exact, tu m'as bien entendue! Je veux me toucher, sans avoir à faire semblant pour satisfaire le tendre ego de mon mari. Je veux fourrer sa tête entre mes jambes, sentir sa langue entrer en moi, goûter mon poison amer et délicieux.

17 novembre 1978

Chère maman,
Combien de fois me suis-je demandé ce qui retenait George si tard à la fac? J'ai même envisagé d'engager un détective privé. Vois-tu, j'ai l'impression

qu'il me trompe. Aujourd'hui, je suis allée jusqu'au campus, avec Franny dans la voiture. J'ai fait le tour du parking. La voiture de George n'était garée nulle part. J'ai dû passer une heure à sillonner ce campus.

Parfois, je remarque une odeur sur lui, un parfum de jasmin à bon marché sur ses vêtements.

25 novembre 1978

Chère maman,

Comme tu le sais, nous sommes allés chez ses parents pour Thanksgiving. Évidemment, notre présence ne leur suffisait pas, et des amis à eux sont venus prendre des cocktails. Tout était très joli – tu connais leur maison. Elle avait rempli la cheminée de poinsettias, préparé une excellente dinde ainsi qu'un jambon. C'était agréable de rester assise à admirer la vue sur le détroit. Et Franny était tellement mignonne dans sa petite robe. Celle que je lui ai faite à partir d'un patron du catalogue McCall. Avec ses petites chaussures à boucle.

Hier, à notre retour, il est parti courir. J'étais en train de préparer le dîner quand je me suis rendu compte qu'il me manquait des ingrédients, si bien que j'ai embarqué Franny dans la voiture pour aller en ville. J'avais un sentiment bizarre, ~~comme si le temps était suspendu~~. Puis je me suis retrouvée dans les petites rues où vivent les gens du coin – il y a un camping à proximité, et plusieurs bars, un quartier que toi, maman, tu n'apprécierais pas. Et là, j'ai remarqué une statue de la Vierge Marie – tu sais qu'à la campagne les gens aiment

602

bien les exposer devant chez eux dans des vieilles baignoires à pattes griffues (une tradition que je ne comprendrai jamais). Je ne sais pas pourquoi, mais je me suis arrêtée, je suis sortie de la voiture et me suis approchée. La peinture était tout écaillée sur sa robe bleue, mais ses yeux, si tu avais vu ses yeux ! Je l'ai touchée et j'ai senti quelque chose me traverser comme une décharge électrique…

Ensuite, quand je suis passée devant l'auberge et la longue grange dans laquelle ils logent leurs employés, je l'ai vu. Avec une fille. Tiens ? me suis-je dit. Est-ce que c'est George ? J'ai levé le pied et ralenti. Ils se disputaient, c'était évident. Ils se tenaient à une certaine distance. La silhouette anguleuse de la fille m'a paru familière, et elle pleurait. George avait les bras croisés, comme quand il est en colère, inflexible, provocateur. Je connais cette expression, cette posture punitive, et je me suis aperçue que ma sympathie allait à cette inconnue. Quant à moi, je serais idiote de croire qu'il n'y avait rien entre eux. C'était une querelle d'amants, aucun doute là-dessus. Mon cœur résonnait dans ma poitrine ; mes jambes et mon corps entier sont devenus tout mous, sans force. J'avais du mal à tenir le volant. J'ai dû prendre sur moi pour réussir à continuer mon chemin.

3 décembre 1978

Maman,

Je me prépare à l'affronter. Ce n'est pas facile pour moi, car comme tu le sais, je n'aime pas les conflits. En plus, il est arrivé quelque chose à mon amie Justine, un accident de voiture. Nous sommes allés la voir. Elle était couchée là et son mari, eh bien, je ne l'avais jamais vu dans cet état. Je n'arrivais pas à y croire. Après, comme si ça ne suffisait pas, George m'a parlé de la fille.

Quelqu'un qu'il a rencontré à la bibliothèque, c'est tout. Une fille à problèmes. Qui fait une fixation sur lui. Il m'a dit qu'il ne s'était rien passé. Il n'y a rien entre eux. Elle s'accroche à lui. Elle est très perturbée.

Je suppose que tous les couples connaissent ce genre de problème. J'essaie de le surmonter. Tout me paraît tellement plus difficile sans Justine avec qui en parler. Elle est toujours dans le coma. Je ne sais pas, c'est vraiment épouvantable.

17 décembre 1978

Chère madame Clare,

Veuillez accepter mes remerciements tardifs pour cet agréable Thanksgiving. ~~Malheureusement, le gratin aux patates douces et marshmallows ne m'a pas réussi, mais ça va mieux. J'ai été très perturbée par le fait que~~

17 décembre 1978

Chère madame Clare,

Je vous écris pour vous annoncer de bonnes nouvelles. Cela concerne les tableaux que votre malheureux neveu a peints avant de mourir. Ils ont été retrouvés. Incroyable, mais vrai. Figurez-vous que je suis allée à la soirée de Noël dans l'établissement où travaille votre fils. Ils avaient préparé un beau buffet et plein de choses à boire, et c'était amusant de voir toutes les petites décorations que la secrétaire avait disposées, des anges en polystyrène, ce genre de choses, et des paillettes partout.

Je suis sûre que vous l'ignorez, parce que George est trop modeste, mais il dispose d'un fort beau bureau. Pendant qu'il était occupé à soigner ses relations sociales en abusant du gin, je suis allée fouiner dans son bureau, et c'est là que j'ai remarqué les peintures. Attirée par leur sujet, je m'en suis approchée pour les examiner de près. Il y en avait cinq en tout. Cinq ravissantes scènes de bord de mer sur lesquelles votre fils, George Clare, avait signé son nom.

Votre dévouée belle-fille,

Catherine

4 janvier 1979

Très chère maman,

Bonne année. J'ai suivi ton conseil et parlé au prêtre. Il m'a dit que le pardon est toujours le meilleur recours dans un couple. Mais j'ai quelques doutes concernant sa solution. Je pense qu'il ne connaît pas ma vie personnelle, et que c'est une erreur de généraliser. Je commence à soupçonner mon mari d'être profondément dérangé, voire psychotique.

Tu vois, la personne que l'on connaît sous le nom de George Clare n'est qu'une enveloppe – aimable, oui, intelligent, charmant. Mais ce n'est qu'une illusion, une chimère. Parce qu'il cache sa vraie personnalité, enfermée dans un lieu sombre et affreux, coupé du monde. Il m'est arrivé d'entrevoir cette autre personnalité en le surprenant seul, plongé dans une tâche quelconque – en train de cirer ses chaussures, par exemple, une main fourrée à l'intérieur, l'autre caressant tendrement le cuir, l'air préoccupé, nostalgique, d'un geste, oserais-je dire, presque sexuel. Ou lorsqu'il aiguise des couteaux, le regard intense, éprouvant la lame du bout des doigts, avec cette même expression de tendresse lointaine.

Tu vois, maman, nous sommes des animaux. Nous savons quand nous sommes en danger. Ce n'est pas quelque chose qu'on peut contester ou ignorer. Nous savons ce qu'est la peur. Ce qu'elle signifie. C'est instinctif. C'est réel. On ne fait pas semblant.

2 février 1979

Chère maman,

J'ai eu un peu de temps seule et je suis allée marcher dans le champ. Il faisait froid, mais il y avait du soleil. J'ai marché longtemps en pensant à Dieu ; j'ai essayé de sentir Sa présence autour de moi, veillant sur moi. Je me sentais aimée. Par Lui. Lui seul. Même pas par toi ou papa. Sûrement pas par George. Il est mon ennemi. Je ne peux faire confiance à personne.

Sauf à Dieu. J'aurais dû entrer dans les ordres.

Chère maman,

Quelle bonne nouvelle à propos d'Agnes.

Si tu veux la vérité sur le sujet, je vais te raconter une histoire me concernant. Comment j'ai commencé à me sentir mal. Nauséeuse en permanence. Et cette lourdeur étrange dans mon ventre, qui me grattait sur les bords, comme si j'étais rembourrée au crin de cheval. Je suis allée voir le médecin, qui m'a confirmé quel était le problème. Ça a fait remonter des souvenirs de George au début. De la façon dont nous nous étions retrouvés coincés ensemble. Comment en étions-nous arrivés là ? J'étais faible, je manquais de confiance en moi. Je me sentais incapable de faire quoi que ce soit. Je me trouvais nulle. Je pensais peut-être que Dieu avait un projet pour moi. Mais je me rends compte maintenant que c'était uniquement de la lâcheté. C'est s'inventer des excuses pour le temps perdu. Je ne te reproche rien, maman. Tu as toujours fait ce que tu croyais être bien. Mais ça ne l'était pas, n'est-ce pas ? Pas vraiment.

La vérité, c'est qu'il m'a fallu tout ce temps pour comprendre que je suis responsable de mon destin. Pas toi. Ni papa. Ni George. Ni Franny. Ni même Dieu.

Mon corps m'appartient. C'est moi qui décide.

Chère maman,

J'ai décidé de le quitter. Pour ma propre sécurité. Parce que j'ai récemment fait une terrible découverte. Un soir – le soir même où notre ami Floyd s'est noyé – George est rentré trempé. Il était très tard, et je l'ai entendu dans la buanderie. Il était nu et tenait sa chemise, son pantalon et ses chaussettes, et j'ai vu qu'ils étaient mouillés, pas un peu, mais dégoulinants, comme s'il venait de sortir de l'eau. Une fois qu'il est monté, je suis allée inspecter sa voiture. Le siège aussi était trempé. Quand j'ai appuyé dessus, il a rendu de l'eau.

D'autres choses étranges sont survenues, mais le pire de tout, c'est la distance qu'il met entre nous, son rejet froid. Comme s'il ne supportait pas ma vue.

Je terminerai cette lettre par le conseil suivant : s'il devait m'arriver quelque chose, ne va pas croire qu'il s'agisse d'un accident.

Retour à la maison

1

Il se rend là-bas à la première heure. C'est le moment de la journée qu'il préfère. Le ciel qui s'ouvre, le soleil matinal.

Il la trouve là, les yeux injectés de sang, vêtue de la même tenue d'hôpital que la veille au soir, enveloppée dans une couverture. Qu'est-ce que tu fais ici ? demande-t-elle.

Je dois réparer l'auvent.

Quoi ?

L'auvent du porche.

Elle secoue la tête. Maintenant ?

C'est trop tôt ?

Euh, oui – quelle heure est-il ? Sept heures ?

Moins le quart. Les horaires du bâtiment. Il brandit sa Thermos. Je ne suis pas venu les mains vides !

Je ne rêve pas, c'est bien du café ? demande-t-elle d'un ton légèrement désespéré.

Oui, mademoiselle. Avec du lait et du sucre.

Elle le fait entrer. La maison sent l'humidité et la crasse. C'est la même vieille cuisine. Le même frigo bruyant. Les mêmes placards minables qui ne ferment pas. Il est saisi d'une nouvelle bouffée de haine pour cette baraque.

Comment marche ce fourneau? Il brûle encore?

Voyant qu'il est éteint, il pose la Thermos, remet du bois et rallume le feu. Voilà, dit-il. Ça devrait aller.

Elle est debout, frissonnante, pâle, et presque trop belle à regarder. Il retire son manteau, puis son sweat-shirt et le lui tend. Mets ça. Elle laisse tomber la couverture de ses épaules, enfile le sweat-shirt par la tête puis passe ses bras maigres dans les manches. Il te va bien, dit-il. Puis il dévisse la Thermos et remplit de café la petite tasse. Bois ça.

Elle obéit.

Il rince le vieux bocal à pickles pour s'en servir un. Longue nuit?

Oui, très.

C'est ce que je craignais.

Elle sirote son café. Ça fait du bien, merci.

On trouve un endroit pour s'asseoir?

Ils emportent leur café dans le salon et s'installent sur le vieux canapé défoncé. Elle l'interroge sur Wade et il lui parle des blessures de son frère, de la bombe artisanale, de l'hôpital militaire, lui raconte toute l'histoire.

C'est une guerre épouvantable, dit-elle. Si seulement ils pouvaient y mettre fin. J'ai vu certains de ces types. C'est vraiment triste.

C'est là que tu travailles? Au CHU? J'ai remarqué le nom sur ton T-shirt.

Je fais mon clinicat de chirurgie.

Tu veux dire que tu es médecin ? Déjà ?

Elle opine du chef.

C'est incroyable. Tu t'en es bien sortie, alors ?

Pour quelqu'un dont la mère a été assassinée ?

Oui, répond-il, sincère. Tu servais si bien le thé que j'étais sûr que tu deviendrais serveuse. Tu m'en préparais autrefois.

Vraiment ? Il était bon ?

Un peu léger, pour être honnête.

J'étais comment ?

Petite. Et heureuse, ajoute-t-il parce qu'il sait qu'elle a besoin de l'entendre.

C'est bon à savoir. Et toi ?

Moi ? Je ne sais pas. Mes frères et moi, on avait eu la vie dure. Moi aussi, j'ai perdu ma mère dans cette maison, explique-t-il, avant de lui raconter une version abrégée de l'histoire. On essayait de surmonter tout ça.

Quelle tristesse. Ça devait être tellement dur.

C'est vrai. Mais le fait de travailler pour ta mère m'a aidé.

On n'a jamais trouvé qui l'avait tuée. Le dossier n'est pas refermé.

Il ne lui dit pas à quel point son père était un sale type. Comment il l'avait manipulé pour qu'il garde Franny ce jour terrible. Il n'a jamais dépensé l'argent que Clare avait laissé pour lui. Il lui paraissait sale. Il avait creusé un trou derrière la maison de son oncle et l'avait enterré. Il y est probablement encore. Elle ignore que la police n'a jamais eu assez de preuves pour inculper son père, mais ce n'était pas faute d'avoir essayé. Dans le cas contraire, il serait encore en prison, et sans doute aurait-elle été élevée par ses grands-parents. Sauf que ça ne s'était pas passé ainsi. Il se demande à quoi a pu ressembler une enfance passée avec Clare. Sûrement pas à une partie de plaisir.

Parfois, il vaut mieux ne pas savoir, dit-il.

Elle lui lance un regard dubitatif. Si, il vaut toujours mieux savoir, réplique-t-elle. La vérité – c'est tout ce qu'on a.

Ils décident d'aller se promener. Ensemble et en silence, tandis que le soleil se lève, plein et éclatant, ils traversent le champ et montent jusqu'à la crête. Tout ça était à nous, lui dit-il, agitant la main tel un magicien au-dessus du terrain, où des petites maisons identiques s'alignent désormais tout autour d'un cul-de-sac. Des gens qui travaillent en ville, dit-il. Avant, il y avait des vaches.

Ils marchent dans le bois sous les vieux arbres gémissants. Il y avait un coyote qui vivait là autrefois, lui dit-il. J'ai passé toute ma vie dans cet endroit.

De retour à la maison, il lui tend son album souvenir. Je suis allé le chercher pour toi dans les profondeurs les plus sombres de mon placard. La petite histoire d'un jeune Américain ordinaire.

Il n'y a rien d'ordinaire chez toi, Cole.

Il la regarde tourner les pages, redécouvrir les couleurs de son passé. C'est toi, là ?

C'est moi et mon copain Eugene. Nous sommes allés à Union College ensemble. Ça, c'est sa grand-mère. Et là, Wade en uniforme. Et voici Eddy, mon grand frère.

Où est-il, maintenant?

À L.A. Il est trompettiste. Musicien de studio. Il fait des films et tout. Il a très bien réussi.

Il est marié?

Non. Il a été très amoureux d'une fille, à l'époque. Je crois qu'il ne s'en est jamais remis. Il a eu plein de petites amies, mais pas comme elle.

Peut-être qu'un jour ils se remettront ensemble.

Peut-être. Je l'espère, mais je ne parierais pas là-dessus.

On ne sait jamais, si?

Non, c'est vrai. Il lui sourit, elle lui rend son sourire et il sent tout son corps se réchauffer. Ça te fait bizarre?

Un peu. Mais ça me fait aussi du bien.

Tant mieux, dit-il. Je suis content.

Elle tourne la page, se tait, et il comprend qu'elle a trouvé sa mère. Sur la photo, Catherine est couchée dans l'herbe, en bermuda, sa chemise nouée à la taille. Elle sourit et lève les yeux vers le photographe comme pour le défier de la photographier.

C'est Eddy qui l'a prise, dit-il. Ils se plaisaient, je crois. Elle était un peu plus vieille que lui, et mariée, bien sûr. Nous adorions tous ta mère. Il faut que tu le saches. Elle était gentille avec nous.

Elle est belle, dit-elle doucement. Il perçoit le désir nostalgique dans sa voix.

Toi aussi. Il l'embrasse alors. J'en avais trop envie.

Moi, je n'attendais que ça. Elle se met à pleurer.

Qu'y a-t-il?

Je ne sais pas. C'est dur, c'est tout. Et je me sens tellement seule.

Eh, c'est fini. Il la prend dans ses bras et la serre fort. Je suis là. Tu n'es plus obligée d'être seule.

2

Il l'emmène prendre un café en ville et, sur le chemin, lui raconte son mariage avec son amour de jeunesse, la naissance de leur fille. Elle regarde ses yeux bleus pendant qu'il lui parle de son ex-femme, de leur histoire, et elle voit l'affection qu'il conserve pour la mère de sa fille. Elle ressent une pointe de jalousie, un peu d'inquiétude, mais elle sourit et n'en montre rien. Au fond de son esprit, elle réfléchit à l'amour, à ce que c'est, à sa patience inébranlable – et au fait qu'elle n'a jamais été aussi près de le trouver.

Il lui fait faire le tour de Chosen dans son camion, et lui montre ses repères intimes – la maison de son oncle à Division Street, son ancienne école où sa fille va aujourd'hui à la maternelle, la petite maison où il a habité avec Patrice.

Enfin, il l'emmène chez lui. C'est ainsi qu'il l'appelle, même s'il n'y vit pas. Elle ne voit d'abord que des hectares de pré, des champs de maïs moissonnés. Il coupe le moteur, fait le tour du camion pour lui ouvrir sa portière et lui prend la main. Ils traversent un champ jusqu'à une clairière où attend une vieille maison.

Ce n'est pas fini, comme tu le vois, dit-il. Il y a environ un an, après notre séparation avec Patrice, je suis retourné vivre chez mon oncle. J'avais acheté ce bout de terrain un an plus tôt, avant que quiconque ne le remarque ; il était trop joli pour que je le laisse filer. La maison est un peu petite, ce n'est qu'une vieille ferme, mais je construis une extension. Ça devrait être pas mal.

Il tourne vers elle ses yeux bleus, et l'expression sur son visage lui semble à la fois familière et inconnue. Elle voit le garçon qu'il a été et l'homme qu'il est devenu.

C'est magnifique, Cole, dit-elle alors que le vent lui ébouriffe les cheveux. Ce vent est dingue.

Il balaie tout, n'est-ce pas ?

Ils restent tous deux là, en pleine bourrasque.

Désolé, mais tu es tellement belle que je ne peux pas m'empêcher de te regarder.

Vraiment ?

Oui, vraiment.

Il l'embrasse lentement, longuement, et elle sourit, rit, et ils s'attardent un moment ici, riant sans raison dans le vent fou.

3

Même de loin et sans ses lunettes, Justine sait que c'est elle. Elle a appris que la ferme avait été vendue. Par ici, crie-t-elle par la porte de l'atelier.

La fille lui fait signe. C'est tellement troublant, cette ressemblance. Elle la regarde approcher d'un air grave, voit ses longues jambes vêtues de jean, ses cheveux blond cendré.

Je cherche Justine ?

Tu l'as trouvée. Bonjour, Franny.

La fille ne sourit pas. Elle est en mission, et ce n'est pas une mission plaisante.

Elle n'avait pas beaucoup d'amies, dit-elle.

Eh bien, elle m'avait, moi. Je suis désolée pour ta mère, chérie.

Justine la convainc d'entrer dans son atelier pour prendre un thé. Pendant que la bouilloire chauffe, elle lui fait visiter. Je travaille sur ces tapisseries. Plus ou moins inspirées de Louise Bourgeois. Tu la connais?

Bien sûr. Mon père m'a fait prendre un cours d'histoire de l'art.

J'essaie de nouvelles teintures.

La fille fait courir sa main sur le doux matériau. Elles sont magnifiques.

La bouilloire siffle et Justine va préparer le thé. Franny regarde une photo des jumeaux.

Ils sont grands, maintenant, dit Justine en lui tendant une tasse.

Merci. Où vivent-ils?

À New York, tous les deux. John est sculpteur et Jesse écrivain comme son père.

J'ai lu son livre, dit-elle. Il était bien.

Je lui dirai. Tu aurais pu le lui dire toi-même, mais il est en ville. Il travaille à la bibliothèque.

Elles s'installent sur le canapé près de la fenêtre. C'est une belle journée venteuse, et la pièce est remplie de soleil. Justine est heureuse qu'elles soient assises ici ensemble. Elle se rend compte qu'elles en ont besoin toutes les deux. Elles ont besoin de parler de Catherine.

Tu sais que je lui ai appris à tricoter. Elle était tellement fière du pull qu'elle avait commencé pour toi. Nous faisions de longues promenades. Elle était très belle, et très bonne. Vous étiez tout le temps fourrées ensemble. Elle t'adorait. Elle t'emmenait partout.

Je n'ai aucun souvenir d'elle, dit Franny.

C'était une belle personne.

La fille secoue la tête, en colère. Alors, pourquoi elle est morte ?

Je ne sais pas. Je ne peux pas te répondre. Parfois, des choses arrivent.

Mais la fille se rend compte qu'elle n'y croit pas vraiment. Je ne peux pas l'accepter, dit-elle.

Non, je vois bien. Et tu as raison. Personne ne devrait l'accepter.

J'ai besoin de savoir, reprend-elle. J'ai besoin de savoir ce qui s'est réellement passé.

C'est peut-être cruel, mais Justine ne peut s'empêcher de demander : Que t'a raconté ton père ?

Il ne parle jamais de ma mère.

Pourquoi, d'après toi ?

Elle hausse les épaules. Ils ne s'aimaient pas.

Peut-être. Mais ce n'est pas ça qui l'a tuée.

Quoi, alors ?

Justine secoue la tête. Si je savais. Elle ne mentionne pas l'accident, ni le fait qu'elle ait soupçonné – sans jamais en avoir la certitude – que le père de Franny l'avait provoqué. Elle ne mentionne pas les trois opérations qu'elle a subies pour recouvrer l'usage de ses jambes. Elle ne demande pas comment va George, ni ce qu'il est devenu, parce qu'elle s'en moque. Et

617

elle se demande si Franny trouve ça étrange, impoli. Mais Franny ne parle pas de lui non plus. Et peut-être que leur façon à toutes deux d'éviter le sujet est suffisamment éloquente.

Je vis à Syracuse, répond Franny à la question de Justine. Grosso modo, j'ai passé ma vie à l'école. Et maintenant, je finis ma spécialité en chirurgie. Elle explique à quel point le clinicat est difficile. Et comment, pendant toute sa formation, elle a essayé de prouver quelque chose.

Que tu es intelligente ? demande Justine.

Non, ça je l'ai toujours su. Elle la regarde de ses grands yeux en luttant pour faire sortir les mots. De prouver que je ne suis pas coupable.

Parce que tu étais présente ?

Elle hoche la tête. Et les larmes lui montent aux yeux.

Il refusait que j'en parle. Alors que j'en avais telle-ment besoin. Elle pleure pour de bon, et Justine sent renaître sa haine pour George. J'en avais tellement besoin.

Justine la prend dans ses bras. Tout va bien, dit-elle. Tout va bien. Tu n'as aucune raison de te sentir coupable. Elle la tient dans ses bras pendant un long moment.

Quand elles finissent par s'écarter, Justine lui dit : Ta mère t'adorait, Franny. Elle serait tellement fière de toi, de ce que tu fais.

Merci de me dire ça. Et elle a manifestement très envie d'y croire.

Elles s'enfoncent toutes deux dans le canapé, épui-sées, résolues.

Tu sais, dit Justine, elle est probablement en train de nous regarder à l'instant même et de se réjouir de nous voir ensemble.

Elles se démanchent le cou toutes les deux pour regarder le plafond.

On lui fait coucou?

Franny sourit pour la première fois.

Coucou, Catherine! Je suis avec ta merveilleuse fille.

Coucou, maman, comment ça se passe, là-haut, au paradis?

Elles restent ainsi, la tête en arrière, cherchant quelque chose; ne cherchant rien. Soudain, le vent paraît tourbillonner dans la pièce. Le lustre tinte, et les feuilles mortes dehors frappent contre les vitres comme les mains de quelqu'un qui cherche à entrer.

L'ombre de la Mort

Elle l'appelle sans crier gare. Pendant quelques minutes, ils parlent de la maison qu'elle a presque fini de vider.

La signature a lieu dans deux jours, lui dit-elle. Nous serons prêts.

Tant mieux, Franny. En fait, c'est un grand soulagement.

J'ai retrouvé quelques lettres de maman, dit-elle.

Ah bon? J'ignorais leur existence.

Elles ne sont pas très gentilles. Elle raconte des choses sur toi.

Eh bien, ça ne me surprend pas. Tu sais que ta mère souffrait de dépression, Franny.

Oui, du moins c'est ce que tu m'as dit.

Il soupire. Bon, ne partons pas là-dessus.

Papa, je veux savoir.

Ne parlons pas de ça au téléphone.

Elle détestait cet endroit.

Je sais, admet-il.

La Sibérie, c'est comme ça qu'elle l'appelle.

Oui, sans doute. L'isolement lui pesait. C'était dur pour nous deux.

Elle n'était pas heureuse, lâche-t-elle. Elle était malheureuse avec toi, papa.

Il ne répond pas ; il en paraît incapable. Puis il dit : J'ai essayé de la rendre heureuse, Franny. J'ai beaucoup essayé.

Ouais…

Quoi, tu ne me crois pas ? J'ai tout essayé pour cette femme.

Tu n'as jamais parlé d'elle. Pourquoi ?

Je ne sais pas. J'avais peur.

Peur ?

Je pensais qu'elle te manquerait encore davantage.

Ce n'est pas pour ça, dit-elle.

Eh bien, dans ce cas, je ne sais pas quoi te répondre.

Écoute, dit-elle. Il faut que tu saches quelque chose. Je ne t'appellerai plus.

Pardon ?

Je ne peux pas te pardonner. Je ne te le pardonne pas.

Franny, ne…

Je ne te le pardonne pas, papa ! Tu comprends ?

Il ne peut pas répondre. Il n'en est pas capable. Il attend, écoute. Vaguement, il perçoit les bruits dans la pièce où elle se trouve, le pépiement des oiseaux.

Je suis désolée, il faut que j'y aille.

Franny…

Adieu, papa.

Il garde le combiné dans sa main tandis que la tonalité résonne. Il entend d'autres bruits – le grincement des roues du chariot du courrier qui approche, les pensionnaires qui rient dans la salle commune en regardant la télé, puis quelqu'un qui frappe à sa porte.

Entrez, dit-il.

C'est Rodney, le préposé au courrier.

Bonjour, monsieur Clare, il y a quelque chose pour vous. Ça doit être important.

Qu'est-ce que c'est?

Une lettre recommandée. Vous devez signer.

De qui?

Du procureur du comté d'Albany.

Donnez, dit-il, saisissant la grande enveloppe et passant les doigts tout le long des bords. Il distingue vaguement sa couleur marron. Rodney lui passe le stylo, et il signe le récépissé, incapable de contrôler le tremblement de sa main.

Vous êtes sûr que vous ne voulez pas que je vous la lise?

Bon sang, Rodney, je ne suis pas impotent!

Très bien, monsieur Clare. Je voulais juste vous aider.

Eh bien, je n'ai pas besoin d'aide. Merci.

Il attend que l'employé ait quitté la chambre et se soit éloigné dans le couloir en poussant son chariot bruyant, puis ouvre l'enveloppe et en fait glisser la lettre.

Il ne voit qu'un flou de mots imprimés. Il sort sa loupe du tiroir et la déplace sur la lettre, ne distinguant que des bribes – *pour vous informer… nouvelle preuve déterminante… nouvelle enquête… le meurtre de Catherine Clare.*

En bas, une formule de politesse.

Salutations distinguées.

Willis B. Howell, Procureur de district.

Willis, songe-t-il avec une pitié sincère, touché qu'après toutes ces années elle pense encore à lui.

Le 1er novembre, on annonce des pluies verglaçantes et un vent fort. Il demande à la réception de lui commander un taxi et informe sa correspondante qu'il a rendez-vous avec son endocrinologue.

Une heure plus tard, on vient le chercher. Votre taxi est arrivé, monsieur Clare.

Le nom officiel est rétinopathie diabétique, mais pour lui, il s'agit juste de mauvaise vue. Il a beaucoup de difficultés à lire et sera bientôt aveugle – pour cause de vaisseaux sanguins anormaux envahissant ses yeux comme des méduses. Peu importe, il a sa canne, sa fidèle compagne. Malgré le temps, il porte des vêtements d'été sous son imperméable non doublé. Sa vieille paire de Dockside. Au bras de son infirmière, il traverse le vaste hall d'entrée. Ça fait presque un an qu'il vit ici – trop pour une personne saine d'esprit. Au début, sa fille lui a rendu visite, mais elle a sa vie à vivre. Elle n'a pas besoin de supporter le fardeau de son vieux père.

Il a été blessé de devoir apprendre le mariage de sa fille dans le *Hartford Courant*. Il lui paraît incroyablement ironique, et pas qu'un peu troublant, que son nom soit désormais Frances Hale. Mais à la vérité, il a toujours bien aimé Cole. Il a passé une semaine, assis dans son fauteuil, à réfléchir à un cadeau. Quelque chose de beau, d'utile. Il a parcouru les catalogues mis à disposition dans la salle commune, vu les photos d'appareils électroménagers, de serviettes monogrammées, d'assiettes et autres. Mais rien ne lui paraissait convenir. Finalement, il n'a rien envoyé du tout.

Elle aura beaucoup d'argent quand il ne sera plus là, se dit-il. De quoi s'acheter tout ce qu'elle voudra. Cette pensée lui procure un peu de réconfort. Ils ont essayé d'être proches ; beaucoup essayé. À la fin, il a échoué dans ce domaine-là. Un échec complet.

Le taxi l'attend devant. Lisa, son infirmière préférée, l'aide à rejoindre le véhicule. C'est une jolie fille, fiancée à un des médecins, un gérontologue, et il pense souvent à sa fille, la chirurgienne, évoluant dans ce milieu-là – il en éprouve une immense fierté.

Bonjour, dit-il au chauffeur en montant à l'arrière. Le taxi sent l'ananas et la pommade pour les cheveux. Tous les chauffeurs de taxi sont jamaïcains désormais.

Au centre médical ? demande l'homme de son fort accent.

George sort de sa poche la liasse de billets qu'il a préparée, entourée d'un élastique, et la passe par-dessus le siège.

L'homme la brandit. Qu'est-ce que ça veut dire ?

Changement de programme, dit-il, et il lui donne l'adresse. Enfin, si vous n'êtes pas trop occupé. C'est un assez long trajet.

Non, je vous emmène. Pas de problème.

Le chauffeur descend Farmington Avenue et s'engage sur la nationale en direction du sud. Les quarante-cinq minutes de route ne dérangent pas George. Il connaît bien les villes qu'ils traversent :

Middletown, Killingworth, Clinton. Les villes de sa jeunesse, pense-t-il, avec leur content de drames pathétiques. Ils roulent le long de la côte et il baisse sa vitre pour laisser entrer l'air marin et froid.

Ils arrivent à la marina de Westbrook, à la hauteur du pont Singing. La saison étant terminée, l'endroit est désolé. Il demande au chauffeur de s'arrêter près du quai. Le bateau de DeBeers l'attend. Son vieil ami.

Qu'est-ce que vous allez faire ici, mon pote ? lui demande le chauffeur, regardant le bureau fermé, le parking désert. Vous devriez pas être là un jour pareil.

Ne vous inquiétez pas.

Vous voulez que je vous attende ?

Non, je me suis arrangé autrement, dit-il. Je dois retrouver quelqu'un, un camarade du nom de Swedenborg.

Le chauffeur secoue la tête.

Vous êtes fou, mon vieux. Enfin… faites attention à vous.

Il attend que le taxi s'éloigne.

S'aidant de sa canne, il se dirige lentement vers son bateau tout au bout du quai. Depuis des années, il l'entretient, payant pour qu'il soit rentré l'hiver et mis à l'eau au printemps. Il a demandé qu'on le rentre la semaine prochaine. Eh bien, ce ne sera plus nécessaire.

Ça fait un bout de temps, dit-il au bateau en montant à bord avec précaution. Il ne perd pas son temps en émotions inutiles et se met aussitôt à gréer, essentiellement au toucher. Il serait capable de le faire en dormant. Puis il allume le moteur et sort dans le chenal. Il voit juste assez pour deviner des formes, les guirlandes de lumière tachetée le long du rivage. À cette période de l'année, il n'y a personne sur l'eau. La mer est haute, le vent froid, fort. Les nuages denses et bas promettent de la pluie. Il le sent dans le vent, le déluge qui se prépare. L'océan s'agite dans tous les sens comme une femme anxieuse.

Arrivé en eaux profondes, il coupe le moteur et hisse les voiles. Le vent gronde à présent. Il souffle en rafales, déchaîné. Il lui donne envie de crier. George sait qu'il devrait prendre un ris, mais à quoi bon?

Il borde la voile et le bateau file. L'écoute est tendue dans sa main et des ampoules se forment dans sa paume.

Au bout d'un moment, il fait noir. Sur l'océan vide, il est seul. On n'a pas besoin de plan pour ce genre de chose, pense-t-il. Pas de carte, pas de compas. Il n'a même pas besoin de sa vue. Il ouvre la bonne bouteille de whiskey qu'il gardait pour l'occasion et prend une longue gorgée. Il boit, encore et encore, voulant perdre la tête, se perdre complètement.

Il se tient debout, les bras écartés comme s'il attendait Dieu. La mer grossit sous la coque et, l'espace d'un très court instant, il lévite. La proue replonge comme une baleine, se fracassant contre la surface ondulante. L'écoute lui échappe, il titube pour la rattraper, mais la bôme le heurte à la tête et il tombe. L'amour l'inonde. L'amour comme un déluge chaud.

Il se met à pleuvoir. De grosses gouttes froides sur son visage.

Ça ne sera plus très long, pense-t-il. Il espère qu'au moins ce sera brutal. Et puis ce sera fini, d'une manière ou d'une autre. Ce sera fini.

REMERCIEMENTS

Par un jour de chance extraordinaire, les planètes s'alignèrent de manière parfaitement favorable au moment où Gary Fisketjon lisait le manuscrit de ce livre. Je remercie tous les jours le Dieu des écrivains là-haut pour ce coup de génie. Je lui suis profondément reconnaissante pour sa lecture si pertinente de ce livre et pour m'avoir aidée à retrouver la foi dans mon travail. De sincères remerciements également à la prodigieuse équipe de chez Knopf qui a œuvré à la réalisation de ce livre, dont Ruthie Reisner, Lydia Buechler, Anne Zaroff-Evans, Cassandra Pappas et Claire Bradley Ong.

Un autre coup de chance m'a amenée au Clark Art Institute un après-midi où, par hasard, Adrienne Baxter Bell donnait une conférence sur George Inness. J'avais évidemment déjà lu son merveilleux ouvrage *George Inness and the Visionary Landscape*, mais l'entendre parler de l'artiste et de son obsession singulière pour Emanuel Swedenborg m'a aidée à préciser la direction du roman.

Parmi les autres références indispensable figurent : *George Inness and the Science of Landscape*, de Rachael Ziady DeLue ; *Different Views in Hudson River School Painting*, de Judith Hansen O'Toole ; *American Paradise:*

The World of the Hudson River School, du Metropolitan Museum of Art ; *Conserving the Painted Past : Developing Approaches to Wall Painting Conservation*, sous la direction de Robert Gowing et Adrian Heritage ; *Kant on Swedenborg : Dreams of a Spirit-Seer and Other Writings*, sous la direction de Gregory R. Johnson ; *Le Livre des rêves* et *Le Ciel, ses merveilles et l'Enfer*, d'Emanuel Swedenborg ; *L'Expérience religieuse : Essai de Psychologie descriptive*, de William James, et *Emanuel Swedenborg : The Universal Human and Soul-Body Interaction*, sous la direction de John Farina.

Je veux remercier mon agent et amie, Linda Chester, pour m'avoir accompagnée et défendue ces vingt dernières années – parce qu'elle me répond à une vitesse record, surtout quand je lui soumets de nouvelles pages, et sait toujours quoi dire pour m'aider à les améliorer. Je ne pourrais pas faire ce travail sans elle. Je tiens aussi à remercier Gary Jaffe pour tout ce qu'il fait, et de quelle brillante manière.

Mes bons amis, qui sont aussi agents immobiliers, m'ont beaucoup aidée de bien des façons : Don Moore, Beth Pine, Nancy Roth, et tout particulièrement Sue Baum, qui m'a emmenée dans une ferme très particulière tout en sachant que je n'avais aucune intention de l'acheter, me fournissant ainsi l'idée et l'histoire familiale qui m'ont permis de commencer. J'ai une pensée pour les belles vaches de la ferme Cook, à Hardley, Massachusetts, qui m'ont fourni du matériau romanesque et ont grandement contribué à mes indispensables pauses crème glacée. Et merci aux employés de la ferme Meadowbrook de Clarksville, New York, pour avoir répondu à mes questions tout en s'activant pour nous livrer du lait.

Je tiens à remercier nos voisins, Jake et Arlene Herzog, Jake Herzog Jr., Angelo et Claire Dounoucos, Kurt et

Joyce Anderson, Janet Breeze et John Breeze, pour leurs histoires merveilleuses à propos de notre petite ville et des gens qui ont occupé notre maison pendant deux siècles, dont beaucoup m'ont inspirée pour ce livre. Un grand merci également à Jill Silverstein, au marin Mike Donovan et à l'expert en coyotes Joseph Cea.

Enfin, je dois remercier ma famille : Scott, mon mari, pour son inépuisable puissance de travail et sa détermination, qui sont des moteurs pour nous tous ; nos enfants, Hannah, Sophie et Sam, pour leurs idées originales, leur créativité et leurs inestimables conseils pratiques ; et Daisy, qui réclame de longues promenades, toujours source de découvertes impromptues. Et merci à mes formidables parents pour leur confiance, leurs encouragements et leur soutien sans faille. Je n'aurais pu faire tout ça sans vous.

Table

TROISIÈME PARTIE

QUATRIÈME PARTIE

CINQUIÈME PARTIE